KB123535

완역 조양보 1

점필재연구소
대한제국기번역총서

완역 조양보

朝陽報

1

손성준
신지연
이남면
이태희

보고사
BOGOSA

발간사

　19세기 말 20세기 초 한반도가 근대세계에 편입되자, 근대적 사유가 본격적으로 공급되기 시작했다. 지금의 한국인은 이 역사적 변화의 결과로서 존재하는 셈이다. 예컨대 한국인이 본능처럼 내면화하고 있는 우승열패(優勝劣敗)의 관념 역시 이 시기 유입된 사회진화론에 기원을 두고 있을 것이다. 질문을 뒤집어 할 수도 있다. 근대적 사유는 언제 어떻게 우리의 대뇌에 설치된 것인가. 동어반복이겠지만 이 질문에 대한 해답 역시 19세기 말 20세기 초로 거슬러 올라가서 찾아야 할 것이다. 19세기 말 20세기 초의 근대계몽기는 지식 공급에 일종의 폭발이 일어난 시기였다. 수많은 서적과 잡지, 신문이 폭발하듯 근대적 사유를 쏟아냈던 것이다.

　이 수많은 인쇄물들은 이 시대를 이해하는 데는 물론 현재의 한국사회와 한국인을 이해하는 데 있어 각별히 중요한 자료이지만, 일반인은 물론 연구자들조차 접근하기 어렵다. 무엇보다 문체(文體)가 문제다. 알다시피 국한문체인데 한문에 훨씬 가까운 것이다. 따라서 한문을 해독할 수 없는 사람에게 이 자료들은 풀 수 없는 암호와 같다. 또 하나 이 시기 문헌의 특징이기도 한데, 근대적 문물들이 한문으로 번역될 때 발생하는 문제가 있다. 예컨대 역산(歷山)이란 명사는 '알렉산드리아'를 지칭한다. 알렉산드리아를 아력산(亞歷山)으로 옮겼다가 다시 그것을 '역산(歷山)'으로 줄인 것이다. 이처럼 인명과 지명 등의 고유명사는 물론이고 추상적 개념을 나타내는 말까지 포함하여 전에 없던 어휘가 허다하다. 이 역시 이 시기 문헌자료의 해독에 큰 장애가 된다.

한문학을 전공하는 사람이라면 그나마 어려움이 덜하다고 하겠지만, 이 시기 문헌에 접근하고자 하는 대부분의 연구자는 한문학 전공자가 아니다. 매거(枚擧)하기 어려울 정도로 다양한 전공자들이 이 시기 문헌에 관심을 보이고 있는 것이다. 이런 이유로 수요는 크지만 접근은 어렵다. 당연히 번역만이 이 문제를 넘어설 수 있는 유일한 길이다. 물론 과거에 이런 자료의 번역이 전혀 없는 것은 아니었다. 하지만 그것은 창해일속(滄海一粟)이라 할 정도로 극소수의 자료를 발췌한 것일 뿐이었다. 문제는 자료 전체다. 전체를 읽어야 개별 자료의 의미도 명료하게 파악된다.

무모해 보일지 모르지만, 우리는 근대계몽기에 발행된 잡지 전체를 번역해내고자 하는 생각을 갖고 있다. 이제 그 생각을 실천에 옮겨 『조양보(朝陽報)』 12호 전체를 번역해 출간한다. 1906년에 발간된 『조양보』는 한국 최초의 교양종합잡지다. 이제 『조양보』의 완역을 통해 20세기 초반 조선 사회에 공급되었던 또는 공급하고자 했던 근대적 지식의 내용과 성격의 일단을 짐작할 수 있을 것이다. 우리는 『조선왕조실록』의 번역이 한국사 연구, 또 일반 독자들의 조선시대 이해에 어떤 생산적 효과를 불러왔는지 너무나 잘 알고 있다. 여기 『조양보』의 완역으로 시작하는 근대계몽기의 잡지 번역 역시 동일한 생산적 효과를 가져올 것이라 생각한다.

『조양보』의 번역에는 여러 사람이 참여했다. 손성준・신지연・이남면・이태희는 번역을 맡았고, 이강석・전지원은 편집과 원문 교열을 맡았다. 그 외 임상석・최진호 등 여러분들이 책의 완성에 수고를 아끼지 않았다. 이 자리를 빌려 고맙다는 말을 전한다.

강명관(부산대 한문학과 교수)

차례

완역 조양보 1

朝陽報 제1호 ··· 55

야부키 장군이 얼마 전에 은퇴하여 노년을 안락하게 보내게 되었다. 내 생각에, 대장부가 입신해서는 국가의 간성이 되고 은퇴해서는 임천풍월의 주인이 되는 일은 예부터 어려운 바였다. 이제 장군은 두 가지를 모두 얻으시니 우러러보며 존경하는 마음을 금하지 못하겠다. 삼가 절구 한 수를 올리니 바로잡아 주시기를 빈다. ··· 81

완역 조양보 2

朝陽報 제8호

朝陽報 제11호

朝陽報 제12호

지식의 기획과 번역 주체로서의
동아시아 미디어

손성준 / 성균관대학교 동아시아학술원

1. 한국 최초의 종합잡지이자 비기관지

대한제국기에 나온 여러 잡지 중에서도 『朝陽報』(1906.6~1907.1, 통권12호)의 위치는 특별하다. 단적으로 말하자면 바로 '최초의 종합잡지'라는 수식이 가능한 잡지이기 때문이다.[1] 최초의 여성 전문 잡지라 할 『가정잡지』, 최초의 유학생 잡지인 『친목회회보』, 최초의 전문지식 잡지인 『수리학잡지』 등과 같이 매체 연구에서 '최초'로 각인된 대상들이 주목을 받는 것은 자연스러운 일일 것이다. 하지만 엄밀하게 따지자면

---

1 한국문학사 서술 가운데 『조양보』를 '종합잡지'군의 첫머리에 올린 최초의 인물은 임화였다(임화, 『임화 문학예술전집 2-문학사』, 소명출판, 2009, 89면). 직접적으로 『조양보』를 다룬 연구들의 경우를 일별해보아도 "구한말의 잡지들 가운데서 『조양보』는 몇 안 되는 종합잡지의 하나"(유재천, 「『조양보』와 민족주의」, 『한국언론과 이데올로기』, 문학과 지성사, 1990, 202면), "우리 최초의 종합지 성격 『조양보』."(최덕교, 『한국잡지백년 1』, 현암사, 2004, 149면), "그중 최초의 종합지적 성격을 띠고 1906년도에 발간된 『조양보』"(이유미, 「1900년대 근대적 잡지의 출현과 문명 담론 -조양보』를 중심으로」, 『현대소설연구』 26, 한국현대소설학회, 2005, 30면), "『조양보』는 최초의 종합지"(구장률, 「근대 초기 잡지의 영인 현황과 연구의 필요성」, 『근대서지』 1, 2010, 근대서지학회, 87면) 등 일관되게 '(최초의) 종합잡지'적 정체성을 강조하고 있다.

『조양보』에 대한 '종합적인 연구'는 제대로 이루어진 바 없다.[2] 일차적으로는 자료의 접근성 문제도 있었겠지만,[3] 결국 이는 '최초의 종합잡지'라는 『조양보』의 위치가 사실상 유명무실했거나 효율적인 방식으로 조명되지 못했다는 반증이다.

원인은 어디에 있을까? 우선, 수십 종의 잡지들이 동시다발적으로 쏟아져 나온 1906년 이후의 국내 미디어 환경에서 불과 몇 개월 차이로 부여된 '최초'라는 수사에 커다란 의미를 상정하는 것 자체가 어렵다. 이를테면 또 다른 '종합잡지'로 분류되는 『소년한반도』는 1906년 11월 1일, 『야뢰』는 1907년 2월 5일자로 창간되었다. 『조양보』와의 시간차는 5개월에서 8개월 남짓이다. '종합잡지'라는 기준 역시 모호한 측면이 있다. '종합잡지'라면 응당 잡지의 체제나 구성을 통해 '종합성'을 표상할 수 있어야 할진대, 큰 틀에서 볼 때 『조양보』의 지면 구성은

---

2 여기서 말하는 '종합적인 연구'란 『조양보』의 전 호에 대해 빠짐없이 검토한 후 『조양보』의 총체적이고 특수한 성격을 도출한 연구를 뜻한다. 그런데 이러한 기준에 부합하는 연구는 『조양보』뿐만 아니라 대한제국기 잡지 전체를 대상으로 삼아도 거의 없는 셈이다. 그럼에도 『조양보』 관련 선행 연구들은 나름의 역할을 감당해왔다. 예컨대 유재천(1990)은 『조양보』의 인적 진용과 발간 취지, 체제와 편집, 기사의 논조 등을 전반적으로 정리한 바 있고, 이유미(2005)는 『조양보』가 세계에 대한 지식창구의 기능을 한 점에 주목하였으며, 구장률(2010)은 『조양보』의 정치적 메시지들이 서로 상충되는 지점에 대해 지적하기도 하였다. 아울러 '동아시아를 배경으로 한 번역'이라는 관점에서 『조양보』 소재 특정 기사들을 조명한 연구들이 제출된 바 있다. 예를 들어 손성준, 「영웅서사의 동아시아적 재맥락화 -코슈트傳의 지역간 의미 편차」, 『대동문화연구』 76, 성균관대학교 대동문화연구원, 2011 ; 손성준, 「번역서사의 정치성과 탈정치성 -조양보 연재소설 「비스마룩구 淸話」 연구」, 『상허학보』 37, 상허학회, 2013 ; 손성준, 「修身과 愛國 : 『조양보』와 『서우』의 「애국정신담」 번역」, 『비교문학』 69, 한국비교문학회, 2016 ; 임상석, 「근대계몽기 가정학의 번역과 수용 : 한문 번역 『新選家政學』의 유통 사례」, 『한국고전여성문학연구』 27, 한국고전여성문학회, 2013 ; 임상석, 「근대계몽기 국문번역과 同文의 미디어 : 『20세기의 괴물 제국주의』 한·중 번역본 연구」, 『우리문학연구』 43, 우리문학회, 2014 등이 그러하다.

3 아직까지 『조양보』는 단 한 차례도 영인본으로 간행되지 않았다. 필자의 조사에 따르면 통권 10호 이상의 대한제국기 잡지 중에서는 유일한 사례이다.

이른바 '기관지'들, 곧 대한자강회, 태극학회, 서우학회가 간행한 『대한
자강회월보』, 『태극학보』, 『서우』 등과의 편차가 뚜렷하지 않다. 게다
가 『대한자강회월보』와 『태극학보』의 창간호는 각각 『조양보』와는 겨
우 한두 달 간격인 1906년 7월과 8월에 나왔고, 『서우』의 창간 역시
동년 12월이었다. 이렇게 보면 『조양보』를 '종합잡지'로 칭하는 이유는
이 잡지가 특정 학회의 명을 따르지 않았으며 '회원'을 위한 지면이 없
다는 정도 외에는 찾을 수 없으니, 실은 '종합잡지'라기보다는 '비기관
지'가 적확한 명명일 것이다.

 필자는 바로 이 지점, 즉 『조양보』가 최초의 종합잡지라는 포장을
벗어던져도 여전히 남는 성격인 '비기관지'라는 사실에 주목할 필요가
있다고 생각한다. 이것이 의미하는 바는 결코 적지 않다. 왜냐하면 '지
식운동 차원의 매체'[4]이면서도 그 어떤 단체의 주장이나 방향에 귀속되
지 않을 수 있기 때문이다. 거기에, 『조양보』는 '한국 최초'의 비기관지
로 규정 가능한 잡지이다. 『수리학잡지』(1905년 12월 창간)처럼 단일 학
문의 활성화를 위한 전문지를 논외로 하면, 한국잡지사의 초기를 장식
하는 『친목회회보』(1896년 2월 창간) · 『대조선독립협회회보』(1896년
11월 창간) · 『협성회회보』(1898년 1월 창간)가 대조선일본친목회 · 독립
협회 · 협성회라는 단체를 통해 간행된 이래로, 『조양보』의 발간 이전

---

4 『조양보』 역시 대한제국기 말기의 다른 잡지들과 마찬가지로 지식운동 · 계몽운동
 차원의 사명을 장착하고 있었다. 다음은 발간 취지를 담고 있는 서문 중 마지막 대목
 이다. "이러한 사람을 가정에 있게 하면 반드시 그 子姪을 그르칠 것이요 학교에 있게
 하면 반드시 그 제자들에게 누를 끼칠 것이니, 사회교육으로써 급무 중의 가장 급무
 를 삼아야 할 것이다. 이것이 朝陽報社의 여러분이 月報를 발간하여 조정과 재야의
 사군자들이 秉燭之學을 하는 데 공급하려는 까닭이니, 그 내용은 일종의 교과서요
 그 의도는 독립회복의 계책이다. 그러므로 삼가 고심의 붓을 잡고 피를 토한 먹을
 적셔 나라 안의 동지들에게 두루 고하는 것이다." 李沂, 「朝陽報發刊序」, 『조양보』
 1, 1906.6, 1면.

까지 기관지라는 위치를 벗어났던 잡지는 없었다.

이 사실은 다시 두 가지를 환기한다. 첫째는 『조양보』 편집진에게 '비기관지'가 가야 할 길을 보여주는 모델이 적어도 동시대의 한국잡지에는 없었다는 점이다. 『소년한반도』나 『야뢰』 같은 잡지들이 연이어 등장하게 되지만 『조양보』의 창간 시점에는 명백히 『조양보』뿐이었다. 『조양보』가 별도의 모델 없이 나온 잡지라면 지면을 이루는 기본 틀, 곧 잡지의 지면 구성이 어떻게 출현할 수 있었는지를 궁구해볼 필요가 있다.

둘째는 『조양보』의 '종합잡지적 성격'과 동시기 기관지들의 그것이 동일할 수 없다는 점이다. 앞서 『조양보』의 지면 구성은 동시기 '기관지'들과 크게 다르지 않다고 언급했다. 그러나 틀과 콘텐츠는 다르다. 말하자면 같은 〈논설〉란이라 할지라도 『대한자강회월보』나 『태극학보』의 〈논설〉과 『조양보』의 〈논설〉은 다르며, 이는 〈교육〉, 〈소설〉 등의 항목 역시 마찬가지일 수 있다. 『조양보』는 기관지로서의 정체성에서 자유로울 때 어떠한 지식들이 어떠한 맥락으로 지면화될 수 있는지를 살펴볼 수 있는 좋은 재료이다.

이 두 가지는 『조양보』가 장착했던 목적의식과 방향성을 규명하는 핵심이 될 터이다. 이 글에서는 여기에 천착하여 『조양보』의 차별화된 특징을 드러내고, 다시 이를 실마리로 당대 동아시아 지식 네트워크에 대한 이해의 지평을 넓혀보고자 한다.

2. 지면 구성의 동아시아적 맥락

『조양보』의 호별 목차를 살펴보면 1호에서 2호로 넘어갈 때 큰 변화가 나타난다는 것을 알 수 있다. 다음은 『조양보』 1호와 2호의 첫 면에 적시된 목차를 각각 옮긴 것이다.

〈표1〉『조양보』1호·2호 목차

『조양보』 제1호(1906.6.25) 목차	『조양보』 제2호(1906.7.10) 목차
朝陽報 發刊 序	論說
·········南嶽居士 李沂 伯曾	開化原委
朝陽報讚辭幷讀法	自助論
·········尹孝定	支那 衰頽의 原因
剔燈新話	二十世紀의 帝國主義
自助論 ·········수마이루수	教育
教育論 ·········張志淵	教育의 必要
實業論 ·········同人	實業
詞藻	汎論
警告儒林	我韓의 農業大槪
世界叢談	植林談
講壇設議	談叢
社會國家關係論	婦人宜讀
半島夜話	同志規箴
婦人宜讀	內地雜報
·········(女子家庭學)日本 下田歌子	海外雜報
習慣難去	詞藻
開化病痛	詩
內地雜報	國精竹記
海外雜報	小說
廣告	波蘭革命黨의 奇謀詭計
	비스마룩구의淸話
	廣告

　2호에서 확인되는 변화는 크게 세 가지다. 첫째, 지면 항목에 상위
그룹이 생긴 것이다. 〈論說〉, 〈教育〉, 〈實業〉, 〈談叢〉, 〈內地雜報〉, 〈海
外雜報〉, 〈詞藻〉, 〈小說〉, 〈廣告〉가 그것이다. 하부 기사가 매호 바뀔
뿐(연재기사는 제외) 이러한 지면 구성은 마지막 호인 12호까지 대체로
이어진다. 유의할 것은 이러한 차이는 편집의 정돈 수준에 불과할 뿐,
내용상의 근본적 변화가 아니라는 점이다. 2호의 9개 주요 항목 중 1호
에서 없던 것은 〈논설〉, 〈담총〉, 〈소설〉뿐이며, 이 중에서도 〈논설〉과

〈담총〉은 이미 1호부터 있던 기사들을 재정리하는 차원이었다. 예컨대 1호의 「자조론」은 2호에서 〈논설〉에 포함되며, 1호의 「半島夜話」와 「婦人宜讀」은 각각 3호와 2호에서 〈담총〉에 들어간다. 결국 〈소설〉 항목만이 완전히 새로운 시도인 셈이다. 미루어 판단컨대, 전체적인 그림은 이미 창간호 준비 단계에서 그려져 있었을 것이다.

둘째, 기사의 배치가 달라졌다. 〈논설〉란을 따로 두지 않았던 1호에서 〈논설〉로 분류될 수 있는 기사는 곳곳에 산포되어 있었다.[5] 하지만 2호부터 〈논설〉란이 생기면서 '논설'의 성격을 띤 기사들은 모두 해당 항목으로 전진 배치된다. 〈담총〉 역시 여러 군데로 흩어져 있던 기사들을 모은다는 측면에서는 비슷한 맥락이다.[6] 한편 1호에서 〈실업〉 다음에 위치하던 〈사조〉란은 2호부터 〈잡보〉 다음 위치로 후퇴하게 된다. 〈사조〉란은 기사 수는 많지만 대개 가장 적은 지면이 할당된 항목이었다. 이상의 선택은 강조하고 싶은 메시지나 콘텐츠는 〈논설〉란을 통해 효율적으로 전달하는 반면 지식운동 차원의 가치가 상대적으로 떨어지는 〈사조〉란을 보다 주변부로 밀어낸다는 의미를 지닌다.

셋째, 〈표1〉에서도 확인되듯 1호는 목차에서 개별 기사의 '필자'를 드러낸 바 있었지만 2호에 들어와 사라진다. 통계를 내본 결과 『조양보』 전체기사 수는 240개[7]이며, 이 중 필자 '未詳'인 경우가 197개에 달한다.

5　『조양보』 1호에서 「자조론」 외에도 원래라면 〈논설〉에 포함되었을 법한 기사로서 「경고유림」, 「강단설의」(「강단설의」의 후속 기사가 『조양보』 8호에 등장한다. 이때는 〈논설〉란에 있었다), 「사회국가관계론」, 「습관난거」, 「개화병통」 등이 있다. 이들 기사는 각각 1호 전체 기사순에서 8, 9, 11, 14, 15번째에 배치되어 있었다.

6　『조양보』 1호에서 「부인의독」 외에 원래라면 〈담총〉에 포함되었을 법한 기사로서 「척등신화」, 「세계총담」, 「반도야화」 등이 있다.

7　이 수치는 복수의 저자가 존재하는 것이 확실한 〈사조〉 속 漢詩들은 작품 수별로 카운트한 것이다. 반면 〈내지잡보〉와 〈해외잡보〉의 경우 분리된 소식들이 한 개 호에 통합되어 있지만 하나의 기사로 산정하였다.

즉 총 43개의 기사에만 필자명이 포함되어 있는 것이다. 그런데 43개 기사 중 22개는 漢詩 위주의 〈사조〉란에 해당하니, 일반적인 기사 중 필자명이 제시된 경우는 21건에 불과하다. 그중 사실상 필자명이라 할 수 없는 '조양보사'라고 기재된 9개를 제외하면 총 12개만이 남고, 편집 체제의 정비 이전에 필자명을 기재한 1호의 4개 기사(2개는 창간사, 2개는 장지연의 글)를 빼면 총 8개의 기사만이 필자의 정체를 밝힌 셈이다.[8] 이렇듯 『조양보』는 2호 이후로는 필진을 거의 드러내지 않는 방향을 취했다.

이상의 세 가지가 의미하는 바는 무엇일까? 이 중 첫 번째와 두 번째 결과는 『조양보』 이후에 등장하는 여러 대한제국기 잡지들에서도 나타나는 특징이다. 『조양보』의 차별점은 그것을 '먼저 보여주었다'는 데 있다. 그런 고로 지면을 구성하는 상위 그룹의 출현에 대해서는 곱씹어 볼 필요가 있을 것이다. 1호 발간 이후 겨우 15일 만에 나온 2호는 마치 준비되어 있었다는 듯이 〈논설〉, 〈교육〉, 〈실업〉, 〈담총〉, 〈내지잡보〉, 〈해외잡보〉, 〈사조〉, 〈소설〉, 〈광고〉로 이어지는 일련의 체계를 확립하고 그 형태가 『조양보』의 마지막까지 유지된다. 월간으로 개편된 12호 역시 각 항목의 분량이 다소 증가하였을 뿐 기본적으로는 동일한 구성을 취했다.

필자는 『조양보』가 2호에서 신속하게 체제를 정비할 수 있었던 배경이 특정 선례에 대한 학습과 관련되어 있으리라는 가설을 세웠다. 이 경우 한국잡지일 가능성은 회박하다. 한국 내에는 『조양보』보다 앞선 비기관지 모델이 없었을 뿐 아니라, 기관지는 기관지대로 『조양보』의 형태와는 간극이 컸다. 이를테면 1904년 하반기에 나온 『일진회회보』

---

8 이 8개마저도 내부 필진과는 상관이 없다. 5개는 '奇書', 1개는 민영환의 '遺書'였으며, 나머지 2개의 기사 역시 외부 인사의 글이기 때문이다.

의 경우 지면의 기본 틀은 〈논문〉, 〈활동기록〉, 〈시사보도〉 등 『조양보』
와는 아무런 접점을 찾을 수 없는 구성이었다.[9] 『친목회회보』나 『대조
선독립협회회보』 등은 이미 10년이 경과한 잡지였고, 근과거의 일부는
종교계 잡지이거나 단명하고 사라진 것이 전부였던 상황이다.

　이에 『조양보』의 발간 주체는 외부로 눈을 돌려야 했다. 이때 주요한
모델로 삼은 잡지는 일본의 博文館에서 간행한 『太陽』으로 추정된다.
두 매체의 관련성에 주목하게 된 일차적 이유는 다양한 외적 요소의
일치에 있다. 『조양보』가 한국 최초의 종합잡지로 수식되어온 것과 마
찬가지로, 『태양』 역시 '잡지가 담아낼 수 있는 거의 모든 것'을 내포한
일본 최초의 종합잡지로 공인되어왔다. 두 잡지의 발행 주기나 판형,
그리고 잡지명의 유사성도 문제적인바,[10] 『태양』의 존재가 『조양보』의
기획 이면에 놓여 있었을 가능성은 농후하다.

　『태양』은 박문관이라는 출판자본의 힘으로 탄생한 일본 근대잡지의
결정체였다. 박문관은 주지하듯 메이지기 출판계의 정점에 있던 출판사
로서, 박문관의 다양한 잡지와 단행본들은 일본뿐 아니라 한국, 중국의
지식인들에게도 널리 읽히며 동아시아 근대 '知'의 유통과 형성에 밑거
름이 되었다.[11] 『태양』의 발간 시점인 1895년이 박문관 초기 역사에서
전성기를 구가한 때였으며, 마찬가지로 『태양』의 폐간 시점인 1927년
은 사실상 박문관의 시대가 종지부를 찍은 것으로 평가된다. 이처럼

9　최덕교, 『한국잡지백년 1』, 현암사, 2004, 88면.
10　『태양』은 발행기간 전체를 놓고 보면 월간잡지라 할 수 있지만, 초기의 수년간은
　　월 2회 발행체제를 선보인 바 있다. 판형 역시 4·6판, 국판, 국배판을 모두 사용하
　　였는데, 이 중 2단 쓰기로 된 국배판 『태양』은 『조양보』의 모양새와 흡사하다.
11　박문관은 1835년 나가오카 출신의 오하시 사헤이(大橋佐平, 1835~1901)에 의해
　　1887년부터 본격적인 활동을 개시하여 메이지기를 관통하며 '일본 최대의 출판사'가
　　되었다.

박문관의 출판 활동에서 『태양』은 핵심적인 위치를 점하고 있었다.

명실상부『태양』은 '종합잡지'의 새 지평을 연 잡지였다. 물론 온갖 영역의 지식을 한데 모았다는 것은 '정론'으로서의 기능이 확고하지 않았다는 의미도 된다. 실제『태양』전체를 관통하는 "理想性"의 부재는 상호 모순되는 의견들이 함께 게재되는 현상으로 나타나기도 했으며, 사상적 개성이 약하다는 평가 역시 이와 무관하지 않다. 하지만 달리 보자면 그것은 획일적으로 일당일파의 입장을 대변하는 기관지의 한계를 탈피한 것이기도 했다. 『태양』의 성격으로 주로 지적되는 대중친화적 기획, 백과사전적 지식, 스타일상의 혁신 등도 이러한 맥락에서 함께 이해할 수 있을 것이다.[12] 이렇듯『태양』은 한국의 계몽운동가가 종합적 지식을 담은 비기관지를 만들고자 할 때 더없이 적절한 典範이었다.

『조양보』의 필진은 일본발 지식을 적극적으로 활용하였을 뿐 아니라, 잡지의 제작 과정에도 일본인들의 지원이 있었다. 조양보사의 인적 구성 대부분은 1906년 3월에 발족한 대한자강회의 회원이었고, 대한자강회의 경우 오가키 다케오(大垣丈夫)를 고문으로 둔 것에서 알 수 있듯 일본인과의 협력도 적극 모색하는 자세를 취하고 있었다.[13] 『조양보』의 창간호가 나온 직후인 1906년 7월,『대한매일신보』에 실린 두 기사는 공통적으로『조양보』의 기사들이 한국과 일본 지식인의 "합력"을 통해 "저술"되었음을 언급하기도 했다.[14] 『조양보』의 인쇄가 주로 이

12　永嶺重敏, 『雜誌と讀者の近代』, 日本エディタースクール出版部, 1997, 101~106면.

13　이는『조양보』나『대한자강회월보』의 일부 논조에서도 드러난다. 하지만 이토 히로부미 통감을 향해 신랄한 비판을 가하는 기사 역시 적지 않다. 예컨대『조양보』제6호의 「世界奇聞」중 '一事一言' 대목, 제10호의 「國事犯 소환 문제」, 제11호의 「한국을 해하는 것이 곧 한국에 충성하는 것이다[害韓乃忠韓]」등이 있다.

14　"朝陽報눈 韓日兩國 學士等이 合同著述ᄒ야 時務의 肯繁과 敎育의 必要와 婦人의 必讀이 無不該焉ᄒ고"「賀各種雜誌之發行」, 『대한매일신보』(국한문판), 1906.7.8, 1면 ; "此朝陽報눈 韓日兩國 高明學士의 著述ᄒ비오 泰西諸國의 著名ᄒ 學家의 言

루어진 곳 역시 일본인이 경영하던 '日韓圖書印刷會社'였다.[15] 비록 『조양보』의 기사 중에 『태양』에 대한 언급이 직접적으로 등장하지는 않지만, 유학생 단체는 1895년에 발간된 『친목회회보』 시기부터 공식적으로 『태양』을 구람한 바 있었고,[16] 『대한유학생회학보』의 한 기사가 『태양』의 특정 기사와 연동되어 있었다는 구체적 사실 역시 확인되는바,[17] 일본인들의 협력 속에서 제작된 『조양보』 관계자들이 『태양』을 참조했을 가능성을 높게 보는 건 당연하다.

이상의 추론에 힘을 실어주는 것이 바로 제2호부터 전면화되는 『조양보』의 지면 구성이다. 이미 거론한바, 『조양보』의 기본 틀은 〈논설〉, 〈교육〉, 〈실업〉, 〈담총〉, 〈내지잡보〉, 〈해외잡보〉, 〈사조〉, 〈소설〉인데, 필자는 이 중 특징적 항목들의 연원이 『태양』에 있다고 보았다. 물론 취급 항목의 범주 및 지면의 분량 등, 두 잡지의 현격한 차이를 볼 때 직접적으로 비교하는 것은 무리가 따른다. 예컨대 『태양』은 창간호(1895. 1)부터 기사의 종류에 따라 24가지의 다채로운 게재 항목이 존재했다. 하지만 이러한 격차는 필자의 판단이 사실에 부합할 경우 오히려 『조양보』 측의 '선택'과 '의도'를 더욱 명확히 해주는 비교항이 될 수도 있다.

『태양』은 긴 발행기간 만큼이나 편집인의 변화도 잦았고, 때문에 지

論을 蒐輯훈 거시니" 「讀朝陽報」, 『대한매일신보』(국한문판), 1907.7.27. 1면.
15 『조양보』는 8, 9호(普文舘 인쇄)를 제외한 모든 호를 일본도서인쇄회사를 통해 냈다.
16 『친목회회보』에는 1호에서 5호까지 매호 일본에서 구입한 도서 항목이 적시되어 있는데, 이에 따르면 '친목회'는 단행본보다 잡지를 더 많이 구입하였다. 그중에서도 『태양』은 매호 빠지지 않고 구매 대상에 오른 유일한 잡지였으며, 구매량도 잡지들 사이에서 가장 많았다.(총 36종 246책 중 43책 분량이 『태양』) 김인택, 「『친목회회보』의 재독(I) -'친목회'의 존재 조건을 중심으로」, 『사이』 5, 국제한국문학문화학회, 2008. 68-70면.
17 해당 기사는 「울산행」이다. 관련 논의는 임상석, 「보호국이라는 출판 상품 - 「울산행」의 번역에 나타난 한일의 문체와 매체」, 『국제어문』 76, 국제어문학회, 2018 참조.

면의 구성 역시 자주 바뀌었다. 다음은 창간부터 10여 년간 간행된『태양』을 대상으로 일부 목차 구성을 정리한 것이다.[18]

〈표2〉『태양』 지면 구성의 변화 양상(1895-1905)

호	1권 11호	3권 25호	5권 5호	10권 14호
발행일	1895.12.28.	1897.12.20.	1899.3.5.	1905.11.1
간격	월간	격주간	격주간	월간
편집인	坪谷善四郎	高山樗牛	高山樗牛	鳥谷部銑太郎
목차	정치 문학 상업 공업 농업 史傳 지리 **소설** 가정 藝苑 과학 **교육** 종교 文苑 잡록 실업안내 해외휘보 해내휘보 영문	**논설** 시평 -문예계/교육계/종교계 /정치계/경제계 가정 **실업** -상업계/공업계/농업계 **소설** 역사 지리 군사 방문 文苑 雜錄 해외 여론 사회	사진동판 **논설** 현대인물 시사평론 -교육계/종교계/정치계 /경제계 **소설**잡조 사전지리 **가정**담총 상공농업 -공업계/농업계/상업계 해외사정 -사조/동양/서양/휘보 해내휘보 -帝室/육군해군/교육종 교/문학미술/정치법률/ 경제교통/사회잡조 文苑 -시/한문/배구	사진동판 시사평론 人物月旦 **논설** 명가담총 **소설** 문예잡조 문예시평 역사지리 태양雜纂 평론지평론 -내국/외국/ 신간서목 時事日抄

『조양보』와『태양』의 편집 항목 중 중첩된 요소는 〈표2〉에서 강조한 것들이다. 하지만 〈논설〉이나 〈교육〉은 어차피 당시 잡지에 보편적으

---

18 정리 대상은『조양보』의 간행 직전까지인 1905년까지로 한정했다. 잡지『태양』과 관련된 내용 및 목차는 日本近代文學館을 통해 나온 CD-ROM版『태양』 자료 및 日本近代文學館編,『太陽總目次』, 八木書店, 1999 참조.

로 나타나기 때문에 의미부여의 대상으로는 부적절하다. 『태양』의 영
향을 특히 구체적으로 보여주는 것은 바로 〈실업〉, 〈소설〉, 〈담총〉란이
다. 하나씩 살펴보자.

『조양보』가 선보인 〈실업〉란은 『친목회회보』, 『대조선독립협회회
보』, 『일진회회보』, 『그리스도인회보』 등 『조양보』 이전까지의 한국
인 잡지에서는 등장한 적 없던 새로운 시도였다.[19] 그런데 그보다 10
여 년 일찍, 일본 잡지 최초로 〈실업〉란을 배치한 사례가 있었다. 바
로 『태양』이었다. 야마구치 마사오는 "『태양』의 특징은 천하 국가를
논하는 時論부터 상업・공업・농업・가사에 이르기까지 포괄적으로
다루는 것에 있었다. 이는 다이쇼 시대에 일어난 이와나미 서점의 간
행물이 哲理・이론・교양・계몽에 철저를 기하여 수양과 實學을 배
제하는 경향이 있었던 것과는 좋은 대조를 이룬다고 할 수 있다."[20]라
며 『태양』의 總合性에 대한 지향을 그 이후의 간행물과 對比한 바 있
다.[21] 『조양보』 역시 상・공・농업을 두루 다루었으며, 이를 '실업'이
라는 명칭으로 카테고리화했다는 점에서 『태양』과 정확히 일치한다.

〈실업〉란과 마찬가지로, 『조양보』 이전까지 한국에서 〈소설〉란을 별

---

19 다만 일본인들이 주체가 되어 조선어로 간행한 『한성월보』(1898.7-1900.1. 통권8
호)의 경우 〈실업〉이라는 제명을 쓰지는 않았다고는 해도 사실상 동궤에 있는 〈위생
부〉, 〈농업부〉, 〈상업부〉 등을 마련한 바 있었다. 본고에서 상세히 다루지는 않겠지
만 『한성월보』는 『태양』의 영향을 직접 받은 편집 구성을 보여주며 이는 물론 일본인
운영진의 의도를 반영한 것이라 하겠다.

20 야마구치 마사오, 오정환 역, 『패자의 정신사』, 한길사, 2005, 400면.

21 그러나 "哲理・이론・교양・계몽"이라는 흐름은 民友社의 잡지 『國民之友』(1887
-1898)에서 이미 나타났었다고 할 수 있으며, 『태양』 역시 『국민지우』의 영향을 받
은 바 있다(鈴木貞美, 「明治期『太陽』の沿革、および位置」, 鈴木貞美 編, 『雜誌『太
陽』と國民文化の形成』, 思文閣出版, 2001, 8면). 그러나 『태양』이 아우르던 종합잡
지로서의 보다 넓은 범주와 대중친화적 성격이 『국민지우』와 차별화된 지점이라 하
겠다.

도로 배치했던 잡지는 없었다.[22] 즉, 〈소설〉란을 독립된 지면으로 운용하려한 『조양보』의 아이디어는 다른 모델을 참조했을 공산이 크다. 그렇다면 그 모델은 역시 『태양』일 것이다. 〈표2〉가 말해주듯, 『태양』의 〈소설〉란은 10년 이상 고정되다시피 한 극소수의 항목 중 하나였다. 애초에 『조양보』는 〈詞藻〉란을, 『태양』은 〈文苑〉 혹은 〈文藝〉란을 주로 '詩'로 대변되는 전통적 문학 장르의 지면으로 활용하였고, 이와 동시에 공통적으로 〈소설〉란을 배치하였다. 『태양』은 11권(1906년)을 기점으로 〈소설〉란을 별도로 운용하지 않고 〈문예〉란 내부로 배치하게 되지만,[23] 『조양보』의 제작진이 『태양』의 사례를 학습했다면 〈소설〉란의 '이식'은 매우 자연스러운 일이었다.

〈담총〉란 역시 한국 잡지 중에서는 『조양보』가 최초로 도입한 항목

---

22 다만 신문 역시 검토 대상으로 넣자면 약간은 양상이 달라진다. 그럼에도 "근대계몽기 신문에서 소설란이 우후죽순으로 등장하는 것은 1906년의 일"(김재영, 「근대 계몽기 '소설' 인식의 한 양상 -『대한민보』의 경우」, 『국어국문학』 143, 국어국문학회, 2006, 435면)로서, 모든 사례를 종합한다 해도 『조양보』의 〈소설〉란보다 앞서 나온 경우는 「청루의녀전」(『대한매일신보』 1906. 2. 6 연재시작), 「신단공안」(『황성신문』 1906. 5. 9 연재시작) 두 편이 전부이다. 게다가 당시까지만 해도 『대한매일신보』와 『황성신문』은 해당 소설을 예외적으로 게재하였을 뿐이니, 〈소설〉란을 고정적으로 활용한 것은 『조양보』가 먼저인 셈이다.

23 『태양』의 항목인 〈文苑〉이나 〈文藝〉는 〈小說〉과 공존할 경우 부적절한 면이 있었다. '소설'과 '문예'가 전통적 장르 인식의 상보적 위치를 벗어나 근대적 개념으로 정착되는 순간, 전자가 후자의 하위 범주로 再正位되는 것이 불가피했기 때문이다. 물론 이러한 인식은 현 시점에서 들여다볼 때 간취되는 것이며, 따라서 『태양』의 당시 배치는 동서양의 문학 용어 및 개념의 길항과 그로 인한 과도기적 상황에서 비롯된 현상일 따름이다. 『신민총보』나 『서우』 등 중국과 한국의 다른 잡지들에서도 비슷한 현상이 확인되는 것도 같은 맥락이다. 하지만 동아시아에서 근대문학을 가장 이른 시기에 수입한 일본이었던 만큼 잡지의 이러한 항목 체계는 언젠가 수정될 운명이었다. 반면 『조양보』는 종간 시까지 〈소설〉란을 유지했다. 『조양보』는 『태양』과는 달리 〈문예〉란을 별도로 두지 않았으며, 종래의 장르 규범은 〈사조〉란을 통해 충족하고 있었다. 결과적으로 『조양보』에서 〈사조〉는 한시와 한문의 공간으로서, 〈소설〉은 전통적 장르로 수렴되지 않는, 대개 '서구'와 관련된 이야기 콘텐츠의 공간으로서 공존시킬 수 있었다.

이다. 〈표2〉의 〈家庭談叢〉, 〈名家談叢〉 등에서 나타나듯 『태양』 역시
'담총'이라는 용어를 적극 활용하였다. 『조양보』의 경우 제2호부터 매
호 〈담총〉란을 꾸렸는데, 이미 제1호의 「講壇設議」라는 기사에서 "그
談叢 취향 또한 일정 규칙과 형식을 요구치 아니하여 혹 성현의 일화와
혹 영걸의 故事와 農商工學 등의 이야기가 모두 가하"다고 언급하며
'담총'의 범주를 설정하는 한편, 그 효용으로서 "대저 이와 같은 좋은
조건과 방법으로써 교육의 흠결을 보충"²⁴할 수 있다고 주장한 바 있다.
『태양』의 '담총'이 '가정'과 '명가'와 같이 한정적 수식어를 앞세운 것을
상기해보자. 『조양보』가 언급한 〈담총〉란의 정체성에서 "성현의 일화
와 혹 영걸의 故事"라는 대목은 〈명가담총〉을 연상시킨다. 1호부에 처
음 게재된 후 2호부터 7호까지는 〈담총〉란에 배치된 가정학 콘텐츠 「婦
人宜讀」도 '가정학'을 '담총'으로 분류한 『태양』의 〈가정담총〉을 떠올리
기에 충분하다.

  그런데 〈실업〉, 〈소설〉, 〈담총〉란과 관련, 『태양』 외에 한 가지 추가
로 고려해볼 사항이 있다. 바로 『조양보』가 량치차오(梁啓超)가 간행했
던 중국어 잡지 『新民叢報』를 참조했을 가능성이다. 확인 결과 『신민
총보』 역시 『태양』과 마찬가지로 편집체계가 꾸준히 바뀌었지만 일부
호에서는 〈실업〉, 〈담총〉란을 배치한 바 있고, 〈소설〉란과 〈문원〉란을
동시에 두기도 했다. 이를테면 1902년 11월에 출간된 『신민총보』 22
호의 구성은 〈圖書〉, 〈論說〉, 〈傳記〉, 〈學術〉, 〈軍事〉, 〈國聞短評〉, 〈問
答〉, 〈紹介新著〉, 〈輿論一斑〉, 〈文苑〉, 〈小說〉, 〈中國近事〉, 〈海外彙
報〉, 〈餘錄〉이다. 목차를 일별해보면 『신민총보』야말로 『태양』으로부
터 받은 영향이 컸음을 쉽게 감지할 수 있다(『신민총보』는 일본 요코하마

---

24 「講壇設議」, 『조양보』 1, 1906.6, 11면.

에서 인쇄되었다). 〈논설〉, 〈군사〉, 〈해외휘보〉, 〈문원〉, 〈소설〉 등은 〈표
2〉에서 확인할 수 있는 『태양』의 구성과 정확하게 일치하며, 사진의
권두 배치, 도서 소개, '여론' 항목 등 다른 유사성들도 존재한다.[25] 그렇
다면 『태양』과 『조양보』의 사이에 『신민총보』라는 매개가 있었던 것은
아닐까? 『신민총보』는 인천에도 판매소를 두고 있었으며,[26] 『조양보』
내에는 량치차오의 글이 여러 편 실려 있기도 했다. 이 정도 정황이라
면, 『조양보』와 『신민총보』의 관련성은 좀 더 세밀하게 검토될 필요가
있다.

 그러나 세 잡지의 전체적 구성 및 여타의 조건들을 놓고 볼 때 『신민
총보』보다는 『태양』에 더 큰 비중을 두는 것이 합리적이다. 예컨대 『신
민총보』는 『태양』이나 『조양보』만큼 〈실업〉란을 비중 있게 다루지 않
았다. 『신민총보』의 특징적 항목인 〈전기〉, 〈학술〉, 〈역술〉 등이 『조양
보』에 반영된 바도 없다. 즉, 『조양보』 내에서 『신민총보』만의 영향력
을 따로 입증할 만한 근거는 찾기 어렵다. 또한 『신민총보』는 비기관지
인 『태양』과는 달리 保皇會의 정치적 입장을 대변했기에 『조양보』의
직접적 모델로서는 적합하지 않았다. 『조양보』의 간행기였던 1906년
에서 1907년 사이를 기준으로 볼 때, 『신민총보』는 반청혁명을 주창한
同盟會의 『民報』와 정치적 대립각을 형성하여 언론으로서는 구심력을
크게 상실했던 반면,[27] 『태양』은 여전히 잡지계의 정점에 있었다.[28] 이

25 차태근은 『신민총보』의 구성이 『태양』을 참조한 것이라 명언한 바 있다. 차태근, 「20
 세기 중국문명과 『新民叢報』의 지위」, 『중국학논총』 39, 고려대학교 중국학연구소,
 2013, 177면.
26 신승하, 「구한말 애국계몽운동시기 양계초 문장의 전입과 그 영향」, 『아세아연구』
 100, 고려대학교 아세아문제연구소, 1998, 222면.
27 『신민총보』의 경우 해당 시기는 차태근이 구분한 『신민총보』 체제변화의 마지막 단
 계이다. "마지막 네 번째 시기는 제73~96호(1906.1~1907.11)시기로써 분류 란
 이 대폭 축소되어 91호는 단지 4개 란만으로 구성되기도 했으며, 논저와 역술이 2/3

외에도, 재조일본인 사회가 확대일로에 있어『태양』의 입수가 훨씬 용
이했던 점과 일본인들이『조양보』에 협력하고 있었던 정황 등을 고려
하면 무게는 여전히『태양』쪽으로 기울어진다.

『조양보』가 종종 〈논설〉이나 〈담총〉란 등에서 국제적 현안을 다루는
경우, 저본으로 삼는 대상이 기본적으로 일본어 텍스트인 점도 간접적
증좌다. 예컨대『조양보』의 〈논설〉 중 1호의「支那 쇠퇴의 원인」, 4호
의「러시아의 의회 해산」,「세계에서 가장 위대한 단체: 국가의 생기」,
「유럽 세력의 관계」, 6호의「유럽 세력의 관계」, 8호의「영·불 攻守의
동맹과 독일의 궁지」, 〈담총〉 중 8호의「일본-미국 전쟁에 관한 문답:
일종의 이간책」등은 모두 일본어로 된 내용을 재료로 삼고 집필하거나
아예 번역한 기사들이다.[29] 이러한 현안 기사는 단행본이 아니라 정기간
행물을 참조한 것인바, 이는『태양』을 위시한 일본어 간행물의 참조
가능성을 높게 점칠 근거가 될 수 있다. 이에 반해 량치차오의 글을
비롯하여 중국어 텍스트를 활용하는 경우는 대체로 수년 전에 출판된
단행본에 기대고 있었다.[30]

이상을 점하였다. 또 제79호부터는『민보』와의 논쟁이 주요 내용을 이루고 있으며,
94호와 95호의 발행 시기는 근 1년간의 공백이 있었다." 차태근, 앞의 글, 177면.
창간 당시의『신민총보』는 정론에 치중했던『청의보』의 기관지적 성격을 극복하고
자 한 측면이 있었지만, 마지막 시기에 이르러 다시 기관지적 성격으로 회귀한 셈이
었다. 차태근, 앞의 글, 193면.

28 스즈키 사다미는『태양』의 영향력이 쇠락하기 시작하는 시기로 1914년, 1915년 정
도를 잡고 있다. 鈴木貞美,「明治期『太陽』の沿革、および位置」, 앞의 책, 28면. 발
행부수로 보자면『태양』은 1896년 시점에 이미 200만 부를 돌파한 바 있었다. 같은
책, 38면.

29 저본이 일본어인지 중국어인지를 판별하는 근거는 고유명사의 번역에 있다. 중국어
저본의 인명과 지명은 모두 한자어 그대로 옮겨지지만, 일본어 저본을 사용할 경우
"모리손", "스마이루수", "세에-기스피아"처럼 가타카나를 한글 발음대로 가져오는 형
태가 된다.

30 다만 "북경 통신" 등을 거론하는 것을 볼 때 〈해외잡보〉에 한해서라면 중국어 신문잡
지 역시 활용했다는 것을 알 수 있다. 물론 "미국 주재 어떤 나라 대사가 지난 달

3. 발행의 이질적 조건들

지금까지의 논의는 『조양보』 2호의 목차 변화에서 나타난 첫 번째, 두 번째 특징을 실마리로 삼아 전개하였다. 요약하자면 지면의 구성과 배치에 있어서 『조양보』가 한국 잡지계의 개척자적 위치에 있었으며, 이때 일본의 대표적 종합잡지 『태양』이 주요한 참조 대상이었다는 것이다. 개척자적 위치라는 것은 『조양보』 이후의 잡지들에게는 『조양보』가 유력한 이정표 중 하나가 되었음을 의미한다. 실제로 『조양보』의 지면 구성은 여러 잡지에서 다기하게 재생산되며 특히 『대한자강회월보』나 『서우』 등은 밀접한 영향관계가 확인된다.

그러나 2장의 전반부에 언급한 세 번째 특징은 전혀 다르다. 『조양보』는 2호부터 저술과 역술을 막론하고 기본적으로 필자를 드러내지 않는 방식을 택했으며, 〈寄書〉 등의 부득이한 경우에만 예외를 두었다. 다른 잡지와 견주어보자. 『대한자강회월보』, 『태극학보』, 『서우』 등의 기관지는 소속 회원들의 다수가 필진으로 실명을 올리고 있고, 『조양보』 같은 비기관지인 『소년한반도』나 『야뢰』조차 필자가 노출되어 있는 경우가 우세하다. 요컨대 이는 명백히 『조양보』만의 특수성인 것이다.

이 차이가 발생한 근본 요인은 무엇일까? 일단 발행 횟수가 눈에 들어온다. 비교의 대상으로 언급한 잡지들이 월 1회 발행한 것과 달리, 『조양보』는 월 2회(매달 10일과 25일)에 발행되었다. 이 조건은 많은 차이의 연쇄를 불러오게 된다. 다른 월간지들은 국판(A5)으로 50에서 60

「오사카 마이니치 신문」 통신원과 나눈 극동에 대한 견해"이나 "일본의 어떤 신문이 통감의 歸任에 대하여 논평한 개략적 뜻을 이번에 번역 게재한다."(「해외잡보」, 『조양보』 2, 1906.7, 21면)와 같이, 〈해외잡보〉의 정보원 역시 전반적으로는 일본 쪽을 참조했다. 『조양보』가 참조한 중국어 단행본에 대해서는 본고 4장에서 재론하도록 한다.

면 정도를 간행했으나, 『조양보』는 월간으로 전환한 12호를 제외하면
매호 약 24면(세로쓰기 2단 조판)이었으며 판형은 지금의 A4에 가까웠
다. 일견 한 개 호 기준으로는 월간지의 정보량이 많아 보이지만, 반드
시 그런 것만은 아니었다. 『조양보』의 활자 크기가 월간지에 비해 작았
기 때문이다.

예를 들어 『조양보』 11호(1906.12)의 글자 수(여백 제외)는 약
33,500자이다. 이 수치는 월간지로서 판형을 바꾸며 70면 가량이 된
12호(1907. 1)에서는 약 45,700자까지 상승한다. 물론 한 호가 때로
80면을 초과하기도 했던 『대한자강회월보』처럼 『조양보』의 12호 분량
을 상회하는 경우도 있었다. 하지만 당연하게도 이들이 한 달에 간행하
는 분량은 결코 같은 기간 두 개 호로 간행되던 『조양보』를 앞지를 수
없었다. 무엇보다 『태극학보』나 『서우』에서 한 개 호 기준 국판 50면을
약간 상회하는 수준의 호와 비교해 보면, 도리어 격주간으로 나오던
『조양보』의 한 개 호 분량이 더 많은 경우도 있다. 가령 『조양보』 11호
와 발간시기가 정확하게 겹치는 『태극학보』 5호(1906.12)의 글자 수는
약 31,000자에 불과했다.

더 짧은 발행 주기와 더 많은 정보, 이는 곧 『조양보』의 압도적인
업무량을 의미한다. 이것이 다가 아니었다. 전례가 없던 비기관지 형태
의 『조양보』의 험로는 열악한 인적・물적 자원으로 인해 더 심화될 수
밖에 없었다. 9호(1906.10.25)와 10호(1906.11.10)를 통해 공개된 『조
양보』의 임원진은 5명에 불과했다.[31] 이 규모가 각종 학회의 인적 자원

---

31 贊成員까지 다 합쳐보아도 13명이었다. "本社에셔事務를漸次擴張ᄒ기爲ᄒ야十月
二日에社中任員을組織ᄒ얏습기左開公佈ᄒᄋ 左開 /社長 張應亮 /總務員 沈宜性 /
主筆 張志淵 /會計員 朴聖欽 /書記員 林斗相"「社告」,『조양보』9, 1906.10, 1면
:"本社에셔事務를漸次擴張ᄒ기爲ᄒ야十月二日에社中任員을組織ᄒ얏습기左開公
佈ᄒᄋ 左開 /社長 張應亮 /總務員 沈宜性 /主筆 張志淵 /會計員 朴聖欽 /書記員

에 미치지 못한 것은 당연했다. 이를테면 대한자강회의 경우, 회원 중 월보의 간행을 위해 선발한 위원만 10여 명이 있었다.[32]

이 대목에서 던져야 할 질문은, 어째서 무리수를 감내하면서까지 애초 월 2회 발행을 고집했었는가일 것이다. 물론 발간 취지에서 말한 바와 같이 『조양보』의 존재 이유가 국민의 교과서를 지향하는 지식 계몽 차원의 출판활동이라면 최대한 짧은 간격으로 최대한 많은 분량의 내용을 유통시키는 것이 바람직하다. 하지만 여기에는 보다 현실적인 이유가 개입되어 있기도 했다. 다음은 제2호의 첫 면에 있는 「본사 특별광고」의 내용이다.

> 본사에 본보 제1권 제1호를 발간하여 이미 여러분의 책상머리에 한 질씩 돌려보시도록 하였거니와, 대개 본사의 목적은 다름이 아니라 동서양 각국의 學問家의 언론이며, 국내외의 시국 형편이며, 학식에 유익한 논술의 자료와 실업의 이점이 되는 지식과 의견을 널리 수집 채집하여 우리 한국의 문명을 계발할 생각입니다. 또한 小說이나 叢談은 재미가 무궁무진하니 뜻 있으신 여러분은 매달 두 번씩 구매하여 보십시오. **지난번에는 대금 없이 『황성신문』을 애독하시는 여러분께 모두 보내어 드렸거니와, 다음 號부터는 대금이 있으니 보내지 말라고 기별하지 않으시면 그대로 보내겠으니, 밝게 헤아리시기를 삼가 바랍니다.**[33]

『조양보』는 유례없는 공격적 마케팅을 시도했다. 일단 『황성신문』 구독자들에게 『조양보』 1호를 무료로 보내주고, '수신거부' 의사를 밝

林斗相 /贊成員 兪星濬 金相天 尹孝定 沈宜昇 李沂 柳瑾 梁在謇 元永儀 柳一宣"「社告」, 『조양보』 10, 1906.11, 1-2면.

32 "회원 중에서 위원 10여 명을 선정, 편찬을 담당하여 각기 품고 있는 학술·문예와 의견·지식을 다하여 우리나라에 제일 유익한 잡지를 매월 25일에 한 권씩 발간합니다." 「광고」, 『조양보』 4, 1906.8.10, 24면.

33 「본사 특별광고」, 『조양보』 2, 1906.7, 1면. 강조는 인용자.

히지 않는 이상 지속적으로 송부하되 대금은 추후에 회수한다는 전략이다. 우선 제작비용을 자체적으로 충당하여 발송까지 끝낸 뒤 1호를 받은 이들의 자발적 송금을 기다리는 입장이었으니, 두말할 것도 없이 위험부담이 컸다. 『황성신문』의 애독자 중 많은 이들이 『조양보』도 구독해줄 것이라는 믿음만이 유일한 밑천인 셈이었다. 하지만 무료 배포를 약속한 1호의 제작비는 물론이고 격주마다 발송 분량이 상당하여 2호부터는 일정한 재정을 확보한다 해도 수익이 창출된다는 보장은 없었다. 『조양보』 측은 위험한 운영 방식을 추진하는 대신 인쇄비용을 최소화하고자 했을 것이며, 이것이 『조양보』가 큰 판형을 사용하는 대신 24면만으로 제작된 이유 중 하나였을 것이다.[34]

이제 질문은 다음으로 이어진다. 이러한 공격적 마케팅의 목적은 무엇인가? 최소한 잡지의 판매를 통한 상업적 이윤을 기대하고 있는 것만큼은 분명해 보인다. 비기관지라는 특수한 위치는 계몽운동의 당위와 경제적 실리를 절충하는 데 있어서 유리한 측면으로 작용했을 것이다. 나아가, 상업적 이윤은 대한자강회의 활동에 사용될 가능성이 컸다. 대한자강회의 설립에 관여한 인물 중 늘 우선적으로 거명되는 장지연에 주목해보자. 1906년 5월 대한자강회의 출범 직후, 대한자강회 인사가 주축이 된 『조양보』가 먼저 창간되었고, 그 직후 자강회의 정식 기관지인 『대한자강회월보』의 창간이 있었다. 장지연이 『조양보』의 주필이면서도 오히려 『대한자강회월보』에 발표한 글이 더 많을 정도로(필자명을 드러낸 경우) 자강회의 중심에서 활약한 것을 보면,[35] 두 잡지를 넘

---

34 그럼에도 『조양보』는 간행기간 내내 자금난에 시달렸던 것으로 보인다. 애초의 주문대로 구독 중단을 기별한 사람이 나왔지만 『조양보』 운영진은 오히려 공개적인 훈계 방식으로 맞불을 놓기도 했다.(「社告(請停ᄒᄂᆫ各郡守에게勸告文)」, 『조양보』 10, 1906.11. 24면) 이러한 모습은 『조양보』의 열악한 자금 사정을 역으로 보여준다. 이 외에도 대금 회수를 권고하는 공지문은 여러 차례 확인된다.

나드는 그의 활동도 결국 대한자강회의 거시적 지향으로 수렴될 수밖에 없다. 추정컨대『대한자상회월보』는 자강회의 사회적 의제 중심의 발화 창구로 삼되,『조양보』에 대해서는 대중 일반의 계몽에 초점을 맞추는 동시에 '상업적 성격'을 가미하여 자강회의 재원으로 삼는다는 것이 장지연을 비롯한 윤효정, 이기 등의 계산이었을 듯하다. 기관지의 구독자는 회원의 범주를 넘어서기 어려우니, 비기관지로서 일반인 구독자를 최대한 확보해나가는 편이 유리한 것은 사실이었다. 언급했던 '세 번째 특징', 즉『조양보』의 필자진이 거의 은폐되어 있다는 사실은 이 잡지가 고정된 일부 인사들의 場이 아니라는 이미지를 생산하는 데 일조하고 있었다. 물론『조양보』의 상업성을 대한자강회와 관련짓는 이러한 논의는 아직 정황에 기댄 추론에 불과하지만, 개연성은 충분하다고 말할 수 있다.

같은 문맥에서, 잡지의 콘텐츠를 마련했던 방식에 대해 생각해볼 필요가 있다.『조양보』운영진에게는 최소한 두 가지의 복안이 있었던 것으로 판단된다. 우선 독자들의 투고를 적극적으로 유도하려 한 것이다.『조양보』의 일차적 수신자는『황성신문』구독자였던 만큼 기본적인 한문 소양을 갖춘 이들로 간주할 수 있다. 그들을 활용하고자 한 운영진의 의지는 바로『조양보』의 표지에 나타나 있다. 2호부터 11호까지『조양보』매호 1면에는 「注意」라는 제목으로 다음과 같은 내용이 명기되어 있었다.

---

35 참고로『조양보』는 4호와 5호에서『대한자강회월보』의 광고를 싣고 있다.『조양보』전체를 통틀어 잡지의 광고는『대한자강회월보』와『가정잡지』가 전부였다.『조양보』12호의 〈내지잡보〉란에서는 유원표, 윤치호, 설태희 등을 대한자강회 회원으로서 소개하며, '대한자강회의 질문'과 같이 시국 및 정책과 관련된 자강회의 주요 발언을 전하기도 했다.

뜻 있으신 모든 분께서 간혹 本社로 寄書나 詞藻나 時事의 논술 등의
종류를 부쳐 보내시면 본사의 취지에 위반되지 않을 경우에는 일일이 게
재할 터이니 애독자 여러분은 밝게 헤아리시고, 간혹 小說 같은 것도 재
미있게 지어서 부쳐 보내시면 記載하겠습니다. 본사로 글을 부쳐 보내실
때, 저술하신 분의 성명과 거주지 이름, 統戶를 상세히 기록하여 투고하
십시오. 만약 부쳐 보내신 글이 연이어 세 번 기재될 경우에는 본 조양보
를 代金 없이 석 달을 보내어 드릴 터이니 부디 성명과 거주지를 상세히
기록하십시오.[36]

　이 공지문은 총 12개 호 가운데 10개 호에 걸쳐 게재되었으며, 항상
가장 먼저 눈에 들어오는 1면에 위치하고 있었다. 내용을 보면 아예
독자가 잡지의 공동 필진이 되어줄 것을 요청하는 수준이다. 〈기서〉,
〈사조〉, 〈소설〉이 언급되고 있으며, "시사의 논술"이라 함은 권두를 장식
할 〈논설〉란까지 독자의 글로 채울 용의가 있다는 의미였다. 거기에
〈소설〉을 독자 투고 범위로 넣은 것은 『조양보』에서 〈소설〉과 중첩되는
특질을 보여주는 〈담총〉 역시 가하다는 뜻이 내포되어 있기도 했다.
사실상 국내외 소식을 싣는 〈내지잡보〉와 〈해외잡보〉를 제외한 모든
지면을 독자들에게 열어둔 셈이다. 게다가 연속 세 차례를 게재한 독자
에게는 일종의 보상까지 예고했으니, 관점에 따라서는 이 같은 『조양보』
의 시도를 한국 최초의 근대적 현상응모제도로 간주할 수도 있다. 이는
위에서 서술한 『조양보』의 상업성을 방증하는 것이기도 하다.
　하지만 독자 투고는 안정적인 원고 확보 루트가 될 수 없었다. 모든
지면을 열어둔다 하더라도 "본사의 취지에 위반되지 않을 경우"에 한하
여 게재할 수 있었을 뿐 아니라, 애초부터 독자의 참여를 얼마나 이끌
어낼 수 있을지도 미지수였다. 결과를 놓고 볼 때 전술한 『조양보』 측

---

36 「注意」, 『조양보』 2, 1906.7, 1면.

의 노력에도 불구하고 12개 호 전체를 합친 〈기서〉의 수는 5편에 불과
하고, 그나마 독자의 글이 가장 많아 보이는 〈사조〉란 역시 장지연, 박
성흠 등 임원의 비중이 크다. 사실상 독자진의 참여율이 낮았거나 아니
면 편집진의 내부검열이 엄격했던 것으로 해석할 수 있다.

　그러므로『조양보』운영진은 '또 하나의 복안'을 사실상의 핵심 전략
으로 삼아야 했다. 곧 '번역'을 통해 잡지의 콘텐츠를 조달하는 방식이
었다.『조양보』에 번역 콘텐츠의 비중이 크다는 점은 이미 여러 논자들
이 지적해온 바다.[37] 일반적인 기관지들이 회원 개개인의 목소리를 담
아내고 국가를 상대로 단체의 입장을 천명하기도 한 것과는 달리,『조
양보』는 간행 취지 자체가 '지식의 공급처'가 되는 것이었으니 잡지를
거대한 번역의 공간으로 삼는다 해도 의미를 획득할 수 있었다.『조양
보』를 전체적으로 조망해보면 〈교육〉과 〈실업〉란 일부에 주필 장지연
의 저술이, 〈사조〉란의 일부에 독자들의 창작이, 아울러 〈내지잡보〉에
국내 소식이 정리되는 수준일 뿐, 나머지인 〈논설〉, 〈담총〉, 〈해외잡
보〉, 〈소설〉은 거개가 번역의 결과물로 구성되었다고 보아도 무방하다.
결국 '저술'의 분량이 현격히 낮기 때문에 다수의 필진 자체가 필요 없
는 구조였던 것이다.

---

37 이유미, 「1900년대 근대적 잡지의 출현과 문명 담론 -『조양보』를 중심으로」,『현대
　소설연구』26, 2005, 35-39면. 유재천(1990), 구장률(2010) 등도 비슷한 논의를
　펼친 바 있다. 임상석, 「근대계몽기 잡지의 번역과 분과학문의 형성 -『조양보』와『대
　한자강회월보』의 사례」, 부산대학교 점필재연구소 고전번역학센터 편,『한국 고전
　번역사의 전개와 지평』(점필재, 2017)의 경우,『조양보』와『대한자강회월보』의 높
　은 번역 비중을 보다 정면으로 다룬 선행연구이다.

4. 번역 주체로서의 『조양보』

이상의 설명이 함축하는 것은 『조양보』라는 매체가 바로 '번역의 주체'였다는 데 있다. 『조양보』는 일본어 혹은 중국어로 저술된 글을 직접 번역한 것, 일본어와 중국어를 순차적으로 경유하여 들어온 것, 즉 당대의 重譯 경로들이 모두 확인되는 잡지다. 바꿔 말해, 『조양보』의 편집진은 일본이나 중국의 근대적 매체들(신문, 잡지, 단행본)이 먼저 축적해온 다양한 지식들을 선택할 수 있는 입장이었다. 앞서 지면의 구성에 있어서 『조양보』가 『태양』이나 『신민총보』를 참조했을 가능성에 대해 검토하였고, 필자는 주로 『태양』의 존재가 『조양보』의 편집체제에 큰 영향을 미쳤을 것이라고 보았다. 그러나 지면의 배치, 즉 〈논설〉, 〈실업〉, 〈담총〉, 〈소설〉 등의 항목들과, 그 내용을 채우는 실질적 콘텐츠는 별개의 문제였다.

결과적으로, 번역 주체로서의 『조양보』가 보여주는 선택은 대단히 이채롭다. 잡지의 첫머리를 차지하는 〈논설〉란, 그리고 일반적으로 〈논설〉란의 대척점에 있다고 인식하는 〈소설〉란을 예로 들어보겠다.

〈표3〉 『조양보』의 〈논설〉란[38]

호수	발행일	제목	연재	원저자	번역
2	1906.07.10	開化의 시작부터 끝까지		未詳	×
		自助論	2/3	새뮤얼 스마일스 (Samuel Smiles)	○
		支那 쇠퇴의 원인		조지 케넌	○
		論 이십세기의 제국주의	1/8	고토쿠 슈스이(幸德秋水)	○

---

38 이 표에서 '연재' 항목의 숫자는 '연재 회차/총 연재 수'를 의미한다. 『자조론』의 경우 〈논설〉란이 없던 1호에서부터 연재되었기에 2호의 연재 회차는 '2'로 시작하였다. '원저자' 항목이 명시된 것은 『조양보』 자체에 표기되어 있거나 저본을 특정할 수 있어 원저자가 누구인지 알 수 있는 경우이다.

3	1906.07.25	品行의 智識論		未詳	△
		증기기관의 발명		未詳	○
		전기의 발명		未詳	○
		論愛國心	2/8	고토쿠 슈스이	○
		自助論	3/3	새뮤얼 스마일스	○
4	1906.08.10	궁궐 肅淸 문제		未詳	×이토
		論愛國心	3/8	고토쿠 슈스이	○
		러시아의 의회 해산		未詳	○
5	1906.08.25	세계에서 가장 위대한 단체 : 국가의 생기		未詳	△
		통감 이토 후작의 정책		未詳	×이토
		論愛國心	4/8	고토쿠 슈스이	○
6	1906.09.10	사람마다 權利思想에 주의해야 함	1/6	량치차오(梁啓超)	○
		論愛國心	5/8	고토쿠 슈스이	○
		유럽 세력의 관계		아우도루즉구	○
7	1906.09.25	사람마다 權利思想에 주의해야 함	2/6	량치차오	○
		論愛國心	6/8	고토쿠 슈스이	○
		黃禍論		未詳	△
8	1906.10.25	滅國新法論	3/6	량치차오	○
		論軍國主義	7/8	고토쿠 슈스이	○
		강단회 설립에 대한 재논의		未詳	×
		영·불 攻守의 동맹과 독일의 궁지		未詳	△
9	1906.11.10	滅國新法論	4/6	량치차오	○
		論軍國主義	8/8	고토쿠 슈스이	○
		保護國論	1/3	아리가 나가오(有賀長雄)	○
		政治原論	1/3	이치지마 겐키치(市島謙吉)	○
10	1906.11.25	國事犯 소환 문제		未詳	×이토
		保護國論	2/3	아리가 나가오	○
		滅國新法論	5/6	량치차오	○

		學會論		未詳	×
11	1906.12.10	한국을 해하는 것이 곧 한국에 충성하는 것이다		未詳	×이토
		保護國論	3/3	아리가 나가오	○
		滅國新法論	6/6	량치차오	○
		政治原論	2/3	이치지마 겐키치	○
12	1907.01.25	정부와 사회는 분리되어서는 안 된다		未詳	×
		亡國志士의 동맹		未詳	△
		군(郡)의 주사(主事)들에게 경고한다		未詳	×
		청년제군에게 삼가 알림		未詳	×
		政治原論	3/3	이치지마 겐키치	○

〈표4〉『조양보』의 〈소설〉란

호수	발행일	제목	연재	원저자	내용
2	1906.07.10	폴란드 혁명당의 기이한 궤계		未詳	식민지 폴란드의 지하 혁 명당원들의 기발한 탈옥술
		비스마르크淸話	1/9	찰스 로우 (Charles Lowe)	독일제국 초대 재상 비스 마르크의 다양한 일화
3	1906.07.25	비스마르크淸話	2/9	찰스 로우	상동
4	1906.08.10	비스마르크淸話	3/9	찰스 로우	상동
5	1906.08.25	비스마르크淸話	4/9	찰스 로우	상동
		야만인의 마술〔奇術〕		未詳	문명국의 박사도 기이하 게 여기는 야만인 마술에 관한 작은 이야기
6	1906.09.10	비스마르크淸話	5/9	찰스 로우	상동
		世界奇聞		未詳	'비스마르크 공과 사냥친 구', '천당과 지옥', '일사 일언' 등 일화 6개 모음
7	1906.09.25	비스마르크淸話	6/9	찰스 로우	상동
8	1906.10.25	비스마르크淸話	7/9	찰스 로우	상동
		動物談		량치차오	거대 고래, 눈 먼 물고기,

9	1906.11.10	비스마르크淸話	8/9	찰스 로우	양의 도축. 잠자는 사지 등을 통한 현실 풍자
					상동
		愛國精神談	1/4	에밀 라비스 (Émile Lavisse)	보불전쟁기의 고난과 그 고난을 극복하는 프랑스인 이야기
10	1906.11.25	愛國精神談	2/4	에밀 라비스	상동
11	1906.12.10	비스마르크淸話	9/9	찰스 로우	상동
		愛國精神談	3/4	에밀 라비스	상동
12	1907.01.25	愛國精神談	4/4	에밀 라비스	상동
		세계의 저명한 암살 기술		未詳	알렉산더 대왕의 아버지 필리포스 2세가 암살당한 이야기
		外交時談		未詳	허황된 체면만 중시하는 외교가를 비판함으로써 청나라의 현실 상황을 풍자

　먼저 〈표3〉의 우측 '번역' 항목에 대해 설명할 필요가 있다. ○표기는 번역의 결과물이 확실한 경우, △표기는 기본 재료는 번역해왔으나 필자 본인의 의견이나 특징적 언설이 추가된 경우, ×표기는 일반적인 논설로 볼 수 있는 경우다. 한편 〈표4〉에 '번역' 항목이 없는 이유는 〈논설〉과 달리 〈소설〉란의 콘텐츠는 따로 구분할 필요 없이 100%가 번역이기 때문이다.

　〈소설〉란에 한국인의 창작물이 한 편도 실리지 않았다는 것은 당시의 문학사적 흐름 속에서 그리 이상할 것이 없다. 그러나 필진의 의중을 가장 직접적으로 발화할 수 있는 〈논설〉란조차 번역이 압도적으로 우세하다. 42개의 기사 중 76%에 해당하는 32건이 일본어나 중국어로 작성된 기존 글을 그대로 번역하거나 참조한 것이다. 직접 집필된 일반적인 논설들(×표기, 10건)은 예외 없이 단발성 기사들이며, 면수 역시

적은 편에 속한다. 10건 중 3건이 체재를 바꾼 마지막 호(12호)에 집중
되어 있었다는 것도 〈논설〉란에 대한『조양보』진영의 기본 태도가 어
떠했는지를 잘 시사한다. 더구나 〈표3〉의 '번역' 항목에서 'x이토'라고
표기된 4건은 이토 히로부미와 관련된 논설이다. 즉, 직접 발화의 영역
마저 다양하지 못했다는 뜻이다. 'x'는 〈논설〉 내에서 예외적 존재일 뿐,
결코 주류가 될 수 없었다. 이와 같이 〈논설〉란을 번역 위주로 운용한
대한제국기 잡지는『조양보』가 처음이자 마지막이었다.

　『조양보』의 편집진이 번역 대상을 선택한 안목 또한 예사롭지 않다.
『조양보』에 실린 콘텐츠 대부분은 한국에서『조양보』가 최초로 소개한
것인데, 그중 상당수는 재번역의 대상이 될 정도로 영향력을 발휘했다.
예를 들어『조양보』8호부터 11호까지 〈논설〉란에 연재된「滅國新法
論」은 원래 1901년『청의보』를 통해 발표된 량치차오의 글로서, 이후
현채가 자신이 번역한『월남망국사』(1906.11)의 부록으로 수록하여 널
리 읽혔으나 사실은 현채보다『조양보』의 소개(1906.10)가 약간 앞선
다. 상기 표에는 없는 〈담총〉란의「匈加利愛國者噶蘇士傳」(9, 11호) 역
시 량치차오가 1902년『신민총보』에 연재했던 전기물에서 비롯되었
다.[39] 이 역시『조양보』가 먼저 번역한 이후 1908년 이보상에 의해 단
행본으로 완역된다. 한편 〈소설〉란의「愛國精神談」(9~12호)은 일본어
와 중국어 서적을 차례로 경유한 번역물이었다.[40] 이 역시『조양보』이
후로는『서우』7~10호(1907.6~9)를 통해 노백린이 다시 번역하였고,

39　재론하겠지만「滅國新法論」과「匈加利愛國者噶蘇士傳」이 게재된『청의보』나『음
　　빙실문집』은 량치차오의 최초 발표 지면일 뿐, 각각에 대한『조양보』의 저본이 된
　　것은 량치차오의 문집『음빙실문집』이었다. 코슈트 전기의 동아시아 수용에 대해서
　　는 손성준,「번역 서사의 정치성과 탈정치성 -『조양보』연재소설,「비스마룩구淸話」
　　를 중심으로」,『상허학보』39, 상허학회, 2013 참조.
40　『애국정신담』의 동아시아 수용과 관련해서는 손성준,「근대 동아시아의 애국 담론과
　　『애국정신담』」,『개념과 소통』16, 한림대학교 한림과학원, 2015 참조.

1908년에는 이채우에 의해 2종의 단행본으로 역간된다. 『서우』는 「애국정신담」 외에도 『조양보』가 먼저 번역한 〈논설〉의 「자조론」, 〈소설〉의 「동물담」을 재번역한 바 있다.

이렇듯 『조양보』는 지면의 구성뿐 아니라 여러 내용물의 소개 역시 한국에서는 최초였다. 하지만 중요한 것은 지면과 내용물의 조합이 이질적이라는 데 있다. 먼저 〈소설〉란을 예로 들어보자. 『조양보』의 〈소설〉이 『태양』에서 힌트를 얻어 출현한 것일지는 몰라도, 두 〈소설〉란의 내용 자체는 완전히 달랐다. 즉, 『조양보』는 『태양』의 〈소설〉란을 이식하고자 한 것이 아니라, 〈소설〉란이라는 공간을 달리 쓰고자 했다. 〈표 4〉에 '내용' 항목을 넣어 『조양보』의 '소설'들을 간략히 소개한 이유는 이 사실을 보여주고 싶었기 때문이다. 분명 '소설'이라는 명명을 앞세운 글들임에도 오늘날의 소설이 지닌 일반적 의미와는 판이하게 다르며, 당대 동아시아의 '소설' 개념을 기준으로 삼아도 다르다는 것을 알 수 있다. 가장 비중 있게 연재된 「비스마룩구 청화」, 「애국정신담」은 모두 역사적 기록 내지는 전기물을 저본으로 삼은 것이고, 『조양보』에서 나머지 〈소설〉란을 채우고 있는 일회성 기사들 역시 흥미를 유발하는 일화나 정세 풍자 글이었다. 이는 당연히 『태양』이나 『신민총보』의 〈소설〉란에 실린 것들과 큰 간극을 보인다. 『조양보』의 〈소설〉란 활용에서 곧이어 출현하게 되는 『정치소설 서사건국지』(1907.7. 대한매일신보사)나 『신소설 애국부인전』(1907. 광학서포) 등처럼 '傳'과 '소설'을 접목시키는 또 다른 사례를 떠올리는 것은 어렵지 않다. 그리고 여기에는 '소설'이라는 기표를 활용한 정치적 안배가 자리하고 있었다.[41]

『조양보』 진영이 지닌 번역 주체로서의 면모는 주요 연재기사들을

---

41 이와 관련해서는 손성준, 「전기와 번역의 '縱橫' -1900년대 소설 인식의 한국적 특수성」, 『현대문학의 연구』 51. 한국문학연구학회, 2013 참조.

통해서도 잘 드러난다. 필자가 주목하는 것은 『조양보』가 주요 기사의
저본으로 활용한 매체의 형태가 바로 '단행본'으로 일관되었다는 사실이
다. 〈논설〉란의 경우, 연재기사들의 출처는 호별 게재순서를 기준으로
새뮤얼 스마일스(Samuel Smiles)의 *Self-Help*(1859)[42], 고토쿠 슈스이
(幸德秋水)의 『二十世紀之怪物帝國主義』(警醒社, 1901)[43], 량치차오(梁
啓超)의 『飲氷室文集』(廣智書局, 1902), 아리가 나가오(有賀長雄)의 『保
護國論』(早稻田大學出版部, 1906), 이치지마 겐키치(市島謙吉)의 『政治
原論』(万松堂, 1889) 이상 5종이다. 그런데 〈표3〉에서 확인할 수 있듯
이들 원저자와 관련된 기사는 총 8가지이다. 출처와 기사 수의 차이는
하나의 단행본을 저본 삼아 복수의 독립된 기사가 번역되었음을 의미한
다. 살펴보면 『조양보』의 〈논설〉란 중 고토쿠 슈스이와 량치차오의 글
(각각 3개, 2개)에 근간한 기사들은 상기 단일 저본에서 취사 번역되었다.
말하자면 「論 이십세기의 제국주의」, 「論愛國心」, 「論軍國主義」는 실
상 각기 다른 3개의 기사가 아니라 『二十世紀之怪物帝國主義』 한 권에
서 파생된 기사였다.

특히 량치차오의 『飲氷室文集』은 2개의 〈논설〉 기사뿐 아니라, 〈교
육〉, 〈담총〉, 〈소설〉란에도 영향을 미쳤다.[44] 〈담총〉에는 전술했던 「갈소

---

42 초판본의 서지는 Samuel Smiles, *Self-Help ; with illustrations of Character,
Conduct, and Perseverance*(John Murray, Albemarle Street, 1859)이다. 고
유명사의 번역 양상을 볼 때 『조양보』 연재본의 저본은 나카무라 마사나오(中村正
直)의 일역본 『西國立志編: 原本 自助論』이었던 것으로 보인다. 나카무라의 일역서
는 1870년에서 1871년 사이 須原屋茂兵衛와 木平愛二를 통해 분책되어 출판된 것
에서 출발한 뒤, 일본 내에서 엄청난 반향을 일으키며 斯邁爾斯 著, 中村正直 譯述,
『改正 西國立志編: 原本 自助論』(博文館, 1894)과 같은 개정판이 꾸준히 나오게
된다.

43 『조양보』의 저본이 된 것은 중국인 자오비전(趙必振)이 쓴 『二十世紀之怪物帝國主
義』(廣知書局, 1902)였다. 관련 논의는 임상석, 「근대계몽기 국문번역과 同文의 미
디어 : 『20세기의 괴물 제국주의』 한·중 번역본 연구」, 『우리문학연구』 43, 2014
참조.

사전」이 실렸고, 〈교육〉에서는 「정치학설」(8호)이, 〈소설〉의 경우 「동물담」(8호)이 『음빙실문집』을 출처로 했다. 요컨대 『조양보』는 〈논설〉, 〈교육〉, 〈담총〉, 〈소설〉란 등을 두루 활용하여 『음빙실문집』의 갖가지 콘텐츠를 소개한 셈이다. 또한 『음빙실문집』의 분류 체계에서 보자면, 「사람마다 權利思想에 주의해야 함」(6, 7호)의 저본이 된 「新民說」 제8절 「論權利思想」은 〈통설〉에 속한 글이었고, 「갈소사전」은 〈전기〉에, 「동물담」은 〈잡문〉에, 「멸국신법론」은 〈정치〉에 속해 있었다. 즉, 『조양보』의 배치와 일치하는 경우는 전혀 없다. 『조양보』의 주체들은 자신의 지면을 기꺼이 『飮氷室文集』의 飜譯場으로 만들었으나, 저본의 정체성을 고려하기보다는 원하는 지면에 배치함으로써 번역의 의도를 차별화했다. 더불어, 량치차오가 언론계의 중심에서 가장 왕성하게 활약했던 시기의 결과물인 『음빙실문집』의 전체 분량에 비하면 지극히 한정적일 수밖에 없는 『조양보』의 콘텐츠 선택 자체에 초점을 맞춰보아도 유의미한 발견에 이를 수 있을 것이다.

한편, 〈소설〉란의 핵심이라 할 수 있는 연재기사는 「비스마룩구淸話」와 「愛國精神談」 2가지이다. 그중 전자의 저본은 찰스 로우(Charles Lowe)의 *Bismarck's Table-Talk*(H. Grevel, 1895)를 무라카미 슌조(村上俊藏)가 일역한 『ビスマーク公淸話』(裳華房, 1898)였다. 후자의 번역

---

44 『조양보』가 번역한 량치차오의 글들이 『청의보』나 『신민총보』 등의 잡지가 아닌 단행본 『음빙실문집』을 저본으로 삼았다고 보는 이유는 기본적으로 정황상의 근거 때문이다. 첫째, 『조양보』에 실린 량치차오의 글들이 모두 1902년에 나온 『음빙실문집』에 수록되어 있으며(같은 맥락에서 1907년까지 간행된 『신민총보』에 실린 글들 중 1903년 이후의 글은 『조양보』에 소개되지 않았다), 『조양보』 내에서도 거듭 량치차오를 '飮氷室主人'으로 칭한다. 둘째, 량치차오가 잡지에 먼저 발표한 판본을 1906년 시점에서 저본으로 삼는 것은 현실성이 약하다(예컨대 만약 『청의보』에 최초 발표된 「멸국신법론」을 저본으로 삼았다면 1901년도에 출간된 중국 잡지를 보유하고 있어야만 가능하다). 『음빙실문집』이 당대 지식인의 필독서로서 널리 읽혔다는 점을 고려하면 『청의보』를 구해볼 필요는 더더욱 없었던 셈이다.

계보는 좀 더 복잡하다. 저본은 愛國逸人이라는 필명의 중국인이 번역한
『愛國精神談』(廣智書局, 1902)이었는데, 이를 거슬러 올라가면 이타바
시 지로(板橋次郎)와 오다쓰메 간(大立目克寬)이 함께 일역한 『愛國精神
譚』(偕行社, 1891)이, 다시 일역본의 원전으로는 프랑스 장교 에밀 라비
스(Émile Lavisse)의 *Tu seras soldat, histoire d'un soldat français
: récits et leçons patriotiques*[45](A. Colin, 1888)가 있었다. 이렇듯
〈소설〉란의 두 연재기사는 『조양보』의 두 가지 번역 경로('서양→일본어→
한국어'와 '서양→일본어→중국어→한국어')를 하나씩 예시하듯이 각기 일본
어와 중국어 단행본을 저본으로 삼고 있었다. 하지만 이 번역 경로상에
있던 일본인과 중국인 중 찰스 로웨의 비스마르크 전기와 에밀 라비스의
프랑스 재건 이야기를 〈소설〉의 범주로 여긴 이는 없었다. 보통의 단행본
은 신문이나 잡지와는 달리 독자적 성격이 강하다. 일종의 완성된 지식이
기 때문이다. 따라서 『조양보』의 선택이 보여주는 독특함은 그 단행본의
특성을 인지하고 있으면서도 재차 그 지식을 분리하여 자의적으로 배치
했다는 데 있다. 덧붙이자면, 이 글에서는 『조양보』의 〈논설〉과 〈소설〉란
을 위주로 분석하였지만, 〈교육〉, 〈담총〉란 등의 주요 기사들 역시 일본
어 혹은 중국어 단행본의 번역이라는 사실 역시 지적해두고자 한다.[46]

---

45 한국어로는 『너는 군인이 될지어다. 프랑스 군인의 역사 : 애국 교육 이야기』이다.
46 〈담총〉과 〈교육〉에서 가장 비중 있던 연재 기사를 예로 들자면, 『조양보』의 1호부터
    7호까지 〈담총〉란에 연재된 「婦人宜讀」의 저본은 시모다 우타코(下田歌子)의 『新選家
    政學』(金港堂書籍株式會社, 1900)이고, 5호부터 12호까지 〈교육〉란에 연재된 「泰西
    教育史」의 저본은 후자의 원전은 중국인 예한(葉瀚)이 번역한 『太西教育史』(金粟齋,
    1901)였다. 한편, 예한의 中譯本은 노세 사카에(能勢榮)가 저술한 『內外教育史』(金
    港堂, 1893)를 저본으로 삼은 것이었다. 「부인의독」의 저본 정보는 임상석(2013)을
    참고했으나, 〈교육〉란에 장기 연재된 「태서교육사」의 번역 계보는 이 글에서 최초로
    보고하는 것이다. 『태서교육사』는 근대기의 동아시아 3국이 서양 교육을 어떻게 인식했
    는가에 대해 구체적 시사점을 주는 초기 자료인 만큼, 추후 텍스트의 번역 양상과
    수용자들의 소개 맥락 등을 상세히 비교 분석할 필요가 있다.

5. 맺으며

『조양보』는 한국 최초로 상업적 종합잡지를 지향한 비기관지였다. 이 글에서는 한국 잡지 중 〈실업〉, 〈담총〉, 〈소설〉 항목을 처음으로 도입한 『조양보』의 지면 구성이 일본의 대표적 종합잡지인 『태양』을 참조한 결과로 보았다. 그러나 동일한 틀을 사용한다 하더라도, 그 내용을 채우는 것은 전적으로 미디어의 선택이었다. 재료를 선별하여 배치하는 방식을 볼 때, 『조양보』는 번역의 매개였을 뿐 아니라 '번역의 주체'이기도 했던 것이다.

번역 주체로서의 『조양보』가 구상한 지식의 장은 구체적으로 무엇이었을까? 과연 그들의 '지식 기획'은 무엇을 향하고 있었던 것일까? 『대한매일신보』의 〈논설〉란에 실린 「讀朝陽報」라는 글은 흥미롭게도 『조양보』를 읽음으로써 기대할 수 있는 바를 『조양보』의 지면 구성과 연계하여 서술한 바 있다.

> 이러한 대한의 人士는 大局의 情形을 알고자 하는 자 불가불 이 報를 읽을 것이요, 內外時事에 긴요한 새 소식을 알고자 하는 자 불가불 이 報를 읽을 것이요, 社會 및 國家의 관계를 알고자 하는 자 불가불 이 報를 읽을 것이요, 교육의 필요를 알고 싶은 자 불가불 이 報를 읽을 것이요, 實業의 이익을 알고 싶은 자 불가불 이 報를 읽을 것이요, 가정교육에 注意하는 자 불가불 이 報를 읽을 것이니, 그러므로 본 기자는 이 報의 발달 여하로써 한국 문화 진보의 여하를 점칠 것이라 하노니, 대한 人士는 이 朝陽報에 대하여 본 기자와 일반 애독의 同情을 발표하기를 십분 顯祝하노라.[47]

"內外時事"는 〈內地雜報〉와 〈海外雜報〉를 연상시킨다. "사회 및 국

---

[47] 「讀朝陽報」, 『대한매일신보』, 1906. 7. 27. 1면.

가의 관계"는 〈논설〉을 염두에 둔 것일 터이다. 〈담총〉, 〈소설〉 또한 대부분 개인과 국가의 역사담을 다루었으니 이 부분과 직결된다. "교육의 필요"와 "실업의 이익"은 말할 것도 없이 각각 〈교육〉과 〈실업〉란에 조응한다. "가정교육"은 별도의 항목으로 독립되어 있지 않았지만, 〈담총〉란에 순국문으로 장기 연재된 「부인의독」을 겨냥한 것이 틀림없다. 이렇듯 잡지 『조양보』의 지면 항목은 각각의 고유한 의도 속에서 기능했으며, 이들 전체의 지향점은 것은 바로 "한국 문화 진보"에 있었다.

한국의 문화진보를 위한 기획 속에 "泰西諸國의 著名혼 學家의 言論을 蒐輯혼"[48] 것이 핵심적 지위에 있었다는 사실이야말로 시대의 단면을 여실히 드러낸다. 매체의 형성과 지식의 유통이라는 근대전환기의 중요한 현상 이면에는 '번역'이라는 실천이 놓여 있었다. 『조양보』뿐만이 아니라 정기간행물을 통한 1900년대 후반의 계몽운동에 있어서, 번역을 통한 지식의 보급은 효율적인 동시에 필수적이었다. 이에 우리는 당대의 미디어 자체를 일종의 飜譯場의 관점에서 볼 필요가 있다. 번역 주체이자 번역장으로서의 미디어가 무엇을, 어떻게, 왜 번역하고자 했는지를 궁구한다면 당대 지식인들의 문제의식에 대한 우리의 이해 수준은 크게 제고될 수 있을 것이다.

그럼에도 '번역'에 대한 학계의 인식은 여전히 낮은 편이다. '번역'의 문제는 일반적으로 '자생적 발전'의 대척점에서 사유되었고, 따라서 늘 연구사의 주변부에 놓여 있었다. 하지만 이는 이 글에서 살펴본 대한제국기 잡지들의 존재 양상을 고려해보면 주객이 전도된 것에 가깝다. 잡지의 간행 주체들이 중시한 것은 '번역'을 통한 지식의 재편이었다. 그들이 절실히 보급하고자 한 각종 학문과 담론은 기본적으로 자가생산이 불가

---

48 위의 글, 같은 면.

한 영역에 있었다. '자생적 발전'을 새로운 차원에서 이끌어내기 위해서는 지식의 재구성이 선행되어야 했다. 이것이 당대 번역의 본질이자 지향이었다. 번역된 것들이 의미하는 바를 보다 적극적으로 고구해야 하는 이유는, 결국 번역 자체가 '자생적 선택'에서 비롯되었기 때문이다.

* 이 해제는 아래 논문에 기초하여 수정 및 보완을 거친 것이다. 손성준, 「지식의 기획과 번역 주체로서의 동아시아 미디어 -『조양보』를 중심으로」, 『대동문화연구』 104, 성균관대학교 대동문화연구원, 2018.

| 참고문헌 |

1. 자료

『조양보』, 『태양』, 『신민총보』, 『대한자강회월보』, 『서우』, 『대한매일신보』, 『황성신문』

2. 단행본

부산대학교 점필재연구소 고전번역학센터 편, 『한국 고전번역사의 전개와 지평』, 점필재, 2017.
야마구치 마사오, 오정환 역, 『패자의 정신사』, 한길사, 2005.
유재천, 『한국언론과 이데올로기』, 문학과 지성사, 1990.
임화, 『임화 문학예술전집 2 – 문학사』, 소명출판, 2009.
최덕교, 『한국잡지백년 1』, 현암사, 2004.
鈴木貞美 編, 『雜誌『太陽』と国民文化の形成』, 思文閣出版, 2001.
永嶺重敏, 『雜誌と読者の近代』, 日本エディタースクール出版部, 1997.
日本近代文学館編, 『太陽総目次』, 八木書店, 1999.

3. 논문

구장률, 「근대 초기 잡지의 영인 현황과 연구의 필요성」, 『근대서지』 1, 근대서지학회, 2010.
김인택, 「『親睦會會報』의 再讀(Ⅰ) – '친목회'의 존재 조건을 중심으로」, 『사이』 5, 국제한국문
　　학문화학회, 2008.
김재영, 「근대 계몽기 '소설' 인식의 한 양상 – 『대한민보』의 경우」, 『국어국문학』 143, 국어국문
　　학회, 2006.
손성준, 「근대 동아시아의 애국 담론과 『애국정신담』」, 『개념과 소통』 16, 한림대학교 한림과학
　　원, 2015.
_____, 「번역서사의 정치성과 탈정치성 – 『조양보』 연재소설 「비스마룩구淸話」 연구」, 『상허
　　학보』 37, 상허학회, 2013.
_____, 「修身과 愛國: 『조양보』와 『서우』의 「애국정신담」 번역」, 『비교문학』 69, 한국비교문
　　학회, 2016.
_____, 「영웅서사의 동아시아적 재맥락화 – 코슈트傳의 지역간 의미 편차」, 『대동문화연구』
　　76, 성균관대학교 대동문화연구원, 2011.
_____, 「전기와 번역의 '縱橫' –1900년대 소설 인식의 한국적 특수성」, 『현대문학의 연구』
　　51, 한국문학연구학회, 2013.
신승하, 「구한말 애국계몽운동시기 양계초 문장의 전입과 그 영향」, 『아세아연구』 100, 고려대
　　학교 아세아문제연구소, 1998.
이유미, 「1900년대 근대적 잡지의 출현과 문명 담론 – 『조양보』를 중심으로」, 『현대소설연구』

26, 한국현대소설학회, 2005.

임상석, 「근대계몽기 가정학의 번역과 수용: 한문 번역『新選家政學』의 유통 사례」, 『한국고전
　　여성문학연구』 27, 한국고전여성문학회, 2013.

_____, 「근대계몽기 국문번역과 同文의 미디어 :『20세기의 괴물 제국주의』 한·중 번역본
　　연구」, 『우리문학연구』 43, 우리문학회, 2014.

_____, 「보호국이라는 출판 상품 -「울산행」의 번역에 나타난 한일의 문체와 매체」, 『국제어문』
　　76, 국제어문학회, 2018.

차태근, 「20세기 중국문명과『新民叢報』의 지위」, 『중국학논총』 39, 고려대학교 중국학연구
　　소, 2013.

일러두기

1. 이 책의 번역 대본은 국립중앙도서관(1-11호), 고려대 도서관(12호) 소장 본으로 하였다.
2. 번역은 현대어화를 원칙으로 하였다.
3. 한자는 괄호 병기를 원칙으로 하였다. 단, 병기하지 않으면 뜻이 애매한 경우나 한자를 병기했을 때 주석이나 의미를 풀지 않고 뜻이 통하는 경우에 한해 병기하였다.
4. 중국의 인명과 지명은 그 시기가 근·현대인 경우는 중국어 발음에 따라 표기하고, 근·현대 이전은 한국 한자음을 써서 표기하였다. 일본과 서양의 인명과 지명은 시기에 관계없이 해당 국가의 발음대로 표기하였다.
5. 원본에 한자로 표기된 서양 인물이 확실히 파악되지 않은 경우 한글 독음과 원문 한자를 병기하였다.
6. 본서의 원본은 순한문, 국한문, 순국문이 혼합되어 있다. 이를 구분하기 위해 순한문 기사는 '漢', 순국문은 '훈'으로 기사 제목 옆에 표시해두었다. 표기되지 않은 기사는 국한문 기사이다.

대한 광무(光武) 10년
일본 메이지(明治) 39년
병오(丙午) 6월 18일 제3종 우편물 인가(認可)

朝陽報

제1호

조양보(朝陽報) 제1호

신지(新紙) 대금(代金)

한 부(部) 신대(新貸) 금(金) 7전(錢) 5리(厘)

일 개월 금 15전

반 년분 금 80전

일 개년 금 1원(圓) 45전

우편세[郵稅] 매 한 부 5리

광고료

4호 활자 매 행(行) 26자 1회 금 15전. 2호 활자는 4호 활자의 표준에 의거함

◎매월 10일·25일 2회 발행

경성 남대문통(南大門通) 일한도서인쇄회사(日韓圖書印刷會社) 내

　임시발행소 조양보사

경성 남대문통 4초메(丁目)

　인쇄소 일한도서인쇄주식회사

　편집 겸 발행인 심의성(沈宜性)

　인쇄인 신덕준(申德俊)

목차

조양보 제1권 제1호

조양보 발간 서(序) 漢

근래에 우리 한국의 긴급한 책무를 논하는 자라면 교육을 우선으로 삼지 않는 이가 없다. 교육에는 또한 세 종류가 있으니, 첫째가 가정교육으로 부모의 언행이 그것이요, 둘째가 학교교육으로 문자(文字)와 정법(政法)이 그것이요, 셋째가 사회교육으로 신문 잡지가 그것이다. 무릇 사람이 유년기에는 가정에서 배우니 부자·부부의 윤리와 효제충신의 덕을 가정교육으로 말미암아 세운다. 소년기에는 학교에서 배우니 수신(修身)·제가(齊家)·치국(治國)·평천하(平天下)의 도리와 성명(性命)·기화(氣化)의 이치를 학교교육으로 말미암아 밝힌다. 장년기에는 사회에서 배우니 천하 성패의 형세와 인물 성쇠의 기미를 이로 말미암아 드러내어 알게 된다. 무릇 동서양에 첫째가는 나라로 일컬어지는 나라는 모두 이것을 통해서 문명을 가져왔고, 또 이것을 통해 부국강병을 불러왔다.

아! 우리 한국은 수백 년 동안 사부(詞賦)로 사람을 뽑았기에 학술과 정사(政事)가 길을 나누어 등지고 달려왔다. 선비들의 습성이 날로 부화함을 좇고 백성들의 풍속은 날로 미개함으로 떨어져, 근대 세계 각국 신학문과 신지식의 경우에는 애당초 하루의 공부도 없어 마침내 남의 속박을 면치 못하게 되었다. 감히 조정의 여러 공경(公卿)들과 재야의 여러 군자들께 묻노니, 장차 이 노예 생활을 달게 여기고 이 자포자기 상태를 편안히 여길 것인가.

그런데 오늘날 이렇게 된 죄는 유년이나 소년에게 있지 아니하고 실로 장년에게 있는 것이다. 어째서인가. 저들이 가정에서 배우지 못한데다가 또 학교에서 배우지도 못하여, 귀머거리가 아닌데도 능히 듣지 못하고 장님이 아닌데도 능히 보지 못한다. 이는 참으로 공자께서 사십, 오십 되도록 이름이 나지 않으면 볼 것이 없다고 한 자이다. 이러한 사람을 가정에 있게 하면 반드시 그 자질(子姪)을 그르칠 것이요 학교에 있게 하면 반드시 그 제자들에게 누를 끼칠 것이니, 사회교육으로써 급무 중의 가장 급무를 삼아야 할 것이다. 이것이 조양보사(朝陽報社)의 여러분이 월보(月報)를 발간하여 조정과 재야의 사군자들이 병촉지학(秉燭之學)[1]을 하는 데 공급하려는 까닭이니, 그 내용은 일종의 교과서요 그 의도는 독립회복의 계책이다. 그러므로 삼가 고심의 붓을 잡고 피를 토한 먹을 적셔 나라 안의 동지들에게 두루 고하는 것이다.

광무(光武) 10년(1906) 6월 일, 남악거사(南嶽居士) 이기(李沂) 백증(伯曾)은 삼가 기록한다.

조양보 찬사(讚辭)

윤효정(尹孝定)[2]

조양보 간행을 앞두고 나에게 찬사를 요구하였다. 나는 의리상 사양하지 못할 뿐만 아니라 작자의 고심한 마음과 조양보 발간 취지의 진실한 아름다움에 실로 몹시 감동하였으니 비록 나에게 찬(讚)하지 말라고 한들 내 어찌 찬사를 쓰지 않을 수 있겠는가. 찬사를 쓰는 이유는 대한국(大韓國)의 독서가들로 하여금 누구도 조양보를 읽지 않는 이가 없게 하려는 것이니, 대한국의 독서가들로 하여금 누구도 조양보를 읽지 않는 이가 없게 하려는 이유는 모두가 현세계의 신지식을 얻기 바라는

---

1 병촉지학(秉燭之學) : 늙어서 학문을 하는 것은 촛불을 잡고 밤길을 가는 것과 같아, 늦었지만 자기 앞을 못 보는 것보다는 낫다는 뜻이다.
2 윤효정(尹孝定) : 1858-1939. 구한말의 정치가이자 독립운동가로, 대한자강회(大韓自强會), 대한협회(大韓協會)를 조직하여 애국활동을 했던 인물 중 한 명이다.

것이요, 모두가 현세계의 신지식을 얻게 하려는 이유는 다 함께 완전무결의 정당한 인격체가 되기를 바라는 것이요, 다 함께 완전무결의 정당한 인격체가 되게 하려는 이유는 국권을 회복하여 자주독립하기를 바라는 것이다. 읽으면 얻고 얻으면 완전해지며 완전하면 독립할 수 있으니, 그렇다면 작자의 고심한 마음과 굳센 필치 또한 그것을 통한 국권의 회복과 무관하지 않을 것이다. 무릇 대한(大韓)의 국민으로서 국권회복을 바라는 자라면 누군들 침식(寢食)을 잊고서 아침저녁으로 크게 소리 내어 이 조양보에 실린 글을 읽지 않으랴. 이것이 내가 조양보에 찬사를 보내지 않을 수 없으며, 사람들에게 그것을 읽게 하려는 까닭이므로 드디어 조양보 독법(讀法) 18칙(則)을 다음과 같이 쓰노라.

독법(讀法)

1. 조양보는 같은 문자를 사용하는 각국에서 문자를 조금 아는 자라면 원칙적으로 읽지 못하는 사람이 없겠으나 다만 대한의 인사들이 읽기에 가장 적합하니, 대개 현시대 우리나라 사상의 정도와 풍속의 습관을 통해 한 계단 두 계단에서 열 계단, 백 계단에 이르기까지 점차 향상되어 나아가되 등급을 뛰어넘거나 빠뜨리는 폐단이 없어야 문명국의 견식(見識)을 얻을 수 있다.
2. 조양보는 우국지사(憂國之士)가 함께 읽을 만하니 이것을 읽으면 나라의 병폐를 고치는 요체의 대강을 알 수 있고, 나라를 다스리는 실제 일을 거행할 수 있으며, 전날의 공허한 걱정과 탄식이 곧바로 물 흐르고 구름 걷히듯 사라질 것이다.
3. 조양보는 애국자가 함께 읽을 만하니 이것을 읽으면 사랑하는 마음이 더욱 견고해져 나라를 자신의 집, 자신의 몸처럼 사랑하다가 심하면 나라를 사랑하여 제 몸을 바치는 때가 있어도 스스로 마음에

달게 여길 것이다.

4. 조양보는 자신을 사랑하는 자가 함께 읽을 만하니 이것을 읽으면
   자신과 국가의 관계가 어떠한지를 스스로 알게 될 것이요, 자신과
   국가의 관계가 어떠한지를 알게 된 뒤에는 자신을 사랑하고 나라를
   사랑하는 마음이 자연스레 저절로 일어날 것이다.

5. 조양보는 불평지심을 가진 선비들이 함께 읽을 만하니 이것을 읽으
   면 평소 쌓인 불평의 기운이 곧장 국가 경륜의 의지로 변할 것이다.

6. 조양보는 유자(儒子)가 함께 읽을 만하니 이것을 읽으면 윤리 도덕
   의 말이나 주지(主旨)와 관련하여 반드시 선왕(先王)과 선현(先賢)을
   본받아 위로는 주자(朱子)·정자(程子)·공자(孔子)·주공(周公)에
   젖어들어 활용하고 발휘하는 오묘함이 있을 것이고, 또 구미(歐米)
   철학가의 진귀한 말을 참고할 수 있을 것이다.

7. 조양보는 새로움을 좋아하는 선비들이 함께 읽을 만하니 이것을
   읽으면 현세상의 학술, 기예와 시사(時事), 국세(局勢)의 최신 발명
   과 최근 정세 및 형편에 대해 요점을 뽑아 등재한 내용을 손바닥
   보듯 환하게 알 수 있을 것이다.

8. 조양보는 부유하지만 힘없는 자들이 함께 읽을 만하니 이것을 읽으
   면 재산을 보호하는 능력을 얻을 수 있을 것이다.

9. 조양보는 가난하여 무지한 자들이 함께 읽을 만하니 이것을 읽으면
   산업을 융성할 지혜와 힘을 얻을 수 있을 것이다.

10. 조양보는 게을러서 하는 일 없는 자들이 함께 읽을 만하니 이것을
    읽으면 안일(安逸)을 추구하는 악습을 바꾸어 근면을 중시하는 아름
    다운 습성을 얻게 될 것이다.

11. 조양보는 교육가가 함께 읽을 만하니 이것을 읽으면 자제 교육의
    필요성과 교육 시행의 방법을 저절로 이해할 수 있을 것이다.

12. 조양보는 교육받지 못한 자들이 함께 읽을 만하니 대개 어린아이들과 청년들은 저설로 학교교육을 받으면서 새로운 지식을 더 늘릴 수 있으나, 다만 40·50세가 되도록 신지식에 대해 듣지 못한 자들은 이 잡지가 아니면 개명(開明)할 길이 없으니 이 잡지는 곧 한 편의 사회교육 독본이다.

13. 조양보는 허탄(虛誕)한 자들이 함께 읽을 만하니 이것을 읽으면 천하만사가 어느 것 하나도 실제 진실한 행동에서 나오지 않음이 없음을 알 수 있을 것이요, 지난날의 부허(浮虛)하고 탄망(誕妄)하던 것도 저절로 다 사라질 것이다.

14. 조양보는 부랑자제(浮浪子弟)들이 함께 읽을 만하니 이것을 읽으면 전날의 버드나무 그림자와 꽃그늘, 제비춤과 앵무새 노래 등과 같은 취몽미혼(醉夢迷魂)에서 스스로 깨어나 결연히 몸가짐을 단속하고 학문을 닦을 생각을 하여 한 명의 건전한 국민이 될 수 있을 것이다.

15. 조양보는 몽중인(夢中人)이 함께 읽을 만하니 이것을 읽으면 우르릉 천둥소리 한 번에 잠 귀신이 완전히 사라져 구미(歐美)의 비구름같이 빠르게 변하는 경황과 백인종·황인종의 예측 불가한 화복(禍福)을 깨달아 엄연히 동양 지사(志士)로서 가치 있는 일을 하게 될 것이다.

16. 조양보는 희망을 품지 않는 자는 함께 읽을 수 없으니, 만약 희망을 품지 않으면 곧 어리석고 완고한 목석과 다를 바 없기 때문이다. 작자의 열심(熱心)과 고심한 마음으로 이 잡지를 간행하는 것은 원칙적으로 사람에게 읽게 하려 한 것이지 목석이 읽기를 바란 것이 아니다.

17. 조양보는 한낮의 베개 맡이나 저녁 등잔 밑, 비 내리는 평상, 눈 오는 창가에 있을 때는 물론이고 어느 때나 마음 가는 대로 읽을

수 있지만 맑은 아침 일찍 일어나 햇살을 받으며 읽는 것이 가장 좋으니 이때에 창연하고 시원한 기운이 혼연히 글의 맛과 서로 부합하여 더욱 신선함을 깨닫게 될 것이고, 또한 조양보 명칭의 의미를 깊게 느낄 수 있을 것이다.

18. 조양보를 읽는 자는 고깃배 한 척을 타고서 점점 도화원(桃花源) 계곡에 들어가는 것과 같다. 처음에 흩날리는 만 편의 붉은 복사꽃 잎을 보고서 한 굽이를 지나 또 한 굽이를 나아가되 서너 굽이를 경유하여 여덟아홉 굽이에 이르러야 비로소 선가(仙家)의 진정한 형상을 볼 수 있을 것이다. 만약 강 중간에서 노를 돌리면 끝내 도화원이 어디에 있는지를 알 수 없다. 조양보를 읽는 자가 혹 1호, 2회에서 그치거나 혹 3호, 4호에서 그치면 또한 도화원을 찾으려다가 강 중간에서 노를 돌린 것과 매한가지가 되어 그 문명의 참뜻을 얻기 어려울 것이다.

척등신화(剔燈新話)

○ 무릇 국가는 인민을 모아 이룩한 것이다. 그러므로 말하되, 오직 백성이 나라의 근본이라, 근본이 튼튼해야 나라가 평안하다 하니, 금일에 민지(民智)가 어둡고 민지가 위약(萎弱)하면 그 민(民)을 민이라 칭하지 못할 것이요, 국정(國政)이 문란하고 국권을 잃으면 그 국(國)을 국이라 말하지 못할 것이다.

○ 『관자(管子)』에서 말하되, 나라의 존속과 멸망이 인접국에 있다 하니, 대저 저들은 밝고 강하거늘 우리는 어둡고 약한 데 자처하면 남들이 반드시 우리의 어두움을 에워싸고 약함을 공격하고자 하리니 어찌

막겠으며, 저들은 다스리고 흥하거늘 우리는 어지럽고 망하는 데 자처하면 남들이 반드시 우리의 어지러움을 취하고 망함을 업신여기고자 하리니 어찌 원망하겠는가.

○ 감히 묻노니, 금일 우리 한국이 밝으오, 강하오, 다스려지오, 흥하오. 아마도 그렇지 아니할 것이니, 그 병의 근원을 헤아리고 그 폐해의 근원을 구하건대 두 가지 단서가 있다. 첫째로 말하자면 옛것을 보내고 새것을 취하는 능력이 모자람이요, 둘째로 말하자면 어두움을 뒤로하고 밝음을 향하는 능력이 모자람이다.

○ 대개 지나(支那)로 논하건대 당우(唐虞) 삼대의 예악이 시간이 흐름에 손해가 날로 더하고 우리나라로 논하건대 단군·기자·삼한의 제도가 세대를 따라 변천하니, 다스림을 통제하고 나라를 보호하는 방책이며, 성장을 발흥하고 가르침에 들어가는 법의 경우에는 더욱 마땅히 세(勢)를 헤아리고 때를 살필 것이다.

○ 비유컨대 거문고와 비파가 조화롭지 않거든 반드시 고쳐야 아름다운 소리를 발할 수 있으며 의상에 더러움이 있거든 반드시 세탁하여야 깨끗하고 고움을 바랄 수 있나니

○ 하물며 금일은 지구가 크게 열리고 열강이 교통한다. 서양의 가까운 역사를 살피건대 그 정치는 공화헌법으로 그 강령을 삼고 그 정신은 애국보민(愛國保民)으로 그 사상을 삼고 그 풍기는 상무여절(尚武勵節)로서 그 근골을 삼고 그 기예는 기화광성(汽化光聲)으로서 그 바탕을 삼나니, 이는 다 서양인이 하늘을 뒤집고 땅을 흔들리게 하고 신을 초월하고 귀신을 놀라게 하는 뛰어난 기술과 이채로운 기계가 천하 이목을 일신케 하여 만방을 이끌어 가르침을 일으키나니 동아시아 5천 년 만에 일어난 일대 변화의 국면이거늘

○ 금일 우리 한국의 그 정치는 전제독단(專制獨斷)의 구폐를 바로잡지

않아 대공지정(大公至正)한 강령이 일어나지 않으며, 그 정신은 총애를
시샘하고 권력을 틀어쥐는 옛 욕심을 거두지 않아 애국보민할 사상이
불발하며, 그 풍기는 문무관원이 모두 향락에 빠져 오래 전부터 물들어
있는 것을 씻지 않아 상무여절하는 근골이 서지 않으며, 그 기예는 완
고하고 우둔하며 거칠고 사나운 옛 졸렬함을 바꾸지 않아 기화광성의
수수함을 갖추지 못한다. 이와 같이 고집은 세고 명민치 못하며 고루하
고 뒷걸음질 치니 능히 나라를 안정케 하고 백성을 보호코자 하나 할
수 있겠는가. 이는 이전에 물든 것을 없애지 못하고 새 법을 취하지
못한 병의 근원이다.

○ 무릇 열강의 발흥함은 이만한 밝음이 없고 우리 한국의 날로 쇠함은
이만한 어두움이 없는 고로, 큰 변고를 깨닫지 못하고 국시(國是)를 정
하지 않으며 내정(內政)은 무너지게 만들고 외권(外權)은 빼앗겨 순순
히 오늘에 이르렀으니, 그럼에도 말을 참겠는가.

○ 서양의 정치 신서(新書)로 논하면 다 최근에 나온 것이로되, 그 규모
가 넓고 아득하며 그 조리가 자세하고 상세하여, 그것을 자국에 시험하
고 천하에 공유함이니, 이것으로 말미암는 자는 부강하고 말미암지 않
는 자는 우매하고 약하거늘 금일 우리는 취하고 버릴 것을 살피지 않고
밝고 어두움을 분별하지 않으니 그러므로 지사의 눈물과 과부의 근심
이 어떠하리오.

○ 금일에 유럽 열강은 새로운 기예와 새로운 기구가 해마다 수천이
나오고 새로운 법과 새로운 책이 해마다 수만이 나오며 농상공병(農商
工兵)이 모두 전문과정을 학습하고 부녀자와 어린아이라도 각 교과를
배움에 부지런히 힘쓰거늘 우리나라의 경우는 그렇지 아니하여

○ 벼슬아치 중 현명하다 하는 자는 옛말을 답습하여 지려(智慮)에 융통
성이 없고, 어리석은 자는 관습에 안주하여 심사(心思)에 큰 구멍이 났

다. 이에 오대주의 끝없는 변화를 몰라 이목이 막혀 있고, 일국의 경제를 이해 못해 발걸음도 어지러운지라. 헌법과 공화가 어떠한 정략이 됨을 모르고 공법과 약법이 어떠한 조목이 됨을 모르고, 쓸모없는 옛 정치를 고친다 말하나 전철을 다시 밟고, 현명한 위인을 뽑는다고 말하나 협잡꾼을 다시 쓰고, 젊은이가 새로운 법의 바른 정치로써 이익을 늘릴 것을 말하면 참견하는 자 있어 서로 다른 마음을 갖게 되고, 혹자는 개선의 자위(自衛)로서 보전할 방책을 개진하면 근심하는 자 있어 무사안일만을 구하며

○ 고을과 관청에서 백성을 다스리는 자는 매양 옛것에 집착하고 새것에 어두우며, 백방으로 백성을 괴롭히고 자기를 살찌우는 것만 능사로 알고, 교활한 지방 관아의 아전과 향임들은 장부의 조작과 법의 악용을 역대 왕조가 지켜온 법이라 말하고, 억압과 업신여김으로 단번에 장구한 계책을 꾀하며

○ 우활한 유자(儒者)와 속된 선비는 존왕양이〔尊夏攘夷〕의 설(說)에 미혹되고, 장구(章句)와 사부(詞賦) 짓기에 탐닉하여 시의(時宜)를 헤아리지 못하고 옛 관점을 고수하며, 옛 책을 엿보아 도적질하고 찌꺼기를 계속 씹을 뿐이요, 일 하나라도 그 본질을 궁구하지 못하며 법 하나라도 그 손익을 견주지 못하고 그저 거만하게 스스로를 높이고 뻔뻔스레 수치를 모른다.

○ 대저 국권이 확립함은 민기(民氣)를 진작하는 데 있고 국정(國政)이 청명함은 민지를 열어젖히는 데 있고 민지를 열어젖힘은 교육하는 데 있고 민기를 진작함은 단결하는 데 있으니, 그러므로 월(越)나라의 구천(句踐)은 10년을 백성을 길러 나라를 부(富)하게 하고, 10년을 교육하여 끝내 오(吳)나라를 멸망시켰고, 연(燕)나라의 소왕(昭王)은 40년간 현자를 불러 백성을 가르치니 끝내 제(齊)나라를 토벌하였고, 프로

이센은 60년을 교육하여 끝내 프랑스를 패배시켰으니
○ 금일 우리 한국의 책략인즉 교육일 따름이라. 아아, 동포여. 만일
이 기회를 잃어버려 교육을 실시치 못하고 다만 국가를 안정시키고 생
명을 보호코자 한다면, 곧 밤길 갈 때 촛불이 없고 어두운 큰길에서
머뭇거리며 눈먼 말을 홀로 타고 높은 다리를 건너는 것과 같으리니,
이는 어둠을 뒤로하고 밝음을 향하는 것이 불가능한 폐해의 근원이라.
○ 오늘날 교육 한 가지 일을 애쓰고 애써 논하여, 확장하기를 경고하
는 주지는 다른 까닭이 없다. 우선 애국적 정신을 격발하여 우리 한국
2천만이 본성으로 타고난 떳떳한 도리가 균등한 동포의 뇌수에 물이
흘러가게 할 새, 이제 더욱 설법(說去)할 것이다.
○ 대저 지역과 언어와 법률과 정치와 습속이 동일한 제왕과 정부에
같은 색 인민이 복종하여 섬겨, 이익과 피해, 다스림과 혼란을 함께
받는 것을 일국이라 칭하나니, 세계가 넓고 인민이 많음에 따라 각 산
천을 할거하여, 크고 작은 것이 별처럼 벌여 있고 바둑돌처럼 퍼져 있
음과 같기 때문에, 사람의 사람됨의 원리를 상세히 상고하면 피아의
구별이 없으나, 나라가 나라 됨의 대강을 추산하면 그들과 우리의 구분
이 있다. 그런즉, 나라는 사람이 모이는 데서 비롯하여 그 이름을 세우
고 사람은 나라의 건설에 의탁하여 그 기초를 이루는 것이다. 나라가
비록 사람을 따라 그 이름을 세우나 사람도 나라가 없으면 그 기초가
부재함은 차치하고 그 이름이 없으리니, 이런 이유로 우리 대한인이
된 자는 그 이름과 성이 무엇이든지 그 몸의 빈부귀천을 막론하고 통칭
하여 말하되 대한인이라 한다. 그런즉 대한인 석 자가 제일 중대한 공
칭(公稱)이 아니리오. 이와 같이 중대한 공칭을 공유하여 강약의 구분
이 없으므로 그 생명은 빼앗을 수 있어도 그 이름은 빼앗기 힘들 것이
요, 그 일은 훼손할 수 있어도 그 이름은 훼손하기 힘들 것이라.

○ 무릇 우리 동포여. 누가 대한 삼천리강토(疆土)에 여러 세대 이어저 오지 아니하였으며, 누가 조종(祖宗) 5백 년의 어진 조정의 은택에 배어서 나고 자라지 아니하였는가. 강토에 우리 선조 이래로 대대로 전해진 밑바탕과, 조종이 우리 족속의 무리를 나고 자라게 하신 은택을 우러러 생각하고 굽혀 세어보건대 과연 어떠한가.

○ 무릇 하늘이 사람을 낳으시되 이미 각각의 지체(肢體)와 이목에 총명을 내리시고 각각 책임을 맡기심은 금수(禽獸) 목석(木石)과 차별케 한 바며, 또한 저 야만 원주민과 차별된 바라. 그러므로 책임이라는 것은 인도(人道)의 강자라고 많이 가질 수 있는 것이 아니고, 약자라고 적게 가질 수 있는 것이 아니며, 천한 자에게만 맡길 수 있는 것이 아니며, 귀한 자만이 멋대로 할 수 있는 것이 아니다. 사람이 능히 그 책임을 가진즉 그 나라가 번창하고 그 종족이 강할 것이요, 사람들이 다 책임을 포기한즉 그 나라가 피폐해지고 그 종족이 쇠할 것이다.

○ 맹자가 말하길 "지금 세상에 내가 아니면 그 누구겠는가"라고 하며, 문정공(文正公) 범중엄(范仲淹)이 수재가 된 때에 천하를 자기 임무로 삼고, 고정림(顧亭林)[3]이 또한 "사직(社稷)의 존망에는 보통 사람에게도 책임이 있다." 하니, 대개 고금의 학자가 그 책임을 다하기 위해 그 방안을 구하지 않음이 없는 것은, 모두 애국정신으로부터 말미암음이다.

○ 서양 각국 사람이 그 나라를 사랑하는 모든 일에 대해 설명할 수 있는 방법이 많으니, 대저 애국심은 인민이 교화의 혜택을 입을수록 지성(至誠)으로 감발할 것이다. 그런고로, 나라의 정부 된 자는 인민 교육하기에 종사하여 마음을 다하고 힘을 다하여 막대한 재화를 쓰는 것을 아까워하지 않고, 나라의 인민 되는 자는 어떤 일, 어떤 것이든지

---

3 고정림(顧亭林) : 중국 명말청초의 사상가 고염무(顧炎武, 1613-1682)로, 정림(亭林)은 그의 호이다.

그 나라를 위하는 것이면 물불을 피하지 말고 생사를 돌아보지 않는다.

○ 관직에 이바지하는 자와 학문에 힘쓰는 자는 자연히 생각이 그 나라를 위하는 한 가지 일에서 떠나지 않으려니와, 농업에 종사하는 자도 나라를 위함이요, 상업을 경영하는 자도 나라를 위함이요, 물품을 제조하는 자도 역시 그러하다. 인민 사회상에 무릇 모든 일이 그 나라를 위하는 것 외에는 없다.

○ 사상이 이와 같고 습상(習尙)이 이와 같아 아버지는 이로써 그 아들에게 전하고, 형은 이로써 그 동생에게 가르치며, 어른이 어린 사람을 대하거나 친구와 의논할 때라도 이로써 서로 권한다. 그러하므로 삼척동자와 규방의 처녀라도 자국이 어떤 일이든 타국에 미치지 못한다는 말을 전해 들으면 분기를 이기지 못하며 수치심이 스스로 솟아, 비록 유치한 소견이라도 타인에게 지지 않는 경륜을 논하나니, 그 나라가 어떻게 부유하지 않고 강하지 않겠는가.

○ 무릇 한 사람의 몸으로서 논하면, 함부로 잘난 체하는 마음으로 타인을 압도할 의도가 아름다운 일이 아니라 말할지나, 그러나 한 나라의 체면을 헤아린즉, 털끝만큼이라도 타국에게 업신여김을 당치 아니하고 공로를 널리 퍼트려 광대(光大)한 영광의 이름을 날리고, 권리를 고수하여 존중받는 지위를 차지함이 가하니, 임금으로 하여금 적국의 우려가 없게 하며, 정부로 하여금 외인의 업신여김을 받지 않게 함이 바로 의로운 이의 기개와 절조이며 충신의 심성이다.

○ 무릇 사람이 그 나라의 백성이 되어 그 나라를 향하여 사랑하는 기질이 없는 즉, 이는 그 백성의 본분에 어둡고 책임을 방기함이라. 이런 고로, 본 기자가 구구하게 우러러 원하는 바는

○ 사방의 모든 동포 여러 군자로 애국성(愛國誠)을 격발하고 교육하는 일을 장려하여 국가 기초를 거의 공고히 할 수 있고, 국가의 권위를

거의 바꿀 수 있고, 이 백성으로 문명에 날로 가까워지고 우리나라로 부강에 날로 이르게 하고자 하노니, 힘쓰고 힘쓸 것이다.

자조론(自助論)

이 글은 영국 최근의 석학 스마일스(Samuel Smiles) 씨가 저작한 바이다. 대저 개인의 성품 사상이 국가 운명에 관한 힘이 심대하므로, 이에 책을 저술하여 국민을 각성케 함이니, 세계 도처에 스마일스 씨의 저서를 번역함이 지극히 많은데, 자조론은 곧 그 하나다. 오늘에 그 저술 중에 적실한 곳을 번역하여 독자와 함께 이 도리를 강구코자 하니, 그 중흥을 도모함에 근본에 가까운 힘을 얻을 것이다.

국민과 개인

일국의 가치는 곧 국가를 조직한 개인의 가치라.

우리의 잃어버린 바가 어디에 있는가 하면 국가, 행정, 정도(政度)의 힘을 과도하게 믿고 개인의 힘을 과소하게 본 데 있으니

『대학』에 이른바, "천자(天子)로부터 서인(庶人)에 이르기까지 일체가 모두 수신(修身)으로 본을 삼나니, 그 본(本)이 혼란하고서 말(末)이 다스려지는 이는 없으며, 그 후(厚)할 바에 박(薄)하고 그 박할 바에 후한 이는 있지 않다."라고 하니, 바로 이를 말함이다.

국가의 진보는 개인이 극기하고 권면하고 정직한 정도에 있으며, 국가의 퇴보도 또한 개인의 나태와 사욕과 비열한 정도에 있다. 개인의 마음이 바른즉 국력이 왕성하고 개인의 마음이 사악한즉 국가의 명운이 힘들어, 법률 제도를 비록 백번 개량하여도 사회 폐해의 청산을 기

대할 수 없을지니, 혹 잠간의 효과를 볼 듯해도 그 폐해는 서쪽에서 사라지고 동쪽에서 출현하며, 혹은 형태를 바꾸어 발생하게 된다. 이는 대저 손발을 몸통에 붙이지 않은 소치다. 오늘날 가장 높은 애국심을 발휘코자 한다면, 지선(至善)한 덕풍을 선포하여 법률 제도 개혁의 필요 없이 오직 개인이 서로 권면하고 서로 도와 각각 날로 새롭게 덕으로 나아가는 행동을 세워 자신을 개선하여야 할 수 있을 것이다.

하늘은 스스로 돕는 자를 돕는다는 이 한 구절은 만인이 실험한 말이니, 정확하고 의심할 바 없는 것이다. 자조(自助)·자신(自新)의 정신은 곧 인간 진보의 근저니, 국민 다수가 이 정신을 체구(體究)하면 곧 그 나라의 세력이 샘솟듯 발할 것이다.

타인의 힘을 의뢰하며 타인의 도움을 바라는 습성은 항상 그 사람의 활력을 약하게 하고 자조의 정신은 항상 그 사람의 기력을 왕성케 하나 사람이 자조의 뜻이 없어 타인의 도움을 부르니, 이는 마치 부인(婦人)과 같아 왕왕 사람이 통제를 받음에 감심하여 마침내 무능무력(無能無力)한 국민 됨을 면치 못하리라.

정부 법률의 힘은 개인에게 별로 감화가 없거늘, 사람이 왕왕 이 잘못된 믿음으로 자기의 행복 안녕을 삼아 국가 사회의 힘에 의지하고, 문득 자기 마음의 힘이 능히 자기 몸을 보호하고 법률의 힘은 생명·재산의 보호함에 국한하여, 이에 이 위쪽 반의 힘이 다시없음을 모르니 왜 그러한가. 법으로 정치를 펼침이 비록 공명엄정(公明嚴正)하여도 나태함이 바뀌어 근면함이 되고 방탕함이 변하여 소박함이 되고 악인이 화하여 선사(善士)가 되는 일은 도저히 일어나기 불가하리니, 이 개선의 법은 오직 개인의 극기자신(克己自新)의 힘을 의뢰하여야 비로소 성숙할 것이다.

그러므로 그 나라의 가치가 세력의 큼에 있지 아니하고 개인의 습성과 사회의 풍습이 어떠함에 있음을 알아야 한다.

일국의 정부는 그 국민의 그림자니, 그림자가 능히 형상보다 크지 못하다. 그러므로 그 국민의 품성이 타락한즉 정치 또한 타락할지니 정부의 지식은 홀로 진보하는데 국민의 지식은 홀로 저급함을 볼 수 없고, 정부의 지식은 홀로 저급한데 국민의 지식은 홀로 진보함을 다시 볼 수 없다. 곧 일국의 가치와 실력은 국민의 품성이 어떠함에 달려있음을 알지니, 정치 법률의 힘이 관계하는 바는 심히 적다.

국가라는 것은 개인이 함께 모인 상태니, 문명이라 칭하는 것은 그 국민이 선을 바라고 지혜로 나아가는 마음 상태를 가리켜 말하지 아니할 리 없을 것이다.

인간 진보의 도(道)가 어떠한가 함은 고금의 문제거늘 그릇된 견해 또한 많아, 혹은 말하길 제왕 통치의 힘에 있다 하고, 혹은 말하길 국민 애국성(愛國性)에 기초한다 하고, 혹은 말하길 입헌제도에 인한다 하니, 다 핵심을 적중하지 못했다.

제왕주의자는 반금(拌金)주의와 같으니, 자기를 의뢰하는 것 이외의 것을 의뢰할 생각이 점차 강해지고, 자조자립의 힘이 점점 박약하여 국가의 원기를 소모하여 가히 다시 회복치 못하리라. 애국성의 힘과 입헌의회의 법안도 또한 의지하기에는 부족할지라.

무릇 인간 진보의 도와 국가 발전의 술이 국민 본선(本善)의 마음을 발동하고 작용하여 조야(朝野)에 신의(信義)가 있으며 정실(貞實)이 있게 할지니, 이와 같을진대 진보 발달치 아니한 나라가 있지 아니하니라.

아일랜드의 애국자 윌리엄 다간(William Dargan)이 연설에서, "나는 매번 독립의 말을 들을 때면 능히 우리나라와 우리 시민에게 할 말이 떠오르지 않을 수 없다. 아일랜드의 독립함은 혹 갑의 장소를 좇아 외치며 혹 을의 장소를 좇아 외치며 혹 병의 장소를 좇아 외치니, 우리가

비록 정치상 독립이 온전치 못하나 그 공예적(工藝的) 산업의 독립은
온전히 우리 자신의 힘에 있음을 심히 깊게 믿노라."라고 하였다. 우리
가 날마다 행동하고 분간하여 처리하는 것 위에 신중하고 두렵게 살얼
음을 밟는 마음으로써 처신할 때에, 차츰 진보하여 국민이 이 뜻을 하
나로 나아가면, 아일랜드 국민에 멀지 않고 또 다른 국민과 같아 가히
안녕과 행복의 독립 지위에 이를 수 있을 것이다. (미완)

교육

교육의 필요

무릇 교육은 국가의 근본이다. 국가를 다스리고자 하는 자는 그 근본
을 닦지 않아서는 안 되니 동서양 고금을 막론하고 정치를 말하는 자가
반드시 교육을 우선시하는 것은 대개 국가에 근본적으로 필요하기 때
문이다. 교육의 정도(程度)는 시대의 변천과 문화의 계급에 따라 옛날
과 지금이 서로 다르나 교육의 필요는 어느 나라나 매한가지이다.

옛날 프로이센이 프랑스 나폴레옹 황제에게 국가 유린을 당하여 온
나라가 붕괴되고 백성들이 뿔뿔이 흩어져 피폐함에 대한 탄식과 짓뭉
개짐에 대한 울화로 숨이 막혀 아침저녁을 보존하지 못하고 상처가 골
수에 깊이 파고들어 떨쳐 일어나 회복할 여력이 다시는 없을 슬픈 지경
에 빠져 버렸다. 그러나 이러한 때에 프로이센의 어진 재상 슈타인
(Heinrich Stein) 씨가 조정에 있으면서 선후책(善後策)을 강구하여 조용
히 안(案)을 내었는데 지금을 위한 계책은 오직 교육의 필요에 있다고
여기고서 곧바로 이리저리 궁리하여 경영하고 수치와 모욕을 참고 온
갖 어려움을 무릅쓰며 뛰어난 인재가 나오도록 고심을 다했다. 그리하

여 학령(學令)의 시행 장려와 학제(學制)의 개선을 강력 추진함으로써
한 나라의 여론을 환기하여 교육의 필요를 크게 부르짖는 소리가 하늘
에서 복음이 내려오듯 전파되어 전 국민의 마음을 고무하고 격동하게
하였다. 이에 국내 도처에 기숙 서당을 열고 학교를 세워 큰 소리로
글 읽는 소리가 끊임없이 들리게 하여 교육 보급의 기초를 확립함으로
써 영재를 키우고 국가 인재를 길렀는데, 결국 훗날 풍운(風雲)을 질타
하고 우레를 몰아치는 웅대한 계책과 장대한 기세는 모두 여기에서 양
성한 것이다. 이러한 효과로 인하여 겨우 50년 만에 과연 지리멸렬하던
프로이센이 방대한 세력으로 변모하여 오랜 세월 원수지간이던 강대한
프랑스를 스당(Sedan)에서 격파하고 더 진군하여 파리를 곤경에 빠뜨
리고 성하(城下)의 맹약을 맺게 하니 당시 유럽 지역의 일개 작은 제후
국에 불과하던 프로이센이 단번에 게르만의 연방(聯邦) 맹주로 뛰어올
라 선진 열국과 더불어 중원(中原)에 대치하고 엄연히 한 지역에서 패
업(霸業)을 칭하는 데 이르렀으니 어찌 공업(功業)과 위엄의 성대하고
찬란함이 저와 같단 말인가. 역사가 호위리(扈威利)⁴ 씨는 이를 논평하
기를, "프로이센이 프랑스에 승리한 배경은 스당에 있는 것이 아니라
사실은 학교에 있었던 것이다."라고 하였으니 참으로 지극히 당연한 말
이다. 관중(管仲)이 말하기를, "한 해를 위한 계획은 곡식을 심는 데 있
고 십 년을 위한 계획은 나무를 심는 데 있으며 백 년을 위한 계획은
사람을 심는 것에 있다."라고 하였으니, 아! 시대의 위아래 차이가 서로
수천 년 떨어져 있고 지리의 동서 거리도 수만 리 떨어져 있으나 훌륭한
신하와 어진 재상의 견해는 부절(符節)을 합한 듯 꼭 들어맞아 그럴 것
이라고 기약하지 않아도 동일한 뜻으로 귀결되었으니 이후에 국가를

---

4 호위리(扈威利) : 미상이다.

경영하고자 하는 자는 마땅히 이를 거울삼아야 할 것이다.

　지금 열강들이 세력을 크게 벌여 천하를 웅비(雄飛)할 수 있는 까닭은 다른 방법이 있었던 것이 아니라 단지 교육의 결과일 뿐이다. 이러한 시기에 자신을 지킨다면서 어리석게도 스스로 문을 닫아걸고 태곳적 교육으로 호언장담하며 스스로 자랑하다가 결국 오늘에 이르러 남에게 속박을 당하고 남이 몰아치는 채찍을 맞아 자유롭게 활동하지 못하는데도 오히려 옛것만을 그대로 답습하고 지체하며 차일피일 미루다가 한갓 이름뿐인 학교를 세우고 실제 교육은 전혀 시행하지 않으니 이처럼 세월만 보내면 원래 강대국이더라도 극심한 경쟁 한가운데에 나란히 설 수 없을 것이거늘 하물며 이처럼 나약하고 부패한 곳은 어떻겠는가. 이는 마땅히 지사(志士)가 크게 탄식하고 분발해야 할 바이다.

　현재 세계의 문명국들은 학교의 진흥과 교육의 발달을 오로지 정부의 도움에만 의지하지는 않는다. 나라 안의 뜻있는 신사(紳士)들은 모두 부지런히 힘쓰고 정성껏 노력하여 열심히 주력해 이룰 수 있는 자들이니, 어떤 이는 가산을 기울여 돕고 운영하였으며 자산이 없는 자는 아침저녁으로 이 일에 종사하여 정성을 다하고 정신을 다 쏟았다. 이 때문에 전국에 보급하여 왕성하게 일어나고 크게 진전될 수 있었으니 이 또한 국민의 의무이다. 어찌 꼭 정부가 친절히 가르쳐주기만을 기다리겠는가.

실업

도덕과 실업의 관계

근대에 어느 나라의 한 실업가가 논하기를, "옛날에 학문을 닦는 자는 사(士)가 되는 것으로 그치고 실업을 닦는 자는 농(農)·공(工)·상(商)이 되는 것으로 그쳤으니, 선비는 실업을 닦을 필요가 없고 농·공·상은 학문을 닦을 필요가 없었다."라고 하였다. 이로 인해 도덕과 실업이 판연히 두 갈래로 나뉘어 서로 아무런 관계가 없는 것이 마치 바람 난 말과 소[5] 같았다. 그런데 지금 개명(開明)의 시운을 맞아 사·농·공·상이 일치하는 데로 돌아가지 않으면 안 되니 도덕과 실업도 하나로 합하는 것이 옳다. 만약 불가능하다고 한다면 이는 물리학자들이 말하는 관성과 같아 인력(人力)으로 정리(整理)해야만 기어코 합일을 얻을 수 있다. 맹자(孟子)가 말하기를, "안정된 수입이 없어도 안정된 마음이 있는 자는 오직 사(士)라야 가능하고 일반 백성은 안정된 수입이 없으면 안정된 마음이 없다."라고 하였으니, 맹자도 도덕과 실업이 서로 떨어질 수 없음을 논하였다. 그러나 안정된 수입이 없으면 지금은 '사'로 이름을 삼는 자들도 안정된 마음을 보전하지 못하는 경우가 많으니 그러므로 안정된 수입은 안정된 마음을 일으키는 근본이요, 안정된 마음은 국가를 안전하게 하는 근본이다. 즉 실업은 도덕을 일으키는 근본이요, 도덕은 국가 치안(治安)의 근본인 것이다. 이 때문에 도덕과 실업은 상호 근본이 되어, 혹은 도덕이 실업의 근본도 되고 실업이 혹 도덕의 근본이 되기도 한다. 또 관중(管仲)이 말하기를, "창고가 가득 차야 예절을 알고, 옷과 음식이 풍족해야 영광과 치욕을 안다."라고 하였으니, 이 또한 도덕과 실업이 서로 떨어질 수 없음을 말한 것이다. 옛날의 유자들은 도덕을 말할 경우 결단코 실업을 뒤에 두지 않았거늘[6]

5　바람……소 : 여기에 해당하는 원문인 '풍마우(風馬牛)'는 서로 관계가 없음을 뜻한다. 『좌전(左傳)』 희공(僖公) 4년에 "그대는 북해에 있고 과인은 남해에 있으니, 바로 바람난 말과 소도 서로 미칠 수 없는 거리이다.〔君處北海, 寡人處南海, 唯是風馬牛不相及也〕"라는 말이 나온다.

6　결단코……않았거늘 : 원문에는 '決不以道德으로爲後어늘'이라고 되어 있으나 여기

지금의 유자들은 대체로 사정(事情)에 어둡고 세상일에 어설퍼서 매번 도덕을 말할 때마다 꼭 실업을 빠뜨려서 두 가지로 분리하니 참으로 개탄스럽도다!

그러나 오늘날의 상황에서 살피건대, 전대 현인들의 말도 이를 분명히 밝혀준 것은 아니다. 무릇 부(富)는 공부(公富)와 사부(私富)의 구별이 있으니 공부는 도덕과 서로 짝이 되어 국가에 유익하고 사부는 도덕과 위배되어 국가에 무익할 뿐만 아니라 심한 경우 도리어 국가에 큰 해를 끼친다. 무릇 근래에 실업을 주장하는 설이 크게 일어나 국민들이 서로 다투어 그것에 종사하려고 하나 실업 또한 반드시 교육에 힘입은 뒤에 발달하는 것이다. 대개 실업을 사적인 이익을 위한 것으로만 여기고 공익을 돌아보지 않으면 그 폐해가 적지 않기 때문에 그 폐해를 제거하지 않으면 실업이 발달하더라도 국가에 적용할 수가 없다. 지금 한두 가지를 예로 들어 말하자면, 가령 쌀가마니에 모래가루를 섞은 자도 실업가라 하고, 주포(紬布)의 겉과 속을 꾸며 속인 자도 실업가라 하고, 목화를 이슬에 적셔 그 무게를 재는 자도 실업가라 하며, 꿀 속에 밀가루와 설탕을 첨가한 자도 실업가라 하며, 무역 이익을 늘리기 위해 제반 물품의 가치를 오르게 하여 영세민을 곤궁하게 만든 자도 실업가라 칭하며, 조악한 건축 시공으로 교량과 가옥을 만들어 즉시 무너지게 만든 자도 실업가라 말하며, 국법의 금령(禁令)을 헤아리지 않고 토지와 논밭과 집, 광산물과 삼림을 사적으로 외부인에게 파는 자도 실업가라 칭하며 외부인과의 판매 농간으로 도리어 본국의 상업을 방해하는 자도 실업가라고 한다. 이러한 종류를 낱낱이 들어 다 말할 겨를이 없을 정도이나 세간에 부정한 방식으로 사적 이익을 추구하여 일반 대중

에서의 '道德'은 문맥상 '실업'이 되어야 옳다고 판단하여 이와 같이 번역하였다.

을 곤궁하고 힘들게 만드는 자들은 모두 도덕에 위배되는 실업가이다. 이런 식으로 부자가 되면 수익이 백천만 금에 이르더라도 도적과 다를 바가 없으니 도적이 많으면 그 나라를 문명국이라고 말할 수 없다. 세상에서 잘못된 견해를 가진 자들은 도덕이 실업보다 효력이 없다고 말하는데 어찌 도덕을 버리고서 실업에 능한 자가 있겠는가.

우리 한국은 농·공·상 실업이 유치하고 저열하여 풀옷을 입고 나무 열매를 따 먹던 시대와 같은 수준에 있으니 국력이 위세를 떨치지 못함은 진실로 이 때문이다. 더욱이 공업과 상업 두 가지는 심각하게 거칠고 졸렬하여 아예 논평할 것도 없다. 오직 농업은 신라·고려 이래로 농산국으로 불린 만큼 국내 하천 유역에 땅의 성질이 기름져 비옥하고 기후가 알맞고 마땅하여 오곡(五穀)의 생산이 풍족하지 않은 적이 없었고 또 삼림의 풍부함과 광산의 이익과 고기잡이 산업이 모두 국산(國産)을 통해 백성의 생업을 늘렸다. 다만 지위가 높은 인사(人士)들이 이용후생(利用厚生)의 방법을 강구하지 않고 농부와 시골 노인들이 전해오는 관습에 전적으로 맡기고 있기 때문에 농사짓는 방법이 점점 쇠퇴하게 되었으며 또 관리들은 탐욕이 많아 백성의 생산을 침탈하여 백성들이 생업을 경영하여 편안히 살 방법이 없기 때문에 기름지고 좋은 땅이 모두 황폐해졌으니 만약 경제에 뜻을 둔 선비가 나와 떨쳐 일어나 농사일을 개량하는 방법에 힘써서 관개(灌漑)의 이익과 밭 갈고 씨 뿌리는 방법과 비료를 뿌리고 농기구를 잘 갖추는 일을 일일이 완전하게 정리한다면 국력의 부유함을 손꼽아 기대할 수 있을 것이다. 그러나 안타깝게도 높은 자리에 있는 자들이 떨쳐 쇄신할 능력이 없고 선비된 자들이 융성하고 증진시킬 방침에 어두워 부(富)의 원천을 포기하며 남은 이익을 쌓아두기만 하고 앉아서 빈약함을 구제하지 못한다고 한탄만 하니 어찌 개탄하지 않을 수 있겠는가.

사조(詞藻)

조양보 발간을 축하하며[祝朝陽報發刊] 漢

등음(藤陰) 등전겸(藤田謙)[7]

공정한 논의로 똑같이 사랑함을 보이니,[8]	公論正議見同仁
문명을 육성함이 나날이 새롭도다.	扶植文明日日新
알겠노라. 오운필(五雲筆) 한 자루에	知道一枝五雲筆
'광풍제월'의 정신이 담겨 있음을.	光風霽月是精神

비평: 조양보의 소리가 이 건실한 글을 빌어 종려(鍾呂)의 중후함을 지니게 되었다.

조양보 발간을 축하하며[祝朝陽報發刊] 漢

건당(乾堂) 소삼근(小杉謹)[9]

한 자루 굳센 붓으로 새로운 소리를 내니,	一枝健筆發新聲
응당 세상 일깨우는 목탁[10]의 명성을 기약하리.	警世應期木鐸名
칼날 같은 논설의 예봉을 청해보노라,	請看論鋒若犀利
시작부터 공명(公明)함을 주의로 삼으리니.	由來主義是公明

비평: 올바른 소리와 올바른 의리가 참으로 글자마다 경종(警鍾)을

---

7 등음(藤陰) 등전겸(藤田謙) : 미상이다.

8 똑같이……보이니 : '동인(同仁)'은 사람을 차별 없이 동일하게 대우함을 말한다. 당(唐) 한유(韓愈)의 「원인(原人)」에 "이런 까닭으로 성인은 한결같이 보고서 똑같이 사랑한다.〔是故聖人一視而同仁〕"라는 말이 나온다.

9 건당(乾堂) 소삼근(小杉謹) : 미상이다.

10 목탁 : 고대에 정교(政敎)와 법령을 선포하거나 전쟁이 있을 때 사용한 일종의 악기로, 세상을 일깨우는 역할을 하는 사람이나 기관을 비유한다. 『논어(論語)』 「팔일(八佾)」에 "천하에 도가 없어진 지 오래되었다. 하늘이 장차 부자로 목탁을 삼으려 한다.〔天下之無道也久矣, 天將以夫子爲木鐸〕"라고 하였다.

울리니 많은 재물을 받는 것보다 더 영광스럽다고 말할 만하다.

조양보 발간을 축하하며[祝朝陽報發刊] 漢

제애(鵝涯) 반총언(飯塚彦)[11]

문장은 공명정대하고 글자는 구슬을 꿴 듯,　　文章正大字聯瑰
아침 햇살이 어둠을 깨고 오르는 것 같네.　　匹似朝陽破闇開
태사공[12]의 논설과 동호의 직필이[13]　　太史公論董狐筆
우리 한반도에 광채를 발하리라.　　發輝半島國光來

비평: 필력이 웅건하여 돌을 천 길이나 굴릴 기세가 있으나 다만 추켜세움이 과분하여 도리어 부끄러움을 더한다.

한양(漢陽) 漢

반총(飯塚) 제애(鵝涯)[14]

백악산 우뚝하고 한강물은 길게 흐르는데,　　白岳巍然漢水長
석문의 성가퀴는 금성탕지를 보호하네.　　石門雉堞護金湯
이씨 가문의 제업은 지금도 예전 그대로이니,　　李家帝業今猶古
범 웅크리고 용 서린 지 오백 년 되었다오.　　虎踞龍蟠五百霜

비평: 군왕에게 바친 굳건한 문장으로, 천고의 절창(絶唱)이다.

11　제애(鵝涯) 반총언(飯塚彦) : 미상이다.
12　태사공 : 한나라 때의 역사가이자 『사기(史記)』의 저자인 사마천(司馬遷)을 말한다.
13　동호의 직필 : '동호'는 춘추시대 진(晉)나라 때 사관(史官)으로 당시 군주를 시해한 대신 조순(趙盾)의 일을 사실대로 기록하였다. 이후 '동호필'은 사실을 거리낌 없이 직필(直筆)하는 것을 의미한다.
14　반총(飯塚) 제애(鵝涯) : 미상이다.

초여름 날에 이런저런 생각을 읊다[初夏雜唫] 漢

꽃이 땅에 가득 떨어져 나비는 외롭고,　　　落花滿地蝶伶仃
아득히 흐르는 물은 봄에도 쉬지 않네.　　　流水杳然春不停
일찌감치 훈풍이 적제[15]를 맞이하니,　　　早有薰風迎赤帝
두견새는 울어대고 온 산은 푸르네.　　　一聲杜宇萬山靑

비평: 사조(詞藻)가 화려하고 발언이 신기(神奇)하니 참으로 재주 있
는 이의 솜씨이다.

인천에서 지은 잡시[仁川雜詩] 漢

산에는 안개 비껴 있고 바다에는 달빛 생겨　　　烟橫海嶠月生潮
벼랑의 나무 흐릿하여 저녁 빛에 아득한데,　　　崖樹低迷暮色遙
물가에 선 화루(畫樓) 위, 등불을 켠 그곳에는　　　臨水畫樓燈上處
온 주렴에 주영(酒影)[16] 비치고 손님이 퉁소 불고 있네.

　　　一簾酒影客吹簫

비평: 글자마다 당시(唐詩)에 가깝다.

인천에서 제일가는 누각에 와 올랐더니　　　來上仁川第一樓
저쪽에도 악기, 노래 싣고서는 풍류 노네.　　　載他糸肉亦風流
타국이라 영락하여 떠돈단 말 할 것 없고　　　殊邦未必說淪落
취해서는 미인과 함께 근심 노래하지 마세.　　　醉與美人歌莫愁

노 소리와 돛 그림자, 배는 백로 곁에 있고　　　櫓聲帆影鷺邊舟
월미도의 모래톱은 불러주면 대답할 듯.　　　呼似將膺月尾洲

---

15 적제 : 중국 신화에 나오는 '축융씨(祝融氏)'로서 여름을 맡은 남쪽의 신이다.
16 주영(酒影) : 술에 비치어 반사된 빛을 말한다.

아름다운 이 물빛과 산색 차지하고서는	占此水光山色美
꽃 같은 이, 그림 같은 누각 속에 있구려.	如花人在畵圖樓

비평: 세상에 드문 절조(絶調)이니 죽지사(竹枝詞) 삼장(三章)에 들 만하다.

야부키(矢吹) 장군이 얼마 전에 은퇴하여 노년을 안락하게 보내게 되었다. 내 생각에, 대장부가 입신해서는 국가의 간성(干城)이 되고 은퇴해서는 임천풍월(林泉風月)의 주인이 되는 일은 예부터 어려운 바였다. 이제 장군은 두 가지를 모두 얻으시니 우러러보며 존경하는 마음을 금하지 못하겠다. 삼가 절구 한 수를 올리니 바로잡아 주시기를 빈다.[矢吹將軍 頃者掛冠養老 余謂大丈夫起爲國家之干城 退爲林泉風月之主 古來所爲 難 今將軍兩得之 不禁景欽 恭呈一絶幷乞政] 漢

소삼건당(小杉乾堂)¹⁷

소삼건당(小杉乾堂)[17]

이별하곤 바쁜 채로 해가 두 번 바뀌었는데	一別匆匆歲再遷
그댄 용퇴하여 자연 속에 은거한다 하니	聞君勇退隱林泉
그 당시에 말 위에서 군사 지휘하던 손은	當年馬上麾兵手
산수 경치 독단하는 권한 바꿔 쥐었겠소.	翻握江山風月權

비평: 풍운 속에서 온갖 전투를 치르고 급류를 건너듯 용감히 은퇴하였고,[18] 또 문단의 붉은 깃발[19]을 세웠으니, 쾌활한 사람의 유쾌한 일을 극도로 이룬 것이다.

---

17 소삼건당(小杉乾堂) : 미상이다.
18 급류를……은퇴하였고 : 벼슬자리를 결연히 버리고 용감하게 은퇴함을 이른 것이다.
19 붉은 깃발 : 전범(典範) 또는 영수(領袖)를 비유한 말이다.

성북(城北) 가는 길에[城北道中] 漢

남숭산인(南嵩山人)[20]

뻐꾹뻐꾹 소리 속에 여름날은 길어진 채	布穀聲中夏日長
이리 갔다 저리 갔다 너무나도 바쁜 참에	東征西去劇紛忙
눈과 같은 팥배 꽃이 길 양편에 피어서는	野棠夾道花如雪
한 줄기 바람 불어 가게 가득 향기 나네.	一陣風來滿店香

비평: 담박함 속에 오묘함이 있고 흔적이 붙어 있지 않아, 읽을수록 향기로운 바람이 사람을 감싼다.

누각에 올라[登樓] 漢

강남 지방 경물 색태 요즘에는 어떠한가,	江南物色近如何
버드나무 늘어져서 푸른 물결 스칠 듯한데	楊柳垂垂拂綠波
앵도 죽순 갓 살진 날, 새 봄비는 그쳐가고	櫻筍初肥新雨歇
제비 꾀꼬리 갈아 나올 제, 진 꽃잎은 많기도 하지.	
	燕鶯交出落花多
바람 맞서 검에 기댄 채 긴파람은 괜히 불다	臨風倚劍空長嘯
술잔 들고 다락 올라 노래 한 곡 또 부르네.	把酒登樓更一歌
작은 배는 사서 쓰고 갈댓잎 삿갓 엮어서는	買得小舸編篛笠
으슥한 저 안개 모래톱 장지화(張志和)[21]나 방문할까.	
	烟洲深處訪張和

비평: 앞 절반은 유려(流麗)하고 뒤 절반은 웅건(雄健)하니, 마치 육유(陸游)의 『검남집(劍南集)』을 읽는 듯하다.

---

20 남숭산인(南嵩山人) : 장지연(張志淵, 1864-1921)의 호이다.

21 장지화(張志和) : 732-810. 중국 당나라 때 관리이자 시인으로, 원래 이름은 구령(龜齡), 호는 현진자(玄眞子) 또는 연파조도(烟波釣徒)이다. 중년 이후에 관직을 버리고 태호(太湖)에 은거하며 어부로 살았다.

유림들에게 경고하다

새가 죽음을 앞두면 울음소리가 슬프고 사람이 죽음을 앞두면 그 말이 선하다. 지금 국가의 운명이 어렵고 힘드니 이런 때를 맞아 유림 여러분들은 장차 어떠한 외침을 발하려는가.

무릇 국가 사회상에 유생이라고 불리면 그 세력이 크지 않을 수 없어, 올려다보면 족히 조정 제공(諸公)의 실책을 규간(規諫)하고, 내려다보면 족히 재야의 백성들을 인솔해야 할 것이다. 그러므로 조정의 대우함이 무겁고 인민의 공경하고 받듦이 높은 것이다.

영국에 신사단체(紳士團體)가 있는 것이 우리 한국에서는 유생이 조정과 재야 사이에 서 있는 것과 같은데, 신사단체는 항상 영국의 기둥과 주춧돌로 자임하여 집에서는 어질고 착한 아버지가 되고 마을에서는 믿음직하고 의로운 벗이 되며 국가에는 충성스럽고 용맹한 군사가 된다. 그러므로 각국 사람들이 추켜세워 칭찬하지 않음이 없으니 이른바 '6척의 어린 임금을 맡길 만하고, 백 리 되는 나라의 운명을 맡길 만하며, 큰일에 임하여 절조를 빼앗을 수 없는 자'[22]라고 하는 것이 그것이다. 대개 저들과 우리의 품성(品性) 및 지식이 비록 각기 다르나 그 위치로 비교하면 우리 한국의 유생도 또한 동등한 계급에 놓인 자로되 양국에 나타난 양상의 성쇠와 고저를 말하면 하늘과 땅의 차이일 뿐만이 아니니, 하나는 세계에서 공경하며 두려워하는 바이고 하나는 세계에서 경시하며 업신여기는 바이다. 그러니 생각이 여기에까지 미침에 그대들의 감상은 어떠한가. 어찌 죽도록 부끄럽지 않겠는가.

선비의 처세는 자기 한 몸만 선하게 하는 것으로 그치지 않는다. 진실

---

22 6척의……자 : 『논어(論語)』「태백(太伯)」에 나오는 말로, 증자(曾子)가 군자다운 사람을 칭찬하며 한 말이다.

로 마땅히 천하 사람들과 선을 함께 나누어야[23] 그 변화가 향국(鄉國)에까지 미치고 그 시행이 원근에 드러나게 되며, 그것을 통해 도(道)를 널리 펴고 백성 구제를 자신의 일로 삼아 그 책무를 맡을 수 있거늘 우리나라에 지금의 고난과 역경이 있게 한 것은 그 누구의 죄인가? 춘추필법으로 단죄한다면 그대들도 그 죄를 피하고 책임을 면하기 어려울 것이다.

본보(本報)의 의도는 유생 여러분들과 함께 국민 지도의 임무를 양쪽 어깨 위에 짊어지고 인민들의 품성을 고치고 인민들의 덕업(德業)을 증진시켜 국가의 근본을 견고하게 하여 그 기대하는 바를 달성하고자 하는 것이니, 만약 여러분들이 이러한 지향에 동의한다면 종횡으로 흉금을 펼쳐 작성한 원고를 보내시되, 만약 걸리는 것이 없다면 본사(本社)가 마땅히 차례대로 게재하여 유림 동지들로 하여금 강구할 바탕을 만들게 하고자 한다.

세계총담(世界叢談)

○ 근세 미국의 세인트루이스 대학에 한 노년 여성으로 법학 박사가 된 이가 있으니, 그 나이 68세이다. 여사는 장년기에 학술을 배우지 않고 다만 통상 생계만 영위하더니, 62세에 이르러 갑자기 돌이켜 이에 학문의 뜻을 세우고 법학을 연구하여 6년을 부지런히 매진하여 마침내 그 뜻을 달성하였다.

○ 몬테네그로는 유럽에서 가장 작은 나라로되, 풍속의 아름다움이 세상의 찬사를 받는 바이다. 이에 한 일화가 있으니, 말하길 모국(某國)

---

23 천하……나누어야 : 『맹자(孟子)』 「진심(盡心)」에 나오는 "궁하면 홀로 자신의 몸을 선하게 하고, 영달하면 천하 사람들과 선을 함께 나눈다.〔窮則獨善其身, 達則兼善天下〕"는 표현을 활용한 것이다.

공사(公使)가 그 부인과 함께 산책하며 거닐었는데, 그 금반지를 잃어
버리니 이는 귀중하고 값져 가히 쉽게 구하지 못하는 것이었다. 공사가
궁으로 달려가 왕에게 수색하기를 구하자 왕이 빙그레 웃으며 말하길,
"시골 부인 금반지가 모 길가의 구멍에 떨어져 백 보 위치에 있으니
가서 찾아보도록 하라." 하니 과연 찾게 되었다. 공사가 놀라 말하되,
"왕은 어찌 알았습니까?" 하니, 왕이 웃으며 말하길, "짐의 신하 무리
중 이 반지를 본 자 7·8인이오. 이로써 알았소."라 하였다. 공사가 다
시 묻되, "그들은 이 진귀한 물건을 보고 어찌 스스로 취하지 아니하였
습니까?"라 하자 왕이 시중을 돌아보고 말하길, "너희들은 어째서 그
떨어진 것을 줍지 아니하였느냐?"라고 하였다. 시중이 보고 답하되, "만
금의 반지가 비록 귀하긴 하나 양심의 귀함에 비하면 곧 충분히 귀하지
않으니 신하가 만금을 잃어버림은 오히려 있을 수 있지만 양심을 잃어
버리는 것은 참으로 있을 수 없습니다."라 하였다. 공사가 한숨 쉬며
감탄하며 말하길, "군신(君臣)이 이와 같으니, 나라가 장차 흥할 것을
예상할 수 있겠도다."라고 하였다.

○ 오스트리아 황제가 한 학교에 친히 왕림하여 도보로 시찰할 때, 학
교의 아동이 놀다가 황제의 왕림을 듣고 급히 달려 모였다. 한 아이가
황제의 뒤로 몰래 따라가 황제의 관(冠)에서 털 하나를 뽑으니, 모든
학동들이 다투어 그것을 따라하였다. 황제는 이를 알고 관을 보니, 털
의 반이 사라진지라 황제는 비록 아동의 사심이 없음을 알지만 그 의도
를 시험코자 하여 아동을 보고 물어 말하되, "타인의 물건을 훔치는 것
이 예가 아닌 줄을 너희들이 아는가?"라고 하자 한 아이가 대답하되,
"폐하께서 우리 학교에 친히 왕림하시니 우리들은 영구히 기념하기 위
하여 각각 털 하나를 필요로 함이었습니다."라고 하였다. 황제는 그 솔
직한 대답을 가상히 여겨 기쁘게 말하길, "과연 관모(冠毛) 전부를 주어

도 또한 무방하다." 하였다.

○ 프랑스의 박물학자 포니에 씨가 덴마크에 가서 화초를 채집하더니 하루는 노신사를 교외에서 만났다. 이 노신사 또한 식물 채집하는 것을 따라하는 듯하여, 마치 동료처럼 환담을 나누니 보기에 친구와 같았다. 감흥이 더해져 진귀한 화초 발견하기를 경쟁코자 할 때, 한 줌의 푸른 이끼를 둘로 나누어 서로 그 양의 대소를 살피는 것이 완연히 아이들 장난과 같았다. 포니에 씨는 평상시 너그럽고 유하여 말에 꾸밈이 없었다. 갑자기 신사를 불러 말하되, "내가 배고프고 목말라 참기가 어려우니 상상컨대 형씨도 그러할 것이오. 함께 아무 점포나 가서 좋은 음식을 같이 먹는 게 어떠하오?"라고 하였다. 신사가 말하길, "부탁하오니 우리 집에 왕림하여 형이 좋아하는 대로 대접하겠습니다." 하니, 포니에 씨는 흔쾌히 동행하여 마치 십년지기의 집을 방문하는 즐거움이 있는 듯 그 문에 당도하였는데, 씨는 놀라 뒤로 물러나며 말하되, "이는 덴마크 왕의 이궁(離宮)이니, 우리는 가히 그 문지방을 밟지 못할 것이오." 한데, 신사가 조용히 말하되 "나는 곧 덴마크 왕 오스카(Oscar)이라. 형은 새로 얻은 친구니 모름지기 사양하지 말고 너는 거리낌 없이 흥치(興致)로 여기라." 하고, 억지로 데리고 입궁하여 날이 저물도록 담소하고 떠났다.

○ 프랑스 왕 루이 14세는 어느 날 재상 콜베르에게 물어 말하되, "짐이 강대하고 비교할 수 없는 프랑스를 통치하는데 능히 네덜란드라는 소약국을 정복하지 못함은 왜인가?"라고 하니 재상이 옷깃을 바로 하고 답하되, "폐하. 한 나라를 대국이 되게 함은 영토의 넓고 좁음에 의함이 아니며, 민중의 많고 적음에 관계하는 것이 아니요, 다만 그 국민의 성품이 어떠한가로 변별함이니, 금일 폐하가 프랑스의 큼으로써 능히 네덜란드의 작음을 능가하지 못함은 저 나라 사람의 굳은 절개와 품성

이 우리를 이기기 때문이니 원컨대 폐하는 이상하게 여기지 마십시오."
라고 하였다.

○ 1608년 스피놀라(Spinola), 리카르도(Richardot) 두 사람은 스페인
전권대사로서 네덜란드 헤이그에 파견되었다. 하루는 강변에 산책할
때 네덜란드인 십수 명이 한 작은 배에서 나와 푸른 풀 위에 앉아 변변
치 않은 음식을 먹거늘, 그 외모는 비록 야인과 같으나 그 정신과 풍채
는 스스로 세속과 차별되어 보였다. 나는 그것이 이채로워 농부에게
물었다. "저 사람은 누구인가?"라고 하자 농부가 답례하여 말하길, "저
들은 우리 국민이 존경하여 별도로 선출한 대표자요." 한데, 스피놀라
가 리카르도를 바라보고 탄식하여 말하길, "우리가 다 네덜란드의 약소
함을 보고 업신여길 만하다 하였는데 지금 저들 신사의 행동을 보니,
그 근검 성실한 모습은 진실로 경복(敬服)할 만하다. 저 국민의 도달한
수준이 이와 같으니 가히 정복치 못할 것이다. 우리는 속히 평화를 체
결하는 것 외에 달리 묘책이 없다."라고 하였다.

강단설의(講壇設議)

구미 각처에는 모두 강단이 있어, 때때로 유명한 석학과 혹 발명가를
초빙하여 그 담화를 청취한다. 대개 시세가 진보하매 흐르는 물이 멈추지
않음과 같은 고로, 그 지식을 밝히며 그 덕행을 구하며 그 부강을 도모하
되, 정성과 힘을 다해 밤낮으로 계속하며 오직 하루라도 남보다 뒤쳐짐을
놀라워하니, 열국 인민의 분투하는 상태가 대개 이와 같다. 이러므로
학교교육 외에 다시 강단을 세우니, 이는 사회교육의 한 기관이라. 일본
은 고래로 기석강담(寄席講談)[24]이 있어 고금에 영웅이인전(英雄異人傳)

과 유협호사전(遊俠豪士傳)과 혹 괴담(怪談)과 연애담 종류를 강설하되, 그 취향을 보면 구미 강단의 규모와 같지 않아. 시정 노동자를 불러 모아 그 일의 고단함을 위로하고 특이하고 쾌활하며 기이한 강설을 만들어, 같은 자리에서 감흥케 한다. 따라서 그 품위를 논한즉 부족하나 당시에 청강하던 사람이 하루아침에 군대에 몸을 맡겨 칼을 들고 총을 메고 진영에 들어가 대적하매, 그 충용한 정신이 샘솟아 분발하여 목숨을 걸고 지켜내니 러시아 군인들이 일본 병사에는 미치지 못한다고 탄식하며 상찬한다. 이는 기석강(奇席講)의 효과가 실로 많다는 것이다.

또한 기석강담사(奇席講談師)는 그 몸으로 이 기예를 맡으나 십 년 이십 년을 연구하되 일심으로 한 뜻을 두어 혁추(奕秋)[25]에게 듣는 것과 같으니, 그러하므로 자리에 나가 교언묘사(巧言妙辭)를 입에서 나오는 대로 꺼내어 사람의 귀에 쇠침과 돌침을 놓는 고로, 청중이 수천이라도 숙연정묵(肅然靜默)하여 기침 한 번이 나오지 않는다.

혀의 맛이 점점 무르익어 혹 충효의열(忠孝義烈)을 논하며 혹은 인정비애(人情悲哀)의 이야기에 이르면, 말하는 자와 듣는 자가 자기의 몸이 그 지경에 거하며 눈이 그 일을 보는 것과 같아서 가득 찬 사람들이 혹은 흐느껴 슬퍼하며 혹은 눈물을 흘려 얼굴을 들 수 없는 상태에 이르나니, 매번의 강단 자리가 모두 그러하다. 이것은 한바탕 심심풀이에 불과하나, 그 인심을 감동시키고 그 충의를 격발함이 이와 같다.

오늘에 우리 한국은 재정(財政)이 정돈되지 않고 국고(國庫)가 공핍(空乏)하니, 이때를 당하여 비록 13도에 학교를 널리 설치코자 하나 분별하기 어렵다. 그러나 교양을 개발할 일이 참으로 급한 중에 더욱 급하니, 가히 하루라도 내버려두지 못할 것이다. 급급하게 강단을 세우되

---

24 기석(奇席) : 일본 도시에서 강담이나 기예를 관객에게 보여주던 상설 흥행장을 말한다.
25 혁추(奕秋) : 전국시대(戰國時代)에 바둑을 잘 두었다고 알려진 인물이다.

학교 건물을 신축하기를 요구치 말며 또한 교원 봉급을 기다리지 말고 도시와 촌락을 막론하고 그중 뜻 있는 이의 집을 좇아 한 자리만 펴고 시작하는 것도 무방하고, 청자는 혹 몇 명 혹 몇십 명이라도 역시 가하다. 그 담총(談叢)의 방향 또한 일정 규칙과 형식을 요구치 아니하여 혹 성현의 일화와 혹 영걸의 고사(故事)와 농상공학(農商工學) 등의 이야기가 모두 가하니, 대저 이와 같은 좋은 조건과 방법으로써 교육의 흠결을 보충하여, 전국 인민으로 부지런히 힘써 잠깐도 지체하지 않게 하면 시세사조(時勢思潮)를 초월하게 된다는 뜻이다.

또한 학교는 소년 자제가 취학할 수 있음이요, 연령이 삼십, 사십 하는 사람은 그 은택을 누릴 수 없어 전과 다름없이 무력은 있으나 학식이 없는 이를 낳는즉, 나라를 위하는 길이 준비되지 않아 손해가 지극히 크도다. 금일 만약 강단을 의논하여 세워 노소가 함께 앉아 이야기를 들어 그 유익을 나눠 얻게 하면, 비록 쇠퇴하여 넘어졌을지라도 반드시 끓어오르는 감정이 되리니, 바라건대 소홀히 하지 말 것이다.

사회와 국가의 직접관계론

대저 사람의 강약을 물론하고 혈기가 통하지 않는 자는 반드시 죽으며, 나라의 대소를 막론하고 민기(民氣)를 통하지 않는 것은 반드시 망하나니, 사회라는 것이 어떠한지 말하자면 그것을 통하게 하는 것일 뿐이다.

사람의 직업이 다른 고로 그 마음과 뜻이 왕왕 서로 다르다. 이로 인하여 오직 사회는 능히 각 업의 사람을 모아 그것으로 동정, 동감하여 유기체의 목적을 달성케 하리니, 대개 국가라는 것은 인격과 유기체의 집합으로 만들어진 것이다.

부귀빈천(富貴貧賤)의 자취가 융화할 수 없는 것은 습속으로 인함이 니, 융화의 도는 사회에서 돈을 조달하는 것과 같지 않으므로, 대개 학교를 함께 지어 경향(京鄕)의 아동으로 하여금 동등의 교육을 받게 하여 배우는 곳이 오래되면 부귀빈천의 자취를 부지불식간 잊게 된다. 즉 개인의 이익으로 목적을 삼는 자는 마땅히 변하여 공공의 이익으로 서 목적을 삼아야 한다.

대개 근심의 정(情)을 느낀 후에야 사업이 있으니, 이는 정(情)이 중 심에 격동하고, 기(氣)가 밖으로 떨치는 연고이다. 이로써 사업하는 사 람은 감정의 지배를 받는다고 말한다. 오직 부귀빈천은 힘이 지극히 불평등하게 되므로 반드시 그것을 평등케 하길 바란다. 그런데 부귀한 자는 억압하길 원하고 빈천한 자는 있는 힘을 다해 저항하니, 서로 충 돌이 이로부터 일어날까 두려워 반드시 사회로부터 제한하며 조화해야 한다. 소위 제한이란 것은 법률이 그것이요, 소위 조화란 것은 윤리, 도덕이 그것이다.

일본 메이지 초기에 빈민을 위하여 전문적으로 학교를 설립하되, 그 비용은 모두 공용(公用)에서 냈지만 오히려 빈자가 끝내 들어가기 원치 않았다. 이 또한 감정 충돌의 소치이다. 동 19년에 그 학교들을 폐지하 고 부귀빈천의 자제를 합하여 교육한 후에야 조화의 주의를 실행할 수 있었다.

옛 교육은 일신을 선하게 하는 데 불과했을 뿐이었는데, 지금의 교육은 전국의 민족을 조성치 못하면 일어나기 불가능하며, 옛 국가는 한둘의 영웅호걸에 굳세게 기댈 뿐이었는데, 지금의 국가는 민족 전체의 재능을 합하지 못하면 흥하기 불가능하다. 이에 민족을 흥하게 하고자 할진대 반드시 학교를 설립할 것이요, 학교를 흥하게 하고자 할진대 반드시 단체를 결성해야 할 것이요, 단체를 결성코자 할진대 반드시 사회를 세워야 할지니, 그러므로 옛 교육은 사덕(私德)을 중시하였고 지금의 교육은 공덕(公德)을 중시하니, 무릇 공덕이란 것은 통하게 한다는 뜻이다.

반도야화(半島夜話)

기이한 선비 한 명이 있으니, 평안도 사람이라. 평상시에 「범중엄전(范仲淹傳)」을 애독하여 "선우후락(先憂後樂)[26]" 넉 자를 벽에 걸어서 좌우명을 삼더니, 스무 해 전에 홀쩍 항해하였으니 간 방향을 알지 못하였다.

이번 봄에 갑자기 돌아와 평양부(平壤府) 교외에 자리 잡고 살면서 아침저녁으로 친히 모란대(牧丹臺) 풍경에서 시와 술로 사람들과 왕래하며 다시는 세상에 관계하지 아니하는 사람과 같았다. 이 사람이 구미(歐米)에서 마음껏 여행한 10년 사이에 영국과 프랑스의 말을 잘하게 되었고 더불어 일본어를 능하게 하는지라. 그가 서양에 있을 적에 조야(朝野)의 선비와 교제를 맺고 문물제도와 국가의 성쇠를 강론하고 탐구하여 스스로 얻은 바가 있었던 터라. 돌아올 때 청나라 베이징의 대유학자 우루룬(吳汝倫)과 옌팡(嚴方)을 방문하여 의기(意氣)와 담론(談論)이 서로 투합하여, 한국을 일으킬 수 있는 방도를 함께 논의하면서는 낮은 목소리로 말하며 통음(痛飮)하여 밤은 벌써 삼경인데도 이야기할수록 무르익어갔다.

---

26 선우후락(先憂後樂) : 천하가 근심할 일을 나는 먼저 근심하고 천하가 즐거워할 일을 나는 나중에 즐거워한다는 뜻으로, 북송(北宋) 대의 명재상인 범중엄(范仲淹, 989-1052)이 「악양루기(岳陽樓記)」에서 한 말이다. 이 말은 「범중엄전」에도 실려 있다.

우씨는 동양 근대 위인 쩡궈판(曾國藩) 문하의 제자이니, 리홍장(李鴻章)과 함께 동문수학한 사람이다. 학문이 대단히 깊고 식견이 보통을 초월하고 또 세상을 업신여기는 기세를 가져 담론이 바람처럼 일어나 하는 말마다 폐부를 찌르니, 일본 학자와 정치가도 우씨에게 조롱당한 사람이 한둘이 아니더라. 기이한 선비가 우씨와 깊이 교제를 맺어 아침저녁으로 왕래하니 우씨 역시 기이한 선비의 사람됨을 깊이 존경하여 항상 문하생들에게 말하기를, "작고 약한 한국에서 이러한 인물이 나올 줄을 생각하지도 못하였더니 후생(後生)이 두렵구나."라고 하였다.

하루는 서로 이끌고서 리홍장을 찾아가 만나니 이때는 바로 의화단사건 이후였기에, 이백(李伯)[27]은 국난을 당하여 앞장서서 밤낮으로 훗날을 잘 되게 할 계책을 고려하다가 근심과 분노로 병들어 누운 터였다. 기이한 선비의 사람됨을 듣고서 차마 내버려두지 못하는 마음이 생겼었는데, 이제 접견함에 두터이 예우함이 마땅하였거늘 이백이 문득 평상에 걸터앉아서 접견하여 오만한 태도로 스스로 높였으니, 아마도 그 역량을 시험하고자 한 것이었으리라. 이백이 돌연히 묻기를, "저 구미를 마음대로 여행한 사내가 어떤 물건을 가지고 왔는가?" 하며 일갈(一喝)에 사람의 간담을 뺏으려 하였다. 기이한 선비가 미소 짓고 답하지 않으니,

이백이 "과연 물건이 하나도 없으니 역시 평범하게 서양 말을 바꾸는 축음기로다."라고 하니, 기이한 선비가 당당하게 대답하였다. "나는 한국 포의(布衣)의 선비로서 10년 동안 마음대로 여행한 것은 한국을 위해서 많은 경륜을 가슴에 품음이니, 함부로 청나라를 향하여 드리지 못하겠소." 이백이 듣고 반갑게 수긍하여 그 대답을 깊이 기뻐하였다. 세 사람이 정좌(鼎坐)하여 나랏일에 이야기가 미치자, 이백이 정성스럽

---

27 이백(李伯) : 리홍장을 말한다.

게 동양의 형세를 이야기하되 특히 한국의 앞길에 관하여 경계한 것이 있는지라.

이백이 다시 기이한 선비에게 당부하기를 "러시아가 침노하여 내려오는 형세가 아직 멈추지 않았소. 한국 경내에서 일본과 러시아가 전쟁한 지 10년이 되어도 나가지 않으리니 누가 이기고 누가 질지는 비록 알지 못하겠으나, 한국의 권세가 일시에 승자의 아래에 굴복할 것이 필연이니

이 시기를 맞아 번민을 자초하여 기세 좋게 승자의 수중에서 벗어나려고 꾀하지만 되지 못하고 흡사 지친 범이 우리 안에서 나가려고 하는 것과 같아서 공연히 스스로 훼손하는 꼴이 된다. 그러니 은근히 참고 굴복하여 국내의 힘을 기르기를 30년간 하면서 천하의 변화를 엿보는 것만 못하리라.

하늘이 만일 동양을 버리지 않으실 것이라면 황인종의 동맹을 이루어 세계가 이로부터 볼만할 것이 있으리니, 그것이 우리나라에 있다면 남쪽 청나라 민족이 천하의 창도자가 될 수 있을 것이고, 한국에 있다면 북쪽 한국의 인민이 중흥의 선도자가 될 수 있을 것이다. 그대가 귀국한 뒤에 오직 팔도의 교육을 임무로 삼아 다시 정치에 관여하지 말고 대기만성의 공을 세우는 것을 상책으로 삼으라."라고 하니,

기이한 선비가 자신을 알아주고 대우해주는 말에 깊이 감동하여 몇 개월을 체류하다가 가니, 이것이 실로 광무 4년 6월이었다. 이백이 병이 점점 위중해져 달을 넘겨 서거하니 기이한 선비와 우씨가 애도를 내려놓지 못하였다.[28]

그 뒤에 우씨가 교육 시찰의 명을 받들고 일본에 도착하였더니 기이

---

28 이 대목에 기록된 시기와 리훙장 사망 기사가 역사 기록과 맞지 않는다. 리훙장은 1901년 11월 7일에 사망한 것으로 알려져 있다.

한 선비도 도쿄에 있었던지라. 손을 잡아 이끌고서 정신을 가다듬어 자세히 알아보고[29] 또 조정과 재야의 정치가와 외교가(外交家)를 만나 그 의견을 증명해보되, 특히 개국한 이래로 개혁 발달의 사정에 관해서 크고 작은 사항을 빠뜨리지 않고 강론하고 탐구하기를 가장 힘쓰더라.

당시에 우씨의 나이가 68세이고, 기이한 선비의 나이가 37세였다. 우씨의 학덕(學德)과 명성이 온 세상에 으뜸이니 기이한 선비는 진실로 우씨의 위로 나오지 못하지만 그 식견과 판단의 밝음에 대해서는 우씨가 항상 기이한 선비를 추앙하여 존중하였다.

하루는 우씨를 방문하여 당세(當世)의 시무(時務)를 담론할 때, 우씨가 강개하여 말하였다. "대한과 청이 2천여 년을 공자와 맹자의 학문을 받들어 지상(志想)이 굳어져서 풀릴 수가 없게 되었소.

중화(中華)는 더욱 스스로를 크게 여겨 세계가 진보하는 형세를 이해하지 못하니, 이른바 자기만 알고 남을 알지 못하는 자라. 마침내 오늘날의 치욕을 보게 되니, 이것은 모두 우리들이 태만한 죄이지 세상을 원망하고 남을 탓할 수가 없는 것이오.

제가 지금 베이징대학(北京大學) 총판(總判)이 되니 돌아가서 기운을 내어 신학문에 크게 힘을 써서 18성(省)의 자제 수천만 명을 환골탈태케 하여 세계를 볼 수 있게 한다면 죽어도 여영(餘榮)이 있을 것이오. 군비(軍備)와 외교(外交)는 아직 물어볼 겨를이 없었소. 선생은 어떻게 생각하시오?"

기이한 선비가 말하였다. "선생이 말씀하신 것이 모두 이치에 합당하니 한국을 계발함도 또한 교육에서 벗어나지 않습니다. 그렇기는 하지만 이제 여쭈어보겠습니다. 선생이 말씀하신 신학문이라는 것은 무엇

---

29 자세히 알아보고 : 원문은 "調査"로 되어 있으나, 문맥상 그간의 사정과 일본에 오게 된 경위 등을 물어보았다는 뜻으로 이해된다.

입니까." 우씨가 말하였다. "공업, 상업, 농업, 의학의 이화학(理化學)과
정치와 경제와 사법(司法)과 역사와 수학이 다 신학문으로 포함하지 않
을 것이 없을 것이오.

선생이 구미에서 마음껏 10년 동안 여행하셨는데, 갑자기 동양의 우
활한 유자(儒者)[30]를 향해 신학문을 물으심은 무슨 까닭이오?" 기이한
선비가 말하기를, "다시 여쭙건대, 선생의 의도를 헤아려보니 '서양의
나라가 흥한 바는 신학문을 가졌음에 있고, 동양의 나라가 쇠퇴한 바는
신학문을 가지지 않았음에 있다.'고 하시니, 과연 그렇습니까, 아닙니
까." 하니, 우씨가 "그러하오." 하였다.

기이한 선비가 말하였다. "그렇다면 신학문을 가진 나라는 다 흥할
수 있고, 신학문을 가지지 않은 나라는 다 흥하지 않습니까." 우씨가
말하였다. "그렇소. 서양과 동양의 성쇠가 고르지 않은 것을 주시하건
대, 한번 보면 판단할 수 있으니 어찌 많은 질문이 필요하겠소." 기이한
선비가 말하기를, "스페인과 네덜란드와 오스트리아와 이탈리아와 프
랑스의 여러 국가는 모두 이미 신학문을 사용하고, 영국과 독일과 미국
과 서러시아도 또한 신학문을 사용하여, 전자와 후자가 신학문의 정도
(程度)를 사용함은 다르지 않되 후자가 유독 세계의 패권국이 되고 전
자는 도리어 활기 없이 부진함은 무엇 때문입니까.

혹시 후자는 신학문을 강마함이 깊고 전자는 신학문을 강마함이 얕
아서 그런 것입니까. 혹시 따로 취할 것이 있습니까?" 하니,

우씨가 말하기를, "서양 여러 나라가 성쇠한 것을 제가 어느 정도 본
것이 없지는 않지만, 이것은 억측하여 판단한 것에 지나지 않소. 바라
건대 선생의 견해를 말씀하시오." 하였다.

---

30 동양의……유자(儒者) : 우씨가 자신을 가리킨 말이다.

기이한 선비가 말하였다. "제 견해가 비록 쓸 만하지 않겠지만, 바라건대 당신의 귀를 시끄럽게 해보겠습니다. 제가 10년 동안 마음껏 여행할 적에 구미의 문명을 보기로는, 독일과 영국과 미국이 그 학교의 과목을 다른 나라에 비하면 정도가 낮되 그 강성함은 온 세상에 으뜸이고, 프랑스와 일본은 그 학과가 빈틈없이 갖추어져 그 교사가 학리(學理)를 설명함이 지극히 상세하고 정밀하여 종종 구미 학생이 알지 못하는 것을 아는데도 그 국력이 영국과 미국에 미치지 못하는 것은 어째서입니까. 제가 일찍이 영국 런던에 있을 때 일본 박사 니토베 이나조(新渡戶稻造) 씨를 만나보니

그가 말하기를 '영국 교육제도를 가지고 일본의 교육제도와 비교하건대 일본이 정 50년 이상의 진보 발달한 실력을 보임에, 영국은 문득 50년 이상의 진보가 있는지라. 아아! 교육의 효과는 제도의 상밀한 정도와 학과의 많고 적음에 기인하지 않고 교육가의 능력과 국민 자제의 능력에 기인함을 알 수 있겠습니다.' 하기에, 제가 지금까지 능히 이 말을 잊지 못하였고,

제가 사사로이 구미의 상태를 보고 감명을 금치 못한 점은 그 공덕(公德)을 소중히 여긴 정신이 매우 두터운 데 있었으니, 이른바 '나라사람과 교제함에 신의(信義)에 그치라' 한 것입니다. 신의로 서로 만나고 성실로 서로 도운 정상이 도저하니, 이것은 동양 여러 국가에서는 많이 볼 수가 없었습니다.

학생이 학교에 있을 적에는 학과의 수와 지식의 정밀함이 일본과 프랑스에 멀리 미치지 못하되, 그들이 세상에 나아가 사무를 처리함에 이르러서는 재기(才氣)가 환하게 드러나고 경륜(經綸)이 거침없이 발휘되어 갑자기 노성한 사람의 지식을 모두 갖추게 되는 것은 무슨 까닭입니까. 국가가 인재를 만드는 법은 오직 신학문의 과목뿐만 아니라

국민 개개인이 공덕을 소중히 여기고 원기(元氣)를 기른다는 사상으로 기본을 삼으니, 그런 뒤에 신학문이 비로소 활용되어 국가에 유익할 것입니다.

제가 한국과 청나라 백성의 정상을 살펴보니 자기 개인의 이익을 중시하는 정신으로 기본을 삼아 일체의 만사를 이것을 말미암아 계산합니다. 그러므로 그 정치와 법률의 신학문을 자신을 이롭게 하는 데 이바지하는 것으로 알고, 그 이화학(理化學)과 의술을 자기 사익에 이바지하는 것으로 알아서 이리저리 마구 분산되어 수습하기 어렵습니다. 비유하자면 한 방에 기구를 정돈하여 두는 것과 같아서 기구 낱낱을 각각 제자리에 배치하여야 체제를 볼만하겠지만, 만약 기구를 펴놓을 곳에 소궤(小机)를 두고, 소궤를 둘 곳에 서가(書架)를 설치하고, 서가를 설치할 곳에 와탑(臥榻)을 두면 어찌 한 방의 체제를 만들 수 있겠습니까.

국민의 공정(公正)한 정신이 어떠한지를 돌아보지 아니하고서 막연하게 신학문만 펼쳐놓으면 그 모양이 또한 이것과 다르지 않을 것입니다. 제 관점으로 동양을 보건대, 일본은 군주에게 충성하고 나라를 사랑하는 사상이 불길처럼 번성함을 볼만한 것이 있지만, 니토베 박사의 말에 기인하여 보건대 오히려 영국 교육에 비해 50년의 퇴보가 있으니 하물며 한국과 청 두 나라야 그 국민의 정신은 볼만한 것이 거의 없습니다. 바라건대 먼저 공덕 교육을 급무로 삼아서 국민의 정신을 크게 고무하고 진작하고서 신학문으로 나란히 달려 나가면 나라를 흥성하게 하는 계책이 거의 성공할 수 있을 것이니 영국의 소학, 중학, 대학은 실로 도덕교육과 체육(體育)으로 학문 연구 상의 최대 과목으로 삼아서 사제가 모두 의지를 가다듬고 행실에 힘을 써서, 만약 부덕(不德)하고 불신(不信)한 언동이 하나라도 있다면 당시 사람들이 패덕한(悖德漢)이라 지목하여 다시는 신사(紳士)의 반열에 서지 못하니, 사람마다 서로 살피고 상하가 주의 주고 타이릅니다. 아! 강국 사민(士民)의 의지와 행실은 대체로 이와 같으니 이화학과 산수의 말학(末學)에는 있지 않습니다. 이른바 '먼저 할 것과 나중에 할 것을 알면 도(道)에 가깝다'고 하는 말이 이것이니, 선생은 어떻게 보십니까."

우씨가 길게 탄식하며 한마디하였다. "전쟁에서 진 장수는 군사(軍事)를 말할 자격이 없다고 하는데, 지금 패망한 나라의 선비를 말미암아 이러한 밝은 가르침을 듣게 될 줄은 생각하지도 못하였소. 청나라가 오히려 흥운(興運)의 기미(機微)를 가졌으니 마땅히 면강(勉强)하여 선생의 뜻을 받들겠소."

우씨가 임무를 완수하고 돌아가자 기이한 선비는 홀로 남아 연구하다가 러일전쟁이 일어나게 되자 종주국의 참상을 견디지 못하고 미국으로 다시 건너가더니 강화조약이 이루어진 뒤에 돌아왔다.

평양(平壤)에 교거(僑居)하는 유생 4·5명이 주인과 이야기할 때, 주인이 각국의 형세를 설명하고 한국의 현 상태를 주의시키되 정성스럽게 하고 게을리하지 않거늘, 손님이 묻기를 "주인께서 서양 여러 나라에 10년 동안 마음껏 여행하셨으니 저 나라의 교육은 특별히 신기하고 놀라운 것이 있었습니까. 바라건대 말씀하여 보여주십시오." 하였다.

주인이 답하기를 "서양 강국에서도 또한 공맹정주(孔孟程朱)의 도리를 배웁니다." 하니, 손님이 놀라며 묻기를 "서양에 공맹의 학문이 있다는 것을 아직 듣지 못하였거늘, 이런 말로 어찌 사람을 속이십니까?" 하였다.

주인이 답하였다. "공맹(孔孟)의 글은 있지 않지만 공맹의 도리는 존재하니, 세상에 어떤 사람이 덕의(德義)를 망각하고 능히 자립한 자가 있으며, 천하에 어떤 나라가 도덕에 어긋나고 의롭지 않은 인민을 모아서 능히 강성한 것이 있겠소. 서양 여러 나라를 익히 보건대 백성은 염치 있고 공평하고 정직한 관점을 가졌고 선비는 사욕을 극복하고 예

의로 돌아가려는 의지를 가져, 승낙한 약속을 소중히 여기고 책임을
숭상하여 선비들이 모두 군자로 자처하니, 이와 같으면 비록 공맹의
글을 읽지 않지만 이들을 능히 공맹의 도리를 지키는 자라 할 것이오."

부인이 마땅히 읽어야 할 글 제1회 : 가정학 [호]

일본 시모다 우타코(下田歌子) 저
대한 조양보사 역

○ 가정의 관계

옛말에 이르길, "근본이 어지러우면 그 끝을 다스리지 못한다." 하였
다. 또한 이르길 "군자가 근본에 힘써야 하는 것은 그 근본이 있은 후에
도(道)가 생기는 까닭이다."라 하였다. 이와 마찬가지로, 물의 흐름을
탁하게 하지 않으려면 그 근원을 맑게 하는 것이 우선이라 하겠다.

무릇 집이란 것은 나라의 근본인 까닭에 나라를 다스리려면 먼저 집을
가지런하게 해야 하니, 나라를 다스리는 법은 다른 것이 아니라 전국
사람으로 하여금 각각 자기 집을 가지런하게 하는 것일 따름이다. 이를
미루어볼 때 한 나라를 다스려 태평케 하는 것은 반드시 집을 가지런히
하는 데에서 비롯하니, 대저 집이 가지런하면 군현이 편안하고 군현이
편안하면 한 나라가 다스려지는 것이다. 한 나라의 덕과 가르침은 한
집 한 집의 덕과 가르침에 근원이 있고, 한 나라의 재정은 한 집의 살림살
이에 근본이 있으며, 나라 백성의 안녕함은 한 집의 위생에 터가 있다.
또한 모든 사물의 좋고 나쁨, 곱고 추함 역시 한 사람, 한 집의 부지런함
과 게으름, 섬세함과 조악함에서 비롯되지 않는 것이 없다.

그러므로 각자 능히 자기 집을 잘 다스린다면, 비록 나라가 잘 다스려지지 않기를 바란다고 해도 그 바람을 이룰 수 없다. 맹자께서 가라사대 나라의 근본은 집에 있다 하셨으니 지극한 말씀인즉, 가정의 득실은 일국의 흥망에 이렇게 중하게 관계되어 있으니, 나라를 사랑하는 자라면 어찌 집을 가지런히 하는 도리에 마음을 쓰지 않겠는가.

○ **가정학 과목의 필요**

가정학이 학과목이 되어야 하는 것은 치가(治家)하는 도리를 가르치기 때문이다. 쓸데없는 낭비를 줄여 생활하는 것을 꾀하고 건강함과 편안함을 살피며 뜻밖의 사고를 예방하는 것이 다 치가를 해야 할 필요에 해당한다.

그러므로 부인이 책임을 다하여 집에 복이 넘치게 하려면 불가불 이 가정학을 강구해야 한다. 돌아보건대 가정의 일이라는 것은 가히 습관에 의지하여 시행되어 왔으니, 배우지 않으면 능숙해질 수 없는 다른 학과목과 같게 여겨지지 않았다.

그러나 배워서 행하는 자는 능히 제가(齊家)의 책임을 극진히 할 수 있으나, 배우지 않고 행하는 자는 능히 제가하지 못할 것이다. 특히 세상 사람들이 자주 옛 습관에 의지하여 이를 소홀히 하고 마음을 쏟지 않으니 탄식할 일이다.

대개 배고프면 밥 먹고 추우면 옷 입고 일찍 일어나고 밤이 되면 잠자며 산 사람은 기르고 죽은 사람은 보낸다. 이렇게 가정 일을 처리하는 것은 어리숙한 부인이라도 또한 다 능히 할 수 있거니와, 금수도 또한 스스로 집을 경영하며 먹을 것을 쌓아둠으로써 생활을 꾸리는 것을 볼 수 있지 않은가.

사람의 직분이란 그저 굶주림과 추위를 피하고 비바람을 이겨내어 생명을 보존하고 안일을 도모하는 데에만 있는 것이 아니다. 사람이 귀한 것은 여러 일들을 쌓았다가 흩을 수 있고 모았다가 나눌 수 있는 데에 있으니, 작게는 집을 넉넉케 만들고 크게는 나라를 안정시키며 천하를 태평케 하니, 이것이 사람과 금수가 다른 점이다.

그러므로 가정이 완전히 화락한 지경에 이르도록 하려면 진실로 가정의 학문을 닦아 수응(酬應)하게 하지 않으면 안 되는 것이 분명하다.

대개 가정학의 긴요함은 부인으로 하여금 가정의 중요한 뜻을 알게 하여 능히 다양한 가사를 재단하고 각 기관을 잘 운동케 하여 집안의 복을 증진케 하는 데에 있는 것이다.

대개 나라에 선정(善政)이 있은 후에 치평(治平)함을 가히 기약하고 가정에 양법(良法)이 있은 후에 안녕함을 가히 보전함은 반드시 이러한 이치이다. 한 집이 행복을 얻는 여부는 실로 주부가 어떻게 치가(治家)하는가에 달려 있다. 가정에 형태가 잡히면 아래로 하인들까지 또한 넉넉히 화락하여, 구하지 않는다 하여도 가정의 복은 저절로 이루어진다. 반면 가정을 돌보지 않아 남편과 아내가 반목하고 아버지와 아들이 싸우면 그 집은 점점 기울어 곧 쇠망함에 이르는 일을 곧 보게 될 것이다.

이러하므로 주부의 직분이 능히 가정을 다스리는 데에 있으니, 가정학의 긴요함 또한 이 점에 있을 수밖에 없다.

○ **가정의 책임**

선천적으로 사람이 타고난 바 있어 남녀마다 집집마다 그 성정이 달라, 강맹하고 굳세기도 하고 혹은 부드럽고 약하기도 하다. 주어진 성품이 이미 다르므로 일을 처리할 때 서로 장단이 있으니 장점을 취하고 단점을 버려 직분을 정하고 임무를 맡음이 성품의 주어진 바로 미루어 당연할 것이다.

돌아보건대 남자는 밖의 일에 힘쓰고 여자는 안에서 다스리니, 부인이 안을 다스림은 실로 천부의 직분이다. 그러므로 주부는 가정을 다스릴 때 마땅히 부지런해야 하며 또한 검박하게 하여, 장부로 하여금 밖의 직분에 가히 진력케 하고 다시 집안일로 근심을 하는 일이 없게 해야 한다. 이는 주부 된 도리로 불가불 강구해야 할 것이다. '도요(桃夭)'의 덕이 집안에 마땅할 때 -'도요'는 『모시(毛詩)』의 시편 이름이다 - 위에서 '관저(關雎)'의 조화도 있으니 -'관저'는 『모시(毛詩)』의 첫 편이다-, 그 공이 다스린 도의 도움에 있는 것이다. 여자가 지닌 책임의 중대함이 이와 같으니 어찌 힘쓰지 않으랴.

옛말에 어진 부인은 집을 흥하게 하는 원소라 하였으니 참으로 그러하다. 대개 가정에서는 주부만큼 힘 있는 이가 없어서 집의 존망성쇠와 비환영욕(悲歡榮辱)이 그에 달렸으니, 돌아보건대 가도(家道)가 부인의 덕으로 흥하고 집안일이 부인의 말과 상관되지 않은 것이 없다. 으레 의복을 짓고 음식을 장만하고 자녀를 기르며 괴로운 일을 친히 하는 것은 다 여자의 천부의 직분이니 성질이 가장 그에 적당하기 때문이다.

비록 남자는 이런 일을 힘써보려 해도 여자만큼 정교하지 못하다. 그러므로 가정을 정돈하고 일가족을 화목하게 하려면 반드시 충실하고 신중한 부인의 힘으로 가정을 다스려야 한다. 한 집을 번성케 하고 행복을 도모하는 것은 실로 주부의 책임이니, 능히 이 책임을 극진히 하여야 비로소 가히 걸출한 부인이라 이를 것이다.

대개 부인이 집에서 하는 일은 재상이 나라에서 하는 일과 같다. 백관을 통솔하여 나라 정사를 맡아 밤낮으로 힘써 안으로 민력을 기르고 밖으로 나라의 위엄을 길러 나라의 부강을 도모하는 것은 재상의 책임이니, 그 나라의 융성함은 재상의 영광이요 그 나라의 쇠락함은 재상의 욕됨이다.

재상이라는 이는 불가불 그 나라가 흥하는 책임을 맡은 사람이다.

주부는 능히 한 집의 재정을 관리하고 하인들을 통솔하여 밖으로는 주위의 벗들과 두텁게 사귀고 안으로는 자녀와 친족의 화락을 도모하는데에 책임이 있다. 한 집이 복을 얻는 것도 주부의 공이고 한 집이 슬픔에 빠지는 것 또한 주부의 죄이다.

그러므로 한 집이 쇠퇴하는 것 또한 불가불 그 책망이 주부에게 돌아가는 것이니, 요구하건대 주부의 직분은 힘써 집안의 행복을 증진케하는 데에 있는 것이다.

○ **가정의 대강**

가정의 대강이 넷이니, 하나는 일가족의 감독, 둘째는 집안의 풍범(風範), 셋째는 집안의 위생, 넷째는 집안의 재산 관리다.

첫째, 감독이라 함은 자녀는 마땅히 어떻게 교육할 것인가, 노인은 마땅히 어떻게 보호할 것인가, 사환(使喚)은 마땅히 어떻게 부릴 것인가를 정하는 것이다. 주부 되는 이는 불가불 몸소 이 두어 가지 일을 맡아 각각 지정토록 해야 한다.

이 두어 가지 일이 그 당연함을 잃으면 자녀의 성품이 비하하고 노인의 심사는 우울해지며 하인들은 게을러지게 된다. 전체적으로 이렇게되면 한 집의 기관이 다시 능히 활동치 못하게 될 것이다. 그러므로일가족을 감독하여 각각 직분을 나누고 일을 맡겨 마땅히 살피는 것이주부의 중요한 임무다.

둘째, 풍범이라 함은, 가풍과 가범(家範)의 좋고 나쁨이다. 이는 집안의 이해(利害)와 관계되어 있으니, 풍범이 선량하면 주위로부터 존중받고 뭇사람들에게 사랑을 받게 되는바, 명예와 복이 이로부터 생긴다. 집안의 풍범이 좋은가 나쁜가는 대체로 주부의 성품과 행동에 근본이있어, 주부가 온량(溫良)하면 집안이 다 온량하고, 주부가 비루하면 집안이 다 비루하니, 그 감응이 극히 빠르게 이루어진다. 더불어 주부의 찡그림과 웃음도 집안과 관계한 것이니 불가불 조심해야 한다.

셋째, 위생이라 함은 건강하고 편안하게 함이니, 이는 행복의 터전이다. 옛말에 이르길 사람의 수명이 없을 수 없다 하였으니, 가히 건강을 귀하게 여긴다는 것을 알 수 있다. 돌아보건대 일가족이 자신의 건강을 지키게 하는 것 또한 진실로 주부에 의한 것이니, 왜 그런가 하면, 건강의 근원이 거처와 의식, 동정(動靜)과 기거 사이에 있어 이런 일들이 다 주부의 책임이니, 마땅히 부분들을 전체에 맞게 해야 하기 때문이다.

으레 의복이 맞고 안 맞는 것과, 식사의 시작과 끝을 정하는 것, 처소의 정결과 더러움을 살피는 것, 방안의 차고 더움을 관리하고 공기가 잘 통하게 하는 것, 이것들이 위생에 관계되지 않는 것이 없으니, 모름지기 주부는 유심히 살펴 한 집의 건강함을 도모해야 할 것이다.

서양의 어떤 현자가 말하길, 신체가 건강하면 정신이 활발해진다 하였다. 그러므로 건강한 사람은 신체가 웅장하고 용모 또한 호방하니, 건강의 유익함은 이와 같은 것이다.

넷째, 재정이라 함은 수입을 헤아려서 지출을 하는 것이다. 이는 주부가 긴히 힘써야 하는 것이니, 그에 대한 책임이 가장 큰 사람이기 때문이다. 좋은 것이 흘러넘치게 하고 아름다운 것을 넉넉하게 하려는 마음은 부인의 천부의 성정이다. 그러므로 단장을 사랑하고 꾸미는 것을 좋아하는 것은 반드시 금해야 하는 것은 아니며 밖에 나가 다니는 것 또한 하지 말아야 하는 것은 아니다.

그러나 몸을 돌보지 않고 빈부 형편을 살피지 않으면서 놀러 다니기를 일삼고 단장과 꾸미기를 앞다투며 사치하면 집안이 쇠락케 되지 않을 수 없다. 대개 절약하여 허비를 줄이는 것이 곧 부강의 근원이니, 세상 사정에 통달하여 여러 일들에 능숙하게 적용하는 것은 부인이 또한 불가불 알아야 할 일이다.

○ **일가족의 감독**

한 집안에는 노인과 어린이가 있고 남자하인과 여자하인이 있으며
혹 병자도 있다. 이 무리가 모여 집을 이루니, 이들은 다 한 집의 분자
다. 그러므로 주부가 집안을 다스림에 있어 마땅히 이 무리를 보호하고
이들로 하여금 각각 자신의 자리를 얻게 해야 한다. 진실로 이렇게 하
지 않으면 집을 이루는 터가 이미 허물어진 것이니, 집을 흥하게 하는
운이 어찌 오겠는가. 주부 되는 이는 마땅히 이러한 이치를 더해 알아
야 할 것이다. (미완)

습관(習慣)은 제거하기 어렵다   『학림옥로(鶴林玉露)』[31]에서 발췌

보통사람들에게는 큰 병근(病根)이 하나 있으니, 그 이름은 습관이
다. 이 병은 기질(氣質)에서 나는 것도 아니요, 시후(時候)에서 나는 것
도 아니다. 어릴 적부터 장성할 때까지 익히 알고 익히 행하던 데서
나는 것인 까닭으로 습관을 제거하는 것이 가장 어렵다. 습관은 방언
(方言)에 '버릇'이라고 한다. 안일함이 버릇되면 근로하기 어렵고, 사치
가 버릇되면 검소하기 어렵고, 교만함이 버릇되면 공경하기 어렵고,
거짓됨이 버릇되면 신실하기 어렵다. 아아! 오늘날 우리 한국을 이런
지경에 이르게 한 것은 그 병근이 없어서 그렇다고 말하지 못할지라.
이 병이 비록 개인의 병근인 듯하나 전국이 그 폐해를 받나니, 바라건
대 여러 군자들은 각자 생각하고 헤아려 교만의 버릇은 공경으로 제거

---

31 학림옥로(鶴林玉露) : 중국 송(宋)나라 나대경(羅大經)이 지은 필기잡록 서적으로,
조선시대 수많은 문인들이 열람하였다. 하지만 본문의 내용은 책에서 확인할 수가
없다.

하고 거짓의 버릇은 신실함으로 제거하여야 신학문 신지식이 모두 이 가운데로부터 나올 것이다. 옛사람이 이르기를 "아침에 도(道)를 들으면 저녁에 죽더라도 좋다."고 하셨으니, 더구나 저녁에 죽지 않을 사람은 어떻겠는가!

개화(開化)하는 데 있어서의 병통

별도의 조항에서 논설한 바는 모두 고질적인 병통이라 보고 듣는 여러 군자는 속히 개량하시기를 간절하게 바라오나, 근래 인물로서 보건대 이른바 개화한 사람도 병통이 많이 있습니다. 예컨대 '자유(自由)' 두 글자를 태반이 오해하여 간혹 자신의 욕심만 충족하고 타인의 이해를 돌아보지 않으면서 "이것은 나의 자유이다."라 하고, 간혹 부형을 업신여기며 가르침을 받지 않고서 "이것은 나의 자유이다."라 하니, 그밖의 일들은 일일이 열거할 수가 없다.

대체로 자유라고 하면 법률의 규칙 안에서 자유롭게 하는 것이지 법률의 규칙 밖에서 자유롭게 하는 것이 아니거늘, 사람의 오해가 이 정도에 이른 까닭에 온 세상의 물정이 개화하였다는 사람을 보면 사회에 순응하지 못하고 가정에 효도하지 못한 사람으로 인정해버려, 벗이 있으면 개화하지 말라 권하고 자제가 있으면 개화하지 말라 권한다. 그러하니 우리 한국의 개화는 개화하였다는 사람이 개화하지 못하게 하는 꼴이다. 엎드려 빌건대, 개화한 여러분들은 개화의 학문을 다시 연구하여 오해하지 마시오.

내지잡보

○ 남쪽에서 전해온 소식

지난 28일 충남에서 온 소식을 따르면, 의병대장 민종식(閔宗植) 씨가 해당 지방 각 군에 명을 내려 군대를 위한 장비와 식량 등을 모으며 종이탄환을 제조하여 대오의 사격을 연습케 하는데, 이들은 군기가 엄숙히 들어 질서 있게 지휘를 따른다 한다.

○ 의병 난리 소식

지난달 24일 홍주(洪州)의 어느 통신에 따르면, 홍주 성내를 점거한 의병의 기세가 나날이 창궐하여 오늘에 백 명을 헤아리던 것이 내일 4·5백 명이요 붙잡은 일본인 3명 중 1명은 포살(砲殺)하였고 1명은 또한 오늘 포살한다고 한다.

○ 의병 난리에 대한 정확한 소식

지난 30일 홍주 통신으로부터 정확한 소식을 받았으니, 해당 군의 성내를 점거한 의병의 수효는 5·6백 명가량이요 사용한 장비는 서양총이 100여 자루, 구식 대포가 6·7문, 성문을 지키는 대오는 정비되어 있고 호령이 엄하고도 뚜렷하다고 한다. 경성에서 내려간 경리(警吏)와 일본 헌병, 일본 순사 및 각 진위대(鎭衛隊) 병정 약 80여 명이 이달 24일 후로 수차례 의병과 전투를 했으나 양쪽 다 부상은 없고 현재는 서로 대치 중이요, 며칠 전인 28일까지 의병은 성을 점거하고 있고 그 상태는 한층 더 강경해졌다고 한다.

○ 의병 토벌

지난달 홍주의 의병을 진압하기 위해 진위병을 파견하였으나 진압하지 못하여 통감부에서 정부에 조회하고 보안을 위해 병사를 파견하였다고 그제께 발표했다. 병사 500명과 대포 5좌(座)를 사흘 전에 보냈다고 한다.

○ **지난달 29일에**[32] 군부에 도착한 전보를 따르면, 홍주성이 넓은 벌판에 높이 자리하고 있어 공격이 심히 불편하여 사면을 둘러싼 산 위에서 관망 중이라 한다. 전해지는 소식을 들으니 의병이 있는 홍주성은 높고 험하며 관군이 있는 곳은 낮고 움푹한 지대라 진격이 불가능한 까닭에 대포를 사격할 예정이라 한다.

○ **포격 전보**

지난달 30일 밤 군부에 도착한 전보를 따르면, 홍주로 나선 총순(摠巡) 송규석(宋圭奭), 경부(警部) 하지카타 겐노스케(土方源之助) 두 사람과 순사 1명이 지난 28일 의병에게 피살당했고 30일에는 일본군이 포격하여 의병 중 55명은 죽음에 이르고 300여 명은 생포하였으나 괴수 민종식은 놓쳤다고 한다.

○ **홍주의 참담한 광경**

이달 초에 홍주 의병을 각 진위대와 일본군이 연합 공격을 하여 해당 군 동문을 부수고 공격하였다. 의병과 거주민은 목숨을 구하려고 뿔뿔이 달아났으나, 어떤 이는 총에 맞아 죽고 어떤 이는 성에서 떨어져 죽고 어떤 이는 짓밟혀 다리와 허리가 부러졌으니 피살된 자가 수천 명이다. 대장 민종식은 다급해 어쩔 줄 모르는 상황에서 유달리 남다른 완력을 지닌 자여서 등을 돌려 도주하였다 한다.

○ **농부들 피살되다**

같은 날 남쪽에서 온 사람이 전한 이야기를 들으니, 홍주성에서 의병과 일본군이 한바탕 전투를 치르다 의병이 패배할 즈음, 벌판 너머에서 농사짓고 망치질하던 이들이 모두 우리가 의병과 함께 죽을 것이라 하

---

32 이 기사의 경우 첫 구절인 '지난달 29일(去月二十九日)'이 소제목으로 처리되어 있다.

고 낫과 호미로 성을 지키며 싸우다가 다수가 피살되었다고 한다.

○ 태인(泰仁) 의병

이달 7일에 전북관찰사 한진창(韓鎭昌) 씨가 내부(內部)에 전보하였다. 이달 4일 이른 새벽에 찬정(贊政) 최익현(崔益鉉) 씨와 전 군수 임병찬(林炳瓚) 씨가 수백 명을 데리고 태인군에 쳐들어와서 조총 17자루와 결전(結錢) 500냥을 탈취하여 정읍 방면으로 떠났다고 한다. 6월 5일 전보에 따르면, 의병 100여 명이 지난밤 태인에 집결해 있는 상황이 불온(不穩)하여 오늘밤엔 헌병 2명이 파견되어 해당 지역을 정찰하고 이와 함께 수비대 1분대가 나설 예정인데, 한편으로 이 지역과 목포 사이의 전신(電信)은 의병에 의해 끊겼다고 한다.

○ 언론자유

이달 2일 토요일 오후 3시에 일진회가 독립관에서 연설회를 열어 '유사익직(有司溺職)'이라는 주제로 송병준(宋秉畯) 씨가 연설을 하였다. 일본 고문관 여러 명이 맡은 임무를 하지 못한 이유와 사실에 대해 그가 격렬히 논하였더니 일본 헌병이 정회(停會)를 시켜 그 연설도 중지되었다. 군부 고문관 노쓰(野津) 씨 또한 임무를 다하지 못한 상태로 그 자리에 참석해 있었기 때문이다.

그날 송병준 씨가 인민의 언론자유를 무리하게 방해하는 법이 있는가 하고 일본 헌병대에 질문하였다. 헌병대 대장이 그렇지 않다고 말하고 즉시 그 헌병을 불러 정회를 시킨 이유를 물으니 그가 답하길 "졸병 신분의 상관 되는 이를 몰아세우는 어구가 있어 신분상 체면 유지를 위해 정회하였습니다." 하였다.

대장은 신분상 체면을 이유로 법률 범위 이외의 행위를 할 수는 없다고 헌병을 힐책하고 이후로는 이런 일이 없도록 하고 다만 나라의 안정을 위한 경찰 업무에만 관심을 쏟으라고 했다. 그리고 즉시 송병준 씨를 향하여 연설의 남은 부분을 마무리하라고 하고 그 누구라 하더라도 맡은 임무를 다하지 못한 사실이 확실한 경우 그것을 몰아세운다고 우리 관헌(官憲)이 방해하지 않을 것이며 다만 관헌은 치안에만 주의하겠노라고 했다. 그리하여 그다음 날 다시 개회하고 송병준 씨는 '유사익직론'을 통렬히 격론하였다 한다.

기자(記者)가 생각하기에 법률 범위 내 행동은 관헌이 방해치 못하는 것이 명확한데 우리 정부와 인민은 항상 겁을 먹고 뒤탈을 염려하며 자유를 잃을지 모른다고 한다. 이는 타인의 탓을 하며 자신이 마땅히 해야 할 일을 하지 않는 것뿐이니 어찌 통탄할 일이 아닌가.

○ **일진회에서 술객을 붙잡다**

이달 6일 오후 8시에 일진회 회원 수십 명이 궐문 밖에서 대기하다가, 소위 술사(術士)들인 이병주(李秉周), 이인순(李寅淳), 구본순(具本淳), 한기윤(韓基潤) 씨가 궐에서 나오자 이들을 모두 일진회로 데리고 갔다가 경무청에 죄인으로 넘겼다.

○ **김승민(金升旼)이 체포되다**

김 씨는 북도 사람이다. 여러 번 부름을 받고 일어나 비서감승(秘書監丞)으로 일하는 동안 재차 사직소를 올렸으나 윤허를 얻지 못하고 있다가 드디어 궐 안으로 들라는 명을 받게 되었다. 조정에 들어 업무 충실〔夙興夜寐〕, 궁궐 주위의 숙청〔宮圍肅淸〕, 조례의 정돈〔朝禮整齊〕, 술객의 엄단〔術客嚴斷〕, 이 네 가지 건을 아뢰었으니 관직을 옮겨 봉상사(奉常司)의 부제조(副提調)가 되었다. 이달 초에 궐에 들었다가 일진회에게 붙잡혀가서 무수히 공갈을 당했는데 그는 조금도 두려워하지 않고 항변하기를 "나는 초야에 묻혀 책이나 읽을 뿐 세상일에 나선 사람이 아니다. 그런데 황상폐하께서 어찌나 살뜰히 굽어 살피시며 후한 뜻을 누차 내려주시고 예우를 융숭하게 해주시던지 인민 된 도리로서 한 번은 은

혜에 답하지 않을 수 없으므로 그 밝은 빛을 뵙고 이내 물러날 생각으로 하직 차 궐에 들었더니 지금 이 회에서 이 같은 횡포를 부리니 어쩐 일인가." 하였다. 회원은 답했다. "당신은 술객이니 반드시 엄단해야 한다." 김 씨가 말했다. "내가 술객이라는 어떤 증거가 있는가. 증거가 있거든 마음대로 해라. 여하간 나는 지금 향촌으로 내려가는 사람이니 가두어둘 필요도 없다." 그러자 회원은 "당신이 향촌에 내려가는 것이라면 분명 의병 문제를 일으킬 것이다."라 하고는 그대로 묶어두었다 한다.

○ **경위대의 파수**

경위국(警衛局)에서 누가 시킨 일인지 순검이 매일 밤 수옥헌(漱玉軒)의 담장 모퉁이에서 번갈아 망을 보며 황상(皇上)의 행동 하나하나를 정찰하므로 황상 폐하께서 몹시 분노하시어 강석호(姜錫鎬)에게 명하여 이 파수 행위의 근원을 탐문하여 입수하라 하셨으니, 어디선가 이 정탐에 내응(內應)한 자가 있다고 한다.

○ **청나라 영사**

우리나라에 주재하는 청나라 총영사 마팅량(馬廷亮) 씨가 이번에 일본 정부의 승인을 얻었다는 전보가 이달 7일에 도쿄에서 도착하였다고 한다.

○ **러시아 영사**

러시아 총영사 플란손(G. A. Planson) 씨는 아직 도쿄에 머물고 있는데 그는 원래 러시아 정부에서 주한 총영사로 파견하여 일본 정부의 승인을 얻을 필요가 없다는 의견을 수차례 당국(當國)의 기관신문에 알리고자 하였다. 더불어 만약 다른 나라에서 한국 주재 관공업무로 일본 정부의 승인을 받는다고 한다면 우리나라도 이를 따르겠다고 했으니, 이번에 위 전보와 같이 청나라 총영사가 이미 승인을 얻었기에 러시아도 필경 이 사례를 따라 승인절차를 밟을 것이라 한다.

○ 시데하라(幣原) 해임

학부참여관(學部參與官) 시데하라 다이라(幣原坦) 씨가 본국 교과서를 순전히 일본어 독본과 일문 번역만으로 만들어 전국 학교에 통용키로 하여 비판이 크게 일었다. 통감부에서 그 연유를 알고는 그를 일본 문부성 시학관(視學官)으로 보냈다고 하니 후임자는 필시 이런 생각은 없으리라 믿는다.

○ 통감의 귀국 예정일

이달 15・16일 사이에 도쿄에서 출발하여 오이소(大磯)에 잠시 머물다가 21일 경에 경성에 도착한다고 한다.

○ 의병에 대한 상세한 조사

14일에 충남 선위사(宣慰使) 윤시영(尹始永) 씨가 홍주군 의병 난리로 죽은 사람과 체포된 사람의 수를 조사하여 보고하였는데 폭도 중 죽임을 당한 자가 83명, 이 중 남자가 79명, 여자가 4명이요 경성으로 압송된 자가 79명, 조사 후 방면된 자가 74명이다. 폭도의 성명은 다음과 같다. 군대장 김상덕(金商悳)은 전사했고 참모장은 유생(儒生) 윤석봉(尹錫鳳), 이상두(李相斗), 이재조(李載釣), 이희룡(李喜龍)이며, 참모 겸 소모장(召募將)은 이식(李式), 참모는 전 총순(摠巡) 신현두(申鉉斗), 류준근(柳濬根), 남경천(南敬天)인데 중요한 관계로 모두 압송하였다고 한다.

○ 의(義)로서 죽음을 각오하다

15일 홍주성에서 잡힌 의병 무리 70여 명을 이제 성안에 잡아두고 일본 헌병 대위가 매일 의병이 된 곡절을 심문하는데, 이들은 그 이유를 장황히 늘어놓고 아침저녁 식사를 내주면 결코 받아먹지 않으며 말하길 "우리는 의(義)로서 군을 일으켰다. 강하고 약함이 다 같지 않아 불행히 붙잡히고 말았으나 죽으면 죽었지 일본의 음식은 받아먹지 않을 것이다."라 한다고 한다.

○ 최 씨 체포

남쪽에서 들어온 정확한 소식에 의하면 전주에 주둔하던 부대가 지난 12일에 순창군에 도착하여 최익현, 임병찬 등 13인을 생포하고 나머지는 모두 흩어져 돌아가게 하였는데 병사와 인민 모두 아무도 다치지 않았고 최 씨와 임 씨는 단단히 가두었다고 한다.

○ 압송 의논

정부에서 각부 대신이 회동하여 최익현, 임병찬 등을 체포한 건에 대해 난상토의하고 최 씨 임 씨를 압송 심판하기로 결정한 후 즉시 전북 관찰사에게 지시를 내렸다. 이들은 며칠 전에 경성에 도착하여 현재 심문 중이라고 한다.

○ 5인 체포

이달 16일 일본 헌병대에서 내부협판 이봉래(李鳳來) 씨, 궁내부협판 민경식(閔景植) 씨, 민병한(閔丙漢) 씨, 박용화(朴鏞和) 씨, 홍재봉(洪在鳳) 씨 등을 잡아갔는데 의병과의 관계 때문이라고 한다.

해외잡보

○ 베이징 통신에 따르면, 청나라에 개혁의 기운이 요즘 점점 무르익고 있다. 수년 전에 만주인과 한인의 민족 간 악감정이 극에 달하여 쑨원(孫逸仙)과 캉유웨이(康有爲)의 무리가 수차례 대혁명을 도모해보려 하였다. 이후 외교상의 곤란을 겪으며 서태후와 현 황제께서도 친히 각성한 바 있어 지난날에는 이를 반대하던 두 분이 지금에서는 도리어 개혁에 앞장서 대신을 파견하여 구미의 국정(國情)과 정체(政體)를 시찰케 하고 또한 입헌정체를 시행할 뜻도 있는 듯하다고 한다.

○ 톈진(天津) 전보에 의하면, 전(前) 프랑스 주재 대사 쑨바오(孫寶)가 입헌정체의 시행에 관하여 비밀리에 논의하고 있다 하니, 이는 러시아의 내정이 어지러운 걸 보고 문득 자성했기 때문인지도 모른다.

○ 러시아 황제는 지난달 입헌 회의를 개설하라는 칙령을 내렸다 하는데, 대략 이 나라에 일찍이 없었던 일이다. 이는 황제와 러시아 정부가 원래부터 가졌던 계획이 아니라 인민의 강한 요구를 받아 어쩔 수 없이 시작한 것이라. 개회 후 한 달도 채 안 되어 벌써 관민이 충돌하는 일이 발생하여 큰 소동의 우려가 있다고 한다.

○ 4월 28일 러시아의 수도 상트페테르부르크 전보에 의하면, 러시아의 수상 고레미킨(Ivan Goremykin)[33] 씨는 회의 요구를 거절하고 민당(民黨)을 단호히 억누를 생각을 품고 있으며 트레포프 장군 또한 궁중의 한 무리를 거느리고 회의에서 강압적 수단을 취하려 하는 까닭에, 혁명당이 반란을 준비하는 중이라고 한다.

○ 4월 26일 민당(民黨)의 수령이 열렬히 연설을 한 후 의회 전원의 일치로 정부를 불신임하는 안을 제출하고 현 내각의 사퇴를 요구하였다고 한다.

○ 4월 28일 베이징 전보에 따르면, 베이징, 톈진, 징안부(靖安府) 지방에 뜬소문이 분분하다고 한다. 또한 암호를 이용해 곳곳에 벽보를 붙여 외세 척결의 뜻을 담은 글로 혁명을 고취시키는 자들도 있어, 경무국에서 500명의 경관을 파견하여 이들을 색출하려 했으나 찾아내지 못하여 궁성 부근에 임시 경찰소를 설치하여 경계를 엄중히 하며, 위안스카이(袁世凱) 씨 또한 자신을 보호하기 위해 호위병을 늘렸다고 한다.

---

33 고레미킨(Ivan Goremykin) : 1839-1917. 러시아의 관료로서 1906년 총리가 되었다가 그해 퇴진하였고, 1914-1916년에 다시 총리가 되었다. 퇴진과 석방을 반복하다가 결국 볼셰비키의 손에 죽었다.

○ 일본 총리대신 사이온지(西園寺) 후작이 만주와 한국을 시찰하고 4월 하순에 귀국하여 이토(伊藤) 통감, 야마가타(山縣) 원사(元師), 가쓰라(桂) 전 수상 등과 연일 내각회의를 하며 만주와 한국의 경영에 대한 논의를 마쳤다고 한다.

○ 전 영국 주재 대사 하야시 다다스(林董) 씨가 외무대신으로 임명되고 그 대신 고무라 주타로(小村壽太郎) 씨가 영국 주재 대사로 임명되었다고 한다.

○ 미국 샌프란시스코 전보에 의하면, 5월 31일 스페인 황제께서 수도 마드리드에서 성대히 결혼식을 올리고 돌아올 때 괴한이 폭탄을 던졌다고 한다. 폐하 두 분은 다행히 무사하나 의장병(儀仗兵) 9명이 죽거나 다쳤고 용의자 다수가 체포되었다고 한다.

○ 근래에 프랑스 정치가 중 한 명이 주장하길, 일본은 프랑스와 협상하는 것이 옳다고 하면서 또한 한편으로 영국과 러시아가 협상하리라는 풍설이 있고 실제로 그러할 뜻이 있어 보이는데 일·영 동맹이 거의 이루어진 마당에 일찍부터 일본의 주요 적국이었던 러시아를 향하여 영국이 협상을 맺으려 하는 것은 영국의 불안을 초래하는 일이므로 먼저 일본과 가까운 프랑스를 통하여 차츰차츰 관계를 시작한 후에 영·러 협상을 논의하는 게 온당한 듯하다고 하였다. 그러나 이제 와서 프랑스인이 일본과 프랑스가 가까워질 필요를 조급하게 이야기하는 것은 혹시 영국과 러시아의 외교가들로부터 사주를 받았기 때문이 아닌가 한다.

○ 얼마 전 도쿄 정부가 원로대신 회의를 열고 이토 통감의 발의로 남만주의 내치행정권을 청나라에 돌려주는 문제를 논의했다고 한다. 그 이유를 들으니 봉천(奉川) 지방의 장군이 도저히 통치를 제대로 할 재목이 아니고 또한 청나라 병사의 힘만으로는 횡행하는 마적을 도저히 진압할 수 없어 일본이 대신 보호 통치를 궁리함이 마땅하기는 하나, 만일 성과가

변변치 못하여 그저 예전 같은 의화단사건이 다시 발생할 경우에는 영국
과 미국이 묵과하지 않을 듯하고 여러 나라의 시기와 의혹을 자초하게
되는 것이니 우리에게 불리하기 짝이 없다. 청나라에 돌려주어 그 책임을
다하게 하면 일본의 부담 또한 덜 수 있다. 운운이었다 한다. 이 이야기의
진위를 확인할 수는 없으나 들은 대로 약간 기록한다.

○ 한국에 대한 러시아의 의향

러시아 정부가 한국을 대하는 의향에 대해 상트페테르부르크 통신이
알려왔다. 일본이 포츠머스 강화조약의 정신을 위반하여 한국의 보호권
을 갖고 군사적 점령을 한 것에 대하여 그 부조리함을 장차 여러 나라에
선언할 것이니, 요컨대 일본은 조약의 내용을 초과하여 위력으로 한국을
점령한 책임을 면치 못할 것이며 그 결과로 자연히 중대한 사건을 야기할
것이니 제2차 러일전쟁의 책임은 일본에 있을 것이라 하였다.

○ 일본 정부가 7월 1일에 경부철도를 매수하여 통감부에서 관할하기
로 의결하였다. 통감부 관제(官制)에 철도부를 신설하고 후루이치 고우
이(古市公威)와 아다치 다로(足立太郎) 두 사람 중 한 명을 택하여 철도
부 총장으로 삼을 것이라 한다.

○ 5월 29일 베이징 전보에 의하면, 순경국에서 민간에 애국자를 조사
하여 은패(銀牌)를 줌으로써 국민적 정신을 진작시키니 정치에 일조할
수 있는 논제가 될 것이라 하였다.

○ 한일 양국 간의 관세를 없애자는 논의가 일본 거류상민과 한국상업
회의소 간에 일어나 작년 이래 운동이 크게 전개되었고 도쿄 의회에서
도 역시 같은 안건이 제출되었는데 메카다(目賀田) 재정고문관이 이 논
의를 단호히 거절하고 말하기를 "한국은 지금 세입액이 1년에 겨우
800만 원인데 그중 100만 원은 관세로 거두는 것이다. 지금 이를 폐지
한다면 한국 국고는 해마다 100만 원을 잃게 되니 이러하다면 재정을

어떻게 확보할 수 있겠는가."라 하였다. 통감부에서도 이와 같은 의견으로 거절하여서 관세 폐지설은 아직 실시할 수 없다고 한다.

○ 대음모 발각

5일 런던 전보에 따르면, 미국 대통령 루즈벨트 씨와 영국 황제 에드워드 폐하, 러시아 황제 니콜라스 폐하를 살해하려는 음모가 미국에서 발각되었다고 한다.

특별광고

본사 잡지를 매월 10일 및 25일 2회 정기 발간하는데 이번은 첫 회라 각종 사무가 미비한 바가 많아 5일 연기되었기에 그 사유를 알리니 애독자 여러분께서는 헤아려주시길.

－조양보사 알림

광고

본사는 대자본을 증액 출자하여 운전기계와 각종 활판, 활자, 주조(鑄造), 석판, 동판, 조각, 인쇄와 제본을 위한 여러 물품 등을 완전무결하게 준비하여 어떤 서적, 어떤 인쇄물이든 막론하고 신속과 정밀을 위주로 하고 친절과 염직(廉直)을 마음에 새기니 강호 여러분께서 계속 주문해주시길 간곡히 바람.

- 경성 서소문 내 일한도서인쇄주식회사 (전화 230번)
- 인천 공원지통(公園地通) 동(同) 지점 (전화 170번)

광고

『보통일본어전(普通日本語典)』

1책 국판 140쪽. 정가 50전.

이 책은 관립일본어학교 교관 최재익 씨가 한국인이 저술한 외국어 교재가 없음을 안타까워하여 수년간 외국어를 가르친 일에 종사하였던 경험을 살려 뜻 있는 이들의 편이를 위해 엮은 것이니 초학자라도 명료히 이해할 수 있는 기초서적인바 일본어학에 주의하시는 분이라면 책상에 한 권을 반드시 구비해야 할 만한 것임. 오는 9월에 발간할 예정이오니 어서 구독하시어 뒤늦게 한탄하는 일이 없으시길 바람.

예약 구매하시는 분께는 특별히 판매가를 할인하오니 9월 15일 전에 본사로 와서 문의하시길.

－발행소 일한도서인쇄주식회사

광고

이번에 저희 회사에서 각종 염색분을 새로 수입해온바 널리 판매하기 위하여 특별 염가로 내놓으니 수량을 따지지 말고 사두시길 바람.

1. 본사에서 발매하는 각종 염료는 염색 후 결코 변색이나 탈색이 없고 염색하기 매우 쉬움.
2. 본사의 염료는 중량이 많고 가격이 아주 저렴한바, 다른 나라 염료는 도저히 이를 따라올 수 없음.

－경성 남대문 안 4정목 후지타 합명회사(藤田合名會社) 알림 (전화 230번)

대한 광무(光武) 10년
일본 메이지(明治) 39년
병오(丙午) 6월 18일 제3종 우편물 인가(認可)

朝陽報

제2호

조양보(朝陽報) 제2호

신지(新紙) 대금(代金)

한 부(部) 신대(新貸) 금(金) 7전(錢) 5리(厘)

일 개월 금 15전

반 년분 금 80전

일 개년 금 1원(圓) 45전

우편세[郵稅] 매 한 부 5리

광고료

4호 활자 매 행(行) 26자 1회 금 15전. 2호 활자는 4호 활자의 표준에 의거함

◎매월 10일·25일 2회 발행

경성 남대문통(南大門通) 일한도서인쇄회사(日韓圖書印刷會社) 내

　　임시발행소 조양보사

경성 남대문통 4초메(丁目)

　　인쇄소 일한도서인쇄회사

　　편집 겸 발행인 심의성(沈宜性)

　　인쇄인 신덕준(申德俊)

목차

조양보 제1권 제2호

주의

　뜻 있으신 모든 분께서 간혹 본사로 기서(寄書)나 사조(詞藻)나 시사(時事)의 논술 등의 종류를 부쳐 보내시면 본사의 취지에 위반되지 않을 경우에는 일일이 게재할 터이니 애독자 여러분은 밝게 헤아리시고, 간혹 소설(小說) 같은 것도 재미있게 지어서 부쳐 보내시면 기재하겠습니다. 본사로 글을 부쳐 보내실 때, 저술하신 분의 성명과 거주지 이름, 통호(統戶)를 상세히 기록하여 투고하십시오. 만약 부쳐 보내신 글이 연이어 세 번 기재될 경우에는 본 조양보를 대금 없이 석 달을 보내어 드릴 터이니 부디 성명과 거주지를 상세히 기록하십시오.

본사 특별광고

　본사에 본보 제1권 제1호를 발간하여 이미 여러분의 책상머리에 한 질씩 돌려보시도록 하였거니와, 대개 본사의 목적은 다름이 아니라 동서양 각국의 유명한 학자의 언론이며, 국내외의 시국 형편이며, 학식에 유익한 논술의 자료와 실업의 이점이 되는 지식과 의견을 널리 수집 채집하여 우리 한국의 문명을 계발할 취지입니다. 또한 소설(小說)이나 총담(叢談)은 재미가 무궁무진하니 뜻 있으신 여러분은 매달 두 번씩 구매하여 보십시오. 지난번에는 대금 없이 『황성신문(皇城新聞)』을 애독하시는 여러분께 모두 보내어 드렸거니와, 다음 호(號)부터는 대금이 있으니 보내지 말라고 기별하지 않으시면 그대로 보내겠으니, 밝게 헤아리시기를 삼가 바랍니다.

　경성(京城) 남서(南署) 공동(公洞) 일한도서인쇄회사(日韓圖書印刷會社) 내 조양잡지사(朝陽雜志社) 임시사무소 알림

논설

개화(開化)의 시작부터 끝까지

○ 개화라는 것은 국가와 사회의 수많은 사물이 지극히 선하고 아름다운 경역(境域)에 이름을 일컫는다. 그런 까닭으로 개화의 경역은 한계를 지을 수 없는 것이다. 인민(人民)의 재능과 힘의 분수(分數)로 그 등급과 높이가 있기는 하다. 그러나 인민의 습상(習尙)과 나라의 규모에 따라서 그 다른 점도 또한 발생하니, 이것은 개화하는 궤정(軌程)이 일치하지 않는 까닭이거니와 대강령(大綱領)은 사람이 하느냐 하지 않느냐에 달려 있을 따름이다.

○ 오륜(五倫)의 행실을 순독(純篤)하게 하여 가정에 들어와 충성하고 효도하는 도리와 나가서 어른을 공경하고 벗에게 신뢰를 보이는 예모를 안다면 이것은 행실의 개화요, 학술을 궁구(窮究)하여 만물의 이수(理數)를 탐구하면 이것은 학술의 개화요, 국가의 정치를 공명정대하게 하여 백성이 원통하고 억울한 일이 없게 하는 것은 법률의 개화요, 기계의 제도(制度)를 편리하게 하여 사람의 사용에 이롭게 하는 것은 기계의 개화요, 물품의 제조(製造)를 정밀하고 긴요하게 하여 사람의 삶을 도탑게 하는 것은 물품의 개화이니, 이 여러 조항의 개화를 합한 연후에 개화가 모두 갖추어진 자라고 비로소 이르는 것이다.

○ 천하 고금에 어떤 나라를 살펴보든지 개화의 극점에 다다른 것은 없으나 그 대강의 단계를 구별할진대 세 등급이 있으니, 첫째는 개화한 자요, 둘째는 반만 개화한 자요, 셋째는 아직 개화하지 않은 자이다.

○ 개화한 자는 수많은 사물을 궁구하여 날로 새롭게 하고 다시 날로 새롭게 하기를 기약한다. 이렇게 함으로써 그 진취하는 기상(氣像)이 웅장하여 사소한 게으름도 없고 사람을 대하는 도리에 이르러서는 말

을 공손히 하며, 형지(形止)를 단정(端正)하게 하여 잘하는 이를 본받으
며 잘하지 못하는 이를 가엾이 여기고, 함부로 거만하게 업신여기는
기색을 보이지 못하며 함부로 추잡하고 막된 용모를 짓지 못하여, 지위
의 귀천과 형세의 강약으로 인품의 구별을 행하지 말고 나라사람이 그
마음을 합일하여 여러 조항의 개화를 함께 노력할 것이다.

○ 반만 개화한 자는 사물의 궁구도 할 수 없으며 경영도 있지 아니하고
구차한 계도(計圖)와 고식적인 의사(意思)로 작은 성공의 경역에 안주
하고 장구한 계책이 없되, 그러면서도 자족하는 심성(心性)이 있어 사
람을 접대하기는 잘하는 자를 허여(許與)함이 거의 없고 잘하지 못하는
자를 업신여겨 거만한 기색을 띠고 망령되이 스스로를 높고 크게 여겨
귀천의 지벌(地閥)과 강약의 형세로 인품의 구별을 너무 심하게 행하는
까닭으로 나라사람이 각자 그 일신의 영화와 욕심을 경륜(經綸)하고 여
러 조항의 개화에 마음을 오로지 힘쓰지 않는 자이다.

○ 아직 개화하지 않은 자는 야만의 종류이다. 수많은 사물의 규모와
제도가 있지 않을뿐더러 당초부터 경영도 하지 않고 잘하는 자가 어떠
한지, 잘하지 못하는 자가 어떠한지 분별도 할 수 없어 거처와 음식에
도 일정한 규도(規度)가 존재하지 않으며, 또한 사람을 대하기에 이르
러서는 기강(紀綱)과 예제(禮制)가 없는 까닭으로 천하에 가장 가엾이
여길 만한 자이다.

○ 이와 같이 계급을 등급을 나누어 논하지만 면려(勉勵)하기를 그치지
않으면 반만 개화한 자와 아직 개화하지 않은 자라도 개화한 자의 지위
에 이르나니, 속담에 이르되 "시작이 반이라." 하였다. 면려하면 이루지
못할 자 누가 있으리오. 대개 반만 개화한 나라에도 개화한 자가 있으
며 아직 개화하지 않은 나라에도 개화한 자가 있으니, 그런 까닭으로
개화한 나라에도 반만 개화한 자와 아직 개화하지 못한 자가 있는지라.

나라사람이 일제히 개화하기는 극히 어려운 일이니, 인생의 도리를 닦으며 사물의 이수(理數)를 궁구하면 이것은 오랑캐의 나라에 있다고 해도 개화한 자이며 인생의 도리를 닦지 않으며 사물의 이치를 연구하지 않으면 비록 개화한 나라에 있다고 해도 아직 개화하지 않은 자이다. 그러니 이처럼 말하는 것은 각각 그 한 사람의 몸을 거론함이거니와, 한 나라의 경황을 의논할진대 그 인민 중 개화한 자가 많으면 개화국(開化國)이라고 일컫고 반만 개화한 자가 많으면 반개국(半開國)이라 하고 아직 개화하지 않은 자가 많으면 미개국(未開國)이라 이름을 붙이나니, 반만 개화한 자에게 권하여 이것을 행하게 함과 아직 개화하지 않은 자를 가르쳐 이것을 깨닫게 함은 개화한 자의 책임과 직분이다.

○ 생각해보니 행실의 개화는 천하의 만국(萬國)을 통하여 동일한 규모가 천만 년을 겪어 지내어도 없어지지 아니할 것이거니와, 정치 이하의 여러 개화는 시대를 따라서 변천하기도 하며 지방을 좇아서 다르기도 할 것이다. 그런 까닭으로 옛날에는 적합하던 것이 지금에는 적합하지 못한 것이 있으며, 저쪽에 선량하던 것이 이쪽에는 선량하지 못한 것도 있으니, 고금의 형세를 짐작하며 피차의 성정(性情)을 저울질하여 그 장점을 취하고 그 단점을 버림이 개화한 자의 대도(大道)이다.

○ 개화하는 일을 주장하여 힘써 행하는 자는 개화의 주인이요, 개화하는 자를 부러워하여 배우기를 기뻐하고 가지기를 즐거워하는 자는 개화의 손님이 되고, 개화하는 자를 두려워하고 미워하되 하는 수 없어 좇는 자는 개화의 노예이다. 주인의 지위에 있을 수 없을진대 손님의 자리를 가질지언정 노예의 반열에 서서는 안 된다. 손님의 명분이 있으면 그래도 주인의 예우가 있고 또 진취적 기질이 분발하기에 이르면 주인의 한 자리를 점거하여 손님의 명위(名位)를 벗어 버리고서 혹은 옛날 주인을 손님으로 만드는 것도 기필(期必)하려니와, 만약 노예가

되는 때는 항상 타인의 지휘를 따라서 수치스럽게 되는 사단이 적지 않을 뿐더러 조금이라도 실수하는 경우가 있으면 그 토지와 인민도 보전할 수가 없어 개화하는 자의 부용(附庸)이 되기 쉬우니, 삼가야 할 것이 여기에 지나지 않는다.

○ 대개 사람의 기벽(氣癖)으로 논의하면 개화하는 자의 손님 자리에 처하는 것도 부끄럽고 창피하기가 지극한 바이나, 그러나 시세(時勢)와 처지는 인력으로 어떻게 할 수가 없는 것이니 설령 여럿 중에 뛰어난 지혜와 범상하지 않은 용단(勇斷)이 있어도 초탈할 수가 없고, 다만 순행(順行)할 따름이다. 그러므로 외국의 신개화(新開化)를 처음 보는 자가 그 시초에는 혐오하고 두려워하고 미워하여 가지지 않으면 안 되는 것이 있다면 그만둘 수가 없어서 가져다 쓰는 모양새가 개화의 노예를 면치 못하다가 그 견문(見聞)이 광박(廣博)하고 지각(知覺)이 고명(高明)한 때를 맞이하게 되면 그제야 개화의 손님이 되니, 이것을 말미암아 힘써 행하기를 그치지 않으면 주인의 방 안에 들어가 사는 것에 성공하게 된다.

○ 지금 천하 각국의 개화한 시초를 상세히 살피건대, 지혜로써 한 자는 규모가 온전하고 폐단이 존재하지 않을 뿐 아니라 항상 주인의 형세를 보유하고, 용단으로써 한 자는 완전한 규모가 거의 없고 폐단이 생긴 까닭으로 어그러져 잘못되는 일이 많으나 오랜 뒤에 이르러서는 주인의 좌석이나 손님의 자리를 점유한 자가 많다. 위력으로써 한 자는 백성의 지식이 결핍됨을 말미암아 온전히 억지(臆地)로 행하는 일이 많은 까닭으로 그 규모가 어떠한지는 고사하고 폐단은 오히려 용단한 자에 그쳐서 약소하나, 그 정부(政府)의 위태함인즉 나라 안에 큰 적이 있음과 항상 같아 가장 어려운 것이로되 만약 정부 되는 자가 이와 같지 아니하면 백성이 개화의 노예가 되어 타인의 지휘를 받기를 면하지 못

할 것이다. 그런 까닭으로 정부가 하는 수 없이 나라를 보호하는 계책을 사용하는 것이로되, 일심(一心)으로 인민을 애호(愛護)하여 진취하는 기상이 웅장함으로 이것도 또한 손님의 지위를 잃지 아니하고 세월의 장구(長久)함을 겪어 지내어 인민의 지식이 넓고 높기에 이르면 주인의 명호(名號)도 도모하는 자가 있거니와, 만약 정부와 인민이 동일하게 무식하여 지혜로써 함도 없고 용단으로써 함도 없고 위력으로써 하여 경장(更張)하는 규모를 행하지 않으면 진기(振起)하는 기력(氣力)이 부족하야 애호(愛好)하되 본받지 아니하며 부러워하되 배우지 아니하고 두려워하되 깨닫지 아니하면 타인의 노예가 되어 개화하는 지휘에 복종할 따름이니 나라사람이 마음을 함께하여 타이르고 삼갈 것이 여기에 있다.

○ 더욱이 개화라는 것은 실상(實狀)과 허명(虛名)의 분별이 있다. 실상개화(實狀開化)라 하는 것은 사물의 이치와 근본을 궁구하며 고량(考諒)하여 그 나라의 처지와 시세에 합당하게 하는 것이다. 허명개화(虛名開化)라 하는 것은 사물 상에 지식이 부족하되 타인의 경황(景況)을 보고 부러워하여 그렇게 하든지 두려워하여 그렇게 하든지 전후를 추산(推算)하는 지혜가 없이 시행하기로 주장하여 재물을 적잖이 사용하되 실제 사용은 그 정해진 한도를 거스르기 어렵다. 그러니 외국을 처음 왕래하는 자가 처음에는 허명의 개화를 경험하나 세월이 오래되어 무한한 숙련 경험이 있은 뒤에 이르면 비로소 실상개화에 다다르는 것이다. 그런 까닭으로 타인의 장기(長技)를 가져오는 자는 결단코 외국에 기계를 구매하거나 공장(工匠)을 고용하지 말고 반드시 먼저 자기 나라 인민에게 그 재주를 배우게 하여 그 사람에게 그 일을 하게 함이 옳다. 대개 사람의 재주는 무궁무진하거니와 재물은 유한한 것이라. 만약 자기 나라사람이 그 재주를 닦을진댄 당장에 이로울 뿐 아니라 나라 안에 전파

하여 그 효험이 후세에 남기에 이르려니와 외국의 기계를 구매하면 그 기계가 상하는 때는 그러한 기계가 다시는 없을 것이요, 공장(工匠)을 고용하면 그 공장이 가는 때에는 그러한 공장이 다시는 없을 것이라, 어떠한 기계와 어떠한 공장으로 그 일을 다시 행하리오. 그 세(勢)가 그 기계를 다시 구매하고 그 공장을 다시 고용하나니, 진실로 이와 같을진대 우리가 허비하는 것은 재물이라 만일 이처럼 허비하는 재물이 어떤 곳을 좇아서 오리오. 필경은 백성에게 그 해가 돌아갈 따름이다.

○ 아아! 개화하는 일이 타인의 장기(長技)를 취할 뿐 아니라 자기의 선미(善美)한 것을 보수(保守)하기에도 있으니, 대개 타인의 장기를 취하는 의향도 자기의 선미한 것을 보완하기 위함인 까닭으로 타인의 재주를 취하여도 실상(實狀) 있게 쓰는 때에는 자기의 재주이다. 시세(時勢)를 헤아리며 처지를 살펴 경중과 이해를 판단한 연후에 전후를 나누어 준비하여 차례대로 시행함이 좋거늘, 지나친 자는 털끝만큼의 분별도 없고 외국이 진선(盡善)하다고 하여 자기 나라에는 어떠한 사물이든지 아름답지 않다고 하며, 심지어는 외국의 경황(景況)을 칭찬하여 자기 나라를 만모(慢侮)하는 폐속(弊俗)도 있으니 이것을 개화당(開化黨)이라 이르나 이것이 어찌 개화당이리오. 사실은 개화의 죄인이다. 못 미치는 자는 완고한 성품으로 사물의 분계(分界)가 없고 외인(外人)이면 오랑캐라 하고 외국 물건이면 용건이 없다고 하고 외국 문자는 천주학(天主學)이라 하여 함부로 가까이하지 못하며 자기의 몸이 천하의 제일인 듯 자처하고 심지어는 피거(避居)하는 자도 있으니 이것을 수구당(守舊黨)이라 이르나 이것이 어찌 수구이리오. 사실은 개화의 수적(讎敵)이다. 성인의 말씀이 있되, '지나침과 못 미침이 같다.'라고 하였다. 그러나 개화하는 도(道)에 이르러서는 지나친 자의 폐해가 못 미친 자보다 심하니 그 까닭은 다름이 아니라 지나친 자는 그 나라를 위태롭게

함이 빠르고 못 미치는 자는 그 나라를 위태롭게 함이 더디다. 그런 까닭으로 필연적으로 중(中)을 얻은 자가 있어서 지나친 자를 조제(調制)하며 못 미친 자를 근면(勤勉)하게 하여 타인의 장기(長技)를 취하고 자기의 미사(美事)를 지켜 처지와 시세에 응한 뒤에 민국(民國)을 보전하여 개화의 큰 공을 아뢰리니, 만약 그 입 속에 외국의 궐련을 머금고 가슴 앞에 외국의 시표(時標)를 휴대하며 그 몸이 반등이나 교의(交椅)에 걸터앉아 외국 풍속을 한담(閑談)하여 그 언어를 대략 이해하는 자가 어찌 '개화인(開化人)'이리오. 이것은 개화의 죄인도 아니요, 개화의 수적(讎敵)도 아니라, 개화의 허풍에 부추겨져 마음속에 주관이 없는 일개 개화의 병든 몸이다.

○ 세대가 내려갈수록 사람의 개화하는 도(道)는 전진하니, 말하는 자가 간혹 이르기를 "뒷사람이 앞사람에 미치지 못한다."고 하나, 그러나 이것은 통달하지 못한 담론이다. 인사(人事)가 무궁한 까닭으로 시대를 따라서 변환함이 있거늘 뒷사람이 임기응변하는 도리를 행하지 않고 옛 규모를 고수하기만 하여 일을 하는 데에 베풀다가 맞지 않는 자가 있으면 그때마다 "지금 사람이 어찌 옛사람과 같으리오." 하지만 이 말이 어찌 그러하리오. 만약 사람의 기질과 국량이 대대로 감쇠(減衰)할진대 지금으로부터 수천 년을 지나면 응당 사람의 일이 끊어질 것이요, 또 수천 년을 다시 지나면 사람의 도리가 없어지리니 이것은 이치상 그렇지 않음이 적실(的實)한지라. 사람의 지식은 경험이 많을수록 신기(新奇)한 것과 심묘(深妙)한 것이 거듭 나오니, 지금 이것을 증명하건대 옛사람은 육지를 왕래함에 걸음을 대신하는 물건이 말이 아니면 수레라서 천 리 먼 길을 순망(旬望)의 여행으로 간신히 도달하더니 지금 사람은 기차의 신속함으로 한나절의 일을 소비하지 않고, 수로(水路)에는 한 조각 목선(木船)으로 만경창파에 출몰하여 바람과 물결이 험악한 때

에는 위태함도 지극하게 거듭되더니 지금 사람은 증기선의 견고함으로
만 리의 풍랑을 평지에서 편하게 왕래하고, 옛사람은 백 리 간에 편지
한 통의 소식을 전하려고 왕래하는 사이 이틀 사흘은 허비하더니 지금
사람은 전기선(電氣線)의 신묘(神妙)함으로 천리만리 다른 지역이라도
순식간에 왕복하여 지척에서 대화하는 것과 다름이 없고, 옛사람은 각
종 물품을 제조하는 방법이 인력(人力)을 소비할 따름이라 그 고생스러
운 광경이 가엾이 여길 만하더니 지금 사람은 화륜기계(火輪器械)의 편
리함으로 하루에 제작하는 것이 수만 사람의 인력을 대적하니, 이러한
일은 우리가 보고들은 대로 옛사람이 잘하지 못하는 바이며 근세에 이
르러서 그 공효(功效)를 비로소 드러낸 것이다.

○ 또한 이 신기하고 심묘한 이치는 구세계(舊世界)에 있지 않고 오늘날
에 비로소 있는 것이 아니요, 천지간에 그 자연스러운 근본은 고금의
차이가 없되 옛사람은 깊이 연구하여 밝혀내기를 끝까지 하지 않았고
지금 사람은 깊이 연구하여 밝혀내어 터득한 자이니 이것을 말미암아
보면 지금 사람의 재능과 지식이 옛사람에 비하여 뛰어난 듯하다. 그러
나 실상은 옛사람이 처음으로 시작한 것을 윤색(潤色)할 따름이라, 증
기선이 비록 신묘하다 하나 옛사람이 배를 만드는 제도를 어길 수는
없고 기차가 비록 기이하다 하나 옛사람이 수레를 만든 규모를 말미암
지 않으면 이루지 못할 것이요, 이밖에도 어떠한 사물이든지 모두 그러
하여 옛사람이 이루어놓은 법을 이탈하고서 지금 사람의 새로운 규모
(規模)를 창출할 수는 없으니 지나에도 공수자(公輸子)의 비연(飛鳶)과
언사(偃師)의 제인(製人)과 장형(張衡)의 지동의(地動儀)와 제갈량(諸葛
亮)의 목우유마(木牛流馬)와 조항(祖恒)의 윤선(輪船)과 우문개(宇文愷)
의 행성(行城)과 원(元) 순제(順帝)의 자명종(自鳴鍾)과 장건(張騫)이 서
역(西域)을 말한 것과 감영(甘英)이 로마를 통한 것과 곽수경(郭守敬)이

대통력(大統曆)을 검(劍)함이 있고,[1] 우리 쪽에도 고려자기(高麗磁器)는 천하에 유명한 것이며 충무공(忠武公) 이순신(李舜臣)의 거북선은 철갑 병선(鐵甲兵船)이라 천하에서 가장 먼저 창출한 것이며 금속활자도 천하에서 가장 먼저 만들어 쓴 것이다. 그러한즉 동아시아 사람도 만약 궁구하고 궁구하여 편리한 도리를 경영하였다면 온갖 사물이 오늘날에 이르러 천하만국의 명예가 지나와 우리나라에 돌아갔을 것이거늘 후배가 앞사람의 옛 규모를 윤색하지 아니함을 어떻게 하리오.

자조론(自助論) 제2호 (전호 속)

자조자립의 정신은 각 개인의 매일 행위상에 발현하는 것이다. 영국 전반의 도처마다 이 특색이 구현되니, 이는 고금 영국 사람의 자랑하는 바다. 영국에도 발군의 호걸이 또한 있어 인민의 위에서 나라의 숭앙과 존경을 받으니 영국이 이 사람에게 의뢰한 것이 매우 많으나 영국의 최대 진보는 바로 다수의 인민이 만들어 낸 바다. 대전쟁의 그 이름을

---

1 공수자(公輸子)의……있고 : 중국의 과학기술 또는 물질문명의 발달 관련 전설 또는 고사들을 예거한 대목이다. 공수자(公輸子)는 춘추시대 노(魯)나라의 유명한 기술자 공수반(公輸般)으로, 탑을 세우러 양주(涼州)에 갔다가 나무로 솔개를 만들어 타고 집으로 날아서 갔다고 한다. 언사(偃師)는 주(周) 목왕(穆王) 때의 이름난 기술자로, 사람처럼 노래하고 움직이는 가짜 사람을 만들었다고 한다. 장형(張衡)은 후한(後漢)의 학자로 천문에 밝았는데, 132년 무렵에 지동의(地動儀)를 만들어 지진을 감지하는 데 사용했다. 목우유마(木牛流馬)는 군량과 군비(軍備)를 운반하기 위해 제갈량(諸葛亮)이 발명한 운송수단이고, 윤선(輪船)은 인력으로 항진하는 배로서 남조(南朝) 송(宋)·제(齊)의 과학자 조충지(祖沖之)가 만들었다. 우문개(宇文愷)는 수나라의 건축가로서 행성(行城)을 만들었다고 하고, 원(元) 순제(順帝)의 자명종(自鳴鍾)은 미상이다. 전한 때 장수 장건(張騫)은 서역(西域)을 왕복하여 중국과의 교통로를 공식 개통하는 데 큰 역할을 하였고, 후한 때의 장수 감영(甘英)은 서역도호(西域都護) 반초(班超)의 명으로 로마에 사신으로 떠났다가 바다에 막혀 돌아왔다고 한다. 곽수경(郭守敬)은 원 세조(世祖) 때의 천문학자로, 1276년에 수시력(授時曆)을 제정했는데 이것이 명나라가 되어서도 이름을 대통력(大統曆)으로 바꾸어 한동안 사용했다고 한다.

영구히 기록하여 남긴 자는 소수의 장교뿐이지만, 실제 승리를 얻은 이유는 개인의 굳센 기상과 병졸의 용맹에서 연유함이니, 국가의 각 사정이 다 그러하다. 예로부터 지금에 이르기까지 경영의 실력을 빚어낸 것이 무명씨에게 많이 있으니 이들 무명씨가 문명 진보에 공헌한 바가 저 명예가 혁혁한 정치가와 실업가에 뒤지지 않는다. 그 위치를 비교하면 비록 심히 낮지만 그 행위를 보면 정직 권면하여 능히 사회의 규범이 되고 그 영향이 국가 복지에 미치는 것이 새롭지 않으니 그 사람의 생애와 품성이 은연중에 사방을 감화하는 힘은 물이 주위를 적시는 것과 같다.

개인의 분투적 주의(主義)는 즉 자조정신이 발현한 바다. 사회 민중을 향하여 응화(應化)²하는 효력이 가장 강대하여 실제 교육이 되니, 이는 우리가 날마다 체험하는 바다. 소학과 중학과 전문대학 같은 것은 그 감화 파급의 힘이 일부분에 불과할 뿐이다. 우리가 장부나 문서가 쌓여있는 곳에서나 상점 머리에서나 가정에서나 사회교육에 의탁한 것이 태반이요, 도저히 학교교육이 미칠 바가 아니다. 대시인 실러(Friedrich von Schiller)가 말하길, "인류의 교육은 사람으로 하여금 사회의 일원이 되어 스스로 닦고 극기하게 하는 정신을 교육할 것이니, 이 교육은 독서와 학문에 있지 않고 실제 수련에 모두 있다." 하고, 베이컨이 말하길, "학문은 단지 학문일 뿐이요, 실제 응용하는 방법은 자기가 성찰하여 자득(自得)하는 것이니, 자득의 힘은 바로 면학 이상의 지혜다. 실제 생활에서 지혜를 수양한다." 하니 이 말이야말로 진실하다. 그러므로 사람이 책 읽는 것을 좇는 것보다는 노동에 의뢰하여 그 인격을 단련하며 그 품성을 굳게 하는 것이 우월하다.

---

2 응화(應化) : 부처나 보살이 중생을 구제하기 위해 여러 모습으로 변화하여 나타나는 것을 뜻한다.

비록 그렇지만 위인전과 의사전(義士傳) 같은 것은 사람을 끄는 힘이 몹시 많으니 고상한 생활과 이상, 분투하는 행위가 그중에 모두 있어, 사람으로 부지불식간 그 경지에 뛰어들게 하고, 지금 우리 마음을 채찍질하여 위인과 의사에 근접하게 한다. 그 하나하나의 언행을 과거와 달리하고 또 자신을 중시하고 자신을 믿는 정신을 북돋우니 인간 세상에서 성공하는 자는 자신의 힘을 발휘함에 있다.

우리의 목적은 우리가 뜻한 바의 힘으로 최선을 기울임이니, 예로부터 과학기술가(科學技術家)의 위인과 절대적 종교가와 대시인 대철학가가 나옴에 일정한 계층이 없었다. 학교에서 그들이 반드시 나오는 것도 아니고, 공장에서 그들이 반드시 나오는 것도 아니고, 부유층 집에서 그들이 반드시 나오는 것도 아니다. 병졸에서 나온 대종교가도 있고, 극빈한 사람이 큰 부자가 된 경우도 있으니, 당초 이 사람들이 세상을 살아가며 투쟁하매 곤란과 장애가 앞길을 가로막아 옆에서 보면 도저히 통과하기 어려울 듯하다. 하지만 이 곤란과 병고에 구애됨이 없지는 않지만 도리어 이것이 그 사람의 용기와 인내를 고무하여 위축된 기력에 새로운 생기를 주입하였고 성공을 촉진하게 되었다.

셰익스피어는 영국 사상계의 가장 위대하고 가장 큰 인물이다. 영국인이 지금까지 영국에 이 사람이 태어난 것을 자부심으로 삼으니, 셰익스피어가 어린 시절에 어떠한 경우를 겪었는지 누구도 확실히 모르지만 다만 하층 사회에서 태어난 것은 의심의 여지가 없다. 그의 아버지는 백정이요, 또 집안은 목축업에 종사하였다. 그도 어렸을 때 그 아버지의 일을 도와 목장에 있었고 후에 또 한 학교의 서기가 되고 대금업자의 종업원이 되었고, 그가 선원들의 언어에 능통하다는 이유로 장년이 되자 선원이 되었다는 이도 있고 사원 서기였다는 말도 있으며, 말 장수였다 하는 이도 있으니, 비록 다 진실한 말이라고 할 수는 없을 것이지만 그가 각양 하층 사회에서 쌓은 경험을 통해 그 지식을 추구한 것은 가히 숨기지 못할 것이다. 그러므로 그가 책을 써서 말을 구사하면 영국 상하가 다 애독하여 국민의 품성을 양성하는 힘이 지금까지 쇠하지 않았다.

항해사 쿡(James Cook)과 시인 번스(Robert Burns)는 처음에 일용직 노동을 하던 자요, 벤 존슨은 기왓장을 제조하던 사람이요, 생리학자 존 헌터(John Hunter)와 동양학자 리는 공장 기술자요, 유명한 여행 박사 리빙스턴(David Livingstone)과 시인 태너힐(Robert Tannahill)은 직공이요, 해군 제독 클라우데슬리 셔블(Cloudesley Shovell)과 선교사 모리슨(Robert Morrison)과 과학자 토마스 에드워즈는 구두공이요, 역사가 존 스토(John Stow)와 화가 잭슨(John Jackson), 공훈으로 작위를 받은 존 혹스우드(Sir John Hawkwood)와 북미합중국 대통령 앤드류 존슨(Andrew Johnson)은 바로 재단사였다. 존슨이 워싱턴에서 대규모 연설을 할 때에 청중이 비웃으며 외치길 "저 사람은 양복쟁이일 뿐이오!"라고 했는데, 존슨은 밝게 대응하며 말했다. "지금 나를 양복쟁이라고 평을 하신 분이 계신지만, 이 말이 나에게는 조금도 부끄럽지 않습니다. 내가 재단점에 있었을 때 재단에 좋은 실력을 드러내 고객이 신용하게 되었고, 또 약속을 어기지 않으며 그 직책에 항상 충실하였으니 정치가가 되어 정치에 충실함과 같습니다."라고 하였다.

빈곤하게 시작했지만 근면한 노동을 거듭하여 후세에 이름을 떨친 이도 각국 역사상 심히 많다. 로마 교황 그레고리우스 7세(Gregorius Ⅶ)의 부친은 공장 기술자요, 교황 식스토 5세(Sixtus V)의 부친은 목양하던 자요, 아드리안 6세(Pope Adrian VI)의 부친[3]은 빈곤한 사공이었

---

3 부친 : 원문은 세 차례 다 '祖'로 되어 있으나, 『Selp-Help』의 해당 원문은 'father'이다.

다. 아드리안이 어렸을 때 빈궁하여 책을 읽고자 하나 등불이 없어, 어쩔 수 없이 가로등 불이나 교회 탑의 등불을 쫓아 그 빛을 빌려 교과서를 읽었으니 이 고학하던 가난한 학생이 후에 로마 교황의 위치에 올라 각국 제왕을 다스릴 줄을 누가 알았을 것인가. (미완)

지나(支那) 쇠퇴의 원인

조지 케넌(George Kennan) 씨 논(論)

외국인 중 지나(支那)에 여행하는 자가 가장 많이 느끼는 것으로는 그 인민의 빈궁함과 중앙정부 권력의 쇠약함이 있다. 지나는 500만 방리(方里)[4]의 풍족한 토지와 4억 명의 온순하게 노동할 수 있는 인민을 유지하고 있고 또 3천 년간 이어져온 특수한 문화를 포함하고 있다. 그러므로 그 내부 사정을 모르는 자는 다 그 인민이 풍족하고 국가의 세력이 위대하리라고 상상한다. 그러나 실제 답사하면 상상과 정반대다. 인민이 빈곤하여 서양인의 안목으로 보면 굶어 죽은 송장이 한 걸음을 멀다 하고 웅크려 있다. 다수 빈민의 하루 소비하는 것이 미국 노동자가 아침에 지불하는 커피 값에 불과하고 또 중앙정부 권력이 완전히 지방에 미치지 못하여 외국이 무리하게 요구하는 데 대하여 거부할 실력이 없다. 전 유럽에 모자라지 않는 민중이 있으며 합중국에 지지 않는 기름진 토지를 갖고도 그 정부의 매년 수입은 네덜란드 한 나라의 수입에 못 미치고 그 자위력은 터키보다 오히려 낮으니, 이와 같은 이유는 어디에 있는가. 그 원인을 상세히 조사하여 그 구제할 방법을 강구하면 가난한 자를 부유케 하며 약한 자를 강하게 하는 것이 어려운 일이 아니다. 지금 시험 삼아 내가 고찰한 바로써 낱낱이 들어 다음과

---

4 방리(方里) : 사방(四方)으로 일 리가 되는 넓이를 뜻한다.

같이 말한다.

국민의 통일 결핍

지나 국세(國勢)가 부진한 이유는 그 국민의 통일이 결핍함에서 기인한다. 지나 18개 성(省)이 각각 반독립의 형태로 있어 총독과 순무(巡撫)[5]가 모두 거느려 다스리니, 행정은 그 바라는 뜻대로 하고 중앙정부의 명령을 필히 받들지 않는다. 황제는 총독과 순무를 선임하여 감독할 뿐이요, 실제 집행 권력은 다 총독의 손에 달려 있어 흡사 작은 독립국의 모양새와 마찬가지다. 이전 의화단의 난 때에, 청나라 남쪽 각 성을 감독하던 순무는 한밤에라도 질주하여 황제의 어려움을 뒤따르는 것이 당연하지만, 실제로는 그렇지 않아 각각 그 성의 세력을 스스로 지켜 은연중 할거하였다. 그리고 외국 영사로부터 조약을 체결하여 그 지방의 이익을 지키고 중앙정부와 황제의 위급한 것은 전혀 고려하지 않는 상황에 이르렀다.

지나의 위와 아래는 국민 통일이라는 것이 어떠한 것인 줄을 전혀 알지 못한다. 각 성에 별도의 군대가 있으며 마음대로 징세하고 또 화폐를 제조할 수 있으니, 이는 모두 독립국의 태도라. 전국 제도가 획일하지 못함이 이와 같으니 하루아침에 각 성의 병사를 일으키려면 어찌 공동의 일치된 행동을 기대할 수 있을 것인가. 알렉산더 베레즈포드 호프(Alexander Beresford Hope) 경의 말에 따르면 "지나 군대는 14종이 있다"고 하니 가히 믿겠다.

그 가운데 특히 통일하는 작업을 가장 방해하는 것은 화폐를 마음대로 제조하는 데 있다. 각 성 화폐가 비록 내성(內省)에서는 거리낄 것

---

5 순무(巡撫) : 벼슬 이름으로, 명·청 시기에 지방을 순시하며 군정(軍政)과 민정(民政)을 감찰하던 대신으로서 '무대(撫臺)'라고도 부른다.

없이 유통되지만 경외(境外)에 한번 나가면 가히 교환할 수가 없으니
그 불편 불리한 것이 이처럼 심각하다. 국민의 느낌과 생각을 통일하지
못함이 또한 화폐가 통일되지 않음과 같으니 다 내치 행정이 정비(整備)
되지 않은 데서 연유함이다.

관리의 탐망(貪妄)

지나가 빈약한 두 번째 원인은 그 관리가 염치와 절조(節操)가 없어
공연히 탐욕을 떨치는 데서 기인한다. 오늘날 지나가 강도에 대한 대책
을 세우고자 한다면 마땅히 중앙정부의 세입(歲入)을 풍족하게 할 것이
니, 국고가 충실한 후에야 육해군비를 확장할 수 있을 것이며, 나라가
비로소 교육을 보급할 수 있을 것이요, 제반 사업을 왕성케 할 수 있을
것이다.

그러나 지나 관리가 탐욕무도하여 조세 5분의 4를 빼돌려 취하니,
아득바득 자기 호주머니만 채우고 있다. 그러므로 인민의 납세하는 돈
은 비록 많으나 중앙정부의 수입은 충족할 수 없으니, 필경 행정 조직
이 부정한 죄라. 지금 지나의 관리가 봉급이 심히 적어 실제 비용이
부족하니 비록 정직한 선비라도 기왕에 관직에 있으면 그 흐름이 탐욕
을 행하지 않기 불가능하다. 총독의 경우를 시험 삼아 보면 총독의 일
년 예산이 십만 원을 초과하는데 매년 받는 봉급은 만이천 원에 불과하
다. 순무와 지부(知府)와 지현(知縣)과 촌장(村長)이 그 정세(情勢)가 다
이와 같으니 비록 조세를 탐하지 않고자 하나 불가능하다.

지나의 세법(稅法)은 동전으로 징수하고 중앙정부에 납입하는 것은
두 가지의 데-루⁶ 돈을 사용한다. 그러므로 그 환산할 때에 그간의 이익

---

6 데-루 : 미상이다.

을 취하는 것을 징세하는 관리의 상식으로 보니, 지나 인민 중에 지식이 있는 자는 비록 관리의 부정한 수단을 능히 알지만 반항하는 것이 무익한 줄을 알고 대저 명에 따라 상납하여서 관리의 환심을 얻어 별도의 이익을 도모한다.

지나가 정부 회계 이재(理財)의 조목(條目)을 공개하지 아니하는 까닭에, 백성이 상납하는 세액과 정부 수입액이 차이가 큰 줄을 알 수 없다.

일체의 관직을 매매에 부치매, 그 가격의 높은 것이 놀랄 정도다. 상하이 도대(道臺)[7]의 1년 봉급이 3천 냥(兩)에 불과하고 그 교체 기한은 3년인데, 그 가치는 10만 냥을 쳐준다고 하고, 또 상하이 한 재판관이 퇴직하매 모은 재산이 350만 냥이 있다 하니, 이와 같은 큰돈이 어디에서 와 획득하였는가.

지나의 총세무사 로버트 하트(Robert Hart)[8]가 나에게 말하길 "지나 전국 지조(地租) 총액이 매년 사억만에 달하고 기타 영업세도 또한 많다 하니 만일 정당하게 징수하면 육해의 확장과 교육의 보급과 관리 봉급의 증가를 족히 순차적으로 완성할 것이나 어찌하여 재정을 정리하지 않아 이와 같은 좋은 일을 이룰 수 없는지."라고 하였다.

공덕(公德)의 절핍(絶乏)

지나가 흥하지 못하는 세 번째 원인은 인민의 도덕심이 흔적도 없는데서 연유한다. 지나 인민은 쾌활하고 인내하며 온순하고 근면하니 이

---

7 도대(道臺) : 벼슬 이름으로, 중국의 지방 정무를 주관하던 도원(道員)의 별칭이다.
8 로버트 하트(Robert Hart) : 1835-1911. 근대 영국의 외교관으로, 톈진조약 이후 영국인이 차지해 온 광둥해관의 제2대 총세무사로 45년간을 복무했다. 황실의 두터운 신임을 받아 주요 외교 문제에 관여하기도 했다.

러한 인민이 어디에서 올 수 있겠는가. 그러나 용렬한 기개(氣槩)와 애국하는 성심과 순국하는 정신이 결핍되고 사리사욕만 알아, 사람이 멸사봉공하는 명예가 혹 있으면 그들이 보고서 우매하다 한다. 그들이 생계에 급급하여 고전을 연구하는 것도 국가의 이익과 국민의 복을 반드시 생각함이 아니다. 장차 과거에 급제하여 관리가 되고자 함이요, 그들이 관리가 되려 하는 목적은 관리의 권력을 이용하여 거액의 관세(官稅)를 후려 얻고자 함에 불과하니, 구미인이 보면 심술의 졸렬함이 놀라울 지경이다. 일찍이 듣건대 삼십여 년 전에 일본의 영웅 사이고 다카모리(西鄕隆盛)⁹ 씨가 한국 정벌 계획을 세울 때 일신을 희생하여 경성(京城)에 나아가 적의(敵意)를 품은 한국인에게 자기를 살해케 하여 개전(開戰)할 이유를 만들려 하니, 그 글이 유신(維新) 역사에 실려 구절구절이 다 국가만 생각하고 몸을 죽이며 공명(功名)을 잃을 것을 돌아보지 않았음을 나타낸다.

지금 지나 총독 중에 이와 같이 국난을 쫓아 충성하는 자 있는가. 일본은 그 어려운 때를 당하여 사이고 씨와 같은 충성·공명(公明)의 선비가 다수 용출(湧出)하니 그 국가의 발흥(勃興)이 그와 같이 견고하다. 지나의 장래에 혹 이와 같은 인물이 나올는지. 금일에는 불행히도 그 사람을 보지 못하겠으니 아예 없다. 그러므로 국세가 흥하지 않는 것이다. 베이징에 주재한 어떤 나라 공사관의 서기관이 나에게 말하길, "지나에 필요한 혁명은 정치조직에 있지 않고 국민의 도의심(德義心)을 진작하는 데 있다." 하였다.

---

9 사이고 다카모리(西鄕隆盛) : 1828-1877. 사쓰마번 출신의 무사로 에도막부를 타도하고 메이지유신을 성공으로 이끈 유신삼걸 중 한 사람이다.

20세기의 제국주의를 논하다

일본 고토쿠 슈스이(幸德秋水)[10] 술(述)

대단히 아름답구나! 소위 제국주의의 유행이여. 기세가 들불과 같아 가까이할 수가 없으니, 세계만방이 모두 그 앞에 무릎 꿇고 엎드려 그 것을 찬미하며 그것을 숭배하며 그것을 받드는도다.

대저 영국이 정부와 재야의 신도를 움직이던 상황과 독일의 호전적 인 황제가 그 세력을 진력하여 고취하던 사실을 보라. 또한 러시아 같 은 곳은 이를 자칭 예부터 전해지는 정책이라 말하지 않는가. 프랑스와 오스트리아와 이탈리아도 그것에 뭐든 열심으로 아니했겠냐마는 무릇 저 큰 바다 건너 미국 또한 어쩔 수 없이 그 주의를 따르고 그 방책을 완전히 바꾸었다. 일본에 이르러서는 청일전쟁의 대승 이래로 상하의 열광이 불과 같고 차(茶)와 같으며, 멍에를 벗은 사나운 말과 흡사하다.

대저 국가를 경영하는 목적은[11] 사회의 영원한 진보에 있고, 인류 전 반의 복리에 있으나, 저들인즉 그렇지 않다. 당장의 경각의 번영과 소 수 계급의 권세만을 도모하여 그 국가의 주의는 모르니 금일 국가의 소위 정치가라 자칭하고 제국주의를 신봉하는 자들은 과연 우리의 진 보를 꾀하는가. 우리의 복리를 경영하는가.

우리가 진실로 믿고 의심치 않는 바는 사회의 진보를 구하고자 한다면 그 기초는 반드시 "진정한 과학적 지식"을 기다린 후 견고할 수 있고, 인류의 복리를 구하고자 한다면 그 원천이 반드시 "진정한 문명적 도덕"으 로 돌아간 후에 얻을 수 있으며, 그리고 그 극치는 반드시 박애[極愛]와

---

10 고토쿠 슈스이(幸德秋水) : 1871-1911. 메이지시대를 대표하는 사회주의자로, '대 역사건'의 주모자로 다른 11명의 동지와 함께 처형당하였다.

11 대저……목적은 : 원문은 "夫國家의目的을經營ᄒᆞᆫ者ᄂᆞᆫ"으로 되어 있으나 문맥상 어 순을 조정하여 번역하였다.

평등에 있은 후에 이루어질 수 있다. 무릇 동서고금을 막론하고 이를 따르는 자는 번영하니 소나무·잣나무가 나중에 시드는 것과 같고, 이를 거역하는 자는 망하니 갯버들이 먼저 떨어지는 것과 같다. 그러한즉 저 제국주의의 정책가가 과연 이 기초와 원천이 있는가. 과연 이 이상과 극치가 있는가. 그와 같다면 이 주의자는 실로 사회 인류의 천국 복음이 될지니 우리는 비록 채찍을 드는 일을 행하여도 흠모할 뿐일 것이다.

불행히도 나의 말과 다르다면 제국주의가 발흥하고 유행하는 이유는, 과학적 지식이 아니라 미신이고, 문명적 도덕이 아니라 열광이며, 자유·정의·박애·평등이 아니라 압제·왜곡·고루·쟁투이니, 이러한 비열함과 악덕이 세계만방을 지배할 뿐 아니라 '정신적', '물질적' 모든 것을 전염시켜 그 해독이 횡행하는바 심히 마음이 떨리지 아니하겠는가. 오호라! 제국주의여. 너의 오늘날 유행하는 세력이 우리 20세기의 천지에 장차 적광정토(寂光淨土)[12]를 실현코자 하는가. 또한 무간(無間)의 지옥으로 떨어뜨리고자 하는가. 진보인가 부패인가. 복리인가 재앙인가. 천사인가 악마인가. 그 진상과 실질이 과연 무엇인지 실로 열심히 연구해야 할 것인데, 이는 지금 20세기를 경영하는 인사가 진실로 급한 불을 끄듯 애써야 할 급무라 할 것이다. 이에 뒤떨어진 내가 나아가 계산 없이 재능 없이 떠들 뿐이니 들을 이 누구인가.

교육

교육의 필요

무릇 천하의 부형(父兄)된 자가 누군들 그 자제(子弟)를 사랑하지 않

---

12 적광정토(寂光淨土) : 항상 변하지 않는 광명의 세계를 말한다.

겠는가. 반드시 그 자제로 하여금 한 시대의 영특하고 출중한 사람으로
만들어 이들이 거대한 사업을 일으키기를 바라는 것은 모든 사람의 한
결같은 마음이다. 그런 까닭으로 그 자제의 장래활동을 위한 기본 요소
인 교육은 남이 강제로 해주기를 기다리지 않고 각자 힘써 행할 것이니
국가가 이에 간섭하여 독려하고 강제할 필요는 없을 것이다. 지금 시대
의 교육제도는 모두 국가의 중대 사업으로 경영하여 힘을 다하지 않음
이 없는데 이에 대해 일개 개인의 일을 간섭하는 것인 듯 심히 해서는
안 될 일로 여긴다. 그러나 이는 몹시 사려 깊지 못한 것이다. 대개
그 일이 대단히 원대하기 때문이다.

국제 경쟁은 지금 시대의 대세(大勢)이다. 대개 열국이 천하에 분치
(分峙)하여 바다는 동서로 구분되고 구역은 피차로 사이가 벌어져 천만
리를 서로 떨어져 있어도 실제 사실을 논하면 즉 가까운 이웃 혹은 동일
구역과 다를 바가 없으니, 기회를 엿보며 둘러보는 사이에 서로 버티고
서서 각각 자신들의 구역을 제한하고 한 지역을 차지하는 일에 이기기
를 서로 다투니 인간적 도리의 대의(大義)로 본다면 그 사상의 협소함
과 기량의 좁음이 마치 일개 달팽이 뿔의 분쟁[13]과 개미떼의 승부에 불
과한 듯하다. 그러나 세계를 통합하여 하나의 큰 국가를 만드는 일은
후대 몇천만 년에 될지 모르겠지만 지금에 있어서는 단지 한 편의 몽상
에서나 그렇게 할 수 있을 뿐이다. 그러므로 현재의 계획은 오직 한
나라의 국민이 하나로 단합된 형태를 이루어 남들을 상대하지 않는다
면 생존도 지킬 수 없으니 저 유대인이며 폴란드인을 살펴보아야 할
것이다. 세계 도처에 망국의 백성으로 지목되어 잔인하고 포악하게 쫓

---

13 달팽이 뿔의 분쟁 : 자잘한 일로 싸우는 것을 의미한다. 『장자(莊子)』「칙양(則陽)」
에는 달팽이의 좌측 뿔에 있는 촉씨(觸氏)와 우측 뿔에 있는 만씨(蠻氏)가 서로 다투
어 수만 명이 죽었다는 이야기가 나온다.

겨나고, 사납고 모진 압력과 굴복을 입고도 어디에도 호소할 곳이 없고 황급히 허둥대며 하루도 편안히 살아갈 수 없어 비틀비틀 물풀을 좇아 옮겨 다니는 미개한 민족의 경우에 가까웠으니, 어찌 그리 비참한가. 이와 같으니 인류가 마땅히 해야 할 천직(天職)을 충족하려는 것 또한 어렵도다. 이를 요약하건대 지금 시대의 형세에 있어서는 국가는 인류의 편안한 거주처이며 국민의 단결은 인류의 필요한 사업이다. 일체의 평화와 안녕을 그 속에 보존한 뒤에야 일체의 인도(人道)를 붙들어 세우는 일이 가능할 것이다.

그렇다면 국가의 존재 요건이 그 외형으로 본다면 내정(內政), 외교(外交)와 군비(軍備)며 더 나아가 산업을 일으키는 데에 이르기까지 각종의 시행을 기다림에 있다고 하더라도 제일 요소로 국가의 근본 바탕이 되는 것은 각기 국가의 성격과 국민의 특색을 유지 발양하여 그 건전한 발전을 기다리는 것에 달려있으니, 이를테면 영국 사람의 자부심과 미국 사람의 견고한 인내, 러시아인의 완강함과 프랑스인 및 독일인의 준발(儁拔)함과 일본인의 과감함으로, 무엇이든지 간에 모든 나라가 그 특장을 발휘하지 않은 것이 없다. 대개 온갖 지능과 예술은 반드시 이 일단의 특색과 성격을 두루 잘 펼쳐야만 존재할 수 있다. 만약 이 한 기운이 전체 국민들 속을 뚫고 들어가 퍼지지 않으면 개인으로는 혹 존재할 수 있을지 몰라도 국민으로는 이미 다 없어진 것이니, 이는 곧 그 국가가 없는 것과 마찬가지이다.

그러므로 국민의 교육이 이 특색과 성격을 잘 닦고 길러서 그 발전을 조장하는 데에 힘씀으로써 실효를 거둔다면, 빈빈(彬彬)한 문학의 선비들과 씩씩한 무용(武勇)의 장부와 산속을 채굴하고 바닷물을 끓여 얻는 풍부한 천연자원이며 찬란히 빛나는 제도와 문물이 모두 이 안에서 배태하여 뒷날에 발현하기를 기대할 수 있다. 그런데 개개인이 각기 자신

들의 뜻에 따라 자제들을 교육하고 기를 경우, 사람들은 편의(偏意)와
이견(異見)이 있으면 자신들이 좋아하는 바를 미루어 자제들을 감화시
키고 교육하는 것이 자연적이고 필연적인 사실로서 불가피한데, 그 귀
결로 형세상 반드시 지루하고 산만하여 통솔하는 능력을 완전히 잃게
되고 국가에 필요한 국민적 특색과 성격이 일거에 완전히 소진될 것이
니 국가 생존을 위태롭게 함은 더 많은 말을 하지 않더라도 자명하다.
그러므로 교육을 개인이 하는 바대로 맡겨둘 수 없으니, 이 때문에 국
가의 힘으로 이 사이에 간섭함이 필요한 것이다. 지금 시대의 선진 열
국들이 당당한 교육 제도를 펼쳐서 대단히 큰 노력과 막대한 비용을
아끼지 않고 국가사업으로 경영하는 현상을 보이는 것은 이 때문이다.

대개 교육 제도가 국가에 달려 있음이 이미 이와 같다면, 이러한 제
도의 기본이 되는 교육주의(敎育主義) 역시 이러한 뜻에 부응하여 교육
의 목적을 달성하는 방법을 두 종류의 방면으로 나누어 그 완성을 기대
할 수 있다. 즉 한 방면은 국가의 요구에 부응하기 위하여 각 개인에게
한 국가의 특색과 성격을 격발하도록 독려하여 그 국민적 정신의 발달
을 촉진하는 것이며, 다른 방면은 개인에게 존재하는 활동에 반드시
요구되는 지식의 개발을 이루도록 하는 것이니, 이는 지금 시대 교육의
가장 중요한 점이다. 옛 시대의 자치적(自治的) 교육과는 확연히 그 겉
모습을 다르게 하여 규모의 장대함을 이뤄야 하는 것은 이 때문이다.

무릇 교육이 이 두 종류의 수단을 갖춘 뒤에는 교육 기관의 설비도
이와 서로 짝하여 그 실행에 적합한 조직을 갖추지 않을 수 없다. 그러
므로 교육은 또 두 가지로 구분할 수 있다. 하나는 보통교육이고 다른
하나는 전문교육이니, 이 두 가지의 연결 과정은 중등교육을 통해서
하기 때문에 혹자는 보통교육을 초등교육이라 하고 전문교육을 고등교
육이라 말한다. 보통교육은 옛날 프로이센 프레드리히 대왕 2세 때에

의무 입학의 법령을 일단 마련한 이래로 각국이 모두 그 전범을 여기에서 취하여 무릇 부형되는 자는 그들의 자제가 일정한 연령에 이르면 반드시 모두 학교에 입학하게 하는 의무를 지닌 자라 하여 이를 의무교육이라고 별도로 부르기도 한다. 대개 보통교육은 각 개인을 통하여 그 직분을 다하는 데에 반드시 요구되는 성격과 지식을 지적해 가르쳐주고 깨우쳐 이끌어준다는 주지(主旨)로부터 나온 것이니, 직분은 대도(大道)로서 누구든지 쉽게 행할 수 있으며 또 반드시 행할 의무가 있다. 그러나 전문교육은 이에 반하여 깊은 학문적 이치와 정묘한 기술을 가르치는 사람이 되게 하는 까닭으로 그 길이 고원(高遠)하여 모든 사람이 오를 수 있는 제한선을 두지 않고 또 반드시 올라야 함을 요구하지 않는다. 또 저 보통교육을 국민교육이라고 특별히 일컬어 중대하게 여기는 까닭은 그 근본 취지가 국민 되는 성격 정신과 인격을 격발하고 훈도하는 점에 있는 것이다.

그러나 보통교육과 전문교육의 두 가지가 완전히 분리되어 각각 한 방면을 고수하는 것이 아니요, 두 가지가 서로 따르고 의지하여 오직 하나의 교육이란 목적을 달성하는 수단에 불과하니, 비유컨대 수레의 바퀴와 같아 두 바퀴가 모두 갖추어진 뒤에야 그 수레가 비로소 온전히 굴러갈 수 있는 것이다. 그러므로 보통교육의 주지(主旨)는 국민교육의 기초가 되어야 지육(智育) 계발의 첫 계단을 이루고, 전문교육은 지식의 연마를 힘쓰는 중에 이미 닦고 기른 국민교육의 성과를 다시 또 완전 무결하게 함을 기대할 수 있다. 요컨대 교육이라 함은 단지 지식의 계발과 기술의 연마만을 오로지 위주로 함을 말하는 것이 아니요, 심신(心神)의 수련과 인물의 도야(陶冶)와 품성의 선도(善導)를 뜻하는 것이다. 이 뜻을 이해한다면 보통교육과 전문교육의 구별은 교육을 시행하는 순서상의 갈래가 되어 그 귀결점이 오직 하나의 목적에 함께 있음을 알 수 있을 것이다.

　우리 한국은 근래에 학교의 설립이 분분히 날로 홍기하지 않은 것은 아니지만 아예 전문교육은 굳이 논할 것이 없고 심지어 보통교육도 몹시 형편없어 국가에 교육기관이 한 개도 설비되지 않았다. 학교의 제도 규정이 제각기 다르며 교과서의 종류도 각자 임의대로 정해 가르칠 뿐만 아니라 교사(敎師)를 할 만한 인재도 극히 적어 옛날 그대로 글의 자구나 가르치는 선생에게 교사의 직임을 맡게 하는데, 이는 소경에게 명하여 단청(丹靑)을 변별하게 하는 것과 같으니 어찌 지식의 계발과 정신의 진작(振作)을 감히 바랄 수 있겠는가. 또 공부하는 인원을 말하더라도, 능히 국민적 정신으로 의무교육에 주의(注意)하는 자는 열에 한 명도 없을 것 같다. 혹 외국어 습득 과정을 마쳐 훗날 예식원(禮式院) 관원(官員)이 되려 하든지, 외국인 통역 일을 하여 매달 삭료금(朔料金)으로 밥 먹고 옷 입는 생계 마련의 방법을 찾을 뿐이며, 그렇지 않으면 법관양성소를 졸업하여 법부(法部)나 고등재판소의 관원 자리를 얻으려 하며, 사범학교나 중학교를 졸업하여 각 학교 교관이나 교원 자리를 얻으려 하며, 무관학교를 졸업하여 군대의 위관(尉官) 장교 자리를 얻으려 한다. 그리하여 그 일반적인 정신이 단지 관직에만 있어서 오로지 금전을 불리는 재미와 탕건(宕巾)을 마련할 생각에서 벗어나지 못할 뿐이요, 털끝만큼도 국가의 사상이나 국민의 특색을 위하여 학업에 종사하는 자가 없어 교육의 발달은 고사하고 점점 퇴보하는 현상을 드러내니, 이는 또한 인민에게 전적으로 책임 지울 것이 아니라 정부가 직무를 제대로 수행하지 못한 책임이 몹시 크다고 할 것이다.

실업

범론(汎論)

무릇 혼돈(混沌)이 쪼개져 갈라진 뒤로부터 우리 인류가 처음 생겨난 시대는 아득히 까마득하고 어렴풋하여 문자[書契]가 갖추어지지 않고 실증할 만한 문헌이 없었으니 소급해 상고하기가 정말로 어렵다. 그러나 처음 생긴 뒤로부터 음식을 사용하여 그 생명을 지키고 유지했음은 미루어 짐작할 수 있다. 그러므로 지나 옛사람의 설(說)에 이르기를, "태곳적 홍몽(鴻濛)한 시대에는 사람이 나무 열매를 따먹고 골짜기 물을 마신 것이다"라 하고, 또한 서양의 고고학자도 말하기를, "원시인은 초식 혹은 육식하던 동물이다"라고 했으니, 두 가지 설이 모두 지금에 참고할 만한 좋은 재료를 제공한다. 대개 상고 시대에 사람과 동물이 처음 생겨남에 꾸물거리고 어리숙하여 지식이 열리지 못하고 질박한 대도(大道)가 퍼지지 않아 눈앞에서 가장 잡기 쉬운 천연의 성숙물(成熟物)을 가져다가 일상 식재료로 제공했기 때문에 그들의 먹을거리는 그들이 사는 곳의 상황에 따라 동일하게 나타나지 않았다. 가령 산과 들판에 사는 자는 금수(禽獸)의 고기와 초목의 열매와 그 묘목의 이파리를 먹고 호수와 바닷가에 사는 자는 어패류의 살을 먹었는데 그것은 각기 자신이 처한 바의 형편에 따라 자연스런 이치와 형세에서 나온 것이요, 육식과 초식을 하는 인종이 구별되었기 때문은 결코 아니며 또 그 먹을거리도 단지 그 굶주린 배를 채울 따름이요, 그 맛을 택한 것이 아니다. 그 외에는 별도로 바라는 것이 없는 까닭으로 그 생애도 매우 편리했으나, 자연히 그 먹을거리 중에도 독이 있는 것은 버리고 입에 적합한 것을 선택하며 또 초목의 열매 같은 것은 성숙하기를 기다렸다가 많든 적든 간에 수확하고 저축하여 그것이 결핍되는 때를 미리

대비하지 않을 수 없었으니, 이는 곧 농업의 기원이 가장 먼저 인류와
공생하게 된 까닭이다.

  그다음으로, 산간에 사는 사람은 혹 천연 바위동굴이나 토굴에 그
거처를 정하고 들판에 사는 사람은 혹 우거진 풀 더미를 깔고 눕거나
수목(樹木)에 서식하다가 인구가 점점 많아지고 늘어남에 따라 천연의
거처가 그 쓰임에 부족하게 되자 비로소 인력으로 토굴이나 바위동굴
도 새롭게 뚫었으며, 수목의 가지와 줄기를 엮고 얽어 혹 새 둥지의
형상도 만들고, 우거진 풀을 잇고 엮어 들판에 천막 형상도 만들어 점
차 그 거처를 확장하였다. 또 그 신체를 덮고 보호하는 방법으로 초목
의 잎을 엮거나 짐승과 물고기의 가죽을 취하여 의복을 만들어 쓰는
데 제공하고 지혜가 조금 열리자 기계가 필요하다는 생각도 하게 되었
으니 자연히 뾰족하고 날카로운 돌조각을 주워 물고기를 잡는 도구도
제작하고 벼를 베는 기물도 만들었으니, 이는 곧 공업(工業)의 기원이
농업 다음으로 생겨난 까닭이다.

  또 그다음으로, 사람의 기호와 욕망이 각기 다름은 하늘로부터 부여
받은 자연스런 성질이다. 가령 여기에 새와 짐승 고기는 많으나 초목의
열매가 없고 저기에 초목의 열매는 풍족하나 새와 짐승의 고기가 부족
하며, 갑은 신체를 덮고 보호할 재료가 있으나 을은 입과 배를 채워줄
물품이 없다면 자연히 피차간 있는 것과 없는 것을 교환하여 서로 바라
는 바를 이루려 한다. 또 해변에 사는 사람이 먹고 남은 어패류 껍질을
산간에 거주하는 사람에게 전해주면 산간에 사는 사람은 그 색채가 반
짝이는 특이한 사물을 처음 보고서 이를 기쁜 마음으로 취하며, 산간에
사는 사람 또한 잡아먹은 길짐승의 가죽과 땅에 저절로 생긴 깨끗하고
흰 돌 종류를 해변에 사는 사람에게 보내주면 해변에 사는 사람 역시
처음 보는 물품이기 때문에 이를 귀중히 여길 것이니, 여기에서 산간과

해변의 물산(物産)을 교역하는 사상과 보배, 비단, 옥의 명칭이 비롯된 것이다. 또한 신체를 덮고 보호하는 물건과 입과 배를 채우는 물건의 상호 교환은 입을 것과 먹을 것 두 재료의 교역 사상에서 발생한 것이니, 이는 곧 상업(商業)의 기원이 농업과 공업 이후에 일어난 까닭이다.

　농업·공업·상업 세 가지가 원래 시작된 대개(大概)는 이와 같으나, 다만 처음 생긴 것이 어디에서 배태한 것인지에 대한 생각만 대략 있고 특별히 지정한 명칭도 없으며 어떠한 구분된 직업도 일체 없이 혼돈한 세계로 지나가더니 갑자기 하루아침에 수인씨(燧人氏)[14]의 신통한 공력으로 화식(火食)하는 길이 처음 생기자 인문(人文)의 개발이 이것을 통해 더욱 뜨겁게 달아올랐다. 무한한 화력을 사용하여 산과 연못의 나무를 맹렬히 태우고 토지를 개척하며 맹수를 쫓아내어 방해 요소를 제거하며 금속을 녹여 우수하고 예리한 기계로 농기구를 만들어 밭을 개간하는 방법을 넓게 펴니, 여기에서 곧 진정한 농업의 발달이 대단히 진전된 것이다. 또한 화식의 유래로 인하여 생식(生食)하던 야종(野種)의 인류가 한바탕 변하여 문명의 영역으로 점점 나아갔거니와 번거로운 폐단의 사정(事情)도 갈수록 늘어나서 음식을 하는 데 그릇도 필요하며 거처하는 데에 방과 거실도 필요하며, 신체에는 의복이 필요하고 길 가는 데에도 배와 수레를 필요로 하는 중에 사람의 지혜와 기지가 날로 진전되었으니, 이에 또 도량형(度量衡)의 제도를 마련하여 번잡한 사물에 응용하는 기관(機關)을 갖추었다. 그 나머지들의 경우도 옛날에는 사용하지 않던 물품이 오늘날에는 날마다 필요한 사물로서 없으면 안 되는 상황에 이른 것을 일일이 열거하기 어려우니, 여기에서 곧 공업이 점차 크게 열린 것이다.

14　수인씨(燧人氏) : 전설 속의 옛 제왕으로, 나무를 마찰시켜 불을 얻는 법을 발명하였다고 한다.

또한 사람이 이미 문명의 영역과 번잡한 세상에 한 번 이르게 되니 자연히 그 생활 방법으로써 좋아하고 바라는 바와 요구하는 것이 점점 더 증가하여 일상생활에 반드시 있어야 하는 물품이 갑절이나 많아졌다. 그러므로 한낮에 시장에서 무역하는 방법을 이용하여 있는 것과 없는 것을 서로 교환하던 소규모 방식으로는 결코 온 세상의 수많은 대중들이 바라는 바와 필요로 하는 것을 흡족케 할 방안의 마련이 매우 어렵게 되자, 신속하게 두루 영향을 끼치는 방법을 꾀하여 상호 교역의 편리한 방법이 시작되었으니 이것이 곧 상업이 발달한 까닭이다. 농업·공업·상업 세 가지가 점차 변해가며 진행되는 상황이 이와 같아지면서 한 사람의 겸업(兼業)만으로 그 기술이 정밀하지 못함은 말할 것도 없고 노력이 많아도 이익은 적은 이유를 또한 깨닫게 되었다. 이에 비로소 각 개인이 분업하는 법이 생겨나 각기 자신이 능한 바로 달려갔으니, 사민(四民)의 명칭을 구별하여 그 직업을 분명히 다르게 하는 데에 이르렀으나 이 또한 시대 및 세계와의 관계가 없지 않다. 시대로 논하자면 옛 시대는 오늘날에 비해 분별이 다분히 자세하지 않고, 세계로 논하자면 각 국가의 진보 정도에 따라 같지 않다.

구미의 여러 나라는 분별이 뚜렷하게 다른 곳이 대체로 많은데 동양의 각 국가는 그렇지 않아 혹은 삼업(三業)을 혼동한 곳도 있고 혹은 이업(二業)을 혼동한 곳도 있으며 혹은 대략 서로 분별한 곳도 있다. 그중에 우리 한국을 특별히 거론하여 말하건대 농업·공업·상업 세 가지가 모두 매우 유치한 수준인 가운데 공업·상업이 더욱 심하여, 있다고 해봐야 없는 것과 같으니 이런 정도에 이르면 혼돈세계라고 칭해도 과언이 아니다. 무릇 농업·공업·상업 세 가지의 순서가 그 연혁의 선후는 저와 같거니와 또 그 관계를 살펴보면 농업이란 것은 사람의 삶에 가장 중요한 의식(衣食)을 제공하며 또한 세계 만물을 이루고 일으키는 것 중 십중팔구의 다수를 차지하여 그 범위가 몹시 넓기 때문에 가장 우선시할 것으로서 근본이라 칭한다. 공업이란 것은 물품을 자기 스스로 생산하는 힘이 없고 농업에서 생긴 원료에 제작하는 기술을 가하여 온갖 물품을 기물로 만드는 까닭에 그다음에 위치한다. 상업이란 것은 물품을 생산할 수 없고 제조할 수도 없으며 단지 농업과 공업이 이미 완성한 물건의 남은 혜택에 힘입어 분배하고 교역하는 것이기 때문에 도저히 독립의 가치가 없어 가장 말단에 처한다. 그러나 상업이 아니면 공업에서 제조한 물건이나 농업에서 생산한 물건을 이용하기 어려운 가운데 또 농업과 공업에 필요한 물품의 부족을 보조할 길이 없고, 공업이 아니면 농업에서 생산한 물건의 원료를 이용하는 방법이 없는 가운데 또한 농사짓는 자와 온갖 장인들이 이용하는 기구도 얻지 못하며 또한 농업이 아니면 한마디로 덮어 말해 공업과 상업의 재료를 생성하지 못하니, 그러한 까닭으로 삼업이 서로 필요로 하는 관계가 매우 밀접하여 여기에 하나라도 빠지면 안 된다.

비록 그렇기는 하나 만약 경제(經濟)의 대도(大道)를 오인하여 혹 이것만 중시하고 저것은 경시하거나 근본은 쇠퇴하고 말단만 성하는 경우에는 반대로 매우 큰 고통과 피해를 만들어 세상을 바로잡거나 구제하기가 몹시 어려울 뿐만 아니라 그 결과는 삼업이 일시에 모두 쇠퇴하는 큰 환란에 이를 것이다. 이 때문에 그 균형을 잘 맞춰 공평하고 고르게 하는 방침은 각 국가의 당시 형세와 물정(物情)에 따라 지나침과 부족함의 정도가 같지 않으나 모든 나라의 일치된 대의(大意)는 첫째 농업, 둘째 공업, 셋째 상업의 순서로 그 표준을 세우니 이상의 삼업을 통칭하여 '실업(實業)'이라고 한다.

우리 한국의 농업 대개(大槪)

우리 한국을 원래 농산국(農産國)이라고 명명했음은 이전 호에 이미 논했는데, 고대는 아득히 멀어 고증하기 정말로 어렵거니와 기자(箕子)의 시대로 논하더라도 동쪽으로 건너온 초기에 은(殷)나라의 옛 제도 중에서 가장 먼저 정전(井田)을 구획하여 지금까지도 평양에 그 구획한 밭이랑이 그대로 남아 있으니 이를 통해 미루어보아도 기성(箕聖)의 시대로부터 농업에 주력했음을 알 수 있다. 대개 「홍범(洪範)·팔정(八政)」에 식(食)이 그 중 하나이니 기성의 경제(經濟)에 대한 대도(大道)는 의식(衣食)을 근본으로 삼은 것이다.[15] 그 뒤로 신라 시대에 이르러서도 더욱 농업에 전력하여 소를 이용해 농사짓는 법과 쟁기의 편리함을 발견하여 농사짓는 기구를 완비했으며, 또 국내 각처에 관개(灌漑)의 편리함을 일으켰는데, 이를테면 함창(咸昌)의 공검지(恭檢池)와 김제(金提)의 벽골지(碧骨池)와 연안(延安)의 남대지(南大池)와 제천(堤川)의 의림지 등이 모두 신라 때에 깊이 땅을 뚫어 수리(水利)를 일으킨 것으로, 이는 역사상에 뚜렷하게 드러나 있고 그 유적이 지금도 아직 남아 있으니 당시에 농업에 주의했음을 상상해볼 수 있다. 그러므로 신라시대에는 관사(官使)의 녹봉을 모두 미곡(米穀)으로 나누어 주어 세상에서 화곡(禾穀)을 칭하여 '나록(羅祿)'이라 했으며, 또한 놀랄 만한 일은 신라가 당나라에 군대를 요청하여 백제와 고구려를 멸망시킬 때 본국과 외국의 군사들이 수십여 만 명을 넘고 전쟁 출정의 고역이 거의 4·5년에 이르렀지만 능히 한쪽 구석에 자리한 나라의 힘으로 군량미를 운송할 때 계책을 세워 서로 응하고 돕되 식량이 부족

---

15 대개……것이다 : 「홍범(洪範)」은 『서경(書經)』의 제1편으로, 주(周) 무왕(武王)이 기자(箕子)에게 선정(善政)에 대해 묻자 기자가 진술한 내용이다.

할 우려가 없었고 큰 공을 마침내 이루었으니 그 시기 농산물의 풍부
함과 실력의 건전함이 어찌 오늘날 전국의 힘으로도 비교할 수 있겠는
가. 고려 때에 이르러서도 방죽을 늘 수리하여 관개(灌漑)를 편리하게
함으로써 미곡의 생산이 풍부하여 여진족 몽고족과 해마다 전쟁을 벌
여도 능히 군량 조달에 곤란을 겪지 않았다. 우리 국조(國朝) 이래로도
농업에 가장 주력하여 권농관(勸農官)을 두고 제언사(堤堰司)를 설치하
고 농업을 장려했으며 또한 농서(農書)를 편찬하고 간행하여 농학(農
學)을 연구하게 하였다. 그러나 중엽 이후로부터는 유학의 허문(虛文)
을 숭상하고 벼슬아치들이 이익과 욕심을 다투어 붕당의 화가 일어남
으로써 국정의 업무와 경제의 계책은 막연히 뒤쪽으로 버려졌고, 다만
탐욕과 포악함을 자행하여 백성 생업의 침탈을 주로 하니 농업에 종사
하는 자가 겨우 재물을 빼앗기는 것을 면하기만 하면 그것을 행복으로
여겨 실업을 강구할 여지가 없는 까닭으로 점점 쇠퇴한 상황을 드러내
었다. 이에 방죽의 제도가 없어져 홍수와 가뭄을 한 번 만나면 기근(饑
饉)의 참담함을 겪고, 개척의 편리함을 추구하지 않아 황폐한 밭과 묵
은 땅이 도처에 널려 있으며, 농기구의 제도는 태곳적 신라의 옛 제도
를 그대로 사용하였으니 어찌 농업의 발달을 희망할 수 있겠는가. 또
한 향리 부호(富豪)들이 자행하는 겸병(兼幷)의 폐해가 극대하였다. 전
장(田庄)의 논밭이 두서너 군(郡)에 걸쳐 있는 경우가 많다 보니 그 소
작인에게 밭의 세금을 함부로 징수하는데, '도조(賭租)'라고 불리는 명
목으로 소작인들이 경작한 결과물의 3분의 2를 전조(田租)로 징수하
니 그 소작인들은 1년 내내 힘들게 고생하여 지주(地主)의 도조와 고
을 관원들의 결세(結稅)를 충당할 뿐이요, 풍년에도 굶주림과 추위에
시달릴 걱정을 면치 못하니, 이로 인해 농업의 부진함이 또한 일대 폐
단의 근원이 된 것이다.

식림(植林)에 대한 담화 :
일본 임학박사 혼다 세이로쿠(本多靜六)[16] 씨의 한국 식림에 대한 담화

1. 무릇 임업(林業)은 제1기, 제2기, 제3기로 구분할 수 있다. 제1기의 조림(造林) 단계에서는 그 풍토에 적응하고 발육이 확실할 것을 심고, 제2기와 제3기를 기다려야 비로소 완전한 수목(樹木)을 만들 수 있으니, 만약 하루아침에 완전한 것을 얻으려고 하면 도리어 본 임업에 방해됨이 있을 것이다. 삼나무 같은 것은 해당 지역 풍토에 적응하지 못하는 이유로 발육하는 것이 적으니, 그러므로 풍토에 적당하고 잘 자랄 것이 확실하여 하루라도 속히 민둥한 산 모습을 울창한 삼림(森林)으로 변화시킬 것을 택하여 나무를 심는 것만 못하다.

1. 수원(水源)으로 함양(涵養)하는 효과는 수목의 종류에 따라 다소 차이가 있으나 무릇 수목은 함양하는 것에 현저히 큰 효과가 있다. 비록 현저히 큰 효과가 있는 나무 종류라고 하더라도 최초의 발육이 좋지 못한 경우는 활용할 수 없으니, 지금의 형세로 볼 때 그 효과의 차이 여하를 막론하고 다만 성장이 신속하여 식림지(殖林地)를 꽉 메우게 하는 것이 중요하다. 그러므로 침엽수와 활엽수(闊葉樹)를 따지지 않고 그 성장이 안전하고 튼튼하며 발육이 신속하게 이루어질 것들을 온 산에 심어 속히 울창하게 해야 할 것이다. 무릇 수목이 수원의 함양에 유효함은 학술은 물론, 실제 경험상으로도 틀림이 없으니 삼나무와 회나무 등뿐만 아니라 모든 나무에도 동일하다.

1. 묘목은 겨울철 추위보다도 봄철의 추위를 견디지 못하여 해를 입는 것이 많다. 무릇 식림지 내에 삼나무와 회나무를 심으면 그 발육이 우량하게 될 것들 중에서 겨울철에는 생기(生氣)가 푸릇푸릇하다가 봄철

---

[16] 혼다 세이로쿠(本多靜六) : 1866-1952. 일본의 임학박사(林學博士)이자 조원가(造園家)이자 주식투자가이다.

싹틀 무렵이 되자 갑자기 저절로 말라 죽는 것이 있으니, 이러한 것은 곧 봄추위를 견디지 못하여 해를 입은 것인데 또 가끔은 성장이 5 · 6척에 이른 묘목도 이러한 해를 입는 일이 있다. 그 이유를 말하자면, 묘목이 봄기운에 점점 융화(融和)되어 그 맹아(萌芽) 작용을 촉진하려고 할 때에 기후가 극변하는 상황을 만나 견디지 못하고 해를 입는 것이다. 또 산골짜기의 한쪽 면은 삼나무와 회나무가 잘 자라고 한쪽 면은 동상을 입는 것이 있으니, 이런 것은 겨울철의 추위로 인해 얼어붙게 되는 것인데, 곧 산골짜기와 산허리의 차이에 따른 것이다. 그 산의 골짜기가 되는 곳은 텅 비어 가린 곳도 없어서 직접적으로 매서운 추위를 받는 까닭으로 이곳의 묘목은 동상을 입는 경우가 많고, 그 산의 등과 허리가 되는 곳은 일종의 가림막이 형성되어 직접적으로는 매서운 추위를 받지 않는 까닭에 이곳의 묘목은 동상을 입는 경우가 적으니, 그러므로 산골짜기 방향에는 추위를 잘 견디는 나무를 심는 것이 적당하다. 또 한국의 산악이 대체로 가뭄에는 극히 건조하고 우기에는 몹시 습윤하니 이런 땅에는 건조함과 습함을 모두 잘 견디는 묘목이라든가 습윤함을 두려워하지 않는 오리나무〔赤楊〕 종류 등을 심는 것이 적당하다. 또 이런 땅은 겨울철 습윤할 때에 얼어붙어 묘목을 상하게 하는 일이 있으니, 그러므로 이런 곳에 미리 먼저 유의해야 할 것이다.

1. 포플러 나무 접지를 잘라 와서 꽂을 때에 첫해에는 다수의 새싹이 발생하나 만일 그대로 두면 나중에 가끔 말라 죽는 것이 있을 것이니, 그러므로 첫해에 반드시 그 새싹 한두 가지만 남겨 두고 나머지는 다 도려내야 한다.

1. 해당 지역 산에 묘목의 해충이 매우 많고 또 땅속에서 묘목 뿌리를 갉아먹는 일종의 해충이 있어 묘목을 가끔 말라 죽게 하니 몰아내어 없애는 것과 예방하는 것을 더욱 주의해야 할 것이다.

1. 방화선(防火線)으로 식림지 사방 주위에 일종의 불을 견디는 수목을 심음으로써 화재를 예방해야 할 것이다.
1. 부산항에 수원함양식림사업(水源涵養植林事業)이 있으니 지금의 한국 형세상 식림이 필요함은 식자(識者)를 기다리지 않더라도 아는 것이다. 어느 곳이든 막론하고 본업을 처음 시작하는 것은 실로 아름답고 좋은 일인데, 그 중 수원 함양의 이익이 크다.

담총

부인이 마땅히 읽어야 할 글 제2회 : 가정학 [훈]

일본 시모다 우타코 저
대한 조양보사 역

○ 유아교육의 개요

아동을 교육하는 것은 원정(園丁)-화초 기르는 사람-이 화초를 기르는 것과 같아 배양이 적절해야 모양새를 지킬 수 있다. 그렇지 않으면 기화요초라도 시들어 가지와 잎사귀의 아름다움이 손상되니 대개 처음에 제대로 심지 못했기 때문이며, 아동을 교육함도 이 이치와 더불어 다를 바가 없다.

이런 까닭에 아동이 자라나면서 약하고 둔한 것은 태교를 신경 쓰지 못함과 어릴 때의 가르침을 잊은 데서 말미암은 것이니 불가불 처음부터 조심해야 한다. 또 강건하고 어진 아이를 얻고자 한다면 반드시 그 어미가 강건하고 어진 다음에야 가능한 것이다.

서양의 현자가 말하길 천신이 사람을 내려보내실 때 어미를 만들어 아이를 기르고 가르치는 기능을 맡기셨다 하니, 여자의 성정이 인자하고 인내심이 많은 것은 진실로 그러한 까닭이다. 세간에 대업을 세우고 큰 공을 이룬 영웅호걸 중에 누가 어진 어머니의 손에 보호받고 길러지지 않았겠는가.

고로 아동이 어릴 때 기르고 가르치는 일에 힘쓰고 조심해야 한다. 속담에 이르길 어진 어미가 아이를 기르는 공은 장부가 세상을 다스리는 것보다 크다 했으니, 이는 장부가 아동으로부터 이루어지기 때문이다. 세상에 사람의 어미 되는 이는 마땅히 두 번 세 번 살피고 조심하여, 어린아이의 교육을 게을리하여 자녀가 나이 들고 성장했을 때 슬픈 지경에 빠지는 일이 없도록 하라.

○ **태교와의 관계**

건장한 아이를 얻고자 하면 먼저 그 어미의 건장함을 보아야 하고 어진 자식을 얻고자 하면 먼저 어미가 정신을 교육시켜야 한다. 고로 부인이 자식을 배면 첫째로 기거에 대해 마땅히 조심하고 신체와 이목이 느끼는 것에 대해 어미로서의 거동을 잃지 말아야 한다.

대개 태중의 아이는 어미와 더불어 느끼고 또한 어미의 체질을 이어받는 것이라 그 관계가 지극히 밀접하므로 잉부는 불가불 정신을 진작하고 때때로 운동을 적당히 함으로써 지체를 활발케 하며 조용히 해산할 때를 기다려야 한다.

대개 해산은 부인의 큰일이라 산전 산후에 착실히 조심하지 않으면 천년을 상하기 쉽고 혹 다스리지 못할 병이 생길지도 또한 모를 것이나, 잉부의 해산은 본디 하늘이 주신 직분이니 다른 병에 비할 수 없는 것이다. 고로 산전에 조섭을 잘하고 산후의 조섭도 게을리하지 않는다면 가히 두려울 일은 아닐 것이다.

○ **잉부의 위생**

잉부의 의복은 마땅히 가볍고 따뜻하고 낙낙하게 하고 몸에 가깝게

닿는 옷은 무엇보다 청결하게 하고 습기가 있지 않게 하며, 겨울날은
마땅히 낙낙하고 부드러운 베로 따뜻한 옷을 해 입어 냉기가 살에 침투
하지 못하게 할 것이고 여름날은 허리와 배에 또한 냉기가 닿지 못하게
하고 허리띠를 단단히 매는 것을 삼가야 할 것이다.

세상 사람이 간혹 이르길 태중에 있는 아이의 발육이 지나치면 낳기
어렵다 하여 대개 복부를 단단히 동여매려 하니 이는 대개 잘못된 것이
다. 태중 아이의 발육이 완전치 못하면 문득 해산하기 어려우며 이는
이치에 꼭 닿는 바이다.

잉부의 음식은 마땅히 영양분이 많고 소화하기 쉬운 것으로 골라야
하고 또한 조리가 알맞아야 하며 먹고 싶지 않은 것은 강제로 먹지 않으
며 마땅히 많이 먹지 말고 다만 공복을 피할 정도로 적당히 먹어야 한다.

잉부가 거처하는 방은 마땅히 남으로 나거나 동남으로 나서 햇빛이
비치거나 들고 공기가 잘 통하는 곳으로 골라야 한다. 백화만발하여
선명한 정원이나 온갖 나무의 녹음 속이나 혹은 산천벌판이 바라다 보이
는 곳이 가장 마땅하니[17] 만일 이런 곳을 얻지 못하면 반드시 높은 지대의
건조하고 밝은 곳을 골라 때때로 창문을 열어 공기를 새로 들이고 거처하
는 방 안을 항상 정결하게 하여 정신을 상쾌하게 해야 할 것이다.

○ **잉부의 동정(動靜)**

잉부는 신체를 항상 적당히 운동하되 때때로 교외를 한가히 다니거
나 바닷가나 드넓게 펼쳐진 땅, 혹은 정원과 논밭 사이를 다녀 새 공기
를 호흡하여 심신을 상쾌하게 하도록 한다.

그저 오르막 내리막이 험한 길이나 가파른 언덕을 애써 다니거나 거
마를 타거나 춤추고 발을 구르거나 무거운 것을 들어 힘을 쓰지 않도록

---

17 원문에서는 이 부분에서 단락이 나뉘어져 있다. 문맥을 고려하여 한 단락으로 붙였다.

한다.

또한 낮에 운동이 적당하면 밤에 잠들기 쉬우니 잠을 충분히 자면 몸을 보살피는 데에 유익함이 적지 않다.

해산할 날이 가까워지면 더욱 마땅히 정신을 알맞게 상쾌히 하고 신체를 청결하게 하고 운동을 여유롭게 하고 잠을 충족하게 자도록 하며 이 때에 마땅히 산실과 일체 기구를 정돈하여 서서히 해산할 날을 기다리도록 한다.

보통 수태한 날로부터 해산하기까지는 280일가량이니 곧 40성기(星期)이며 -'성기'라는 말은 양력의 일월화수목금토가 한 성기이다 - 음력으로 계산하면 열 달가량이다.

○ 포육-젖 먹여 키우는 것을 말한다-

영아를 포육할 때 유모를 정하여 먹이는 이도 있고 짐승의 젖을 먹이는 이도 있으나 다 친어미의 젖만 못하니, 대개 하늘이 사람을 낼 때 맛난 먹을거리도 이미 온량하고 자애로운 어미에게서 따라 나도록 하였다. 고로 어미가 아이를 먹이는 것은 실로 천부의 직분이니 이 직분을 극진히 여기는 자는 자녀의 지체를 강건하게 하고 그렇지 않으면 파리하고 약하게 될 것이니, 산후에 젖이 새는 것도 만일 아이에게 직접 젖을 먹이면 4성기를 못 미쳐 그치지만 그렇지 않으면 6성기나 혹 8성기를 지나야 하니 어찌 두렵지 않겠는가.

또한 산모의 음식 섭취와 혈액 순환은 그 이해가 또한 젖을 먹이는가의 여부와 크게 관계되니 세상 사람이 간혹 말하길 산모가 자기 젖을 먹이면 용모가 쉽게 상한다 하여 다른 사람에게 맡겨 기르기도 한다는데, 이는 잘못된 것이다. 대개 아내를 맞는 것은 아름다운 아들을 기르려는 것인데 어찌 용모의 아름다움을 취할 것인가.

그러나 지금 서양 같은 문명한 나라도 오히려 이 비루한 풍속을 벗어나지 못했으니 슬프지 않을 수 없다. 또한 직접 젖을 먹이지 않는 자는 모자의 친애하는 정이 반드시 두텁지 못할 것이고 장래 교육에 있어서도 실수가 많을 것이니 무릇 세상 사람의 어미 되는 자는 조심하여 천부의 직분을 버리지 말아야 한다.

○ 젖을 먹일 때의 주의점

생모의 유즙은 우락(牛酪)과 건락(乾酪)의 성질, 유당(乳糖)과 수분-사람 몸의 4분의 1이 물이다-과 염분(鹽分) 등을 배합하여 된 것이다. 산후에 유즙이 심히 늦게까지 흘러나온다고 묘한 쓸모를 찾는 것은 실로 가히 생각하고 의논할 것이 못 된다. 예전부터 오래된 관습으로 영아가 태어난 후 노고란약(鸕鴣卵藥)을 먹여 태독을 없애는데 이는 자못 위험하니 마땅히 확실하게 경계할 바이다.

부인이 산후에 조섭하기는 잉태하였을 때와 다름이 없어 술 마시기를 최우선으로 삼가고 음식 재료는 마땅히 보양이 많이 되고 쉽게 소화되는 것을 써야 한다.

초산한 부인은 젖을 먹이는 데 익숙하지 못하여 반드시 곤란함이 있겠으나 수일 후에는 점점 익숙해질 것이고 그때에 젖이 많이 나지 않는다고 걱정하지 말라. 영아의 발육을 따라 유즙은 점점 많아질 것이다. 또한 젊은 부인이 자주 자녀에게 젖을 먹이며 잠을 자는데 잠이 깊었을 때 왕왕 아이를 눌러 죽이는 폐가 있으니 불가불 이를 조심해야 한다. (미완)

동지규잠(同志規箴)

콩과 좁쌀이 비록 창고에 가득하더라도 익혀 먹지 않으면 요기(療飢)하는데 이로울 것이 없고 삼베와 비단이 비록 상자에 가득하더라도 마름질해서 입지 않으면 추위를 막는 데 도움이 되지 못하니 우리들이 덕의(德義)와 품행을 날마다 논하고 설명하나 실제로 발을 딛지 않으면 일을 이루는 데에 무슨 소용이 있겠는가. 지금 세 항목의 규잠을 지어 동지들에게 각자 따라 행하게 하려 하노니 이것으로 자신을 단속하여 3년을 게을리하지 않으면 그 품성과 지식 함양에 반드시 큰 도움이 있을 것이다.

(1) 허망한 말을 하지 말라

옛날에 유기지(劉器之)[18]가 사마온공(司馬溫公)[19]에게 마음의 요체를 묻자 온공(溫公)이, "허망한 말을 하지 말라."라고 하였다. 유기지가 처음에 매우 쉽게 여겼다가 돌아와서 스스로 점검하고 반성해보니 말에 망발이 많았고 3일이 지나자 그 망발이 심함을 더욱 깨닫게 되었다. 이에 분발하여 밤낮으로 점검하고 힘써 행한 지 1년이 지나자 흉중이 태연해져서 비록 험준한 산이 앞에서 거꾸러지더라도 심신이 안정되고 흔들리지 않았다. 그런 뒤에야 온공이 자신을 속이지 않았음을 비로소 알게 되었다.

주자(朱子)가 충신(忠信)에 대해 논설하기를, "충(忠)은 안으로 마음에 속임이 없음을 말하고, 신(信)은 밖으로 말에 허망함이 없음을 말한다."라고 하였으니, 말이 간결하면서도 요점을 찌른다. 동지들이 몸과 마음으로 힘써 행한다면 허망한 말을 하지 말라는 이 경계에서 어긋나지 않을 것이다.

우리나라 사람은 말이 많아서 한마디로 결정할 수 있는 일을 수백 마디로도 결단하지 못하니 이는 다른 이유가 있는 것이 아니다. 마음이

---

18 유기지(劉器之) : 1048-1125. 중국 북송 대의 학자로 사마광(司馬光)에게 수학하였다. 이름은 안세(安世)이며 기지(器之)는 자이다.
19 사마온공(司馬溫公) : 1019-1086. 중국 북송 대의 정치가이자 학자로 이름은 광(光)이며 온국공(溫國公)에 봉해졌기 때문에 '사마온공'이라고도 한다.

부화(浮華)하고 허망하기 때문에 말이 간결하게 요약되지 못한 데에서
빚어진 것이다. 사람을 접하고 일을 처리하는 때에 엄중하고 침착한
덕을 지닌 자가 한 말이 남의 마음 깊숙이 들어가고 그 일의 결정 또한
의심할 여지없이 확실하여 단칼에 두 동강으로 막힘없이 쪼개는 것처
럼 한다. 무릇 우리 동지들은 평소 일상에서 스스로 신중하여 말 한마
디 행실 하나도 반드시 구차히 함이 없어야 한다. 말을 할 때에 반드시
먼저 안으로 이 말이 과연 진실하여 자신을 속이지 않는지를 스스로
살펴 그 진실 여부를 분명히 알고 난 뒤에 말을 하며, 일을 행할 때에
반드시 먼저 안으로 이 행동이 과연 공명정대하여 남에게 부끄럽지 않
은지를 스스로 살펴 그 공명정대함을 정확히 본 뒤에 행동해야 하니,
말을 하고 일을 행함에 신독(愼獨)이 과연 능히 이와 같다면 비록 군자
의 반열에 들지 않으려 한들 그렇게 되지 않을 것이다.

　옛날 마케도니아[20] 알렉산더 대왕의 스승이 임종 때에 대왕을 불러
말하기를, "왕께서는 한 번 말하고 한 번 행동할 때마다 먼저 스물여섯
글자를 센 뒤에 하십시오."라고 했으니 서방 사람들은 지금까지도 전송
하여 명훈(名訓)이라고 칭한다. 우리 동지들은 평생 마음 쓰고 자기 단
속하기를 또한 이와 같이 해야 할 것이다.

(2) 책임을 귀중히 여겨라

　천자(天子)로부터 서인(庶人)에 이르기까지 모두 임무가 있으니 임무
가 있는 곳에는 책임이 관련되어 있다. 맹자가 말하기를, "선비는 뜻을
고상하게 해야 한다."라 하였고, 또 말하기를, "인(仁)과 의(義)를 하는
것뿐이다."라 하였으니, 바로 이것이 선비의 책임이다. 풍부(馮婦)[21]가

20　마케도니아 : 원문에 '法國'으로 되어 있으나 '마케도니아'의 오류로 보인다.
21　풍부(馮婦) : 고대에 살았던 남자의 이름이다. 그는 호랑이를 잘 잡다가 행실을 고쳐
　　선한 사람[善士]이 되었으나 이후 들판에서 호랑이를 좇던 사람들의 요청에 따라

팔을 걷어붙이고 호랑이를 때려잡자 선사(善士)들이 비웃었으니 그 지향이 확립되지 못하여 선비의 임무에서 어긋난 것을 비웃은 것이다. 관직에 있는 자는 위로 재상으로부터 아래로 옥리(獄吏)에 이르기까지 각자 맡은 바 책임이 있으니 그 뜻이 오직 책임을 온전히 다함에 있고 궁달(窮達)과 영욕(榮辱)은 추호도 흉중에 두지 않아야 사대부의 체면을 욕되지 않게 한다고 말할 수 있을 것이다. 지금 조정의 선비와 재야의 선비를 불문하고 능히 책임을 귀하게 여길 줄 알아 풍부가 한 행동을 하지 않을 자가 또 몇 사람이나 되겠는가. 권세와 이익에 유혹을 당하고 부귀에 마음이 방탕해지며 위무(威武)에 지조를 굽히는 자가 여기저기 꿈틀대며 도처에 있다. 국가의 발달을 그르치고 민생의 행복을 해롭게 함이 이 무리들 때문이니, 이들이 이른바 사자신중충(獅子身中蟲)[22]이다. 이 해충을 제거하지 않으면 인민의 복(福)이 어디에서 진보하겠는가. 그러나 책임을 이해하지 못하는 것은 이런 병충이 우리에게도 있기 때문이니 어느 틈에 남을 질책하며 세상을 비판하리오. 남을 질책함은 몹시 쉽고 나를 질책함은 매우 어렵다. 우리들은 몹시 쉬운 것은 버려두고 매우 어려운 것을 힘써 배워야 할 것이니, 바로 이것이 심히 남을 질책하고 세상을 비판하여 세속의 폐풍(弊風)을 바로잡아 구제하는 방법이다.

(3) 약속과 승낙을 중히 여겨라

이 한마디가 국민들이 서로 교유하는 사회 안에서 제일 필요한 것이다. 지금 가옥을 건축하려면 기둥과 주춧돌이 필요하니 기둥과 주춧돌

팔을 걷어붙이고 호랑이를 잡으러 수레에서 내려오자 사람들은 좋아했으나 선비들은 그를 비웃었다고 한다. 관련 내용이 『맹자(孟子)』「진심(盡心)」에 나온다.
22 사자신중충(獅子身中蟲) : 사자 몸속에 있는 벌레라는 뜻으로, 불교 내부에서 불법을 해치는 자를 비유한다.

이 없으면 삼척(三尺)의 집이라도 지을 수가 없다. 하물며 넓고 큰 집 천만 칸을 짓는 것에 있어서랴. 약속을 굳게 지키며 승낙을 중히 여기는 것이 사회조직에 중요함은 기둥과 주춧돌이 가옥 건축에 중요한 것과 같아서, 이것이 있으면 비록 천만 명이라도 믿고 쓰며 의심하지 않고 없으면 비록 부자, 형제, 처자 사이라 할지라도 능히 하루도 온전히 유지해나가지 못할 것이다. 옛 성인이 교훈을 내려주길, "국인(國人)과 더불어 교유함엔 신뢰에 머물렀다."라 하였으니 이 한마디 말이 사회조직을 이루는 중요한 방법이라고 말할 수 있다. 구미 문명국의 백성이 오늘날과 같은 성대한 성과를 이룬 까닭은 학문의 넉넉한 성과와 기술의 교묘함뿐만 아니라 국민들이 믿음과 의리로 서로 교유한 데에 있으니, 구미 사회로 하여금 신용사상을 어느 날 갑자기 제거하게 만들면 저 문명의 부강함은 갑자기 지리멸렬해져 하루도 보전될 수 없을 것이다. 영국『타임즈』신문에서 일본 문명에 대해 논평하기를, "일본인은 전장에서 무사정신이 전군에 발동하여 군법을 지키고 명령을 따르는 사상이 죽음 앞에서도 변하지 않는다. 그러므로 세계 제일의 강병이 되었으니 만일 이러한 정신이 상업·공업에도 동일하게 발동하면 일본이 대 상공업국이 됨은 따져볼 필요도 없다. 일본 상업가들이 약속의 중요함과 신용의 귀중함을 모르고 하루아침의 이익을 얻는 것에 급급하여 오래 지속될 신용을 잃었으니 그러므로 상공업국의 관점으로 일본을 보면 일본은 두려워할 것이 못 된다."라고 하였다.

지금 우리나라의 정세는 어떠한가. 관리와 국민이 서로 속이며 사람마다 서로 의심하여 교의(交誼)가 두텁고 친한 사이라도 약속을 중시함이 없고 신용을 귀중히 여김이 없다. 그리하여 아침에 친교를 맺었다가 저녁에 원수가 되는 자들도 있고 어제의 적이 오늘의 벗이 되는 자들도 있다. 믿음과 의리로 서로 다독이고 빈궁과 영달을 서로 도와가며 청년 시절에 맺은 교분이 백발이 되어도 변치 않는 미풍양속은 싹 쓸어낸 듯 사라졌다. 옛 성인[23]이 말하기를, "백성이 믿지 않으면 나라가 존립하지 못한다."라 하셨으니, 아! 우리 한국이 지금의 이 지경에 이른 것이 어찌 다른 사람의 죄이겠는가. 우리나라가 자초한 것이다. 이런 때를 맞아 문명 제도를 펴고자 하며 산업 발달을 도모하고자 하나 인심이 부패하고 문드러져 썩은 나무에 조각을 시도하며 모래밭에 가옥을 짓는 것과 매우 흡사하니 어떻게 일을 이루겠는가. 무릇 우리 뜻 있는 자들은 마땅히 스스로 경계하고 반성하여 새벽 종소리를 듣는 것처럼 자신을 다스리는 데에 주의해야 할 것이다. 세상을 비판하고 남을 평하는 것은 쉬운 일 중에서도 한층 쉬운 일이요 나를 질책하고 극복하는 것은 어려운 일 중에서도 가장 어려운 일이다. 무릇 담론에 능하여 종일토록 떠들기를 싫증 내지 않는 노숙한 박사라고 말할 수 있는 사람이 적지 않으나 실천하고 실행하는 능력을 살펴보면 삼척동자와 다를 바 없어, 2천만 인민의 힘을 다 합해도 국권을 보전하지 못하니 이는 모두 개인이 자신을 다스리지 못한 죄이다. 우리들은 평생 교제하는 사이에 각자 약속을 중히 여기는 것을 희구하며 서로 경계하고 독려하여 나라 사람들이 자신을 책하고 자신의 언행을 신중히 하는 기풍을 점차 양성함으로써 국가 사회상 기초를 공고하게 해야 할 것이다.

규약 세 항목을 위와 같이 정하여 평생 지켜야 할 계잠(戒箴)으로 삼게 하노니, 이것으로 날마다 서로 독려하여 무너진 세상 속에서 당당히 우뚝 서기를 마치 험준하게 솟은 태산(泰山)의 기상[24]을 지닌 추 땅 맹자와 같이 하라. 은연중 혼자서 나라 하나에 필적할 만한 인재[25]를 따로

---

23 옛 성인 : '공자'를 말한다.
24 험하게······기상 : 여기에 해당하는 원문인 '태산암암(泰山巖巖)'은 송나라 때 정이 (程頤)가 맹자에 대해 논평한 말이다. 『근사록(近思錄)』 14권에 보인다.

만들어 사기를 강하게 진작시키는 것, 그것이 우리들의 간절한 희망이
니 힘쓸지어다.

내지잡보

○ 주한 일본사단 사령부
6월 15일 일본의 어떤 신문에 따르면, 한국에 주둔한 일본군은 현재
함경도 함흥에 제13사단 사령부와 회령에 여단 사령부를 두고 경성 및
그 부근에 제15사단 사령부를 두고 있는데, 모두 한국 관아에서 담당하
도록 하고 원산과 경성 외에는 병사들을 5인 혹은 10인씩 한국 민가에
머물게 하였으나 이번에 병영을 지어 제15사단 사령부를 용산에 두고
그 소속부대는 평양과 의주에 둘 계획이라 한다. 현재 수질과 기타 건축
할 땅을 측량하여 올해 안에 공사에 착수할 예정이고 제13사단 사령부를
건축할 곳은 아직 정하지 못하였으나 함흥이 될 가능성이 높다고 한다.

○ 미국 체류 우리나라 인민 조사
일본 통감부의 훈령으로 주미 일본영사에서 미국 각지에 체류하는
우리나라 인민을 조사하여 정부에 공문을 보냈다. 샌프란시스코와 하
와이 외에 거주하는 인구가 150명인데 이 중에 부녀자가 6명, 어린이
가 1명, 철도 인부 85명, 인삼 판매인이 5명이고 나머지는 모두 광부라
고 한다.

---

25 혼자서……인재 : 여기에 해당하는 원문인 '일적국(一敵國)'은 개인 한 명이 본국에
필적할 만한 역할을 수행한다는 뜻으로, 후한(後漢)의 광무제(光武帝)가 오한(吳
漢)을 평가하며 한 말이다.

○ **하와이 우리 인민의 독립**

미국 영토 하와이에 거주하는 우리나라 인민이 수천 명인데 이들은 일본 영사의 보호는 절대로 받을 수 없으니 본국 영사를 파견하라 했었는데 이번에 일본 영사의 인구 조사 또한 반대하여 응하지 않은 까닭에 하와이에 있는 우리나라 인민은 조사할 수 없었다고 한다.

○ **의친왕 전하 귀국**

의친왕 전하께서 지난달 28일 오후 1시경에 남대문역에 도착하였는데 우리나라 쪽에서는 그 역에 각부 대신 이하 및 각 학교 학생들이, 일본 쪽에서는 하세가와(長谷川) 대장 및 쓰루하라(鶴原) 총무장관 이하 각 문무관이 다수 마중을 나갔다고 한다. 경무청과 군대에서 의장대를 보내 전하께서는 호위를 받고 입성하여 즉시 궐에서 결과를 보고하시고는 이현(泥峴)에 새로 마련된 의친왕궁으로 마차를 타고 돌아가셨다고 한다.

○ **일본 헌병 파견**

요즘 각처에 의병이 봉기하므로 이를 진압하기 위해 경성의 일본 헌병분대에서 헌병을 파견하였는데 그 보고는 다음과 같으니

"삼척 부근에서 수백 명의 의병 무리가 출몰하는데 괴수는 신석우(申石右)와 황청일(黃淸一)이다."라 하였다.

○ **꼿꼿하구나, 두 부인**

남쪽에서 온 사람이 전한 바를 따르면, 전 의병대장 민종식 씨의 부인은 홍주가 함락되었다는 소식을 듣자마자 약을 먹고 자결하였다고 하고 이번에 체포된 의병대장 최익현 씨의 부인 또한 남편이 체포되었다는 소식을 들은 후 약을 먹고 자결하였다고 하니 과연 그 의부(義夫)에 그 열부(烈婦)라 이를 만하겠다.

○ **통감이 봉변을 만나다**

이토 통감의 귀임(歸任) 길에 안양 쪽으로 십 리 떨어진 데에서 어떤 자가 통감이 탑승한 기차에 돌을 던져 유리창이 깨졌고 그 범인은 즉시 경찰 헌병에게 붙잡혀 지난 25일에 헌병 본부에서 조사하였으나 돌을 던진 이유는 아직 판명되지 않았고 그 지역에서 재차 돌을 던진 것이어서 심히 괴이한 일이라 한다.

○ **통감이 폐하를 뵙다**

지난달 하순 일본 이토 통감이 입궐하여 폐하를 뵌 일의 개황(概況)을 들은바 이토 후작은 아래의 세 가지 건을 아뢰었다 한다.

1. 궁궐 숙청〔宮禁肅淸〕을 실시할 것.
2. 의병운동 관련자를 조사할 것.
3. 궁내부에 있던 마패(馬牌)와 유척(鍮尺)을 김승민이 어찌하여 지니고 있었는가 하는 것.

이 세 가지 건을 아뢴 후 재차 말씀을 올리길 "누차 궁궐을 숙청할 것을 권고하였으나 끝내 실시하지 않아 이런 일이 빈번히 생기니 부득이 일본 관헌으로 하여금 숙청에 착수토록 하겠습니다." 하고 바로 물러나 밤 11시경에 경무사 박승조(朴承祖) 씨, 경찰과장 이헌규(李憲珪) 씨, 마루야마(丸山) 고문, 이와이(岩井) 경부, 그리고 일본 순사 및 순검과 헌병이 일제히 궁중으로 들어가 모든 문을 지키고 내시와 액정소속(掖庭所屬)의 출입을 일제히 금지한 채 봉시(奉侍) 몇 명을 수색 중이라고 한다.

○ **광산 조례**

요즘 이민 조례와 광산 조례가 선포 전 각 신문에 누차 보도되었기에 이를 게재한다.

제1조. 광업이란 광물의 채굴 및 이에 부속된 사업을 말함. 광물의

종류는 명령(命令)으로 정함.

제2조. 아직 채굴되지 않은 광물, 폐광 및 광재(鑛滓)는 국가 소유
　　　로 함.

제3조. 광업을 경영하려는 이는 광물의 종류를 명시하고 광구도(鑛區
　　　圖)를 첨부하여 농상공부대신의 허가를 받아야 함. 광업을 청원
　　　하는 땅에 채굴하려는 광물이 존재한다는 것을 증명해야 함.

제4조. 1항)[26] 광구(鑛區)의 경계는 직선으로 정하고 지표경계선의
　　　직하(直下)에 한함.

　　　2항) 면적은 석탄에 있어서는 5만 평 이상, 기타 광물에 있어서
　　　는 5천 평 이상으로 하되 어느 쪽도 백만 평을 초과할
　　　수는 없음. 단 광리(鑛利) 보호 상 또는 광구 분합(分合)
　　　상 부득이한 경우에는 백만 평을 초과할 수 있음. (미완)

○ **이민 조례**

제1조. 이민이란 노동에 종사할 목적으로 외국으로 전왕(前往)하는
　　　자 및 가족과 동반하여 전왕하는 자를 말함.

제2조. 1항) 이민에 대해 농상공부대신의 허가를 받지 않으면 외국
　　　으로 전왕할 수 없음.

　　　2항) 전왕 허가는 그 허가일로부터 6개월 이내에 출발하지
　　　않는 경우에는 효력을 잃음.

제3조. 농상공부대신은 필요가 인정될 경우 이민 전왕을 중지하거나
　　　그 허가를 취소할 수 있음. 전왕 중지 중일 경우 날짜 수는
　　　제2조 2항의 기간에 산입되지 않음. (미완)

---

26 '광산 조례'와 '이민 조례' 원문에는 '항(項)'에 해당하는 번호가 표기되어 있지 않으나
　본문에는 '항'에 대한 언급이 자주 나온다. 가독성을 위해 하나의 조(條) 아래 두 개
　이상의 항목이 있는 경우 1항), 2항) 식으로 번호를 붙였다.

해외잡보

○ 청나라 관제개혁 : 6월 10일

6월 5일 베이징 특보에 따르면 청나라 정부는 장즈퉁(張之洞), 위안스카이(袁世凱), 천춘판(岑春煩), 주푸(周馥), 자오얼쉰(趙爾巽) 등이 여러 차례 상의한 결과로서, 서양 시찰을 간 다섯 대신이 돌아오기를 기다려 새 관제를 발포할 예정이라 한다. 새 관제는 각 성에 염법도(鹽法道), 병무도(兵務道), 독량도(督糧道), 세무도(稅務道), 공상도(工商道), 교섭도(交涉道) 등의 6도와 재정사(財政司), 장형사(掌刑司), 제학사(提學司), 수전사(輸傳司), 경정사(警政司), 민정사(民政司) 등의 6사를 두어 전부 지방장관이 관할케 하고 지부(知府)와 지현(知縣) 이외의 각 관은 전부 없애며 지방장관에는 종래의 순무(巡撫)를 임용하고 총독과 장군 등은 내각 혹은 기타 아문(衙門)에 전임(轉任)케 할 계획이라고 한다.

○ 청나라 병사의 단발 : 15일

청나라를 다녀온 자가 전한 바에 따르면, 청나라에서 육성하는 육군이 40여만 명인데 이 중 정예병은 3만에 불과하고 위안스카이 씨 휘하의 병사는 모두 단발을 하였다고 한다.

○ 해외 공사의 진언(進言) : 16일

오스트리아, 독일, 영국에 주재하는 청나라 공사가 함께 청 황제 폐하께 다음과 같이 진언하였다 한다.

1. 청나라에 입헌정치를 선포할 것.
1. 지방자치제를 선포할 것.
1. 언론 집회의 조목을 발포할 것.

○ 국회와 정부 : 상동

런던 전보에 따르면, 러시아 정부와 국회가 조화를 이루지 못하고 국회는 매일 개회하여 관부(官府)의 불법을 의논하고 개혁 계획을 세운 다고 한다.

○ **러시아인의 청구 : 상동**

만주에 있는 러시아인이 아래의 여러 건에 대해 청나라 전권위원(全權委員)이 승낙케 하도록 러시아 공사에게 신청하였다고 한다.

1. 만주와 몽골 일대의 땅에 대한 벌목 및 채광권(採礦權).
1. 영사 소관 내에서 러시아와 청나라 양국의 교섭 사건을 논의·결정 하는 권.
1. 둥칭철도(東淸鐵道) 일대의 땅에 대한 러시아의 특권.
1. 쑹화강(松花江) 및 그 지류에 대한 러시아 군함의 항행권(航行權).

○ **섭정 중단을 아뢰다 : 17일**

청나라에서 어사(御史) 7명이 연명으로 아뢰어 "나라에 일이 많고 국모 께서 연로하셨으니 섭정을 거두시고 조용히 만수무강하시는 것으로 천하 인민의 바람을 따르소서." 하였기에 서태후가 이를 받아들이셨다 한다.

○ **양 공사의 전보 : 18일**

주일(駐日) 청나라 공사 양수(楊樞) 씨가 본국 정부에 전보하여 일본 이 만주에서 상공업의 이권을 점유하려는 기획을 하는데 이를 거절할 수단을 마련하라고 하였다 한다.

○ **러시아 총영사의 승인 : 상동**

주한 러시아 총영사의 공인(公認) 문제로 일본 외상(外相) 하야시 다 다스(林董) 씨와 주일 러시아 공사 바흐메치예프 씨가 수차례 교섭한 끝에 러시아에서 일본 정부의 주장을 받아들여 한일 협약의 규정을 따 라 일본의 공인을 청하기로 하였다 한다.

○ **북만주 점령에 대한 의견 : 20일**

베이징 전보에 따르면, 하얼빈에 있는 러시아 사령관이 본국 정부에 전보하여 현재가 마적을 이용해 헤이룽장(黑龍江) 성과 지린(吉林) 성을 점령할 호시기라 하였다고 한다.

○ **제2차 러일전쟁 : 22일**

5월 17일 베를린 전보에 따르면, 러일강화조약 후에 독일 황제가 "내가 보기엔 극동에서 두 대제국이 패권을 다툰 결과로 재차 대전쟁이 야기될 것 같다."고 예견하고 또한 "러시아의 바바예노[27] 씨가 근래에 제2차 러일전쟁이 불가피하다는 의견을 육군대신에게 올렸는데, 그 내용은 포츠머스 조약은 다만 휴전을 뜻할 따름이고 앞으로 5 · 6년 사이에 일본과 러시아는 반드시 재차 교전할 것이며 이 교전은 일본이 도발하리라는 것이다. 원래 일본의 동양정책이 러시아를 태평양 연안에서 몰아내 버린 뒤에야 그칠 뜻을 가지고 있으니 우리나라도 마땅히 이에 대한 준비를 소홀히 해서는 안 될 것이다. 지금 만주 부근에 우리 군대 3분의 2를 주둔하고 훈련시켜 훗날의 대습격을 대비하고 시베리아 동부의 식민 사업과 철도 운영에 속히 뛰어들어야 할 것이다. 헤이룽장(黑龍江)과 우쑤리(烏蘇里)의 두 철도를 어서 완공하고 블라디보스토크 군항을 개축하여 제1등 군항을 만들며 만주 국경 일대에 방어 공사를 하고 다수 전투함을 제조해야 할 것이다."라고 하였다 한다.

○ **유대인 학살 : 19일**

샌프란시스코 전보에 따르면, 러시아의 유대인 학살이 점점 늘어나고 있고 유대인 200명이 이미 학살되었다 한다.

○ **유대인의 호소 : 상동**

러시아 의회의 유대인 회원이 런던에 있는 여러 명사(名士)에게 전보를 보내, 러시아에서 유대인 학살이 개시되었으니 우리를 구하기 위하

---

27 바바예노 : 미상이다.

여 애써달라고 호소하였다 한다.

○ **영·러 협상의 내용**

런던 외무성 기관지 『스탠더드』에 암시된 영·러 협상의 내용은 다음과 같다.

1. 고레미킨(Ivan Goremykin) 내각의 성립은 영·러 간 협상 문제의 해결을 도모하는 데에 유리한 점이 있다.

1. 러시아는 페르시아만에 항구 하나를 요구하고 해당 영토에 상업용 철도 하나를 부설하려던 것은 폐기한다.

1. 페르시아는 남북 두 개의 구로 나누어 남구는 영국 세력 범위로 하고 북구는 러시아 세력 범위로 한다.

1. 중앙의 모래벌판은 독립지대로 둔다.

1. 러시아가 가와기쓰스[28] 철도를 다잇수[29]를 경유하여 게루만시야[30] 혹은 가니긴[31]까지 연장하여 바그다드 선에 잇게 될 경우에 독일은 콘스탄티노플에서 바그다드까지의 철도에 대해, 영국은 바그다드에서 페르시아 만 입구까지의 철도에 대해 감시권을 갖는다. 혹은 바그다드에서 페르시아 만에 이르는 선은 세계의 감시하에 둔다.

1. 러시아는 모든 선로에 대해 감시권은 없으나 상업적 이익의 도모는 인정된다.

1. 아프가니스탄, 티베트, 터키에 대해서는 현상유지의 방침을 넘지 않는다.

---

28 가와기쓰스 : 미상이다.
29 다잇수 : 미상이다.
30 게루만시야 : 케르만샤로 추정된다.
31 가니긴 : 카나킨으로 추정된다.

1. 이 협상은 저 독일과는 체결하지 않는다.

1. 극동 문제는 일·영동맹의 정신을 기반으로 한다.

내용의 개요는 이와 같은데, 최근에 외상(外相) 에드워드 그레이 (Edward Grey) 씨는 이 내용이 한층 진전되면 다시 공시하여 국민의 의견을 구할 생각이 있다고 한다.

○ **영미의 묵계(默契)**

최근 도착한 데일리 텔레그라프(Daily Telegraph)는 영국 황제 에드워드 7세가 조만간 캐나다를 여행하심을 보도하고 또한 이 여행이 단순히 캐나다에만 그치는 것이 아니라 워싱턴과 뉴욕에까지 이를 것임을 전했다. 영국 황제의 이번 미국행은 여러 이익이 잠재함을 언급하며 나아가 영국 외교의 활동에 대해서도 논하여 이르길 "캐나다는 영미 양국을 이어주는 고리가 될 것이니 이 고리로 인해 역사적일 뿐 아니라 기억될 만한 장소가 되기도 할 것이다. 일·영 동맹, 영·불 협상, 러·일 친선에 이어 다시 북미를 여행하여 대통령과 회견하는 등 장래 평화의 소개자가 되는 영국을 맞이하기에 알맞은 좋은 자리가 아니겠는가. 근래의 외교 활동은 다른 어떤 시대보다도 두려운 점이 있다."고 하였다 한다.

○ **미국 주재 어떤 나라 대사가 지난달 『오사카 마이니치 신문』 통신원과 나눈 극동에 대한 견해**

영국이 만일 러시아와 동맹조약을 체결하게 되면 영국, 일본, 러시아, 프랑스 4개국이 동양에서 얻을 각 이익을 견고히 할 협상을 맺게 될 것이고, 다만 미국은 동양에 대한 일·영의 주장에 비록 찬성을 표하기는 하나 이 4국 동맹에 가입하지는 않을 것이다. 독일 및 그 외 작은 나라들 역시 마찬가지일 것이다.

일본이 만주에서 기반을 닦고자 하는 뜻은 불 보듯 확연하다. 일본도 마침내 군대를 철수하고 상인만 잔류하였지만, 그 경제적 세력이 뿌리를 내릴 것이니 만주 남부는 사실상 일본의 소유가 될 게 분명하다. 이때는 러시아 또한 만주 북부에서 범처럼 웅거하며 일본과 대치할 것이다.

근래 입에 오르내리는 영·러 협상은 어떤 이유와 기획에 기초한 것인지 추측하기 어려우나, 전번의 일·영 동맹이 이기적 야심이 아니었음으로 미루어 영·러 협상의 성질을 살필 수 있다. 러시아는 땅에 대한 욕심이 끊이지 않으므로, 영·러 두 나라가 각각 청나라에 대해 부분적으로 침략 행동을 제한하여 영국은 청나라 북부에 손을 뻗지 않고 러시아는 청나라 남부에 손을 뻗지 않겠다는 내부적 약속일 것이니, 이 생각은 비록 적중한 것이 아닐지라도 아주 빗나간 것 또한 아닐 듯하다. 그러니 러시아가 장차 지나(支那) 북부로 날개를 펼칠 것은 자명한 일이며, 일본은 반드시 이 협상에 반발할 것이다. 현재 일본이 한국을 경영하고 남만주를 점거하고 있으나, 러시아가 동양에 세력을 뻗치는 걸 보면서 어찌 이를 묵과하겠는가.

○ **일·독 두 나라의 앞길**

머잖아 동양에서 일본과 맞닥뜨릴 나라는 독일일 것이다. 독일이 지금은 비록 자오저우만(膠洲灣)을 점유하고 있으나 일·독 전쟁이 개시된다면 필경 일본에 빼앗길 것이므로 이곳은 도저히 믿을 만한 땅이 아니다. 해군 근거지와 별도의 동맹국 하나를 한편으로 삼은 후에야 비로소 개전이 가능할 것이다. 청나라와 독일의 개전 역시 그러하니, 지나 훈련병으로 육상에서 공격하게 한다면 저 만(灣)을 점령하는 것이 어렵지는 않을 것이다.

○ **복수전 준비 : 27일 상트페테르부르크 전보**

그저께 밤 러시아 수도에서 귀족 대연회가 열렸는데, 톄녀칸푸[32] 장군이 참석하여 연설하여 말하길 "일본과 러시아가 극동에서 복수를 도모할 날이 이미 가까워졌으므로 국위(國威)와 영토를 회복할 준비가 더더욱 착실하고 단단해져야 한다."고 하자 참석자들이 대갈채로 이 말을 환영하였다고 한다.

○ **러시아에 대한 일본 한 장군의 담화**

일본의 한 장군이 러시아에 대해 말하길 "러시아는 어지러운 내분이 끝이 없어 그 형세가 점차 심하여져 상하의 인심이 분리되는 현상이 날로 생겨나나, 이와 무관하게 육군과 해군의 준비 태세는 나날이 다달이 개선되어 착착 발전할 방법을 강구하고 있다. 함선의 제조에 대해서도 별도로 논의하고 있고 특히 육군의 경우는 그 회복력이 대단한 데가 있으며 또 전후(戰後)에 먼저 신(新) 육군참모대학교를 쇄신하고 각 군관구 조직을 변경하여 패전의 치욕을 씻고자 하는 열정이 곳곳에 나타나니 그 기세를 저지하기 어려울 것이다. 만일 지금의 형세로 나아간다면 향후 5·6년에는 그 실력이 반드시 개전(開戰) 전보다 훨씬 나아질 것이니 일본도 마땅히 지금부터 경계하여 군사 경영을 태만히 하지 않아야 할 것이다."라 하였다 한다.

○ **일본의 어떤 신문이 통감의 귀임(歸任)에 대하여 논평한 개략적 뜻을 이번에 번역 게재한다.**

대관병식(大觀兵式) 참석의 영광을 안고 귀국하였던 이토 통감은 한국 남부지방 유생 최익현 등이 폭거를 일으켜 포박된 후 귀로에 올랐다.

통감이 귀국한 후에 유생의 폭거로 많은 분란을 겪은 일은 우리도 통감과 마찬가지로 심히 유감인 바이니, 통감이 귀임하는 때에 장차 어떤 경영 시행에 나설지 궁금하다.

---

32 테녜칸푸 : 미상이다.

지금 한국 형세를 관찰컨대, 한국 황제 폐하 이하 관료와 서민까지 모두 일본을 신뢰치 않고 도리어 러시아에 의지하려는 경향이 있다. 한국 조정이 이같이 우리의 보호를 신뢰치 않는데 우리가 혼자 보호하고자 한다면 한갓 유생의 폭거와 폭도의 봉기를 속출케 할 뿐이니 무슨 보람이 있겠는가. 통감 된 이는 자신이 지닌 칼이 어떤 뜻에 기초한 것인지 숙고하지 않으면 안 될 것이다. 통감의 칼은 순사의 칼도 아니고 헌병의 칼도 아니다. 통감의 칼은 우리나라의 보호를 방해하는 자에 대해서만 뽑는 것이며 한국의 독립을 위태롭게 하는 자에 대해서만 휘둘러야 하는 것이다. 우리나라의 한국 보호는 한국의 독립이 굳건해지도록 돕고 인도하는 데에 있는 것이니 진압을 해서는 안 된다. 간혹 통감부 관리 중에 술과 노래에 태평히 취하는 것을 비난하는 이가 있는데, 이 비난도 무리는 아니지만 번잡한 법을 적용하여 한국 사람을 진압 구속하는 것보다는 나으니, 술과 노래에 대한 탐닉이 그 도를 넘으면 풍속을 해치게 되기는 하지만 법령을 남발하면 그 해(害)가 한층 직접 한국 사람에게 미칠 것이다.

원래 한국은 임금이나 백성이나 우수(憂愁)에 몸이 묶여 환락이 무엇인지도 모른다. 한국이 이에 이른 까닭은 한국인이 음험하고 침울하기 때문이니, 우리들이 이토 통감에게 간절히 바라는 바는 한국인의 생활의 침울함이 쾌락하게 바뀌고 한국 사회의 음험함이 신실하게 되도록 돕고 지도하는 것이다. 또 이토 후작이 전날 도쿄와 요코하마 사이를 음주가무의 지역이 되도록 한 것을 찬성하는 것이 아니라, 그 나라의 정도에 따라 술과 노래를 허용할 수 있다는 것이다. 통감이 귀임하는 날 샴페인을 얼마나 지니고 있을지 궁금하다.

사조(詞藻)

진시황(秦始皇) 漢   석남산인(石南山人)

분서갱유 그 계책은 너무 못났지   焚書計太拙
백성들이 어리석은 적이 있던가.   黔首何曾愚
마침내 여산(驪山) 무덤[33] 파냈던 것은   竟發驪山塚
도리어 시례(詩禮)[34] 읽는 유자(儒者) 아닌가.   還非詩禮儒

비평: 천고의 어리석음을 여기에 이르러 드러내니, '글자마다 침을
놓았다'고 할 만하다.

산사(山寺)에 묵으며[宿山寺] 漢   석남산인(石南山人)

저녁나절 높은 하늘 가 산사에 묵었더니   夕投山寺近層空
베개 아랜 샘물소리, 돌구멍엔 바람 불고   枕底泉聲石竇風
늙은 스님 속세 일엔 관심 갖지 아니한 채   老釋不關塵外事
밝은 달빛 속에 홀로 가을소리 두들긴다.   獨敲秋聲月明中

비평: 한아(閒雅)하고 유려(流麗)하다.

송파(松坡)나루에서[松坡渡][35] 漢   여강기객(驪江歧客)

옛 전장엔 시골 주막, 행인 몇이 있을 뿐   野店行人古戰場

---

33 여산(驪山) 무덤 : 진시황의 무덤으로, 중국 섬서성(陝西省) 임동현(臨潼縣) 여산
    (驪山) 남쪽 기슭에 있다.
34 시례(詩禮) : 『시경(詩經)』과 『주례(周禮)』・『의례(儀禮)』・『예기(禮記)』의 삼례
    (三禮)를 말한다.
35 이 시는 석북(石北) 신광수(申光洙, 1712-1775)가 1761년 영릉 참봉(寧陵參奉)을
    역임할 때 지은 것으로, 『석북집(石北集)』「여강록(驪江錄)」에 같은 제목으로 실려
    있다.

경강(京江)의 새벽빛은 멀리 봐도 어슴푸레	京江曉色望蒼蒼
기러기 넘는 외딴 배 앞 단풍 뜬 물 흘러가고	孤舟雁渡丹楓水
닭이 우는 양편 물가 흰 갈대엔 서리 내려	兩岸鷄鳴白葦霜
늘그막에 물로 뭍으로 바빴던 건 내내 부끄러	長愧老年奔水陸
가을 기운 내 옷 위로 뿌려져도 막지 않고	不禁秋氣灑衣裳
해진 삿갓 쓰고 땔감 진 소 모는 양주 길손은	柴牛亂笠楊州客
또 아침밥 재촉해 먹고 한양으로 들어가네.	又趁朝炊入漢陽

비평: 정경(情景)이 의연(依然)하니, 바로 대가(大家)의 솜씨다.

민충정공(閔忠正公)의 대청마루 위에 대나무가 난 것을 보고 감흥이 일어 [見閔忠正公堂上生竹有感] 漢

박성흠(朴聖欽)

이 공(公)의 대청 위에 차군(此君)[36]이 생겨나니	此公堂上此君生
쇠의 줄기, 서릿발 가지 난간에 살짝 스친다.	鐵幹霜枝拂檻輕
간절하게 남긴 부탁[37] 내 어찌 잊으랴만	丁寧遺囑吾何諼
세상만사 아득하여 눈물 몇 줄만 흐른다.	万事悠悠泣數行

같음[同] 漢

장천려(張千麗)

다리 가와 지붕 아래, 한 가지로 생겨나니	橋邊屋裡一般生
두 노신(老臣)[38]의 외로운 충절(忠節), 누가 더 중하랴만	
	二老孤忠孰重輕

---

36 차군(此君) : 대나무의 별명으로, 북송 때 소식(蘇軾)의 벗인 화가 문동(文同)이 대나무를 좋아하여 붙인 이름이다.

37 남긴 부탁 : 민영환(閔泳煥, 1861-1905)이 자결하며 남긴 글 「경고대한2천만동포 유서(警告大韓二千萬同胞遺書)」에서 동포에게 대한제국의 독립 회복을 부탁한 것을 말한다.

38 두 노신(老臣) : 민영환과 정몽주(鄭夢周)를 말한다.

모두가 헛살아 온 이 백성을 일깨우려	喚起斯民皆夢死
수많은 피눈물을 줄줄이 흘리셨소.	揮來血淚幾多行

같음[同] 漢

김달하(金達河)

마른 해골, 찬 시신이 된 내 생애를 한탄하랴만	骨枯尸冷歎吾生
한 번 죽음 깃털처럼 가벼이 여겨 애석할 뿐	只惜鴻毛一死輕
와서 보니 대나무는 무슨 뜻에 생겼을지	來對此君何意思
바람 마주해 두 줄 눈물 절로 떨어지는구나.	臨風自滴淚雙行

같음[同] 漢

김석환(金錫桓)

태연하게 침실에서 문을 걸어 닫으시니	從容一室閉寢門
벽혈(碧血)[39] 철철 흘렀고 한낮에도 어두웠지.	碧血沈沈晝日昏
"죽으려 하면 살 것이오." 가실 때 부탁하니	要死或生去時囑
아름다운 푸른 대가 그의 넋을 반혼(返魂)하네.	猗然綠竹返人魂

국정죽기(國精竹記) 漢

대나무라는 사물은 자못 신령하고 기이한 것이 많으니 효죽(孝竹)[40], 의죽(義竹)[41], 내공죽(萊公竹)[42]과 같은 것들이 바로 그것이다. 무릇 사람

---

39 벽혈(碧血) : 충신의 피를 뜻한다. 주(周) 경왕(敬王)의 대부였던 장홍(萇弘)이 충간(忠諫)을 하다가 모함을 당해 쫓겨나자 원통하여 자결을 하였는데, 그 피가 3년 뒤에 벽옥(碧玉)으로 변하였다고 한다.

40 효죽(孝竹) : 『태평어람(太平御覽)』 96권에 남조(南朝) 양(梁)나라 임방(任昉)의 『술이기(述異記)』를 인용하여, "한(漢) 장제(章帝) 3년에 백호전 앞 자모죽에 어린 줄기가 자라나서 '효죽'이라고 불렀으니 신하들이 모두 「효죽송(孝竹頌)」을 바쳤다."라고 하는 내용이 나온다.

41 의죽(義竹) : 오대(五代) 때 왕인유(王仁裕)가 지은 『개원천보유사(開元天寶遺事)』 「의죽(義竹)」조에, "황제께서 후원에서 노닐 때 대나무가 빽빽하게 서 있어 죽순이 밖으로 나오지 않았다. 황제가 여러 왕들을 돌아보며 말하기를, '부자 형제간에 서로

의 정신은 천지와 감통할 수 있는데, 지극한 정성이 이른 곳이면 또한 화생(化生)할 수 있으니 이른바 '영이(靈異)'한 것은 진실로 불변의 이치로서 괴이할 것이 없다. 광무(光武) 10년 7월 5일 도읍 안 사녀(士女)들이 시끄럽게 분주히 다니면서 고(故) 민충정공(閔忠正公)[43] 집에 대나무가 자란다고 하였다. 한성은 예부터 대나무가 없었기 때문에 화초를 기르는 자는 반드시 남쪽 지방 사람에게 부탁하여 분재(盆栽)를 하고 배와 수레로 옮겨온다. 그러나 1년도 되지 않아 번번이 살아남지 못했는데 지금 이 대나무가 살아 있는 것은 또한 괴이하지 않은가. 급히 달려가서 바라보니 궤연(几筵)이 있는 곳 옆에 마루 난간이 막고 있는데 마루 난간의 판자는 모두 기름종이〔油紙〕를 살짝 붙여놓았다. 그런데 대나무가 그 틈을 뚫고 나왔으니 곧 공께서 순국하실 때 찌른 칼과 피 묻은 옷을 보관해둔 곳이다. 첫 번째 것은 줄기가 세 개이다. 그 중 둘은 길이가 길어 주척(周尺)으로 석 자 남짓하고 곁가지 두 개가 있으며 나머지 하나는 조금 짧은데, 잎은 모두 18장이다. 두 번째 것 또한 줄기가 세 개다. 둘은 길고 하나는 짧은데, 잎은 모두 11장이다. 세 번째 것은 줄기가 두 개인데, 잎은 모두 6장이다. 네 번째 것은 줄기가 한 개다. 길이가 겨우 두 치 정도밖에 되지 않아 아직 잎이 없다. 전체 줄기가 9개, 잎이 35장이니 대체로 작은 대나무이다. 아! 예로부터 순

친함은 마땅히 이 대나무와 같아야 한다'라고 하고서 '의죽(義竹)'이라고 하였다."라고 하는 내용이 나온다.

42 내공죽(萊公竹) : '내공(萊公)'은 송(宋)나라 때 '내국공(萊國公)'을 지낸 구준(寇準)을 말한다. 구준이 죽었을 때 형남(荊南) 공안현(公安縣) 사람들이 길에서 제사를 지내며 통곡하였고 대나무를 꺾어 땅에 심고 그곳에 지전(紙錢)을 걸어두었는데 한 달 뒤에 마른 대나무에서 죽순이 나니 사람들이 사당을 세워 절기마다 제사를 지냈다고 한다.

43 고(故) 민충정공(閔忠正公) : 1861-1905. 민영환(閔泳煥)으로, 충정(忠正)은 그의 시호이다.

국한 신하를 거론하면 한두 명이 아닌데, 공과 같은 분은 마땅히 천지와 감통한 자일 것이다. 본 기자가 감히 이것으로 인하여 공께서 목숨 바친 뜻을 기술하는 것은 무엇 때문인가. 공은 필시 말씀하시길, "나 한 사람의 정신으로 홀로 대나무가 없는 땅에서 대나무를 자라나게 할 수 있었거늘, 국민 2천만 명의 정신으로 국가가 없는 날에 국가를 살릴 수 없겠는가."라고 하실 것이다. 그렇다면 이 대나무는 공의 정신이 화생한 것일 뿐만 아니라 진실로 우리 국민들의 정신이 깃든 바이다. 청컨대 이 대나무의 이름을 '국정(國精)'이라 하여 천하의 군자들께 질정을 구하고자 하노니 기꺼이 허락해줄지 모르겠다. 슬프도다, 슬프도다!

소설

폴란드 혁명당의 기이한 계책

폴란드 수도 바르샤바는 러시아 혁명당의 소굴 되는 곳이라. 그곳 감옥은 대개 국사범(國事犯)으로서 채워져 있었는데, 지난 4월 23일에 또 혁명당 열 명을 잡아들였다. 원래 감옥 내에서의 혁명당 검속은 보통 죄수보다 훨씬 엄중하게 하기 때문에 교도관이 그 고됨을 견디기 어려워하여 매번 혁명당원이 감옥에 들어오는 것을 보면 두려워하는 기색이 있었다. 이날 또한 교도소장과 교도관 등이 종일 분주하고 황망하여 저녁에 이르러 겨우 안정하였다. 밤 11시경에 소장이 낮은 목소리로 부소장에게 말하였다.

"오늘 수감이 철저하니 탈옥할 우려는 없지만 새로운 죄수는 위험이 많아서 방심할 수는 없다. 어제 들어보니 2·3일 전에 코카서스 지방 관청에서 한 파수병이 금고를 호위할 때에 교대시간 10분 전에 다른 교대병이 와서 말하길 '시간은 조금 이르지만 내가 대신할 것이니 당신은 가서 쉬시오'라고 하여 위병이 곧 감사를 표하고 갔다. 하지만 누가 그 교대병이 혁명당의 변장인 줄 알았겠는가. 즉시 금고 열쇠를 부수고 60만 원을 훔쳐갔으니 그 수단의 교묘함이 실로 놀라고 무서울 정도다. 우리는 몇 배로 경계할 필요가 있다."

부소장이 말하였다. "그러합니다. 그들 혁명당원의 음모는 가히 신출귀몰하니 생각하면 두렵습니다."

말끝에 갑자기 경찰 본부로부터 전화가 왔다. "오늘 귀 감옥에 압송된 새 수감자 열 명은 내일 아침 일찍 다른 감옥으로 송치될 것이니, 빨리 준비를 하시오." 소장이 말하였다. "삼가 명령을 받들겠습니다."

보통의 죄인이 감소할지라도 도리어 교도관은 기뻐하는데, 하물며 무섭고 매우 번거로운 혁명당 수감인이겠는가. 곧 부소장에게 이 명령을 자세히 말하고 내일 새벽을 기다렸다.

다음 날 오전 3시에 한 헌병이 경관 열 명을 데리고 와 서장(署長)이 날인한 명령서를 교부하고서 죄수의 이송을 구한즉, 부소장이 조금도 의심하지 않고 곧 정식으로 처리하였다. 죄수 열 명을 인출하여 호송마차에 싣고 마부를 보내주니, 헌병 일행은 그 노고에 감사하고 떠났다. 그 후 하루 이틀이 지나도 묘연하게 소식이 없고 또 빌려준 마차와 마부가 돌아오지 않았다. 교도소장이 비로소 의심하여 사람을 시켜 사방으로 조사한즉 돌연 숲속에서 결박당한 채 있던 마부와 내버려진 마차, 그리고 어지럽게 흩어져 있는 헌병과 경관 복장이 발견되었다.

교도관이 이를 보고 대경실색(大驚失色)하여 비로소 전의 경찰서장 전화가 모두 혁명당원의 놀라운 계획이자 음모요, 헌병경관의 명령서도 모두 혁명당원이 위조한 가짜 양식인 것을 알았다.

비스마르크 청화(淸話)[44]

제1 개관

비스마르크는 독일인이다. 그 저택이 프리드리히스루(Friedrichsruhe) 지방에 있었는데 한 손님이 방문하여 대화를 나누고 돌아가 친구에게 편지를 보내 말하길, "공(公)의 말이 일종의 사람의 마음을 감화하는 능력이 있어 듣는 자로 자연 흥분하게 하니, 자네가 이 사람을 직접 만나 그 담화를 들으면 완연히 셰익스피어의 희곡을 들음과 같을 것이오. 오직 깨달을 것은 현 세상의 영웅이 너그러운 태도로 자네의 면전에서 쾌활한 대화를 쉬지 않는다는 것이네. 황홀하게 심취하여 나 자신은 잊은 채 한마디도 끼어들지 못하였네."라고 하였다. 비스마르크 공은 어렸을 때 괴팅겐의 학교 기숙사에 있었는데, 친구 모틀레이(Motley) 씨가 베를린에서 와서 만난 후 그 아내에게 편지를 써, "비스마르크 공과 나는 당대 대사건을 들어 긴 이야기를 나누었는데, 그가 쉬운 말투로 지난 유럽 6년간의 놀라운 역사를 말하는 것을 들으니 넋이 나가고 뼈가 춤출 지경이라. 영원히 잊기 힘든 무한한 즐거움이었소."라고 하였다. (미완)

광고

민사소송 대리, 형사 변호, 감정(鑑定) 고문 및 각종 문서 문안 초안 등 제반 법률 사무를 신속 처리함.

- 변호사 전(前) 검사 정3품 홍재기

경성 중서(中署) 대립동(大笠洞) 77통 9호 법률사무소

---

44 청화(淸話): Table-talk. 즉 식사자리에서의 환담을 뜻한다.

광고

본사는 대자본을 증액 출자하여 운전기계와 각종 활판, 활자, 주조(鑄造), 석판, 동판, 조각, 인쇄와 제본을 위한 여러 물품 등을 완전무결하게 준비하여 어떤 서적, 어떤 인쇄물이든 막론하고 신속과 정밀을 위주로 하고 친절과 염직(廉直)을 마음에 새기니 강호 여러분께서 계속 주문해주시길 간곡히 바람.

- 경성 남서(南署) 공동(公洞) (전화 230번) 일한도서인쇄주식회사
- 경성 서서(西署) 서소문 내 (전화 330번) 동(同) 공장
- 인천 공원지통(公園地通) (전화 170번) 동(同) 지점

신착(新着) 영업품 광고

○ 방역소독 신제(新劑) 테신퍽토올

타이완 장뇌(樟腦) 전매국 제품인데 여러 전염병의 예방에 적당하고 각종 독충과 빈대를 없애는 데 놀랄 만한 효과가 있으며 그 외 타호(唾壺), 변소, 쓰레기장 등에 살포하면 냄새가 사라지고 의류 세탁, 가구, 베인 상처, 천연두 증세에 사용하면 신기하게 효과가 있습니다.

○ 각종 수입종이〔和洋紙〕

일본에서 제작한 제품과 멀리 구미 각국 제지공장 제품 중에서 본사가 특히 선택한 일본지, 서양지 및 색지 등 여러 가지가 신착(新着)하였습니다.

○ 아사히(朝日) 메털

경연(硬軟) 여러 종의 합성금속으로 마찰력이 적어 여러 기계의 베어

링〔軸承〕 및 마찰부에 사용하면 파손과 마모가 없고 열도의 평균이 유지되어 기름의 소비를 절약하며 작동을 부드럽게 하여 동력이 현저히 증가됨을 실험자가 증명하는 바이다.

○방적사(紡績糸)

셋쓰(攝津) 방적 주식회사 제품 16수 방적사(紡績糸)가 많이 왔습니다.

○ 각종 목재

회심재(檜椹材)가 신착하였는데 무입법(貿入法)에 극히 주의하여 재질의 우수함과 가격의 저렴함은 본사가 자랑하는 바이다.

- 경성 남서(南署) 공동(公洞) (전화 230번) 후지타 합명회사(藤田合名會社)

- 인천 각국 거류지 (전화 151번) 동(仝) 인천 지점

특별광고

본사 잡지를 매월 10일 및 25일 2회 정기 발간하는데 첫 회부터 미비하였던 사무가 아직 정리되지 않아 부득이 이번에도 또 5일 연기되었기에 황송함을 무릅쓰고 재차 이 사유를 알리니 애독자 여러분께서는 헤아려주시길.

- 조양보사 알림

대한 광무(光武) 10년
일본 메이지(明治) 39년
병오년(1906) 6월 18일 제3종 우편물 인가(認可)

朝陽報

제3호

조양보(朝陽報) 제3호

신지(新紙) 대금(代金)

한 부(部) 신대(新貸) 금(金) 7전(錢) 5리(厘)

일 개월 금 15전

반 년분 금 80전

일 개년 금 1원(圓) 45전

우편요금 매 한 부 5리

광고료

4호 활자 매 행(行) 26자, 1회에 금 15전. 2호 활자는 4호 활자의 표준에 의거함

◎매월 10일 · 25일 2회 발행◎

경성 남대문통(南大門通) 일한도서인쇄회사(日韓圖書印刷會社) 내

　임시발행소 조양보사

경성 남대문통 4초메(丁目)

　인쇄소 일한도서인쇄회사

　편집 겸 발행인 심의성(沈宜性)

　인쇄인 신덕준(申德俊)

목차

조양보 제1권 제3호

주의

뜻 있으신 모든 분께서 간혹 본사로 기서(寄書)나 사조(詞藻)나 시사(時事)의 논술 등의 종류를 부쳐 보내시면 본사의 취지에 위반되지 않을 경우에는 일일이 게재할 터이니 애독자 여러분은 밝게 헤아리시고, 간혹 소설(小說) 같은 것도 재미있게 지어서 부쳐 보내시면 기재하겠습니다. 본사로 글을 부쳐 보내실 때, 저술하신 분의 성명과 거주지 이름, 통호(統戶)를 상세히 기록하여 투고하십시오. 만약 부쳐 보내신 글이 연이어 세 번 기재될 경우에는 본 조양보를 대금 없이 석 달을 보내어 드릴 터이니 부디 성명과 거주지를 상세히 기록하십시오.

본사 특별광고

본사에 본보 제1권 제1호를 발간하여 이미 여러분의 책상머리에 한 질씩 돌려보시도록 하였거니와, 대개 본사의 목적은 다름이 아니라 동서양 각국의 유명한 학자의 언론이며, 국내외의 시국 형편이며, 학식에 유익한 논술의 자료와 실업의 이점이 되는 지식과 의견을 널리 수집 채집하여 우리 한국의 문명을 계발할 취지입니다. 또한 소설(小說)이나 총담(叢談)은 재미가 무궁무진하니 뜻 있으신 여러분은 매달 두 번씩 구매하여 보십시오. 지난번에는 대금 없이 『황성신문(皇城新聞)』을 애독하시는 여러분께 모두 보내어 드렸거니와, 다음 호(號)부터는 대금이 있으니 보내지 말라고 기별하지 않으시면 그대로 보내겠으니, 밝게 헤아리시기를 삼가 바랍니다.

경성(京城) 남서(南署) 공동(公洞) 일한도서인쇄회사(日韓圖書印刷會

社) 내

조양잡지사(朝陽雜志社) 임시사무소 알림

논설

품행(品行)의 지식론(智識論)

고대 그리스 속담에 "지식은 힘"이라고 하였으니, 지(智)는 본성(本性)에 갖춘 바요 식(識)은 격물(格物)·치지(致知)를 이룬 결과이다.[1] 사람이 능히 그 본성의 지를 확충하며 그 격물·치지의 식을 성취하면 일을 밝게 알지 못함이 없고 만물을 통달하지 못함이 없어 고등의 인품을 이룰 수 있을 것이다. 비록 하늘을 치켜들 기세와 산을 뽑을 힘을 가졌어도 그 지식에 복종하지 않을 수 없으리니, 지식의 세력이 어찌 크지 않겠는가. 아무리 그렇지만 지식에는 덕의(德義) 있어 방정(方正)함과 간활(奸猾)하여 부정(不正)함의 구별이 있다. 교묘궤휼(巧妙詭譎)로써 능사를 삼는 것은 간활하여 부정한 지식이요 진실양선(眞實良善)으로써 주된 취지를 삼는 것은 덕의 있어 방정한 지식이니, 이것은 구분하지 않으면 안 되는 것이다. 대도시 번화한 땅에 소매치기라 하는 것이 있으니 일본 도쿄와 영국 런던에 이런 종류가 항상 많아서 날카로운 칼을 손에 감추고 인파 속에 섞여 들어가서 시곗줄을 끊기도 하고 호주머니 솔기를 가르기도 하여 그 물건을 움켜쥐어 가져가니, 이것은 교육을 받지 않아서 품행이 없는 것이다. 영국 고륜나(高倫那)[2] 사람 스

---

1 지(智)는……것이다 : 여기에서 '지(智)'는『맹자(孟子)』의 사단(四端) 중 시비지심(是非之心)을, 격물(格物)과 치지(致知)는『대학(大學)』의 8조목(八條目)을 근거로 설명하였다.

티븐은 유명한 장수이다. 성(城) 하나를 일찍이 지키더니, 갑자기 적병
이 그 성을 습격하여 빼앗고 사제반(士提反)³을 생포하여 말하기를 "평
소에는 저명한 지략으로 이 성을 굳게 지키더니 이제 그 성은 어디에
있소?" 하니, 답하기를 "성은 내 가슴 속에 있다." 했는데, 적괴(賊魁)가
묵묵히 경탄(敬憚)하였다. 대개 영웅 열사가 불리한 시운(時運)을 만나
서 아무리 실패가 있어도 그 한 덩어리의 방정한 마음을 잃지 않는 까닭
으로 성은 비록 빼앗겼으나 성을 가져올 마음이 가슴 속에 스스로 존재
하여 위무(威武)로 능히 굴복시키지 못할 것이니 적이 비록 강포(强暴)
하나 또한 어떻게 하리오. 적의 마음은 옥과 돌을 구별하지 못하고 흉
악한 칼날만 그저 믿을 따름이라서, 이처럼 성을 잃은 열사로서 저와
같이 성을 얻은 적의 무리에 비교하면 천하가 존경하며 복종할 바가
성을 잃은 자에게 있겠는가, 성을 얻은 자에게 있겠는가. 프랑스 몽테
뉴(Michel de Montaigne)는 문학하는 선비이다. 진실양선(眞實良善)으로
써 저명하더니, 나라 안에 생긴 도적의 난리를 마침 맞닥뜨려 성안의
인민(人民)이 모두 황급하게 달아나되 맹전(孟典)⁴이 문호를 활짝 열어
젖히고 의연(毅然)히 움직이지 않거늘, 도적 무리가 그 문을 지나치고
들어가지 않았다. 대개 맹전(孟典)이 평소에 품행이 드러나서 좋은 명
성이 있었기 때문에 도적 무리가 마음속으로 함부로 복종하지 않을 수
가 없었던 것이다. 이것으로 보면 '지식의 세력'이 아무리 크지만 품행
에 기인하지 않으면 도리어 하류(下流)에 떨어지리니, 품행을 닦으려
한다면 교육을 놓아두고 무엇으로 하겠는가.

---

2 고륜나(高倫那) : 콘월(Cornwall)로 추정된다.
3 사제반(士提反) : 미상이다.
4 맹전(孟典) : 미상이다.

증기기관의 발명

무릇 사람의 학술(學術)은 모두 지식을 넓힘이니, 일순간 천리에 허공을 치달리는 전신(電信)과 물 위를 달려가는 수선(輪船)이 지식을 확충한 결과이다. 영국사람 와트(James Watt)[5]는 그 아버지가 선박 건조를 평소 직업으로 삼더니, 처음에는 부유하다가 뒤에 가난해졌다. 와트는 천품(天稟)이 병치레가 많아 놀기를 좋아하지 않고 늘 방에 있으면서 책 읽고 이치를 연구하더니 하루는 화로 앞에서 차를 끓일 때 주전자 안에서 물이 끓어 그 뚜껑을 흔들어 움직이거늘, 그 증기가 힘을 가졌음을 알고서 작은 배를 만들어서 실린더를 세우고 연못에 시험하니 신속하게 스스로 움직였다. 이 기술을 연구한 지 10여 년에 항해할 큰 배를 건조하려 했지만 그 비용이 많이 들어서 스스로 자금을 댈 방법이 없는지라, 그 뜻을 친지에게 통지(通知)하니 누구는 과장되고 황당하다 말하였으며 누구는 미쳐서 거짓되다고 일컬어서 믿고 따르는 사람이 없었다. 그러다 서기 1768년에 그의 벗 귀복(貴福)[6]의 도움을 얻어서 증기의 공용(功用)을 크게 밝히니 정부(政府)로부터 전매권(專賣權)을 지급받아 거대한 부를 이루었다. 죽었을 때에 나라 사람이 사당을 세워 존경하기를 천신(天神)처럼 하였다. 아마도 와트의 지식은 작은 주전자에서 일어나 천하를 널리 이롭게 하니, 후생(後生)은 힘쓸지어다.

전기의 발명

하늘이 많은 백성을 내심에 양지양능(良知良能)의 재질(才質)을 골고루 부여하였거늘, 자포자기를 마음에 달게 여기는 자는 하늘이 부여한

---

5 와트(James Watt) : 1736-1819. 스코틀랜드 출신의 영국인 기계기술자로, 증기기관을 개량하여 최초로 특허를 얻었다.
6 귀복(貴福) : 매튜 볼턴(Matthew Boulton, 1728-1809)으로 추정된다.

것을 헛되이 저버리고 진취(進就)에 주의하는 자는 양지양능을 잘 보전하니, 그 소이연(所以然)의 이치를 탐구하지 않으면 되겠는가. 서기 1706년에 프랭클린(Benjamin Franklin)[7]이란 이가 있었으니 미국 보스턴 사람이다. 그 집안은 본래 백랍(白蠟) 제조를 전업(專業)으로 삼았는데, 프랭클린은 이학(理學)에 뜻을 기울여 궁구함을 싫어하지 않았다. 나이 열일곱 살에 가향(家鄕)을 이별하고 필라델피아에 왕유(往遊)하여 상업을 경영하되 빈곤하여 스스로 자본을 댈 방도가 없었으므로 『빈곤일기(貧困日記)』[8]를 지으니 나라 사람이 모두 전송(傳誦)하는지라. 이어서 번개와 전기가 다르지 않은 이유를 처음으로 이야기하니 당시 사람들이 황당무계하다 하거늘, 프랭클린이 종이 연을 만들어 그 위에 구리 막대를 잇고 삼끈에 매달아 공중에 놓아 올리고 손으로 잡은 부분에 구리선을 붙여 전기 충격을 방어하였다. 종이 연이 구름 사이로 높이 가까이 가자 삼줄 주위에 헝클어진 실이 무성하거늘, 철시(鐵匙)로 그 기(氣)를 이끌어 전달하여 전병(電甁)에 수취(收聚)하였다가 방출(放出)할 때 나오는 빛과 폭발 소리가 천공(天空)의 번갯불과 다름이 없었다. 이에 뭇 사람이 그의 견해를 비로소 좇았으니, 이것이 전선(電線)의 제조가 유래한 바이다. 이로부터 서양 사람이 층층이 쌓아올린 누옥(樓屋)에 피뢰침을 모두 삽입하는데, 그 제작품이 인(人) 자 모양과 같아서 그 위에 철침(鐵針)을 꽂고 좌우에 양철통을 비스듬히 설치하여 건물 뒤편으로부터 번갯불을 이끌어 전달하여 좌우의 양철통으로 나누어 주입(注入)하고 땅 속에 흘러 들어가서 사라져 흩어지게 하니, 비록 우뚝하고 높은 건물이 하늘

7　프랭클린(Benjamin Franklin) : 1706-1790. 미국의 정치가이자 과학자이다.

8　빈곤일기(貧困日記) : 『가난한 리처드의 달력(Poor Richard's Almanack)』을 말하는 듯하다. 1732년부터 프랭클린이 발간한 자기계발 서적이다. 이 책이 널리 읽히자, 비로소 프랭클린은 아메리카 식민지에서 부와 명예를 얻었다.

사이에 높이 솟았을지라도 벼락이 쳐서 거꾸로 떨어질 걱정이 없다. 대개 금철(金鐵)은 천둥을 당기는 것이요, 양철은 천둥을 저장하는 것이요, 지기(地氣)는 천둥을 흩는 것이라. 프랭클린이 전기학을 연구하여 결국 부유하게 되었으니 그 기술이 어찌 전선(電線)과 피전선(避電線)에 그치겠는가. 후세에 전등과 전화와 전차 등의 종류가 모두 이것이다. 미국이 일찍이 영국의 식민 지배를 깨뜨렸으니, 서기 1774년에 아메리카 13식민지의 대표자들이 워싱턴(George Washington)을 원수(元帥)로 삼아 영국인을 싸워 이기고 프랭클린을 프랑스에 파견하여 독립을 인정받기를 청하고 미국독립선언서(1776)를 지었는데, 영국인이 논박하지 못하였다. 죽을 때에 나이가 84세였는데, 여러 나라 사람이 사흘 동안 조시(朝市)를 멈추어 조문(弔問)의 예의를 표현하였다. 그 이름은 영구히 썩지 않을 것이니 인간세계에 하늘이 부여한 양지양능을 완전히 하려는 자는 이 사람을 본받을지어다.

애국심을 논함

일본인 고토쿠 슈스이(幸德秋水) 씀

우리 국민을 팽창시키고 우리 판도(版圖)를 확장하여 대제국을 건설하고 우리 국위(國威)를 발양하고 우리 국기(國旗)를 광영(光榮)케 함은 이른바 제국주의의 함성이니, 그들이 자기 국가를 사랑하는 마음은 역시 깊다.

영국이 남아프리카를 토벌한 것과 미국이 필리핀을 점령한 것과 독일이 자오저우(膠州)를 취한 것과 러시아가 만주를 빼앗은 것과 프랑스가 파쇼다(Fashoda)[9]을 정벌한 것과 이탈리아가 에티오피아와 싸운 것

---

9 파쇼다(Fashoda) : 지금은 아프리카 수단 남부 지방의 코도크(Kodok)에 해당한다.

이 바로 자기의 제국주의를 강행하며 눈에 띄는 현상이니, 무릇 제국주의의 향한 바는 오직 군비(軍備)요, 군비가 후원해주는 것은 외교이니 외교는 군비에 수반된다.

그 발전의 흔적에 나타난 것이 소위 애국심으로서 날실을 삼고, 소위 군국주의로서 씨실로 삼아 짜낸 정책이 아닌가. 명칭은 비록 애국심이지만 사실은 순전한 군국주의니, 지금 열국의 제국주의가 공유한 조건이 아닌가. 이로서 우리가 반드시 제국주의의 잘잘못과 이해득실을 단절하고자 한다면, 어쩔 수 없이 우선 소위 애국심과 소위 군국주의를 향하여 한층 더 조사해서 분명히 밝혀야 될 줄로 안다.

그렇다면 지금의 소위 애국심이란 것이, 만일 애국주의가 어떤 것임을 안다면 우리가 어떻게 땅 하나를 택하여 우리의 국가 됨을 인정하겠는가. 국토라는 것은 과연 사랑할 수 있는 것인가, 과연 사랑할 수 없는 것인가.

무릇 젖먹이가 우물에 빠지면 기어가 구할 때 그 가깝고 먼 것을 불문하며 그 친하고 친하지 않은 것 또한 불문한다 하니, 이 맹자의 말이 우리에게도 거짓이 아니다. 만약 애국심이라는 것이 이 젖먹이를 우물 바닥에서 구함과 같아 측은(惻隱)의 생각과 자선(慈善)의 마음처럼 저절로 생겨나는 것이라면, 아름답도다, 애국심이여. 순수하며 조금의 사심도 없는 것일 터이다.

생각해보면, 과연 진정 고결한 측은의 마음과 자선의 마음이 있다면 결코 자신의 멀고 가까움, 친하고 친하지 않음을 문제 삼지 않는다. 이는 반드시 사람이 젖먹이를 구할 때 결코 자기 아이인지 남의 아이인지를 문제 삼지 않는 것과 같다. 그러므로 세계만방의 어질고 의로운 사람들은 반드시 트란스발(Transvaal)[10]을 위하여 부활의 승리를 기원할 것이요, 반드시 필리핀을 위하여 독립의 성공을 기원하여 영국인을

적국과 같이 보고, 미국인을 적국과 같이 보게 될 것이니, 소위 애국심
이란 것이 이와 같은 것을 가능케 하겠는가. 그렇지 않겠는가.

지금의 애국심이라 하는 것은 이와 반대로 순전히 군국주의가 되니,
왜 그러한가. 영국인은 반드시 트란스발을 위하여 그 승리를 기원하지
않고 미국인은 반드시 필리핀을 위하여 그 독립을 기원하지 않음은 다
자기의 애국심이 손상될까 염려함이니, 따라서 그들이 애국심이 없다
함은 불가하지만 그들에게 고결한 측은자선의 마음이 있는가를 궁구해
보면 과연 그 같은 감정을 표시하기 어렵다. 그런즉 그 소위 애국심에
는 어찌해서든 젖먹이를 구하는 것 같은 집념이 없으니 결국 그것과
일치하지 못한다.

그러므로 전술(前述)한 소위 애국심은 순수한 측은자선의 마음과 서
로 대치되는 것이니 그 애국심이 사랑하는 것은 자기 국토에 한정되고,
자기 국민에 한정될 뿐이다. 타국을 사랑함이 자국을 사랑함과 같지
않고, 타인을 사랑함이 자신을 사랑함과 같지 않으며, 다만 부화(浮華)
의 명예와 농단(壟斷)의 이익만 사랑함이니, 이는 과연 공(公)인가, 사
(私)인가. (미완)

자조론(自助論) (전호 속)

일개 병사 출신으로 장군의 지위에 오른 자는 프랑스가 영국보다 훨
씬 많아 혁명 이래로 이전보다 특히 많다. 공명(功名)의 도(道)는 재능
을 향하여 열린다는 말을 프랑스가 능히 증명한 것이다. 우리 영국도
등용(登庸)의 길을 열면 역시 프랑스와 더불어 서로 각축할 것을 의심
치 않는다.

---

10 트란스발(Transvaal) : 남아프리카 공화국의 최북단에 있는 주로, 남아프리카 공화
국이 독립의 지위를 상실한 보어전쟁 이후 영국의 직할령이 되었다.

오슈(Hoche), 왕베르(Humbert), 피슈그뤼(Pichegru) 같은 이는 원래 일개 병졸이다. 오슈는 군대에 있을 때에 군사학 서적을 구하고 싶어 하였는데, 돈이 없어 부득이 짧은 옷에 자수(刺繡)를 하여 적은 임금을 얻은 것으로써 일상 업무를 하였고, 왕베르는 청년 시절 무뢰한으로 살다가 16세에 가출하여 상인의 종도 되고 공인(工人)의 노예도 되며 토끼 가죽 행상의 하인도 되었다가 하루아침에 의용병(義勇兵)이 되었고, 입대한 지 겨우 일 년 만에 여단장(旅團長)이 되었다. 뮈라라는 이는 페리고르(Perigord) 지방의 작은 여관 주인의 아들로 태어나 소 먹이는 일을 하였는데, 처음에는 경장병(輕裝兵) 연대에 들어갔지만 상관의 명령에 복종하는 것을 싫어해 전역 조치되었다가, 그 후에 재입대하여 대령까지 진급하였다. 네(Ney)는 18세에 경기병(輕騎兵) 연대에 들어가 점차 진급하더니, 클레베르(Kleber)가 네의 공적을 기뻐하여 그를 불굴(不屈)이라는 별호에 천거하여 25세에 부장군(副將軍)에 등용하였다.

한편, 술트(Soult)는 입대 후 6년이 걸려 부사관[軍曹] 계급에 이르고, 마세나(Massena)는 입대 후 14년 만에 부사관이 되었다. 그 후 점차 진급하여 대령이 되고, 사단장이 되고, 원수(元帥)가 되었다. 육군대신 원수 랑동도 북치기로서 등용된 사람이었다. 이와 같은 사례가 프랑스 군인을 고무시키고 흥하게 하여 사병도 누구든지 솜씨만 있으면 어느 날 원수가 될 수 있음을 염려 없이 확신하게 되었다.

술트는 청년 시절에 교육받은 것이 적었으나 후에 외무대신이 되어 비로소 지리학을 공부하였다.

견인불발(堅忍不拔)의 정신과 전심을 기울인 정력에 의하여 비천한 지위에서 스스로를 일으켜 사회 유력 인사가 된 자의 사례는 영국과 다른 나라에 적지 않다. 이러한 탁월한 사람을 들어 보건대, 소년 시절에 곤란과 역경을 만나는 것이 성공에 오르는 데 불가결한 요건인 줄을 알 수 있을 것이다.

영국 하원(下院)에는 이들처럼 자기 힘으로 성공한 사람이 매우 많다. 그들은 영국인의 근면한 성격을 대표하는 자들이다. 대의사(代議士) 조지프 브라더튼(Joseph Brotherton)이 일찍이 '10시간 방안'을 토의할 때 감개(感慨)를 금하지 못해 면직물 공장 직공이었을 때의 경력을 스스로 밝히며 말하길, "나는 당시의 곤란과 고통은 지금 생각해도 나도 모르게 두렵다. 만약 세상에 뜻을 이룰 수 있다면 이 노동자의 경우를 개선하고자 하는 생각이 그때에 싹텄다." 연설을 마치기도 전에 제임스 그레이엄 경(Sir James Graham)이 박수갈채하며 기립하여 말하길, "브라더튼이 비천한 데서 일어나 지금 위치에 도달한 경력을 나는 듣지 못했었는데, 오늘에 와서 그것을 알 수 있었다. 이와 같이 비천하던 몸으로서 세습신사(世襲紳士)와 나란히 보고 앉으니, 그 영광이 저 귀족보다 대단하다." 하였다.

올덤(Oldham)을 대표하는 대의사 고(故) 폭스(Fox)는 과거 생애의 회상을 진술할 때에 반드시 먼저 그 노리치(Norwich)에서 기계실의 직공이었던 것을 언급하니, 그와 같이 비천한 데서 난 대의사 중 지금도 생존한 이가 많다.

선덜랜드(Sunderland)를 대표하는 대의사이자 유명한 선주(船主) 린지(Lindsay)는 일찍이 그 경력을 언급하여 말하길, "나는 14세에 고아가 되었는데, 분연히 뜻을 세워 글래스고(Glasgow)를 떠나 리버풀(Liverpool)로 향하려 할 때 주머니에 한 푼도 없어, 뱃삯을 지급하는 것이 불가능하여 부득이 배에서 일을 맡아 석탄 청소부가 되어 뱃삯을 지불하려 하였다. 그러나 리버풀에 도착하여 7주간이 지나도록 일자리를 얻지 못해 더러운 방에 기거하며 생활이 참혹하였는데, 차츰차츰 서인도(西印度) 항해에 선발되어 사환(使喚)이 되니 그 품행이 정직·선량했던 까닭이었다. 19세가 되기 전 선발되어 한 배를 지휘하는 임무를 담당하였고, 23세에 나는 뱃일을 떠나 해안에 정착하니, 나는 이로부터 영광을 향하여 진보와 발달이 신속하였다." 하더라.

노스더비셔(North Derbyshire)에서 선출된 대의사 윌리엄 잭슨(William Jackson)은 12세 때에 아버지가 사망하여 어린 몸으로 어쩔 수 없이 생활을 직접 꾸려나가야 했다. 그는 선박 한쪽에 앉아 아침 6시에서 밤 9시까지 노역에 종사하다가, 고용주가 병을 앓던 중에 회계소(計算所)에 들어갔다. 그곳은 여유가 많아서 책을 읽을 기회를 얻어 영국 백과전서 전부를 다 읽었으며, 그 후에 상업에 종사하여 근면하게 재산을 모으니, 현재 그가 소유한 선박이 바다와 만(灣) 도처에 있어 세계 각국과 무역하고 있다.

고(故) 리차드 콥든(Richard Cobden) 역시 하층의 미천한 데서 일어난 사람이다. 어렸을 적 런던에서 한 창고의 어린 일꾼이 되었는데, 정확하고 근면하며 지식을 발달시킬 생각이 매우 강렬하였다. 그러나 고용주는 완고하고 보수적인 사람이어서, 콥든이 독서하는 것을 보고 오히려 그것을 나무라고 금지시켰다. 콥든은 이에 굴하지 않고 독서에 날로 힘썼다. 그는 방문 고객에게 상품을 광고하는 직무를 맡더니, 알고 지내는 사람이 갈수록 많아져 맨체스터(Manchester)에서 흰 직물에 날염하는 사업을 시작하였다. 그는 공공의 문제와 교육 문제에 관심이 있어, 점점 곡물(穀物)조례를 연구하기에 이르렀다. 그리고 이 조례의 폐지를 위하여 그 재산과 생명을 모두 걸고 바쳐 힘쓰니 이는 역사상에 유명한 사실이다. 그는 훗날 제일류 웅변가로 상찬되는데 그가 대중 앞에서 처음 연설을 할 때 형식적인 말이 졸렬하여 들을 수 없을 정도여서 머뭇거리다 물러나니, 그 부끄러움을 생각할 수 있겠는가. 보통사람의 경우라면 두려워 다시 시도하지 못할 것인데, 그는 성정이 굳세고 정확하며 세차서 한 번의 실패를 이유로 그만 두지 않고, 정신을 더욱 떨쳐 일어나게 하여 종국에는 유력한 연설가가 되었다. 로버트 필 경 (Sir Robert Peel)의 능변(能辯)으로도 그의 연설을 상찬할 수밖에 없고 프랑스 공사(公使) 뤼(Drouyn de Lhuys)는 콥든을 평가하여 말하길, "그는 끈기와 노력, 굳센 인내가 성공하는 길이라는 것을 보여주는 유일한 살아있는 증거다. 사회의 가장 미천한 지위에서 시작하여 가장 높은 지위에 도달한 것이 오직 자기의 힘으로 된 것이다. 영국인 고유의 강건한 기질에 그는 가장 완전하게 도달하였다."라고 하였다.

교육

우리 한국의 교육 내력

우리 한국의 윗세대는 인문(人文)이 열리지 않아 초목과 짐승들로 가득한 혼돈의 세계였다. 세계 만국이 개벽하던 때에는 모두 홍몽(鴻濛)[11] 함이 이와 같으나, 그 우두머리가 일어나 나라의 체제를 조직하고 정치의 제도를 정하니, 능함과 서투름의 차이는 당연하되 모두 그 나라의 방음(方音)으로써 문자를 만들어 그 백성을 가르치며 그 일을 기록할 수 있었다. 하지만 우리나라는 단군의 신성(神聖)함으로도 어찌 문자가 없어 어떠한 교화의 자취도 듣지 못하였으니, 곧 조정과 시정, 교외와 들판에서 태어나 자라며 늙고 죽는 사이에 다만 떠들썩한 새소리와 꿈틀거리는 벌레의 움직임만 있을 뿐이다. 괴롭고 답답하기 그지없다.

동국(東國)의 유사(遺事)에 단군이 그 백성을 가르치되, 머리를 땋고

---

11 홍몽(鴻濛) : 하늘과 땅이 아직 갈리지 않은 상태를 말한다.

모자를 쓰게 하며, 음식과 거처의 제한으로써 하였다 한다. 이는 교화의 시작이라 말할 수는 있지만, 학술로써 사람을 교육하는 진정한 모습은 아니요. 1212년을 지나 신성하신 은태사(殷太師) 기자(箕子)가 동쪽에서 오시매 지나(支那) 요순우탕(堯舜禹湯)의 문명을 비로소 받아들여, 동이(東夷)의 천한 풍속을 씻어내고 홍범(洪範)의 문화로서 빚어내니 주역(周易)의 이른바 기자(箕子)의 명이(明夷)[12]라 함이 이를 칭함이다. 동사(東史)에서 말하기를, "처음 기자가 동쪽으로 오기 시작할 때 그를 따르는 자 오천이었다. 시서예약(詩書禮樂)과 의약복서(醫藥卜筮)와 백공기예(百工技藝)의 따위가 모두 좇아와 비로소 이름에 언어가 통하지 않으므로, 문자로서 번역한 후에야 알았다. 이에 그 백성을 가르치되 예의(禮儀)로써 8조의 가르침을 세우며 밭농사와 누에치기를 가르침으로써 백성이 도둑질을 부끄러워하고 부인은 정절과 신의로 음란하지 않으며 밭과 들이 열리고 음식을 그릇〔籩豆〕에 하니, 인현(仁賢)의 교화가 있어 지금까지 천하가 동방의 군자 나라라 일컬음은 모두 기자가 남긴 가르침에 있다."라고 한다.

이는 즉 우리나라의 교육의 비조(鼻祖)이다. 기자는 지나의 성인(聖人)이다. 학문이 지극히 넓고 도덕이 숭대(崇大)하여 홍범 9주(疇)를 주(周) 무왕(武王)에게 펼쳐보였고, 신하의 도리를 지키지 못함에 따라 동쪽 조선으로 나아가시매 문명의 교화로 백성을 교육하여 거친 풍속을 깨트리고 예의를 배양하시니, 그 교육 제도가 반드시 빛을 발하매 볼 만한 것이 있겠으나, 불행히 역대 역사 기록이 다 전쟁 통에 불타버리고 문헌을 구해도 없어 상고하기가 불가능하니 어찌 분개하고 애석하

---

12 명이(明夷) : 육십사괘(六十四卦)의 서른여섯 번째 괘(卦). 땅을 나타내는 곤괘(坤卦)와 불을 나타내는 이괘(離卦)가 상하로 이어진 것으로, 지화명이(地火明夷)라고도 한다. 밝음이 땅속에 들어감을 상징한다.

지 않겠는가. 929년이 지나 삼한(三韓)이 흥하였다.

삼한 이래로 많은 역사 기록이 사라져 학교의 제도가 보잘것없어 알려지지 않았다. 신라, 고구려, 백제의 삼국이 연이어 홍하매 또한 교육이 미비할 뿐더러 신라는 진한(辰韓)의 옛 터에서 일어나 가장 황폐하므로 양서(梁書) 신라전(新羅傳)에 이르길, "신라는 문자가 없어 나무에 금을 새겨 신표(信標)로 삼는다."라고 하니 그 우매함을 알 만하며, 또한 그 군왕을 이사금(尼斯今)이라 마립간(麻立干)이라 칭한즉, 그 문자 없음을 알 만하다. 백제는 마한(馬韓) 땅에서 일어나니 마한은 원래 기자의 후손 기준(箕準)이 세운 나라의 땅인 까닭에, 삼한 중 문명(文明)이 가장 일찍 열렸다고 인근에 이름이 났으나 학교 제도는 어떤 것도 볼 수 없었다. 역사 문헌 중 뒤섞여 나오는 것 가지고 상고해보건대, 신라 탈해왕(脫解王)이 처음 태어났을 때 바닷가에 버려졌는데, 한 늙은 할멈이 데려다 키워 성장하매, 할멈이 말하길, "너는 골상(骨相)이 특이하니 마땅히 공부에 힘써 공명을 세워야 한다."라고 하여, 탈해가 이로부터 학문을 쫓아 정진하여 땅의 이치를 통달하였다 하니, 이를 미루어 보면 신라의 초기에도 학문의 과정이 있었음을 증명할 만하다.

백제 고이왕(古爾王)[13] 50년에 왕자 아직기(阿直岐)를 일본에 보내되 아직기는 경전(經典)에 능통하므로 일황(日皇)의 태자 기이라쓰(稚郞)[14]를 가르치게 되고, 또한 백제 박사 왕인(王仁)은 일국의 우수한 학자인 고로, 일황의 초빙을 받아 『논어』와 천자문을 가지고 일본으로 가 황태자의 스승이 되매, 일본의 문자가 이로부터 시작되었다. 백제의 문학은 유래가 이미 오래되었으나 동사(東史)에 생략이 많아 그 교육 제도를

13 고이왕(古爾王) : 백제의 제8대 왕(재위 234-286)으로, 국가체제를 정비하고 왕권을 강화하였다.
14 기이라쓰(稚郞) : 우지노 와키이라쓰코(菟道稚郞子)이다.

기재한 것이 없으니 근초고왕(近肖古王) 28년에 이르러 고흥(高興)으로 박사를 삼아 서기(書記)를 관장하기 시작하였다 하니, 백제의 국학(國學)이 일찌감치 세워졌으매, 이때에 설치되기 시작했다 함이 어찌 궐문(闕文)[15]이 아니겠는가.

고구려는 소수림왕(小獸林王) 원년에 태학(太學)을 세우고 국자박사(國子博士)와 태학박사(太學博士)의 관직을 설치하기 시작했다 하나, 고구려는 그 지역이 지나(支那)와 밀접하여 교류가 가장 이르므로 그 문화의 수입 또한 오래되었다. 유리왕(琉璃王)의 황조시(黃鳥詩)와 협보(陜父)의 간하는 문장이 입국한 지 얼마 안 되어 이미 저술된 즉, 그 문학의 풍교(風敎)가 열리기 시작했음을 점칠 수 있을 것이다. 어찌 수백 년을 지나 소수림왕 때에 국학을 시작했겠는가. 이 역시 역사가의 누락이다.

신라 신문왕(神文王) 2년에 국학을 설치하고 경덕왕(景德王)이 제업박사(諸業博士)와 조교(助敎)를 세웠다가 이어서 대학감관(大學監官)이라 변경하고, 성덕왕(聖德王)이 상문사(詳文司)와 통문박사(通文博士)를 설치하니 신라의 문화가 크게 열리기에 이르렀다. 그러나 사람을 쓰는 방법이 매우 거칠고 어두워 법흥왕(法興王) 말년에 어린 남자 중 용의단정(容儀端正)한 자를 선발하여 풍월주(風月主)라 칭하고 선사(善士)로서 가르쳐 키워 사용하다가, 진흥왕(眞興王) 때에는 다시 화랑(花郎)이라는 과명(科名)을 설치하고 학도(學徒)를 모집하야 꾸밈을 성대히 하고 산수 간에 유오(游娛)하며 도의(道義)를 서로 연마하여 정사(正邪)를 분별한 후 선발하여 쓰니, 어찌 태초의 순박한 기풍이 아니겠는가.

신라는 진덕왕(眞德王) 이후로부터는 당(唐)의 문물에 심취하여 김춘

---

15 궐문(闕文) : 문장이 빠진 글을 뜻한다.

추(金春秋)를 보내 당 조정의 국학에 유학하게 하니, 이는 우리나라 학자가 해외에서 유학한 효시다. 이로부터 김춘추가 귀국하매 학교 제도를 당 조정에 완전히 의지하여 의관(衣冠)과 관제(冠制)까지 당을 모방하고, 왕-즉 무열왕-에 즉위하매 또한 아들 인문(仁問)을 보내 당에 유학하게 하여, 경전과 역사에 통달하고 문장이 넓고 깊어졌다. 이로 인해 당 조정의 후의를 입어 고려·백제를 통합하고 문명 발달의 효과를 거두니, 학문의 공이 어찌 시시하다 말하겠는가. 또한 임강수(任强首), 설홍유(薛弘儒)와 같은 문학(文學)의 학자를 배출하여, 설총(薛聰)은 능히 우리나라의 방언(方言)으로써 경전(經傳)을 해석하여 다음 세대를 훈도(訓導)하였으며, 이두(吏讀)를 만들어 문자가 통하지 않던 것을 통하게 하여 우리나라 국문(國文)의 원류를 일으키니 어찌 천추(千秋)의 고매한 공이 아니겠는가.

이로부터 당에 들어가 유학하고 졸업한 자가 최고운(崔孤雲), 최광유(崔匡裕), 최언위(崔彦撝), 김인존(金仁存) 등 제씨 오십여 명이 계속 풍성하게 흥기하여 전 당(唐)의 재능 있는 자를 능가하며 동방의 문화를 크게 여니 아아, 훌륭하구나.

고려의 학제(學制)는 성종(成宗)이 국자감(國子監)을 창설하고 사업(司業), 박사(博士), 조교(助敎) 등의 관제를 만들며 대학사문(大學四門)을 세워 박사와 조교를 각각 설치하고, 또한 12주목(州目)에 경학박사(經學博士)를 늘리고, 충선왕(忠宣王) 때에 성균관(成均館)을 개설하고 명경박사(明經博士)를 추가로 만들며, 공민왕(恭愍王) 때에 서학(書學), 산학(算學) 외에 율학(律學)을 더하여 세우고, 공양왕(恭讓王) 3년에 각 도(道), 부(府), 목(牧)에 교수(敎授)를 확대하여 수도 밖 백성들을 교육하니 이것이 고려 학교의 큰 틀이다.

비록 고려는 과거법을 설치한 후 문장의 아름다움만 숭상하고 도덕의 실리는 추구하지 않아서 400여 년래 진정한 선비가 부재하였으나, 끝에 가서는 도학(道學)의 군자가 점점 정생(挺生)하여 김양감(金良鑑), 문성공(文成公) 안유(安裕) 같은 이가 이학(理學)을 맨 처음 주창하니, 안문성(安文成)의 도덕 교육은 실로 동방 도학의 시초다. 평생 학문 진흥과 인재 양성을 그 사명으로 삼아 7관(管) 12도(徒)를 성취함이 실로 우리나라에 처음 만든 것이니, 이로부터 문학의 학자가 모두 그 여파에 물들어 글을 숭상하는 풍습이 크게 진동하였다. 또한 재물을 모아 섬학전(瞻學錢)이라 칭하고 학교를 널리 설립하여 생도를 교육한 것도 역시 우리나라에서 처음 나타났으니, 제일의 교육가라 말할 수 있을 것이다.

그 후 우탁(禹倬)은 역학(易學)의 이치에 밝고 깊어 세상이 역동선생(易東先生)이라 칭하였다. 권부(權溥)는 정주(程朱)의 학문을 존숭하여 성리학 서적들을 간행하며 역대 효행록(孝行錄)을 편찬하여 마땅히 지켜야 할 도리를 권면하므로 세상이 국재(菊齋) 권문정(權文正)이라 칭하였다. 이제현(李齊賢)은 학문이 깊고 의론이 두루 넓어 그 문장과 사업이 일세(一世)에 밝게 빛나므로 사람들이 모두 종사(宗師)로 우러러 호를 익재선생(益齋先生)이라 칭하였다. 이색(李穡)은 그 도학 문장이 원조(元朝) 유학자를 놀라게 할 정도이며 국민의 본보기를 만들어 온 세상이 목은선생(牧隱先生)의 이름 밑에 풍미하여 그 문인 제자가 명석홍유(名碩鴻儒)로 이름난 자가 많았다. 포은(圃隱) 정몽주(鄭夢周)는 어려서부터 늠름하고 매우 뛰어나 공부를 좋아하고 나태하지 않으므로, 능히 성리학을 면밀하게 연구하여 5부 학당(學堂)을 세우고 다른 지역 각 군에 향교를 설립하여 자제를 교육하며 겉치레를 물리치고 실용을 구하여 학문의 진리를 발양하니, 공은 실로 우리 동방 이학(理學)의 종조(宗祖)다. 도학의 연원(淵源)을 그 문인 야은(冶隱) 길재(吉再)에게 전하고, 길야은(吉冶隱)은 또한 김숙자(金叔滋)와 강호의 자유롭게 사는 사람에게 전하여, 우리나라 조정 500년 문치(文治)의 교화를 드디어 여니, 공은 체용(體用)을 겸비한 학문이라 말할 수 있을 것이다. 그 공명(功名)과 사업은 정이(鼎彝)[16]에 새겨지고 그 충의(忠義)와 열절(烈節)은 대나무와 비단에 전하며 또 그 문장이 혼연히 자연스럽게 이루어져 백세(百世)에 회자되니, 공이 목숨을 바친 날 고려의 종사(宗社)도 따라 망하니, 오호라, 공은 진정한 만세(萬世)의 위인이요, 천추의 사표(師表)라 할 것이다.

공민왕(恭愍王) 원년에 문충공(文忠公) 목은(牧隱) 이색(李穡)이 당시 학교의 폐단을 들어 올린 상소가 그 교육의 상황을 개관하겠으므로 이에 그 대략을 서술한다. '무릇 학교는 곧 풍습 교화의 근원이요, 인재(人才)는 곧 바른 가르침의 근본입니다. 만약 그 근본을 북돋우지 않으면 견고하지 못할 것이요, 그 근원을 깊이 파내지 않으면 맑지 못할 것입니다. 국가에서 안으로는 성균 12도(徒)와 동서학당(東西學堂)을 설립하고, 밖으로는 주(州)와 군(郡)으로 넓혀 또한 학교를 각기 두었으니, 조상이 학문을 숭상하고 도(道)를 중시하는 바가 심절(深切)하였습니다. 그러나 오늘날 뭉쳐있던 생도는 해산되고 재사(齋舍)[17]는 기울고 무너졌으니, 이는 그 연유가 있습니다. 옛 학자는 장차 성(聖)을 이루고자 하였으나, 지금 학자는 장차 벼슬살이만 구하고자 하여, 시서(詩書)를 외우고 읽어도 번화(繁華)를 다투는 것이 이미 승하여 조장탁구(雕章琢句)[18]에 마음을 지나치게 썼으니, 정성을 기울인 공부가 어디에 있겠습

---

16 정이(鼎彝) : 고대 종묘(宗廟) 중의 제기(祭器)로, 인물의 사적을 새겨놓은 경우가 많다.

17 재사(齋舍) : 조선시대, 성균관이나 사학, 향교 등에서 유생들이 기숙사로 쓰던 건물이다.

18 조장탁구(雕章琢句) : 문장을 새기고 글귀를 좇는 것으로, 남에게 아름답게 보이기 위하여 문장을 수식한다는 의미이다.

니까. 혹은 변하여 다른 데로 가서 절필했다고 과장하였고, 혹은 늙어
서도 성취가 없어 그 몸을 그르쳤다고 탄식하니, 그중에서 영매걸출(英
邁傑出)하여 유림(儒林)의 종장(宗匠)과 국가의 주석(柱石)이 된 자가 몇
명이나 있겠습니까. 벼슬에 오르는 자는 반드시 급제할 필요가 없었으
며, 급제자는 반드시 국학을 본으로 할 필요가 없었으니, 누가 기꺼이
지름길을 포기하고 갈림길로 달리겠습니까. 엎드려 빌건대 법규와 제
도를 명확히 내려 밖으로는 향교, 안으로는 학당에서 그 재능을 살펴
12도에 올리고, 12도를 종합적으로 살펴 성균관에 올리며, 시간을 제
한하여 그 덕망과 학예를 측정하고 학술을 부과하야 합격자는 의례히
벼슬을 주고, 불합격자 또한 입신의 기회를 주되, 따르지 아니하면 시
험에 참여하지 못하게 한즉, 인재가 배출되고 학술이 날로 밝아져 써도
다하지 않게 될 것입니다.

무릇 우리나라의 교육 내력을 거슬러가며 고찰하건대, 기자(箕子) 이
래로 유교(儒敎)의 교화에 복종하여 홍범(洪範)의 여파를 함양하나, 그
때는 백성의 풍속이 거칠고 어두워 성학(聖學)의 정도를 갑자기 발달시
키기 난망(難望)하므로 기자도 다만 풍속을 따라 교화를 실시했을 따름
이요, 실상 빛나는 교육은 실시하지 못하였다. 그럼에도 매우 소박하던
것을 아직 깨트리지 못했던 백성은 신성한 교화의 혜택을 입어 완전히
변하였고, 신라·고구려·백제 삼국에 이르러서는 지나의 불교가 유입
되어 삼국의 군신(君臣)이 모두 분주하게 받듦이 하늘에서 내린 복음처
럼 혼신으로 기뻐하며 심취하므로, 저때는 불교로서 문화를 크게 열었
다. 불교를 숭배함이 극도에 달하므로 명산승지(名山勝地)에 사찰을 건
립하며 금과 동의 보물과 패물로 불상을 많이 만들어 왕공장상(王公將
相)과 후비부인(后妃婦人)부터 여항(閭巷)의 백성까지 풍미하여 따랐다.
한 시대의 교화를 크게 만드니 오늘날까지 전국의 산천성읍(山川城邑)

의 명호(名號)도 모두 석가모니의 문자로 칭찬하여 말함이요, 군왕의
시호(諡號)와 역사서 또한 모두 석가의 문자를 따라 만든 즉, 이로 미루
어 보건대, 당시에 순전한 불교로서 문명을 크게 열었음을 증명할 수
있다.

그리고 태종(太宗) 무열왕(武烈王) 이후부터는 당(唐)에 유학하여 문
장[詞章] 공부를 점점 숭배하므로, 지난날에는 문학하는 선비가 일어나
기 시작하야 공자의 사당을 세우고 국학을 설립하여 석전(釋奠)[19]의 예
를 해석하며 경전의 뜻을 구하였으나, 유·불교의 영향이 이미 오래되
어 승복의 굴레를 벗어나지 못하며 문장의 부화(浮華)를 숭상하다가 고
려가 계속 흥하매 태조 왕건(王建)이 또한 국사(國師) 도선(道詵)[20]의 술
책에 미혹되므로 팔관회(八關會)[21]를 먼저 만들고 대시주를 행하니, 그
건국 초에 창업(刱業)의 군주가 이미 이와 같으므로 뒤를 이은 자손에
게 모범을 남겨주어 왕씨 400년의 불교국을 만들게 하니, 오호라, 고려
의 학문 교육도 또한 석가모니의 종교로서 한 시대 백성을 황탄적멸(荒
誕寂滅)의 영역에 빠트려 놓았다.

고려 말엽에 이르러서는 우리나라 조정의 문화를 열 조짐으로서 돌
연히 불교의 세찬 물결 속에 일대 위인이 나오니, 즉 회헌선생(晦軒先
生) 문성(文成公) 안유(安裕) 씨가 그다. 공자의 도를 존숭하며 육경의
요체를 연구하여 유교의 일맥 정신을 환기하니, 그때 고려 측에 국학,
사문학(四門學), 각 부(府)와 군(郡)의 향교가 있어도 단지 허위에 불과
하고, 실제 학리(學理)를 강구하여 유교에 복종하는 자가 전혀 없으므

---

19 석전(釋奠) : 공자를 모신 문묘 등에 제사를 올리는 의식이다.
20 도선(道詵) : 827-898. 신라 말기의 승려이며 풍수설의 대가이다.
21 팔관회(八關會) : 고려시대 매년 음력 10월 15일은 개경에서, 11월 15일은 서경에
   서 토속신에게 지내던 제사 의식이다.

로, 학궁(學宮)·교당(敎堂)이 모두 황량하게 무너진 흙다리와 같아 초목과 잡초에 묻혔다. 안공(安公)이 이를 느끼고 슬퍼하여 시 한 편을 지어 말하길

곳곳마다 향불 피워 부처에게 빌고,	香燈處處皆祈佛,
집집마다 음악 소리 귀신에게 제사하네.	絲管家家競祀神,
다만 몇 칸 부자(夫子)의 묘당 있기는 해도,	惟有數間夫子廟,
가을 풀만 뜰에 가득 고요히 사람은 없네.	滿庭秋草寂無人,

이 시를 보면, 그 학교의 정황을 대략 상상할 수 있다. 문성(文成)은 원래 경상도 순흥군(順興郡) 사람으로서, 집안의 재물을 다 써서 학교 교육비를 조처하여 마무리 짓고 자제를 모집하여 인재를 양성하였다. 이에 사회상의 학문가가 모든 정도(正道)를 시작했음을 깨닫고, 진리를 궁구하여 외교를 모조리 쓸어버리니 우탁(禹倬), 백거정(白頤正), 권보(權溥), 이제현(李齊賢), 이색(李穡), 정몽주(鄭夢周), 길재(吉再) 제현이 함께 일어나 한 시대의 문화가 떨쳐 일어났다.

실업

우리 한국의 농업

일본인이 우리 한국의 농업 상황을 시찰하고 말하기를, "한국은 순연한 농업국이다"라고 일컫는다. 그 수출품을 보아도 명료하니 장래 한국의 실력을 양성하여도 오직 이 농업과 약간의 광업에서 벗어나지 못할 것이다. 한국의 지세는 산악이 중첩되어 있고 또 큰 강물이 풍부하다. 두만강, 압록강, 대동강, 한강, 금강, 낙동강의 육대(六大) 강 좌우 연안

에 토양이 비옥하여 무엇보다 농산물이 풍부하고 또 두만강과 압록강의 상류는 울창한 삼림이 아직 많다. 그러나 한국은 식림법(殖林法)을 강구하지 않고 원야(原野)의 풀을 베는 것과 같이 시골 농민들의 작벌(斫伐)에 전부 맡겨두니, 이는 한편으로 건축과 기타 보통의 용도 외에도 특히 동절기에 온돌을 위해 다량의 땔나무 재료를 소비하는 까닭으로 산세가 더욱 벗겨지고 민둥해져서 지금은 산골(山骨)이 노출된 곳이 적지 않다.

국내의 작물은 쌀, 대·소두, 옥수수, 조, 기장, 참깨, 들깨, 목면(木棉), 모시풀, 삼, 담배, 야채 등이니 농법은 지나(支那)에 비해 더욱 졸렬하여 유치한 수준을 면하지 못하고, 비료는 인분(人糞), 축시(畜屎), 재, 오물〔塵芥〕, 잡초 등 약간을 사용할 뿐이며, 가축은 소, 말, 나귀, 돼지, 산양 종류인데 각 종류별 가축은 보통의 평범한 것들로서 모두 작은 품종에 속하지만, 다만 소는 특히 우수하며 그 중 수소는 더욱 아름답고 커서 서양 소와 등급이 같다고 한다. 한국은 경사지(傾斜地)가 많기 때문에 장래에 잠상업(蠶桑業)과 과일 농사가 가장 유망할 것인데, 일본에 비하여 그 기후가 건조하므로 안전한 결과를 거둘 것이다. 다만 양잠(養蠶)에 대해서는 누에치는 방(房)과 뽕잎 재배 방법을 한국에 적당하도록 자세히 연구하는 것이 옳다.

한국의 농사는 철두철미하게 개량할 필요가 있다. 그러나 저 농민들로는 개량할 수 없으니 그 정치가 쇠퇴하여 그 소득이 반대로 신상에 위험을 초래하는 것처럼 생각한다. 아무리 한 푼도 없을 만큼 가난한 자라도 저축할 마음이 없으니 저들에게 개량하고자 하는 마음을 유도하려면 한국의 최대 생산물이자 최대 무역품인 미곡(米穀)에 대해 새롭고 기발한 수단을 먼저 사용하여야 옳을 것이니 저수지의 제조와 도급(稻扱)22의 사용을 먼저 시험해야 할 것이다.

한국의 쌀농사는 오로지 강우(降雨)에 의지하고 물의 저장이 부족하기 때문에 자주 가뭄 피해를 만나 흉년을 면하지 못한다. 또 이식(移植)의 절기(節期)는 비에 달려 있는데 강우량에 따라 이식하는 까닭으로 이식의 시기도 장기간에 걸쳐 있어 늦은 시기까지 이어지니 수확의 손해가 적지 않다. 또 어떤 때는 많은 강우로 인하여 가장 처음의 이식 시기를 놓치는 경우가 많으며, 간혹 그 논밭 한 구석에 약간 작은 연못을 파서 어느 정도의 물을 저장하여 비축해 두나 그 효용이 매우 완전하지 못하니 각각 그 지형에 따라 저수지를 설치하되 가령 삼면에 산이 있으면 일면은 둑을 쌓고 그 밑바닥을 견고하게 한 뒤에 빗물을 저장하여 비축하였다가 이식이 꼭 필요할 때에 사용해야 한다. 또 생육(生育)에도 관개(灌漑)를 통해 효과를 얻을 것이니, 부산에 일본 사람이 조성한 음료저수지나 기타 한국에 오래 전부터 전해온 벽골지(碧骨池), 의림지(義林池), 공검지(恭儉池) 등을 통해 징험해볼 수 있다. 그밖에 하천의 물을 끌어댈 때에는 천연한 형세의 경사도에 의하여 간단한 양수차 또는 펌프를 사용하는 것이 매우 편리하다. 그다음 한국의 미곡은 벼이삭을 목석(木石)에 대고 쳐서 벼가 땅에 흩어진 채로 떨어지면 비로 쓸어 모으기 때문에 흙과 돌이 뒤섞여 가치를 떨어뜨리니, 가급적 빨리 도급을 사용하게 하는 것이 마땅하다.

한국에 모범 농장을 설립하는 것이 가장 이익이 될 것이라고 생각한다. 그 위치는 한국인의 왕래가 빈번한 경부철도선로 부근에 설치하고 차차 각지에도 소규모 모범 농장을 설치할 필요가 있으니 그 내용은 다음과 같다.

한국산 쌀은 일본산 쌀의 중간 품질과 같아 보급할 만하나 관개법은

---

22 도급(稻扱) : 벼를 훑어 내는 데 사용하는 도구이다.

오로지 천수(天水)에 맡겨두어 가뭄 피해를 자주 겪고 또 수확물의 탈곡 방법이 적절치 않아 미곡에 다량의 토사가 섞여 있으니 그 적당한 땅에 모범 농장을 설치하고 저수지를 조성하며 수확 방법을 나타내 보이고 아울러 양잠과 기타 여러 농작의 모범을 보이면 한일 무역의 발달에 크게 유익할 뿐만 아니라 한국 농업의 앞길에 가망이 많을 것이니 그 사정을 간략히 언급한다.

1. 미개척지가 많으니 인구가 비교적 희박함은 이론상, 사실상 증명할 수 있을 것이요,
2. 현 농업상에 개선의 여지가 많으니 한국의 농법은 아직도 파종할 때 마구 섞어 심는 유치한 방법을 시행하고 관개와 배수 모두에 인공을 가함이 적고,
3. 땅의 성질이 중등의 품질을 생산하는 여러 농작에 적합하고,
4. 기후가 건조하고 또 지세(地勢)가 경사져서 잠상(蠶桑)과 과수(果樹)를 하기에 매우 알맞고,
5. 일본과 풍토, 사정이 유사하여 일본의 농법과 농민이 한국을 개발하는 데에 적당하다.

한국의 풍부한 자원을 개발하고 실력을 양성하며 무역할 힘을 증가시킴으로써 일본과 과한 것, 부족한 것을 서로 보완하고 철도 및 기타 제반 경영에 유익함이 있게 하는 것은 오로지 농업의 진보에 달려 있다.

한국의 인구는 완전한 조사가 없거니와 대략 추정해보면 1200만 명으로 추산되니 그 면적 8만 2천 평방리(平方里)에 비추어볼 때 매 1평방리에 146명꼴이다. 각국의 1평방리 인구표를 참조해보건대, 한국은 포르투갈과 대략 같다. 동양의 구국(舊國)인 청나라는 매 1평방리에 292명이고, 일본은 299명이고, 서양의 영국은 343명이고, 벨기에는 588명이고, 이탈리아는 293명인데, 한국만 유독 인구가 이처럼 적은 것은

몹시 납득하기 어렵다. 전란의 상처가 아직 다 낫지 않고 정치가 진작
되지 않아 위생을 시행하지 못하며 몸과 마음이 게으르고 나약하여 생
존경쟁에서 피곤하고 힘들어 하는 등과 같은 각종 원인이 종합되어 인
구 증식을 방해했기 때문이다. 그러나 이렇게 인구가 비교적 회박한
것이 곧 한국의 앞길에 가망이 많은 이유이다. 미개척지가 아직도 많아
지금 현재 버려진 들판과 황무지가 매우 많으니 근근이 배수나 관개의
편리를 일으키면 이용할 좋은 논밭이 적지 않다. 이것이 경제적 측면에
서 한국의 가치를 창도하는 근거이다.

한국은 그 국민의 의식주 수요의 정도가 극히 단조롭고 낮아 한 사람
이 평균 1반(反)[23] 5묘(畝)[24]를 넘지 않는다. 이를 1200만 명으로 계산
하면 180만 정보(町步)[25]가 되니 총 땅 면적 2141만 3천 정보의 8푼
5리이다. 일본의 순 경작지 1할 3푼에 비하면 한국의 8푼 5리는 그
소견에 착오가 있는 듯하거니와 한국 전체 면적의 1할 5푼은 곧 321만
2천 정보이니 이는 곧 경작지이다. 그중에 지금 현재 경작하는 180만
정보를 제외하면 141만 정보의 땅이 여전히 남아 있어 장래에 이를
이용하기에 넉넉할 것이다. 우선 절반인 70만 정보를 쌀 경작지로 하고
1반보(反步)에 15원의 수입으로 계산하면 1억 500만 원이요, 나머지
절반은 화전 땅으로 치고 1반보에 8원 수입을 예상하여 계산하면 5600
만 원이니 합계 1억 6100만 원이다. 어찌 농산물의 이익에 힘을 기울이
지 않겠는가. 이 신개척지 140만 정보를 1인당 평균 2반보씩 경작하면
능히 700만 인구를 기를 수 있으니 어찌 대단히 큰 이익이 아니겠는가.

---

23 반(反) : 땅 넓이의 단위로. 반보(反步)라고도 한다. 1반보는 300평이며 1정보(町步)
  의 십분의 일이다.
24 묘(畝) : 땅 넓이의 단위로, 1묘는 30평이다.
25 정보(町步) : 땅 넓이의 단위로. 1정보는 3,000평이다.

기타 광산업과 어업 등의 경우도 한국에 양호한 광맥이 매우 많을 뿐만 아니라 바다를 둘러싸고 있는 삼면에 고기잡이 산업이 매우 가망이 있다. 공업의 경우는 한국인이 잘 알지 못하고 식견이 좁은 분야이다. 그 노동자를 보더라도 멀리 청나라 사람들에게 미치지 못하니 만약 한국에서 공업을 시험 운용하고자 한다면 그 수요에 적당한 무명실, 삼실과 아울러 무명, 삼베 등의 방적업(紡績業)이 제일이요, 기타 대두(大豆), 채종(菜種), 목화씨, 참깨, 들깨의 기름을 짜는 일과 포도주의 양조와 정미업(精米業)의 종류가 가장 적당하다.

또한 상업으로 논하건대, 한국은 최빈국이어서 그 인민들이 1년의 생계를 저축하지 못하기 때문에 상업도 전적으로 농산물의 풍흉(豐凶)에 따른 수출의 많고 적음에 의지한다. 풍년이 들면 수출이 많고 또 이에 대응하여 수요품의 수입도 증가하므로 구매력 또한 커지니 이를 한마디 말로 덮어 말하면, '농업에 의존하는 상업'이라고 말할 수 있다.

그 농산물의 수출품은 일본이 전권(全權)을 장악하는 데에 이르렀으나 제1 수요품인 무명실, 무명에 대해서는 미국, 인도 등의 힘 있는 나라들이 경쟁하고, 삼베는 거의 청나라가 전부를 차지하는 결과로 나타났다. 잡화(雜貨)는 일본이 생산하는 품목에 속하였으나 이러한 경쟁에 대하여 능히 영원히 일본인들이 우승의 지위를 보유하려면, 한편으로는 한국의 수요품을 제작하는 데에 적당함과 견고함과 저렴함을 주의하고 다른 한편으로는 한국 각 시장에서 일본 상인이 일치단결하여 일본으로부터 들여올 때의 수수료 비용을 줄이고 품질을 알맞고 좋게 하며 판매에도 반드시 그에 상당한 가격을 지켜야 할 것이다.

지나(支那)의 산림관계(山林關係)

옛날 중국의 산에 삼림이 매우 성대하고 금수(禽獸) 또한 많더니 익

(益)이 산천을 불사르고 태운 것과 우(禹)가 산을 따라 나무를 제거한 것과 같은 일이 경전(經典)에 실려 있고, 또 역대로 벌목을 겪으며 삼림이 드디어 날로 줄어들어 지금 중국은 평원(平原)에만 나무숲이 없는 것이 아니라 산속 또한 그러하여 서북 일대 붉은 황무지 천 리에 높디높은 암석은 벗겨져서 뼈가 드러나지 않은 것이 없고, 조금 있는 나무숲은 매우 높아 인적이 도달할 수 없는 곳에 있다. 아! 삼림이 세계에서 가장 보배같이 귀한 물건인데도 중국이 삼림 벌목을 이와 같이 하고 삼림을 아끼고 보호하는 데 조금도 주의하지 않으니 홍수와 가뭄의 재해가 그칠 때가 없는 것이 당연하도다.

어떤 객(客)이 샨시(陝西)에서 노닐다가 친링(秦嶺)에 올라 땅 한 곳을 보고 그 속에 배회하니 아마도 옛날에 소나무 숲이었던 것 같다. 지금은 이미 사라지고 없으나 그 땅은 형세가 매우 험준하여 솔방울이 아직 남아 있어 지상(地上)을 조밀하게 덮은 것이 담요와 같다. 회고해 보면 당시에 바람이 솔솔 불어 천연의 음악 소리가 나던 것이 지금은 하나도 남아 있지 않아 이와 같이 벌거벗은 모습이고, 비록 매우 높은 산봉우리라도 땔나무꾼들이 이를 만한 곳은 또한 한 번 돌아보면 텅 비어 있으니 이 어찌 사람의 과실이 아니겠는가.

무릇 산기슭에 거주하는 사람이 이미 많으면 곧 목재를 필요로 하여 사용함이 또한 매우 많다. 또 산 위에 벌목하는 사람만 근근이 있고 나무를 심는 사람은 전혀 없는데 큰 나무를 이미 베어 가고서 작은 나무를 심어 보충하지 않기 때문에 나무는 거의 없고 산은 어리다. 다른 나라도 벌목하는 사람이 없는 것은 아니지만 쓸모 있는 큰 재목만 베고 작은 나무는 남겨두어 베지 않는데 지나(支那)는 그렇지 않아 큰 나무를 먼저 베고 작은 나무와 덩굴 풀까지 베어가서 땔감도 만들고 숯도 만드는데, 이렇게 하여 작은 이익을 구한다. 이로 인하여 산기슭이 모조리 넓게 트여 가시덤불만 무더기로 자라나고 심지어 수백 리에 걸치 도록 작은 나무숲 하나조차 없으니, 이것이 안타깝도다.

평지의 경우는 삼림이 존재하는 것이 더욱 적은데, 마을 안에서 사원 (寺院)과 분묘(墳墓)를 보호하는 일에 힘입어 가지 몇 개 달린 늙은 나무 가 간간이 있을 뿐이다. 중국 분묘 가에 있는 삼림 중에서 산둥(山東) 취푸(曲阜)의 공자 무덤이 관청의 권력으로 땔나무 채취를 금지하므로 그 숲이 가장 크다.

지금 현재에 산림과 크게 관계된 것을 다음과 같이 특별히 말하노라.

무릇 한 나라의 삼림이 날로 줄어들면 그 나무의 가치가 반드시 날로 귀해지고 나무의 가치가 귀해지고 나면 사람들이 반드시 나무의 사용 을 줄일 것이니 중국 나무의 가치가 귀해진 까닭은 바로 이 때문이다. 민간에서 지붕 덮개를 점점 땅거죽과 흙덩이로 바꾸어 사용하고 또 좋 은 나무를 많이 얻지 못하기 때문에 농부가 매일 사용하는 농기구를 반드시 연한 목재로 대신한다. 게다가 삼림이 이미 다하면 나무 그늘 밑에서 자라던 상품(上品)의 약료(藥料)를 장차 다시 보지 못할 것이요, 옛날 숲속에서 나온 높은 등급의 들짐승 가죽도 생산할 길이 없을 것이 다. 캐나다는 삼림이 매우 크기 때문에 가죽 제품의 생산이 상업 업무 의 대종(大宗)이 된다.

관계에 있어서 한층 중요한 것은, 첫째는 물이고 둘째는 땅이다.

빗물이 축축이 적셔드는 것은, 첫째는 햇빛에 의해 증발하여 마르고 둘째는 강물로 유입되고 셋째는 땅속으로 스며들어간다. 햇빛에 의해 증발하여 마른 물은 상관이 없고 오직 강물로 유입된 것과 땅속으로 스며들어간 것이 상관성이 매우 중요하다. 중국 서북쪽 산위에 삼림은 본래부터 있고 삼림 아래 땅에 풀과 이끼와 시들어 떨어진 낙엽이 있는 데, 그것들이 땅속에서 썩어 문드러지면 빗물이 여기에 이르러 곧장 흘러들지 못하기 때문에 점점 흙속으로 스며들어가 샘의 근원을 이룬다. 그러므로 흙 위에 있는 각종 식물이 자연히 그 윤기를 얻는다. 샘의 근원이 될 뿐만 아니라 곧 우물을 파는 자가 물을 얻기 매우 쉽고 또 일대(一帶)에 작은 강물이 형성되어 항상 쉬지 않고 흐른다. 지금 즈리(直隷)[26]와 산둥(山東) 등 성(省)에 이미 산림이 없고 또 긴 풀이 없기 때문에 비가 산에 내리면 반짝이고 딱딱한 돌 위에 있는 것과 같아 아래를 향해 곧장 쏟아져 내려간다. 이럴 때 가끔 물길이 이미 마른 강에 갑자기 홍수가 순식간에 일어나 교량만 훼손할 뿐만 아니라 양쪽면의 논밭과 마을 또한 재해를 면하기 어렵고, 도읍까지 수재를 입는 상황에 이르다가 단시간 후에 물이 빠지고 강이 말라 지상에 물의 흔적이 더는 없다. 이른바 물은 모두 이미 바다 속으로 흘러 들어간 것이다. 중국에 삼림이 없어 강과 도랑에 유입하는 물이 토지에 들어가는 물보다 훨씬 많다. 그러므로 재해가 생기기 쉬워 홍수가 자주 일어나 전장(田庄)을 침수시키고, 날씨가 조금만 가물면 물의 부족을 항상 걱정하게 된다.
-이상은 물을 논한 것이다-

땅의 관계에 대해서는 지면에 풀과 나무뿌리가 있든지 혹 삼림으로 덮인 층이 있으면 큰 비가 내릴 때에 진흙과 충돌해 진흙을 끼고서 함께 쓸어 내려갈 수가 없다. 그러므로 산 위에 삼림이 있으면 산의 상층에 진흙이 항상 남아 있어 충돌과 함께 쓸려 내려가지 않는다. 그렇지 않으면 산 바위에 덮인 것이 없어 상층의 진흙이 점점 충돌해 떨어지고 산 바위의 꼭대기가 마침내 드러나게 될 것이니 곧 황허(黃河)가 해마다 중국 산위의 좋은 흙을 취하여 바다 속에 들여보내는 것이 모르긴 몰라도 얼마나 되겠는가? 다른 강물도 마찬가지이니, 산위의 농부가

---

26 즈리(直隷) : 중국 하북성(河北省) 만리장성 부근에 있던 지명이다.

진흙이 아래로 흘러 내려가는 속도를 알고 매번 산비탈을 따라서 겹겹
으로 제방을 설치하여 막으나 이 방법은 산기슭에만 행할 수 있을 것이
요, 비교적 높은 곳만 해도 이미 시행하기 어렵다. 또한 강물이 불어나
넘칠 때에 모래와 자갈이 떠내려가기 쉬워 마침내 비옥한 밭이 한 번
침수로 곧장 황폐하고 척박한 땅이 된다. 지금 즈리와 산둥의 농민들이
가끔 보리를 벤 후에 보리 뿌리를 다 뽑아 도처가 모두 거친 땅이 되는
데 태풍이 휩쓸고 가면 마른 땅이 두꺼운 먼지로 변하고 천하에 가득
날리니, 다른 나라의 밭은 푸른 풀이 있어서 진흙을 단단하고 질기게
하는 까닭으로 태풍에 흔들리지 않는다. 그러므로 중국을 놀러 다니는
사람들이 이러한 상황을 잠깐 보고 놀라서 늘 신기하게 여긴다. 양쯔강
과 저장성(浙江省) 일대의 산은 대나무 숲이 매우 울창하기 때문에 각종
식물이 다 그 아래로 덮여 죽간(竹竿)의 생장이 더욱 빠르다.—이상은
땅을 논한 것이다—

　더구나 나무숲은 비의 어머니이다. 북방에 나무숲이 없기 때문에 가
뭄으로 인한 재해가 늘 많으니 지금 이때에 빨리 그것을 하지 않으면
추측건대 대사막(大沙漠)으로 변하게 될 날이 머지않았다. 이는 국가가
마땅히 주의해야 할 것이니 곧 공금을 많이 소비하더라도 또한 무익하
지 않을 것이다. 칭다오(青島)가 독일로 편입된 뒤에 수목을 이미 가득
심었으니 진실로 전례가 없는 것은 아니다. 지금 있는 삼림은 마땅히
사람을 파견해 보호하여 벌목을 금지해야 할 것이다. 『관자(管子)』에
말하기를, "10년을 위한 계획은 나무를 심는 데 있고 100년을 위한 계
획은 사람을 심는 것에 있다"라고 하였으니, 이 일은 교육과 동일하게
중요하다. 누가 이것을 말하여 국민을 이롭게 하는 중대한 정사가 아니
라고 하겠는가.

한국 어업사정 : 일본 수산회사 이사(理事)의 담화

한국의 바다는 과연 어업에 가망이 있는가. 사람들 중 혹 한국의 바다가 어업에 가망이 있다고 말하는 자가 있으면 나는 이에 답하기를, "그것은 사람에게 달려 있다"라고 할 것이니 무엇 때문인가. 대체적으로는 가망이 있는 듯하나 적합한 사람을 얻은 뒤에야 유리할 수 있기 때문이다.

한반도를 둘러싸고 있는 해안의 남쪽 부산으로부터[27] 두만강에 이르는 연안에는 북극해〔北冰洋〕로부터 흘러오는 한류(寒流) 한 줄기가 대략 그 연안에 인접해 흐르니 이것을 두만강류(豆滿江流)라 칭한다. 이 해류는 10월경에 시작하여 이듬 해 3월경까지 녹는데 그 한류가 올 때에 연어, 청어, 대구, 명태어 등과 같은 한류 어족(魚族)을 보내니 이러한 어류는 부산 근해에 산란장을 만들어 서식하다가 한류가 녹는 동시에 북쪽으로 떠난다.

또 매년 4, 5, 6, 7, 8, 9의 6개월간은 남방에서 오는 쿠로시오 해류〔黑潮〕가 고등어, 전갱이, 오징어 등의 어류를 보내오니, 이는 곧 남북 연안에 한대(寒帶)와 열대(熱帶)의 양쪽 해류를 옮겨 다니는 회유어(回遊魚)가 펼쳐지는 이유이고, 기타 해안 근처에는 온대(溫帶)의 물고기가 서식한다. 그렇다면 한국 연안에는 한(寒) · 열(熱) · 온(溫) 삼대(三帶)의 어족이 펼쳐져 서식하게 되는 것이니, 내가 이 때문에 한국의 어업은 가능성이 있다고 말하는 것이요, 비록 가능성은 있으나 고기잡이 경험이 없으면 불가능한 까닭으로 적합한 사람을 얻은 뒤에야 유리하다고 말한 것이다. 만일 다른 사람의 고기 잡던 경험만 보고서 모방하

---

27 남쪽 부산으로부터 : 원문에는 '北半釜山으로부터'로 되어 있으나 의미상 '북쪽'과 반대가 되어야 한다고 판단하여 '남쪽'으로 번역하였다.

려고 하면 도리어 실패할 것이다.

○ 경험이 자본

한국의 어업은 경험이라고 하는 자본(資本)을 갖지 않으면 이익이 없을 것이다. 한국의 바다에서는 모두 여덟 종류의 미끼를 생산하는데 1년 중의 시기와 그 장소에 따라 차이가 난다. 가령 어느 달 어느 곳에는 해삼을 채취하며 또 해파리가 떠오고 그다음에 어느 곳의 바다에는 먹장어가 있으며 낙지가 사는 등의 일을 미리 알아 1개월 사이에 열흘만 이를 수집하면 20일 동안은 고기잡이를 할 수 있다. 이와 같이 1년 동안의 미끼 수집과 관련된 일을 미리 알면 곧 하나의 자본이라고 말할 수 있다. 만일 경험이 없는 사람이라면 1개월 중의 절반 이상은 미끼를 정하는 데 사용하고 고기 잡는 기간은 10일 내외에 불과하니 이 같은 시일의 차이를 한 번 고기 잡는 기간으로 계산하면 상당한 차이가 생긴다. 이러한 경험을 소유하는 일은 일단 열심히 한 이후에 따라올 것이다.

○ 어부의 수확

경험을 가지고 있는 어부의 수확은 과연 어떠하냐 하면, 저 일본인들 중 제주도 부근에 고기 잡으러 나오는 자가 2천 6백 40명에 달하는데, 그 중 1천 6백 80명은 히로시마현(廣島縣) 아키군(安藝郡) 사람이다. 저들은 막대한 수확을 거두어들여 거주하는 마을을 부유하게 했는데, 작년 5월부터 한 번 고기 잡는 기간에 7백 원의 어망과 천 원의 유통 자본을 가지고 와서 멸치를 잡던 히요시(日吉), 요코이(橫井) 같은 자는 1만 7천 원 내외의 수확을 올렸고, 여기에 경험이 없고 큰 공(功)을 이룬 자로는 히고(肥後)에서 온 어부가 망둑어와 아귀 어망을 군산(羣山) 앞바다에 벌여두어 상당한 이익을 얻었고, 올해는 그 배가 400척을 넘었는데 그 어구(漁具)는 12심(尋) 혹은 8심(尋) 4방(方) 되는 어망 한 장씩을 가지고 와서 1만 2천 마리에서 2만 마리에 이르는 대구와 도미 등의 수확을 올렸다.

담총

부인이 마땅히 읽어야 할 글 제3회 : 가정학²⁸ 〔훈〕

○ 유모의 선택 (속)

생모가 만일 연고가 있어 능히 젖을 먹이지 못하면 부득이 유모를
정하여 먹일 것이니, 반드시 신체가 강건하고 성질이 온량하고 병이
없으며 나이는 20에서 34·5세 되는 이를 고르되 그 나이와 해산날이
생모와 비슷한 사람이 더욱 마땅하다.

다만 자녀를 유모에게만 맡기지 말고 반드시 때때로 살피며 또 유모
를 관유하고 자애롭게 대접하는 것을 위주로 하여 음식과 의복의 위생
이 반드시 적절하도록 해야 한다. 또 집안사람들과 서로 화합하게 할
것이나 오래된 습관을 급히 바꾸고자 하면 그의 건강을 상하게 할 수
있으니 점차로 인도함이 마땅하다.

○ 인공 포육

짐승의 젖, 혹은 유분(乳粉)을 먹이는 것을 인공 포육이라 한다. 가장
적당한 것은 우유로, 소의 젖을 취할 때는 건장히 자라 광활한 목장에
서 항상 팥이나 풀을 먹고 또 짠 것을 적게 먹은 소를 골라야 한다.
그러나 이런 소는 얻기 쉽지 않으니 이와 비슷한 소를 골라 쓰는 것이
좋다.

또 소의 젖이 아침에 짠 것은 묽고 저녁에 짠 것은 진하니 갓난애일

---

28 기사 원문에는 제목이 누락되어 있다. 앞서 나온 1, 2호를 기준으로 하여 제목을
첨부하였다.

때는 마땅히 묽은 젖을 쓰되 태어난 후 한 달에서 석 달까지는 젖 한 칸에 물 세 칸을 타 먹이고, 넉 달에서 여섯 달까지는 젖 한 칸에 물 두 칸을, 일곱 달에서 아홉 달까지는 젖 한 칸에 물 한 칸을 타 먹이도록 한다. 이 뒤로는 점점 물을 줄여 마침내 순전히 젖만 먹이고, 또 유당과 백당도 가끔 먹이되 불에 끓인 후 조금 식혀서 적당히 따뜻할 때 먹이는 것이 좋다.

젖을 먹이는 그릇은 힘써 깨끗이 하되 때때로 삶아 오염을 막고, 남은 우유는 더울 때[29] 더욱 부패하기 쉬우니 속히 버리는 것이 마땅하다. 소의 젖이 사람 젖보다 빨리 부패하여, 극히 더울 때는 아침에 짠 젖이 저녁이 되기도 전에 부패하니 만일 보관하고자 한다면 젖병을 단단히 막고 삶아서 끓인 후에 냉수에 담가 두는 것이 마땅하다.

아이에게 먹이는 소젖의 양은 아이의 체질이 강한가 약한가에 달려 있어 정하기 어려우나, 대개 한 번 먹이는 젖그릇으로 먹이면 15분 정도는 배가 부를 것이니 때를 짐작하여 가감하면 된다.

일본에서 만든 우유 중에는 우인(牛印), 응인(鷹印), 이제(飴製), 연유(煉乳)로 만든 것이 가장 마땅하다.

사용 방법은, 아이가 태어난 후 3개월까지는 젖 한 다시(茶匙)에 물 다섯 작(勺)을 더하고 석 달에서 여덟 달까지는 젖 한 다시 반에 물 다섯 작을 더한다.

○ **젖 먹이는 시각**

대개 아이가 자라면서 규칙을 지키게 되는 것은 아이 때의 버릇으로 말미암은 것이니, 태어난 지 일주일 안에 한번 젖 먹이는 시각을 정한 연후에 점점 모든 일이 이와 같도록 해야 한다.

---

29 오염을……때 : 원문에는 해당 부분이 '오예라더울써에'로 되어있으나 의미가 분명하지 않아 맥락에 따라 번역하였다.

젖이 위에서 소화되는 데에는 1시간 45분이 걸리니 젖을 먹일 때는 반드시 2시간 간격으로 한 차례씩 먹이되 점점 자라남에 따라 횟수를 줄이고, 밤중에는 잠 잘 때와 한밤중과 날이 샐 때 세 차례를 먹이는 것이 마땅하다.

또한 점점 자라남에 따라 취침할 때와 이른 새벽 두 차례를 먹이는 것으로 바꾸되 다른 때는 울더라도 그저 안아 달래고 마땅히 젖을 먹이지 않아야 한다.

○ **젖을 끊는 시기**

젖 먹이는 기한을 끝내는 것은 대충 정할 수 없는 것이니, 진실로 한 번 제대로 하지 못하면 아이 몸에 병이 많고 심지어 일찍 죽을 수도 있게 된다. 부득이하다면 젖을 속히 끊지만, 그렇지 않으면 이가 난 후 조금씩 음식물을 먹이며 아침저녁에는 젖을 먹이다가 2년 후에 완전히 끊는 것이 마땅하다.

○ **소아(小兒)의 의식숙(衣食宿)**

나무가 자라기 시작할 때 힘써 돌보고 기르지 않으면 그 성질이 반드시 열등하여 가지도 비뚤게 나는 것과 같이, 어린아이의 발육이 온전하지 않을 때는 어미가 어떻게 가르치고 기르느냐에 따라 강약과 현불초(賢不肖)가 달라지므로 버릇이 잘 드는지를 돌아보며 성격을 형성시켜야 한다. 즉 한 사람의 흥망성쇠는 전적으로 어미가 만드는 것이니 결코 소홀할 수 없는 것이다.

그러므로 아이의 옷과 밥과 잠에 대해 어미 된 이는 극진히 마음을 써야 한다.

○ **의복의 종류**

아이의 의복은 가볍고 따뜻하고 성글게 짠 것이 좋으니, 무명베와 프랑스에서 나는 융(絨)이 가장 좋고 여름에는 삼베가 적당하다. 더러워진 것이 쉽게 나타나도록 흰 색을 쓰도록 한다.

일본 귀족 집의 어린아이도 또한 베옷을 입히니 이는 가히 좋은 습관이다. 명주가 어린아이에게 적당하지 못한 것은 세탁이 어렵고 쉽게 더러워지기 때문이며, 또한 귀한 자식이 사치의 폐단에 물들지 않게 하기 위함이다. 부유한 집에서도 자식들에게 깨끗한 흰옷을 입히도록 한다.

○ 의복의 제조

어린아이의 의복은 낙낙하고 넓은 것이 좋다. 품과 소매를 낙낙히 넓게 하고 띠를 단단히 묶지 않는 것은 팔다리의 움직임에 방해가 되지 않도록 하기 위함이다. 겨울에는 솜을 얇게 넣고 여름에는 도두(兜肚)나 반비삼(半臂衫)을 입혀 팔다리가 드러나 움직임이 편하도록 한다.

○ 의복의 증감

세상 사람들이 어린아이에게 옷을 많이 입혀 추위를 막으려 하는 경향이 있다. 대개 어린아이의 피부가 연약하여 추위를 쉽게 타기는 하지만 얇은 옷으로 버릇을 들여야 한다. 또 의복이 두터우면 몸의 움직임이 못내 불편한 것이다. (미완)

반도야화(半島夜話) (속)

손님이 물었다. "서양의 여러 문명국도 역시 공맹(孔孟)의 도리를 가져다가 나라를 세우는 기초를 삼는다고 하신 것은 가르쳐주시는 주지를 삼가 받들겠습니다. 청하건대 다시 그 실례(實例)를 보여주십시오."

주인이 답하였다. "지금 그 예를 들려고 하면, 대저 저들 나라에 신사라고 일컬어지는 자가 일상의 행동과 심사가 다 이것이 아님이 없다. 대개 서양 문명의 근원은 고대로부터 그리스의 철학에서 흘러나온 것이니, 그리스의 지현(至賢) 소크라테스 씨의 이름을 서양의 사민(士民)

이 지금까지 그만두지 않고 전해가며 불러서 천고의 사표(師表)로 존앙
(尊仰)하고, 또 율법 사회의 전반적 풍기(風紀)가 모두 기독교를 믿는
까닭으로 개인이 교제하거나 상인이 매매하는 사이라도 서로 신용과
덕의로써 기약하므로 그 미풍양속이 도저히 동양 여러 나라에서는 잘
볼 수 없는 것이다. 내가 일찍이 런던에 있을 때 일본 상인 아무가 영국
의 어떤 상점을 향하여 모자 수천 개의 제조를 맡기고 시일을 한정하매,
영국 상인이 밤낮으로 장인(匠人)을 감독하여 기일이 닥쳐오니 과연 완
성하였다. 이에 일본 상인에게 고하니, 처음에는 일본 상인의 심중에
이 짧은 시일로 비록 영국 상인의 부지런함과 참을성에도 필연 일을
이루지 못할 줄 생각하고 이르기를 '만약 시일을 어기거든 위약(違約)으
로 구실을 삼고 물건 값을 감할 수 있으리라.' 하였다가 이제 기일에
앞서서 이루게 된 것을 보고 다시 두 번째 계책을 고안해 내어 그 착색
(着色)이 약속과 같지 못하다고 힐난했더니, 영국 상인이 듣고서 분연
히 성을 내며 '만일 귀하의 뜻에 부합되지 않거든, 바라건대 지금 당장
계약을 파기하겠소. 저희는 원래 신의로써 세상에 선 지 여러 해로되
앞의 약속을 이행하지 못한 적이 없었거늘, 귀하의 말 한마디는 바로
우리 상점으로 하여금 오명을 쓰게 하는 것이오.' 하는지라. 일본 상인
이 구태여 계약을 파기하고 싶지 않아서 백방으로 갖은 말을 다하여
위로하며 앞에서 한 말이 잘못되었음을 사과하였음에도 영국 상인이
끝내 듣지 않았다. 이에 일본 상인이 상인클럽을 방문하여 다른 영국인
에게 의탁하여 화해하기를 꾀하였는데, 이 일이 이미 클럽에서 일반적
으로 알려진 바가 되어서 모두 일본 상인의 부덕(不德)함을 분하게 여
기고 향후로는 영구히 절교하여 매매에 응하지 않으리라고 함께 맹세
하였다. 내가 여관이 같아서 일본 상인과 알았더니, 그가 작은 이익을
위하여 큰 이익을 그르치는 것을 가엾이 여기고 또한 영국 상인의 신의

를 중하게 여겨 한 가지 일도 구차히 하지 않음에 크게 감동하였으니 장사치도 오히려 그런데, 이른바 신사라는 부류의 조행(操行)과 품성은 말하지 않아도 알 수 있겠다."

손님이 물었다. "이제 한국은 안으로 정치도 부족하고 밖으로 항거도 부족하므로 일본의 압박을 입어 능히 보호를 면하지 못하거늘, 이때를 맞이하여 인의와 충신만 헛되이 말하면 먼저 도(道)를 널리 펴지 못하고 나라가 선단(先壇)할 것이로다."

주인이 묵묵히 한참을 있다가 말했다. "일본의 압박은 털끝만큼도 두려워할 만한 것이 아니다. 저쪽이 이쪽 위에 압박을 가하려 하나 사방 주위의 형세가 허락하지 않을까 생각되니, 우리나라는 다만 날개를 접고 웅크려 갇히는 치욕을 참고서 20년이나 30년이나 국력을 기른 뒤에 도모해야 할 것이다. 국력을 기르는 법은 진실로 교육과 산업에서 벗어나지 않으니 특히 그중에 가장 긴요하게 착안할 곳은 국민적인 덕성을 가르쳐 기름에 있다. 내가 도쿄에 있던 날에 들으니 게이오의숙(慶應義塾)에 있는 한국 학생이 그 어학(語學)의 재능은 물론이고 일체의 학과(學科)에도 훤하게 깨쳐서 진보가 놀랄 만하여 일본 학생이 미칠 바가 아니되, 하루아침에 공덕정신(公德精神)을 발휘할 때에 닥쳐서는 삼척동자와 같이 머뭇거리며 물러나 피하여 기왕의 뛰어난 재주와 많은 학식과는 같지 않으므로, 종종 일본인에게 손가락질 당하며 비웃음을 사는지라. 내가 눈으로 보고 귀로 듣고서 깊이 국가의 흥복(興復)이 용이하지 못함을 알았으니 고식적인 수단을 폐하고 큰 근본 위에 공부를 붙이기를 기약할 것이다. 제멋대로 국가의 위급함을 부르짖어 강개하게 죽음에 나아가며 자신을 죽이면서도 후회하지 않을 자가 팔도(八道)에 그런 사람이 부족하지 않되 국맥(國脉)을 위태롭게 할 자는 차라리 이들 의인(義人)의 무리요, 신학문을 설파하고 정치를 논하면서 시세

(時勢)에 좇아서 국사(國事)로써 하나의 영리직업(營利職業)을 삼는 자가 대관(大官)으로부터 뜻있는 사람까지 다 그렇지 않은 자가 없으니 그 흉억(胸臆)을 추측하건대 공리(功利)의 염원이 근기(根基)가 되고 범중엄(范仲淹)과 노중련(魯仲連)의 의지가 있는 자는 몇 사람이나 될 수 있는지. 군국(君國)을 그르치는 자가 실로 이 무리 정치가의 부류라고 하겠다."

손님이 물었다. "선생이 말씀하시는 바와 같으면 좋겠거니와, 마땅히 무슨 수단으로 그 목적을 달성하겠습니까."

주인이 답하였다. "공자가 이르기를 '열 집이 사는 작은 마을에도 반드시 나처럼 충신한 사람은 있다.' 하셨으니, 나라도 역시 그러한지라 군(郡) 하나 향(鄕) 하나의 사이에 반드시 항심(恒心)을 가진 선비가 있어 신의가 서로 의지할 만하고 총명이 함께 의논할 만하거늘, 이런 사람들은 오늘날까지 무리에서 떨어져 쓸쓸하게 거주하여 고립되어 도움 받을 수 없는 처지로 있는 까닭으로 뛰어난 능력을 잘 펴지 못하니, 이제 단체 하나를 합하여 만들고 그 온 생애의 힘을 들어서 의지에 목숨을 바치고 격려를 도모하면 구구한 반도(半島)를 어찌 말할 만하리오. 이탈리아 개혁은 마치니(Giuseppe Mazzini), 가리발디(Giuseppe Garibal´di) 무리의 힘일 따름이요. 일본의 유신(維新)은 사이고 다카모리(西鄕隆盛), 오쿠보 도시미치(大久保利通), 요코이 쇼난(橫井小楠) 등이 선구자가 됨이니, 대체로 국가가 중흥하는 때를 맞이하여 지사(志士)가 앞뒤로 피 흘려 희생하고 생민(生民)은 와신상담하는 고통이 있어 간난(艱難)을 인내하여야 비로소 나라의 운명이 일전(一轉)하리니, 생각건대 우리나라의 오늘날은 결망(結望)의 때가 아니라 다망(多望)의 때이며, 쇠멸의 때가 아니라 곧 부흥의 때이다. 그 한 가지 기미는 주창자(主唱者)의 심술이 어떠한가에 있으니 서양의 모 정치가가 일찍이 '시세(時勢)의 개혁은 다분히 한 개인의 정대(正大)한 열성과 정신력에서 말미암아서 움직여지는 정치가들은 그 뒤를 좇아 추수(追隨)할 따름이다'라는 유명한 말을 하였으니, 여기서 우리들 개인의 정신이 때로 국가보다 중요함을 알았다. 저 이웃나라의 압박을 어찌 족히 신경 쓰리오."

손님이 물었다. "서양 열국(列國)이 이제는 합종연횡(合從連衡)의 술책에 어지러이 바쁘니 유럽의 안녕을 가히 기약하지 못하는 것이라. 하루아침에 형세가 안정되는 날에는 그 침범의 세(勢)가 강물을 터뜨린 듯하여, 장차 동양을 향하여 일제히 기울어 쏘아져 올 것이니, 모르겠습니다. 동양의 운명은 어느 곳으로 가서 머물 것인지요."

주인이 답하였다. "좋구나! 물음이여. 이 큰 걱정을 품은 자가 청나라에서는 고(故) 리훙장 백(伯)뿐이요, 일본에서는 고(故) 가쓰 가이슈(勝海舟)[30] 백(伯)뿐이니 내가 이 두 원로를 한두 차례 면담하였을 따름이요. 그 포부는 대략 들었거니와 이제 나의 견해로 참작하건대 일본이 비록 개명(開明)하여 강대하다고는 하나 청나라의 부(富)를 얻어서 연결하지 못한다면 홀로 잘 보호할 수 없을 것이요, 청나라의 부성(富盛)이 비록 세계에 으뜸이라고는 할지라도 일본의 강한 군사력을 얻어서 연결하지 못하면 또한 능히 홀로 보호하지 못할 것이며, 만약 우리 한국은 부강과 문명이 함께 없기에 두 나라가 제 힘을 이용하여 도와주기를 기다리지 아니하면 능히 홀로 보호하지 못할 것이다. 형세가 이와 같음은 삼척동자도 또한 알 수 있겠거늘 노대(老大)한 정치가도 이러한 지견(知見)이 도리어 결핍되어 청나라 정부는 헛되이 시기와 의심으로 열국(列國)을 보고 일본을 향하여 구적(仇敵)의 느낌을 품어서 매양 한 가지 일을 의논함에 예조(枘鑿)[31]하여 서로 용납하지 못하

---

30 가쓰 가이슈(勝海舟) : 1823-1899. 에도 막부 말기부터 메이지 시대까지 활동한 일본 정치가이다.

고, 일본 정부도 또한 전승(戰勝)하여 교오(驕傲)한 태(態)를 함부로 끼고서 청나라와 한국에 임하고 대인(大人)의 면모가 조금도 없다. 요약하건대 청나라 정치가는 다만 청나라의 조그만 이익만 겨우 알 뿐이요, 일본의 정치가는 다만 닭대가리 같은³² 이름을 겨우 구할 따름이니 한탄스럽구나! 일본에 비스마르크 같은 영웅이 있을진대 응당 일본으로써 동양의 패주(覇主)로 삼기를 비스마르크가 프로이센으로써 독일연방의 맹주로 삼음과 흡사하겠거늘, 안타깝다. 일본 정치가여! 병력술책(兵力術策)만 아름답게 여길 줄 알고 인심(人心)을 수람(收攬)할 성(誠)은 없으니, 나로써 보건대 일본을 제국주의라고 일컫기는 부족하고 근년 행동은 모두 패자 이하의 재주와 국량이로다. 우리 한국에 이르러서는 정치가가 우직하지 아니하면 음모로 영리(營利)할 따름이니 두 나라의 작은 재주에 비하여도 또한 더욱 작으니 아주 말할 것이 없도다. 언젠가 한 망명객의 말을 들으니 사이고 난슈(西鄉南洲)³³가 대신(大臣)과 참의(參議)를 하였을 때 스스로 타일러 말하기를, '대신 된 자가 먼저 세계의 대신이 된 마음으로 자기를 세울 것이니, 이 마음이 있은 뒤에 일본 정부대신이 되면 겨우 국명(國命)을 욕되지 않게 할 수 있으리라.' 하니 그 견지(見地)가 원묘(遠妙)하다 말할 수 있겠다. 오늘날 동양의 근심은 다름이 아니라 이러한 호걸이 그 지위에 자리 잡지 못함에 있으니, 그러므로 그 정책 행동의 규모가 편소(偏小)함을 면치 못하여 솥발처럼 서로 지지하는 형세가 없고 와우각쟁(蝸牛角爭)³⁴의

---

31 예조(枘鑿) : 사물이 서로 맞지 않는다는 뜻으로, 네모난 자루에 둥근 구멍을 뜻하는 방예원조(方枘圓鑿)의 줄임말이다.

32 닭대가리 같은 : 조그만 집단의 우두머리를 이르는 말로, 일본이 동양의 우두머리가 되려고 함을 가리킨다.

33 사이고 난슈(西鄉南洲) : 1828-1877. 유신삼걸의 한 사람인 사이고 다카모리(西鄉隆盛)로, 난슈는 그의 호이다.

광경이 있어 한국·일본·청나라가 서로 증오하고 서로 죽이니 이것은 유럽 정치가로 하여금 박수치고 그 어리석음을 비웃으며 틈을 탈 것을 도모하게 하는 것이다.

유럽의 형세가 아직 안정되기에 앞서 동양이 연횡(連衡)하여 도울 계책을 강정(講定)하여 각종 정책이 한 줄기에서 나온다면 울타리가 비로소 튼튼해져 쉽게 서양의 세력이 침입하지 못하리니, 옛날 나폴레옹의 군대 운용 비결에 '적이 그 힘을 단결하여 모으기 전에 우리 병사의 온 힘을 들어 적의 한 지대(枝隊)를 분쇄하고 진차(進次)하여 돌파하면 이것은 하나로 열을 대적하는 이치다. 양쪽 군대의 전수(全數)가 비록 서로 같더라도 병력 운용의 묘(妙)는 열 배가 가능하다.'라고 하였으니, 동양의 형세도 만약 의연(依然)히 오늘날과 같이 세 나라가 각각 스스로 좁아지고 스스로 작아져 국력을 자잘하게 분리하고자 하면 마침내 나폴레옹 식으로 서양 외교가에게 격파될까 이것으로써 걱정하노니 동양의 운명이 어느 곳에 머물지 여부를 어찌 남에게 묻겠는가. 또한 각각 스스로 결심함에 있을 뿐이니 대장부의 지조가 응당 이와 같을진대."

이에 좌석의 손님들이 이 한 구절의 이야기를 듣고 모두 숙연히 옷깃을 여미었다.

본조(本朝) 명신록(名臣錄)의 요약

본조 500년에 명신이 줄을 촘촘히 세울 만큼 많아, 지금 그들의 위대하고 기이한 공적을 차례차례 뽑아 기록하여 본보(本報)에 호마다 게재하여 여러분께 열람하실 거리를 제공하노니, 이것은 고금의 일에 박통

---

34 와우각쟁(蝸牛角爭) : 자잘한 일로 싸우는 것을 의미한다. 『장자(莊子)』「칙양(則陽)」에는 달팽이의 좌측 뿔에 있는 촉씨(觸氏)와 우측 뿔에 있는 만씨(蠻氏)가 서로 다투어 수만 명이 죽었다는 이야기가 나온다.

(博通)하는 데 도움이 클 것이다. 명심하고 주의하시기를 대단히 바란다.

황희(黃喜)의 자는 구보(懼夫)요 호는 방촌(厖村)이니, 장수(長水) 사람이다. 공이 고려 말에 적성(積城)에서부터 송경(松京)으로 향할 때 한 노옹(老翁)이 황우(黃牛)와 흑우(黑牛) 두 마리를 끌고 농토를 갈다가 마침 따비를 벗고 쉬고 있었다. 공이 물었다. "영감의 두 마리 소는 우열이 없습니까?" 노옹이 재빨리 다가와 귀에 대고 낮은 목소리로 답하기를 "어떤 색깔 녀석이 낫지요."라 하거늘, 공이 물었다. "영감이 소에게 무슨 두려움이 있어서 이처럼 말을 숨깁니까?" 노옹이 "심하군요! 그대의 나이가 젊어서 들은 것이 아직 없군요. 짐승이 비록 사람 말을 이해하지는 못하나 사람 말의 좋고 나쁨은 모두 알 테니, 만일 자기를 못하다고 하는 것을 들으면 마음에 불평하는 것이 어찌 사람과 다르겠소." 하니, 공은 알지 못하는 사이에 두려워지는 것이었다. 그 평생 동안 겸손하고 후덕한 국량이 노옹의 말 한마디로부터 이루어졌다.

공이 강원 감사(江原監司)가 되었을 때 흉년이 들었던 터라, 공이 실심(悉心)으로 진휼(賑恤)하여 백성이 굶어 여윈 사람이 없었다. 항상 울진(蔚珍) 바닷가 산등성이에서 쉬더니 떠나고 난 뒤에 백성들이 사모하여 그 땅을 가지고 대(臺)를 쌓고 "소공대(召公臺)[35]"라고 이름을 붙였다고 한다.

박호문(朴好問)[36] 등이 야인(野人)을 자세히 살피고 돌아가 말했다.

---

35 소공대(召公臺) : 소공(召公)은 중국 고대 주(周)나라의 정치가로, 문왕(文王)의 아들이자 무왕(武王)의 동생이다. 형 주공(周公)과 함께 조카 성왕(成王)을 도와 주나라의 기반을 닦았다. 봉지(封地)인 소(召) 지역을 시찰할 때 늘 감당(甘棠, 팥배나무) 아래에서 업무를 처리하였는데, 이것을 주제로 백성들이 그를 칭송한 시가 『시경(詩經)』에 실려 있다. "소공대"는 황희를 소공의 이러한 행적에 빗댄 것이다.

36 박호문(朴好問) : ?-1453. 조선 전기의 무신으로, 세종 연간에 평안도와 함경도의 변경을 안정시킨 공이 있다. 이징옥(李澄玉)의 난이 일어났을 때, 이징옥에게 살해당하였다.

"청컨대, 유도하여 생업에 편안히 종사하게 하고, 그들이 생각하지 못할 때 나와 엄습하소서." 주상이 의정부(議政府), 육조(六曹), 삼군도진무(三軍都鎭撫)를 불러 의논할 때, 공이 말했다. "얻는 것이 잃는 것을 보상하지 못할 것이라. 수고하되 공은 없고 저 도적에게 비웃음만 받을 것입니다. 바라건대 도절제사(都節制使)를 시켜 잡혀간 사람과 우마(牛馬)와 재화(財貨)를 돌려주도록 요구하게 하여, 만약 야인들이 따르지 않으면 선언하고 토벌하여 그들이 무서워 멀리 도망가게 하면 명분이 바르고 말이 순하여 올바름이 우리에게 있을 것입니다.

공이 재상이 됨에 김종서(金宗瑞)가 공조 판서가 되었더니, 언젠가 공회(公會)에서 김종서가 공조를 시켜 주과(酒果)를 준비하게 하였다. 공이 노하여 "국가가 예빈시(禮賓寺)를 의정부 곁에 설치한 것은 삼정승을 위함이니 만약 시장하다면 당연히 예빈시를 시켜 준비해오게 할 것이다. 어찌하여 사사롭게 마련하였는가?" 하고 입계(入啓)하여 죄주기를 청하고자 하다가 여러 재상들이 그를 구원하자 그만두고 김종서를 앞에 불러놓고 엄격하게 책망하였다.

평소에 담담하여 어린 자손들과 아이 종들이 좌우에 나열하여 울부짖고 깔깔대어도 공은 대체로 꾸짖어 금지하지 않았다. 일찍이 소속 각료들을 이끌고 일을 의논할 때 어떤 아이 종이 서독(書牘) 위에 오줌을 누었는데도 공은 노여운 기색이 조금도 없었고 다만 손으로 닦을 뿐이었다. 공이 의정부에 재직한 지 24년 동안 성헌(成憲)[37]을 힘써 준수하여 어지러이 바꾸기를 좋아하지 않았고, 일처리에 이치를 따랐고 규모가 원대하였고 침착하고 조용하여 대신의 체통을 얻었기에, 태종과 세종이 그리워하고 의지함이 매우 중하여 일은 크고 작은 것 없이

---

37 성헌(成憲) : 조종(祖宗) 때 이루어져 사용되고 있는 모범적인 법률을 말한다.

만일 판단하기 어려운 점이 있을 때 반드시 공에게 자문하면 공이 간단한 말로 결정하였고 물러나와 의논한 것을 한 번도 말하지 않았다. 간혹 이전 제도를 변경할 의논을 바치는 이가 있거든 공이 반드시 "신은 융통성이 모자라니 제도를 변경함은 가벼이 의논할 수 없습니다."라 하여 마음속에 생각하고 의견을 갖기를 지극히 공평하고 너그럽게 하되, 대사(大事)를 의논함에는 면전에서 지적하고 시시비비를 가려 꿋꿋하기가 뜻을 빼앗을 수 없을 것 같았다. 우리나라 현상(賢相) 중에서는 공을 으뜸이라고 일컫는다. 졸년(卒年)이 아흔 살이니 세종(世宗)의 묘정(廟廷)에 배향(配享)하였다.

내지잡보

○ 민충정(閔忠正)의 혈죽(血竹)

전동(典洞)의 고(故) 충정공 민영환 씨 집에서는 공이 평생 거처하던 방에 그의 피 묻은 옷과 칼을 간직하여 둔 후 이를 차마 가족들이 볼 수 없어 문을 단단히 잠그고 열어보지 않았는데, 올해 장마가 거듭되어 그 방이 침수되기에 가족이 문을 열고 들어가 보니 홀연 예상 밖에 신기하게도 대나무 네 그루가 청청하고 꿋꿋하게 돋아나 있었다고 한다. 이에 가족이 크게 놀라 위아래 여러 사람을 모으고 함께 관찰하니 과연 대나무 네 그루가 당상(堂上)에 나 있었다. 원래 이 방은 온돌이었다가 개축하여 판목을 깔고 그 아래는 석회로 다진 곳인데 대나무가 그 판목 사이의 두 군데 틈에서 돋았으니, 첫째 것은 세 줄기에 길이 3척, 잎사귀는 모두 18개, 둘째 것은 역시 세 줄기에 길이 2척, 잎사귀 11개, 셋째 것은 두 줄기에 길이 1척, 잎사귀 6개, 넷째 것은 한 줄기에 길이는 반 척 남짓, 잎사귀는 3개였다. 이 이야기가 세상에 퍼지자 한성 안팎의 남녀노소가 대나무를 보러 날마다 몰려와 시장바닥처럼 거리를 메우고 골목을 막고 왁자지껄 북적이니, 우러러 절을 올리며 곡을 하는 자도 있고 춤추며 노래하는 자도 있으며 서양 여러 나라 사람 및 청나라와 일본 사람도 또한 앞다퉈 완상하러 오고 그림을 그려 보관하려는 자도 있었다. 이 일은 황상폐하의 귀에도 들어가 폐하께서 측근에게 특명을 내리시어 대나무의 진상을 살피고 잎사귀 하나를 따오게 하시어 손수 접하시고는 서글픈 탄식과 함께 "이 대나무는 민모(閔某)의 충혈(忠血)이구나" 하시며 비통함을 금치 못하셨다고 한다.

○ **삼림 사안 재논의**

서북 옌볜(沿邊) 삼림의 종식(種植)·채벌권을 광무 3년에 농상공부(農商工部)에서 러시아 공사와 계약하고 러시아인에게 허가하여 러시아인이 삼림회사를 세우고 두만강과 압록강 연변에 소재한 삼림 채벌에 착수한 바 있으나, 러일전쟁이 시작된 후 러시아와 맺었던 계약 일반이 모두 폐지되어 삼림조약도 취소되기에 이르렀다. 그때 일본 공사 하야시 곤스케(林權助)가 외부(外部)와 교섭하여 이 삼림의 채벌권을 일본인에게 넘겨 군수 공급에 일조하도록 하였는데, 근래에 통감부 기우치(木內) 총장이 농부(農部)와 교섭하여 이 안을 다시 제출하였다 한다. 지난번 이토 통감의 관저에 참정대신 이하 각부 대신이 회동하여 여러 가지 사안을 제출하였는데 위의 삼림안도 승인하기로 결정하였다 한다.

○ **이민 조례 (속)**

제4조. 1항) 이민 중개인이 되려는 자는 농상공부대신의 허가를 받아야 함. 이민 중개인이 대리를 두는 경우라도 또한 해당 이민 중개인이 아니면 이민 전왕(前往)의 주선이나 모집

을 할 수 없음.

2항) 1항의 허가는 허가일로부터 6개월 이내에 영업을 개시하
지 않을 때는 효력을 잃음.

제5조. 1항) 이민 중개인은 농상공부대신에게 보증금을 납부한 후 영
업을 개시할 수 있음.

2항) 보증금은 1만 환 이상으로 하여 농상공부대신이 정함.

3항) 농상공부대신은 필요가 인정될 경우 보증금액을 증감할
수 있음. 단 2항의 금액 이하로 감할 수는 없음.

제6조. 1항) 이민 중개인은 전왕을 주선한 이민이 질병 및 기타 곤란
에 처한 경우 도움을 주거나 귀국케 할 의무가 있음.

2항) 1항의 의무를 부담하는 기간은 이민을 전왕시키던 달로
부터 10년으로 함.

제7조. 이민 중개인은 그 대리인이나 대표자가 체류하지 않는 지역에
이민을 전왕케 할 수 없음.

제8조. 이민 중개인은 수수료 이외에 이민으로부터 어떤 이익도 취할
수 없음. 단 수수료는 미리 농상공부대신의 인가를 받아야 함.

제9조. 이민 중개인은 노동계약에 따라 전왕하는 이민을 모집하며 또
한 전왕을 주선할 때는 이민과 문서로 계약해야 함. 그 계약
조건은 미리 농상공부대신의 인가를 받는 것이 필요함.

제10조. 농상공부대신은 아래에 나열하는 경우가 생길 때 이민 중개인
의 영업을 정지하거나 영업 허가를 취소할 수 있음.

1. 이민 중개인 또는 대리인 및 대표자의 행위가 법령에 위배
되거나 공익을 해칠 때.

2. 이민 중개인 또는 대리인 및 대표자가 지정 기한 내에 벌금
을 납부하지 않았을 때.

3. 제5조 제1항을 위배한 때 또는 제5조 제3항에 따라 보증금 증액의 통보를 받고 지정 기한 내에 납부하지 않았을 때.
이민 중개인은 이에 따른 처분을 받아 영업을 휴지 혹은 폐지한 때라도 이미 전왕한 이민에 대해 의무 이행을 지속하여야 함.

제11조. 이민과 이민 중개인 간의 분쟁에 대해서는 농상공부대신이 결정함.

제12조. 전왕 허가를 받지 못하거나 부정수단으로 허가를 받거나 전왕 금지령을 위배한 이민은 5환 이상 50환 이하 벌금에 처함.

제13조. 1항) 이민 중개인이 허가를 받지 않은 대리인으로 하여금 그 행위를 하게 한 경우 20원 이상 200원 이하 벌금에 처함.

2항) 그 행위를 한 대리인도 위와 동일함. (미완)

○ 광산 조례 (속)

제5조   1항) 황성(皇城) 및 이궁(離宮) 주위 삼백 간 이내, 황릉원묘(皇陵園墓)의 화소(火巢) 이내의 장소는 광구(鑛區)로 삼을 수 없으며 또한 관할 관청의 허가 없이 광업을 위해 이를 사용할 수 없다.

2항) 육해군 관할 성보(城堡), 주요 항구, 화약고, 탄약고는 각 관청의 허가 없이 광구로 삼거나 광업을 위하여 사용할 수 없다.

제6조   1항) 철도, 궤도, 도로, 운하, 하호(河湖), 연지(沿地), 제방, 사원(祠院)과 사찰의 경내지, 공원지 및 분묘의 건물로부터 주위 오십 간 이내 장소에서는 지표 지하를 막론하고 관할 관청의 허가 및 소유자와 관계자의 승낙을 받아야만 광물을 채굴하거나 광업을 위해 이를 사용할 수 있다.

2항) 정당한 이유 없이 1항의 승낙이 거절당하면 광업권자는 농상공부대신에게 판정을 요청할 수 있다.

제7조 농상공부대신은 공익상 혹은 기타 사유로 필요가 인정될 때에
는 광업을 허가하지 않을 수 있다. (미완)

○ **심문 관련 확실한 소식**

일본 헌병 사령부에 수감된 대관(大官)들이 모두 극형을 받았다는 소
문이 있다. 확실한 소식에 따르면 최익현과 김승민 둘은 이미 심문을
마치고 남문 밖 사령부에 수감되어 있는데 김 씨는 형벌을 받을 일이
확실히 있고 민동식(閔峒植), 민병한(閔丙漢), 민경식(閔景植), 홍재봉
(洪在鳳), 조남승(趙南升) 등은 저동(苧洞) 사령부에 그저 수감되어 있을
뿐 한 차례도 심문이 이루어지지 않았다고 한다.

○ **재정 개괄**

이번 연도 총 예산액은 대략 세입이 850만 원, 세출이 870만 원인데,
세출이 증가한 것은 경무(警務), 내무(內務), 농무(農務), 토목 등에 들
어간 비용 때문이다. 전부 차관으로 해결하여 현재 외채가 1300만 원
이니, 이번 연도에 올해 상환해야할 파변(派邊) 건이 90만 원으로 계산
된다고 한다.

○ **개선(改善) 정책**

이토 통감이 우리 한국의 계발 방침을 세웠는데 그 조항은 다음과
같다고 한다.

첫째, 실업 발달을 도모하며 국운(國運)의 정대(正大)한 발전을 기하
는 것.

둘째, 교육을 진흥하고 인재를 양성하는 것.

셋째, 궁중(宮中)과 부중(部中)을 분리하여 황실에는 존엄을 더하고
정부는 책임을 분명히 하는 것.

넷째, 국사범(國事犯)으로 지목되어 일본으로 도망한 자를 관대히 처

분하는 것.

다섯째, 궁중과 부중의 재정을 근본적으로 정리하는 것.

해외잡보

○ 주한 러시아영사 문제

6월 1일 러시아 신문 『노보에 브레미야』 지상에 한국경성주재 러시아 총영사 플란손(G. A. Planson) 씨의 부임에 대해 다음과 같이 게재되었다.

"기요른[38] 통신원의 전보에 따르면, 러시아는 한국주재영사를 임명하였는데 일본이 재임 인가를 도쿄에서 청구하라고 요구하였다고 한다. 이는 다름 아니라 일본이 러시아로 하여금 자국이 최종의 한일조약에 의해 획득한 한국 관리권을 공인케 하도록 만들려는 것이다. 저 한일조약의 본문이 지금 우리 수중에 없으나 먼젓번 영국신문이 전한 바와 같다면 첫째, 일본이 한국 황실의 명예와 존엄을 보호하기로 약속하고, 둘째, 일본은 한국 정부의 수반이 되어 행정 전반을 관리하는 통감을 임명하는 권리를 지니고, 셋째, 한국은 자국의 외교를 일본의 감독 하에 두고 전적으로 일본의 지도를 따르기로 약속하였는데 이와 관련하여 한국에 유리한 점은 다만 일본이 장래에 한국 내부의 상태가 외부적 독립을 담보하기에 충분할 경우 대한제국의 독립을 회복시키기로 공약한 것뿐이며, 넷째, 한일조약으로 한국 관세 관리는 모두 일본인을 임명하기로 규정한 것이다.

만일 이 내용이 틀리지 않다면 일본은 이 조약에 의해 한국의 제반

---

38 기요른 : 미상이다.

외교를 관리하는 권리를 가진 것이 분명하니, 이를 따라 영사의 주재 인가증을 교부하는 권리 또한 가진 것이다. 다만 이 조약은 제삼자 되는 러시아가 지킬 의무는 없는 것이니, 우리가 과연 이러한 조약에 대하여 항의를 제기하거나 항의에 비근한 행동을 고수할 필요가 있는지 없는지 – 우리에게 이러한 항의의 권리가 있음은 확실히 의심의 여지가 없다 – 에 대한 문제가 생길 수밖에 없다. 주재 인가증 교부 같은 관공서의 절차에 관한 구구한 문제가 한국의 독립 여부를 정하는 것이 아님은 논할 거리도 안 되며, 한국의 국제적 위치에 따라 확연당당(確然堂堂)한 관계를 가지고 정해진 것인데 이에 대해 설왕설래하는 것은[39] 아주 미미한 가치를 지닌 것에 지나지 않는다.

현재 강경한 태도를 고수하여 어디까지든지 한국의 독립을 옹호하려 하는 것은 애초에 우리의 본의가 아니니 주재 인가증 교부 같은 문제도 또한 다툴 바가 못 된다. 그러나 러시아 일본의 관계에 대해서만 다투어야 하는 것은 아니다. 우리가 이렇게 논하는 까닭은 한국의 국제적 위치상 이것이 상호 교류하는 각국의 이해와 화복에 관한 문제이기 때문이다. 그러므로 러시아는 결코 타 열국에 불리할 선례로 해석될 수 있는 행동을 해서는 안 된다. 다시 말하면 한국 주재 총영사의 주재 인가를 누구에게 받든 러시아는 전혀 따질 필요가 없다. 러시아는 이와 관련하여 선례를 만들어서는 안 될 것이다."

○ **군비 보고 : 7월 14일**

근래에 시베리아에서 돌아온 한 프랑스인의 보고에 따르면, 러시아 병사들이 만주에서 점차 철수하고 있으나 그 대신 새로운 부대가 잇달아 극동으로 나아가 하바롭스크의 수비병이 점점 증가하였다고 한다.

---

39 이에……것은 : 해당 부분의 원문은 '彼言此言의儀式된此者에對ᄒ야는'이나 의미가 분명하지 않아 맥락에 따라 번역하였다.

하바롭스크는 일개 작은 도시에 불과하지만 장차 극동에서 러시아군의 총본부가 될 가능성이 있어 다량의 무기를 이곳으로 수송하고 있고 수비병은 3만에 달하며, 블라디보스토크도 최근 포(砲)의 수를 늘려 한층 정비하고 또 한편으로는 도처에 국경 수비병을 현저히 늘렸다고 한다.

○ **청나라의 대연습과 전쟁 준비 : 상동**

올가을에 총독 장즈퉁(張之洞) 씨는 휘하의 정예병을 인솔하여 허난(河南)의 벌판에서 위안스카이 씨 훈련병과 장차 대항을 위한 대연습을 할 예정이라 한다. 또한 일본에서 군마 600두, 대포 16문 및 부속 군수품 일체를 구입하고 일본 무관을 초빙하여 전쟁 준비를 계획 중이라고 한다.

○ **영국 함대의 내한 : 15일**

지금 일본 각지를 순항 중인 영국 지나함대(支那艦隊)는 사령관 무어 해군 중장의 지휘로 다음달 11일 부산에 입항하여 4-5일 간 정박한 후 16일경 인천에 도착, 사령관 이하가 입경(入京)할 뜻을 본사 아무개에게 전보로 알렸다고 한다.

○ **러시아가 마적을 부추기다**

지린(吉林)과 헤이룽(黑龍) 두 성의 북쪽 경계 일대에 마적의 횡행이 전보다 한층 심해졌는데, 러시아인은 훗날 마적의 창궐을 구실로 삼기 좋아 새로운 총기를 무수히 밀매하고 있다고 한다.

○ **영국 공사(公使)의 충고**

베이징 전보에 따르면, 주청(駐淸) 영국 공사가 청나라 조정에 다음과 같이 충고하였다고 한다. "청나라가 동만주에만 세관을 설치하고 청나라와 러시아의 경계에는 설치하지 않는 것은 옳지 않다. 헤이룽장(黑龍江) 성과 지린(吉林) 조계(租界)에도 설치하지 않으면 다른 나라들도 또한 이렇게 되려고 잉커우(營口)의 세관 징세에 반대할 것이다."

○ 웨이하이웨이(威海衛) 반환

영국의 현 내각은 독일 해군함대 주력을 유지한다는 방침에 따라 웨이하이웨이를 청나라에 반환하게 하고 다만 현재의 철도에 대해서는 청나라 조정에 요구하는 중이나 그 승인은 아마 웨이하이웨이를 반환한 후에야 차차 이루어지게 될 것이라 한다.

○ 러시아와 한국의 보호

블라디보스토크 전보에 따르면, 러시아 『노보덤야』[40] 신문이 일본의 한국 보호권을 논하여 국제공법상으로 봐도 이는 어떠한 근거도 없다고 단언하였다 한다.

○ 미국 차기 대통령

미국 대통령 루즈벨트 씨는 1908년의 차기 선거의 후보를 고사할 뿐 아니라 이후 영구히 후보자로 나서지 않겠다는 뜻을 지난달 20일에 공적으로 발표하였다고 한다. 공화당 후보로는 현 육군경(陸軍卿) 태프트(William H. Taft) 씨가 추천을 기대하고 있고 한편 루즈벨트 씨는 장래에 원로원 의원이 되리라는 말이 있으며 파나마 협지대(峽地帶) 또는 필리핀의 총독이 되리라는 말도 있다고 한다.

○ 푸순(撫順) 탄갱 반환 청구

베이징 전보에 따르면, 청나라 외무성에서 일본 공관에 조회하고 이렇게 전했다 한다. "청나라 상인 대표 등의 문의를 받았으니, 현재 일본에서 점거한 푸순 탄갱은 청나라 상인이 자영(自營)하던 것으로 청나라 상인이 주식 10만 냥을 보유하고 있다. 러시아에서 출자한 6만 냥은 청나라 상인의 차관이지 이는 러·청의 합자(合資)가 아니므로 일본이 이 탄갱을 전리품처럼 여길 권리는 없다. 귀 공사가 속히 랴오둥(遼東)

---

40 노보덤야 : 미상이다.

군정서(軍政署)에 전보로 이를 확실히 알리고 이 탄갱을 반환한 후 다시 조약 체결에 나서길 청구한다."

　○ **만주 개방과 영국·프랑스 상인**

상하이 전보에 따르면, 상하이 청국협회(淸國協會) 회장 다쓰존[41] 씨가 이번에 만주에서 돌아온 영국 상인의 시찰보고서를 베이징 공사(公使) 단체에 넘겨주고 아래와 같은 여러 건이 긴급함을 논술하였다.

일본 상품이 다롄(大連)의 자유항을 통해 무관세로 내지(內地)에 들어오니 해당 지역에 이금국(釐金局) 및 지나(支那) 세관을 설치할 것.

청나라에 한국 국경을 넘어오는 불법상품을 막을 방법을 강구할 것.

랴오허(遼河)에 다리가 놓임으로 인해 운수 무역이 손해를 입는 것에 대해 좋은 대책을 마련할 것.

영국 단체뿐 아니라 상하이의 프랑스 상인 단체에서도 동일한 의견을 베이징 외교단체에 건의하였다고 한다.

　○ **윈난(雲南) 총독의 대(對) 프랑스 정책**

청나라 윈난 성이 프랑스인의 세력 범위에 들자 청나라 조정에서 윈난 총독에게 누차 전보를 보내 프랑스에 저항할 방법을 세우라고 하였는데, 총독이 최근 군기처(軍器處)에 전보하여 여러 항목의 방법을 알렸으니 대략의 개요는 아래와 같다.

1. 뎬웨(滇越) 철도의 수비병을 더 모집하여 내왕하는 프랑스인을 보호할 것.
2. 광정국(鑛政局)을 설치하여 윈난성에서 생산된 광물을 조사하고 거상[紳商]들에게 채광을 권유할 것.
3. 속히 뎬수(滇蜀) 철도를 부설하여 이권을 보존할 것.

---

41 다쓰존 : 미상이다.

4. 학당을 세워 교육의 보급을 도모할 것.

5. 학생을 일본에 파견하여 철도 속성과(速成科)에서 학습하게 할 것.

6. 윈난성에 경찰을 개설할 것.

7. 군기(軍器)를 구입하고 북양(北洋)의 육군제도를 본떠 수덴군(蜀滇軍)을 편제할 것.

8. 광무대신(礦務大臣) 탕옌(唐烟)과 협의하고 자오통(昭通) 지방의 곡물창고를 정돈하여 확장을 꾀할 것.

사조(詞藻)

해동회고시(海東懷古詩)[42] 漢

영재(泠齋) 유득공(柳得恭) 혜풍(惠風)

단군조선(檀君朝鮮)

『동국통감』에 "동방(東方)에 애초에는 군장(君長)이 없더니 신인(神人)이 단목(檀木) 아래로 내려오거늘 임금으로 세우고 국호를 조선(朝鮮)이라 하니 당요(唐堯) 무진년(B.C.2333)이었다." 하였다.

『삼국유사』에 "단군이 평양(平壤)에 도읍했다."고 한다.

대동강은 안개 낀 풀밭 적셔 흘러가고	大同江水浸烟蕪
왕검성은 봄 맞아 한 폭의 그림 같네.	王儉春城似畵圖
만리 밖 도산(塗山) 조회 예물 갖고 참가했던	萬里塗山來執玉
해부루(解扶婁)를 기녀들도 지금까지 기억하네.	佳兒尚憶解扶婁

---

42 해동회고시(海東懷古詩) : 유득공의 『영재집(泠齋集)』 권2 「이십일도회고시(二十一都懷古詩)」를 옮겨 싣고 고증과 주석을 붙였다.

(주) '대동강(大同江)'은 『여지승람(輿地勝覽)』에 "평양부(平壤府) 동쪽
1리(里)에 있으니 일명 패강(浿江)이요, 또 이름이 왕성강(王城江)이니,
그 근원이 둘이 있다. 하나는 영원군(寧遠郡) 가막동(加幕洞)에서 나오
고 하나는 양덕군(陽德郡) 문음산(文音山)에서 나와, 강동현(江東縣) 경
계에 이르러 합류하여 서진강(西津江)이 되고 부성(府城) 동쪽에 이르러
대동강이 되고 서쪽으로 흘러 구진익수(九津溺水)가 되고 용강현(龍岡
縣) 동쪽에 이르러 급수문(急水門)을 나가 바다로 들어간다." 하였다.
　'왕검성(王儉城)'은 『삼국사기』에 "평양성(平壤城)은 선인(仙人) 왕검
(王儉)이 살던 곳이다."라 하였고, 『동사(東史)』에 "단군의 이름은 왕검"
이라 하였고, 『여지승람』에 "연나라 사람 위만(衛滿)이 왕험성(王險城)
에 도읍하였다. 험(險)은 한편 검(儉)이라고도 쓰니 곧 평양(平壤)이다."
하였고,
　'도산집옥(塗山執玉)'은 『동사』에 "단군이 아들 부루(夫婁)를 보내어
하우씨(夏禹氏)의 도산(塗山) 조회에 가서 조회하게 하였다." 하였고,
『문헌비고(文獻備考)』에 "단군의 아들 해부루(解扶婁)가 부여(扶餘)의
시조이다."라고 하였다.

기자조선(箕子朝鮮)

　『사기(史記)』에 "무왕(武王)이 은(殷)나라를 이기고 나서 기자(箕子)
를 조선(朝鮮)에 봉(封)하였으나 신하로 삼지는 않았다." 하였고, 『동국
통감』에 "은나라 태사(太師) 기자는 주(紂)의 제부(諸父)였다. 주가 무도
(無道)하거늘 기자가 머리를 풀어헤치고 미친 체하면서 종이 되었더니,
주(周)나라 무왕이 주를 토벌할 적에 기자를 찾아가 이야기하는데 기자
가 무왕에게 홍범구주(洪範九疇)를 진술하였고, 동쪽으로 조선에 가서
평양에 도읍하였다." 하였다.

토산(兎山)의 온 산색은 짙푸른 빛 가득하고　　兎山山色碧森沉
중국 복식 석인(石人)들은 이슬 풀숲 싸였는데　　翁仲巾裾草露侵
왜구 떼 겹쳐 쫓던 임진왜란 당시처럼　　猶似龍年奔卉寇
솔바람은 한가롭게 음악소리 짓는구나.　　松風閒作管絃音

'토산(兎山)'은 『여지승람』에 "기자묘(箕子墓)는 평양부성(平壤府城) 북쪽 토산(兎山)에 있다." 하였고, '옹중건거(翁仲巾裾)'는 동월(董越)의 〈조선부(朝鮮賦)〉에 "동쪽에 기자의 사당이 있으니 예법대로 나무 신주(神主)를 설치하고 '조선 후대의 시조(始祖)'라고 적었으니, 아마도 단군을 높여서 나라를 세우고 영토를 열었다고 하고 마땅히 기자를 두고 왕위를 물려받아 왕업을 전하였다고 해야 할 것이다. 무덤은 토산(兎山)에 있으니 성의 북서쪽 모퉁이인데, 두 개의 석인(石人)은 중국 복식(服飾)과 같구나. 빛깔 고운 이끼로 점철되어서 무늬 비단옷을 입은 것 같구나." 하였다.

'관현음(管絃音)'은 『문헌비고』에 "임진년 전란에 일본 군대가 기자묘 왼편을 1장(丈) 남짓 파내다가 음악소리가 광중(壙中)에서 나오는 것을 듣고 놀라서 멈추었다." 하였다.

격자 모양 바자울은 정자(井字)밭 가 비껴 있고　　麂眼籬斜井字阡
온 마을엔 뽕나무 숲 저 멀리서 푸르구나.　　一村桑柘望芊芊
그 누가 알았으랴, 아득한 요해(遼海) 밖에　　誰知遼海蒼茫外
은(殷) 유민의 정전(井田)에서 씨 뿌리고 밭 갈 줄을.

　　耕種殷人七十田

'은인칠십전(殷人七十田)'은 『평양지(平壤志)』에 "기자의 정전(井田)이 정양문(正陽門)과 함구문(含毬門) 밖에 있으니 구획이 뚜렷하다."고 하였다.

위만조선(衛滿朝鮮)

『사기(史記)』에 "조선왕(朝鮮王) 만(滿)은 옛 연(燕)나라 사람이다. 연
왕(燕王) 노관(盧綰)이 배반하고 흉노(凶奴)로 들어가자 만이 망명하여
무리 천여 명을 모아 상투를 틀고 오랑캐 복장을 하고서 동쪽으로 도주
하였다. 그리고 요새를 나와 패수(浿水)를 건너 진(秦)나라의 빈 땅에
거주하였다가 점차 진번(眞番)과 조선, 연(燕)과 제(齊)에서 망명한 자
들을 복속시켜 왕이 되고 왕검(王儉)에 도읍하였다."라 하였고, 『괄지지
(括地志)』에 "평양(平壤)은 본래 한(漢) 낙랑군(樂浪郡) 왕검성(王儉城)이
다."라 하였다.

상투 튼 자가 한 고조 때에 건너오니	椎髻人來漢祖年
착각하여 동시대 조용천[43]같이 여겼네.	同時差擬趙龍川
한스럽게도 기준왕(箕準王)은 분별이 없어서	箕王可恨無分別
올빼미 같은 영웅을 박사 인원으로 보임했네	塡補梟雄博士員

'박사(博士)'는 『위략(魏略)』에 "기자(箕子)의 후손 조선왕 준(準)이 왕
위에 오르자 연(燕) 사람 위만(衛滿)이 준(準)에게 가서 항복하니 준이
신뢰하고 총애하여 '박사'로 임명하고 규(圭)[44]를 하사하여 백 리 땅을

---

43 조용천 : 중국 진(秦)·한(漢) 교체기 때의 인물로, 이름은 조타(趙佗)이다. '용천
   (龍川)'은 그가 진나라 때 남해군 용천현령을 지냈기 때문에 부르는 명칭이다. 그는
   진나라가 멸망하자 남해군 인근에 남월국을 세웠는데 한고조는 이후 그를 남월 왕으
   로 봉하였다.
44 규(圭) : 옥으로 만든 홀(笏)이다. 옛날 제왕이 제후를 봉할 때 신표로 주었다고
   한다. 높은 벼슬아치들이 조회 때 차는 물건이다.

봉해주고 서쪽 변경을 지키도록 하였다. 위만이 망명한 무리들을 유인하여 무리가 점차 많아지자 곧 거짓으로 사람을 보내어 준에게 고하기를, '한나라 군대가 열 갈래 길로 오고 있으니 들어가 숙위(宿衛)하기를 청합니다.' 하고 드디어 돌아와 준을 공격하였는데, 준이 위만과 싸웠으나 상대가 되지 못하였다."라 하였다.

낙랑성 밖에 물은 유유히 흐르는데,	樂浪城外水悠悠
누가 한나라 때의 추저후를 알겠는가.	誰識萩苴漢代侯
당시 나루터 관리 아내의	不及當年津吏婦
공후인 한 곡조가 천추에 빛남만 못하리.	箜篌一曲艶千秋

'낙랑(樂浪)'은 지금 평양이 그 군(郡)의 치소이다. '추저(萩苴)'는 『사기』에 "조선 승상 한음(韓陰)이 도망하여 한나라에 투항하자 그를 추저후(萩苴侯)로 봉했다."라 하였다.

'진리부(津吏婦)'는 고악부(古樂府) 금조구인(琴調九引)의 공후인(箜篌引)에 "공무도하(公無渡河)는 조선 진리(津吏) 곽리자고(霍里子高)의 아내 여옥(麗玉)이 지은 곡이다. 자고(子高)가 새벽에 일어나 배를 저을 때 한 백발의 미친 남자가 머리를 풀어헤치고 술병을 들고서 거센 물결을 건너려고 하자 그 아내가 따라가 부르짖으며 말렸으나 미치지 못하여 마침내 빠져 죽으니 아내가 이에 공후(箜篌)를 들고 노래하기를, '공이여 강을 건너지 마오. 공께서 끝내 강을 건너셨도다. 공께서 강에 빠져 죽었으니 공을 어이할까나〔公無渡河, 公終渡河. 公墜而死, 將奈公何〕.'라 하였는데, 그 소리가 몹시 애처로웠다. 곡을 마치자 아내 역시 강에 투신하여 죽었다. 자고가 돌아와 그 일을 여옥에게 말하니 여옥이 슬퍼하여 이에 공후를 타면서 그 소리를 그려내었다."[45]라 하였다.

한(韓)

『후한서』에 "한(韓)은 세 종류가 있으니, 첫째는 '마한(馬韓)'이고 둘째는 '진한(辰韓)'이고 셋째는 '변한(弁韓)'이다. 마한은 서쪽에 있으니 54국이 있다. 그 북쪽은 낙랑과, 남쪽은 왜(倭)와 접하고 기자 이후 40여 세(世)에 조선 후(朝鮮侯) 준(準)이 스스로 왕이라 칭하더니 연나라 사람 위만이 준을 격파하고 스스로 왕이 되었다. 준이 이에 남은 무리 수천 명을 이끌고 바다로 도주해 들어가 마한을 공격하여 격파하고는 스스로 한왕(韓王)에 올랐다"라 하였다. 『동국통감(東國通鑑)』에 "기준(箕準)이 바다로 들어가 한(韓) 땅의 금마군(金馬郡)에 살았다."라 하였고, 『여지승람』에 "기준성(箕準城)은 익산군(益山郡) 용화산(龍華山) 위에 있으니 둘레가 3천 9백 척이다."라 하였다.

당시에 한나라 망명인을 잘못 믿어
보리이삭 가득한 은허에 또 봄이 찾아왔네.[46]
가소롭도다. 허둥지둥 바다에 떠가던 날도
뱃머리엔 선화빈을 태우고 있었으니.

當年枉信漢亡人
麥穗殷墟又一春
可笑蒼黃浮海日
船頭猶載善花嬪

---

45 공무도하(公無渡河)는……그려내었다 : 이상의 내용은 곽무천(郭茂倩)의 『악부시집(樂府詩集)』 26권 상화가사(相和歌辭) 상화육인(相和六引) 「공후인(箜篌引)」에 보인다. '고악부(古樂府) 금조구인(琴調九引)'에 보인다고 한 것은 『악부시집』 57권 금곡가사(琴曲歌辭)1에 나오는 다음과 같은 내용 때문으로 보인다. "옛 금곡(琴曲)에는 '오곡(五曲), 구인(九引), 12조(十二操)가 있다……구인(九引)은 첫째를 〈열녀인(烈女引)〉, 둘째를 〈백비인(伯妃引)〉, 셋째를 〈정여인(貞女引)〉, 넷째를 〈사귀인(思歸引)〉, 다섯 번째는 〈벽력인(霹靂引)〉, 여섯 번째를 〈주마인(走馬引)〉, 일곱 번째를 〈공후인(箜篌引)〉, 여덟 번째를 〈금인(琴引)〉, 아홉 번째를 〈초인(楚引)〉이라고 한다."

46 보리이삭……찾아왔네 : 기자(箕子)는 은(殷)나라 멸망 이후 화려한 도성의 모습이 사라지고 보리이삭만 가득한 은허를 보고 한탄한 바 있는데 여기에서는 나라의 멸망을 탄식할 만한 상황이 기자의 후손인 기준(箕準) 대에 또 일어났음을 말한 것이다.

'선화빈(善花嬪)'은『삼국지(三國志)』에 "조선왕 준이 위만에게 공격당해 왕위를 빼앗겼을 때 좌우의 궁인들을 데리고 바다로 도주해 들어가 한(韓) 땅에서 살았다"라 하였고,『동사(東史)』에 "기준의 호(號)는 무강왕(武康王)이다"라 하였고,『여지승람』에 "용화산은 익산군 북쪽 8리에 있으니 세상에서 전하길, 무강왕이 마한에 나라를 세우고 선화부인(善花夫人)과 함께 산 아래에서 노닐었다"라 하고, 또 "쌍릉(雙陵)은 오금사(五金寺) 서쪽에 있으니 후조선(後朝鮮) 무강왕과 비(妃)의 무덤이다."라 하였다. (이하는 다음 호에 보인다)

고의(古意) 漢

남숭산인(南嵩山人)

난이 그윽한 골짜기 밑에서 자라니,	蘭生幽谷底
펼쳐진 이파리들이 한창 무성하네.	敷葉正猗猗
향긋한 자태는 아름다워 사랑스러운데,	香姿美可悅
골짜기는 깊어 아는 사람이 없네.	谷深人不知
봄에 여러 풀들과 함께 향기롭다가,	春與衆草芳
가을에 여러 풀들과 함께 시들어	秋同衆草萎
베어져 나무꾼의 손에 들어가면,	刈之入樵蘇
향기 사라진 슬픔을 차마 볼 수가 없네.	香死不見悲
그러므로 노나라 성인께서 탄식하여,	所以魯聖歎
금(琴) 들고 슬픔의 노래를 부쳤다오.[47]	操琴寄哀辭

---

47 그러므로……부쳤다오 : 공자는 천하를 떠돌아다니던 중 은곡(隱谷)에서 향긋한 난초가 무성하게 핀 것을 보고 크게 탄식하고서 수레를 멈추고 금(琴)을 연주하여 자신의 회재불우한 심정을 기탁한 바 있다. 그 곡조 명칭은 「의란조(猗蘭操)」이다. 관련 내용이『악부시집』「금곡가사(琴曲歌辭二)·의란조」에 보인다.

비평: 의탁한 뜻이 매우 진실하고 말 또한 예스럽고 소박하여 마치
의란조(猗蘭操)를 듣는 것 같다. 기상이 한아(閒雅)하고 정신이 소탈
하니 참으로 지자(知者)라야 함께 말할 수 있겠다.

소설

비스마르크 청화(淸話)

제1 개관 (속)

소위 밤 회합은 비스마르크 공(公)이 게르만 연방 재상이 되었을 때
에 조직하여 '국회'라 이름 붙인 맥주 모임이다. 비스마르크가 이 회합
을 조직한 원인은 그의 집에서 담배를 피우고 맥주를 마시면서 흉금을
열어 정치상의 일을 의논하는 것이 오히려 의회의 대신(大臣)석에서 변
론하는 것보다 나음이 큰 것을 알기 때문이다. 이 밤 회합은 과연 정치
적으로 대단한 세력을 지니게 되어, 육해군의 장군과 각 성(省)의 대신,
국회의원과 은행가, 기술자, 문학가, 외국의 손님, 부호 신사 등 유명한
인물이 다 이 밤 회합에 출석하는 것을 영예로 여기게 되었다.

이 밤 회합 때에 비스마르크가 손님을 접대하는 것은 매우 쾌활하고
또한 관대하였다. 어떠한 장벽도 없이 저택 내에서는 모든 사람의 출입
을 허용하였고, 예의는 지극히 간소하였다. 미국의 한 손님이 이 밤
회합들의 모습을 기록하여 이르길, "비스마르크 각하는 접근하기가 매
우 쉬웠으며, 그는 의회의 투표와는 하등의 관계가 없는 나 같은 무리
와도 정치 문제에 관해 열심히 토의하여 친한 친구와 다름이 없다."라
고 하였으니, 이 회합의 광경을 미루어 알 수 있을 것이다. 회합장의
한 귀퉁이에는 바바리아에서 가져온 맥주를 몇 통씩이나 겹쳐 쌓아놓

아 방문객이 자유롭게 마시게 해 두었고, 중앙의 긴 테이블에는 갖가지 맛있는 음식을 펼쳐져 있어 사람마다 기호에 따라 먹을 수 있게 해두었다. 보통 방문객은 이러한 대접을 받으면서 몇 시간 동안 담소한 후 돌아갔지만, 방문객 중 가운데 중요하고 유명한 이들은 오히려 남아 제2의 담소 자리를 시작하니, 이른바 연초의회라는 것이다. 이때 비스마르크는 오른손에 기다란 게르만 파이프를 쥐고, 좌중 앞에서 앉아 담화를 시작하는 것이 평생의 습관이었다. 비스마르크가 이야기를 시작하면 만장은 숙연히 경청할 뿐이요, 한 명도 대화를 할 수 있는 자가 없었다. 처음부터 끝까지 오직 비스마르크 한 사람만이 계속 홀로 말하니, 좌중은 찬성과 반대를 표할 필요 없이 일종의 선고와 마찬가지로 사람들로 하여금 대치하는 것을 영원히 불가능하게 했다.

비스마르크는 교훈과 흥미를 섞고 중요한 사안과 재미를 가미하는 기술을 훤히 알 수 있기에, 비스마르크를 대면하는 이로 하여금 포복절도(抱腹絶倒)하면서도 부지불식간에 자연히 실질적인 진실을 깨닫게 하였다. 베를린의 모든 신문에서 비스마르크의 쾌활하고 수준 높은 담화를 환영하여, 그 밤 회합이[48] 열린 다음날 아침 신문에 그 담화를 앞다투며 게재하여 독자를 즐겁게 하는 것이 보통이었다.

1869년에 창립된 이 밤 회합은 이후 20여 년을 계속 존속했는데, 비스마르크가 그 직에서 퇴직할 때에는 건강이 예전과 같지 않아, 의사가 늦은 밤까지 담배와 음식을 탐하는 것은 안 된다고 하였으므로, 이로부터 이 밤 회합은 확 바뀌어 결국 오전의 연회가 되었다.

밤 회합은 비록 폐지되었으나 귀빈을 접대하여 담화를 나눌 기회는 그때에도 부족하지 않았다. 날마다 정치가, 외교가의 방문을 받아 정중

---

48 담화를⋯⋯회합이 : 원문에는 '談話를 其夜會에 歡迎하고'라 되어 있으나 문맥상 어순을 조정하여 번역하였다.

한 대접을 베풀었고 그들과 이야기하는 것을 게을리하지 않아, 그의
나이 70인 때에도 하루하루 그 식탁에 동석하는 빈객의 숫자가 늘 20
인을 밑돈 적은 없었다.

비스마르크는 항상 오후 5시에 만찬을 했고 식후에는 그날의 유쾌한
일 또는 과거의 일을 회고하며 거리낌 없이 떠들며 말함으로써 스스로
를 위로하고, 밤 9시에 부인의 방에 들어가 평생의 심사숙고 속에서
얻어낸 진리를 반복하여 말하고 가르치는 모습이 완연히 도를 전하는
스승과 같았다.

비스마르크가 만년에 교류하던 방법은 주로 그의 자택의 연회에 빈
객을 초대하는 것이 보통이었는데, 보불전쟁이 끝나고 그의 이름이 세
계에 두드러지게 되자 그 방침을 더 확고히 지켜, 조정의 연회가 아니
라면 참석하지 않았다. 이로부터 모든 연회석은 점차 적막해졌다. 저
장대한 신체는 오찬에서도 연극에서도 혹은 당구장 또는 외교적 향연
석에서도 또 다른 장소에서도 그를 찾아볼 수 없게 되었다. 이때 그는
집에서 난롯가에 앉아 초연히 세속에서 벗어나거나 가요를 지어 스스
로를 안위하니 그 노래는 다음과 같다.

"아, 즐거움이여 즐거움이여, 나의 집에서 다만 홀로 조용히 생활하
는 즐거움이로다. 어떠한 일이 생겨도 돌아보지 않고 난롯가에서 조용
히 세월을 보내니, 즐거움이여 즐거움이로다."

이로써 이 노웅(老雄)이 교제의 현장 속의 즐거움 이외에도 일종의
세계를 별도로 지녔으며 마음속 회포가 컸음을 족히 볼 수 있을 것이다.

비스마르크가 늙어 프리드리히스루 지방으로 물러나자, 평소 이 영
웅을 숭배하는 무리들은 그의 목소리와 모습을 보고자 사방에서 몰려
드는 자가 대단히 많았다. 지금 이 방문객의 일기장 한 구절을 보니,
"이곳에 완전한 가정이 있어 종교개혁자 루터와 시인 괴테가 소유한

가정보다 조금의 손색도 없으니, 비스마르크가 최근에는 여기에 있어 조용한 생활을 영위하고 있다. 그가 프랑크푸르트 의회에 열석한 이래 의 그의 창조적 사상과 선동적 성격과 영웅적 기백은 그가 친구와 친척 에게 종종 대화했던 데에서 알 수 있는데, 지금 이 여러 가지의 특질들 은 조화되어 성숙의 경지에 이르고 있으니, 우아한 전원 저택 내에 있 던 늙은 위인의 면목이 생생하다. 그가 게르만 사람에 대하여 지극히 깊은 애정을 가졌으니, 그는 우리 국민의 미발달·미통일 상태의 시대 에, 눈을 장래의 적절한 계획에 고정시켜 우리나라를 전 세계에 웅비하 게 한 위인이다. 그러므로 우리는 그를 진정 예언하는 사려 깊은 영웅 이라 하며 그는 우리가 영원히 칭송하는 자이다."라고 말하였다.

『런던 타임스』 신문에서 평하여 말하길, "독일국민은 국가의 대사에 관련하여 반드시 비스마르크의 의견을 듣고자 한다. 그가 한 저녁 연회 에서 평범하게 담화하는 것이 국회 회의장에서 연이어 소리 내어 절규 하는 의원의 가장 긴 연설보다 훨씬 낫다." 하였다.

제2 학생시절 그리고 초선의 정치가

비스마르크의 명성이 세계에서 들리고 말 한마디 행동 하나가 세인 의 이목을 깜짝 놀라게 한 것은, 쾨니히그레츠 대전 후에 있으니, 그러 므로 이 전투 이전의 그의 이야기의 기록은 이 전투 이후의 이야기에 비해 참으로 그 소재가 빈약하지만, 비록 그렇더라도 수학기의 그에게 도 그 성품과 소질과 행동 등에서 흥미로운 이야기가 없지 않다. 이들 이야기 가운데 한두 가지 기록할 만한 것이 있으니, 그가 괴팅겐과 베 를린대학에 있던 시기에 학위를 취득하지 못하고 퇴학된 후의 일이다. 베를린 법정의 서기가 되려고 대단히 엄격한 시험을 치렀을 때, 시험위 원이 그의 이력을 보고하여 말하길,

"이 자는 21살 때 괴팅겐대학에 재학하며 그 동창생들을 모두 게으름에 빠지게 한 이외에는 그 재능과 경력에 있어 심하게 불량한 것은 발견하지 못하겠다."고 하였다.

특별광고

본보(本報)를 애독하시는 여러분의 구독 편의를 위하여 아래의 여러 곳에서도 판매하오니 부디 사보시길 간절히 바람.

김기현(金基鉉) 씨 책사(冊肆) : 종로 대동서시(大東書市)

김상만(金相萬) 씨 책사 : 포병하(布屛下)

정석구(鄭錫龜) 씨 지전(紙廛) : 대광교(大廣橋)

주한영(朱翰榮) 씨 책사 : 동구월편(洞口越便)

광고

본사는 대자본을 증액 출자하여 운전기계와 각종 활판, 활자, 주조(鑄造), 석판, 동판, 조각, 인쇄와 제본을 위한 여러 물품 등을 완전무결하게 준비하여 어떤 서적, 어떤 인쇄물이든 막론하고 신속과 정밀을 위주로 하고 친절과 염직(廉直)을 마음에 새기니 강호 여러분께서 계속 주문해주시길 간곡히 바람.

- 경성 남서(南署) 공동(公洞) (전화 230번), 일한도서인쇄주식회사
- 경성 서서(西署) 서소문 내 (전화 330번), 동(同) 공장
- 인천 공원지통(公園地通) (전화 170번), 동(同) 지점

신착(新着) 영업품 광고

○ 방역소독 신제(新劑) 테신퍽토올

타이완 장뇌(樟腦) 전매국 제품인데 여러 전염병의 예방에 적당하고 각종 독충과 빈대를 없애는 데 놀랄 만한 효과가 있으며 그 외 타호(唾壺), 변소, 쓰레기장 등에 살포하면 냄새가 사라지고 의류 세탁, 가구, 베인 상처, 천연두 증세에 사용하면 신기하게 효과가 있습니다.

○ 각종 수입종이

일본에서 제작한 제품과 멀리 구미 각국 제지공장 제품 중에서 본사가 특히 선택한 일본지, 서양지 및 색지 등 여러 가지가 신착(新着)하였습니다.

○ 아사히 메틸

경연(硬軟) 여러 종의 합성금속으로 마찰력이 적어 여러 기계의 베어링〔軸承〕및 마찰부에 사용하면 파손과 마모가 없고 열도의 평균이 유지되어 기름의 소비를 절약하며 작동을 부드럽게 하여 동력이 현저히 증가됨을 실험자가 증명하는 바이다.

○ 방적사(紡績糸)

셋쓰(攝津) 방적 주식회사 제품 16수 방적사(紡績糸)가 많이 왔습니다.

○ 각종 목재

회심재(檜棋材)가 신착하였는데 무입법(貿入法)에 극히 주의하여 재질의 우수함과 가격의 저렴함은 본사가 자랑하는 바이다.

- 경성 남서(南署) 공동(公洞) (전화 230번) 후지타 합명회사(藤田合名會社)
- 인천 각국 거류지 (전화 151번) 동(仝) 인천 지점

특별광고

본사 잡지를 매월 10일 및 25일 2회 정기 발간하는데 첫 회부터 미비하였던 사무가 아직 정리되지 않아 부득이 이번에도 또 5일 연기되었기에 황송함을 무릅쓰고 재차 이 사유를 알리니 애독자 여러분께서는 헤아려주시길.

- 조양보사 알림

대한 광무(光武) 10년
일본 메이지(明治) 39년
병오(丙午) 6월 18일 제3종 우편물 인가(認可)

朝陽報

제4호

조양보(朝陽報) 제4호

신지(新紙) 대금(代金)

한 부(部) 신대(新貸) 금(金) 7전(錢) 5리(厘)

일 개월 금 15전

반 년분 금 80전

일 개년 금 1원(圓) 45전

우편세[郵稅] 매 한 부 5리

광고료

4호 활자 매 행(行) 26자 1회 금 15전. 2호 활자는 4호 활자의 표준에 의거함

◎매월 10일·25일 2회 발행

경성 남대문통(南大門通) 일한도서인쇄회사(日韓圖書印刷會社) 내

　임시발행소 조양보사

경성 남대문통 인쇄소 일한도서인쇄회사

　편집 겸 발행인 심의성(沈宜性)

　인쇄인 신덕준(申德俊)

목차

조양보 제1권 제4호

주의

뜻 있으신 모든 분께서 간혹 본사로 기서(寄書)나 사조(詞藻)나 시사 (時事)의 논술 등의 종류를 부쳐 보내시면 본사의 취지에 위반되지 않을 경우에는 일일이 게재할 터이니 애독자 여러분은 밝게 헤아리시고, 간혹 소설(小說) 같은 것도 재미있게 지어서 부쳐 보내시면 기재하겠습니다. 본사로 글을 부쳐 보내실 때, 저술하신 분의 성명과 거주지 이름, 통호(統戸)를 상세히 기록하여 투고하십시오. 만약 부쳐 보내신 글이 연이어 세 번 기재될 경우에는 본 조양보를 대금 없이 석 달을 보내어 드릴 터이니 부디 성명과 거주지를 상세히 기록하십시오.

본사 특별광고

본사에 본보 제1권 제1호를 발간하여 이미 여러분의 책상머리에 한 질씩 돌려보시도록 하였거니와, 대개 본사의 목적은 다름이 아니라 동서양 각국의 유명한 학자의 언론이며, 국내외의 시국 형편이며, 학식에 유익한 논술의 자료와 실업의 이점이 되는 지식과 의견을 널리 수집 채집하여 우리 한국의 문명을 계발할 취지입니다. 또한 소설(小說)이나 총담(叢談)은 재미가 무궁무진하니 뜻 있으신 여러분은 매달 두 번씩 구매하여 보십시오. 지난번에는 대금 없이 『황성신문(皇城新聞)』을 애독하시는 여러분께 모두 보내어 드렸거니와, 다음 호(號)부터는 대금이 있으니 보내지 말라고 기별하지 않으시면 그대로 보내겠으니, 밝게 헤아리시기를 삼가 바랍니다.

경성(京城) 남서(南署) 공동(公洞) 일한도서인쇄회사(日韓圖書印刷會

社) 내

조양잡지사(朝陽雜志社) 임시 사무소 알림

논설

궁궐 숙청(肅淸) 문제

먼지가 쌓이면 청소를 하고 물이 흐리면 깨끗하게 할 것은 실로 당연한 일이다. 지금 이토(伊藤) 통감이 우리나라 궁궐을 숙청하기를 남보다 앞장서서 주장하여 이제는 착착 실행되고 있다. 아마도 우리나라의 화원(禍源)과 정치의 병근(病根)이 궁중에 책사(策士)가 잠복하며 잡배(雜輩)가 밀집한 데 있으니, 이 근원을 숙청하면 지엽(枝葉)과 말류(末流)는 힘을 쓰지 않고도 차례차례 평정될 것이다. 이것은 아마 이토 통감이 눈여겨보는 바이다. 우리 입장에서 보더라도 관점이 또한 같다. 대체로 우리 황상의 밝으신 눈과 귀를 가려 덮으며 정치의 문란을 빚어내는 자가 이른바 책사와 잡배에서 벗어나지 않는다. 이들 무리가 궁중에서 서로 얽힌 채 파리처럼 웽웽거려 내쫓아도 가지 않아 마침내 일본 경관을 시켜 검문하는 권한을 맡겨 궁궐 문 출입을 엄중히 관리하니 통감의 계획이 정확하다고 말할 만하다. 아무리 그렇다고는 하나 지금 시기를 맞이하여 우리들이 일본인의 지위에 서서 보면 통감을 향하여 말 한마디를 드려야 할 부득이한 이유가 있다.

묻건대 오늘날 한국과 일본의 평화를 방해하는 자는 과연 책사와 잡배일 따름이라. 이른바 책사와 잡배를 청소하여 모두 제거하면 온 한국의 관민(官民)이 서로 솔선하여 바른길로 돌아가 평화의 일을 도모할 수 있을지, 이것이 큰 의문거리로서 판단하기 어려운 문제이다.

천하 어느 나라에 이런 잡배와 책사가 없겠는가. 이들 잡배 책사가 천하를 뒤흔들 힘이 있는 것도 아니며, 국가를 일으킬 술책이 있는 것도 아니며, 단지 시대의 조류를 타서 자기의 작은 배를 젓는 것과 같은데 지나지 않아. 그 당시의 시세와 인심의 향배를 좇아서 작은 계책을 갖고 놀며 작은 욕심을 후련하게 하려고 할 뿐이다.

지금 우리 한국이 일본을 대하여 반목하고 질시하는 마음이 적어지지 않는 까닭은 오로지 책사 잡배의 힘으로만 가능한 것이 아니다. 온 한국의 관민이 모두 미처 살펴서 이해하지 못함을 말미암아 그 틈을 간신히 탄 것이라. 썩은 물건에 벌레가 생기고 냄새나는 물건에 파리가 꾀나니, 이것을 청소하려고 한다면 모름지기 먼저 그 썩고 냄새나는 물건을 노력하여 제거하면 벌레와 파리가 자연히 자취를 끊으리라. 궁궐의 숙청이 또한 이와 같다. 이른바 책사와 잡배는 파리와 벌레의 종류이지 썩고 냄새나는 물건이 아니다. 그러므로 지금 궁중을 숙청하는 문제에 대하여 착안할 것이 이들 책사 잡배의 출입을 금하는 데 있는 듯하나, 아무래도 이것은 지엽적인 문제이다.

나의 좁은 소견과 사사로운 생각으로는 일본이 청나라와 러시아와의 두 번의 전쟁을 치르고서 국위(國威)가 세계에 멀리 드날려 이제 제1등 국가의 반열에 나란히 늘어섰으니 일본 군민(君民)의 노력과 영예가 크다고 말할 수 있을 만하다. 이때를 맞이하여 일본이 장차 동양의 패자로 자임하여 대 제국주의를 내어놓아 세계에 부르짖으리니 신흥국의 의기(意氣)가 실로 이와 같아야 할 것이다.

러시아의 제국주의는 내지(內地)를 개발하는 것으로 목적을 삼으니, 즉 군사적(軍事的)이 아니라 경제적(經濟的)이요,

영국의 제국주의는 이미 얻은 국토를 보존하여 본국과 식민지의 통일을 도모하니, 이것은 적극적이 아니라 도리어 소극적이요,

미국의 제국주의는 이른바 유명한 먼로주의인데, 근래에 쿠바를 합병하며 필리핀을 영유(領有)하여 적극적인 칼끝이 비록 꽤나 노출되었으나 생각하건대 영구한 방침은 아닐 것이다. 남북 아메리카를 합하여 일대 연방(聯邦)이 되어 합중국 정부가 스스로 그 맹주(盟主)가 되고자 하는 것은 연래의 이상(理想)이니

일본이 장차 어떠한 제국주의를 채택하여 쓰는지 러시아가 내지(內地)를 개발하는 목적과도 같지 않을 것이며, 영국의 보존·통일하는 목적과도 같지 않을 것이며 미국의 먼로주의와도 같지 않을 것이다. 생각건대 동양을 근거지로 삼아 이곳에 일종의 먼로주의 세력을 뿌리박게 하고 더 나아가 세계 대 정국을 향하여 그 정치적 권위를 떨치려 하리니, 우리들의 상상이 과연 어긋나지 않았다면 일본 제국주의가 원대하고 당당하다고 말할 수 있을 것이다.

지금 일본이 만주와 한국을 거점으로 제국주의를 시행하는데, 우리 한국이 곧 대륙정책을 시행하는 첫 번째 걸음이라 이 땅에서 성공하면 그 나머지는 파죽지세이고, 이 땅에서 실패하면 뒤로 물러나 스스로 오그라들어 영원히 펼 수 없을 것은 지혜로운 사람을 기다리지 않고도 명약관화한 것이다. 그러므로 우리들은 항상 말하기를, "일본이 한국을 대하는 행동은 일본이 장래 받을 대가를 판단하기에 족하다."고 하는 것이다.

장수를 쏘아 맞히고자 하면 먼저 그의 말을 맞히고, 나라를 얻고자 하면 먼저 민심을 얻는 것이 고금의 정치가가 첫 번째로 착안하는 바이니 이토 통감의 총명함으로 어찌 이것을 살펴보지 않았으랴. 이번 숙청 문제는 역시 통감이 우리 사직(社稷)을 근심한 소치이나, 그러나 우리 한국의 관민이 도리어 의아해하여 인심이 일본을 따르지 않고 감정이 일어나 걸핏하면 반목하니 저 책사와 잡배가 민심이 이와 같은 것을

보고 그 흉계를 후련하게 쓰고자 함이다. 이리하여 민심의 향배가 착안할 본원(本源)이요, 책사와 잡배를 제거하는 것은 착수할 말류(末流)인 줄을 알 수 있을 것이다. 그러한즉, 통감부가 힘들일 것은 궁문(宮門) 출입을 누가 하느냐에 달려있지 않고 민심을 거두어 잡는 방도가 어떠한가에 달려있으니, 온 한국의 민심이 일본의 덕에 감동하여 도도하게 일본으로 향하면 비록 책사와 잡배가 있더라도 어느 곳으로부터 흉계를 실현할 수 있겠는가.

만약 일본이 한국을 대하여 정성스럽고 독실하며 친근하고 절실한 뜻으로 진심을 피력하여 그 중흥을 돕고 그 독립을 보전하게 하면 온 한국의 인심이 일본의 품속에 의지하려고 하리니 이때를 맞이하여 궁중의 숙청과 대신의 임면(任免)과 같은 정치는 말 한마디로 결정할 수 있을 것이다. 삼군(三軍)의 위세가 두려워할 만한 것이며 문명의 강력함이 대적하기 어려운 것이라고 하나, 사람을 감복시켜 나라를 바로잡는 것은 덕성(德誠)에 있을 뿐이요 강력하고 위엄 있는 권세로는 공을 반드시 이룬다고 기약할 수는 없을 것이다.

자오저우(膠州)에 주재(駐在)한 독일 관헌(官憲)이 지나 산둥성(山東省)의 인민을 회유하고자 하여 온갖 방법을 베풀어서 힘을 쓴 것이 몇 년이 되었으되 끝내 뜻대로 되지 않았다. 영국 영사(領事)가 웨이하이웨이(威海衛)를 다스림에 지나인이 모두 열복(悅服)한다 함을 들고 가서 그 방술을 물었는데, 영국관리가 말하기를 "그대가 어떤 방법으로 자오저우를 다스리는가." 하니, "지나인을 열복시킬 방법은 하나도 쓰지 않은 것이 없는지라, 계획하여 실시한 것이 가히 극진하다고 자신하겠지만, 사람들이 끝내 열복하지 않은 것은 어째서요?" 하였다. 영국관리가 "다스림을 작위적으로 하지 않는 데 있으니, 나는 영국으로써 지나를 다스리지 아니하고 지나로써 지나를 다스리노라." 하니, 말은 간략하되

뜻은 깊은지라. 우리들은 일본이 한국에 대하여 또한 이 무위(無爲)의
큰 수단으로 다스리기를 깊이 바란다. 글쎄, 이토 통감과 도쿄의 여러
정치가가 우리의 말을 능히 수용하겠는가?

지금 사람들에게 추천하기를 정성으로 하되 그 사람이 열복하지 않
으면 이것은 실로 열복하지 않는 자의 죄이지만, 우리가 또한 열복하지
않는 자에게 죄를 돌리는 것이 불가하고 자기를 반성하여 "우리의 정성
이 부족한 소치다."라고 할 것이다. 옛날에 곽해(郭解) 옹백(翁伯)¹은 시
정(市井)의 협객이라 길에서 한 시정인을 만남에 그 사람이 옹백의 명
성을 증오하여 사납고 무례하게 구니, 옹백의 권세로 그 사람을 꺾으려
면 다만 눈 한 번 흘기면 되는 것이었으나 옹백이 그렇게 하려고 하지
않고 도리어 자책하여 "이것은 우리가 덕을 닦지 않은 까닭이다." 하였
다. 시정인이 뒤에 듣고서 끊임없이 부끄러워하며 사죄하고는 몸을 맡
겨 옹백에게 복종하였다. 천하의 사람 일이 모두 이와 같으니, 시정인
을 대하는 것과 국가를 대하는 것이 그 이치가 다르지 않더라.

지금 일본이 한국을 대하여 중흥의 업을 도와 동양평화를 보전함을
목적으로 삼으니, 이것이 당당한 의거(義擧)이다. 한국인이 된 자가 환
희하며 복종하여 그 가르침을 감수할 듯한 것이거늘, 지금은 도리어
그렇지 않아 종종 저 시정인을 배워 사납게 저항하는 상태가 닿는 곳마
다 발견되니 진실로 탄식할 만하다. 그러나 일본이 처리하는 방법이
과연 능히 곽해 옹백이 자책함과 같을는지 알지 못하겠다.

대저 정말 강한 자는 약한 자를 사랑하기를 자신과 같이 하니, 사람
이 고아와 과부를 속여서 천하를 취하는 것은 석륵(石勒)²도 오히려 하

---

1 곽해(郭解) 옹백(翁伯) : 전한의 유협(遊俠)으로, 옹백(翁伯)은 그의 자이다.
2 석륵(石勒) : 274-333. 16국시대 후조(後趙)의 초대 황제로, 시호는 명제(明帝)이
  다. 중국 북방의 갈족(羯族) 지도자로서 무예에 능했고 국가의 통치에도 유능했다.

지 않았으니 당당한 제국주의를 행하려는 자임에랴! 일본은 천하의 강국이요 한국은 천하의 약국이니 저 같은 강국으로서 이 같은 약국을 임함에 그 규모가 큰 것은 마땅히 천지가 커서 사람과 짐승이 자유롭게 다니도록 두는 것처럼 해야 한다. 이처럼 한다면 사람과 짐승이 천지에서 달아날 수 없고 한국이 일본에게서 달아날 수 없다. 인심이 따른다면 한국의 이권, 행정 등 제반 경영에서는 그 하고자 하는 바를 제어할 만한 이가 없겠거늘, 우리들의 관점으로서는 공사관(公使館) 시대 이래로 한국을 대하는 행동이 끝내 이와 같은 왕자(王者)의 흉금이 있는 것은 발견할 수가 없고 세력을 끼며 교만한 태도를 뿜내는 자취가 걸핏하면 있다. 이것은 한국인으로 사납게 저항하는 감정을 증장(增長)하게 함이니 우리들은 적이 애석하게 여긴다. 궁중을 숙청함이 실로 긴요한 사업이니 우리들도 이것을 쓸모없다고 하는 것은 아니다. 다만 바라는 바는 일본이 한국을 대하는 금도(襟度)가 한층 더 커지는 것이다.

일본이 만약 정성스럽고 친절한 마음으로 우리 한국에 임하면 10년을 기다리지 않고서도 온 한국 인심이 숙청을 모두 좇으리니 어찌 다만 궁중 한 부분일 뿐이겠는가. 오늘날 하는 바로는 형식적인 숙청은 혹시 되기는 하겠지만 인심을 숙청하기는 기필하기 어렵다. 저 책사와 잡배가 역시 이리저리 흩어져 나타나서 그 거처하는 곳을 바꾸는 데 지나지 않더니 온 한국의 국면으로 보면 또한 의연히 구태가 여전히 잔존하지 않는가.

애국심을 논함 (속)

애국심이 고향을 사랑하는 마음과 서로 다른 것이 있으니, 고향을 사랑하는 마음도 비록 귀하지만, 그 원인을 찾아보면 실로 졸렬하여 이야기할 만한 가치가 없으니, 유년 시절에 죽마(竹馬)를 타고 흙으로 만든 용을 춤추게 할 때, 과연 고향의 어떤 산, 어떤 물을 사랑해야 한다고 알았겠는가, 몰랐겠는가. 얼마 안 있어 다른 지역 다른 나라에 유배되어 동떨어진 그림자와 비할 바 없는 때를 당해야 비로소 회토망향(懷土望鄉)하는 생각이 차츰 생겨나니, 이는 곧 외적 감상으로서 자극된 까닭이다. 그러므로 동서로 떠돌고 남북으로 배와 말에 오르며 열렬한 마음과 굳센 의지가 몇 차례 꺾이는 동안에 세태의 영향과 인정의 냉온을 모두 몸소 겪어 깨닫고 있다가, 소년 시절 투계(鬪鷄)하고 말달리던 오직 예전의 유쾌하던 일을 추억하는바 자주 그 머릿속에서 떠오르므로 고향 언덕을 그리워하는 것은 더 간절하다. 혹 여행의 고생으로 풍토가 전혀 맞지 않고 술잔을 멈추고 젓가락을 내던져 음식을 삼킬 수가 없으며, 만인의 바다 속에 잠시 만나 얼굴을 기억하는 이도 없어서 부모처자를 그리워함을 멈출 수 없어 그 심화가 한이 없으니, 그러므로 고향을 사랑하는 마음은 실로 그 타향을 혐오하는 데에서 기인함이 아닌가. 무릇 그 고향에 대한 동정이 진정한 측은과 자선의 마음에서 느끼는 것이 아니요,[3] 타향에 대한 거부감〔愀懷〕이 있는 데 불과하다. 그러므로 오직 실의와 역경에 빠진 사람이 이러한 감정이 가장 심하니, 타향을 증오하는 마음이 더 심할수록 고향을 사랑하는 생각 또한 유독 절실하다.

비록 그렇다 해도 고향을 사랑하는 생각은 실의·역경에 빠진 사람뿐 아니라 뜻을 이루고 일이 잘 풀리는 사람 또한 그것이 있지 않은가. 그러나 그러한 바를 상세히 살피건대, 뜻을 이룬 사람이 소위 고향을 사모한다는 심사는 한층 더 저속하여 문제 삼을 필요도 없으니, 무엇 때문인가. 그들이 소위 뜻을 이룬 것을 뽐내는 것은 향당(鄕黨)의 늙은

---

3 느끼는……아니요 : 원문에는 '感흠이오'라 되어 있으나, 문맥상 부정의 의미로 번역하였다.

부모에 대한 측은과 자선에서 나온 것인가, 그렇지 않은가. 단지 그
일신의 사적 의도를 위할 뿐이니, 그런즉 허영과 과시와 경쟁심으로
만들어낸 사적 의도에 전념한 바다. 옛사람이 말하되, "부귀하여 고향
에 돌아가지 않으면 곧 비단옷을 입고 밤에 다니는 것과 같다." 하였다.
이 말의 의미는 그 비밀스러운 속사정을 들추고, 그 더럽고 어리석은
생각을 깨트리며 매우 밝게 불을 비추고 있다.

지금 고향을 사랑하는 자가 학교를 반드시 우리 향리에 세우고, 철도
를 반드시 우리 지방에 설치해야 한다고 하며, 혹자는 또한 총무위원이
반드시 우리 고향에서 나오고 총무대신이 반드시 우리 주(州)에서 배출
되어야 한다고 하니, 그들이 희망하는 일신의 이익이 허영에서 나온
것일 뿐이다. 그 향리를 대함에 과연 동정과 측은과 자선의 마음이 있
을까. 그러므로 유식한 선비는 사리를 똑똑히 간파하여 하늘을 우러러
크게 탄식할 뿐이다.

다만 그렇기 때문에 저들의 애국심이 그 원인과 동기가 다 고향을
사랑하는 마음과 더불어 하나라면, 저 우예(虞芮)의 싸움[4]이 진실로 애
국자의 좋은 표본이 될 것인가. 저 촉만(蠻觸)의 싸움[5]이 과연 애국자의
좋은 비유가 될 것인가. 오호라, 빛날지라. 실상 천하의 불쌍한 미물이
로다.

고대 로마 시인이 과장하여 찬미하던 바는 모두 당파의 지식을 이용
함이요, 참으로 이른바 국가를 앎은 아니니, 저들이 소위 국가라 한
것은 적국과 적국인으로 인하여 촉발된 생각이다. 이에 미신의 인도(因

---

4 우예(虞芮)의 싸움 : 우(虞)와 예(芮)가 국경을 둘러싸고 벌인 허망한 싸움으로,
   주나라 백성의 도덕심을 보고 느낀 수치심으로 멈추게 되었다.
5 촉만(蠻觸)의 싸움 : 자잘한 일로 싸우는 것을 의미한다. 『장자(莊子)』 「칙양(則陽)」
   에는 달팽이의 좌측 뿔에 있는 촉씨(觸氏)와 우측 뿔에 있는 만씨(蠻氏)가 서로 다투
   어 수만 명이 죽었다는 이야기가 나온다.

導)에서 비롯되어 적국과 적국인을 증오함에 불과한 것이다.

우리들이 본 바 없이 말하는 것이 아니다. 당시 로마의 많은 빈곤한 농부가 소수의 부자를 위하여 소위 국가의 전쟁하는 일에 바빴으며, 또한 그 전쟁에 나설 때에도 용맹분진(勇猛奮進)하여 화살과 돌을 무릅쓰고 전쟁의 무기 되길 몸소 행하여 일신을 돌보지 않았다. 그리하여 그 충의와 절개가 과연 천지를 감동케 하고 귀신을 울게 하였다. 그러나 요행히 전쟁에서 이겨 귀국할 수 있어도 그 종군으로 인해 부담한 채무가 쌓이고 갚지 못하니, 결국 자신이 노예의 성(城)으로 함몰되는 것이다. 또한 전쟁 간에도 부자의 밭이랑은 항상 하인[臣屬]과 노예가 속해 있어 경작하고 물을 대는 때를 잃지 않지만, 빈자의 밭은 황폐하여 잡초만 무성한 채로 내버려지니, 채무가 여기에서 비롯되는 고로 스스로 노예로 팔려가는 것이다. 오호라, 저 로마인의 소위 적국과 적국인을 증오한다는 것이 과연 우매한 소견이로다. 저 적국·적국인이 비록 저들에게 해가 될지라도 그 동포 중 부자에게 입은 피해보다 크지는 못할 것이니, 그들이 적국·적국인을 증오하기 위하여 그 자유를 빼앗기고 그 재산에 피해를 입어 점점 노예의 지경에 빠지게 되었다. 과연 누가 그들로 하여금 이 지경에 이르게 하였는가. 실로 그 동포의 소위 애국심을 주창하는 자가 그렇게 한 것이요, 그들의 생각은 이에 미친 바가 아니었다.

부자는 전쟁으로 인해 재산이 늘어나니 하인과 노예가 날로 증가하기 때문이다. 빈자도 역시 이로 인하여 날로 가난해지니 만약 그 이유를 묻는다면, 반드시 국가의 싸우는 일을 위해서라 말할 것이다. 그들이 국가의 싸움을 위하여 노예의 처지에 빠져 있음에도 오히려 적을 토벌하던 과거의 허영을 추억함으로써 그 공적을 과시하면서 그 공명(功名)을 새기고 있다. 이 얼마나 어리석은 생각인가. 오호라, 고대 로마의 애국심은 실로 이와 같을 뿐이었다.

고대 그리스의 소위 헬롯(Helot)[6]이라는 노예는 유사시에는 병사이고 또한 유사시에는 노예인데, 그 주권을 가진 자는 오히려 그들이 신체적으로 지나치게 강건할까 근심하고 그들의 수가 지나치게 증가할까 근심하여 자기 마음대로 부러뜨렸으며 살육하였다. 그런데도 그들이 그 주권자를 위하여 싸움에 나가기를 주저하지 않으니, 그 용감과 충의가 실로 이에 비할 바가 없었다. 그러나 마침내 한 번도 창을 거꾸로 들고 자주적 권한을 회복할 줄 몰랐으니, 슬프고 슬프도다.

그들이 그러한 이유는 무엇인가. 그 외국과 외국인을 보는 것을 곧 이른바 적국과 적국인과 같게 하여 증오하고 토벌하는 것을 지당한 의무라고 잘못 믿고 더없는 명예라고 잘못 믿으며 더없는 영광으로 오해하여 끝내 허세인 줄 모르고 허영인 줄 깨닫지 못하였다. 오호라, 이들의 미신은 진실로 그들이 말하는 애국심이라는 허세적이고 허영적인 미신이니, 실로 부패한 신수(神水)를 마시는 천리교(天理敎)의 교도에 불과하다.

그러나 그들이 적국인을 증오함도 이상하게 여기기에는 오히려 모자라다. 대개 인생이 개화되지 않았던 시대에는 그 지식이 짐승과의 차이가 멀지 않으니, 소위 평등한 사랑[同仁]과 신실한 사랑[篤愛]이 없는 까닭이다. 원시 이래로 애증의 두 가지 생각은, 새끼줄처럼 서로 꼬이고 쇠사슬처럼 서로 연결된 것과 같으니, 짐승이 초원에 있는 것을 보지 못했는가. 발톱으로 채고, 어금니로 물며 동류가 서로 해치다가 일단 본 적 없는 것과 마주치면 갑자기 두려움과 질겁함을 느끼니, 이 두려움과 질겁함으로 인하여 바로 시기와 증오가 생기고, 시기와 증오

---

6 헬롯(Helot) : 고대 그리스의 라코니아·메세니아 지방 등에서 살다가 스파르타 인에게 정복된 국가 소유의 노예로서 토지에 묶여 있었다.

로 인하여 그리하여 포효가 되고 싸움이 되어, 비로소 그 서로 해치던 동류가 서로 맺어져 그 공공의 적과 항쟁하니 그들이 그 공공의 적과 항쟁할 때에는 그 동류가 서로 친목하는 모습에 즐거움이 넘치고 저절로 서로 친해졌다. 그러나 그들에게 짐승과 같은 애국심이 있었는가, 없었는가. 고대 인류의 야만적 생활이 이와 같지 않았겠는가.

야만인의 생활은 동류가 서로 합하여 자연과 싸움으로써 그 다른 종족과의 싸움을 이끌어내는 것이었다. 이를 애국심이라 여겼으니, 분명히 알 수 있는 것은 이른바 단체라는 것이 갑자기 친목의 동정으로 통합된 것은 그들이 만난 적으로부터 말미암아 생겼다는 점이다. 이는 오직 적국인을 대하는 증오심의 반동력이다. 그러므로 같은 괴로움으로 인해 비로소 상련(相憐)의 마음이 생긴 것과 같다.

오직 이와 같은즉, 소위 애국심이라는 것은 외국과 외국인을 토벌하는 영예의 호전심(好戰心)에 불과하다. 그 호전심이란 즉 동물의 천성이요, 이 동물의 천성이 바로 호전적 애국심이다. 그러므로 석가와 그리스도가 배척하는 바요, 문명 이상의 목적에 부합할 수 없는 것이다.

슬프다. 세상 사람의 이와 같은 동물적 천성의 싸움터 안에서 19세기를 보내었으니, 나아가 마찬가지로 끝없는 20세기의 신천지를 점유할 것이다.

사회의 공리(共理)에 알맞게 족한 것은 생존의 법칙뿐이다. 진화가 날로 발달하여 그 통일의 영역과 교통의 범위가 또한 광대해지니, 이에 소위 공공의 적이던 다른 종족과 다른 부락은 날로 감소하여 그들을 증오하는 목적도 잃어버렸으며, 그 증오의 목적을 이미 잃어버리니 그 결합과 친목의 목적 또한 잃어버렸다. 이로써 그들의 한 국가, 한 사회, 한 부락을 사랑하던 마음이 변하여 한 몸, 한 집, 한 당을 사랑함에 불과하고, 그 종족 간 부락 간의 야만의 호전적 천성이 또한 변하여 개인 간 싸움과 당파 간 알력과 계급 간 전투가 되니, 오호라, 순결한 이상과 고상한 도덕이 성행할 때를 당하여 동물적 천성을 오히려 제거하지 못하면, 이때의 세상 사람은 적이 없기 때문에 그 증오심을 풀 곳과 전쟁을 행할 곳이 없어 그저 형태가 없는 곳에서 경쟁할 수밖에 없다. 이를 명하여 애국심이라 하고 자칭 아름다운 명예의 실천이라 하니, 의혹됨이 없겠는가. (미완)

러시아의 의회 해산

러시아 인민이 의회를 연 지 3개월여에 일기(一氣)에 떨쳐 일어나 관료정부를 뒤엎기로 기필하여 원(院) 전체가 잇따라 소리높이 부르짖어 "종래의 죄수를 방면해야 할 것이며, 사형을 폐지해야 할 것이며, 대지주의 소유지를 가지고 국유지로 만들어야 할 것이다."라고 하니, 그들이 의논하는 바는 모두 정부가 참을 수 없는 문제이다. 의회에서 정말 그런 줄 알았지만 그럼에도 이것을 감행한 것은 아마도 관료정부와 국민의회가 저쪽이 혹시 넘어지지 않으면 이쪽이 반드시 넘어져서 도저히 병립할 수 없을 줄을 확신해서였다. 과연 지난달 23일에 칙명을 말미암아 해산을 당하였다. 이것이 러시아 인민이 기대한 바였으니 이번 의회가 무사히 끝나리라고 생각한 이는 아마도 러시아 사람 중에 한 사람도 없었을 것이다.

지금 이후 러시아 내치(內治)가 어떠한 변화된 정황을 드러낼는지, 눈을 비비고 지켜볼 만할 것이다. 적이 생각하건대 고레미킨(Ivan Goremykin)이 현 내각(內閣)에서 사직하려 하나 청허(聽許)를 입지 못하고, 게다가 트레포프와 같은 장군은 굳세고 용감하기 짝이 없는 인사인데 벗의 권고를 물리치며 암살의 위험을 무릅쓰고 완강히 그 위치를 고집하는 것을 보니, 정말 정부의 의기(意氣)가 민당(民黨)을 압박하는

데 반드시 달려있는 줄을 알 수 있을 것이요, 민당도 역시 여러 해 쌓아온 의지를 격려하여 죽기로 정부를 향하여, 양자의 싸움에 한편으로는 죽으며 한편으로는 다치니 지금 이 승패를 헤아리건대 능히 러시아 농민의 찬조(贊助)를 얻는 자가 승리를 얻을 것이다.

지금 의회에 농민대표자가 백오십 명에 지나지 않으니 비록 의원 총수의 반에도 차지 않으나, 농민 전체 수에 이르러서는 러시아 인구 중에 백 분의 팔십을 차지한다. 그러므로 그 향배하는 것으로 족히 러시아 정계의 앞길을 판단하여 알 것이다.

이런 까닭에 정부가 국고(國庫)의 비금(費金)을 지출하여 지방 농공은행(農工銀行)에서 농민에게 빌려주게 하여 토지차입비(土地借入費)에 충당할 계획을 세워 이 법안을 의회에 제출하였다. 아마도 이러한 정부의 책략은 앞서 의회의 공론(空論)이 분분할 때 자기 측에서 속히 경륜할 방법을 발표하여 대세를 제어하고자 함이다. 의회에서 이것을 보고 촌각이라도 미루지 않고 104명의 다수로 정부의 안을 배척하고 토지국유의 안을 제출하니, 이와 같이 서로 대적하여 암투하였기에 끝내 해산을 당한 것이다.

의회를 해산한 오늘날을 맞이하여 정부가 기호지세(騎虎之勢)를 중지할 수가 없는 터라, 전체 권력을 수집(收集)하여 혁명운동을 압박하기에 노력할 것은 필연의 형세이다. 그리고 민당(民黨)은 의회가 폐색(閉塞)됨을 당하고 나서 언론의 자유를 잃어 분개하는 마음을 금할 수가 없어 반항하는 기세가 민간에 답답하게 맺혀 폭동과 암살이 도처에 발생하여 허무당(虛無黨)[7] 시대의 참담한 광경을 연출할 것은 거의 의심할 나위가 없는 것이다. 역사상의 사례로 보면 러시아 정국의 앞길은

7 허무당(虛無黨) : 러시아 체르니셰프스키(Chernyshevsky)를 지도자로 하는 혁명적 민주주의자의 당파 및 암살 등의 공포 수단을 쓰던 1870-1880년대의 혁명집단이다.

아직도 꽤 많은 변천과 꽤 많은 분요(紛擾)를 겪지 아니하면 아마도 평화 질서를 기하기 어려울 것이니, 이번 의회가 해산된 것은 겨우 변동하는 서막일 따름이다.

교육

우리 한국의 교육 내력 (전호 속)

고려 왕씨(王氏)의 450여 년간은 전국 교육의 자취가 단지 석씨(釋氏) 한 명의 모양새에 불과하다가 급기야 충렬왕(忠烈王) 이후에 이르러서야 안유(安裕)[8], 최충(崔冲)[9], 우탁(禹倬), 백이정(白頤正)[10], 이제현(李齊賢)의 여러 공들이 서로 이어서 일어나 공맹(孔孟)의 도(道)를 존숭함으로써 이에 유학의 교화가 조금씩 진흥하여 우리 국조(國朝) 문명의 기초를 배태하니 하늘이 어찌 우연히 그렇게 한 것이겠는가.

국초(國初)에 고려 때의 옛 제도를 그대로 모방하여 태학(太學)으로는 성균관(成均館)을 설립하고 한성(漢城) 안에 또 사학(四學)을 설립하며 팔도(八道)의 각 주(州)·부(府)·군(郡)·현(縣)에 향교를 설치하고 교수(教授)와 훈도(訓導)를 두어 인재를 배양하더니 세종조(世宗朝)에 이르러 동방의 신성하신 성주(聖主)로 자리하셔서 고려 말의 비루한 풍속을 한 번 변화시켜 지금에 이르는 500여 년 문화의 기본을 열어주셨

---

8 안유(安裕) : 1243-1306. 고려 말의 학자이자 문신인 안향(安珦)이다. 조선 문종 (文宗)의 이름이 향(珦)이었기 때문에 그의 이름을 안유(安裕)로 쓰게 되었다.

9 최충(崔冲) : 984-1068. 고려 전기의 문신으로, 사립학교를 설립하여 교육에 이바지한 공이 크다. 해동공자(海東孔子)로 추앙받았다.

10 백이정(白頤正) : 1247-1323. 고려 말의 유학자로, 충선왕을 따라 원나라 연경(燕京)에서 10년간 머물며 성리학을 깊이 연구하고 귀국할 때 정주(程朱) 및 주자의 서적을 고려에 가지고 왔다.

다. 예악(禮樂)을 찬정하시고 전장(典章)을 분명히 확립했으며 학교의
책 권수를 확장하여 교육의 방법을 실행하게 하시고 심지어 농업과 의
약(醫藥), 병학(兵學), 산학(算學) 등의 학술에도 모두 책의 편찬을 강구
했으며 또한 우리나라 고유의 글을 창제하여 만세토록 문명의 이로움
을 여셨으니 실로 우리나라 문교(文敎)의 종조(宗祖)이시다. 지금 그 훈
민정음의 원문을 다음에 게재하노라.

훈민정음

나라의 말소리가 중국과 달라 문자와 서로 맞지 않아 그러므로 어리
석은 백성이 말하고자 하는 바가 있어도 마침내 제 뜻을 펴지 못하는
자가 많다. 내가 이것을 가엾이 여겨 새로 스물여덟 자를 만들어 사람
들로 하여금 쉽게 익혀 날마다 쓰는 데 편리하게 하고자 할 따름이다.

ㄱ은 아음(牙音)이니 '군(君)' 자의 첫 발성(發聲)과 같고, 나란히 붙
여 쓰면 '규(虯)' 자의 첫 발성(發聲)과 같다.
ㅋ은 아음(牙音)이니 '쾌(快)' 자의 첫 발성과 같다.
ㆁ은 아음(牙音)이니 '업(業)' 자의 첫 발성과 같다.
ㄷ은 설음(舌音)이니 '두(斗)' 자의 첫 발성과 같고, 나란히 붙여 쓰면
'담(覃)' 자의 첫 발성과 같다.
ㅌ은 설음(舌音)이니 '탄(呑)' 자의 첫 발성과 같다.
ㄴ은 설음(舌音)이니 '나(那)' 자의 첫 발성과 같다.
ㅂ은 순음(脣音)이니 '별(彆)' 자의 첫 발성과 같고, 나란히 붙여 쓰면
'보(步)' 자의 첫 발성과 같다.
ㅍ은 순음(脣音)이니 '표(漂)' 자의 첫 발성과 같다.
ㅁ은 순음(脣音)이니 '미(彌)' 자의 첫 발성과 같다.
ㅈ은 치음(齒音)이니 '즉(卽)' 자의 첫 발성과 같고, 나란히 붙여 쓰면
'자(慈)' 자의 첫 발성과 같다.
ㅊ은 치음(齒音)이니 '침(侵)' 자의 첫 발성과 같다.

ㅅ은 치음(齒音)이니 '술(戌)' 자의 첫 발성과 같고, 나란히 붙여 쓰면 '사(邪)' 자의 첫 발성과 같다.

ㆆ은 후음(喉音)이니 '읍(挹)' 자의 첫 발성과 같다.

ㅎ은 후음(喉音)이니 '허(虛)' 자의 첫 발성과 같고, 나란히 붙여 쓰면 '홍(洪)' 자의 첫 발성과 같다.

ㅇ은 후음(喉音)이니 '욕(欲)' 자의 첫 발성과 같다.

ㄹ은 반설음(半舌音)이니 '려(閭)' 자의 첫 발성과 같다.

ㅿ는 반치음(半齒音)이니 '양(穰)' 자의 첫 발성과 같다.

ㆍ은 '탄(呑)' 자의 중성(中聲)과 같다.

ㅡ는 '즉(卽)' 자의 중성과 같다.

ㅣ는 '침(侵)' 자의 중성과 같다.

ㅗ는 '홍(洪)' 자의 중성과 같다.

ㅏ는 '담(覃)' 자의 중성과 같다.

ㅜ는 '군(君)' 자의 중성과 같다.

ㅓ는 '업(業)' 자의 중성과 같다.

ㅛ는 '욕(欲)' 자의 중성과 같다.

ㅑ는 '양(穰)' 자의 중성과 같다.

ㅠ는 '술(戌)' 자의 중성과 같다.

ㅕ는 '별(彆)' 자의 중성과 같다.

종성(終聲)은 다시 초성(初聲)을 사용하니, ㅇ을 순음 밑에 연달아 쓰면 순경음(脣輕音)이 되고, 초성(初聲)을 합해서 사용할 것이면 나란히 붙여 쓰니 종성(終聲)도 동일하다. ㆍㅡㅗㅜㅛㅠ는 초성의 밑에 붙여 쓰고, ㅣㅏㅓㅑㅕ는 오른쪽에 붙여 쓴다. 무릇 글자는 반드시 합하여 음을 이룬다. 왼쪽에 1점을 가하면 거성(去聲)이고, 2점을 가하면 상성(上聲)이고, 점이 없으면 평성(平聲)이고, 입성(入聲)은 점을 가하는 것은 같으나 촉급하다.

위는 우리 세종대왕이 손수 친히 찬정하신 국민정음(國民正音)의 원
문이다. 후대에 와전되고 잘못을 답습하여 그 진면목을 많이 잃었는데
지금 연구를 상세히 진행하면 그 음성(音聲)의 바름과 권자(卷字)의 묘
함을 얻을 수 있을 것이니 어찌 우리나라의 지극한 보배가 아니겠는가.

그 이후 중종조(中宗朝)에 이르러 이때 현인들이 무리지어 나왔으니,
이를테면 문정공(文正公) 정암(靜菴) 조광조(趙光祖)[11] 씨와 문간공(文簡
公) 충암(沖菴) 김정(金淨)[12] 씨와 노천(老泉) 김식(金湜)[13] 씨와 복재(服
齋) 기준(奇遵)[14] 씨와 문경공(文敬公) 모재(慕齋) 김안국(金安國)[15] 씨 등
이 모두 도덕(道德)과 유가(儒家)의 학술로 조정에 등용되었는데, 문정
공 조광조가 개연히 교육으로 자임하여 팔도의 각 주군(州郡)에 향교를
증설하고 수리하여 일체의 공령학(功令學)[16]을 폐하고 소학(小學)과 육
경(六經)으로 교육의 근본을 일으켰다. 그리하여 각기 배우는 자제들로
하여금 모두 소학한 책을 오로지 철저히 공부하게 하고 사장(詞章)과
과거(科擧)의 법을 개혁하여 한(漢)나라 때의 제도인 효렴(孝廉)[17]과 같
이 각 주군에서 현량(賢良)한 문학지사(文學之士)들을 시험 선발하여 등
용케 하는 방식을 정식 제도로 삼고 팔도의 관찰사들로 하여금 천거하
여 아뢰게 하자 당시 현량으로 추천된 자가 모두 120여 명이었다. 이에

11 문정공(文正公) 정암(靜菴) 조광조(趙光祖) : 1482-1519. 조선 전기의 문신으로,
   '정암(靜菴)'은 호이고, '문정(文正)'은 시호이다.
12 문간공(文簡公) 충암(沖菴) 김정(金淨) : 1486-1521. 조선 전기의 문신으로, '충암
   (沖菴)'은 호이고, '문간(文簡)'은 시호이다.
13 노천(老泉) 김식(金湜) : 1482-1520. 조선 전기의 문신으로, '노천(老泉)은 자이다.
14 복재(服齋) 기준(奇遵) : 1492-1521. 조선 전기의 문신으로, '복재(服齋)'는 호이다.
15 문경공(文敬公) 모재(慕齋) 김안국(金安國) : 1478-1543. 조선 전기의 문신으로,
   '모재(慕齋)'는 호이고, '문경(文敬)'은 시호이다.
16 공령학(功令學) : 과거 시험을 준비하기 위한 공부를 뜻한다.
17 효렴(孝廉) : 효성스럽고 청렴하여 각 고을에서 관리 선발 응시자로 추천되는 것,
   또는 그 사람을 말한다.

기묘년(1519) 4월에 현량과(賢良科)를 설치하여 58인을 시험 선발하고
또 김식 등 28인을 시험 선발한 뒤에 즉시 적당한 직급에 맞게 임용하
였다. 그러나 국운이 불행하여 같은 해 11월 15일에 신무문(神武門)의
화(禍)¹⁸가 일어났다. 대개 남곤(南袞)¹⁹, 심정(沈貞)²⁰ 등의 소인배들이
사류(士流)에 끼지 못함을 스스로 부끄럽게 여겨 중상모략의 계책을 세
워 배격하고 함정에 빠뜨려 한 시대 현인의 부류를 거의 일망타진한
것이다. 또 현량과에 선발된 자들을 한꺼번에 배척하여 세상길에 들지
못하게 하고 소학을 읽고 경술(經術)을 강론하는 자들을 모두 위학(僞
學)을 하는 사악한 당(黨)이라고 지목하여 경계 밖으로 밀어내었다. 그
러자 그 당시 부형(父兄)과 사우(師友) 되는 자들이 그 자제들에게 소학
책과 경술의 학업을 전부 폐하도록 경계시키니 이에 여항(閭巷) 간에
글 읽는 소리²¹가 끊어지고 학교 마당에 가시덤불이 무성하게 자라나
온 나라가 적막해지고 교육의 영향은 사라졌다. 이로부터 각 부(府)·
군(郡)의 향교는 향임(鄕任)²² 무리들이 술과 밥을 먹는 장이 될 뿐이요,

---

18 신무문(神武門)의 화(禍) : '신무문'은 경복궁(景福宮) 북문이며, '신무문의 화'는 기
    묘사화(己卯士禍)를 말한다. 기묘년(1519) 11월 15일 밤에 남곤, 심정 등이 경복궁
    북문인 신무문을 몰래 열고 입궐하여 중종에게 변란을 고하고서 중종의 지시를 받고
    조광조, 김정, 김식 등을 숙청했기 때문에 '신무문의 화'라고 한 것이다.
19 남곤(南袞) : 1471-1527. 조선 전기의 문신으로, 기묘사화를 일으킨 주역이다. 죽
    은 뒤에 기묘사화를 일으킨 것과 관련하여 사림의 지탄을 받아 1558년 관작이 삭탈
    되었다.
20 심정(沈貞) : 1471-1531. 조선 전기의 문신으로, 남곤과 함께 기묘사화를 일으킨
    주역 중 한 명이다.
21 글 읽는 소리 : 여기에 해당하는 원문인 '현송(絃誦)'은 수업하며 송독(誦讀)하는
    것을 뜻한다. 옛날에 『시경(詩經)』을 익힐 때 현악기에 맞추어 노래한 것을 '현가(絃
    歌)'라 하고, 악기 없이 낭독한 것을 '송(誦)'이라고 하였는데, 둘을 합하여 '현송(絃
    誦)'이라 한다.
22 향임(鄕任) : 지방 수령을 보좌하기 위해 향반(鄕班)이 조직한 향청(鄕廳)의 직책과
    임무이다.

오래도록 학도(學徒)의 자취가 다 사라져 홀로 우뚝하던 명륜당(明倫堂)
이 빈 껍질에 불과하게 되었으니 어찌 국운과 관계되지 않겠는가.

그 이후 명종조(明宗朝)에 이르러 신재(愼齋) 주세붕(周世鵬)[23] 씨가
순흥군수(順興郡守)로 재임하자 그 경내 백운동(白雲洞)에 고려 명유(名
儒) 문성공(文成公) 안유 씨의 고택(古宅)이 있는 이유로 주 씨(周氏)가
송나라 때 주자(朱子)의 백록동(白鹿洞) 고사에 의거하여 서원 하나를
창립하고 배우는 자들이 학업에 전념할 곳을 만드니 이것이 우리나라
서원의 시초이다. 처음에 백운서원(白雲書院)이라 칭하더니 조정에서
소문을 듣고서 특히 소수서원(紹修書院)의 호칭을 사액(賜額)하고 왕실
창고의 서적을 나눠 주어 사림(士林)을 권면하고 장려하며 문화를 진흥
하게 하였다. 이로부터 전국 사림이 소문을 듣고 계속해서 일어나 무릇
이전의 현철(賢哲)한 선비가 살았던 곳마다 모두 서원을 설립하여 국내
서원의 수가 만여 곳에 이르렀다.

선조조(宣祖朝) 이후로는 사림의 논의가 여러 갈래로 나뉘어 붕당(朋
黨)이 크게 일어났다. 권세와 이익을 쟁탈하는 과정에서 불같은 분노가
끓어올라 정치 교화는 뒷전에 버려두었는데 마침내 300여 년이 경과하
여 지금의 상태에 이르렀으니 아! 국가의 부진(不振)이여.

갑오경장(甲午更張) 이후로부터 전국 학교의 제도를 비로소 통일시
켜 각 부(部)의 명령을 제정했고 심상소학교(尋常小學校)와 고등소학교
(高等小學校)를 설립했으며 중학교(中學校), 사범학교(師範學校)를 설치
했고 또 기타 법관(法官), 법률(法律), 의학(醫學), 농상공(農商工), 외국
어(外國語) 등의 각 학교를 차례대로 설립하고서, 혹은 외국 교사를 예
우하여 모셔오고 혹은 본국의 교관(敎官)도 시험 선발하여 마치 장차

---

23 신재(愼齋) 주세붕(周世鵬) : 1495-1554. 조선 중기의 문신 · 학자로, '신재(愼齋)'
는 호이다.

교육을 진흥시킬 듯하였다. 그러나 10여 년 동안 날로 퇴보함을 볼 뿐
이요, 결단코 한 가지 재주와 능력을 끝까지 마무리하여 성취한 자를
듣지 못했다. 근래에는 인민의 사립학교가 또 분분히 날로 일어나 전국
에 공립·사립학교의 수가 거의 백 개, 천 개에 이르게 되었는데, 그
실상을 살펴보면 모두 허명(虛名)만 가지고서 명성과 명예를 중시할 뿐
이다. 또 그렇지 않으면 모두 자본 부족에 시달려 중도에 폐업하는 경
우가 종종 생겨나며 우연히 혹 자금을 마련하여 교육에 마음을 쏟더라
도 발전할 가망이 거의 없다.

그 까닭은 무엇인가? 대개 비록 신학문(新學問)을 연구하려 해도 교과
서가 없음을 어찌할 것이며, 또 교사로 적합한 인재가 부족하여 교육
준비에 보탤 길이 없다. 비록 학교를 많이 설립하더라도 밀가루 없는
만두나 흰 바탕 없는 그림과 같아 우뚝 솟은 텅 빈 집에서 예전 그대로
제자들이 천황씨(天皇氏)나 크게 읽어대니[24] 차라리 바꾸지 않고 옛 방식
대로 하는 편이 더 낫다. 학교를 일으켜 세운들 무슨 쓸모가 있겠는가.
그렇다면 학교 설립이 비록 시급한 일이기는 하나 교과서의 편찬과 사범
학(師範學)의 양성을 오늘날 더욱 제일의 급선무로 삼아야 할 것이요,
국내 관공 및 사립의 현재 학교에 대해서는 빨리 마땅히 그 유지 방편을
강구하여 휴궤(虧簣)[25]의 탄식에 이르지 말아야 할 것이다. 분분히 한갓
학교의 설립을 급선무로 여길 필요는 없으니 시험 삼아 지금 현재 우리
나라 안의 관공 및 사립학교의 수를 들어 다음과 같이 나열한다.

---

24 천황씨(天皇氏)나……읽어대니 : '천황씨(天皇氏)'는 중국 고대 제왕인 삼황(三皇)
중 첫 번째 인물이다. 정약용(丁若鏞)은 그의 문집 『여유당전서(與猶堂全書)』 제1
집 제22권 「사략평(史略評)」에서 아이들에게 입학과 동시에 '천황씨'에 관한 허탄기
괴한 내용을 가르치는 현실을 강하게 비판하였다.
25 휴궤(虧簣) : 산을 쌓으면서 마지막 한 삼태기의 흙이 모자라 공을 이루지 못한다는
뜻으로, 어떤 일을 할 때 마지막에 작은 노력이 부족해 결국 완성하지 못함을 비유한다.

한성 내 관립 각 학교표

명호(名號)	위치(位置)	수효(數爻)
사범학교(師範學校)	중서(中署) 교동(校洞)	1
중학교(中學校)	북서(北署) 홍현(紅峴)	1
농상공학교(農商工學校)	북서(北署) 수동(壽洞)	1
의학교(醫學校)	중서(中署) 훈동(勳洞)	1
영어학교(英語學校)	중서(中署) 사온동(司醞洞)	1
일어학교(日語學校)	중서(中署) 교동(校洞)-인천교우회(仁川校友會)	2
법어학교(法語學校)	북서(北署) 전동(磚洞)	1
덕어학교(德語學校)	북서(北署) 안동(安洞)	1
한어학교(漢語學校)	중서(中署) 전동(典洞)	1
고등소학교(高等小學校)	중서(中署) 교동(校洞)	1
소학교(小學校)	남서(南署) 수하동(水下洞), 주동(鑄洞)	2
	서서(西署) 전동(貞洞), 매동(梅洞)	2
	북서(北署) 재동(齋洞), 안동(安洞)	2
	동서(東署) 양사동(養士洞) 양현동(養賢洞)	2

위는 도합 19교이다.

한성 내외 사립 각 학교표

명호(名號)	위치(位置)	명호(名號)	위치(位置)
중교의숙(中校義塾)	중학교(中學橋)	호동학교(壺洞學校)	호동(壺洞)
흥화학교(興化學校)	수진동(壽進洞)	정문학교(旌門學校)	정문동(旌門洞)
광성학교(光成學校)	수각교(水閣橋)	서학현교(西學峴校)	서학현(西學峴)
후동학교(後洞學校)	후천동(後川洞)	보광학교(普光學校)	교화문전(敎化門前)
순동학교(巡洞學校)	순청동(巡廳洞)	광주학교(廣州學校)	광주(廣州)

능동학교(陵洞學校)	정릉동(貞陵洞)	인천학교(仁川學校)	인천(仁川)
합동학교(蛤洞學校)	합동(蛤洞)	달성학교(達城學校)	달성(達城)
상사동학교 (相思洞學校)	상사동(相思洞)	야동학교(冶洞學校)	야동(冶洞)
산림동교(山林洞校)	산림동(山林洞)	보명의숙(普明義塾)	청풍계(淸風溪)
계산학교(桂山學校)	계동(桂洞)	진명야학교(進明夜學校)	황토현(黃土峴)
공덕리교(孔德里校)	공덕리(孔德里)	광흥학교(光興學校)	약현(藥峴)
찬성학교(贊成學校)		보통학교(普通學校)	공덕2리(孔德二里)
일신의숙(日新義塾)	종로(鍾路) 뒤쪽	보성학교(普成學校)	
보명학교(普明學校)	북서신교(北署新橋)	양정의숙(養正義塾)	전동(磚洞), 천연정(天然亭) 경교(京橋) 서문(西門) 안
한어야학교 (漢語夜學校)	전동(典洞)	우산학교(牛山學校)	마포(麻浦)
광성의숙(廣成義塾)	교동(校洞)		

위는 도합 34교[26]이다.

각 부군(府郡) 공립소학교 수(數)

한성부(漢城府) 경기관찰부(京畿觀察府) 충남관찰부(忠南觀察府) 충북 관찰부(忠北觀察府) 전북관찰부(全北觀察府) 전남관찰부(全南觀察府) 경북관찰부(慶北觀察府) 경남관찰부(慶南觀察府) 강원관찰부(江原觀察府) 평남관찰부(平南觀察府) 평북관찰부(平北觀察府) 황해관찰부(黃海觀察府) 함남관찰부(咸南觀察府) 함북관찰부(咸北觀察府) 개성부(開城府)

---

26 34교 : 위의 표에 제시된 학교 수는 31개교이다. 따라서 '34교'라고 한 것은 위의 표에 3개교가 누락되었거나 '31교'의 오류일 것으로 추정된다.

강화부(江華府) 인천부(仁川郡) 평양부(平壤郡) 동래항(東萊港) 덕원군 (德源郡) 및 원산항(元山港) 경흥항(慶興港) 무안항(務安港) 삼화항(三和 港) 옥구항(沃溝港) 성진항(城津港) 창원항(昌原港) 양주(楊州) 홍주(洪 州) 경주(慶州) 강릉(江陵) 북청(北靑) 김포(金浦) 회양(淮陽) 증산(甑山) 진위(振威) 운산(雲山) 곽산(郭山) 장진(長津) 영흥(永興) 문천(文川) 홍원(洪原) 정평(定平) 남양(南陽) 안산(安山) 철원(鐵原) 풍덕(豐德) 금성(金城) 부평(富平) 강서(江西) 김해(金海) 황간(黃磵) 안성(安城) 경주계림(慶州鷄林)

이상 위는 현재 실제 시행 중이다.

광주(廣州) 제주(濟州) 파주(坡州) 청주(淸州) 의주(義州) 임천(林川) 성천(成川) 순천(順天) 남원(南原) 안악(安岳) 안동(安東) 영광(靈光) 강계(江界) 통진(通津) 고원(高原) 안변(安邊) 장성(長城) 종성(鍾城) 장련(長連) 과천(果川) 용인(龍仁) 용강(龍岡) 포천(抱川) 삼등(三登) 상주(尙州) 직산(稷山) 토산(兎山) 진도(珍島) 담양(潭陽) 밀양(密陽) 단천(端川) 안주(安州) 양근(楊根) 중화(中和) 평강(平康) 회령(會寧) 오천(汚川) 김화(金化) 명천(明川) 북간도(北墾島)

이상 위는 아직 시행 인허(認許)를 받지 못했다.

위는 도합 94교이다.

각 부군 사립학교표

명호(名號)	위치(位置)	명호(名號)	위치(位置)
광흥학교(廣興學校)	광주(廣州)	영화학교(永化學校)	인천(仁川)
온천학교(溫泉學校)	광주(廣州)	장단군학교 (長湍郡學校)	장단(長湍)
광진학교(廣進學校)	광주(廣州)	북청군학교 (北靑郡學校)	북청(北靑)
대동학교(大同學校)	평양(平壤)	회령군학교 (會寧郡學校)	회령(會寧)
일신학교(日新學校)	평양(平壤)	남해군학교 (南海郡學校)	남해(南海)
사숭학교(四崇學校)	평양(平壤)	의주군학교 (義州郡學校)	의주(義州)
안동학교(安洞學校)	평양(平壤)	무주군학교(茂朱郡學校)	무주(茂朱)
안흥학교(安興學校)	안주(安州)	상원군학교 (祥原郡學校)	상원(祥原)
문화학교(文化學校)	안변(安邊)	순천군학교 (順天郡學校)	순천(順天)
면양학교(沔陽學校)	면천(沔川)	순천군학교 (順川郡學校)	순천(順川)
선천군학교 (宣川郡學校)	선천(宣川)	진보군학교 (眞寶郡學校)	진보(眞寶)
고창군학교 (高敞郡學校)	고창(高敞)	해미군학교 (海美郡學校)	해미(海美)
홍주군학교 (洪州郡學校)	홍주(洪州)	광무학교(光武學校)	풍천(豐川)
시흥군학교 (始興郡學校)	시흥(始興)	보흥학교(普興學校)	남양(南陽)
시무학교(時務學校)	순천(順川)	창명학교(彰明學校)	옥천(沃川)
진명학교(進明學校)	회인(懷仁)	보명학교(普明學校)	괴산(槐山)
보창학교(普昌學校)	강화(江華)	전대학교(專對學校)	의주(義州)
찬성학교(贊成學校)	강화(江華)	의성학교(義成學校)	의주(義州)
영화학교(永化學校)	양근(楊根)	광동학교(光東學校)	옥천(沃川)

신야의숙(莘野義塾)	포천(抱川)	낙영학교(樂英學校)	토산(兎山)
영흥군학교 (永興郡學校)	영흥(永興)	사범학교(師範學校)	강서(江西)
벽란의숙(碧瀾義塾)	배천(白川)	박명학교(博明學校)	토산(兎山)
청호학교(淸湖學校)	청주(淸州)	광성학교(曠成學校)	토산(兎山)
동흥학교(東興學校)	양주(楊州)	보통학교(普通學校)	김해(金海)
정명학교(正明學校)	정산(定山)	유신학교(維新學校)	단천(端川)
중성학교(中成學校)	강화(江華)	대아학교(大雅學校)	회덕(懷德)
의성학교(義性學校)	남양(南陽)	동명학교(東明學校)	정주(定州)
명화학교(明化學校)	공주(公州)	연의학교(演義學校)	재령(載寧)
달성중학교 (達城中學校)	대구(大邱)	구시학교(求是學校)	의주(義州)
광성학교(廣成學校)	대구(大邱)		

이상은 모두 도합 59교이다.

위는 모두 학부(學部) 인허를 이미 거친 곳이요, 기타 인허를 거치지 않고서 사적으로 설립한 곳은 조사할 수 없었기 때문에 누락되어 있다.

실업

농업과 가뭄

우리 한국 농업에서 가장 주의할 것은 관개(灌漑)의 설비이다. 우리 한국은 예로부터 육대(六大) 강하(江河)가 국내를 관통해 흐르고 있으나 하천은 매우 더럽고 낮으며 농지는 모두 높고 메마른 물 언덕에 흩어져 있기 때문에 강하의 물로 능히 관개에 이용하여 가뭄을 구제하지 못한다. 신라시대부터 국내 각처에 제방을 쌓고 호수와 못을 준설함으로써 관개의 이용을 도모하였으나 제방이 폐하여 무너진 뒤로 물을 가

두고 뺄 길이 없어 수재(水災)와 한재(旱災)를 한번 만나면 홍수가 산릉 (山陵)을 삼켜[27] 침몰시키고 뜨거운 햇볕이 농지를 뜨겁게 태워 흉년이 오는 것을 면하지 못하여 농작의 손해가 전체에 미친다.

근래에 가뭄이 너무 심하여 논밭과 들판이 하얗게 갈라지고 벼와 기 장이 누렇게 시들어 농가에서 신음하는 심정은 참기 어려울 만큼 참담 하다. 이러한 가뭄을 당하여 단지 규벽(圭璧)[28]을 들고 제수〔牲幣〕를 올 려 산령(山靈)·수신(水神)이나 풍백(風伯)·우사(雨師)에게 기우제를 지내고 기도를 하는 것 등으로 가뭄 구제의 방법을 시행하니 어찌 가뭄 구제의 효과를 바랄 수 있겠는가. 가령 요행으로 기도를 통해 비가 오 는 은택을 입더라도 이는 결코 가뭄 구제의 방법이 아니요, 목이 말라 야 우물을 파는 어리석은 계책에 지나지 않는다.

평소에 관개의 기술을 깊이 연구해 실행하면 우리 한국의 지세(地勢) 가 또한 관개에 편리하여 효과를 거두기 용이하다. 우리들은 매번 관개 의 일로 논의하고 진술함이 한두 번으로 그치지 않는다. 대저 국내의 육대 하류 지역과 기타 호수와 냇물의 연안과 저수지의 제방이 곳곳에 분산되어 있을 뿐만 아니라 민간 소유의 보와 도랑도 적지 않으니 조금 만 더 확장하면 힘을 적게 들이고도 많은 효과를 거둘 것이다. 또한 경작지의 개선은 실로 방수(防水), 관개(灌漑), 배수(排水) 등의 세 가지 를 시행하는 것이 가장 필요하니 이러한 방법을 모두 활용하여 착착 진행하면 농업발달의 계책이 실로 여기에 있을 것이거늘, 지금 우리들 은 조금도 자기 생각으로 떨쳐 일어나는 것의 가치를 모르고 단지 남의

---

27 산릉(山陵)을 삼켜 : 여기에 해당하는 원문인 '회양(懷襄)'은 '회산양릉(懷山襄陵)' 의 줄임말로, 홍수가 거세어 산과 구릉에 물이 넘침을 뜻한다.

28 규벽(圭璧) : 고대에 제왕이나 제후가 제사 혹은 조빙(朝聘) 때에 사용하던 일종의 옥그릇이다.

손을 기다리려고만 한다.

만약 한 사람이라도 역량을 크게 떨쳐 일으켜 관개의 편리를 진흥하고자 한다면 어찌 자본의 적음을 걱정하며 성공하기 어려움을 우려하리오. 지금 현재 전국 내에 황무지와 건조지(乾燥地)로서 버려진 이익과 손상된 땅이 매우 많으니 이번 기회에 관개의 이익을 일으켜서 자금을 아끼지 말고 앞날의 산업을 도모한다면 국가에 유리한 공익사업뿐만 아니라 장래 개인 산업도 증가할 것이니 그 증가량을 어찌 다 헤아릴 수 있겠는가.

또 호수와 못을 준설하며 강하를 터주어 제방을 쌓고 둑과 도랑을 만듦은 그 농지 경작과 파종의 이익에만 도움이 될 뿐 아니라 그 제방에 수목을 심고 재배하면 또한 일종의 식림(植林) 사업도 이것과 동반하여 시행될 것이요, 또 이 수목으로 인하여 항상 습한 기운을 온축하여 논밭이 가뭄의 재해를 입는 일이 적고 또 수목이 빗물도 오게 할 수 있으므로 옛사람이 말하기를, "호수와 못의 이로움은 오로지 관개에만 도움이 될 뿐 아니라 숲의 그늘짐과 연꽃의 미려한 경치와 물고기·게의 양식과 보고 즐기는 풍치(風致)로 사람의 눈과 마음을 기쁘게 해준다."라 하니, 나는 이 가뭄의 해를 맞아 관개술(灌溉術)에 대한 감상이 한층 더 커지게 되어 이에 약술하노라.

우리 한국의 농업개량법(農業改良法) : 일본 농학사(農學士) 가토 스에로 (加藤末郞) 씨의 담화

우리나라는 지금 농업 개량이 급선무인데 이것에 관하여 한국흥업회사(韓國興業會社) 지배인인 위 사람의 실제 조사로 완성한 개량 의견은 참고자료로 자못 유익하기 때문에 그 대략의 요지를 번역하여 싣는다.

1. 종물(種物)의 선택

농작물의 종류로 말미암아 수확에 현저한 영향이 일어남은 조금도 이견이 없는 사실이다. 그러므로 그 기후와 풍토에 적당하면서 양호한 농작물 종류를 선택하여 파종하는 것이 가장 긴요한 일이다. 한국에 통용되기 불편한 종자개량법을 택하는 것에 관해서는 자못 곤란한 상황이 있으나 또 그 개량한 새 종자(種子)를 일반 농민에게 보급, 채용하게 하는 일은 더욱 강구할 것이 못된다. 그런즉 지금 당장 매우 필요한 것은 어떤 농작물이든지 그 풍토에 적응하는 것을 잘 살피고 조사하여 선택하는 일이다.

2. 종자(種子)의 염수(鹽水) 시험

종자 중에서 양호한 것은 가장 완전히 성숙하여 중량이 많이 나가는 것으로 정해야 한다. 그러므로 종자를 선택할 때는 이것을 일일이 염수에 담아 그 뜨고 가라앉는 형상에 따라 자세히 주의하여 선택해야 한다.

3. 파종 양의 감소

한국 농업의 파종 양은 대체로 과도하게 많으니, 일본도 과거에는 1반보(反步)의 땅에 7·8승(升)의 종자를 뿌렸고 심한 경우는 한 말〔斗〕 정도를 뿌렸으나 근래 개량 농업법을 보급한 결과 보통 1반보의 땅에 뿌리는 양이 4승 내외를 벗어나지 않게 되었다. 지금 한국 농업의 현상이 마치 일본 과거의 상태와 흡사하여 실로 많은 양을 파종한다. 그러니 1반보의 땅에 그 파종 양을 덜더라도 3승 정도를 줄이지 않으면 안 된다.

4. 볏모의 이식법(移植法)

볏모 이식이 여기저기 뒤섞이게 된 것은 태양의 빛과 공기의 소통을 방해하여 그 성장에 해를 끼치는 일이 적지 않다. 그러므로 이식할 때에는 모쪼록 주의하여 각 모 뿌리의 거리를 균일하게 하며 종횡의 줄에 맞게 나열할 필요가 있다.

5. 관개수(灌漑水)의 절약

한국과 같이 관개 설비가 전무한 토지의 경우 관개용수(用水)의 절약은 가장 좋은 계책인데 모를 이식한 뒤로 수확에 이르기까지는 항상 끊임없이 물을 주어야 할 것이다. 그러나 또 물이 논바닥에 고일 수 있기 때문에 매번 제초할 때마다 배수 작업을 하여 토양이 일광(日光)과 공기를 접하도록 하는 일도 매우 중요하다. 꽃이 핀 뒤에 이삭 머리가 조금 드리워질 때에는 관수를 완전히 배제해야 한다.

6. 가뭄 재해에 대응하는 방법

한국의 볏모 이식은 대부분 강우를 기다렸다가 하기 때문에 이식할 시기에 강우가 없으면 마침내 이를 행하지 못하고 그만두는 경우가 있으니, 이와 같은 불행한 상황을 만나면 그 해의 수확이 전무한 결과를 맞게 된다. 이런 경우에는 수리(水利)가 편한 땅 하나를 선정하여 그 지방 전체 수전(水田)에 심을 볏모를 다 이곳에 밀집시켜 가이식(假移植)을 행해야 한다. 이 가이식의 모뿌리 수는 보통 모내기〔揷秧〕의 서너 배가 되더라도 괜찮고 이식의 시기는 7월 하순까지 지연되더라도 그 수확기에 이르면 평년작에 비하여 10분 중의 8분 이상의 수확을 얻을 수 있으니 이 방법은 한국의 현재 상황에 비추어볼 때 가장 적당하다.

7. 도병(稻病) 및 충해(蟲害)의 예방과 구제(驅除)

벼의 충해에 관한 예방·구제 방법은 현재 한국 농업에서는 거의 실행되기 어려울 것이고 특히 병해(病害)의 경우는 아직 연구한 일이 없다. 다만 맥삽병(麥澁病) 같은 것이 일찍이 성행한 적은 있었는데 해당 병의 근원은 부진자(浮塵子)와 명충(螟蟲)이 함께 생겨나기 때문이니, 그 병해의 예방은 종자를 선택할 때에 주의해야 할 것이요, 해충 제거는 석유로 몰아내어 없애기〔石油驅除〕, 메마른 이삭 뽑기〔枯穗拔取〕, 베어서 그루터기만 남기기〔刈株處理〕 등 방법으로 하는 것이 좋다.

8. 비료의 개량

한국 농업의 경우는 비료 사용이 매우 적으니 저 똥오줌 같은 천연의 양호한 비료도 내버려두고 사용하지 않는데, 하물며 인조비료를 사용하겠는가. 만일 현재의 상태로 내버려두면 장래에 토지는 오직 감소하기만 할 뿐이요, 땅의 성질을 개량함은 도저히 기대하기 어려울 것이다. 그러므로 한국인은 저 도로 임야 도처에 버려둔 채 돌아보지 않고 있는 배설물을 지금 이후로는 방치해두지 말고 비료로 이용하려고 힘써야 하니, 이는 다만 한국 땅 성질의 개량을 도모하는 확연한 방법이 될 뿐 아니라 동시에 한국인이 청결법(淸潔法)을 실행하게 하는 가장 좋은 수단으로서 일거양득의 조치라고 말할 만하다. 또 한국인에게 인조비료를 사용하도록 재촉하는 것은 지금 형세상 조금 곤란하지만, 다만 저들 스스로의 노력을 통해 직접 비료를 제조하게 하는 방안은 가장 필요한 일이다. 가령 외양간과 마구간에서 제조하는 일과 동물의 뼛조각을 잘게 부수는 일과 녹비용(綠肥用) 식물을 재배하는 일과 같은 것은 어떤 일이든지 가장 행하기가 쉽고 그 효과가 매우 뚜렷이 드러난다. 녹비용 식물의 재배는 거여목〔苜蓿〕, 자운영(紫雲英), 대두(大豆), 완두(豌豆), 잠두(蠶豆) 등 같은 것이 모두 괜찮은데 북한 지방은 거여목 종류를 재배하는 데 적당하고 남한 지방은 자운영을 재배하는 데 적당하다.

9. 재배 작물의 개량

한국 농업은 현재 쌀, 보리, 조, 기타 적은 양의 작물을 농작하는 데 불과한 상황이나 지금 이후로는 일반 농민을 권유하여 새로운 종류의 작물을 재배하게 하지 않으면 안 되니, 이삭〔陸穗〕, 감자〔馬鈴薯〕, 고구마〔甘藷〕, 채당(菜糖) 식물, 면화(棉花), 옻〔漆〕, 담배〔烟草〕, 박하(薄荷), 구충국(驅虫菊), 등심초〔藺〕, 구약(蒟蒻), 백합목〔百合薑〕, 땅콩〔落花生〕,

고추〔蕃椒〕, 기타 과수와 채소 등의 새로운 종류를 재배하여 점차 그 전파와 발달을 도모할 것이요, 부산물(副産物)은 양잠(養蠶)을 장려함이 가장 긴요하니 지금 이후로 점차 뽕 묘목을 이식하고 양잠법을 개량하여 일반 농민에게 가르쳐 보여줄 것이요, 기타 가마니〔叺〕, 자리〔蓆〕등의 제조와 가축양육, 조림사업 등 같은 것에 대해 점점 그 방법을 알려주어 일반 농민의 각성을 재촉함은 조금도 뒤로 미루지 말아야 할 일이다.

담총

부인이 마땅히 읽어야 할 글 제4회 〔휴〕

○ 음식의 분량

어린아이는 그대로 있을 때가 없어 비록 누워 잘 때라도 항상 손발을 움직이며, 바야흐로 기어 다닐 만하게 되고 걸음을 떼는 시기가 오면 더욱 종일 수선스러워 잠시도 가만있지 않으니 먹는 것이 잘 내려가고 음식량이 점점 늘어나게 된다. 그러나 어린아이들은 능히 스스로 제 양(量)을 생각지 못하고 그저 입에 맞는 것이 있으면 욕심껏 먹으니 반드시 그 어머니가 심혈을 다해 보호하여 먹고 자고 노는 것을 각각 조절해 주어야 한다.

○ 음식 먹일 때의 주의

어린아이가 항상 밥상에서 음식을 먹게 해야 하고, 바야흐로 아이들이 씹어 삼킬 줄 알 때가 되면 어머니든지 하인이든지 음식을 씹어 먹이지 말아야 한다. 대개의 전염병은 이로 말미암는 경우가 많으니 대단히 주의해야 한다.

○ 거처를 고를 때 할일

아이의 거처는 반드시 남쪽이나 동남 혹은 서남으로 향하는 것이 마땅하니, 이 세 방향은 매양 볕이 잘 들고 공기가 잘 통하는 까닭이다. 또한 걸음을 막 배우는 아이들은 더욱 위태한 경우가 많아 항상 머무는 곳은 언덕, 연못, 우물과 가까운 데는 피해야 하며, 부득이 우물과 연못을 피할 수 없으면 반드시 철망과 목책으로 높게 막아 떨어지거나 넘어지는 폐단이 없도록 주의해야 한다. 밤에는 반드시 어머니와 같이 자되 이불을 같이 덮지는 않도록 한다.

○ 실내의 정결

거처하는 방과 자는 방은 가장 깨끗하고 조촐하게 해야 하니, 더러운 물건과 고약한 냄새가 나는 것을 방 안에 두지 말아야 하며 또한 방 안의 세간을 낱낱이 정돈하여 어지럽거나 혼잡하지 않도록 해야 한다. 어렸을 때 세간이 가지런한 것을 익숙히 보게 되면 자라서도 그 규모를 어기지 않게 된다.

○ 아이들이 이가 나거나 마마를 앓을 때의 질병

아이들의 이가 날 때에는 극히 유심히 보호해야 하니, 튼튼한 아이들은 물론 강건함을 잃지 않으나 허약한 아이들은 신열이 나고 잇몸이 아픈 일이 종종 있다. 또한 종두(種痘)의 시기를 놓치지 말고 적절히 보호해야 하며, 만일 병에 걸리면 더욱 극진히 조섭하는 것이 마땅하다. 대개 아이들은 풀과 나무의 싹이 날 때와 같아 병에 걸리기가 매우 쉬우니 불가불 보살핌을 게을리해서는 안 된다.

아이들의 이가 날 때에는 흔히 편치 못한 조짐이 보이는데, 눈과 뺨이 붓기도 하고 자다가 놀라기도 하고 신열이 있기도 하고 설사를 하기도 한다. 이런 모든 증세가 보이거든 속히 의사의 진찰을 받게 해야 한다. 만일 잇몸이 조금 아프다고 하면 깨끗한 수건을 더운 물에 적셔 자주 잇몸을 씻기고, 또는 부드러운 것 - 문어나 아교 - 을 임의로 씁게 해도 좋다.

○ 종두의 필요성

이전에는 그저 자연히 시두(時痘)에 걸려 종종 횡사하는 참경을 보게 되고 또한 용모가 추악해지는 것을 면치 못하였으나, 종두법이 발명됨으로 인하여 세상 사람들이 천연두의 근심을 잊게 되었으니 어찌 개명(開明)의 은택이 아니리오. 그러나 우매한 사람은 종두가 중요함을 생각지 못하고 도리어 정부의 권유를 꺼리어 천연두의 불행을 면치 못하니 안타깝기 그지없다. 그러므로 사람의 어미 된 자는 반드시 종두의 필요성을 알고 자녀들로 하여금 천연두의 비참을 피하게 해야 한다.

○ 종두의 시기

아이들에게 종두를 시키는 시기는 생후 70일에서 6개월 사이가 마땅하다. 종두를 시키기 전에 먼저 의사에게 진찰하여 병이 없음을 확인한 후 종두를 시작하고, 그 후 6개월마다 한 차례씩 종두를 시키되 만일 두창(痘瘡)이 유행할 경우에는 종두를 자주 시키는 것이 한층 더 필요하다. (미완)

본조(本朝) 명신록(名臣錄)의 요약

허조(許稠)의 자(字)는 중통(仲通)이니, 하양(河陽) 사람이다. 국초에 예악(禮樂)이 산일(散逸)되어 태상(太常)[29]이 폐직(廢職)되었으니, 공이 봉상시(奉常寺)가 되어 힘써 인순(因循)을 제거하고 모두 전고(典故)를 따랐다. 권근(權近)이 칭찬하기를 "훗날 우리나라 전례(典禮)를 주로 맡

---

29 태상(太常) : 고려시대에 국가의 제사(祭祀)와 시호(諡號)의 일을 맡던 관아. 조선시대에는 봉상시(奉常寺)가 같은 업무를 맡았다.

을 사람은 반드시 이 사람이다." 하였다. 영월 군수(寧越郡守)를 맡았을
때 군의 풍속이 부모를 위하여 백일상(百日喪)만 행하더니, 공이 예(禮)
로써 백성에게 권하여 삼년상의 예제(禮制)를 행하게 하여 드디어 돈독
한 풍속을 이루었다. 주상이 편전(便殿)에 납시어 일을 보실 때 참찬
김점(金漸)[30]이 나아가 말했다. "전하께서 정사를 하심에 마땅히 지금
황제의 법도를 똑같이 준수하셔야 할 것입니다." 공이 나아가 말했다.
"중국의 법이 본받을 만한 것도 있으며 본받지 못할 것도 있습니다."
김점이 "황제가 죄수를 친히 조사하시니 바라건대 전하는 본받으십시
오." 하니, 공이 "관청을 설치하고 직책을 나누어서 각각 맡은 바가 있으
니 만약 임금이 크고 작음을 불문하고 죄수를 친히 판결하시면 장차
법사(法司)를 어디에 쓰겠습니까." 하였다. 김점이 "만기(萬機)의 업무
를 당연히 스스로 총괄하여 관할하셔야 할 것이요, 신하에게 맡기시면
아니 됩니다." 하자, 공이 "현자를 찾을 때 수고스럽고 사람에게 맡길
때는 편안한 법이니, 맡겼으면 의심하지 말고 의심하면 맡기지 말아야
합니다. 전하께서는 대신을 신중히 선택하셔서 육조(六曹)에 포치(布
置)하여 임무를 맡겨 성공을 책임 지우실 것이요, 세세한 일을 몸소 하
시어 신하의 직분을 하행(下行)[31]하심은 아니 됩니다." 하였다. 김점이
"황제는 위엄과 용단이 헤아릴 수가 없어 육부(六部)의 장관이 정사를
아뢰다 착오가 생기면 금의위(錦衣衛)[32] 관리에게 즉시 명하여 모자를
벗기고 끌어냅니다." 하니, 공이 "대신을 예의로 대하며 작은 잘못을
포용하는 것이 임금의 넓은 도량이거늘 이제 말 한마디 실수로 대신을

---

30 김점(金漸) : 1369-1457. 조선 전기의 문신으로 본관은 청도(淸道), 호는 의촌(義
    村), 시호는 호강(胡剛)이다.
31 하행(下行) : 윗사람이 아랫사람의 일을 직접 하는 것을 이르는 것으로 이해된다.
32 금의위(錦衣衛) : 명(明)나라 때 황제를 호위하고 관리 등을 감찰하던 황제 직속
    부대.

주륙(誅戮)하여 조금도 용서하심이 없으니 매우 옳지 않습니다." 하였
다. 김점이 "황제가 불교를 숭상하고 신앙합니다." 하자, 공이 "불교를
숭상하고 신앙하는 것이 제왕의 성덕(盛德)은 아닙니다." 하였다. 김점
이 한마디 말을 할 때마다 노기가 낯빛에 나타나되, 공이 서서히 반박
함에 낯빛은 온화하고 말은 간략하였다. 세종(世宗)이 언젠가 "내가 들
으니 중국 사대부가 황제 앞에서 나아가고 물러나고 함에 숙이고 엎드
리는 예절이 전혀 없다고 하더라." 하였다. 공이 대답하였다. "중국은
만기(萬機)가 황제에게서 모두 결정되니, 사람이 많고 일이 번다하여
예를 차릴 겨를이 없습니다. 경전에 '원수(元首)가 자질구레하게 굴면
고굉(股肱)이 게을러진다.'고 하니 정말 좋은 말입니다." 주상이 말했다.
"그러하다. 임금이 서무(庶務)를 친히 하면 담당자가 모두 주상에게 결
재를 기다려 게으름 피우는 마음이 반드시 발생할 것이다." 세종이 이
만주(李滿住)[33]를 토벌할 적에 뭇 신하가 "모두 토벌해야 마땅합니다."
하되, 공만 홀로 "이들 무리가 억세고 고집이 세어 한번 더불어 원수가
되면 대대로 보복할 것이니 가벼이 움직이면 아니 됩니다." 하였다. 뒤
에 변장(邊將)의 계책을 말미암아 주상이 야인 홀라온(忽剌溫)을 불러서
다독거리고자 했는데, "거칠고 사나운 습속이 좋아할 때는 사람이고 성
낼 때는 짐승이며 한없는 욕심을 싫증내지 않고 부리니 불러서 다독거
릴 수가 없습니다." 하였다.[34] 공은 조심하고 맑고 굳세며 집안을 다스
림이 엄격하여 법도가 있었다. 사람들이 "허공(許公)이 음양(陰陽)의 일
을 알지 못한다."고 하였는데, 공이 웃으며 말했다. "후(詡)와 눌(訥)[35]이

---

33 이만주(李滿住) : ?-1467. 조선 초 여진족 추장으로 압록강 지류 파저강(婆猪江)
    방면으로 남하한 오랑캐를 모아 건주본위(建州本衛)를 세우고 명 조정으로부터 건
    주위(建州衛) 도지휘첨사(都指揮僉事)에 임명되었다.
34 거칠고……하였다 : 원문에는 대화 내용인지조차 불분명하게 되어 있지만, 허조의
    말로 판단하고 끝에 '하였다'를 첨부하였다.

어디로부터 태어났는가." 공이 일찍이 예조 판서가 되어 상하의 복색(服色)을 정하여 절연(截然)히 구분이 있게 하였다. 세종을 도와 관직이 좌의정에 이르렀더니, 세상을 떠나자 세종의 묘정(廟庭)에 배향(配享)되었다.

최윤덕(崔潤德)은 흡곡(歙谷) 사람이다. 공이 조금 자람에 완력이 남보다 뛰어나 강궁(强弓)을 잘 당겼다. 하루는 산속에서 가축을 치다가 큰 범이 수풀에서 갑자기 나오거늘 공이 화살 하나로 죽였다. 아버지 운해(雲海)[36]가 합포(合浦)에 나가 진압함에 공이 가서 뵈었더니 아버지가 시험 삼아 그와 더불어 활쏘기 겨루기를 했는데, 공이 좌우로 말을 달리며 활을 쏨에 쏘아 맞히지 않는 것이 없었다. 아버지가 웃으며 "아이의 손이 비록 민첩하나 활 쏘는 궤범(軌範)을 아직도 알지 못하니 장기(長技)라 말할 수가 없다." 하고 활쏘기와 말타기의 방법을 가르쳐 드디어 명장(名將)이 되었다.

주상이 장차 야인(野人)을 토벌하려 하여 뭇 신하에게 명하여 장수를 시킬 이를 논의하셨는데, 모두 "윤덕이 장수를 시킬 만합니다." 하였다. 이에 공에게 평안도 도절제사(平安道都節制使)를 명하시고 안장 갖춘 말〔鞍馬〕과 궁시(弓矢)를 하사하셨다.

공이 이상(二相)[37]으로서 평안도 도절제사와 안주 목사(安州牧使)를 겸하여 관청 뒤 빈 땅에 오이를 심고 공무의 여가에 손수 김매기를 했더니, 소송하는 사람이 알아보지 못하고 상공(相公)이 어느 곳에 계시냐고 물으면 공이 속여서 "어느 곳에 계시다." 하고 들어가 의복을 바꿔

---

35 후(詡)와 눌(訥) : 허조의 두 아들 이름이다.
36 운해(雲海) : 1347-1404. 여말선초의 무신으로, 위화도회군에 참여하여 공신이 되었다.
37 이상(二相) : 의정부(議政府) 찬성(贊成)을 말한다.

입고 청결(聽決)하였다. 촌부(村婦)가 있어, 읍소(泣訴)하기를 "범이 저의 지아비를 죽였습니다." 하였다. 공이 "내가 너를 위하여 원수를 갚으리라 하고 범을 추적하여 손으로 쏘아 그 배를 가르고 남편의 골육(骨肉)을 가져다가 의복으로 덮고 관을 갖추어 매장하니, 그 촌부가 감읍(感泣)하기를 그치지 않았다.

파저강(婆豬江) 야인(野人) 이만주(李滿住) 등이 변방을 침범하거늘 주상이 공을 보내 정벌하셨는데, 공이 최치운(崔致雲)을 보내 계문(啓聞)하기를 "지금 내전(內傳)을 받들어 삼천 군사를 발병하여 야인을 정벌하라 하시니 신이 적이 생각건대 오랑캐 땅은 험조(險阻)하여 매번 지나가는 곳에 병사를 남겨 험한 것을 지켜야 하니 병사 만 명을 써야만 가능합니다." 하였다. 주상이 인견(引見)하시고 "처음에 뭇 신하들과 군병 수를 의논할 때 내가 삼천이 적다고 말했더니 지금 상서(上書)를 봄에 과연 그렇도다." 하셨다. 주상이 치운에게 묻기를 "윤덕이 어느 때에 거병하고자 하는가?" 하니, 치운이 "윤덕이 헤아리되 단오절에 적의 풍속이 모여서 놀이를 하고 풀 또한 자라니 병사를 일으킬 수 있되, 다만 빗물이 걱정이라고 하였습니다." 하고, 또 "윤덕이 말하기를 '정벌하는 날에 저 사람의 죄명을 써서 방(榜)을 내거는 게 좋겠다.'고 하였습니다." 하였다. 주상이 안숭선(安崇善)에게 명하여 방문(榜文)을 초(草)하여 보내셨다.

공이 강을 넘어 군사를 강변에 주둔하였더니 노루 네 마리가 있어 군영 중에 스스로 뛰어들거늘, 공이 "노루는 들짐승인데 지금 스스로 와서 잡히니 이것은 야인이 섬멸될 징조다." 하고 어허강(魚虛江)에 이르러 병사 600명을 머무르게 하여 목책(木柵)을 설치하여 임합라(林哈剌)의 채리(寨里)를 공격하고, 이어서 군영을 주둔하니 타납노(吒納奴)의 채리가 모두 달아나 가버렸다. 오랑캐 십여 명이 강변에 나와 활을

쏘는 것을 보고 공이 통사(通事)를 시켜 소리 질러 "우리들이 군사를
움직인 것은 홀라온(忽剌溫) 때문이요, 너 때문이 아니니 두려워하지
말라." 하였다. 오랑캐가 모두 말에서 내려 머리를 조아리거늘, 제장(諸
將)이 일곱 가지 길로 모두 진격하여 남녀 236명을 사로잡고 벤 것이
170명이요, 우마(牛馬)를 얻은 것이 170여 마리요, 아군은 전사한 자가
4명이요, 화살에 맞은 자가 5명이었다. 오명의(吳明義)와 박호문(朴好
問)을 보내 전(箋)을 받들어 하례했는데, 주상이 명의와 호문에게 옷
두 벌씩을 각각 하사하시고 선위사(宣慰使) 박신생(朴信生)을 보내 군영
에 가서 술을 하사하여 제장을 위로하게 하셨다.

  공이 군사를 거느리고 돌아옴에 주상이 지신사(知申事)에게 명하여
맞이하여 위무하게 하시고 승전보를 중외(中外)에 포고하고 제장에게
차등이 있게 상을 내리시고, 이어서 잔치를 베풀어 영예롭게 하였다.
주상이 김종서(金宗瑞)에게 말씀하시기를 "경(卿)과 함께 일찍이 말하
기를 윤덕이 수상(首相)을 할 수 있을 것이나, 그러나 그 임무가 지극히
무거우니 전공(戰功)을 보상하는 것이 불가하다 하였다. 이제 윤덕이
비록 전공이 있으나 재덕(才德)이 만약 없다면 결단코 줄 수가 없으리
니 경이 이 뜻을 대신에게 모두 진술하여 숙의하여 계문(啓聞)하라."
하셨다. 대신이 모두 말하기를 "윤덕이 공렴(公廉) 정직(正直)하고 부지
런하고 조심스럽게 봉공(奉公)하니 비록 수상이 되더라도 부끄러워할
것이 없다." 하여, 이에 공으로써 권진(權軫)을 대신하여 우의정(右議政)
을 삼았다.

  주상이 야인(野人)이 복수하기를 생각하니 고려하지 않으면 안 된다
하시고 공을 도안무철리사(都按撫察理使)로 삼아 성을 쌓으며 목책을
설치하여 변방을 튼튼하게 하시고 새서(璽書)로 공에게 하사하니 그 글
에 "풍찬노숙(風餐露宿)에 매우 고생하였다. 경이 나라 받들기를 충성스

럽고 부지런히 하여 중외(中外)에서 힘을 다해 노고를 바쳤고 묘당(廟堂)의 중신(重臣)으로서 변경의 나라에 나가 진압하여 적을 으르고 변방을 진압하여 나의 걱정을 풀어주니 매우 훌륭하다. 매우 추운 시기를 맞이하여 기거의 절도를 조심할지어다. 지금 내관 엄자치(嚴自治)를 보내 잔치를 하사하여 위로하고 이어서 옷 한 벌을 내리니, 다다르면 받으라."라고 하였다. 공이 세종을 모시어 관직이 영중추부사(領中樞府事)에 이르렀다. 세상을 떠나자 세종의 묘정(廟廷)에 배향(配享)되었다.

일본 사토(佐藤) 소장(小將)의 말

포로 장교를 사형에 처하는 이야기

포로 장교를 사형에 처하는 것을 야만이라 말할 자도 있으며, 무법(無法)이라 말할 자도 있을 테지만, 일본 국민의 원기를 진작(振作)하며 일본 군대의 정신을 확보하는 이상, 우리는 이를 주장하며 조금이라도 거리낄 바를 알지 못한다.

물론 포로 중에 부상을 입고 전장에서 쓰러져 적에게 포로 된 자도 있으니, 이는 명예라 말하기도 불가능하고 반드시 불명예라 말하기도 불가능하니, 우리가 가령 불명예라 명한다 하더라도 지금 이와 같은 불명예 군인을 들어 말하는 것이 아니라, 흔쾌히 전사할 위치에 있을 때 분발하여 용맹하게 싸우지 못하고 적에게 투항하는 군인을 말함이다. 불행하게도 일본의 군인 중에도 이러한 종류의 무리를 보았으니, 이를 처분하는 데 일말의 사적인 동정으로 불쌍하게 여길 것은 없을 것이다. 만일 이 무리를 처분하는 방법에 잘못이 있다면 일본 군대의 대정신(大精神)이 하루아침에 붕괴할 우려가 있을 것이다.

군대의 정신은 억지로 유지하기 불가능하고 죽음으로써 군인 된 명예를 떨치려는 열렬한 심정이 굳게 뭉쳐져야 되는 것인즉, 이것이 군대의 생기며 군인의 혼이 아니겠는가. 힘이 다하여 포로가 된 것은 불명예라 말하지 않더라도 일본 군인에게는 있을 수 없는 일이다. 힘이 다한 상황에는 전사하는 것 외에 다른 의미가 없을 것이다. 투항하는 것이 가당한 일인가, 전사하는 것이 가당한 일인가 할 여지도 없으니, 서양 군인은 그 경우에 이득과 손실을 참고하여 어떻게 조처할 것을 선택할 여지가 있는지도 모르겠으나 일본의 군인에게는 결단코 없고, 오직 죽음뿐이니, 이것이 일본 군인의 근본적 특색이다. 이 특색은 세계에 비할 대상이 없다. 그러므로 일본 군대가 그리 강한 것은 세계에 비할 바가 없으니, 이 점은 서양인이 명확하게 인정하는 것이며, 외국의 종군 무관(武官)은 누구든지 이로써 일본군을 모범으로 삼는다. 일본군이 강한 것과 포로가 적은 것은 불가분의 관계에 있다.

일본 군인이 되어서 이 특색을 조금이라도 잃어버리면 그 어찌 가능하겠는가. 전쟁은 순전히 인원과 물자의 전쟁이니, 적이 상당수의 인원·물자가 있어 두 가지를 비교하여 이기고 지는 수는 이미 분명하고 뚜렷하다. 그러나 우리의 7·80명으로 저들 100여 명을 상대하여 오히려 승리할 수 있는 것은 어떤 이유인가. 차라리 죽을지언정 적에게 투항하지 아니하려는 한 조각 뜻과 기개에서 말미암은 것이다.

이를 야만이라 말하면 야만이 대단히 좋은 것이니, 일본은 이 만용(蠻勇)이 있으므로, 일등국의 반열에 오른 것이 아닌가. 학술이 어떠하든지 산업이 어떠하든지 경제가 어떠하든지 모두 유럽 모든 나라의 뒤에 있다 하더라도, 오직 우리가 완력으로 저들을 업신여기고 깔보는 까닭에, 성(城)의 정문을 흔들어 그들의 대오에 들어가니 우리에게 이 완력이 없으면 무엇으로써 일등국이 되겠는가.

국민의 원기며 군대의 정신이니, 이를 가볍게 여길 수 없을 것이다. 힘을 다해 죽는 일은 모르고 이유를 만들어 적에게 넘어가는 자는 이

원기와 이 정신을 무너뜨린 자이니, 이 사람에게 극형을 가하여 삼군
(三軍)을 경계토록 하는 것이 당면한 급무이다. 지금에 적을 사랑하는
정신으로 포로 대우를 날로 좋게 하여, 사는 것뿐 아니라 이 환대를
입고 전쟁을 쉬며 고향 사람과 편하게 거할 수 있다면, 원래 사는 것을
구하고 죽는 것을 피하려는 것이 인지상정이니 누가 시체를 전장에 드
러내기를 좋아하겠는가. 힘을 다하여 이에 패하면 결단코 살아남지 아
니할 것이니, 이 정신이 만약 없으면 일본이 결코 러시아에 승리하지
못할 것이라 해도 과언이 아니다.

러시아 장군 스데세루[38]가 203의 요지를 잃고 모든 방어선도 우리에
게 빼앗기게 되고 남은 곳은 겨우 주변의 남은 부분뿐이다. 목숨이 오
늘내일로 임박하여 털끝만큼도 회복의 의도 없이 힘이 다하여 투항하
였는데도 불구하고, 러시아 수도에서 사형을 선고하였으니

어떤 이유로 ○○○의 무리는 오히려 벗어날 수 있다고 말하는 자가
있어, 변론하여 말하길, "군법회의가 있으니 법은 어기기 불가능하다."
고 하나, 법의 정신은 그들에게 죽음을 명하는 것이 도리어 합당할 것
이다. 그들이 한 부대의 병사를 이끌고 긴슈마루(金州丸)를 수비할 곳으
로 삼고 있다가, 그가 장교로서 자기 부하를 선박에 남기고 자기만 방
어지를 떠나 가히 진력할 때 진력하지 않고 적에게 투항하였으니, 혹자
는 말하길 "부하의 생명을 구하기 위하여 적의 손에 들어갔다."고 하는
데, 부하를 구한다 함은 전군(全軍)을 이끌고 투항하는 것을 말함이므
로 이 일은 이미 가능하지 않다. 가령 이 일이 가능하다 하여도 투항에
가까운 행위가 있으니, 부대장이 먼저 스스로 적군에게 나아가는 것은
비록 러시아 장군이라도 감히 할 바가 아니다. 원래 복잡한 사정도 있

---

38 스데세루 : 미상이다.

지만 이는 물어볼 필요가 없을 것이고, 이상의 사실은 이미 충분히 사형에 해당하는 것이다. 저들 세상 사람에게 가장 증오를 받는 미조구치(溝口) 소좌(少佐)와 마찬가지니, 배의 감독에 불과하다는 이유로, 혹은 다소의 그 정(情)으로 헤아릴 수 있는 것이 있을지도 모르지만, ○○○에 이르러서는 도저히 벗어나기 불가능할 것이다. 군법회의는 알맞은 처분을 가려내는 데 자유롭지 못할 일이 전혀 없고, 군대의 대정신을 보호하기 위한 적당한 처치에서 벗어나지 않으면 안 되니, 국민의 원기는 추호라도 감퇴하게 하지 않을 것이요, 군대의 정신은 잠시라도 황폐하게 하지 않을 것이니, 당국자가 한 걸음을 그르치면 국가의 불행이 막대할 것이다.

영국 · 러시아 협상외교의 밀담

이는 러시아 신문 『노보에 브레미야』지(紙)에 기재된 이야기인데, 러시아 수도에 머무르는 모(某) 외국 공사관실(公使舘室) 하나를 교환하는 자리에서 외교관 몇 명이 있어 대화한 것이다.

(갑) 영국 · 러시아 사이에 새 협상을 만드는 이유는 영국 · 프랑스 협상에서 발단한 것으로서, 현재 영국 내각은 이미 러시아와 협상하였으니 그 공동의 방침과 수단을 연구하여 전력을 쏟을 것이다.

(을) 인도는 어떻게 해야 할까?

(갑) 예전부터 초미(焦眉)의 문제인데 말하기 어려운 것이 있으니, 만약 영국 · 러시아 간 협상이 과연 성립되면 러시아가 또한 인도에 대한 야심을 포기할 것이니, 영국 내각이 이 조건을 보고 비로소 진짜 마음을 피력하여 협상 담판에 응할 것이다.

(을) 페르시아 문제는 어떻게 해야 할까?

(갑) 내가 아는 바로는 페르시아 문제를 해결하기는 결코 어렵지 않을

것이니, 페르시아를 분할할 수 없다는 의견이 영국·러시아 협상의 근본 조항이다. 그러므로 영국 정부에서 본 문제에 관하여 페르시아 북부에 러시아 우선권을 승인하고 그 통상(通商)의 이익을 보호하여 공평한 태도를 취함에 의심할 것이 없다.

(병) 영국·러시아 협상이 성립되는 날 극동(極東) 정책에 대해서도 지대한 가치가 생길 것이다.

(정) 그 이유는 무엇인가?

(병) 영국·러시아 협상이 성립되면 영국·프랑스·일본·러시아 4대국의 협상이 성립될 것은 그 흐름상 당연할 것이다. 이 연합적 협상에 지나(支那)의 독립과 극동의 평화를 보호하는 효력이 있고 지나의 정치와 경제상의 발달이 이로 인하여 시작될 것을 기대할 만하다. 이 형세가 이루어지면 평화는 결단코 파괴되지 않아 독일의 교활한 정략이 반드시 공상에 그칠 것이니, 독일의 지나에 대한 교활한 정략이 최근에 점차 그 효력을 나타내어 그 세력을 업신여기는 것이 불가능하다. 이에 4국이 연합하지 않으면 독일을 꺾기가 불가능할까 두려우니, 독일이 터키에서 성공한 경험으로 지금 또 베이징 정부를 향해 시도하고 있다.

(을) 이 같은 연합적 협상이 영국과 일본에서는 반드시 동의가 많을 것이니, 일본이 참담한 전쟁 후에 다급히 평화의 수단으로 그 나라의 개발을 도모하여, 비록 전쟁을 주장하는 당이라도 지금인즉 러일전쟁의 효과를 쌓기 위해 어쩔 수 없이 만족하는 데 이르렀으니, 일본인은 4국 협상에 임함에 있어 분명 많은 의론이 있을 것이다. 내가 개인적으로 들으니, 일본인이 이 협상에 관하여 크게 관심을 기울이고 있다고 말하더라.

내지잡보

○ 이민 조례 (속)

제14조. 제5조 제1항, 제7조, 제8조, 제9조를 위배하거나, 법령을 위
　　　　배한 이민의 전왕(前往)을 주선하거나 전왕 정지 중에 이민을
　　　　전왕케 한 이민 중개인 혹은 대리인은 50환 이상 500환 이하
　　　　벌금에 처한다.

제15조. 허가를 받지 않고 이민 중개 행위를 한 자 혹은 대리인, 또한
　　　　영업정지 처분을 위배한 이민 중개인 혹은 대리인은 100환 이
　　　　상 1,000환 이하 벌금에 처한다.

제16조. 유혹수단으로 이민을 모집하거나 전왕을 주선한 이민 중개인
　　　　혹은 대리인은 200환 이상 2,000환 이하 벌금에 처한다.

제17조. 본 법의 벌칙은 이민회사에서 각 조(條)에 해당하는 행위를
　　　　하는 회사 대표자에게도 적용한다.

제18조. 제12조-제17조에 따른 처분은 농상공부대신이 행한다.

제19조. 본 법 및 시행 세칙의 규정에 따른 처분은 외국과의 관계가
　　　　있기 때문에 일본 통감의 동의를 거치는 것이 필요하다.

　부칙

제21조. 본 법은 광무 10년 9월 15일부터 시행한다.

광무 10년 6월 29일

어압(御押) 어새(御璽)

봉칙(奉勅)　의정부 참정대신 훈1등(勳一等) 박제순(朴齊純)

농상공부대신 훈1등(勳一等) 권중현(權重顯)

○ **광산 조례 (속)**

제8조. 광업을 청원하는 자가 동일한 땅에 2인 이상 있을 때에는 청원
서가 도착한 날이 먼저인 자에게 허가한다. 같은 날 도착하는
경우에는 농상공부대신이 적당하다고 인정되는 자에게 허가
한다.

제9조. 1항) 광업권자가 광구의 합병, 분할, 혹은 정정을 원할 때는
농상공부대신의 허가를 받아야 한다.

2항) 광구가 위치한 땅의 형상이 광리(廣利)를 해하는 경우에
는 농상공부대신이 정정을 명하도록 한다.

제10조. 1항) 광업권은 농상공부대신의 허가를 받지 않으면 매매, 양
여(讓與) 또는 저당(抵當)을 할 수 없다.

2항) 광업권은 상속할 수 있다.

제11조. 해당하는 광업을 하지 않거나 위험의 소지가 있거나 공익을
해할 염려가 있다고 인정될 때는 농상공부대신이 개량 및 예방
을 명하며 혹 광업 정지를 명하도록 한다.

제12조. 농상공부대신은 아래의 경우에는 광업 허가를 취소할 수 있다.

1. 허위 또는 착오로 허가한 것이 발견될 때.

2. 정당한 이유 없이 1년 이상 휴업하거나 허가를 취득한 날로부터 1년
이상 사업에 착수하지 아니한 때.

3. 제9조 제2항, 제11조의 명령을 따르지 아니한 때.

4. 광업이 공익을 해하는 것으로 인정될 때.

5. 광업에 사용해야 할 토지를 그 목적 이외에 이용하는 때.

6. 납세 기한 내에 광업세 또는 광구세를 납부하지 아니한 때.

7. 제25조 제2항의 광업권자가 기한 내에 상납금을 납부하지 아니한
때.

8. 지정한 기한 내에 벌금을 납부하지 아니한 때.

제13조. 광업 허가가 취소되었거나 광업권이 소멸하여 폐업하는 경우 농상공부대신이 지표 혹은 갱내(坑內) 안전을 지키기 위해 필요하다고 인정하는 구축물은 제거할 수 없다.

제14조.[39] 인가서(認可書)를 휴대한 자에게 토지소유자 혹은 관계인은 이를 거절할 수 없다. 단 측량 및 조사를 위해 손해가 발생할 때에는 청구자는 그에 대한 배상을 하도록 한다.

제15조. 광업권자는 광업 상의 필요가 있을 때 토지소유자 혹은 관계인에게 토지 대여를 강요할 수 있되, 매년 차지료(借地料)를 선급하지 않으면 그 토지를 사용할 수 없다. 토지 사용을 위하여 소유자 혹은 관계자에게 손해가 발생할 때에는 광업권자는 그에 대한 배상을 하도록 한다.

제16조. 1항) 광업권자가 대여 받은 토지를 3년 이상 사용할 목적이 있거나 혹 3년 이상 사용했을 때에는 토지소유자는 광업권자에게 그 토지 매수를 강요할 수 있다.

2항) 토지 일부의 매수로 인하여 남은 땅을 종래 사용하던 목적으로 쓰지 못할 때에는 토지소유자는 토지 전부의 매수를 강요할 수 있다.

제17조. 제14조-제16조 규정에 따른 토지 대여 차지료, 토지 매입과 매매 가격 및 손해 배상에 대해 협의가 순조롭지 못할 때에는 농상공부대신에게 그 판정을 청구할 수 있다. 판정에 필요한 비용을 부담하는 자 및 부담액은 농상공부대신이 정한다.

제18조. 광업에 관한 청원, 청구, 또는 고지를 하려는 자는 명령이 정

---

39 원문에는 14조가 누락되어 있다. 앞뒤 문맥을 따라 삽입하였다.

한바 수수료를 납부해야 한다.

제19조. 1항) 광업권자는 광산세(鑛産稅) 및 광구세(鑛區稅)를 납부해
야 한다.

2항) 광산세는 광산물 가격의 100분의 1로, 광구세는 광구
1,000평 당 1년에 50전으로 한다. 단 1,000평 미만일
경우 1,000평으로 계산한다.

3항) 허가 후 만 1년간의 광구세는 앞의 2항 금액의 반액으로
한다.

제20조. 1항) 광산세는 전년 치를 매년 3월 중에 납부해야 한다. 단,
광업권이 소멸하거나 양도가 이루어지는 경우에는 즉납
하도록 한다.

2항) 광구세는 매년 12월 중에 이듬해 치를 미리 납부해야 한
다. 단, 허가가 난 해에 관련된 자는 월별로 즉납하도록
한다. 이미 납부한 광구세는 환부(還付)하지 않는다.

제21조. 농상공부대신이 본 법 및 시행 세칙에 따라 행한 처분에 관해
서 정부는 손해배상의 책임을 지지 않는다.

제22조. 광업권을 소유치 않고 광물을 채굴하는 자 또는 사기 행위로
광업권을 획득한 자는 50환 이상 1,000환 이하 벌금에 처하고
채굴한 광물은 관(官) 소유로 하며, 이미 양도 혹은 소비한 경우
에는 그에 대한 대금을 추징한다.

제23조. 제5조, 제6조 제1항 및 제13조 규정을 위배하는 자는 20환
이상 500환 이하 벌금에 처한다.

제24조. 앞의 두 조의 처분은 농상공부대신이 행한다.

제25조. 1항) 궁내(宮內)에 속한 광산은 칙령으로 고시한다.

2항) 궁내에 속한 광산을 채굴하고자 하는 자에 대하여, 궁내

부는 아래 나열한 규정에 따르는 자를 제외하고는 본 법
규정을 적용하지 않는다.

1. 제8조의 경우에는 농상공부대신이 적당하다고 인정되는 자에게 허
   가한다.
2. 광업권자는 제19조에 준하는 상납금을 농상공부대신을 거쳐 궁내부
   에 납부해야 한다. 납부에 관해서는 제20조 규정을 준용한다.

제26조. 본 법 시행을 위해 필요한 명령은 농상공부대신이 정한다.

제27조. 본 법 및 시행 세칙의 규정에 따른 처분은 외국인과 관계될
　　　　때가 많으므로 일본 통감의 동의를 거치는 것이 필요하다. 궁
　　　　내에 속한 광산도 이와 동일하다.

제28조 1항) 본 법 발포 전에 허가를 받아 현재 광업에 종사하는 내국
　　　　　　인은 본 법 시행 후 2개월 이내에 본 법에 따른 청원을
　　　　　　할 수 있다.

　　　　2항) 1항의 청원에 관해서는 사업의 정도에 따라 본 법 제8조
　　　　　　의 규정에 구애되지 않고 특별히 허가하는 일이 있을 수
　　　　　　있다.

제29조. 본 법의 규정에 따른 처분에 의해 본 법 발포 전인 현재 광업에
　　　　종사하는 내외국인에게 손해가 있다고 인정되는 때에는 농상
　　　　공부대신은 광업권자가 상당한 보상을 받을 수 있게끔 해야
　　　　한다.

제30조 본 법 발포 전에 광업권에 특허를 얻어 현재 광업에 종사하는
　　　　외국인은 그 특허 조건에 저촉되는 경우를 제외하고는 본 법의
　　　　규정을 준수해야 한다.

부칙

제31조 본 법은 광무 10년 9월 15일부터 시행한다.

제32조 본 법에 저촉되는 법령은 일체 폐지한다.

광무 10년 6월 29일

어압(御押) 어새(御璽)

봉칙(奉勅) 의정부 참정대신 훈1등(勳一等) 박제순(朴齊純)

농상공부대신 훈1등(勳一等) 권중현(權重顯)

○ **의친왕 전하의 왕위 책봉 전말**

광무 10년 7월 19일에 황상폐하께서 조칙(詔勅)을 내리시어 의친왕 전하의 왕위 책봉식을 음력 6월 초열흘 중으로 택일하여 거행하라 하셨다. 같은 날 예식원(禮式院) 장례경(掌禮卿) 신(臣) 김사철(金思轍)이 "일관(日官) 김동표(金東杓)를 시켜 날을 가려 뽑게 하니 음력 6월 4일이 길일이라 하는데 이날 거행하는 것이 어떨지요."라고 아뢰어 그렇게 하기로 되었고, 의친왕께서 재차 사양하는 상소를 올렸으나 폐하의 허락을 얻지 못하여 음력 6월 4일 새벽 5시에 중화전(中和殿)에서 책봉 예식을 약식(權停例)으로 하여 종친과 문무 4품 이상이 금관조복(金冠朝服)을 입고 예식에 참여하였다. 같은 날 낮 2시에 의친왕 전하께서는 사동(寺洞)의 본궁(本宮)으로 행차하셨는데, 경관이 행인을 통제하고 의장대가 길을 인도하여 대한문에서부터 종로를 거쳐 사동(寺洞)의 친왕부(親王府)까지 마차가 길을 메웠고 좌우에 구경하는 사람들이 그 위의(威儀)를 우러르고 머리를 조아리며 다 같이 기뻐하였다. 책봉식을 하고서 사흘째 되는 날에 황성신문사 기자가 국민의 대표로 글을 지어 황가(皇家)의 무궁한 경사를 기렸으니 아래와 같다.

"아아, 전하(殿下)는 바로 우리 황상폐하의 둘째 아들이며 황태자 전하의 친애하는 동생이시다. 금지옥엽에 비할 데 없는 총애를 받으시고 총명함으로 일찍부터 명성을 날리시니, 제국의 기틀이 만년토록 이어지고 고귀한 이씨 왕가의 가지 끝에는 봄빛이 줄어들지 않을 것이다. 삼각산이 닳아 숫돌이 되고 한강이 말라 끈처럼 될 때까지 대대로 황가의 자손이 번창함은 우리 신민이 한마음으로 기원하는 바라. 이제 폐하께서 성스러운 조칙을 내리시어 날을 잡아 책봉식을 거행하시고 왕부(王府)[40]의 관제도 점차 마련될 것이니 이보다 좋은 국가 경사가 있을 수 없다. 전하의 광채를 사모하여 우러르니 어찌 기뻐 박수를 억누를 수 있겠는가. 어떤 이가 알지 못하고서 말하기를 '전하를 왕으로 봉한 지가 이미 몇 년 전이거늘 이제 겨우 왕위 책봉이 이루어졌으니 어찌 심히 늦은 것이 아니겠는가. 하물며 전하께서는 황상폐하의 사랑을 받는 아들인데 궁궐에서 편안히 지내지 못하고 어린 시절 나라를 떠나 해외를 돌아보며 세월을 보내느라 이 책봉식이 크게 늦어진 것이다.'라 하였으니, 아아, 오늘의 하례에서 경축해야 할 것의 증좌는 여기에 있다. 무릇 외국의 제도를 참작하고 세계의 정세를 곰곰이 살피고 신선한 공기를 흡수하며 문명의 사상을 일으켜 우리 황상폐하와 황태자 전하의 밝고 어진 계획을 돕고 우리 2천만 백성의 한결같고 깊은 바람에 답하여 우리 대한의 기초를 공고히 하는 것은 실로 전하의 마음이며 또한 우리들이 전하께 기원하는 것이다. 그러므로 전하께서 처음 외국 대사로 나가실 무렵은 채 약관(弱冠)도 안 된 나이라 혈기도 아직 왕성치 못하였거늘, 그저 우리 성상(聖上)께서 자식에 대한 극진한 감정에도 불구하고 멀리 떠나는 것을 허락하셨고, 전하께서도 부모를 향한 정성스런 마음을 무릅쓰고 먼 길에 오르셨으니, 깊은 궁 넓은 집에서 때맞춰 추위를 피하거나 더위를 물리치지 못하고 아득한 만 리 바닷길에 말 못 할 무수한 곤란을 감내하시며 비단옷과 기름진 음식에 배부르

---

40 왕부(王府) : 1906년 궁내부에 설치된 의친왕부(義親王府)를 말한다.

고 따뜻하고픈 유혹을 생각지 않고 십 년을 연이어 낯선 땅에 머무르셨
다. 세월이 흐르고 흘러 고국을 회고하면 그저 풍광이 떠오르고 추억이
살아나는 것만이 아니라 신하이자 아들로서의 지극한 마음 또한 억누
르기 어려웠으니, 어찌 이를 잊을 수 있었겠는가. 다만 삼가 살피건대,
전하의 생각이 보통사람보다 만 배는 앞서나가 일시적인 사사로운 감
정을 전혀 돌보지 못하고 현 세계의 문명 풍조를 장차 익혀 나라와 백성
에게 큰 복을 가져오기 위해 이와 같이 해외에 머무르셨고 또한 귀국한
지 얼마 되지 않아 다시 일본행의 명을 받고 이웃나라 관병식을 직접
다녀오시느라 왕위 책봉 의식이 지금까지 지체된 것이니, 강조컨대 이
예식을 이제야 비로소 거행함을 어찌 더욱 축하하지 않을 수 있겠는가.
전하께서 애초부터 궁궐 안에 가만히 머무르며 해외의 사정을 굳이 알
고자 하지 않고 다만 비단옷과 맛난 음식으로 몸을 돌보고 이부자리의
안락함 속에서 세월을 보냈다면 아마 이 책봉식이 오늘에야 있지는 않
았을 것이며, 바다를 건넜다가 조만간 서둘러 돌아왔더라도 이 책봉식
이 또한 오늘에 이르지는 않았을 것이나, 그러했다면 과연 어찌 전 지
구의 정세를 관찰하고 젊어서 지식을 넓힐 수 있었으리. 이제 오늘날
우리들이 전하께 바라는 것과 전하께서 스스로 기다리신 것은 다만 태
평성대의 귀공자와 왕손이 군왕에 봉해져 일시의 행운으로 향락을 누
리는 것과 같을 수 없으니, 위로 황상을 보필하실 때 협력하여 돕는
성의를 다하실 것이고 아래로 국민을 대하실 때 그 절절한 마음을 저버
리지 않으시리니, 오늘에야 시행되는 책봉식이 어찌 더더욱 경축할 일
이 아닐 수 있겠는가.

해외잡보

○ 일본에 대한 청나라의 요구

베이징 전보에 따르면, 청나라 외무부는 하야시(林) 공사가 착임(着任)함에 따라 최근의 남만주 문제에 대하여 아래와 같이 교섭을 개시한다고 한다.

1. 다롄(大連)에서 청나라 관세 규칙을 시행할 것.
2. 압록강 벌목 사업은 일·청 양국 상인이 합자(合資)하여 착수할 것.
3. 푸순(撫順) 탄갱을 반환할 것.
4. 펑톈(奉天), 안둥현(安東縣), 다둥거우(大東溝), 톄링(鐵嶺)의 조계(租界)에 관한 것.
5. 랴오둥(遼東) 지방관의 권한을 분명히 할 것.
6. 남만주 철도에 관한 사항 및 일청조약 제7조 철도 운수업 규칙에 관한 사항.

○ 러시아 의회 해산

베를린 전보에 따르면, 러시아 황제는 의회를 해산케 하고 내년 3월 5일에 새 의회를 소집한다고 한다.

○ 해산 후의 러시아 의원

파리 전보에 따르면, 러시아 황제는 칙령으로 하의원(下議院)을 해산하고 중요한 농민대표에게는 해산 전에 상트페테르부르크에서 퇴거할 것을 명하였는데, 해산 후 의원들은 수도를 떠나지 않고 도처에서 비밀집회를 계속 연다고 한다.

○ 계엄령 집행

상트페테르부르크 및 비기에우[41] 등 여러 지방에 계엄령이 선포되어 많은 의원이 핀란드로 넘어갔고 국내 도처에 민심이 끓어오른다고 한다.

○ **미국의 일본인 배척**

일본 『호치신문(報知新聞)』이 미국에서 온 기고문을 게재하였는데 그 대략은 다음과 같다.

"미국 샌프란시스코 지진의 실지 연구를 위하여 특별히 관명(官命)을 받고 출장을 간 이과대학 교수 지진학 교실의 주임 오쿠와(大桑) 박사는 미국으로 간 후 지진 피해 연구에 열중하였는데, 지난달 9일에 박사가 피해 현황을 촬영하기 위해 사진기를 들고 샌프란시스코 시 우체국 앞에서 적당한 자리를 택하려 할 즈음 13·4세가량의 소년들이 박사 주위로 점점 모여들어 8·9명이 되자 박사를 향해 기와 조각을 던지기 시작했다. 박사가 이를 제어하려 하자 그들 무리는 더욱 다투어 기와 조각을 던져 박사의 모자에 계란만 한 구멍이 뚫렸다. 일본인협회 의원들이 격분을 참지 못하고 이 일의 전말을 낱낱이 적어 해당 지방의 우체 국장 및 경찰국장에게 알렸더니, 해당 수장들은 사과를 하고 범죄를 일으킨 소년들에 대한 수사에 힘써 한 소년은 이 때문에 쫓겨나게 되었다. 원래 태평양 연안에 사는 백인종은 일본인을 배척하는 경향이 있어 그 결과가 소년 사회에까지 미쳐 일본인을 볼 때마다 문득 해코지를 하려 하고, 또한 해당 지역의 소위 '일본인배척회'는 지금까지 의연히 존재하여 시장(市長)이 이 회에 출석하여 일본인 배척에 대한 연설을 한 일도 있다. 『크로니클』 지(紙)는 일본인 배척을 주장하고 캘리포니아 선출의원도 의회에서 이런 견해를 내보였으니 일본인 배척의 목소리가 언제쯤에 이르러야 그칠지도 알 수 없고 오쿠와 박사가 당한 것 같은 수모가 언제 또 일어날지도 알 수 없다. 이러하다면 마땅히 일본

---

41 비기에우 : 미상이다.

인 배척에 대응할 국론을 환기하여 신문이든 학계든 의회든 국민의 의
지를 대표할 만한 기관이 나서서 미국인 일반에게 호소하여 반성을 요
구하고 '일본인배척회'라는 것을 확실히 없애게끔 해야 할 것이다."

○ **유럽 외교계의 새로운 현상**

근래 유럽 외교계의 뚜렷한 현상은 영국·러시아 간의 묵계와 돈독
함이라는 것인데, 이 문제에 대해 열국(列國)에서 세심히 주의를 기울
여 그 결과가 어떤지를 지켜보고 있다. 최근 영국 국회의원 한 명이
외무대신 그레이(Edward Grey) 씨에게 영·러 간에 과연 세간의 평과
같은 일종의 묵계가 있는 것인지 물었더니 그레이 씨가 답하길 "영·러
양국 정부 사이의 문제들이 용솟음쳐 제기되는 것은 무릇 양국의 우의
를 희망하기 때문이다. 만약 양국이 이런 경향을 지속한다면 어쩌면
제휴가 국제문제가 될 것이다."라 하였다. 유럽 각국의 신문들 또한 하
나같이 이에 찬성을 표했다.

『런던 타임즈』지는 영·러가 묵계를 통해 가까워진 것을 기정사실로
보며 환영하였고『스탠더드』지는 이 양국 관계가 결코 독일을 압박하
려는 것이 아니며 또한 독일에 대적하려는 계약을 맺은 적이 없고 양국
의 진의(眞意)는 다름 아니라 공명정대한 마음으로 열국에 대해 비판적
인 입장에 서는 것이니, 불원간 열국에 통보할 것이라 하였다. 프랑스
『피가로』지는 두 나라의 협상이 조만간 일종의 형식으로 나올 법한데
이렇게 믿는 것은 최근 12개월간 영국의 행동이 도처에서 이런 경향을
지녔기 때문이라 하였고, 같은 나라의 『인도랑시쟝』[42] 지는 영·러 양국
관계의 돈독함은 점차 공고해져서 유럽과 아시아 두 대륙의 세력 범위
를 정할 것이니 러시아는 페르시아 북부, 영국은 페르시아 남부를 맡고

---

42 인도랑시쟝 : 미상이다.

또한 아프가니스탄, 극동 티베트(西藏極東), 터키에 대해서는 현 상태를 유지하는 등의 일이 그 증거라 하였다. 독일의 반(半) 관보『게루닛슷아이쓴구』[43]는 "만약 영국이 관계의 돈독함으로 여러 문제에 대해 공동행동을 취한다면 우리 독일은 환영할 것이다. 어째서인가. 만약 두 대국 간에 전쟁이 일어나면 우리나라도 중대한 손해를 입기 때문이다. 우리나라는 원래부터 러시아의 정책을 충실히 따랐으니 영·러의 돈독한 관계도 기원한다. 또한 페르시아 문제도 조속히 해결되길 바란다."고 하였다.『함부르크 나흐리히텐(Die Hamburg Nachrichten)』지는 영·러 두 나라의 묵계는 가히 평화와 행복을 이룰 것이니 황금시대의 선구라 하였다. 이러하므로 러시아『노보에 브레미야』지도 붓을 들어 이 일을 극찬하였다.

유럽 외교계의 관측 및 의향은 이러하니, 당사자는 비록 감추고 있지만 불원간에 사실 공표를 보게 될 듯하다.

사조(詞藻)

해동회고시(海東懷古詩) 漢

영재(泠齋) 유득공(柳得恭) 혜풍(惠風)

한(韓)

『후한서』에 "한(韓)은 세 종류가 있으니, 첫째는 '마한(馬韓)'이고 둘째는 '진한(辰韓)'이고 셋째는 '변한(弁韓)'이다. 마한은 서쪽에 있으니 54국이 있다. 그 북쪽은 낙랑과, 남쪽은 왜(倭)와 접하고 기자 이후 40

여 세(世)에 조선 후(朝鮮侯) 준(準)이 스스로 왕이라고 칭하더니 연나라 사람 위만이 준을 격파하고 스스로 왕이 되었다. 준이 이에 그 남은 무리 수천 명을 이끌고 바다로 도주해 들어가 마한을 공격하여 격파하고는 스스로 한왕(韓王)에 올랐다." 하였다. 『동국통감(東國通鑑)』에 "기준(箕準)이 위만(衛滿)에게 공격당하여 뺏기고 나서 바다로 들어가 한(韓) 땅의 금마군(金馬郡)에 살았다."라 하였고, 『문헌비고(文獻備考)』에 "금마(金馬)는 지금 익산군(益山郡)에 금마산(金馬山)이 있다."라 하였고, 『여지승람(輿地勝覽)』에 "기준성(箕準城)은 익산군 용화산(龍華山) 위에 있으니 둘레가 3천 9백 척이다."라고 하였다.

당시에 한나라 망명인을 잘못 믿어	當年枉信漢亡人
보리이삭 가득한 은허에 또 봄이 찾아왔네.[44]	麥穗殷墟又一春
가소롭도다. 허둥지둥 바다에 떠가던 날도	可笑蒼黃浮海日
뱃머리엔 선화빈을 태우고 있었으니.	船頭猶載善花嬪

'선화빈(善花嬪)'은 『삼국지(三國誌)』에 "조선 왕 준이 위만에게 공격당해 왕위를 빼앗겼을 때 좌우의 궁인들을 데리고 바다로 도주해 들어가 한(韓) 땅에서 살았다."라 하였고, 『동사(東史)』에 "기준의 호(號)는 무강왕(武康王)이다."라 하였고, 『여지승람』에 "용화산은 익산군 북쪽 8리에 있으니 세상에서 전하길, 무강왕이 인심을 얻고 나서 마한에 나라를 세우고 선화부인(善花夫人)과 함께 산 아래에서 노닐었다."라 하고, 또 "쌍릉(雙陵)은 오금사(五金寺) 서쪽 수백 보에 있으니, 후조선(後

---

44 보리이삭……찾아왔네 : 기자(箕子)는 은(殷)나라 멸망 이후 화려한 도성의 모습이 사라지고 보리이삭만 가득한 은허를 보고 한탄한 바 있는데 여기에서는 나라의 멸망을 탄식할 만한 상황이 기자의 후손인 기준(箕準) 대에 또 일어났음을 말한 것이다.

朝鮮) 무강왕과 비(妃)의 능이다."라 하였다.

예(濊)

『한서(漢書)』에 "무제(武帝) 원삭(元朔) 원년(B.C.128)에 예(濊) 임금 남려(南閭) 등 인구 28만 명이 투항하였거늘, 창해군(滄海郡)을 삼았다."라 하였고, 『후한서(後漢書)』「예전(濊傳)」에 "예는 북쪽으로 고구려·옥저와, 남쪽으로 진한과 접하였고, 동쪽으로 큰 바다에 닿고 서쪽으로는 낙랑에 이르니 본래 조선의 지역이다." 하였고, 가탐(賈耽)[45]의 『고금군국지(古今郡國志)』[46]에 "신라는 북쪽으로 명주(溟州), 즉 옛 예나라와 경계를 삼았다."라 하였다. 『문헌비고』에 "지금 강릉부(江陵府) 동쪽에 예 때 쌓은 옛 성의 유지(遺址)가 있다."고 하였다.

대관령 저 밖에는 동쪽 큰 바다 펼쳐졌고	大關嶺外大東洋
예나라의 산천은 해 뜨는 곳 가렸는데	蕊國山川蔭榑桑
야로들은 흥망성쇠 옛일들을 모르는 채	野老不知興廢事
한가롭게 밭 사이서 옛 동장(銅章)을 주웠구나.	田間閒拾古銅章

'대관령(大關嶺)'은 『여지승람』에 "대관령은 강릉(江陵) 서쪽 45리에 있는데, 고을의 진산(鎭山)이다. 여진(女眞)의 장백산(長白山)으로부터 종횡으로 구불구불 이어지며 동해 물가를 차지한 고개가 몇 곳인지 알지 못하겠지만, 이 산고개가 가장 높다." 하였으니, 김극기(金克己) 원외(員外)의 시에 "가을서리는 기러기 가기도 전에 내리고, 새벽 해는 첫닭

---

45 가탐(賈耽) : 730-805. 당나라의 정치가이자 지리학자이다.
46 고금군국지(古今郡國志) : 『고금군국현도사이술(古今郡國縣道四夷述)』 40권을 이르는 듯하다.

이 우는 곳에 돋는구나〔秋霜雁未過時落, 曉日鷄初鳴處生〕."라 했다. '예국
(薉國)'은『여지승람』에 "강릉부는 본래 예국(薉國)이니, 철국(鐵國)이라
고도 하고 예국(薉國)이라고도 한다." 하였고, '고동장(古銅章)'은『삼국
사기』신라 남해차차웅(南解次次雄) 16년에 "북명(北溟) 사람이 밭을 갈
다가 예왕(薉王)의 인장을 얻어 바쳤다." 하였다.

맥(貊)

『한서』에 "무제가 즉위함에 팽오(彭吳)가 예맥(薉貊)과 조선까지 길을
뚫었다."라 하였고, 『후한서』에 "구려왕(句麗王) 궁(宮)이 예맥과 함께
현도(玄菟)를 침범하여 화려성(華麗城)을 공격하였다."라 하였고, 『문헌
비고』에 "맥국 수도는 지금 춘천부(春川府) 북쪽 13리 소양강(昭陽江)
북녘에 있다."고 하였다.

소양강 이 강물은 창진(滄津)으로 닿았으며	昭陽江水接滄津
통도비는 깨진 채로 덤불 속에 묻혔구나.	通道碑殘沒棘蓁
우리 동방 역사서는 반고(班固) 뜻을 못 살렸네.	東史未窮班椽志
요임금 때의 단군께서 한(漢) 때 신하에게 명했다니.	
	堯時君命漢時臣

'소양강(昭陽江)'은『여지승람』에 "소양강은 춘천부 북쪽 6리에 있으
니, 근원이 인제(麟蹄) 서화현(瑞和縣)에서 나와 춘천부 기린현(基麟縣)
의 물과 합류하여 양구현(楊口縣) 남쪽에 이르러 초사리탄(草沙里灘)이
되고, 또 춘천부 동북쪽에 이르러 청연(靑淵)이 되고, 주연(舟淵)이 되
고, 적암탄(狄岩灘)이 되고, 소양강이 된다."고 하였다.
'통도비(通道碑)'는『동사(東史)』에 "단군(檀君)이 팽오(彭吳)에게 명

하여 국내 산천을 다스리게 하여 백성의 거처를 정하였다." 하였고, 『본
기통람(本紀通覽)』에 "우수주(牛首州)에 팽오비(彭吳碑)가 있다."라 하였
고, 『문헌비고』에 "팽오(彭吳)는 바로 한(漢)나라 사람이지 단군의 신하
가 아니다."라 하였다.

금릉(金陵)에서 벗을 만나다[金陵逢友人] 漢

칠점산인(七点山人)[47]

흥을 타고 표연히 작은 배 띄우니,	乘興飄然放小舠
동남쪽은 구름 낀 파도만 아득하네.	東南無地渺雲濤
풍광은 고국(古國) 천년의 승경이요,	風光古國千年勝
시절은 마침 가을 8월을 만났도다.	時序高秋八月遭
불우한 백발노인은 가련히도 시주나 일삼고,	文酒轗軻憐白髮
떨어진 청포 입고 비파 타며 눈물 흘리네.	琵琶淪落泣青袍
오랜 친구가 떠난 뒤로 시 흔적만 남아,	故人去後詩留跡
천리 밖에서 서울 언덕의 그대를 그리워했네.	千里相思洛下皐

몸은 쉽게 꺾이는 병든 가지와 같고,	身作病枝宜易摧
마음속 뜨거운 불은 재가 될 것 같은데,	心藏熱火可成灰
어찌 알았으랴. 분산에서의 보름날 밤	豈意十五盆山夜
달이 다시 둥글어져 아름다운 그림자가 올 줄을.	缺月重團好影來

비평: 두 시 모두 슬픈 상황을 극진히 표현하였다.

---

47 칠점산인(七点山人) : 미상이다.

며칠을 숙직하며[鎖直] 漢

해록생(海綠生)⁴⁸

궁궐 홰나무는 해에 가려 그림자만 너울너울.	宮槐翳日影幢幢
금빛과 푸른 빛 누대는 창문이 12개로다.	金碧樓臺十二牕
깊은 궁원에 사람은 없고 봄날 낮은 긴데,	深院無人春晝永
벽도화 밖으로 제비가 쌍쌍이 날아드네.	碧桃花外燕雙雙

비평: 『지북우담(池北偶談)』⁴⁹에 채록할 만하다.

제2수

자줏빛 두건, 푸른 띠, 진홍색 홑옷.	紫巾綠帶茜紅衫
불러서 궁정으로 가니 전감이로다.	宣喚宮庭是殿監
봄바람에 꽃 피고 달 밝은 밤을 말하니,	解說春風花月夜
고운 얼굴, 맑은 눈빛, 고운 손을 가졌구나.	臙脂波上玉纖纖

비평: 궁사(宮詞)의 묘함이 응당 왕중초(王仲初)⁵⁰로 하여금 손색 있게 만들 것이다.

제3수

오아령 달고 실띠 메고 낙송패 차고서	鴉翎條帶烙松牌
궁녀는 높이 쪽진 머리에 비녀 하나 꽂았네.	宮婢高鬟一股釵

---

48 해록생(海綠生) : 미상이다.

49 지북우담(池北偶談) : 중국 청나라 때 시인인 왕사정(王士禎, 1634-1711)이 지은 필기(筆記)이다. 이 책의 권18 「조선채풍록(朝鮮採風錄)」에는 임제(林悌), 백광훈(白光勳), 김굉필(金宏弼), 성운(成運), 김종직(金宗直) 등 조선 문인들의 시가 수록되어 있다.

50 왕중초(王仲初) : 767-831. 중국 당나라 때 시인 왕건(王建)으로, '중초(仲初)'는 그의 자이다. 그는 악부(樂府)에 능했는데, 특히 궁사(宮詞) 100수가 유명하다.

요지(瑤池) 청조사(靑鳥使)⁵¹가 아니겠나?　　　莫是瑤池靑鳥使
옥청궁전에 서신 받들고 왔겠지.　　　　　　玉淸宮殿奉書來

제4수
궁궐 버드나무가 땅을 쓸듯 길게 늘어진 때에,　宮柳毿毿窣地長
옥계의 선악(仙樂)을 무지개 치마 입고 연주하네. 玉階仙樂奏霓裳
봄바람이 운소부⁵²에 따스하게 불어오니　　春風吹暖雲韶府
협율랑⁵³은 깃발 꼭대기에 글자로 수를 놓네.　繡字旗頭協律郎

비평: 태평시대의 성대한 일에 대해 그 진경(眞境)을 잘 그려내었다.

밀령(蜜嶺)을 넘어가며 입으로 읊조리다[踰蜜嶺口號] 漢

남숭산인(南嵩山人)

나는 일찍이 남숭산(南嵩山)⁵⁴ 정상에 올라 이것을 제외하면 모두 작은 언덕일 뿐이라고 여겼다. 안개가 사라지자 큰 산악이 눈앞에 갑자기 솟아나는 것이 보였는데, 뭇 봉우리들이 우뚝 서 있었다. 구름 너머로 보고서 가리켜 물으니 곧 가야산(伽倻山)이었다. 나는 말하기를, "나는 내가 숭상한 것을 스스로 대단하다고 여겼는데 참으로 우물 안 개구리의 식견이었을 뿐이니, 이로 인해 소원을 이루지 못한 지가 오래되었다."라고 하였다. 그런 뒤로 세속에서 허덕이며 단지 선경(仙境)을 꿈에

51　요지(瑤池) 청조사(靑鳥使) : '요지'는 전설 속의 선녀인 서왕모(西王母)가 살던 곳으로 곤륜산(崑崙山)에 있다고 한다. '청조사'는 서왕모에게 세 마리의 청조가 있었는데 서왕모를 대신하여 소식을 주고받는 역할을 하였으므로 이후 서신을 전하는 사자의 의미로 쓰인다.
52　운소부(雲韶府) : 당나라 때 궁중에서 궁정음악(宮廷音樂)을 관리하던 관서이다.
53　협율랑 : 고려 및 조선시대에 제례나 연회가 있을 때 음악의 진행을 맡던 관리이다.
54　남숭산(南嵩山) : 지금의 금오산(金烏山)이다. 『신증동국여지승람』에 따르면, 고려 때에 남숭산으로 불리어 해주(海州)의 북숭산과 짝을 지었다고 한다.

서나 상상할 뿐이었는데, 금년 봄 이여재(李汝材) 군이 편지를 보내어 함께할 것을 요구하였다. 그러므로 4월 초에 일이 있어 남행(南行)하게 되자 마침내 그의 집에 들러 재촉하여 이튿날 길을 떠났다.

경사진 밀령 길을 겨우 부축받고 가니,　　嶺途欹仄僅扶行
산 끝에 냇물 열리고 들판 성은 아득하네.　　山盡川開逈野城
황금빛 보리이삭은 밭두둑에 넓게 이어지고,　　麥穗金黃連隴濶
흰 빛깔의 해당화는 시내를 환하게 비추네.　　棠花雪白照溪明
단지 혼란함을 싫어해 참세계로 온 것이지　　只因厭亂來眞界
한가히 탈속을 멋대로 누리려는 것 아니라오.　　不是偸閒放逸情
희미한 구름 산이 점점 가까이 보이니,　　隱約雲山看漸近
병든 후의 야윈 몸이 다시 가벼워진 것 같네.　　病餘羸骨覺還輕

나는 며칠 동안 학질에 걸려 기력이 몹시 부족했으나 오랜 소원을 풀기 위해 용맹을 부려 앞으로 나아갔는데 오히려 간간이 한기(寒氣)와 열기(熱氣)가 번갈아 나는 증세가 있어 마치 자우(子羽)가 동성(東城)에서 일전을 벌일 때[55] 비록 힘을 떨쳐 일으켜 적장을 베려 해도 기운이 이미 꺾인 것과 같았다. 마침내 시를 지어 학귀(瘧鬼)에게 유시하기를,

삼실 같은 야윈 몰골로 억지로 몸 일으켜　　瘦骨如麻强住持
되려 술 많이 마시고 시 호방하게 짓네.　　猶能健酒且豪詩
오늘 행보는 영험한 신선 세계에 드는 일이니,　　今行政入靈仙界
마귀 부대에게 분부하니 정기(正旗)를 억제하라!　　分付魔軍按正旗

---

55 자우(子羽)가⋯⋯때 : '자우'는 춘추시대 노(魯)나라 장군 이름으로 '안우(顏羽)'라고
　　도 한다. 『좌전(左傳)』「노애공(魯哀公)」 11년에 따르면, '자우'는 전투에 적극성을
　　보인 바 있는 인물이다.

소설

비스마르크의 청화(淸話) (속)

비스마르크가 사물을 판단하는 재능은 모두 독창적인 견해로부터 나왔다. 대학에 재학하던 시절 결투를 매우 좋아하여 매번 학교에 혼란을 일으켰는데, 교장이 하루는 그를 불러 간곡하게 그것이 불가하다는 것을 훈계하니, 그가 이를 조금도 따르지 않고 도리어 교장을 향하여 프랑스인과 프랑스를 혐오하는 주장으로써 일장 연설을 하였다. 교장이 어찌할 바를 몰라 재차 그를 불러 회유하여 말하길, "자네가 역부족의 일을 하려고 하니, 자네의 의견은 바로 구시대의 의견일세."라고 하자, 그가 대답하길, "바른말은 겨울의 수목과 같아서 훗날에 개화하는 것을 반드시 볼 수 있습니다."라고 하고, 더욱 이를 따르지 않았다.

그 후 혁명당의 기세가 날로 극렬해져 비스마르크가 프로이센 연방의회의 의원으로 있던 시기에는[56] 대단한 폭동을 일으키는 데 이르렀다. 비스마르크가 이를 보고 크게 분개하여 어느 누군가에게, "모든 대도시는 이미 무정부당과 혁명당의 온상이 되어 버린 고로 나는 이를 파괴하고 세상을 모조리 청소해 버릴 수밖에 없다."라고 말하였다. 그 이후 비스마르크는 프로이센 사람들로부터 '도시파괴자'라는 별명을 얻었다. 이때 폭동의 세력들이 극도로 창궐하여 군인사회도 모두 두려움을 느껴 이미 토벌 명령이 내려졌으나 한 명도 나가 싸우려는 자가 없었다. 훗날 비스마르크는 이때의 상황을 술회하여 이르길, "1848년 3월 군대는 포츠담에 있었는데 아군은 모두 혁명군의 폭동에 대단히 겁먹은 모습으로, 장교들은 이때 어떤 계책을 낼 것인가 하고 머리를 맞대

---

56 연방의회의……시기에는: 원문은 '議會議員을聯合하난頃에'로 되어 있으나, 일본어 저본을 참조하여 내용을 수정·번역하였다.

고 의논하고 있었다. 이때 묄렌도르프(Möllendorff) 장군은 나와 멀리 떨어지지 않은 의자에 반쯤만 걸치고 있었는데, 머리를 숙이고 구부려 보고 있는 모습은 그 마음속 근심과 고민을 드러내고 있었다. 내가 옆에서 이들을 보니 어떤 이는 장군에게 왼쪽으로 가야 한다고 하고 어떤 이는 오른쪽으로 가야 한다고 하나 말만 시끄러울 뿐, 누구도 명쾌하지 않았다. 나는 잠자코 한마디도 않고 있었지만 이 회의가 대단히 굼뜬 것을 보고는 분노를 참을 수 없었다. 앞으로 나아가 피아노가 있는 곳에 이르러 손가락을 튀겨 보병의 구보 군가 두 곡을 소리 높여 연주했다. 그러자 노(老)장군이 조용히 이를 듣고는 대단히 기쁜 얼굴을 하고 순식간에 용기를 내고는, 몸을 일으켜 나에게 와서 나를 껴안고는, "이는 대단히 상책이다. 나는 이제 당신의 의도가 바로 베를린으로 진격하는 데 있음을 알겠다."라고 말했다. 그런데 왕의 의지가 매우 약하여 곧 혁명당에게 양보하였으므로, 장군 등은 용기를 내어 베를린 쪽으로 향하였지만 결국 한 명의 병사도 싸워보지 못하게 되었다. 비스마르크가 왕을 오랑주리(Orangerie) 대지(臺地)에서 알현하고 국가 정책 개량을 위한 의견을 올렸는데, 왕이 말하길, "비스마르크가 올린 것과 같은 과격한 방법을 사용하여 혁명당의 소란을 진압하면 이는 위험을 자처함이니, 쉽게 사용하지 못할 것이다."라고 하였다. 비스마르크는 왕을 향해 "폐하가 이를 위험하다고 여기심은 요컨대 용기가 부족한 탓일 따름이옵니다. 폐하께서 지금 조금만 용기를 내신다면 어찌 그들에게 이기지 못할까 염려하겠나이까."라 말하였고, 이때 왕후는 우거진 숲속 저편에서 대신들과 함께 이야기하다가 비스마르크의 이 말을 듣고 이쪽으로 와, "비스마르크, 당신은 어찌 폐하에게 이러한 말을 할 수 있단 말이오."라고 하니, 왕은 미소 지으면서 왕후를 돌아보며, "왕후는 내버려두시오. 내가 지금 그를 처리할 수 있으리다."라고 말했다. 왕은 이

충언을 수용할 용기가 없었고 마침내 혁명당의 괴롭힘으로 인해 헌법 제정을 허용해주게 되니, 비스마르크의 고심이 이로써 수포로 돌아가게 되었다. (미완)

특별공지

본보(本報)를 애독하시는 여러분의 구독 편의를 위하여 아래의 여러 곳에서도 판매하오니 부디 사보시길 간절히 바람.

김기현(金基鉉) 씨 책사(冊肆) : 종로 대동서시(大東書市)

김상만(金相萬) 씨 책사 : 포병하(布屛下)

정석구(鄭錫龜) 씨 지전(紙廛) : 대광교(大廣橋)

주한영(朱翰榮) 씨 책사 : 동구월편(洞口越便)

고유상(高裕相) 씨 서포(書舖) : 대광교동변(大廣橋東邊) 37통 4호

광고

본사는 대자본을 증액 출자하여 운전기계와 각종 활판, 활자 주조(鑄造), 석판, 동판, 조각, 인쇄와 제본을 위한 여러 물품 등을 완전무결하게 준비하여 어떤 서적과 인쇄물을 다루든 신속과 정밀을 위주로 하고 친절과 정직을 마음에 새기니 강호제군께서 계속 주문해주시길 간곡히 바람.

경성 남서(南署) 공동(公洞) (전화 230번)

일한도서인쇄회사

경성 서서(西署) 서소문 내 (전화 330번)
동(同) 공장
인천 공원지통(公園地通) (전화 170번)
동(同) 지점

대한자강회월보(大韓自强會月報)

『대한자강회월보』는 우리나라 국민의 의무로 조직한 대한자강회에
서 발행하는 잡지인데, 그 목차는 논술, 회록(會錄), 연설, 내국 기사,
해외 기사, 교육부, 식산부(殖産部), 국조고사(國朝故事), 문원(文苑), 사
조(詞藻), 담총(談叢), 소설, 방언(方言) 등으로 정하고 있습니다. 회원
중에서 위원 10여 명을 선정, 편찬을 담당하여 각기 품고 있는 학술·
문예와 의견·지식을 다하여 우리나라에 제일 유익한 잡지를 매월 25
일에 한 권씩 발간합니다. 이에 우리나라 동포로 애국에 뜻이 있으신
여러분은 한 권씩 구매할 수밖에 없는 책이니, 이로써 밝게 빛나실 것
을 간절히 바랍니다.

매달 초하루 한 권 정가 금(金) 15전(錢)
황성(皇城) 중서(中署) 하한동(下漢洞) 제 통(統) 제 호(戶)
제국잡지사(帝國雜誌社) 알림

가정잡지(家庭雜誌)

이 『가정잡지』는 순국문으로 간단히 편찬하여 우리나라 부인(婦人)
의 열독(閱讀)을 보다 쉽게 한 책이오니, 가정교육에 뜻을 두시는 여러

분은 월마다 구독하시기를 바랍니다.

　매월 한 권 발행 정가 금(金) 10전(錢)

　경성 남대문내 상동(尙洞)

　청년학원(靑年鶴苑) 가정잡지사 고백(告白)

특별광고

　본사 잡지를 매월 10일 및 25일 2회 정기 발간하는데 첫 회부터 미비하였던 사무가 아직 정리되지 않아 부득이 이번에도 또 5일 연기되었기에 황송함을 무릅쓰고 재차 이 사유를 알리니 애독자 여러분께서는 헤아려 주시길.

-조양보사 드림

대한 광무(光武) 10년
일본 메이지(明治) 39년
병오(丙午) 6월 18일 제3종 우편물 인가(認可)

朝陽報

제5호

조양보(朝陽報) 제5호

신지(新紙) 대금(代金)

한 부(部) 신대(新貸) 금(金) 7전(錢) 5리(厘)

일 개월 금 15전

반 년분 금 80전

일 개년 금 1원(圓) 45전

우편세[郵稅] 매 한 부 5리

광고료

4호 활자 매 행(行) 26자 1회 금 15전. 2호 활자는 4호 활자의 표준에 의거함

◎매월 10일・25일 2회 발행

경성 남대문통(南大門通) 일한도서인쇄회사(日韓圖書印刷會社) 내

　임시발행소 조양보사

경성 남대문통 인쇄소 일한도서인쇄회사

　편집 겸 발행인 심의성(沈宜性)

　인쇄인 신덕준(申德俊)

목차

조양보 제1권 제5호

주의

뜻 있으신 모든 분께서 간혹 본사로 기서(寄書)나 사조(詞藻)나 시사(時事)의 논술 등의 종류를 부쳐 보내시면 본사의 취지에 위반되지 않을 경우에는 일일이 게재할 터이니 애독자 여러분은 밝게 헤아리시고, 간혹 소설(小說) 같은 것도 재미있게 지어서 부쳐 보내시면 기재하겠습니다. 본사로 글을 부쳐 보내실 때, 저술하신 분의 성명과 거주지 이름, 통호(統戶)를 상세히 기록하여 투고하십시오. 만약 부쳐 보내신 글이 연이어 세 번 기재될 경우에는 본 조양보를 대금 없이 석 달을 보내어 드릴 터이니 부디 성명과 거주지를 상세히 기록하십시오.

본사 특별광고

본사에 본보 제1권 제1호를 발간하여 이미 여러분의 책상머리에 한 질씩 돌려보시도록 하였거니와, 대개 본사의 목적은 다름이 아니라 동서양 각국의 유명한 학자의 언론이며, 국내외의 시국 형편이며, 학식에 유익한 논술의 자료와 실업의 이점이 되는 지식과 의견을 널리 수집 채집하여 우리 한국의 문명을 계발할 취지입니다. 또한 소설(小說)이나 총담(叢談)은 재미가 무궁무진하니 뜻 있으신 여러분은 매달 두 번씩 구매하여 보십시오. 지난번에는 대금 없이 『황성신문(皇城新聞)』을 애독하시는 여러분께 모두 보내어 드렸거니와, 다음 호(號)부터는 대금이 있으니 보내지 말라고 기별하지 않으시면 그대로 보내겠으니, 밝게 헤아리시기를 삼가 바랍니다.

경성(京城) 남서(南署) 공동(公洞) 일한도서인쇄회사(日韓圖書印刷會

社) 내

조양잡지사(朝陽雜誌社) 임시 사무소 알림

논설

세계에서 가장 위대한 단체 : 국가의 생기(生氣)

우리들이 오늘날을 맞이하여 크롬웰(Oliver Cromwell)의 사람됨을 깊이 상상하니, 어려운 시대에 위인(偉人)을 상상하는 것은 예나 지금이나 똑같이 좋아 행하는 정(情)이다.

크롬웰이 헌팅던((Huntingdon) 소택(沼澤)에 몸을 숨겨 경작과 성서(聖書)로 스스로 안정하여 머리카락이 반백이 되도록 세상일을 생각하지 않더니, 하루아침에 사세(事勢)에 압박되어 하는 수 없이 일어나 대의사(代議士)도 되며 장군도 되어 저 이른바 퓨리탄(Puritan) 단대(團隊)를 거느리고 여기저기서 싸움을 하여 마침내 당시의 간당(奸黨)을 모두 쓸어버리고 영국에 일찍이 전에 없던 개혁을 단행하며 영국 300년 전 역사서를 윤식(潤飾)하여 마침내 영국인으로 하여금 '우리나라에 크롬웰이 있으며 우리나라에 퓨리탄이 있다'고 과장하도록 하니

저와 같은 이는 세상의 소금이다. 온몸이 진리에 충실하며 덕의(德義)에 용맹하여 오직 황천(皇天)의 명을 받들어 천국을 지상에 건설하는 것으로 필생의 지원(志願)을 삼고, 부귀의 영달과 빈천의 굴욕에 관해서는 안중에 털끝만큼도 없어서 마음속에 품은 이글거리는 불은 주로 태우는 것이 따로 있어 진세(塵世)의 자잘한 사욕(私欲)으로 땔감을 삼는 것이 아니었다.

크롬웰이 세상을 떠난 뒤에 청교도(淸敎徒) 퓨리탄 온 단원이 모두

관직을 내던지며 지위를 버리고 각자 고향 마을에 돌아가 누구는 양을
치며 누구는 가죽신을 만들며 누구는 소젖을 짜며 누구는 빵을 구워
지난번에 전 영국과 유럽에 진동하던 영웅과 지사가 바뀌어 지금에 순량
(順良)하고 과묵한 백성이 되었으되 원망하고 탄식하는 낯빛이 없었다.

봄의 새벽과 가을의 저녁에 어렴풋이 옛 수령(首領)의 사람됨을 떠올
려 삼삼오오 근방의 부로(父老)를 모아서 지난날의 사적(事蹟)을 이야
기하다가 그리운 심정을 금하지 못하여 슬퍼하며 눈물을 흘리게 되었
으니 그 의지하고 인정함이 이와 같은 것이었다. 토머스 배빙턴 매콜리
(Thomas Babington Macaulay)가 칭찬하기를 "역사가 생긴 이래로 진정
위대한 단체"라고 한 것이 지나치게 미화하는 말이 아니었다.

아마도 크롬웰과 같은 사람은 천 명 만 명 중에 한 사람도 찾을 수가
없을 것이요, 청교도와 같은 이들은 위아래 백 세(世)에서 다시 얻기
어려울 것이다. 비록 그렇지만 어느 정도 비슷한 인사(人士)와 어느 정
도 비슷한 단체가 있어 나라의 중견(中堅)이 되지 않으면 그 나라가 또
한 흥성할 수가 없을 것이다. 이제 재물을 탐내어 거짓을 꾸미거나 변
론을 잘해 명예를 다투거나 위협하고 압박하며 난폭하고 멋대로 하는
일이 세상에 가득한 때에 우리들이 저승에까지 생각을 치달려 300년
전의 인사를 환기하여 오려는 것이 어찌 쓸데없으랴.

지금 우리 한국의 나라 형세가 위태롭고 험함이 계란을 쌓아놓은 것
같으니 바로 호담암(胡澹菴)[1] 신포서(申包胥)[2]의 무리처럼 '피로 눈물을
이을' 시기이다. 누가 있어 능히 크롬웰의 성심(誠心)을 앞장서서 본받

---

1 호담암(胡澹菴) : 1102-1180. 북송 말의 문신 호전(胡銓)으로, 금나라에 항전할
   것을 주장하였다.
2 신포서(申包胥) : ?-? 춘추시대 초나라 문신으로, 오나라가 오자서를 앞세워 침공하
   자 진(秦)나라에 가서 목숨을 걸고 구원병을 청하여 얻어냈다.

을 것이며, 누가 있어 능히 퓨리탄의 진풍(眞風)을 맹세하고 떨쳐 일어
날는지. 우리들이 저들을 그치지 않고 우러르는 까닭은 그 사적(事蹟)
에 있지 않고 그 숭고한 정신에 있으며, 그 운동에 있지 않고 그 신의가
맺어진 점에 있다.

진실로 크롬웰의 무리가 있어 출현하고 퓨리탄의 지조(志操)가 있는
사람이 성응기구(聲應氣求)[3]하여 천리 밖에서도 서로 화답하면 온 나라
의 생기가 울연(鬱然)히 발생하여 이 황국의 사직(社稷)과 이 백성의 국
토가 다시 숨 쉬는 것을 비로소 보게 될 것이다.

대체로 국가의 흥망을 점치는 것이 그 생기의 성쇠에 달려 있으니,
로마는 부강을 이용하다가 도리어 스스로 넘어졌고 아테네는 문학을
이용하다가 도리어 스스로 쇠락하였고, 이탈리아는 군비를 확장하다가
도리어 스스로 위축되었고 프랑스는 공예를 힘쓰다가 도리어 스스로
약해졌다. 대개 학교와 군비와 무역과 정법(政法)과 같은 것은 모두 나
라를 흥성하게 하는 도구요, 그 원인은 아니다. 위에 서술한 몇 나라는
이 도구가 모두 갖추어졌는데도 도리어 스스로 진작하지 못한 까닭은
국가의 생기가 모자라는 데 말미암았을 따름이다.

영국이 엘리자베스(Elizabeth) 여황(女皇)으로부터 찰스 스튜어트
(Charles Stewart) 시대에 이르도록 나라가 부패한 것이 극에 달하여
화려함과 사치를 풍습으로 삼았으며 음탕함으로 습속을 이루었으며 변
론에는 약삭빠르기를 다투며 뇌물을 거두어 서로 자랑하여 사풍(士風)
이 땅을 쓸어버린 듯 횡하여 항심(恒心)을 거의 볼 수가 없었다. 이때를
맞이하여 청교도 단체만이 능히 엄숙(嚴肅)과 청고(淸高)로 스스로를
지켜 시속(時俗)에 결코 물들지 않아 소설을 읽으며 연극을 보는 것으

---

3 성응기구(聲應氣求) : 같은 소리끼리 호응하고 같은 기운끼리 찾는 것처럼, 같은
부류의 사람이 서로 감응한다는 의미이다.

로도 오히려 천황(天皇)에게 죄를 받는다고 하여 성서(聖書)를 읽으며
성시(聖詩)를 노래하여 자기 마음의 허물을 상제(上帝) 앞에 참회하는
외에는 다른 일을 하지 않았으니, 당시 사람들이 손가락질하며 비웃기
를 '어리석고 세상일에 어두워 시세(時世)에 맞지 않는다.'고 한 것이
정말로 당연한 것이었다. 이 어수룩하고 어리석은 인사들이 하루아침
에 크롬웰을 추대하여 일으킴에 의무를 무겁게 여기고 책임을 지켜 일
체의 행동이 상제(上帝)의 도리를 이행하는 것만 추구할 줄을 누가 알
았으랴. 그 진리에 충실하고 신의에 죽을 뜻이 백전용사가 다시는 뒤돌
아보지 않는 것과 같은 까닭으로 그 앞으로 나아가게 되어서는 위로
하늘도 없으며 아래로 땅도 없으며 앞으로 적도 없으며 뒤로 임금도
없고, 진진명명(震震冥冥)[4]하여 천하 사람들을 모두 놀라게 하였다.

　당시에 문명을 스스로 자랑하던 인사도 착수할 수 없었던, 여러 해
쌓여온 영국의 정치 폐단이 이 어수룩하고 어리석은 사람을 기다려 비
로소 확청(廓淸)되니, 한번 보면 기괴한 듯하되 그 사실을 궁구하면 기
괴하게 여길 것이 없다. 양심이 발휘하는 바에 천하가 휩쓸리지 않는
이가 없는지라, 생기가 이에 기탁함에 확청이 저 속에 있는 것이다.
청교도는 양심의 조직이라 황천이 이 땅의 더러움을 청소하기 위하여
한 점 생기를 영국에 특별히 내려준 것이니 그 여열(餘烈)이 지금까지
영국과 미국 두 나라의 풍속을 지배하여 끊어지지 아니하니 진실로 우
연치 아니 하구나!

　오랫동안 쇠약한 우리 한국에 있어 지금 갑자기 세계에서 가장 위대
한 단체를 본받기를 바라니 남들은 어려운 일을 책임지운다고 하지만
우리들은 반드시 해낼 수 있을 것을 믿노니, 유교가 사람 마음에 물든

4　진진명명(震震冥冥) : 번개처럼 빨리 움직이고 은밀하게 계책을 숨긴다는 뜻이다.

지가 천 년 하고도 몇 년이라 삼척동자도 덕의(德義)가 숭상할 만한 것
과 양심이 중히 여길만한 것인 줄을 역시 아는 것이다. 아직도 떨쳐
일어나지 못한 까닭은 사람들이 모두 신심(神心)의 기운을 잃어 다시
일어날 수 없어서가 아니라, 정법(政法)이 못쓰게 되고 질서가 문란하
여 사회의 형체가 붕괴됨을 당해 그 도리를 이루려고 하지만 이룰 곳이
조금도 없는 까닭으로 비록 덕의 있고 총명한 인사가 있다 해도 그 예리
함을 드러내지 못한다.

　인간세상 어느 곳에 영웅이 없으며, 어떤 사람이 양심이 없으랴. 오
직 그것을 계발하고 충실하게 함이 어떠한가 하는 것으로 그 나라의
흥망을 결정할 수 있을 것이다.

　조사(朝士)라도 반드시 지혜롭지는 않고 야인(野人)이라도 반드시 어
리석지는 않으니, 만일 인재를 오늘날에 찾으려 하면 암혈(巖穴) 속과
시정(市井) 거리에서도 재능 좋은 이가 종종 나타날 것이다. 그러나 시
세(時勢)가 날로 기울어 가 세상일이 여의치 않은 것이 단지 십중팔구
일 뿐이 아니므로 비록 재능 좋은 이를 얻어서 묘당(廟堂) 위에 늘어놓
더라도 목우(木偶)와 다르지 않아 어찌할 방도가 없다. 그러므로 이때
에 온 한국의 힘을 바칠만한 문제는 조정에 있지 않고 재야에 있다.
뜻을 같이하는 인사들이 신의로써 단결하고 명교(名敎)로써 본보기 삼
아 양심이 자신의 생명인 줄 믿으며 양심이 모인 힘이 국가의 생기인
줄 믿어서, 마치 청교도가 음탕하고 썩어빠진 세상에 처하여 엄연히
그 지키는 뜻을 굽히지 아니함과 흡사하여 진세(塵世)의 훼예(毁譽)를
배척하고 그 주의(主義)에 순충(純忠)하면 국가의 생기가 무성하게 발
생하리니, 시든 풀이 단비를 만나 고개를 드는 것과 같으며 마른 웅덩
이의 물고기가 물을 얻어 꼬리를 파닥이는 것과 같을 것이다. 이러면
사회의 제반 경영이 차츰 진보하되, 또한 오늘날의 더딘 모습을 눈여겨

볼 필요는 없다.

온 나라가 여기에 착안하지 아니하고 쓸모없이 형식적인 문화의 수입만 하는 데 종사하면 비유컨대 낡은 옷을 새 옷으로 바꾸고 낡은 관(冠)을 새 관으로 대신하지만 그 사람이 거의 다 죽게 되어 일어나지 못할 지경에 있다면 당당한 새 의관을 어디에 쓰겠는가. 국가적 생명에 크롬웰과 청교도의 온 사업을 부여할 것이요, 그 정치상에서의 운동의 공적 같은 것은 그 목적이 아니다. 우리 국가의 현재 상태에 대하여 왕년의 위인의 발자취를 보고 가슴속에 영기(英氣)가 솟구쳐 오름을 참을 수가 없는 것을 깨닫게 된다.

통감 이토 후작의 정책

통감 이토 후작은 한 시대의 인걸(人傑)이다. 일본 메이지유신으로부터 이래로 그 내치와 외교상에 공명(功名)과 훈업(勳業)으로 혁혁하게 드러난 이는 이토 후작을 반드시 첫 손가락에 꼽으니 이토 후작과 같은 이는 참으로 동양 제일의 정치가이다.

예전에 사이고(西鄉) 씨가 공한론(攻韓論)을 주장한 즈음부터 중의(衆議)를 극력 배척하고 홀로 평화를 주장한 것은 대부분 후작만이 힘썼고, 톈진조약(天津條約)이 체결되고 시모노세키조약(馬關條約)이 협상됨에 한국을 위해 온힘을 다해 굴레를 벗겨 없애고 독립하도록 도와 세웠으니 후작이 공덕을 한국에 베푼 것이 지극하였다. 한국인이 후작에게 얼마나 감사해야 하겠는가.

그러나 오늘날에 이르러서는 사물은 바뀌었고 세성(歲星)은 옮겨갔으며 시절이 바뀌고 세대가 변하여 지난날 열심히 도와 세운 공이 모두 구름 그림자나 물거품이 되어버렸고 오직 높은 산과 넓은 바다만 보이고 풍경이 어렴풋할 따름이다. 그리고 이토 후작은 통감으로서 와서 주재하니 인간세상의 성쇠와 변천은 실로 무궁무진하여 생각하여 추측할 수 있는 것이 아니다.

　대저 통감이 고상하고 밝으며 넓고 깊은 자질로 이 큰 임무를 지고 왔기에 그의 계획이 반드시 흉중에 예정되어 있을 것이니, 비유하건대 마치 국수(國手)가 바둑을 두는 것과 같으며 노련한 장수가 용병(用兵)하는 것과 같아서 그 승패의 우열한 형세와 기이한 꾀로 승리하는 계략을 이미 마음의 저울로 재보고 군막 안 주판[5]에서 미리 결정하였을 것이다. 어찌 우리의 정성스런 권고를 기다리겠는가마는, 적이 하나 아뢸 것은 이토 후작이 평화 정책에 전주(專主)함은 우리가 그의 지난 자취에서 살펴보며 그가 연술(演述)하는 뜻에서 미리 헤아려보아 이미 그 끝을 엿본 것이다. 그러나 일본 정당들 사이에서는 이토 후작의 정략에 반드시 일치하지는 아니할 터이며 후작은 문신(文臣)이라서 무장(武將) 일파와 반드시 심정을 같이 하여 뜻을 합하지는 않을 터이니, 이토 후작이 각 파벌의 알력 가운데에 앉아서 능히 그 지위를 공고히 하고 그 목적을 발달시켜서 단단하게 굳게 참아 뜻을 뺏기지 않을 힘이 있을지는 우리가 의문하는 바이다.

　또한 만일 이토 후작을 일본 내각(內閣)에 앉혀 일본의 정략을 기획하게 하면 풍기습상(風氣習尚)과 인정물태(人情物態)를 꼭 손바닥 가리키듯 훤하게 알아 여기저기로 변화에 대응함에 원만하고 온전하게 조치할 것이거니와, 한국의 내객(內客)으로서는 다만 그 정부의 상태와 곁에서 도와주는 언론을 살펴서 생각으로 추측할 따름이다. 그 인심과 물정의 세세한 곡절은 비록 여기에 5·6년 내지 10여 년 오랫동안 있었던 자도 오히려 도저히 상세히 알 수가 없거든, 하물며 와서 주재한

5　군막 안 주판 : 군막(軍幕)에 앉아 계책으로 적을 이긴다는 뜻이다.

날이 일천하여 단지 좌우의 이목이 미치는 데에 의지하는 자라면 어쩌하랴.

또한 좌우에서 눈과 귀가 되어주는 사람도 또한 모두 직무에 새로 이르렀으며 더러는 사정을 거칠게 파악하여 반드시 세세하게 다 알 수는 없을 터이다. 더욱이 그 사람이 또한 이토 후작이 마음에 새기는 것처럼 모두 공평함을 위주로 삼겠는가! 누구는 "갑오년 이래로 마치 오토리 게이스케(大鳥圭介)[6]와 이노우에 가오루(井上馨)[7] 제군의 정략이 쇄신(刷新)하고 분려(奮勵)하여 철저하게 실행하도록 하려고 하지 않은 것이 아니로되, 끝내 실패하게 된 것은 모두 한국의 사정을 궁구하지 않고서 그저 급격하게 개혁하려 했으므로 차질을 면하지 못하였다." 하였다. 그러나 이것은 하나만 알고 둘은 모르는 것이다.

대체로 지금 시대는 갑오년 즈음과 현격히 다르다. 갑오년 즈음은 국내 인심의 정도가 매우 심하게 굳게 폐쇄되어 수백 년 동안 외국 문물을 배척하던 사상이 뇌수에 깊이 고질이 되었으므로 신정(新政)을 알리는 일은 곤란하기 짝이 없었다. 또 그 시기는 궁부(宮府) 내외의 신구 당파가 서로 세력을 수립하고 숨어 도화선의 폭발이 매우 맹렬했으므로 급격한 실패를 면하지 못하였으나, 지금에 이르러서는 시기의 변천이 전날과 크게 달라서 전국의 여론과 물정이 종국(宗國)의 위태로움을 아파하지 않음이 없으며 정치의 부패를 분하게 생각하지 않음이 없어 모두 혁신의 정화(政化)를 노래 부르며 생각하여 간직하니 인심이 이미 충분히 높은 장대 끝에 이르러 움직여 가고 바꾸어 고칠 기대를 품은

---

6 오토리 게이스케(大鳥圭介) : 1833-1911. 일본 근대 정치가로, 1894년 갑오개혁 직전에 주조선공사로 있으면서 조선의 내정 개혁을 요구하였다.

7 이노우에 가오루(井上馨) : 1836-1915. 일본 근대 정치가로, 청일전쟁이 시작한 뒤 주조선공사로 부임하였다.

것이 오래였다. 그러므로 시기의 어려운 정도와 인심의 격렬함의 여부가 이전과 비교하여 어떠한가!

이러한 시기에 이르러 진심으로 정치를 도모하여 정신을 떨쳐 쇄신할 수만 있다면 전국이 반드시 휩쓸리듯 바람을 따름이 마치 그림자가 형체를 따르며 메아리가 소리에 응하는 것과 같아 노력을 들이지 않고서도 흡족하게 빠른 호응이 있을 것이거늘, 이렇게 하지 않고서 압력을 써서 몰아대려 한다면 도리어 물을 쳐서 평안한 물결을 찾으려는 것과 같아서 칠수록 위험한 파도를 일으키게 될 것이니 어찌 능히 흐름을 따르고 파도를 평안하게 할 수 있겠는가! 아마도 평화를 구하는 계책이 이것으로는 효과 내기를 바라기가 어려울까 걱정된다.

범상치 않은 공훈을 세운 자는 반드시 범상치 않은 능력을 가졌으며 반드시 범상치 않은 조치를 시행한 뒤에 범상치 않은 사업을 할 수 있으니, 이른바 범상치 않은 조치라는 것은 무력을 이름이 아니요 억제와 속박을 이름이 아니다. 가장 주의할 만한 것은 '인심의 향배'이니, 시험삼아 "인심이 가장 바라는 것이 어떤 일이며 가장 싫어하는 자는 어떤 사람인가." 물어보면 반드시 "정사(政事)의 공평함을 바라고 정부가 적임자를 얻기를 바라며, 또한 욕심 많고 더러우면서 부끄러움이 없는 비부(鄙夫)와 용재(庸材)를 미워한다."고 할 것이다. 이것은 전국 2천만 사람마다 마음에 아프고 뼈에 사무쳐 자나 깨나 분하고 원통하여 상처를 입은 바이다. 오직 이 한 토막이 깊고 굳게 엉겨 뭉쳐 풀리지 못하는 것이거늘, 도리어 장려하여 결탁하며 지도하여 부려서 위태로워 망하는 화를 더욱 빨리 불러오고 공중(公衆)의 심정을 더욱 어기게 되니, 아아! 생각하지 않음이 심하다. 예부터 큰 공훈을 세운 자 가운데 인정을 위반하고도 세상을 안전하게 하는 공적을 잘 거둔 이가 어디 있었는가!

누군가 말하기를 "한국이 진작되지 못함은 일본에게는 이익이다. 그러므로 그 정치가 부패하는 대로 내버려두어 쇄신시키려 하지 않고, 그 인민이 압박 받아도 자유로워지도록 하지 않고, 그 교육이 어리석은 대로 내버려두어 발달시키려 하지 않고, 그 법률이 문란한 대로 내버려두어 정리되도록 하지 않고, 그 위란(危亂)이 지극해지기를 기다렸다가 병탄할 계책에 착수할 것이다."라고 하니, 앞뒤의 시행으로 추측하건대 이 설이 옳다. 반드시 이러한 마음이 없다고 보장하기 어렵다.

하지만 나는 "이것은 단지 우리들의 추상적인 관념이다. 일본 정당(政黨) 일파가 설령 이런 계획을 가졌더라도 이토 후작은 결코 이런 계획이 없을 것이요, 이토 후작이 설령 이런 계획을 가졌더라도 일황(日皇) 폐하는 결코 이렇게 하지 않을 것이요, 일황 폐하가 설령 이런 계획을 가졌더라도 세계열강은 결코 수수방관하지 않을 것이다."라고 생각한다. '어떻게 이토 후작이 결코 이런 계획이 없을 것을 아는가?' 하면, 아마도 한국을 병탄할 계획이 천근(淺近)한 자의 소견에 지나지 않을 따름이라서 지금 한국의 주권이 이미 그 손바닥 안에 쥐어져 광산, 철도, 삼림, 어업, 논밭의 농업 등의 제반 경제 사업을 뜻대로 일으켜 불리지 않음이 없고, 그 인민을 이식하는 것에 관해서는 또한 조수가 용솟음치고 강물이 터진 듯 양양(洋洋)하여 막을 수 없는 형세가 있으니 식민(殖民)의 계획이 이미 이루어졌고, 그 정치상의 권리에 이르러서는 더욱 한가히 논의하기를 기다리지 못하니 또 하필 그 명목을 확정하여 '영토(領土)'나 '속지(屬地)'라고 하여 병탄이라는 이름을 드러낸 연후에야 만족하겠는가. 이것은 어리석은 견해이다. 이토 후작은 결코 이런 계획을 가지지 않았을 것이다. 하물며 일황 폐하가 평화의 보증을 선언하였음에랴! 그러므로 결코 이런 짓을 하지 않을 것임을 확신한다.

또한 러일전쟁이 끝남에 러시아 사람이 열강 중의 하나로서 동양의 한 섬나라에게 대패를 당하니 이것은 백인의 큰 수치이다. 이런 까닭으

로 각국의 생각을 엿보건대 점점 일본을 억제하고 러시아를 돕는 정태
(情態)가 생겨나 서양인의 보복심을 자꾸 싹틔우니, 이것은 시기심과
의심으로 그렇게 하지 않을 수 없는 것이다. 이런 즈음을 맞이하여 일
본이 만일 소리를 내어 한국을 병탄하려고 하면, 저 시기하고 의심하는
열강 중에 청일전쟁 뒤에 랴오둥(遼東)을 반환하라고 간섭한 세 나라[8]
가 다시 있지 않을 줄을 어찌 알겠는가. 이것은 결코 수수방관하며 묵
인해서는 아니 되리니, 일본이 어찌 세상 물정을 헤아리지 않고서 이런
바보의 계획을 만들겠는가. 그러므로 일본에는 이런 계획이 없음을 아
는 것이다.

  그러한즉 일본이 한국에 대하여 장차 어떻게 하리오. 일본이 이미
보호라는 명목으로 한국의 권리를 쥐고서 경영하여 이익을 볼진댄, 정
치를 개혁하며 인심을 수습하여 불평(不平) 괴격(乖激)한 인민으로 하
여금 유감이 확 풀리며 화목이 스르륵 찾아와 손잡고 함께 평화의 영역
으로 가서 문명의 행복을 같이 누리게 함이 곧 일본의 오늘날의 훌륭한
계책이다.

  나는 생각하기를, 이토 후작의 지모(智謀)와 정략이 반드시 넉넉하게
여기에 미쳐 부임한 지 반 년 동안 느긋하고 천천히 하여 급격한 수단을
베풀지 않으니 아마도 반드시 관망하는 바가 있어서 그런 것이리라.
그러나 전국의 인민이 신음하며 정치를 생각하는 것이 오늘이 어제보
다 깊어지고 지금이 아까보다 절실해져 의심하고 염려하느라 멈추어
안정할 바가 없으니, 만일 이것을 잃어버려 도모하지 않고서 그 희망하
는 심정을 꺾이고 그 답답한 기운이 쌓인 채로 날이 오래되고 나서라면,

---

8 랴오둥(遼東)을⋯⋯나라 : 청일전쟁을 강화하며 맺은 시모노세키조약에서 일본의
   랴오둥반도(遼東半島) 영유가 인정되었으나 이에 반대 간섭하여 반환하도록 한 러
   시아, 프랑스, 독일 세 나라를 말한다.

적이 걱정되는 것은, 그 기운과 그 심정이 엉기어 굳어서 단단해져 뒷날 융화할 방도가 삐거덕거려 어찌 어렵지 않겠는가!

누군가는 말하기를, 비록 정치를 쇄신하려고 하여 여망(輿望)을 모으더라도 한국 사람의 역량과 재국(材局)과 학문과 지식으로는 아마도 그 일을 담당할 수가 없으므로 차라리 옛 관습을 그대로 따르며 처지대로 임시방편을 쓰고 고문(顧問)의 정략을 채택하여 일본 신사를 많이 파견하여 그 임무를 바꾸어 맡게 하는 것이 낫다고 하니, 이것은 저공(狙公)이 거짓으로 꾸미는 말[9]이다. '하늘이 인재를 냄에 한 시대의 일을 충분히 완수할 수 있게 한다.'고 한 것은 옛사람의 통달한 의론이다. 한국이 비록 민지(民智)가 아직 열리지 않아서 남의 굴레에 매여 있으나 그 역량과 재식(才識)은 반드시 남에게 모자라지 않는다. 그리고 충의(忠義) 있고 용감한 인사가 또한 어찌 10가구 되는 마을에 없겠는가. 다만 아직 그런 사람을 구하여 쓰지 않았으므로 모두 자취가 없어져 드러나지 않는 것이다.

아아! 요즈음 일종의 국사범(國事犯) 특별사면의 문제가 있어 누누이 정부에 제의한다고 하고 각종 신문 지면에 떠들썩하게 퍼트리기를 "이것은 어느 곳에서 고안해 낸 권고이다."라 함에 저 열정 있는 인사들이 바삐 다니고 눈을 부릅뜨며 귀를 기울이고 입을 맞추어 말하기를 "방침에 아마도 바뀌는 것이 있겠구나! 지난날 정회(政會)의 의결이 어떠했던가!"라고 한다. 그러나 나만은 유독 믿지 않고 말한다. "이것은 한쪽 편의 우롱이다. 몇 년 전부터 국사범 사면 환송으로 기화(奇貨)를 삼아 한 번 두렵게 하고 한 번 위협함에 반드시 한 건의 사단을 야기하다가 끝내 침묵으로 돌아가는 것은 우리들이 경험한 바이다. 만약 실제로

---

9 저공(狙公)이……말 : 고사성어 조삼모사(朝三暮四)를 뜻한다.

사면 환송의 바람이 있었다면 굳건하게 단행하는 것이 무슨 염려가 있기에 쓸데없이 목소리만 높여서 세상에 전파할 따름이겠는가? 가령 국사범을 죄명을 씻어주고 사면 환송하더라도 반드시 정권을 맡기기를 마치 지난날 했던 것처럼 하지는 않겠거늘, 한국 사람은 공연히 온갖 갈래로 의심하고 헤아려 마치 큰일이 난 것처럼 하니, 아아! 그저 어리석을 따름이다. 어찌 애처롭지 않겠는가!"

애국심을 논함 (속)

자기를 사랑하는 것은 되고, 타인을 증오하는 것은 안 되며, 같은 고향 사람을 사랑하는 것은 되고, 다른 고향 사람을 증오하는 것은 안 되며, 자국을 사랑하는 것은 되고 외국을 증오하는 것은 불가하니, 만일 사랑하는 바를 위하여 증오하는 바를 없애는 것이라면 어찌 애국심이라 말할 수 있을까.

그렇다면 애국주의라는 것은 가장 가엾은 것이니, 어찌 그것을 미신의 허물이라 하지 않을까. 만약 미신이 아니라면 실로 싸우기를 좋아하는 마음이요, 또한 싸우기 좋아하는 마음이 아니라면 실로 과시와 허영으로 광고하는 상품이니, 이와 같은 주의는 실로 전제(專制) 정치가가 자신들의 명예를 높이고자 하는 야심으로 그 수단을 제공하는 편리한 도구임을 알 것이다.

그리스·로마의 옛 자취는 물론, 근대 동서양에서 유행하는 애국주의의 이용은 상고나 중세 시대와 비교하여 보다 심하다.

국민의 애국심이라는 것은 일단 좋아하는 바를 거스르면 사람 입에 재갈을 물리고 사람의 팔을 짓누르며 사람의 생각을 속박하고 사람의 신앙을 간섭한다. 역사에 대한 평론 역시 금지하고 성서(聖書) 연구도 방해할 수 있으며 과학적 기초를 파괴할 수 있고 문명의 도덕을 번역하는 것을 바로 치욕으로 여기니, 이들과 같은 애국심이 영예를 구하고 공명을 퍼트릴 수 있겠는가.

영국처럼 근대에 자유국이라 극찬받고 박애국이라 극찬받고 평화국이라 극찬받아도 그 애국심이 격렬한 시기를 맞아서는 자유를 주창하는 자와 혁명을 원하는 자와 보통선거를 주장하는 자는 모두 반역의 죄인으로 몰렸으며, 모두 나라의 적이라는 이름으로 책망받지 않았던가.

영국인의 애국심이 크게 발양되었던 근래의 사례는 프랑스와의 전쟁 당시만 한 것이 없다. 이 전쟁은 1793년 대혁명의 흐름을 맞아 그 후로 비록 다소간 단속적이었으나 1815년 나폴레옹이 패망한 시기까지 이어져 비로소 대단원의 막을 내렸으니, 그들의 옛 생각과 지금의 생각 사이에 거리가 얼마나 되며, 그들의 소위 애국심과 지금의 소위 애국주의 사이에 그 유행의 사정과 방법이 얼마나 서로 다르겠는가.

프랑스의 전쟁도 영국 인민들에게는 오직 하나의 일일 뿐이요, 오직 한마디일 뿐이니, 그 원인의 어떠함과 결과의 어떠함과 이익과 손해의 어떠함과 옳고 그름의 어떠함은 말할 필요가 없다. 다만 애국심으로 논할 때 만일 혁명의 정신과 저항의 이념과 비평의 큰 의론이 일단 정지되면 얼마 못 가 무하유지향(無何有之鄕)[10]의 상태로 필히 돌아가고, 국내의 당쟁 또한 소멸할 것이다. 콜리지(Samuel Coleridge) 같은 이는 전쟁 초기에는 대단히 그릇되었다고 했으나 얼마 후에는 국민을 일치통합한다며 그 방향을 바꾸기에 이르렀다. 또한 폭스(Charles Fox) 같은 이도 평화로써 자유의 대의를 스스로 유지하고 있었지만 얼마 지나지 않아 달라졌는데, 의회의 대세를 선회할 수 없다는 것을 알고는 그 종지(宗旨)를 지키기가 불가능했다. 비록 어떤 사람이 있었을지라도 의회

---

10 무하유지향(無何有之鄕) : 『장자(莊子)』에 나오는 말로, 그 무엇도 없이 끝없이 펼쳐진 광막한 곳을 뜻한다.

장의 당파적 토론은 막을 수가 없었으니[11] 오호라, 당시 영국은 모두 거국일치(擧國一致)라 하여 소위 정치 책략가가 이를 항상 입에 담기를 그치지 않았다. 소위 거국일치라는 말인즉, 로마 시인이 말한 '오직 국가만 있다.'는 것과 같을 뿐이다.

비록 그러하나 우리가 이를 생각하건대, 이때에 영국의 일반 국민들을 들어 그들의 가슴 속에 과연 어떤 이에게 이상이 있었고, 어떤 이에게 도덕이 있었고, 어떤 이에게 동정이 있었으며, 어떤 이에게 국가가 있었는지 묻는다면, 모두 반드시 애국심이라 답하였을 것이다.

당시 영국 인민이 거국적으로 광기에 빠져 그 종지의 위치를 물어보면 오직 프랑스를 증오하며, 오직 혁명을 증오하며 오직 나폴레옹을 증오함에 불과하니, 과연 털끝이라도 혁명적 정신이 있어 프랑스인의 이상과 관련한 사상이 있었는가, 없었는가. 반드시 혐오할 뿐만 아니라 또한 필경 서로 모욕하였으며, 모욕할 뿐 아니라 또한 무리지어 일어나 전력을 기울여 공격하는 것도 어려운 일이 아니었다.

이로써 비로소 외국을 대하는 애국주의의 최고조는 바로 내치(內治)의 죄악을 대하는 최고조인 줄을 알 것이다. 소위 애국의 광신자는 단지 전쟁시기에만 그 애국심이 크게 발흥하고 전쟁 후에는 그 상황이 계획에 미치지 않는 바이다.

전후 영국을 시험 삼아 보건대, 프랑스에 대한 증오의 광기가 이미 점점 식어감을 알고 군사 비용의 지출을 따라 멈추었다. 대륙의 모든 나라가 전쟁 중에 그 공업계의 상황 또한 병역(兵役)을 따랐으므로, 이에 그러한 수요가 중단되었고 영국의 농공업 역시 일대 쇠퇴의 국면에 빠졌으며, 하층민의 빈곤 및 기아가 나라 중에 넓게 퍼졌다. 당시 부호

---

11 의회장의……없었으니 : 원문에는 '議場中黨派의 討論은 不能抵制ᄒ나니'라 되어 있으나, 문맥상 반대의 의미로 보았다.

자본가가 과연 털끝이라도 애국심이 존재했으며, 과연 조금이라도 자비 동정의 생각이 존재했었는가. 또한 거국일치의 결합·친목의 마음이 과연 있었는가. 그저 그 동포가 궁핍·곤경·기아의 골짜기로 전락한 것을 막연하고 무심하게 좌시하였으니, 예전에 원수를 증오하던 전철과 일치하지 않는가. 그러한즉, 하층 빈민을 증오하던 것이 프랑스혁명과 나폴레옹을 증오하던 생각보다 과연 무거운가, 가벼운가.

피털루(Peterloo) 사건[12]에 이르면 더욱 이를 갈 만하니, 워털루 섬에서 나폴레옹의 대군을 패퇴시킨 후 의회 개혁의 뜻을 요구하던, 피털루라 칭한 피터즈(Peter's)에 모인 다수의 노동자는 남김없이 유린되고 학살되었다. 당시 사람들이 칭하되, 워털루 섬의 싸움은 만족할 수 없다며 웃고, 오직 피털루의 싸움이라 이제 바꾸어 칭한다. 그런즉 적군을 워털루 섬에서 공격하던 애국자가 이제 돌변하여 피털루에서 그 동포를 학살하는 데 이르렀으니, 소위 애국심이라는 것에 과연 동포를 사랑하는 마음이 있는가, 없는가. 소위 일치단결의 애국심이라는 것이 전장의 먼지가 그치면 국가·국민의 이익에 잘못을 저지르고 그것을 묻지도 않으니 과연 그러한가, 아닌가. 우리가 볼 때 그저 국민은 적의 머리를 부수는 창끝·살촉이 될 뿐이니, 그러한즉, 동포의 피만 허공에 뿌림을 시험해보는 것에 불과할 것이다.

콜리지는 전쟁의 시작을 맞아 국민의 일치라는 취지를 크게 소리쳐 거국이 떠들썩하였다. 이때에 이르러 소위 일치된 자는 과연 어디에 있었는가. 다만 증오의 마음으로써 증오의 마음을 만들 뿐이었으니, 왜 그러한가. 적국인을 증오하던 마음으로써 그 나라 사람을 증오하는 마음이 피어올랐으니 그런즉, 동물적 천성이 과연 이러할 따름인 까닭

---

12 피털루 사건 : 1819년 8월 16일 세인트피터스 광장에서 발생한 노동자 집회 탄압으로 인한 유혈 사태를 말한다.

에, 워털루 섬의 마음은 곧장 피털루의 마음이 되었다. 허위로다, 애국심의 결합이여. 과연 이와 같을 뿐이도다.

눈을 돌려 다시 독일을 보다

영국의 일은 잠시 논할 필요가 없으려니와, 누구든지 혜안(慧眼)을 다시 갖추어 독일의 정황을 살펴볼 것이다. 대저 비스마르크 공(公)은 실로 애국심의 화신이요, 오직 독일 제국은 실로 애국신(愛國神)이 자취를 드리운 신령한 장소였다. 즉 애국종(愛國宗)의 영험(靈驗)이 얼마나 빛나고 밝은지 그 위력을 보고자 하는 이가 있다면, 그 신령한 장소에 한번 나아가 그것을 볼 것이다.

일본이 유신(維新) 이후로 귀족·군인의 취학자(就學者)가 생각하길 세계만국의 애국주의와 제국주의를 모두 기쁘게 갈망하고 우러르나 더욱이 독일의 애국심에 주의를 기울인다. 무릇 독일의 애국심이란 고대 그리스나 로마와 근대 영국에 비하여 과연 미신이 아닌 것이 무엇인가. 과연 허세와 허영을 의심할 바 아닌 것은 무엇인가.

고(故) 비스마르크 공은 실로 역사적 호걸이다. 공이 활약하기 전에 일찍이 북부 게르만 연방이 복잡하게 분립되어 있음을 굽어보고, 마음으로 여기길 언어가 동일한 국민이 반드시 결합하지 않으면 안 된다고 하여, 즉시로 제국주의의 안목을 우선 주입하였다. 이에 그 운동을 시작하고 여러 나라를 연합하여 하나로 만들었으니, 이 공의 대업(大業)은 진실로 천년의 광휘였다. 그러나 그 제국주의를 숭배하여 나라들을 결합하여 통일할 목적은 반드시 나라들의 실제 이익을 보호하여 그 평화를 도모하고자 함이 아니라 오직 미래를 위해 군비를 준비하고자 하는 생각에서 나온 것이다.

자유와 평등이라는 사람의 도리를 씹어서 맛보고 프랑스혁명의 장관

(壯觀)을 희망하던 사람의 마음에 여기길, 만촉(蠻觸)의 싸움[13]을 정지하고 평화의 복리(福利)를 향유하며, 외부 적의 침노에 대비하여 게르만의 통일을 도모하고자 했으니, 이는 희망할 만하다. 누가 희망하지 않을 것인가. 그러나 실제 역사를 시험 삼아 보건대, 결코 이러한 종류의 희망에 복된 자가 없으니, 오호, 어찌할까.

　만약 게르만을 통일하는 것이 과연 북부 게르만 나라들의 이익이 되면 그들이 왜 다수가 독일어를 쓰는 오스트리아와 결합하지 않았을까. 그렇지 않은 이유는 비스마르크 일당의 생각이 결코 독일 일반 사람에 있는 것이 아니라, 또한 공동의 평화와 복리에 있던 것이 아니라, 다만 프로이센과 다만 자신의 권세와 영광에 있었을 뿐이기 때문이다. 대저 철두철미하고 오직 호전심(好戰心)을 만족시키는 수단을 활용하여 결합·제휴를 구하는 것이 사람의 동물적 본성이니, 슬프도다. (미완)

교육

서양교육사

제1장 고대 그리스의 교육

○ 서양 개화의 근원

　그리스와 로마 두 나라는 서양 문화를 창시한 곳이다. 현재 개화의 근원을 거슬러 살필진대 그것이 이 두 나라에서 비롯된 것임을 학자들은 알아야 한다. 가령 건축, 조각, 시문, 역사, 연설, 법률, 정치, 철학

---

13 만촉(蠻觸)의 싸움 : 자잘한 일로 싸우는 것을 의미한다. 『장자(莊子)』 「칙양(則陽)」에는 달팽이의 좌측 뿔에 있는 촉씨(觸氏)와 우측 뿔에 있는 만씨(蠻氏)가 서로 다투어 수만 명이 죽었다는 이야기가 나온다.

등 인문(人文)을 촉진케 한 여러 원천은 모두 이 두 나라에서부터 그 규준을 마련하였다. 또한 두 나라 사람들은 강직, 인내, 극기, 절제의 미덕을 구비하였으니, 능히 애국심으로 충용(忠勇)과 절의(節義)를 발휘하여 활동에 나서는 것도[14] 모두 이 두 나라에서부터 전해진 유산이라 하겠다. 동양의 여러 나라는 꿈에도 생각 못한 대의(代議) 정치도 역시 모두 두 나라로부터 전해진 것이다. 이 제도의 실리는 능히 개개인의 자유를 보전하여 사람으로 하여금 독립심을 일으키게 하고 외부의 잔혹한 권세에 굴복치 않게 한 것이니, 무릇 이로 인해 인간의 의지와 지혜가 개명된 바 적지 않다. 또한 그 미풍양속이 후세에 환히 드리워져 사람들이 족히 지수(持守)하도록 하니, '지수(持守)'라는 것은 주어진 한도 안에 자연스런 복리(福利)가 있음을 알게 하는 것이다.

　이로써 두 나라가 교육 역사상 고등한 지위를 상당히 점하여 무릇 교육에 관한 사상이나 관련 활동이 모두 후대인들로 하여금 따르고 싶은 마음을 불러일으키게 하니, 이번에 그 개요를 간추려보겠다.

　○ 그리스의 국정(國情)

　그리스는 소국으로, 남북으로 겨우 250마일에 불과하고 동서로는 가장 넓은 지대도 180마일일 따름이다. 고대에는 더욱이 20여 개의 주(州)로 나뉘어져 산맥과 항만을 따라 구획되었다. 풍습이 서로 다르니 각 정부의 법률도 심히 거리가 멀고 엉성하며 민속이 거칠어 전쟁이 끊이지 않았으니 통솔자나 장수들은 연합과 동맹으로 세력을 키워 다른 주를 제압하였다. 그러나 교육사에 관련하여 이를 다 논할 필요는 없고, 그중 두 개의 주 혹은 두셋의 도시만 살펴도 개요를 알 수 있으니, 이 두 도시는 스파르타와 아테네이다.

14　애국심으로……것도 :　원문에는 '愛國心으로써忠勇과節義와事業에發호老者도'라고 되어 있으나 문맥상 이와 같이 번역하였다.

○ 스파르타의 교육

스파르타는 그리스 도시 중에 가장 강인하고 호전적인 공동체라 교육에서도 무(武)를 중요시하여 강인한 병사를 양성하였다. 기원전 9세기 즈음에 이르러 이 도시의 입법자 리쿠르고스(Lykourgos)가 법을 제정하였으니, 이 주의 인사(人士)의 사정에 적합하였다. 대강을 논하면 그 제도가 심히 엄혹하나 강인한 병사의 훈련에는 매우 적합하므로 스파르타는 드디어 상비병(常備兵) 제도를 조련하는 장이 되었는데, 그 교육의 순서를 약술하면 다음과 같다.

(갑) 체육 : 스파르타의 대체적인 교육법은 체육을 중심으로 한다. 그 체제가 소아(小兒)를 국가의 재산으로 여기므로, 보통 아이가 출생하면 즉시 문안관(問案官)에게 보내어 검사를 청하여, 검사자가 아이가 강건하여 재목으로서의 가능성이 있다고 인정하면 키우게 하고 그렇지 않으면 아이를 죽인다. 아이가 7세 이하일 때는 부모와 친척의 양육을 허가하되 7세가 넘으면 나라에서 건설한 교육기관으로 보내어 엄혹한 훈련을 받게 하며, 필히 음식은 거칠게, 옷은 가볍게, 그리고 침구는 강가나 들판에 스스로 가서 왕골과 짚을 찾아내어 이를 깔고 덮게 하였다. 12세가 되면 속옷 착용을 금하고 겉옷〔襲衣〕은 오직 1년에 하나만 허용하며, 한편 매일 배정한 상식(常食) 이외에는 훔쳐 먹는 것을 장려하여 만일 발각되거나 하면 훔치는 기술이 서툶을 꾸짖고 매질을 가하였다. 또한 신체의 강고함을 위하여 항상 체조를 연습케 하니, 멀리뛰기, 높이뛰기, 달리기, 레슬링, 창던지기, 원반던지기 등의 경기가 모두 이로부터 비롯되었다.

(을) 지육(智育) : 지육의 경우, 스파르타는 문학에 거의 힘쓰지 않아 글자를 깨쳐 책을 읽을 정도로만 가르칠 따름이었다. 이처럼 체육을 중히 여기고 지육을 경시하는 세상이라, 소년들로 하여금 노인들과 어

울려 실제 경험에서 나온 가르침을 받게 하려고 하였다. 그리하여 공동
회식 자리에서 연소자로 하여금 연장자와 상호 토론하고 논쟁케 하여
이로써 국사(國事)를 익히고 지식을 쌓고 판단력을 기르며 문제를 도출
하여 그들로 하여금 심사숙고하여 답안을 내게 하였으니, 스파르타의
지육은 이를 연구한 데에 지나지 않는다.

(병) 덕육(德育) : 덕의(德義)와 관련된 교육은 감탄스러운 데가 상당히
많다. 대체로 소년들이 정념을 스스로 제어케 하여, 이들은 평소에는
겸손과 사양의 태도를 숭상하고 사변이 일어나면 민첩하고 용감하게
불굴의 강건함을 발휘하며 창졸간에 어려움을 당하여도 이를 임시로
피하려 들지 않고 목숨을 바치는 것을 서로 자랑으로 여겨 고난을 겪으
며〔摩盪浸濡〕인내하는 습속을 길렀기에, 능히 추위와 더위, 굶주림을
견디고 위험을 무릅쓸 줄 알았다. 그 국가 안에서는 또한 어버이에게
순종하고 벗에게 돈독하며 노인과 어른을 존경하였기에 그 소년들은
또한 모두 연장자의 충고와 질책을 기꺼이 받아들였다. 한편 스파르타
에는 음악과 시가 교육이 있었다. 가사의 내용에는 용맹함에 대한 우의
(寓意)가 있어 사람들로 하여금 무용(武勇)을 좋게 하고 흥분의 기운을
북돋우며 의협에 움직이는 사람을 귀하게 여기고 유약한 사람을 천히
여겼다.

(정) 여자 교육 : 굳세고 튼튼한 인재를 얻으려면 여자를 남자와 동등
하게 대우해야 하므로 교육 장려 정책이 이루어져 우미(優美)의 덕과
친애의 정을 양성토록 하였다. 이로써 스파르타의 여자도 애국심을 모
두 갖춰 비겁함과 나약함을 부끄럽게 여겼으니, 아들과 남편이 전사자
가 되었을 때 어머니로서 부인으로서 비통해 하지 않고, 어머니가 아들
을 전장에 보낼 때는 반드시 타일러 "방패를 가지고 적의 무기를 막기보
다는 차라리 적의 방패를 빼앗아 귀국하는 것이 낫다."라는 말로 훈계

하였다.

(무) 결과 : 스파르타의 교육은 한마디로 상무교육(尙武敎育)이다. 이를 교육의 법도로 삼아 응당 장수를 키워내고 참모〔編裨〕가 될 재목과 불굴의 무사를 양성하였기에 아테네를 무찌르고 당시에 무적이 될 수 있었다. 그리스 여러 나라의 영수(領袖)로서 추대된 것은 이 때문이다. 테르모필레(Thermopylae)에서 있었던바 걸출한 왕 레오니다스(Leonidas)와 그의 삼백 용사를 보면 또한 상무교육에 대해 알 만하다.

○ **아테네의 교육**

아테네가 처음 성립된 것은 기원전 600년이다. 솔론(Solon)이 통치자가 되었을 때, 종래의 가혹한 드라코(Draco) 법을 개혁하여 인의(仁義)를 겸비한 새로운 법을 만들고 교육을 크게 장려하여, 아버지 된 자로서 아들을 가르치지 않으면 후일 노쇠한 후 아들에게 부양받을 권리를 잃게 하였다. 아테네의 전성기는 페르시아와의 전쟁 후지만, 기원전 480-530년 무렵에는 스파르타에 패하여 정치 주권을 잃었다. 다만 문학과 기술의 경우는 조금도 쇠하지 않았고 뿐만 아니라 그 철학은 그리스 전체에서 으뜸으로 후세의 모범이 될 만하였다. 그러나 이 땅에는 아내를 남편의 노예로 여기는 폐습이 있어 아내를 늘 집안에 가두고 남편의 시중만 들게 하였다. 아테네는 개화의 근원을 망각하여 멸망을 앞당긴 것이니 후세는 이를 응당 깊이 새겨두어야 할 것이다.

(갑) 아동교육 : 대개 아테네의 아동은 6·7세까지는 가정교육을 받아 그 모친과 고용인이 속어(俗語)로 가르치다가, 7세 이후에는 모친과 유모의 손을 떠나 별도의 교사를 따르게 하였다. 이 교사를 '파이다고고스(paidagogos)'라 칭하니, 어린이를 인도하여 교육을 받게 하되 사부(師傅)로서의 그 소임이 매우 많아 때로는 종자(從者)가 되고 때로는 보호자가 되며 때로는 상담인이 되고 때로는 감독자가 되어 아동과 동반하

여 유희하며 산보함으로써 학교에서도 스승과 제자가 늘 함께하며 초
등학교를 통학하였다. 학교는 두루 정부에서 관리하였고 초등 학과는
독서, 습자(習字), 철자(綴字), 산술로, 12-14세까지 빈민은 보통의 공
상(工商) 과목을 배우다가 학업을 그만두기도 하였다. 부유층은 시문,
음악, 수학, 철학, 신학 등의 여러 고등 학과를 수학하다가 18세가 되면
공민으로 등록하여 공무를 시작하고 2년 후에는 자유롭게 학문에 종사
함이 허락되었다. 대개 그리스 대학의 교수법은 이와 같아 학문으로
생계를 꾸리기는 어렵고, 한가한 사람이 이 일을 궁리하여 밝게 하는
경우가 많았다. 영어로 '스쿨', 프랑스어로 '에콜', 독일어로 '슐러'라 학
교를 이르는 것은 전부 그리스의 '스콜레' 한 단어에서 기원한 것으로
'한가함'이라는 의미를 담고 있다.

(을) 미육(美育) : 아테네 교육의 중심은 스파르타와 달리 미육(美育)에
있다. 아름다운 정신은 아름다운 육체에 있어 체육과 지육은 함께 어우
러져 모두 미육의 발달로 수렴되는 것으로 여겼기에 음악, 조각, 건축,
시문, 희곡에 가장 신경 쓰고 정성을 쏟았다. 대체로 이는 모두 신체의
우미(優美)를 위한 것이었다. 또한 체조를 우선적으로 장려하고 수영을
중히 여겨 빈민은 그저 독서, 수영[15], 상법(商法) 세 과목만 알면 충분타
하여 아동은 다른 것은 그만두고라도 수영을 먼저 익혔다. 아테네인은
차라리 알파베타-자모음으로 우리나라의 ㄱㄴ과 같다-는 모를지언
정 수영을 모르면 무식을 면하지 못한 것이었으며, 체조는 신체의 강건
함을 위한 것이 아니라 다만 신체의 미관(美觀)을 위한 것이었다. 학교
에서는 음악을 널리 활용하여 정신을 활달케 하고 질서의 조화를 익히
고 정념을 위안케 하였으니, 음악의 용도를 셋으로 들어 보면 첫째,

---

15 수영 : 해당 부분의 원문은 '○수'으로 표기되어 있다. 문맥을 따라 번역하였다. 이
　문장의 뒷부분에 나오는 '수영'도 동일하다.

일상적으로 늘 그 쓰임을 느끼는 것이고, 둘째, 법률을 노래로 만들어 배포하는 것이고, 셋째는 종교를 위한 것이었다.

(병) 철학자 : 아테네에는 세 철학자가 있어 각각 재주가 있는 소년들을 가르쳤는데, 이 3인은 소크라테스, 플라톤, 아리스토텔레스이다.

소크라테스는 학교를 세우지 않고 집에서 교수하였고, 플라톤의 아카데미아(Akademeia), 아리스토텔레스의 리케이온(Lykeion)은 모두 개인이 관리하는 것으로서는 최대의 학교였다. 여기에서 이루어진 수업은 장구히 이어져 고상한 학과를 이루었으니, 그 수업 방법은 기실 오늘날 토론[辨事]의 효시라 할 만하다. 대략 그리스 교육의 광휘가 당대에 퍼지고 후세에 남겨진 것은 모두 이 세 사람의 영향이다.

○ **소크라테스의 가르침**

소크라테스는 기원전 469년 아테네에서 나고 자라 학문적 성취로 가르치는 일에 일생을 바쳤다. 학교를 세우지 않았기에 제자 또한 적었으나 그의 일깨움은 일세를 풍미했다. 그는 질문을 줄곧 하여 가르침을 받는 이들이 이를 곰곰이 살피게 하곤 했는데, 학교나 거리에서 상인, 기술자, 인부, 천민 등을 만날 때마다 문득 난감한 질문을 던져 처음에는 사람들이 이를 웃어넘기지만 한참 후엔 그 말의 오묘한 점에 마음이 차차 움직여 필경 귀 기울여 듣게 되고 종래에는 숙연히 경청하였다. 대개의 궤변론자들이 거침없이 기교를 뽐내다가 소크라테스의 의론을 듣게 되면 왕왕 자신의 오류를 깨닫고, 교만한 소년도 소크라테스의 말을 듣고 나면 결국 자신의 자만심을 제어하였으며, 정치가는 자기 의견의 과오를 인정했고 농부와 무지렁이까지도 그의 말머리를 따라가면 능히 미지의 진리를 깨닫고 돌연 인생을 성찰하게 되었다.

대체적인 교수법은 대화로 이루어져, 의문을 제기하고 나아가 이를 곰곰이 살피게 하거나 어떤 이의 장점을 들고 여기에 한마디를 더하여 스스로 생각을 이어가도록 하였다. 혹은 미묘한 질문을 던지고 이를 돌아보게 하여 마음속에 예비되어 있던 진리를 자성케 하거나 또는 오류의 방향으로 나아가게 하여 그 미혹을 자각케 하였으니, 풀어내는 과정이 뚜렷하고 언어가 간명하며 또한 친근한 비유와 예시를 드는 까닭에 누구나 쉽게 깨달을 수 있었다. 아동을 가르칠 때에도 문자를 쓰지 않고 다만 말로 문답하여 능히 진리를 깨우치고 의문을 스스로 해결케 하였으니, 여기에 그 일례를 들어보고자 한다.

소크라테스가 모래 위에 선을 하나 긋고 아동에게 말했다. "이 선의 길이는 얼마이겠느냐."

아동이 말했다. "1척입니다."

그러자 선 하나를 더 긋고 말했다. "이 선은 얼마이겠느냐."

아동이 말했다. "2척입니다."

그는 다시 물었다. "두 번째 선으로 만든 정사각형은 첫 번째 선으로 만든 정사각형보다 몇 배나 크겠느냐."

아동이 말했다. "2배가 큽니다."

그는 다시 모래 위에 그린 짧고 긴 선 두 개로 각각 정사각형을 만들고 말했다. "너는 두 번째 것을 첫 번째 것과 비교할 수 있을 것이다. 크기가 몇 배나 되겠느냐."

아동이 말했다. "크기는 2배입니다."

그는 다시 정사각형을 가리키며 물었다. "이것을 보거라. 실제로 몇 배인가."

아동이 말했다. "4배입니다."

소크라테스는 말했다. "되었다. 이것이 크기의 비교다."

○ 플라톤의 교육

플라톤은 기원전 429년에 아테네에서 태어나 소크라테스의 문하에서 대략 10년을 있다가 이집트와 이탈리아로 유학을 떠났다. 아테네에 돌아와 아카데미아 큰 숲속에서 교수하였으니 아리스토텔레스와 질목생나사(質木生那士)[16]는 모두 그 문하의 뛰어난 제자였다. 그는 평생 철학에 힘썼으며 그가 저술한 『대화들(dialogues)』이라는 책이 후세에 전한다.

그의 교육법은 체조와 음악을 가장 중히 여긴다. 지육으로는 산술, 기하, 천문, 수사, 철학 등을 익히게 하여 고상한 지력을 갈고 닦게 하였고, 덕육에 있어서는 신과 부모와 국법을 존숭하는 것에 대해 설명하였다.

○ 아리스토텔레스의 교육

아리스토텔레스는 기원전 384년 마케도니아에서 나고 자라 아테네로 건너와 플라톤의 문하에서 철학을 배웠는데, 학교에서 지적으로 가장 뛰어난 이였다. 후에 알렉산드로스 대왕의 스승이 되어 귀한 대접을 받았다. 왕이 아시아를 정벌할 때 돌아가 리케이온(Lykeion) 학교를 세우고 13년간 가르쳤는데, 항상 녹음 속을 소요하며 문하생들에게 강의하여 오전에는 뛰어난 제자들을 모아 철학과 과학의 심원한 뜻을 궁구

---

16 질목생나사(質木生那士) : 미상이다.

하고 오후에는 청중을 다수 모아 정치, 윤리, 수사 등의 학과목으로
보통의 의(義)에 대해 강론하였다.

그는 몸이 몹시 약했음에도 방대한 업적을 이루었다. 대체로 그의
학문은 당시의 여러 학과를 두루 통달하고 또한 윤리학과 동물학을 창
설하였기에 저술이 아주 많아 정치학, 윤리학, 논리학, 수사학, 동물학
등에 대한 저서가 모두 전해지고 있다. 동물학을 연구할 때에는 알렉산
드로스 대왕이 각지의 동물을 망라하여 연구에 제공하였기에 물리(物
理)를 깊이 파고들 수 있었다.

그의 철학 저서는 후세에 이르러 마치 경전처럼 중히 다루어져 다른
견해를 품은 이들은 이단으로 배척당하다가 문학이 부흥한 이후로는
그의 명성이 다소 쇠퇴하였으나 오늘날에 이르러 다시 세상에 드러나
고 있다. 그는 일찍이 이르길 "어렸을 때 체육을 실시하여야 후일 지육
과 덕육을 받을 준비가 된다."고 하였다.

근래 일본 교육의 변화

일본이 신식 교육을 채용한 후 제도와 조직을 거듭 개량하여 거의
완전한 수준에 다다랐으나 교육상의 폐해와 결함 또한 실재하니, 체재
와 형식에만 치중하고 지덕(智德)의 능력을 양성하려는 뜻은 딱히 찾아
볼 수 없어 두셋의 지식인은 이로 인해 장래가 걱정된다는 의견을 몇
해 전 표명하기도 했다. 대학 졸업 학사 같은 것이 다만 교과서를 기계
적으로 익힌 자에 불과한 경우가 십중팔구라 학사의 배출이 많아질수
록 인재의 사라짐은 점점 더 심각해지니, 이는 다름 아니라 제도와 조
직만 중시하고 실질적 교육을 경시한 소치로 교육 방침의 근본이 어그
러져 있는 까닭이다. 지금까지의 일본 교육의 결함은 이와 같다.

이번에 새 내각이 성립하며 마키노(牧野) 문부대신이 해당 부서를 맡

아 교육계 전반에 대하여 대대적으로 훈시를 반포하여 학생의 풍기가
문란하고 정신 수양이 결핍되어 인격 도야의 길이 갖추어지지 않음을
엄히 경계하니, 이에 세상이 크게 각성하여 각 신문에서도 교육문제를
서로 다투어 논의하였다. 우리가 보건대 일본의 이 일은 국가적 대진보
의 첫걸음일 것이니, 우리 한국의 당사자들도 이를 세심히 살피고 채택
하여 활용하는 것이 실로 오늘날의 급무일 것이다. 일본『도쿄 니치니
치신문(東京日日新聞)』에 게재된 한 논문이 족히 일본의 근래 교육계 정
황을 보여주기에 그 전문을 번역하여 싣는다.

교육계 근황

마키노 문부대신의 훈령이 심야의 경종과 같아서 혼수상태에 빠진
교육계를 일깨우고 사람들로 하여금 개선이 필요함을 느끼게 하였으니
그 공이 작다고 할 수 없다. 다만 당국자가 현재의 폐단을 바로잡을
수 있을지 없을지는 두고 보아야 할 것이다. 살피건대 당국자가 쓸데없
이 소극적 방면에 분주하여 적극적으로 교육계의 풍기를 일신하는 데
에 혹시 소홀함은 없는지 우리가 확인하지 못한 것이 유감이다.

들건대 기숙사를 엄중히 감독하고 학교와 가정 간의 관계를 긴밀히
한다고 하고, 도서실을 선택하여 서적을 배치하되 패사소설(稗史小說)
이나 사회주의 관련 저작을 배제하고 윤리, 역사, 전기(傳記) 서적을
집중적으로 들이겠다고 하며, 학교 안팎을 불문하고 유해한 서적을 금
지한다 하고, 모(某) 학교에 입학하는 학생에게는 체격 시험을 엄밀히
한다고 하는데, 이는 모두 소극적 감독에 치중한 것이다. 소극적 감독
이 진실로 필요치 않은 것은 아니나, 이런 방법을 써서 효과를 얻고자
하면 당사자의 덕망과 도량에 기댈 수밖에 없는데 만약 당사자가 그렇
지 못하면 쓸데없는 통제가 되고 편협에 갇히게 되어 도리어 학생의

반항심을 야기할 것이 불 보듯 뻔하다. 문부(文部) 관리들이 이번 소식을 몰라서 소극적 방침을 고의로 더한 것은 아닐 것이니, 보다 적극적 방법으로 현재의 폐단을 일소하여 없앨 수 있기를 간절히 바랄 뿐이다.

적극적 방법이란 무엇인가 하면, 그 방법이 한둘이 아니겠으나 교육가로서의 인물을 선택하는 것이 첫째라 할 수 있다. 우리나라 교육 상태를 자세히 보건대, 학제의 통일, 교수법의 수준, 기숙사의 구조와 운동장의 설비, 교과서의 질, 교원 자격 여부와 같은 것은 종래 문부의 당국자들이 가장 주의를 기울이던 것들이다. 이것들의 정제·완비에 대해서는 굳이 말할 것도 없다. 구습에 얽매인 저 영국 제도와 비교할 때 시기를 같이하여 논할 수는 없을 것이나, 인물의 선택에 무게를 두고 교장과 교원의 인물됨을 학생 훈도의 중심으로 삼은 것만은 우리가 영국으로부터 배울 점이다. 세상 사람들은 영국인이 종교를 배척하지 않고 교육과 혼동하여 그 감화력에 의지하는 것을 이상하게 여기기도 하는데, 이는 그 나라가 인격 양성을 중시한다는 것을 보여주는 일단일 것이다.

미국 대통령 가필드(James A. Garfield)는 일찍이 그의 은사 마크 홉킨스(Mark Hopkins)의 감화력이 큰 것을 이야기하여 "나로서는 심산유곡에 책 한 권 없는 것이 제법 견딜 만하거니와, 마크 홉킨스가 여기에 있다는 걸 만약에 듣게 된다면 만사를 제치고 그를 스승으로 섬길 것이다."라고 하였다. 학교 설비가 어떠한가는 반드시 살필 필요가 있는 것이 아니며 어떤 교사를 선택하느냐가 중요하다는 것을 이에서 또한 볼 수 있다. 잠시 우리나라 봉건 시대의 교육을 보건대 교육 과목과 방법, 설비는 오늘날에 비교하면 하늘과 땅 차이나 마찬가지이나, 사제지간으로서 인격양성에 전력하여 심성을 연마하고 총명함을 일깨우는 것만은 유럽의 중세에 비할 만하며 근래의 문명교육가가 능히 닿을 수 있는 수준이 아니다. 메이지유신〔王政維新〕 때에 인재를 배출하여 오늘날까지 풍교(風敎)가 완전히 타락하지 않은 것은 바로 구시대 교육 덕택이다. 근래에 기계적 교육법이 발달하고 인물됨으로의 훈도에 힘쓰지 않아 교장과 교원의 위엄이 땅에 떨어지고 학생의 풍기가 점점 문란해지니. 이러한 퇴락을 만회할 길은 오직 교원 될 인물을 잘 선택하는 데에 있다.

오늘날 교육계에 적임의 인물을 구하기 심히 어렵다고들 하고 우리도 그 어려움을 모르는 바 아니나, 문부 당국이 허심탄회하게 널리 인재를 구한다면 불가능하지는 않을 터이니 당국은 어찌할는지.

실업

우리 한국의 물산(物産)

우리 한국의 물산 중에서 가장 중요한 것은 농산물이니 제일은 벼 - 즉 멥쌀〔粳米〕 - 와 찰벼 - 즉 찹쌀〔糯米〕 - 이다. 벼의 품질은 황해도(黃海道) 연안(延安), 배천(白川), 황주(黃州), 봉산(鳳山), 서흥(瑞興), 평산(平山), 안악(安岳), 문화(文化), 재령(載寧), 신천(信川) 등 각 군(郡)에서 생산한 것이 가장 좋다. 대개 이상의 여러 고을은 땅이 매우 기름져서 오곡(五穀)을 짓기에 적당하다. 또 모두 물을 끼고 있는 연해(沿海)에 긴 제방을 쌓았는데 수전(水田)의 메벼가 끝없이 펼쳐져서 흉년의 피해를 입는 일이 드물다. 그러므로 이 지역에서 생산한 쌀은 알맹이가 장대하고 체질이 찰지고 윤기가 있어 마치 지나의 쑤저우(蘇州)·항저우(杭州)에서 생산한 것과 같아 그것을 일컬어 장요미(長腰米)라고 하니, 지금 어주(御廚)에 공납하는 쌀은 모두 이 쌀을 사용한다. 그다음은 또 전라도 나주(羅州), 무안(務安)에서 생산한 쌀이 양호하니 대개 삼남(三南)은 기후가 온화하고 수전이 많기 때문에 쌀 생산이 가장 풍부하다. 강원도, 함경도, 평안도 등은 산악이 중첩되어 있고 북쪽에 인접한 기후는 냉랭하기 때문에 쌀 생산이 적고 생산되는 것이 모두 수수, 조, 메밀[蕎麥], 피[稗] 기장[稷] 등 밭곡식의 종류이니 깊은 산골짜기에 사는 사람은 오직 산의 밭을 태워서 묵정밭과 새밭을 경작하므로 그곳 사람들이 한해 내내 노력하여 겨우 서속밥[黍粟飯]으로 배를 채우고 그렇지 않으면 또 감자를 심어 그것으로 조밥[粟飯]을 대신한다. 그 대맥(大麥), 소맥(小麥), 대두(大豆), 소두(小豆), 호마(胡麻), 녹두(菉豆) 등의 각종 곡물은 나지 않는 곳이 없어 산과 들을 막론하고 어느 곳이든 모두 생산된다. 목면(木棉)은 삼남이 재배하기에 가장 적당하고 경기(京畿) 이북은 기후가 조금 냉랭하므로 결코 번식하지 못하는데, 오직 황해도 일변(一邊)에 갖가지가 생산되어 나오나 또한 그다지 왕성하지 않기 때문에 해마다 송도(松都), 평양(平壤)의 여러 상인들이 모두 남쪽 지역에 가서 목면을 교역하여 가져온다. 속칭 면포(棉布)를 '목(木)'이라 하니 국내에서 가장 이름난 '목'은 곧 나주목(羅州木)이 최상이고, 그다음은 의성목(義城木), 김천목(金泉木)-곧 금산(金山)의 역마당 이름-이다. 모시[苧]는 곧 시마(枲麻)이니, 충청도 내포(內浦) 각 군과 전라도 몇 개 군에서 생산된다. 그러나 내포에서 생산한 한산(韓山)의 모시를 상품으로 치고, 그다음은 장성(長城)의 모시라고 한다. 또 일종의 저사(苧紗)로서 극히 섬세한 것은 진안(鎭安)에서 나기 때문에 마침내 지명에 따라 그것을 명명하고 또 황저포(黃苧布), 생저사(生苧紗) 등의 각 종류는 전라도에서 난 것이 좋다. 삼[麻]은 어느 곳이든 생산되나 제일은 함경도에서 생산한 삼베[麻布]를 상품으로 치니 이른바 '북포(北布)'가 그것이고, 그다음은 또 안동포(安東布)이니 곧 안동군에서 생산한 것이다. 이들 베〔布〕 중에서 매우 가는 것은 중국 촉(蜀)땅에서 나는 통포(筒布)에 비견할 수 있다. 그다음은 강포(江布)이니 강원도에서 생산한 것이고, 또 천포(川布)는 경상남도 합천군(陜川郡)에서 생산한 것이고, 기타 여러 품목은 낱낱이 다 기술하지 못할 정도이다. 명주〔紬〕는 누에쳐서 뽑은 실로 옷감을 짠 것이니, 그 품질의 좋음은 희천(熙川)·박천(博川)·안주(安州)의 명주와 영흥(永興)·철원(鐵原)의 명주를 최고로 칭하고, 또 내성(奈城)의 명주가 있으니 경상도 안동에 속해 있는 시(市)이다. 이밖에도 어느 곳이든 다 나오지만 이름 난 것은 없다. 또 안주(安州)의 비단이 있으니 속칭 안항라(安亢羅)가 바로 그것이다. 우리나라는 애초에 비단 짜는 기술이 없었다가 지금으로부터 100여 년 전에 안주 사람이 베이징에서 구매해온 비단을 보고서 그 날줄과 씨줄을 분해하여 그 조직법을 알아내어 드디어 국내에 성행하게 되었고, 또 안주의 자수(刺繡) 역시 국내에 이름이 나게 되었다. 견(絹)은 호남(湖南)에서 생산한 것이 좋고 인삼(人蔘) 역시 우리나라 특산물 중 하나이다. 신라 때부터 인삼으로 중국 당(唐)나라에 이름이 났기 때문에 당나라 사람들의 시가(詩歌)에 우리나라 인삼 관련 용어가 많이 나오니 그 유래가 오래되었다. 지금으로부터 100여 년 전에 진안군(鎭安郡) 우씨(吳氏) 성을 가진 사람이 증삼(蒸蔘) 곧 홍삼(紅蔘) 만드는 법을 일으켜서 해마다 베이징에 내다팔아 열 배의 이득을 얻은 까닭에 부자가 되었는데 임종 전에 그 방법을 송도(松都) 사람에게 전수하니 송도 사람 역시 그 방법을 따라 하여 부자가 되었고, 이에 인삼 농사를 짓는 곳이 매우 많아져서 드디어 천하에 이름이 났다. 송도 인삼으로 이미 열 배의 이득을 얻었고 그 번식이 점점 커지자 정조(正祖) 즉위년에 이르러 비로소 관(官)에서 세금을 부담하니 이것이 관삼(官蔘)의 기원이다. 전국 내에 인삼으로 소문난 곳이 매우 많다. 첫째는 영삼(嶺蔘)이니 영남(嶺南)은 토질이 인삼 재배에 적합하고 또 그 종(種)이 신라의 옛 법에서 전해진 것으로, 인삼은 어느 곳이든 다 생산되지만 약으로서의 효력이 더욱 배가 되기 때문에 상품(上品)으로 친다. 그다음은 강직(江 直)이니 곧 강원도에서 생산한 것이고, 기타 금산(錦山), 용인(龍仁)과 같은 여러 곳의 생산품이 모두 유명하다. 또 일종의 산삼(山蔘)은 인력 에 의해 배양되지 않고 깊고 큰 산에서 자생한 것이니, 이는 강계(江界), 초산(楚山) 등지에서 많이 나기 때문에 강계와 초산에서 세공(歲貢)으 로 산삼을 진상하여 어용(御用)의 약재로 제공하였다. (미완)

담총

부인이 마땅히 읽어야 할 글 제5회 [호]

○ 종두의 경과

좌우 두 팔에 종두를 넣되 한 팔에 세 개를 넣기도 하고 다섯 개를 넣기도 하니, 종두를 넣은 지 3일이 되면 침을 놓은 자리가 조그만 종기 같이 되어 붉은빛이 돌고 4·5일 후에는 조그맣게 볼록해져서 짙은 홍 색-고운 앵두-이 돌고, 7·8일이 되면 중심부가 붓고 10일 후면 두 팔 전체가 조금 아프고 신열이 점점 나며 심신이 불편하다가 12일이 되면 딱지가 앉고 그 후 7-8일이 지나 딱지가 떨어지니, 이것이 그 경과의 순서이다.

○ 아이들이 걸리는 여러 질병

아이들이 흔히 앓는 병은, 매양 입을 통해 얻는 병, 숨 쉬는 데로 생기는 병, 뇌와 신경에 생기는 병, 눈과 귀의 병, 기타 전염병 등 여러 가지가 있다-즉 두창(마마), 설사(배냇설사), 성홍열, 백일기침, 홍역,

수두, 돌림감기, 귓병, 이질, 곽란, 감기 등의 제반 증세 -. 기질이 약한 자는 더욱 병에 걸리기 쉬워 어렸을 때 유의하여 잘 보양해야 한다. 항상 호흡할 때에 신선한 공기를 마시게 하여 신체가 강건하도록 할 것이요, 혹 머리가 비뚤어지거나 어깨와 등을 굴신하기 어렵거나 수족이 불편하거나 전신이 뻣뻣해지는 증상이 생기면 속히 외과 의사를 불러 다스려야 한다.

○ **병의 증세 때 대단히 주의할 일**

아이들이 우는 것이 이상하면 먼저 그 신체의 온도와 호흡의 횟수를 살펴 만일 숨소리가 톱질소리 같고 자다가도 놀라는 증상이 있거든 속히 의원에게 진찰해야 한다. 또 코에 매양 콧물이 많이 있으면 발한(發汗)을 자주 시키고 만일 오줌이 잘 나오지 않거나 오줌 빛이 희고 탁하든지 하면 심상히 볼 일이 아니니, 대개 아이들은 입으로 말을 못하므로 마땅히 발병하였을 때 속속들이 진찰해야 한다.

○ **병구완하는 방법**

파리하고 약한 아이의 병은 구완하기가 대단히 곤란하니, 방안의 온도 조절과 의복을 증감하는 것과 젖과 약을 먹이는 일 모두를 마땅히 삼가야 할 것이고 병세의 정도를 살펴 더욱 삼가야 할 것이다. 조금이라도 괜찮다며 고식지계로 복약을 게을리하여 아이가 불행한 일을 당하지 않도록 하기 위해, 아이들이 흔히 앓는 병을 들어 병구완하는 방법을 아래에 설명한다.

치통 : 아이들이 이 날 때에 보양하기를 삼가지 않으면 뻐드렁니와 덧니가 나기 아주 쉽고, 이때의 발열은 모든 병의 근인이 된다. 두통과 안질, 혹은 가래침이 끓고 콧구멍이 가렵고 입술이 마르고 설사를 하는 등의 제반 잡증이 모두 치통으로 말미암아 생기니, 치통의 두려움이 이같이 대단한데 어찌 평소에 마음을 쓰지 않을 수 있겠는가. 뻐드렁니

가 날 조짐이 보이거든 속히 의사를 맞아 치료할 것이니. 치통을 통상 다스리는 법으로서 냉수를 입에 물리기도 하고 베나 무명으로 잇몸을 닦기도 한다. 대개 치통이란 것은 이를 잘 닦지 않아 이 사이에 더러운 것이 끼고 입안에 악독한 냄새가 나서 병이 되는 것이니. 매양 이를 자주 닦고 양치질을 자주 하는 것이 치통을 예방하는 좋은 방법이 된다.

열병 : 열병은 치환(齒患)의 유무를 떠나 수건을 냉수에 조금 담갔다가 몸에 두르고 담요나 솜이불을 물수건 위에 덮을 것이니. 이렇게 하면 물기가 증발하여 체열을 낮추고 물의 습기가 신경을 진정시켜 병난 아이로 하여금 아픈 것을 잊고 잠들기 쉽도록 한다. 만일 잠에서 깨어 또 아프다 하거든 다시 한 번 시도하면 나을 것이니. 이것이 열병을 다스리는 간편한 방법이다.

설사 : 소아가 설사할 때는 마땅히 공기 청결한 집에서 안든지 업든지 하고 산보로 운동하여 아이의 마음을 다독이도록 한다. 먹이는 것은 죽과 탕이 적당하고 입히는 것은 면포가 마땅하다.

본조(本朝) 명신록(名臣錄)의 요약 (속)

신숙주(申叔舟)의 자는 범옹(泛翁)이요, 호는 보한재(保閑齋)이니. 고령(高靈) 사람이다. 어려서부터 집안일로 마음에 누를 끼치지 않았고 독서하기를 그치지 않았다. 등제(登第)함에 이르러 옛 경전을 널리 탐구하고자 하되 집에 서적이 없음을 한스러워 하더니 집현전(集賢殿)에 뽑혀 들어감에 장서각(藏書閣)에 이를 때마다 문을 닫고 단정히 앉아 경서, 사서, 제자백가의 서적을 남김없이 두루 열람할 때 간혹 동료더러 대직(代直)하기를 청하고는 밤새도록 자지 않았다.

주상이 본국(本國)의 음운(音韻)이 화어(華語)와 다르다고 하여 언문(諺文) 자모(子母) 스물여덟 글자를 만드시어 궁궐 안에 담당 관청을 설치하시고 문신(文臣)을 뽑아 선정하게 하시니 공이 실로 예재(睿裁)를 받든 것이다. 이때 한림학사(翰林學士) 황찬(黃瓚)이 죄 때문에 요동(遼東)에 유배되었더니, 을축년(1445)에 공에게 명하시어 입조(入朝)하는 사신을 따라 요동에 도착하여 황찬을 만나고 음운을 질문하였을 때 언자(諺字)로 화음(華音)을 번역함에 조금도 어긋나지 않으니 황찬이 대단히 기특하게 여겼던 것이다. 이때부터 요동에 왕복하기 모두 13번에 국문(國文)을 마침내 제정하였다.

야인(野人)이 변경을 침범하여 해마다 그치지 않은 터라 주상이 매번 정벌하려 하심에 조정의 의논이 분분하더니, 공이 홀로 공격하여 토벌하는 계책을 세웠는데 주상이 공에게 명하시어 토벌하여 크게 이겼다.

세조(世祖)가 『경국대전(經國大典)』과 『오례의(五禮儀)』를 찬정(撰定)하실 때 세 임금의 조정을 거쳤는데도 책이 완성되지 못하더니 주상이 공에게 명하여 찬정하게 하셨는데, 공이 고금을 참작(參酌)하여 한 시대의 전적을 지휘하여 완성하였다.

공이 남쪽으로 일본에 봉사(奉使)하며 북쪽으로 야인(野人)을 토벌할 때 지나간 산천과 요해(要害)를 기록하지 않은 것이 없었고, 또 일본의 관제(官制), 풍속(風俗), 대성(大姓)의 족계(族系), 여러 섬의 강약을 기록하여 진상하였는데, 주상이 이어서 명하시어 우리나라 팔도지리와 여러 나라의 지리까지 지도로 제작하라고 하시니 공이 『해동제국기(海東諸國記)』를 제작하였다.

변중문(卞仲文) 등이 돌아옴에 잡혀간 본국의 남녀를 쇄환(刷還)했는데 배를 물가에 대기 전에 구풍(颶風)이 크게 일어 배가 거의 전복되는 터라, 쇄환되는 사람 중에 임신한 여자가 있더니 뱃사람이 "임신부는 뱃길에서 꺼리는 바이니 물에 던져서 푸닥거리를 해야 할 것이다."라 하는데, 공이 안 된다 하며 "사람을 죽여 살기를 구하는 것은 내가 차마

할 수가 없다." 하고 감싸 안았더니 이윽고 바람이 안정되었다.

영묘(英廟)[17]가 집현전(集賢殿)을 설치함에 공이 하루는 입직(入直)하더니 이경(二更)에 주상이 소환(小宦)에게 명하여 가서 엿보게 하셨는데, 돌아와 아뢰기를 "촛불을 켜고 책을 읽더이다." 하였다. 이렇게 서너 번을 했는데도 책읽기를 그치지 않더니 닭이 울자 비로소 취침하였다고 알리는지라. 주상이 가상하게 여기시어 담비갖옷을 벗어서 깊이 잠든 때를 타서 그 위에 덮어주게 하시니, 아침에 일어나서 그제야 깨달았다.

정난(靖難)하던 날에 공이 성중(省中)에 있었더니 부인(夫人)이 '반드시 죽겠구나.' 생각하여 장차 스스로 목을 매려 하여 치마 허리띠를 매고서 기다렸더니, 저녁에 가창(呵唱)하는 소리가 있었으니 공이 돌아온 것이었다. 부인이 그 허리띠를 풀면서 "내가 당신을 위하여 죽으려 하였습니다."라고 하니 공이 매우 부끄러워하였다.

한명회(韓明澮)의 자는 자준(子濬)이니 청주(淸州) 사람이다. 공이 잉태된 지 일곱 달 만에 태어나니 사지가 아직 형태를 이루지 못한지라 유모가 솜으로 싸서 밀실에 두었더니 오래되어 바야흐로 형태를 이루었다. 성장하자 골격이 기위(奇偉)하더니 어릴 때 산사(山寺)에서 독서할 적에 하루는 산골짜기 속을 밤에 다녔는데, 범이 나타나 보호하며 다니거늘 공이 "멀리까지 배웅해주니 후의(厚意)를 충분히 보았다." 하였다. 범이 머리 숙이고 엎드리는 모양을 하더니 하늘이 밝아오자 그제야 갔다. 언젠가 영통사(靈通寺)에 놀러갔을 때 한 노승이 있어 "공이 머리 위에 빛이 있어 번쩍번쩍하니 귀인의 징조입니다."라고 하였다.

나이 서른여덟에 경덕궁(敬德宮) 지기에 보임(補任)되니 당시 나라

---

17 영묘(英廟) : 세종의 묘호로, 세종을 가리킨다.

형세가 위의(危疑)한지라 공이 하루는 길창군(吉昌君)[18]더러 말하기를
"시세(時勢)가 여기에 이르렀으니 화난(禍難)을 평정하는 것이 발란(撥
亂)의 군주가 아니면 아니 되니, 수양대군(首陽大君)이 활달(豁達)한 것
은 한 고조(漢高祖)와 같고 영무(英武)한 것은 당 태종(唐太宗)과 비슷하
니 천명(天命)이 있는 곳을 알 수 있다. 지금 그대가 어찌 조용히 건의하
지 아니하는가?" 하니, 길창군이 이것을 세조에게 아뢰고 또 말하기를
"한생(韓生)은 국사(國士)라 둘도 없으니 지금의 관중(管仲)·악의(樂毅)
입니다." 하였다. 세조가 명하여 부르셨는데 공이 들어가 알현하니, 세
조가 첫눈에 오랜 벗처럼 여겨 "어찌 만남이 늦었던가." 하였다. 이로부
터 비밀스러운 계책을 모두 공에게 위임하여 계획하였다. 병자년
(1456) 5월에 황제가 태감(太監) 윤봉(尹鳳)을 보내 관복(冠服)을 하사
하였는데, 세조가 장차 6월 초하루에 광연루(廣延樓)에 잔치를 베풀 때
이개(李塏)와 성삼문(成三問) 등이 이날 거사하기를 약조하였더니 공이
계언(啓言)하기를 "광연루가 좁으니 세자는 잔치에 가심이 마땅하지 않
고 운검(雲劍)의 여러 장수 역시 입시(入侍)하지 못하게 하소서." 하니
주상이 허가하였다. 성삼문의 아버지 성승(成勝)이 운검을 차고 곧장
들어오거늘 공이 꾸짖어 제지하더니 다음날에 일이 탄로 났다.

경진년(1460) 북정(北征)한 이후에 각종 야인(野人)이 기회를 틈타 몰
래 도발하여 변경에 걱정이 많았다. 주상이 울컥 노하시어 친히 정벌하
고자 하셨는데 공이 자원으로 출정하여 첩자를 시켜 적에게 말하기를
"만약 빨리 항복하면 그만이거니와, 그렇지 않으면 마땅히 깊이 들어가
소굴을 짓부수어 다 죽여 없애고야 말리라." 하니, 여러 야인이 서로
귀순하였다. 주상이 기뻐하며 "싸우지 아니하고 사람을 굴복시킨 것이

---

18 길창군(吉昌君) : 조선 전기의 문신 권남(權擥, 1416-1465)으로, 길창군은 그의
봉호이다.

용병(用兵) 중의 좋은 것이다." 하였다.

중궁전의 유모가 공을 뵈면서 청서피(靑鼠皮)로 그 가죽신의 안감을 덧대었더니, 공이 말하기를 "이 가죽은 부채에 붙여 얼굴을 가리는 것이거늘, 너는 사용하여 발을 감싸니 어찌 그리 어긋났는가. 삼가 이렇게 하지 말라." 하였다. 유모가 두려워하여 즉시 갈라서 버리니 이로부터 중궁이 모두 물리쳐 사용하지 않았다.

경자년(1480)에 왕비 책봉과 궁각(弓角)의 일로 연경(燕京)에 갔는데, 황제가 말하기를 "노한(老韓)은 충성스럽고 정직한 선비다."라 하시고 아뢴 바를 모두 윤허하셨다. 그리고 계묘년[19](1483)에 세자 책봉을 청하는 일로 연경에 가니 나이가 예순아홉이었다. 황제가 공이 왔음을 듣고 "충직한 노한(老韓)이 다시 왔구나."라 하시고 서대(犀帶)와 채단(彩緞)을 하사하시고 중사(中使)를 보내어 통주(通州)까지 전송(餞送)하셨으니 황은(皇恩)이 융성하고 정중함이 전고(前古)에 없던 바였다.

공이 포의(布衣)로서 몇 년이 못 되어 지위가 재상에 이른지라, 세 임금의 조정을 내리 섬겨 출장입상(出將入相)하였고 또 외척으로 국구(國舅)의 높은 사람이 되었으니 그 공명(功名)과 부귀와 복록(福祿)의 성대함이 고금에 비할 이가 없었다.

『추강냉화(秋江冷語)』에 "한명회가 한강 남안(南岸)에 정자를 짓고 염퇴(恬退)한다는 명성을 얻으려 하여 '장차 사퇴하여 강호에서 늙겠노라.' 하였으나, 작록(爵祿)을 잊지 못하여 떠나지 못하였다. 주상이 시를 지어 작별하시니 조정의 문사(文士)가 화운(和韻)한 것이 수백 편이었다. 판사(判事) 최경지(崔敬止)의 시에 '은근한 밤낮 접견 총애가 넉넉하니, 정자 있어도 와서 놀 계책이 없었구나. 가슴속의 기심(機心)이

---

19 계묘년 : 원문에는 '癸酉'로 되어 있으나 해당 기사는 계묘년의 사건이므로 고쳐 번역하였다.

고요해짐 있었다면, 벼슬하는 마당에도 갈매기와 친했겠지〔三接慇懃寵

渥優, 有亭無計得來遊. 胸中自有機心靜, 宦海前頭可狎鷗〕.'라 하니 한명회가

싫어하여 현판에 나란히 두지 않았다."라고 하였다.

톨스토이 백작의 러시아 국회관(國會觀)

러시아의 문호 톨스토이 백작은 은퇴하여 야스나야 팔랴나 농장에

있어 만년을 보냈다. 지금 러시아 전국은 혁명당의 요란한 소용돌이

가운데 던져져, 피비린내 나는 전쟁터의 보도가 빈번히 그 귓불을 때리

고 있었는데, 그는 관계가 없는 것처럼 풍월을 벗 삼아 밭 가는 삶[20]을

노래하며, 때로는 붓을 날려 가슴 속 가득 찬 뜨거운 피에 젖어 사회의

개혁 사업을 완성하는 것을 그 임무로 삼았다. 그러던 중 최근에 영국

의 신문 기자가 백작을 방문하여 러시아의 국회가 과연 어떠한지에 대

해 물었다.

백작이 그 국회라는 말을 듣자 마치 혐오스러운 감정이 생긴 듯이

두 손을 뻗치며 혹 주먹을 꽉 쥐고 흔들다가 천천히 답하여 말하기를,

"국회는 반드시 많은 사업을 이룰 수 있어야 한다. 우리나라의 지혜 있

는 자는 상찬하여 '인민의 이익을 도모하며 인민의 집회를 여는 것'이라

말하니, 물론 그렇다. 비록 그러하나 수백만 농민 중에 능히 국회 한

단어의 의미를 이해할 자가 몇 명이나 될 것인가. 바로 지금 우리나라

교육 당국자가 비로소 종래의 교육 정책이 그릇되어 농민으로 하여금

이와 같이 학문이 없는 눈먼 자가 되게 한 것을 뉘우치고 교육이 효과가

있다는 것을 알기 시작해야 한다."라고 하였다. 또한 말하길 "저 개혁이

라든지 혁명이라든지 그 동기가 동포요 살아있는 백성을 사랑하는 가

---

20 밭 가는 삶 : 농두음(隴頭吟)과 양보음(梁甫吟)을 말하는 것으로 추정된다.

운데 성숙되어 나온 것이어야 좋아지기 시작할 것이다. 지금 뜻을 세워 동서에서 질주하는 자가 흘러넘쳐 잇따라 대의명분을 말하지만, 그 말 인즉 매우 아름다우나 그 내실은 일종의 사리사욕을 몰래 감추고 있어 어느 날 그 대가를 얻기 원하는 것이다. 따라서 심사(心事)가 이처럼 졸렬하고 또한 이 무리가 농민을 향하여 빈번하게 선언하기를 비 내리는 것처럼 한다. 이에 농민이 어느 것을 취하고 어느 것을 버릴지 몰라 미혹되며 방황한다. 게다가 종래의 정치가가 약속한 많은 일이 허언에 그쳐 실행한 것이 없다. 그러므로 오늘에 와서는 하나도 믿지 않아 농민이 끝내 서로 의심을 품고 있게 되었다. 개혁·자유라는 문자가 정치가가 농민에게 약속한 바인데, 지금 또한 국회라는 문자를 추가하니, 농민이 말하길 '국회가 과연 만병을 고칠 좋은 약인지 우리가 눈을 부릅 뜨고 지켜보겠다.'고 한다. 이는 그들이 정부와 민당(民黨)의 뜻 있는 연극을 분별하는 것과 흡사하다."라고 하였다.

러시아혁명

뉴욕 『트리뷴』의 소론(所論)

러시아가 지금 혁명에 침륜(沈淪)하여 그 위기와 어려움이 막심하다. 도저히 일주일이나 일개월 만에 해결될 만한 문제가 아니다. 저 프랑스의 혁명과 같은 급류가 미침이 적지 않으니, 혁명이라는 것이 반드시 왕위를 전복한다고 말할 수는 없지만, 역사상에 대개 그러한 것이 있으니 모든 이가 아는 바이다. 러시아의 입헌민주당 대표(首領) 등은 노력하여 왕위를 보존하고자 한다. 그러나 이것이 과연 그 효과를 거둘 수 있을지 없을지 쉽게 단언할 수는 없다. 만약 정부에서 국민의 희망을 채워주지 않으면 재앙과 환란이 갑자기 머리 위에 떨어져 내릴 것이다.

나는 개인적으로 왕위의 안전을 바라는데, 이유인즉 하루라도 왕위가 없으면 러시아 정부가 없어서 내란에 빠질 것이기 때문이다.

왕위가 보전(保全)되면 독재 정치도 또한 존속될 수 있을까. 아니라고 말할 수 있다. 전제적 독재 정치는 세계 대세가 허락지 않는 바니, 그 운명이 거의 다하였다. 문명의 진보를 따라 독재 정치가 소멸할 것은 피할 수 없는 흐름이다. 무릇 권력이 임금으로부터 나와 백성에 이른다고 말하는 고대 사상은 이미 사라지고, 인민으로부터 나와 점차 임금에게 이른다고 말하는 관점이 대체하였다. 그러므로 현 시점에서 제왕은 헌법의 범위 안에서 그 지위를 간신히 유지할 뿐이다. 러시아 황제는 이 점에 대하여 마치 생각이 미치지 않는 것처럼 보인다. 그는 오직 싸우고 싸워 프랑스혁명의 전철을 밟아 루이 16세와 같은 운명에 빠질까 두려워 백방으로 방법을 찾으니, 내가 생각하기로 독재 정치의 전복과 왕위의 폐지를 방지하고자 할 것이다. 그런데 이는 너무 늦은 것이다. 황제가 의원 내각의 조직을 일찍 허가하였으면 혁명의 범람을 혹시 피할 수 있었을지 모른다. 그러나 황제는 이 시기를 이미 놓쳤다. 재야(在野)가 느끼는 불평의 감정이 날로 커져 러시아혁명은 매우 바쁘게 위급해졌다.

토지 문제가 농민의 감정에 대하여 연관된 것이 매우 커. 지금 만약 정부에서 인민의 희망을 수용하여 다대한 토지를 지급하고자 한다면, 굉장한 거액을 필요로 할 것이다. 만약 그 희망을 수용하지 않는다면 농민이 잇따라 혁명당으로 들어가는 것을 보게 될 것이다.

러시아에 있는 500만 유대인이 자신들에 대한 압제를 피하고자 태반이나 혁명당으로 치달아가니, 그들은 러시아인과 같은 권리를 획득하고자 하여 늘 정부를 향하여 항의하였다. 이것이 러시아 관헌(官憲)이 유대인에게 분노하는 이유다. 피아리스도즉구[21]의 학살도 역시 이에서 비롯되었으니, 만약 정부에서 유대인에게 다른 외국인과 동일한 권리를 주었으면 그 반항심을 크게 누그러뜨리기에 충분했을 것이다. 하지만 의회로부터 이미 요청이 있었음에도 정부에서 해결하지 않아 도리어 혁명당 주요 인물에 대한 학대를 초래하였으니, 심각한 실책이다.

의원선거는 성에서 공격하고 들에서 싸우는 전쟁 가운데서 시행하는 것이라 말할 수 있다. 선거 사무실에는 모두 군대가 경계하고 지키고 있었다. 문지방에는 코사크 병사가 필히 있어 출입하는 사람을 꾸짖어 금하게 하니, 로쓰々[22] 투표 기입과 같은 때에는 병사가 채찍을 들고 선거인 뒤에 서서 정부당을 위해 윽박지르며 을러댔다. 간섭이 이와 같음이 불가하다 하니, 인민당이 많은 수를 득표한 것은 이러한 대세의 부득이함이다.

내가 지금 러시아의 혼란을 보건대, 그 최후 결과가 어떠할 것은 비록 예상하기 힘들지만, 문제의 범위가 광대하며 러시아 인민이 조금도 복종하여 갖추지 않는 것을 보니 하루아침 하룻저녁에 해결될 문제가 아니다. 생각건대 10년이든지 20년이든지 필요할 것이니, 현재 채취가 가능한 책략은 민의(民意)를 듣고 정당 내각을 수립할 따름에 있다.

기서(寄書)

민재곤(閔載坤)

『시경(詩經)』에 말하지 않았던가? "봉황이 저 높은 언덕에서 울고, 오동나무가 저 조양에서 자라나네."[23]라고. 무릇 '봉황(鳳凰)'은 새들 족

속의 영물(靈物)이다. 동방 군자의 나라에 출현하여 반드시 성인의 태평시대를 기다려 빛나는 덕을 보고 내려오니, 그러므로 군자는 태평시대의 징조로 여긴다고 한다. '조양(朝陽)'은 태양의 정기이다. 금닭이 새벽을 알려 은하수가 그림자를 감추는 때에 하나의 둥근 불덩이가 부상(扶桑) 위로 봉긋 솟아 긴 밤을 당겨 밝은 빛을 열어주면, 사해(四海)의 온 땅에 있는 어떤 사물도 비추지 않는 것이 없고 어느 곳도 밝지 않은 곳이 없어 깜깜한 방과 어두운 굴속 혼몽한 상태에 있는 사람들로 하여금 문득 꿈나라에서 깨어나게 하고, 뇌 안으로 새 공기를 들여 넣어 혹은 옛 허물을 생각하고 혹은 새로 얻은 것을 빼내어 사·농·공·상이 정신을 떨쳐 일으켜 각기 자신의 일을 맡아 하며 정묘(精妙)한 경지에 이르게 할 것이니, 이는 문명개화(文明開化)의 대기관(大機關)이 아니겠는가. 대개 문명은 천도(天道)요, 개화는 인사(人事)이다. 동중서(董仲舒)가 말하기를, "하늘과 사람이 서로 어울릴 때가 심히 두렵도다."라 하였고, 『주역(周易)』에 "사물을 열어주고 일을 이루어, 천하를 교화시킨다."[24]라고 하였으니, 그렇다면 문명개화는 실로 옛사람이 전해준 교훈과 권면이 있었던 것인데 지금 비루한 유생들은 시무(時務)를 알지 못하고, 말이 개명(開明)에 이르면 과거의 습성을 고집하여 반드시 놀라고 이상하게 여겨 물리치니 참으로 한심하다. 아! 『대학(大學)』 명덕(明德)의 가르침은 한 줌의 불이 사물을 비추는 것으로 비유하고[25]

---

23 봉황이……자라나네 : 여기에 해당하는 원문인 '鳳凰鳴矣于彼朝陽'은 『시경(詩經)』 「대아(大雅)·권아(卷阿)」에 나오는 '봉황이 우니 저 높은 언덕이로다. 오동나무가 자라니 저 조양이로다.〔鳳凰鳴矣, 于彼高岡, 梧桐生矣, 于彼朝陽〕'를 줄인 것이다.

24 사물을……교화시킨다 : 『주역(周易)』 「계사전(繫辭傳)」에 "무릇 역(易)은 사물을 열어주고 일을 이루어 천하의 도를 망라한 것이니 이와 같을 뿐이다.〔夫易, 開物成務, 冒天下之道, 如斯而已者也〕"라 한 것과 「비(賁)」에 "천문을 관찰하여 사계절의 변화를 살피고, 인문을 관찰하여 천하를 교화시킨다.〔觀乎天文, 以察時變, 觀乎人文, 以化成天下〕"라 한 것에서 각각 일부 표현을 끌어들여 표현한 것이다.

춘추(春秋) 오패(五霸)의 공은 어두운 거리에 촛불을 잡아 밝힌 것으로
칭송하니 저 한 줌의 불과 거리의 촛불도 오히려 어두컴컴한 경계에
있는 사람을 인도하여 비바람이 몰아쳐 순식간에 어두워질 것 같은 격
정을 면하게 해주거늘, 하물며 아침 해가 솟아 밝게 비추어 험한 벼랑
과 궁벽한 골짜기의 어떤 사물도 빛나게 하지 않음이 없음은 더 말해
무엇하리오. 삼가 생각건대 우리 한국은 수백 년 태평 시대가 이어진
나머지 일찍이 이웃나라와의 교류가 없고 아직도 경장(更張)의 변화가
더디어 한갓 형식만을 일삼고 우물 안의 식견에서 벗어나지 못하고 있
다.[26] 그러므로 군자는 녹봉과 작위를 평생의 계책으로 삼고 재야에 있
는 사람은 입는 것과 먹는 것을 종신의 계책으로 삼아 백성들의 지식은
몽매하고 풍속은 쇠퇴하고 문란해져 오늘날의 매우 위태로운 지경에
이르렀는데 오히려 누구 한 명도 갈조(鶡鳥)의 울음을 본받지 않더니[27],
다행스럽게도 귀사(貴社)의 여러분들이 특별히 문명의 진보를 권면할
계책으로 한 단체를 창설하고 월보(月報)를 널리 배포하고서 그것을 명
명하여 '조양보(朝陽報)'라 라니, 아름답도다. 그 뜻이여! 크도다. 명보
(名報)여! 병아리가 꼬꼬거리는 소리로 밝고 환한 보도(報道)를 기술하
여 스스로 한 나라 문명개화의 중임을 떠맡았으니 어찌 훌륭하지 않겠
는가. 제가 말하지 않더라도 공들께서 어찌 짐작하지 못하겠는가. 그

---

25 『대학(大學)』……비유하고 : 이 비유는 『주자어류(朱子語類)』 권14 「대학」에 다음
과 같이 보인다. "대개 이른바 '명덕'이란 것은 하나의 밝고 빛나는 사물이니 남이
나에게 한 줌의 불을 주는 것과 같아 이 불로 사물을 비추면 밝지 않음이 없다.〔蓋所
謂明德者, 只是一個光明底物事, 如人與我一把火, 將此火照物, 則無不燭〕"
26 우물……있다 : 원문에는 '主免井觀'이라고 되어 있으나 '主'의 의미가 분명하지 않아
여기에서는 부정의 의미로 보았다.
27 갈조(鶡鳥)의……않더니 : 아침이 오길 바라지 않는다는 의미로 추정된다. '갈조'는
새 이름으로 갈단(鶡旦)이라고도 한다. 『예기(禮記)』 「월령(月令)」에 "중동 달에는
갈단새가 울지 않는다.〔仲冬之月, 鶡旦不鳴〕"라고 하였는데, 정현(鄭玄)은 주석에
서 "갈단은 아침이 오길 바라는 새이다.〔鶡旦, 求旦之鳥也〕"라고 하였다.

러나 옛말에, "오히려 목동과 나무꾼에게도 물으라."라 하였고, 또 "광부(狂夫)의 말도 성인은 채택하신다."라 하니, 이런 까닭으로 제가 비록 평소 그대들과 함께하여 수레를 몰 수 있는 기쁨[28]을 누리지는 못하나 비루함을 생각지 않고 외람되이 한 말씀 삼가 아뢰오니 용서하고 헤아려주십시오. 바라옵건대 집필을 당당히 하고 지극히 공명정대하여 좋아하는 것만 칭송하지 말고 싫어하는 것을 폄하하지 마십시오. 끝이 있으면 시작이 있을 것이요, 중간에 조금도 끊어짐 없이 내외국의 고명(高明)한 학문과 기이한 사적을 널리 채집하여 선한 것으로서 법으로 삼을만한 것과 악한 것으로서 경계로 삼을만한 것을 일일이 자세히 기록해 팔도(八道)의 완고하고 어리석은 자들을 경고한다면 팔도의 완고하고 어리석은 자들이 반드시 장차 옛것을 바꾸어 새것에 나아갈 것입니다. 또 일시에 막힌 것이 트여 마치 구름이 활짝 걷혀 하늘을 보는 듯할 것이고, 풍모를 바라보고 그림자처럼 좇아 마음을 밝게 하고 눈을 활짝 뜰 것입니다. 또 마음을 닦고 발분하여 물리학과 화학, 법률, 산수, 공업과 상업, 기계 제조, 통번역의 학문에 마음을 깊게 두어 어떤 사물도 갖추지 않음이 없고 어떤 학문도 정밀하지 않음이 없어 반딧불과 한 줌 불로 하여금 감히 대명(大明) 아래에서 빛을 발하지 못하게 하고 한구석의 편방(偏邦)을 여러 문명국과 나란하게 하여 나라의 기초를 튼튼히 하고 민생을 완전히 지켜 과거의 어리석은 백성이 오늘날 어진 선비로 변화할 것이니, 이 어찌 귀보가 신신(申申) 경고한 힘 때문이 아니겠는가. 그렇다면 조양보는 진정 '조양(朝陽)'의 이름에 부끄럽

---

28 수레를……기쁨 : 현자를 배종한다는 뜻이다. 『후한서(後漢書)』 「이응전(李膺傳)」에 따르면, 이응은 어질다는 소문이 있어서 사대부들이 그의 접견을 받기만 해도 용문(龍門)에 올랐다고 하며 좋아했는데, 순상(荀爽)이 그를 찾아가 그의 수레를 몰고 집에 돌아와서 "내가 오늘 이군의 수레를 몰 수 있었다."고 자랑했다는 일화가 나온다.

지 않으리라.

관보초략(官報抄略)

법부고시(法部告示) 제1호[29]

칙재(勅裁)하심을 받들어 8월 1일부터 특별법원(特別法院)을 임시개
정(臨時開廷)한다. 특별법원 개정장소는 평리원(平理院)[30]으로 하여 이
재규(李載規)의 형사피고사건을 재판하도록 한다. −이상 8월 1일−

△법부협변(法部協辨) 김규희(金奎熙), 중추원찬의(中樞院贊議) 구영
조(具永祖), 평리원판사(平理院判事) 이규환(李圭桓), 한성재판소(漢城裁
判所) 판사 이용상(李容相)은 특별법원판사를 겸임하도록 명한다.

△평리원검사(平理院檢事) 이건호(李建鎬), 동 정석규(鄭錫圭), 동 이
준(李儁)은 특별법원검사를 겸임하도록 명한다. −이상 3일−

△농상공부기수(農商工部技手) 서판임관(叙判任官) 7급 김두섭(金斗
燮)을 임명했으니, 이 사람은 공과(工科)를 졸업한 사람이다.

△탁지부(度支部)[31]에서 의결을 요청한 의정부(議政府) 이접수리비(移
接修理費) 491환 92전과 치도국(治道局)[32] 건축비 931환 40전과 농림학
교(農林學校) 시설비 761환 80전과 기병대(騎兵隊) 이접수리비 5천 5백
환을 예비금(預備金) 가운데에서 지출하는 일로 의정부 회의를 거친 뒤

---

29 법부고시(法部告示) 제1호 : 원문에는 이 '고시(告示)'의 내용이 단락 구분 없이 기
    술되어 있으나 여기에서는 각 조목별로 단락 구분을 하였다.
30 평리원(平理院) : 대한제국기의 사법기관으로, 1899년 5월부터 1907년 12월까지
    존치되었던 최고법원이다.
31 탁지부(度支部) : 대한제국기에 국가의 재무행정을 맡았던 관청이다.
32 치도국(治道局) : 대한제국기에 도로의 건설과 보수를 담당한 관청이다.

에 상주하였는데 하교하기를, "그렇게 하라"라고 하심. —이상 6일—

△석성(石城), 결성(結城), 오천(鰲川), 영천(榮川), 연일(延日), 김해(金海), 의령(宜寧), 기장(機張), 초계(草溪), 칠원(漆原), 만경(萬頃), 장수(長水), 여수(麗水), 제주(濟州) 열네 곳의 군수는 각기 해당하는 도(道) 관찰사(觀察使)의 보고서에 따르면 본년도 춘하등(春夏等) 전최(殿最)[33]에서 치적(治蹟)이 하등으로 나왔기에 본관(本官)을 파면함.

△영양(英陽), 태인(泰仁), 울진(蔚珍), 곡성(谷城), 진산(珍山) 다섯 지역의 군수는 군수물자와 공적 재화를 의병에게 빼앗긴 일로 본관을 파면함.

△덕산(德山), 구례(求禮), 영춘(永春), 연풍(延豐), 경성(鏡城) 다섯 곳의 군수는 춘하등(春夏等) 전최(殿最)에서 중등에 처한바 마땅히 하등에 두어야 하니 본관을 파면함. —이상 7일—

△계자 주청규칙(啓字奏請規則)

제1조 계자(啓字)는 궁정부(宮廷府)와 궁내부(宮內府)에 관한 내부(內部) 사무에 대하여 성상의 교지를 표창(表彰)하는 도장이다.

제2조 계자는 큰 것, 작은 것의 두 종류를 사용한다.

제3조 대계자(大啓字)는 별단 주본(別單奏本)[34] 중에서 각 궁의 재정 문부(財政文簿)와 궁정 또는 궁내 사무에 관하여 정식 주본이 아닌 것에 날인해 사용한다.

제4조 소계자(小啓字)는 주청한 사항을 수정(修正)・개보(改補)할 때에 그 해당하는 곳에 날인해 사용한다.

제5조 계하(啓下)를 주청한다. 단, 궁내대신(宮內大臣)은 전례(典禮)

---

33 전최(殿最) : 조선시대에 관원들의 근무 상태를 조사하여 성적을 매기던 것을 말한다. '최(最)'는 최상을, '전(殿)'은 최하를 뜻한다.

34 별단주본(別單奏本) : 임금에게 올리는 주본(奏本)에 덧붙이는 문서를 뜻한다.

에 관한 계하(啓下)로 특별히 긴급한 경우에 한하여 예식원 장례경(禮式院掌禮卿)으로 하여금 그 절차를 행하게 할 수도 있다.

제6조 궁내 각 관청 사무에 관하여 계하를 주청한 일이 있을 때는 각 주무관(主務官)은 궁내대신에게 제출한다. 단, 내대신(內大臣)의 주관(主管)에 관한 것은 내대신에게 제출한다.

제7조 계하 문적(啓下文蹟)은 궁내대신에게 내려 보내되 그 내대신의 주청과 관련된 것은 내대신에게 내려 보내어 내대신이 궁내대신에게 교부(交付)한다.

제8조 계하 문적을 내려 보낼 때는 궁내대신은 이에 대하여 필요한 규정을 정하여 주무관에게 명시하거나 주무관으로 하여금 시행의 절차를 행하게 한다.

제9조 계하 문적은 궁내대신의 관방(官房)에 보관해두어 비서관(秘書官)이 그 보관의 책무를 맡는다. 단, 전례(典禮)에 관한 계하 문적은 예식원 장례경으로 하여금 보관의 책무를 맡게 할 수도 있다.

제10조 궁내 각 관청은 필요한 경우에는 계하 문적의 등본(謄本)을 갖추어둘 수 있다.

제11조 계하 문적을 훔쳐서 타인에게 교부한 자는 형법 제589조에 의거하여 처단하고 그 문적은 관청에서 몰수한다.

(부칙) 제12조 본 규칙은 반포일로부터 시행한다.

△농상공부(農商工部) 분과규정 개정건

제1조 대신(大臣)의 관방에는 다음에 기록한 세 과(課)를 두어 그 사무를 나누어 관장하게 한다. 비서과(秘書課), 문서과(文書課), 회계과(會計課).

제2조 비서과에서는 다음에 기록한 사무를 관장한다.

첫째, 기밀(機密)에 관한 사항.

둘째, 관리(官吏)의 진퇴신분(進退身分)에 관한 사항.

셋째, 부인(部印) 및 대신 관장(官章)의 관수(管守)에 관한 사항.

넷째, 포상(褒賞)에 관한 사항.

제3조 문서과에서는 다음에 기록한 사무를 관장한다.

첫째, 공문서류(公文書類) 및 성안문서(成案文書)의 접수, 발송에 관한 사항.

둘째, 통계 보고의 조사에 관한 사항.

셋째, 공문서류 편찬, 보존에 관한 사항.

넷째, 도서(圖書)와 아울러 보고서류(報告書類)의 간행 및 관리에 관한 사항.

제4조 회계과에서는 다음에 기록한 사무를 관장한다.

첫째, 본부(本部) 소관 경비 및 여러 수입의 예산, 결산과 아울러 회계에 관한 사항.

둘째, 본부 소관 관유재산(官有財産) 및 물품과 아울러 그 장부조제(帳簿調製)에 관한 사항.

제5조 농무국(農務局)에는 다음에 기록한 두 과(課)를 설치하여 그 사무를 나누어 관장하게 한다. 농업과(農業課), 식산과(殖産課).

제6조 농업과에서는 다음에 기록한 사무를 관장한다.

첫째, 농업 및 농업상 토목(土木)에 관한 사항.

둘째, 농산물의 충해예방(蟲害豫防) 및 제거와 기타 농산물에 관계된 일체의 손해 예방에 관한 사항.

셋째, 수의(獸醫) 및 제철공(蹄鐵工)에 관한 사항.

넷째, 축산(畜産)에 관한 사항.

다섯째, 수렵(狩獵)에 관한 사항.

제7조 식산과에서는 다음의 사무를 관장한다.

첫째, 삼림시업(森林施業)과 아울러 구역 및 경계의 조사·보호와 이용 및 처분, 편입 및 해제, 통계 및 그 장부, 수입 및 경비, 임산물(林産物)에 속한 토지·건조물(建造物)에 관한 사항.

둘째, 어업의 어선(漁船) 및 어구(漁具)와 염전 소금 정책에 관한 사항.

셋째, 뽕나무를 심어 누에를 기르는 일과 잠상(蠶桑) 시험장의 인민 수업(受業)과 차 제조에 관한 사항 (미완)

내지잡보

○ 특별히 내리신 칙어(勅語)

지난달 27일 오후 6시에 황제폐하께서 참정대신 이하 각부대신을 어전(御前)에 들게 하시고 칙어를 내리시어 "짐이 그만 부덕하여 나라가 위태롭고 이제는 극난(極難)에 처하게 된 것이나, 경들도 국무대신이니 어찌 책임이 없겠는가. 지난 일은 이미 되돌릴 수 없겠거니와 이제부터는 각 대신들이 일심단결로 온 힘으로 나라를 다스리는 일에 힘써 공정히 인재를 선발하고 직무에 맞지 않으면 쫓아내어 치우침 없이 사람을 등용하고 집안을 다스리듯 일을 처리하여 국권을 만회하고 종묘사직을 편안케 하는 것이 오직 경들의 마음가짐에 달렸으니, 그 실효를 짐에게 즉시 알리길 간절히 바라노라." 하셨다. 또한 아뢰시길 "지금부터 각 대신이 국사에 관하여 올릴 안건이 있거든 즉시 대면을 청하고 알리어 상하 소통 단절의 폐가 없도록 하라." 하셨으니 여러 대신들은 감사의 절을 올리고 궐에서 물러났다 한다.

○ 유학생 조직 단체[俱樂部]

현재 도쿄에 관비 및 사비로 유학하는 본국 학생 500여 명이 올해

1월 친목을 다지고 어려운 일이 닥쳤을 때 서로 도울 목적으로 단체를 조직하였다. 답례대신 완순군(完順君) 이재완(李載完) 씨가 지난번에 100원을 기부하였고, 그때 수행원이던 여러 사람과 학생감독 한치유(韓致愈) 씨가 각각 수십 원씩 보조하였으며, 의친왕 전하와 이근호(李根鎬) 씨 또한 후원하였다. 최근 '구락부학생회(俱樂部學生會)'라 명칭을 개정하고 회원에게도 회비를 걷어 쇄신을 도모하느라 한층 더 애쓰는데 우선 잡지를 간행한다고 한다.

○ 해외 교육

전(前) 영사 김석영(金奭永) 씨가 상하이로 진출하였다고 들었는데, 이용익(李容翊), 이학균(李學均) 등과 블라디보스토크으로 함께 가서 그곳에 거류하는 한인 교육회를 설립하였다 한다.

○ 어전 회의 개최일

정부 회의 외에 각 대신이 일주일에 두 차례씩 어전 회의를 개설하기로 폐하께서 정하시어, 수요일과 토요일로 이를 고정하고 이달 초하루 수요일에 제1회를 열었다 한다.

○ 군기 정돈 조칙

이달 초 폐하께서 조칙을 내리시어 "지난번에 낸 『보병조전(步兵操典)』 한 책은 군기 유지 및 교육 순서를 위해 진정 필요한 것이었다. 현재 전 세계의 군정(軍政)이 나날이 진보하니, 참으로 우리만 옛 규례를 고수할 수는 없다. 이에 원래의 책을 참작하고 개정하여 각지의 군대에 반포하니 각각 이를 존중하고 어김없이 지켜 정예부대가 되도록 힘쓰라." 하셨다.

○ 러시아 총영사의 서울 도착

갑신년(1904) 러일전쟁이 시작될 때 서울에 주재하던 러시아 공사 파블로프 씨가 물러가고 공관 기물은 프랑스 공사에게 위탁하여 아직

까지 보관하고 있는데, 평화조약이 성립된 후 일·러 양국 정부에서
통상(通商) 규약을 마침내 체결하고 러시아에서 우리나라 한성에 총영
사를 특파한다 하더니 이달 10일 밤 9시 40분에 그가 경부선 열차를
탑승하고 수행원 남자 2인, 여자 1인과 함께 남대문역에 도착하였다.
러시아 공사관으로 즉시 들어가서 독수리 문양 깃발을 게양하고 업무
를 본다고 한다.

해외잡보

○ 지난달 16일 상트페테르부르크에서 온 전보에 따르면, 러시아 대장
대신(大藏大臣) 코코프체프(V. N. Kokovsev)가 상원에서 진술하길 "본
연도의 러일전쟁 추가 군사비가 8억 1200만 루블"이라 하였다.
러시아 자유당 신문 『스로우오』[35]에서 이에 대하여 논박하며 "본 연도
의 추가 군사비가 이렇게 거액에 달한 것이 혹 일본에 은밀히 거액을
지불했기 때문인지 극동의 군사 설비로 인한 것인지, 만약 그렇지 않다
면 전쟁 종결 후 지금에 이르도록 이런 거액의 군비가 필요한 이유를
알 수 없다."고 하였다.
○ 오스트리아 신문이 이르길 "지난번 오스트리아, 독일 두 황제께서
회합하실 때에 독일, 오스트리아, 이탈리아 삼국의 동맹에 러시아도
더할 것인지의 문제를 협의하였는데, 이번에는 러시아와 독일, 양국
참모장이 오스트리아의 수도 빈에 체재하며 군사상 문제에 대해 담론
하였다[36]. 양국 황제 회견 후 오스트리아의 부루쓰구[37]에서 있을 군대검

---

35 스로우오 : 미상이다.
36 군사상……담론하였다 : 해당 부분의 원문은 '軍事上問題로上라如히談論ㅎ얏고'라

열식 자리에서 독일 참모총장 후온 백작[38], 몰트케(Helmuth Johann Ludwig von Moltke) 중장과 오스트리아 참모총장 베쓰구[39] 남작이 서로 독·오의 외교 관계가 근래 한층 친밀해짐을 건배사를 교환하며 축하하고 있었는데, 그날 밤 오스트리아 황제 요제프 폐하께서 부다페스트에서 환궁하시어 급히 외무대신 고르코브스키(Agenor Maria Gołuchowski) 백작을 불러 밤늦도록 비밀리에 회의하고 그 결과로 돌연 군대검열식 중지 명령을 전하였으니 이런 일들을 총체적으로 살필 때 새 동맹에 대한 풍설이 반드시 허언은 아닐 것이다."라 하였다.

○ 이달 7일 런던에서 온 전보에 따르면, 러시아 정부가 곧 전국에 계엄령을 시행한다는 풍설이 있고, 니콜라이 태공(太公)이 비상집행관을 임명한 것도 이 소문이 실제의 사실이 될 경계의 조짐인 듯하다고 한다.

○ 같은 날 같은 전보에 따르면, 러시아 당국자는 선언하길 "정부는 충분한 병력이 있으니 지금 결심과 용력(勇力)으로 분연히 혁명운동 진압에 나서서 사회의 질서를 회복하기로 결심하였다."고 하였다. 이에 대해 혁명당은 선언서를 새로 발표하여 인민에게 고하여 "정부에 대하여 최후의 결전을 개시하자."고 선동하였다 한다.

○ 같은 전보에 따르면, 먼저 러시아 국민의회파가 일체 혁명단체와 연합하여 전국의 농민에게 일대 선언서를 배포하여 "귀족, 태공(太公), 황제의 측근이 간계를 부려 농민의 토지를 탈취한 것을 마땅히 환부할 것이요,[40] 각 촌락의 관리가 실무직[吏員]을 선출하던 방식을 폐지하고 인민이 실무직을 선출하도록 한다." 하였고[41], 또한 부기하기를 "정부가

고 되어 있으나 인쇄상 오탈자가 있는 것으로 보인다.

37 부루쓰구 : 브룩(bruck an der mur)으로 추정된다.

38 후온 백작 : 미상이다.

39 베쓰구 : 베크(Baron Max Wladimir von Beck, 1854-1943)로 추정된다.

40 원문에서는 이 부분에서 단락 구분이 되어있다.

이번에 국민을 향해 전쟁을 도발하니 우리 국민이 떨쳐 일어날 때이다."
라 하였다 한다.

○ 같은 전보에 따르면, 크론시타트(Kronstadt) 군항의 요새(要塞) 수비
병이 모반을 꾀한다는 풍설이 전파되어 상트페테르부르크의 인심이 경
악과 공포에 사로잡혔고, 모반한 무리에 합세한 군함 4척이 핀란드의
수도를 떠나 크론시타트 항에 도착하였다 한다.

러시아 도처에서 생명이 위태로우므로 귀족들 다수는 변장하여 외국으
로 망명하고 부녀자와 어린이들을 외국으로 도피케 하였다 한다.

○ 이달 9일 베이징 전보에 따르면, 울리아스타이(烏里雅蘇臺) 장군이
베이징 군기성(軍機省)에 타전하여 "몽골의 달라이라마가 러시아인이
교활하여 신뢰할 수 없음을 깨닫고 수반(隨伴)이었던 러시아 승려 도
르지에프(Agvan Dorzhiev)를 배척하니, 러시아 정부에서 시베리아 총
독에게 전보하여 급히 사신을 파견하여 불교에 최고 존호(尊號)를 붙
이고 많은 금품을 보내 환심을 회복하고자 현재 극력으로 애쓴다."고
하였다.

○ 군기대신(軍機大臣)이 비밀리에 전보하여 쿠룬(庫倫), 캬흐타(恰克
圖), 타르바가타이(塔爾巴哈臺), 코브드(科布多) 지방의 각 대신 및 울리
아스타이(烏里雅蘇臺), 이리(伊犁)의 두 장군에게 전하여 "러시아가 우
리 국경을 넘보려는 기미가 있으니 엄중히 이 행동을 탐지하여 속히
보고하도록 하라."고 하였다.

○ 이달 9일 런던 전보에 따르면, 러시아 황제께서 양위(讓位)하실 거라
는 소문이 있다고 한다.

○ 같은 전보에 따르면, 미국인이 알류샨 열도 부근에서 불법 어업을

---

41 원문에서는 이 부분에서 단락 구분이 되어있다.

하던 일본인 5명을 살해하고 불법 어업 감시선을 보내 일본 어부 12명을 포박하였는데, 살해의 이유는 불분명하다고 한다.

이에 대해 미국 국무경(國務卿) 임시대표 베이컨(Robert Bacon) 씨는 도쿄에 체재 중인 미국 대사에게 타전하여 알래스카의 미국 관리로부터 받은 보도의 요지를 알렸다. 또한 정부가 이 보도를 보내는 목적은 일본에 사죄하거나 보도된 것 이상의 유감을 표하려는 것이 아니라 다만 일본 정부가 이 괴사건에 대한 과장된 보도를 접하고 이를 믿을까 걱정되기 때문인데, 일본 어부가 만일 알래스카의 보도대로 규정 한계인 3해리 이내에서 어업에 종사한 것이면 미국 정부는 이를 불법 어업으로 간주하는 수밖에 없으며 또한 실제로 불법 조업을 하던 일본 어부는 바다표범을 잡아 가죽을 벗기면서도 미국인에게 항복을 거부하기까지 했다고 전했다.

○ 같은 날 같은 전보에 따르면, 『런던 타임스』지는 사설에서 일본인이 조선 내의 배일주의(排日主義) 음모에 관해 감히 황제를 압박하지 않는 것을 현명한 처사라 칭찬하고, 동시에 조선 국민을 일본의 정복국민으로 대우하는 위험을 경고하였다 한다.

사조(詞藻)

해동회고시(海東懷古詩) 漢

영재(泠齋) 유득공(柳得恭) 혜풍(惠風)

고구려(高句麗)

『위서(魏書)』에 "고구려는 부여(夫餘)에서 나왔으니 그들은 스스로 선조가 주몽(朱蒙)이라 하였다. 주몽의 어머니는 하백(河伯)의 딸이다. 부여 왕(夫餘王)이 궁실 안에 가두자 햇빛이 비추는 대로 몸을 이끌어 피신했으나 해 그림자가 또 따라왔다. 임신하여 알 하나를 낳았는데 크기가 5승(升)만 하여 물건으로 감싸서 따뜻한 곳에 두었더니 한 남자아이가 껍질을 깨고 나왔다. 장성하여 자(字)를 '주몽(朱蒙)'이라 하니, 속언(俗言)에 주몽이란 활을 잘 쏜다는 뜻이다. 부여의 신하가 그를 죽이려고 했는데 주몽이 이에 오인(烏引), 오위(烏違) 등 2인과 함께 부여를 버리고 동남쪽으로 도주하였다. 그때 큰 강을 만나 건너려고 했으나 다리는 없고 부여 사람이 급격히 추격해오니 주몽이 물에 고하기를, '나는 태양의 아들이자 하백의 외손이다. 금일 도주하는데 추격병이 다가오고 있으니 어찌하면 건널 수 있겠는가.'라 하였다. 이에 물고기와 자라들이 나란히 떠서 다리를 만들어주었고 주몽이 건너가자 물고기와 자라들이 곧바로 흩어져서 추격하던 기병들은 건너지 못하였다. 주몽이 드디어 보술수(普述水)에 이르러 3인을 만나니, 한 사람은 삼베옷을 입었고 한 사람은 무명옷을 입었고 한 사람은 물풀 옷을 입고 있었다. 주몽과 함께 흘승골성(訖升骨城)에 가서 살면서 국호를 '고구려(高句麗)'라 하고 인하여 '고(高)'를 성씨로 삼았다."라 하였다. 『삼국사기(三國史記)』에 "고구려 시조 동명성왕(東明聖王)의 성은 고씨(高氏)이니 부여로부터 졸본천(卒本川)에 이르러 그 산하의 험악하고 견고함을 보고 그곳에 도읍하고자 하여 비류수(沸流水) 가에 초막을 지으니 당시 나이가 20세요[42], 한(漢) 원제(元帝) 건소(建昭) 2년이다. 유리왕(琉璃王) 20년에 국내(國內)로 도읍을 옮기고 위나암성(尉那岩城)을 축조하더니[43] 산상왕(山上王)

---

42 당시 나이가 20세요 : 『삼국사기』「고구려본기(高句麗本紀)」, 동명성왕(東明聖王) 원년에는 당시 동명성왕의 나이가 22세로 나온다.

43 유리왕(琉璃王)……축조하더니 : 『삼국사기』「고구려본기(高句麗本紀)」, 유리명왕(瑠璃明王) 22년 조에 나오는 내용이다. 본 원문에 20년이라고 한 것과 차이가 있다.

10년에 환도(丸都)로 도읍을 옮기고[44] 동천왕(東川王) 21년에 평양성(平壤城)을 축조하고 백성과 종묘사직을 옮겼다.”라 하였다. 『통전(通典)』에 “고구려는 동진(東晉)이후부터 왕이 평양에 거처하였다.”라 하였다.

활과 화살 차고 19년을 횡행하더니,	弧矢橫行十九年
보배 같은 기린마 타고 하늘로 조회하러 떠났네.	麒麟寶馬去朝天
천추의 패기(覇氣)는 물보다 싸늘한데,	千秋覇氣凉於水
백옥 채찍은 묘 속에 묻혀버렸도다.	墓裏消沈白玉鞭

‘기린보마(麒麟寶馬)’는 『여지승람』에 “기린굴(麒麟窟)은 평양부(平壤府) 구제궁(九梯宮) 안 부벽루 아래에 있으니, 동명왕이 이곳에서 기린마를 길렀다. 세상에서 전하기를, 왕이 기린마를 타고 이 굴에 들어갔다가 땅속으로부터 조천석(朝天石) 위로 나와 하늘로 올라가니, 그 말발굽 흔적이 지금까지도 돌 위에 있다. 조천석은 기린굴 남쪽에 있다.”라고 하였다.

‘백옥편(白玉鞭)’은 『여지승람』에 “동명왕의 묘는 중화부(中和府) 용산(龍山)에 있으니 속칭 진주묘(眞珠墓)라 한다. 세상에서 전하기를, 고구려 시조 주몽이 항상 기린마를 타고 하늘에 올라가서 일을 아뢰다가 나이 40이 되어 드디어 승천하여 돌아오지 않으니 태자(太子)가 남은 옥 채찍을 가지고 용산에 장사지냈다.”라고 하였다.

옛날 새총 끼고 다니던 부여 아이가	昔日夫餘挾彈兒
‘유리’라는 이름의 동명왕 아들이었지.	東明王子號琉璃

---

44 산상왕(山上王)······옮기고 : 『삼국사기』「고구려본기(高句麗本紀)」산상왕 13년에 나오는 내용이다. 본 원문에 10년이라고 한 것과 차이가 있다.

꾀꼬리가 깊은 숲에서 몇 마디 내어 우니,　　　數聲黃鳥啼深樹
마치 화희가 치희를 꾸짖는 것 같네.　　　　　猶似禾姬罵雉姬

'협탄아(挾彈兒)'는 『삼국사기(三國史記)』에 "유리왕은 이름이 유리(類利)이다. 당초 주몽이 부여에 있을 때 예씨(禮氏)의 딸에게 장가들었는데 그녀에게 태기가 있었다. 주몽이 떠난 뒤에 곧 아이를 낳으니 이 아이가 유리이다. 유년 시절에 거리에 나가 놀며 새총을 쏘다가 물 긷는 부인의 기와 물동이를 잘못 맞추어 깨뜨렸다. 부인이 꾸짖기를, '이 아이는 애비가 없어 이처럼 짓궂구나.'라고 하였다. 유리가 부끄러워서 집에 돌아가 어머니에게 묻기를, '저의 부친은 어떤 사람이며 지금 어디에 계십니까.'라고 하자, 어머니가 '너의 부친은 비상한 사람이라 나라에 용납되지 못하여 남쪽 땅으로 도주해 가서 나라를 세워 왕이 되셨다.'라고 하였다. 유리가 이에 옥지(屋智)·구추(勾鄒)·도조(都祖) 등 세 사람과 함께 졸본(卒本)으로 가서 부왕(父王)을 만나자 부왕이 태자로 세웠다."라고 하였다.

　'황조(黃鳥)'는 『삼국사기(三國史記)』에 "유리왕이 두 여자에게 장가들었는데, 한 명은 '화희(禾姬)'이니 골천(鶻川) 사람의 딸이고, 다른 한 명은 '치희(雉姬)'이니 한(漢)나라 사람의 딸이다. 두 여자는 총애를 다투어 왕이 양곡(凉谷) 동궁(東宮)과 서궁(西宮) 두 개를 짓고 각각 따로 거처하게 하였다. 뒤에 왕이 기산(箕山)으로 사냥 나갔을 때 화희가 치희를 꾸짖어 말하기를, '너는 한나라의 종이었다가 첩이 된 주제에 어찌 이리도 무례함이 심한가.'라고 하자 치희가 부끄럽고 한스러워 집으로 도망갔다. 왕이 이를 듣고서 말을 달려 좇아갔는데 치희는 분노하여 돌아오지 않았다. 왕이 나무 밑에서 쉬다가 꾀꼬리가 날아 모여드는 것을 보고서 이에 느낌이 있어 노래하기를, '훨훨 나는 꾀꼬리여, 암수

가 서로 의지하네. 외로운 이내 몸은, 누구와 함께 돌아가리오〔翩翩黃
鳥, 雌雄相依. 念我之獨, 誰其與歸〕'라 하였다."라고 하였다.

노인정(老人亭)에서 부질없이 읊다[老人亭漫吟] 漢

남숭산인(南嵩山人)

여기서 놀던 때가 벌써 10년이나 지났으니,	憶昔玆游已十春
홍원에서 녹주 마시며 한창 좋은 시절이었지.	紅園綠酒政芳辰
지금 사람이 정자와 함께 늙어가니,	如今人與亭同老
오래된 상수리나무 숲속에 백발노인이 있네.	古櫟林間白髮人

비평: 나무도 오히려 이와 같은데 사람이 어찌 견디겠는가. 아! 인간
세상의 변천이 전광석화(電光石火)와 같도다.

소설

비스마르크의 청화(淸話)

1849년 4월에 비스마르크는 프로이센 제1의회의 의원이 되고자 백
방으로 노력하였다. 그 목적을 점차 이루어가던 중 선거운동을 하던
시기에 그가 선거민을 향하여 연설하였는데, 헌법제정에 관한 이야기
는 극히 적고 평생 열심을 내던 게르만 통일 문제를 제기하여 말하길,
"이와 같은 대업은 마땅히 슐레스비히(Schleswig)로부터 착수하여 점점
북부에서 나아가 남부에 미쳐야 한다."고 하는 등 시류에 전혀 적합하
지 않은 연설이 많았다. 근왕당(勤王黨)은 원래 헌법제정에 반대하던
당으로서 소수였던 까닭에 상대 당이 압도하던 상태여서 평생 한스러

였는데, 이번 선거에서는 필적할 수를 얻게 되어 모든 당원이 흥분하였
다. 그중 한 명이 기뻐하며 비스마르크를 향해 크게 소리쳐 "우리 당이
완전히 승리했습니다."라고 하였다. 이에 비스마르크는 "아니다. 아직
안심할 수 없다. 우리들이 지금 상대 당을 공격하여 남김없이 쓸어버린
다 해도 이는 당연한 일에 불과하다. 그러니 우리들의 승리는 지금 이
후에 있다."라고 하였다. 과연 1년 후에 급진당이 위세가 크게 증가하
여 마침내 헌법제정을 보게 되니, 이에 이르러 비스마르크의 교훈〔箴
言〕이 우연이 아닌 것을 사람들이 알기 시작하였다.

자유당의 명사로서 당시 국회의장이던 슈베린(Schwerin) 백작이 비
스마르크 공에게 물어 말하길, "당신의 호적수는 누구입니까?"라고 하
니, 비스마르크가 대답하길, "프라하 전투에서 생환(生還)한 슈베린입
니다."라고 하였다. 당시 프리드리히 대왕의 용맹한 장군 슈베린이 전
사(戰死)하였었다. 지금 근왕당을 지키는 용장(勇將)으로서 자임하던
비스마르크 공은 이 고인(故人)의 이름을 장난삼아 빌려 슈베린 백작에
게 견주어본 것이었다.

비스마르크는 의회의 위원회에서 회의 중에 이따금 그의 정파가 있
는 곳에 앉지 않고 그 상대 당 사이에 좌석을 차지하고 있는 때가 있었
는데, 비스마르크의 친구 운루(Unruh)가 비스마르크 공에게 그 의도를
물어보았다. 비스마르크는 답하여, "내 친구는 고민으로 죽을 만큼 나
를 괴롭게 하는데, 이곳에 있으면 그럴 염려가 없다네."라고 하였다.
아마도 같은 당 의원 중에 동떨어지고 치우친 견해가 많은 이유로 이와
같이 풍자한 것이다.

비스마르크는 어느 날 세미틱(Semitic)어 연구로 유명한[45] 목사 스토

커(Stocker)에게, "인간은 모두 겁쟁이〔臆病者〕라는 성서의 말은 원문에
도 존재합니까, 아닙니까?"라고 물었다. 스토커는 답하길, "소아시아인
은 모두 거짓말쟁이입니다. 그 결과로 이 말이 있는지 없는지 전 알
수 없습니다."라고 말하니, 비스마르크는 이를 듣고 잠시 있다가, "거짓
말쟁이와 두려움은 같은 성격을 갖고 있습니다. 어찌 소아시아인에게
만 국한할 수 있겠습니까"라고 말하고, 다시 말하길 "목사님은 진정으
로 용기 있다고 평가받는 이와 만난 적이 있습니까?"라고 물었다. 이에
스토커가 대답하길, "용기라고 하는 말에도 여러 뜻이 있지요."라며 점
점 해석하고 설명하려는 모습을 보이자, 비스마르크는 손을 흔들어 이
를 가로막고 크게 웃으며, "결투 같은 것을 하는 야만스러운 사람이라
면 어찌 오른쪽 뺨을 때리려 할 때 왼쪽 뺨을 그 적에게 향하겠습니까.
도덕적으로 용기 있는 사람은 나도 좀 본 적이 있습니다."라고 하였다.
아마도 비스마르크는 평생 결투로 싸우기를 좋아하여 삼군(三軍)의 위
세를 두려워하지 않는 용기를 지닌 사람이었다. 이 목사는 비스마르크
의 야만스러움을 변화시켜 인도(人道)의 용기가 되게 하고자 하여, 이
제 그 이유를 말하려 하였는데, 비스마르크 공이 그 의중을 미리 알고
그가 말하기에 앞서 냉소적 어조의 말을 첨가하였던 것이다.

　비스마르크 공이 프로이센의 대표로서 프랑크푸르트에 체류하던 중
에 오스트리아의 의장(議長) 레히베르크(Rechberg)와 그 의견이 충돌하
여 결투를 하려 한 경우가 몇 차례나 있었다. 레히베르크가 어느 시각
에 비스마르크의 처소에 찾아와 화난 목소리로 그를 부르며, "나의 친
구 어떤 이가 오늘 아침 귀하와 검으로 승패를 겨루려고 한다. 귀하는
이를 받아들이겠는가, 않겠는가"라며 말하니, 비스마르크는 "당신은 어
찌하여 이런 미적지근한 말을 하는가. 만약 그럴 마음이 있다면 오늘
아침을 왜 기다리는가. 지금 즉시 권총을 휴대하고 오라. 나는 당신들

이 권총을 준비해 올 사이에 유서를 작성할 것이다. 내가 만약 죽는다
면 청컨대 이 편지를 베를린 내 집에 보내달라."라고 하였다. 레히베르
크가 바로 준비를 갖추고 다시 생각하되 비스마르크가 마음속에 깊이
돌이켜 본 것이 있다고 여겼고, 또한 비스마르크가 쓴 유서를 보자 그
고결한 결심이 사람을 감복하게 하여 자신의 과오를 후회하였다. 그가
비스마르크에게 말하길, "우리가 지나쳤네. 당신의 말이 옳소. 당신은
아직도 결투를 하고 싶소?"라고 하니, 비스마르크는 "당신들이 만약 내
말을 인정한다면 좋소. 나라고 왜 무조건 결투하기를 좋아하겠소?"라
고 대답하여, 결국 일이 이렇게 그치게 되었다.

제3 공사(公使)로서의 생애

　비스마르크가 프랑크푸르트에 공사로 있던 8년간의 일화는, 그의 아
내와 누이들에게 보낸 편지와 베를린 정부에 보낸 문서를 통해 알 수
있다. 그리고 이 무렵 그의 가정의 광경에 관해서는 그의 오랜 벗 모틀
라이가 다음과 같이 상세히 기록하였다.

　"내가 비스마르크를 방문했을 때 비스마르크는 마침 식사 중이었고
나는 그냥 내 명함을 내밀고 반 시간 뒤에 다시 이곳에 오겠다고 말한
후 이 집을 나섰는데, 비스마르크는 그 명함을 건네받자마자 그의 사람
을 시켜 내 뒤를 쫓게 하였다. 하지만 길이 어긋나 만나지 못하고, 내가
다시 그의 집에 도착하자 비스마르크는 골육형제와 다를 바가 없이 매
우 친절하게 대접하였다. 비스마르크의 아내와 모친은 재삼 내게 비스
마르크가 나의 명함을 보았을 때는 그 마음속 깊은 곳으로부터의 기쁨
을 금할 수 없었다고 말했다. 나는 참으로 내 벗 가운데 그와 같은 가치
있는 인물이 있어 이런 진심어린 동정(同情)을 베풀어줌을 기뻐한다.
생존하고 있는 인류 가운데 이 같은 인물은 또 없을 것이다."

비스마르크는 집에 각 사람이 좋아하는 것을 빠짐없이 갖추고 있었다. 집의 앞면에는 갖가지 장식이 있는 객실이 있고 그의 가족이 기거하는 거처 하나가 이어져 하늘로 솟아 있으며, 식당은 화원과 마주보고 서 있다. 이 거실들의 이곳저곳에는 노인들도 있고 아이들도 있고 또 비스마르크의 애견이 있고, 혹은 먹고 혹은 피아노를 연주하거나 혹은 담배를 피우거나 혹은 화원에서 산보하며 권총을 발사해보기도 하였다. 또한 객실의 중앙에는 샴페인·맥주·브랜디 등의 명주(銘酒), 하바나의 질 좋은 담배를 모두 구비해 놓아, 손님은 와서 마음대로 취할 수 있게 되어 있으니, 이 모든 것을 갖추어 놓은 것은 지상 대부분의 쾌락을 이 집에 모아놓은 것이라 말할 수 있다.

프랑크푸르트의 프로이센 공사관에 배속되었던 무관이 또한 비스마르크의 그 무렵의 상황을 다음과 같이 기록하고 있다.

"비스마르크는 어떤 모임에 가더라도 언제나 자신이 예기하지 않았던 명예를 얻었으니 그리하여 남성들로부터는 때로 원한을 초래하게 되는 일도 있었다. 다정한 부인들로부터는 굉장한 주목과 보살핌을 받았다. 그가 회합에 참석하여 차를 마시고 이야기를 시작하면 자리를 가득 메운 사람들이 모두 조용해졌으며, 한마디도 내뱉는 사람이 없었다. 이때에 그의 날카로운 재치〔才鋒〕는 전광석화와도 같아서, 설령 이야기를 미리 준비하지 않았다 하더라도 그는 항상 군중들이 가장 좋아하는 이야기꾼이 되었다. 그의 이러한 재치와 슬기는 그의 평소의 학문과 실제 사회 경험들에서 얻어낸 것은 아니었다. 그것은 그의 본질(本質)로부터 원천이 흘러나오는 것이었다." (미완)

야만인의 마술〔奇術〕

열등한 야만인이지만 근세의 이학(理學)·화학 박사도 쉽게 해석하기 불가능한 마술〔奇術〕이 있어서, 고심의 단계를 겪지 않고 간단히 오가며 공연하여 문명국의 사람들을 경탄하게 하는 자가 적지 않다.

지난해 벨기에의 마술사 셰루바아, 레, 루구-[46] 씨는 아프리카 콩고로 출장 가서 그가 잘 하는 마술을 공연하여 야만인의 대갈채를 널리 얻었다. 이때 콩고 야만인 가운데 루구 씨의 마술보다 훨씬 뛰어난 것이 출현하였다. 이 사람은 손으로 일반적인 무청(蕪菁)을 들어 사람들에게 보여주고 즉시 변하게 하여 사람 얼굴이 되게 하였다. 그 신속하고 기묘한 것이 루구 씨를 경탄하게 하고, 또한 아프리카 마술사가 자신을 변신시켜 사자라든지 기타 여러 종의 동물이 되게 하고, 혹은 몇 시간 만에 굉장히 멀리 떨어진 땅을 여행하고, 혹은 적국인의 계략을 엿보아 아는 마술은 전신(電信)이라는 편리한 도구로도 도저히 미칠 수 없는 것이었다. 5년 전 영국의 한 박사인 후예루깅[47]이라는 자가 아프리카 라도-[48]에 여행하였을 때에, 한 마술사 야만인이 "나는 어젯밤에 이 땅에서 550리(里) 떨어진 나일강 가에 있었는데, 증기선 두 척이 그때에 도착하였다."라고 말하였다. 후예루깅 박사가 야만인의 땅에 오래 있어서 영국군이 수단(Sudan) 지방을 탈취하고자 진출한 것을 몰랐기에, 그 기괴한 이야기를 듣자 웃음거리로 여기고 무시했으며 털끝만큼도 믿지 않았다. 이 마술사가 황급히 원주민을 모아 그 땅의 정황을 보고하고 또한 말하길, "지금부터 30일 이후에 단발 영국인이 서한을 들고 후예루강 박사를 반드시 방문할 것이다."라고 하더니, 과연 32일 만에 라후돈베-[49]라고 하는 자가 박사를 방문하러 왔다.

---

46 셰루바아, 레, 루구- : 미상이다.
47 후예루깅 : 미상이다.
48 라도- : 미상이다.
49 라후돈베- : 미상이다.

- 인천 공원지통(公園地通) (전화 170번), 동(同) 지점

대한자강회월보(大韓自强會月報)

『대한자강회월보』는 우리나라 국민의 의무로 조직한 대한자강회에
서 발행하는 잡지인데, 그 목차는 논술, 회록(會錄), 연설, 내국 기사,
해외 기사, 교육부, 식산부(殖産部), 국조고사(國朝故事), 문원(文苑), 사
조(詞藻), 담총(談叢), 소설, 방언(方言) 등으로 정하고 있습니다. 회원
중에서 위원 10여 명을 선정, 편찬을 담당하여 각기 품고 있는 학술·
문예와 의견·지식을 다하여 우리나라에 제일 유익한 잡지를 매월 25
일에 한 권씩 발간합니다. 이에 우리나라 동포로 애국에 뜻이 있으신
여러분은 한 권씩 구매할 수밖에 없는 책이니, 이로써 밝게 빛나실 것
을 간절히 바랍니다.

　매달 초하루 한 권 정가 금(金) 15전(錢)

　황성(皇城) 중서(中署) 하한동(下漢洞) 제 통(統) 제　호(戶)

　제국잡지사(帝國雜誌社) 알림

가정잡지(家庭雜誌)

이 『가정잡지』는 순국문으로 간단히 편찬하여 우리나라 부인(婦人)
의 열독(閱讀)을 보다 쉽게 한 책이오니, 가정교육에 뜻을 두시는 여러
분은 월마다 구독하시기를 바랍니다.

　매월 한 권 발행 정가 금(金) 10전(錢)

　경성 남대문내 상동(尙洞)

청년학원(靑年鶴苑) 가정잡지사 알림

특별광고

본사 잡지를 매월 10일 및 25일 2회 정기 발간하는데 첫 회부터 미비하였던 사무가 아직 정리되지 않아 부득이 이번에도 또 5일 연기되었기에 황송함을 무릅쓰고 재차 이 사유를 알리니 애독자 여러분께서는 헤아려주시길.

- 조양보사 알림

조양보 제1권 제5호
광무 10년 8월 25일 발간

대한 광무(光武) 10년
일본 메이지(明治) 39년
병오(丙午) 6월 18일 제3종 우편물 인가(認可)

朝陽報

제6호

조양보(朝陽報) 제6호

신지(新紙) 대금(代金)

한 부(部) 신대(新貸) 금(金) 7전(錢) 5리(厘)

일 개월 금 15전

반 년분 금 80전

일 개년 금 1원(圓) 45전

우편세[郵稅] 매 한 부 5리

광고료

4호 활자 매 행(行) 26자 1회 금 15전. 2호 활자는 4호 활자의 표준에 의거함

◎매월 10일·25일 2회 발행

경성 남서(南署) 죽동(竹洞) 영희전(永喜殿) 앞 82통(統) 10호(戶)

　발행소 조양보사

경성 서서(西署) 서소문(西小門) 내 (전화 323번)

　인쇄소 일한도서인쇄주식회사

　편집 겸 발행인 심의성(沈宜性)

　인쇄인 신덕준(申德俊)

목차

조양보 제1권 제6호

주의

뜻 있으신 모든 분께서 간혹 본사로 기서(寄書)나 사조(詞藻)나 시사(時事)의 논술 등의 종류를 부쳐 보내시면 본사의 취지에 위반되지 않을 경우에는 일일이 게재할 터이니 애독자 여러분은 밝게 헤아리시고, 간혹 소설(小說) 같은 것도 재미있게 지어서 부쳐 보내시면 기재하겠습니다. 본사로 글을 부쳐 보내실 때, 저술하신 분의 성명과 거주지 이름, 통호(統戶)를 상세히 기록하여 투고하십시오. 만약 부쳐 보내신 글이 연이어 세 번 기재될 경우에는 본 조양보를 대금 없이 석 달을 보내어 드릴 터이니 부디 성명과 거주지를 상세히 기록하십시오.

본사 특별광고

본사에서 사무소를 남서 죽동 영희전 앞 82통 10호 2층 판옥(板屋)으로 옮겨 정하고 본 조양보에 관한 일체 사무를 이곳에서 취급하오니 기서(寄書)와 왕복 서간(書簡) 및 대면하여 의논하실 사건이 있으시거든 이곳으로 찾아오시길 간절히 바랍니다.

논설

사람마다 권리사상(權利思想)에 주의해야 함

대체로 우리들이 세계에 태어나 모여서 아울러 거처하며 우글대며 함께 생활하는 것이 무리지어 생활하는 여러 금수들과 다른 까닭은 다름이 아니라 영지(靈智)와 각성(覺性)을 갖추어 날로 문명(文明)의 영역으로 달려가기 때문이다. 그러므로 가족이 있으며 사회가 있으며 국가가 있어 차례를 따라 행하며 각기 사람으로서의 책임을 갖고 있으니, 책임이라는 것은 권리에서 비롯하여 일어나는 바이다.

사람마다 남에 대하여 마땅히 다해야 할 책임이 있고, 사람마다 자신에 대하여 또한 마땅히 다해야 할 책임이 있으니, 남에 대하여 그 책임을 다하지 않는 것을 간접으로 무리를 해한다고 말하고, 자신에 대하여 그 책임을 다하지 않는 것을 직접으로 무리를 해한다고 말하는 것은 어째서인가. 남을 대하여 책임을 다하지 않음은 비유하자면 살인이요 나를 대하여 책임을 다하지 않음은 비유하자면 자살이니, 한 사람이 자살하면 무리 중에서 한 사람이 적어짐이지만 한 무리의 사람이 모두 자살하면 그 무리가 자살할 뿐만이 아니다.

나에 대한 나의 책임은 어찌하는 것이오. 하늘이 만물을 내심에 스스로 방어하고 스스로 보호하는 양능(良能)을 부여하시니 이것은 혈기(血氣)를 가진 자의 공례(公例)이다. 그러나 사람이 만물의 영장이 되는 것은 다만 형이하의 생존을 가져서만이 아니라 형이상의 생존도 가져서 그 조건이 한쪽에 멈추지 아니하나, 그중에서도 권리가 가장 중요한 바이다. 이런 까닭으로 저 금수는 생명을 보호하는 것을 유일무이한 나에 대한 책임으로 삼지만 인류라 호칭하는 자는 생명을 보호하고 권리를 보호하는 두 가지로써 서로 보조케 하고 서로 필수로 한 뒤에 이 책임이 완전함을 얻으니, 만약 그렇지 않으면 그 사람으로서의 자격을 스스로 잃어서 금수와 동등한 지위에 함께 설 것이다.

그러므로 로마의 법에 사람이 노예 보기를 금수처럼 보는 것은 실로 이론상으로 적당한 것이니, 대개 노예는 권리가 없는 자인 까닭으로 노예라고 이름은 곧 금수라 함이다. 그러함으로 형이하의 자살이라 함은 죽인 바가 불과 한 사람뿐이나 형이상의 자살은 전(全) 사회를 들어 금수가 되게 함이요, 또 금수로서 후예가 무궁함에 이르는 까닭으로 '직접으로 무리를 해하는 자'라고 할 것이다. 아아! 지금 한국의 국인(國人) 중에 자살에 감심(甘心)하는 자가 어찌 그리 많은가!

권리는 어디서부터 생기는가 하면 반드시 자강(自强)에서 생긴다고 할 것이다. 저 사자와 범이 무리를 대함과, 추장이나 국왕이 백성을 대함과, 귀족이 평민을 대함과, 남자가 여자를 대함과, 큰 무리가 작은 무리를 대함과, 강국이 약국을 대함에 모두 항상 우등하고 절대적인 권리를 점유하니, 사자와 범이나 추장 등이 포악하여 그런 것이 아니라 사람마다 자기의 권리를 신장하려 함은 천연의 성질이기 때문이다. 이런 까닭에 권리의 물성(物性)은 갑(甲)이 먼저 스스로 방기(放棄)한 뒤에 을(乙)이 반드시 침입하므로, 사람마다 자강을 힘써서 나의 권리를 스스로 보호함은 실로 그 무리를 굳건하게 하고 그 무리를 선하게 하는 불이법문(不二法門)이다.

고대 그리스에 정의(正義)를 공양(供養)하는 신(神)이 있으니 그 조상 (造像)은 왼손으로 저울을 쥐고 오른손으로 칼을 들었으니 저울은 권리의 경중을 저울질하는 것이요, 칼은 권리의 실행을 보호하는 것이니, 칼만 있고 저울이 없으면 이것은 승냥이와 이리요, 저울만 있고 칼이 없으면 이것은 권리가 빈말에 속하여 끝내 무효로 귀결될 것이다. 독일 선비 예링(Rudolf von Jhering)[1] 씨가 저술한 『권리경쟁론(權利競爭論)』[2] 에 이르기를, "권리의 목적은 평화에 있으나 이 목적에 이르는 방법은 전투도 꺼리지 않으니, 서로 침입하는 자가 있거든 반드시 서로 막되

---

1 예링(Rudolf von Jhering) : 1818-1892. 독일의 법학자로, 법의 사회적 실용성을 중시한 목적법학(目的法學)을 주장하였다.

2 권리경쟁론(權利競爭論) : 예링의 명저로, 원제는 『Der Kampf ums Recht』(1872), 즉 "권리를 위한 투쟁"으로 번역된다.

침입이 그치지 아니하면 막음도 기약을 다함이 또한 없으리니, 따져서 말하면 권리를 위한 생애는 경쟁일 따름이다. 또 권리라는 것은 부단한 근로(勤勞)이다. 근로가 한번 해이해지면 권리가 멸망에 돌아간다."라고 하였다. 권리의 물성이 이와 같으니, 그것을 얻는 방법과 보호하는 방법이 매우 용이하지 못한 것이다.

가령 이것을 얻으려 하며 보호하려 하면 권리의 사상(思想)이 실로 원소(原素)가 되어야 한다. 사람이 사지(四肢)와 오장(五藏)이 있음은 곧 형이하의 생존 요건이라, 내부의 간이나 폐나 외부의 손가락이나 발가락이 한 개라도 알맞지 않음이 있다면 누가 그 고통을 느끼지 않아 치료를 급하게 생각하지 않겠는가. 사지 오장의 고통은 곧 신체 내의 기관이 조화를 잃은 까닭이요 그 기관이 침해당한 징조이니 치료하는 자가 이 침해를 방어함은 스스로를 보호하기 위함이다. 형이상의 것에 대한 침해도 또한 그러하다. 권리사상(權利思想)이 있는 자는 침해와 압박을 일단 만나면 그 고통의 감정이 즉시 자격(刺激)되어 동기(動機)가 한번 드러나면 자제할 수가 없을 것이니, 급박하게 저항을 꾀하여서 그 본래를 회복하려 한다. 사지 오장이 침해를 받은 자는 반드시 그것이 마비되어 말을 듣지 않는 자요, 권리를 침해받은 자는 고통이 더욱 심하므로 권리사상이 없는 자도 마비되어 말을 듣지 않는 자라고 이를 만하다.

권리사상의 강약은 실로 그 사람의 품격에 관계된 바이다. 남의 노예가 된 자는 비록 빈궁과 비천의 지극히 치욕스러운 일로 조정에서 모욕한다고 해도 받아들임이 태연하거니와, 만약 고상한 무사는 비록 머리를 던져서라도 기어코 그 명예를 위해 저항하여 설욕한 뒤에야 그칠 것이다. 구멍을 뚫고 담을 넘어 도둑질을 하는 자는 비록 지극히 추하고 더러운 이름으로 명예를 훼손당해도 편안하게 거처하되, 순결한 상인(商人)의 경우는 비록 만금(萬金)을 기울여서라도 결코 그 신용을 깨끗하게 할 것이다. 그것은 어째서인가. 침해로 인한 실추와 무고로 인한 모욕을 받게 되어서 그 정신 상 무형의 고통을 곧바로 감각함을 스스로 그칠 수가 없거늘, 저 권리의 진상(眞相)을 오해하는 자는 "이것이 형해(形骸) 상과 물질(物質) 상의 이익에 지나지 않는다."고 하여 굳게 계교(計較)하나니, 아! 비루하구나, 천장부(賤丈夫)의 말이여!

비유하건대, 내가 가진 물건을 남에게 횡탈(橫奪)을 입고 분연히 법정에 항쟁함은 그 다투는 목적이 이 물건에 있는 것이 아니요 이 물건의 주권(主權)에 있는 까닭으로 항상 소송의 앞에 있으면서 소리 내어 말하기를 "훗날 소송을 이긴 이익으로써 자선사업의 비용에 모두 충당한다."고 하니, 만약 그 뜻이 이익에만 있을진대 어찌 이 말이 있겠는가. 이러한 소송은 도덕상의 문제라고 할 만하고 산학(算學) 상의 문제라고 할 수가 없다. 만약 산학 상의 문제라서 반드시 먼저 산가지를 가지고 계산하여 "내가 소송비의 손실을 소송 배상금의 소득으로 갚을까." 하여 갚을 수 있겠으면 갚고 그럴 수 없으면 그친다면, 이것은 비부(鄙夫)의 행동이다. 이러한 계산은 의식하지 못한 손해에 대하여 적용할 수 있을 것이니, 비유컨대 물건이 연못에 빠지자 사람을 고용하여 건지려고 하나³ 그 물건 값이 품삯으로 보상될 만한가를 먼저 미리 계산하는 것은 그 목적이 물건의 이익에 있음이요, 만약 권리를 다투는 자는 그렇지 않아 그 목적이 물건의 이익에 있지 않으므로 성질이 바로 상반된다. 눈앞의 구차한 편안함을 탐하고 치주(錙銖)⁴와 같이 작은 비용을 탐하는 자는 그 형세가 반드시 권리를 변모(弁髦)⁵와 같이 여길 것이니,

---

3 건지려고 하나 : 원문은 "欲孝"으로 되어 있으나, 뜻이 통하지 않아서 짐작하여 번역하였다.

4 치주(錙銖) : 미세한 무게의 저울 눈으로, 매우 작은 것을 뜻한다.

이것이 바로 인격의 높고 낮음과 더럽고 깨끗함이 나뉘는 까닭이다.

옛날에 인상여(藺相如)⁶가 진왕(秦王)을 꾸짖어 "신의 머리를 벽(璧)과 함께 모두 부수겠소!"라 하였으니, 조(趙)나라의 강대함으로 어찌 자잘한 벽 하나를 아까워하였겠는가. 만약 그 벽을 아까워하였다면 어찌하여 부수려 하였으랴. 이에 벽도 헐 수 있고 몸도 죽일 수 있고 적도 공격할 수 있고 나라도 위태하게 할 수 있을지언정 굽힐 수 없는 것은 따로 존재함을 알겠으니, 곧 권리가 그것이다. 예링 씨의 말에 "영국인 중에 유럽 대륙을 유력(遊歷)하는 이가 간혹 우연히 여관의 가마꾼의 무리한 요구를 당할 경우에는 그때마다 꿋꿋하게 물리치되, 물리쳐도 듣지 않으면 간혹 쟁의(爭議)하여 해결되지 않는 자는 종종 차라리 여행 기일을 지연하여 며칠, 수십 일을 경과하면서 소모한 여비가 다투는 수효보다 열 배나 증가하여도 속을 태우지 않는 바이니, 무식한 자는 그 크게 어리석음을 비웃지 않는 이가 없되, 이 사람이 다투는 몇 실링-영국 화폐 이름이니 1실링이 약 반 원(半圓)에 상당한다-이 실로 당당한 잉글랜드가 우뚝하게 세계에 독립하는 데 필요한 도구가 되는 원인인 줄 어찌 알겠는가. 대개 권리의 사상이 풍부함과 권리감정(權利感情)의 날카로움이 곧 영국인이 나라를 세운 큰 근원이라고 말할 것이다.

지금 오스트리아 사람을 시험 삼아 거론하여 이 영국인과 지위도 같고 재력도 같은 자로써 서로 비교하건대, '이러한 일을 만난다면 처리하는 방법이 어떠하겠는가.' 하면 반드시 "이 자잘한 것으로 어찌 아무렇

---

5 변모(弁髦) : 치포관(緇布冠)과 더벅머리로, 관례(冠禮)가 끝나면 소용없게 되므로 쓸모없는 물건을 뜻한다.

6 인상여(藺相如) : 중국 전국시대 조(趙)나라의 명재상이다. 진(秦)나라 소양왕(昭襄王)이 조나라에 화씨벽(和氏璧)을 달라고 무리하게 요구하자 사신으로 가서 슬기롭게 거절하고 화씨벽을 지켰다는 완벽(完璧) 고사의 주인공이다.

지 않게 말썽을 일으킬 만하겠는가." 하고 쾌히 금전을 바로 던져버리고 옷을 떨치고 갈 것이니, 누가 이 영국인이 거절한 바와 오스트리아인이 쾌척한 바의 몇 실링 중에 절대적인 관계가 숨어 엎드린 것을 알겠는가. 즉 두 나라의 수백 년 이래 정치상의 발달과 사회상의 변천이 모두 그 사이에서 드러나는 것이다. 이 어찌 우리가 한번 시험하여 스스로 돌이켜 볼 일이 아닌가. 우리 무리의 권리사상이 영국인과 오스트리아인에 비하면 누구와 같은가. 이것은 주의해야 할 바이다. (미완)

애국심을 논함 (속)

대저 만일 갑과 친근하면 을은 반드시 증오하니, 저쪽을 사랑하는 자는 이쪽을 증오하는 까닭이다. 이와 같이 종일토록 어수선하여 평안할 겨를이 없는 것은 그 패권을 과시하고자 함이니, 아마도 비스마르크 공과 같은 준재(俊才)가 이러한 인정의 행태를 어찌 모르고 있었겠는가. 그러므로 이와 같은 국민의 동물적인 천성을 이용하여 그 수완을 발휘하였으니, 꾸며서 말하자면 모두 그들 국민의 애국심을 선동하여 소위 애국종(愛國宗)을 건설코자 쓸모없는 전쟁을 도발했을 뿐이다.

그러므로 저 게르만을 통일한 자는 실로 그 짐승의 힘에서 연유하였으니, 대개 알렉산더는 철혈정책의 조사(祖師)이로되 그 심원한 모략의 첫 번째 착수 대상은 가장 약한 이웃나라였다. 고전(苦戰)이었으나 크게 이김으로 인해 국민 중 미신과 허영의, 짐승의 힘을 기뻐하는 도당(徒黨)이 그 날개를 앞다투어 붙여 필경 독일 신제국의 통합과 제국주의의 출정만 될 뿐이다.

두 번째 책략으로 말하자면, 다른 이웃나라에 도전한 일이다. 이 이웃나라는 앞의 이웃나라에 비하여 좀 더 강한 나라였으나, 그들은 적이 충분히 준비하지 못한 틈을 엿보아 승리를 거두었다. 이에 비로소 소위 애국심과 통합적 정신이 떠올라 새로운 전장의 기운이 날로 왕성하니, 그 운동의 원인은 비스마르크 공 자신의 국가 및 그 나라 국왕의 팽창하는 욕망을 위해 잠시 이용되고 교묘하게 발휘되었을 뿐이다.

그런즉 결코 순수한 정의의 의미가 아니라 순전히 한 개인의 야심적 공명심으로 국민의 허영과 미신을 이용한 결과가 그렇게 만든 것이 아닌가.

비록 그러하나 그 원인인즉 중고(中古)시대의 이상에서 만들어졌으니 왜 그러한가. 비스마르크 공도 당초 미개인의 이상을 이용하여 부패한 야만의 계획으로 성공을 이루었다. 그때 사회의 많은 도덕적이니 심리적이니 하며 서로 주창하던 자도 오히려 중고시대의 경우를 면치 못하였는데, 하물며 일반 국민의 보통 지식이 어찌 미개하다는 질책을 면하겠는가. 이로써 그들은 자신을 속이고 남을 속이는 이에 불과하다는 평가가 근대 과학자의 말로 나옴을 면치 못할 것이다.

그러므로 보불전쟁의 승리 후 상황을 보건대, 북게르만 각국이 프로이센의 발아래 조아리게 되었고, 다른 각국이 프로이센 국왕을 숭배하여 독일 황제가 되기를 봉축(奉祝)하였으니, 이것이 바로 전후의 결과이다. 어찌 비스마르크의 안중에 동맹국 국민의 복리가 있었다 말하겠는가.

이로써 나는 단언컨대 독일의 결합은 정의상의 호의와 동정으로써 성립된 것이 아니라고 말할 것이니, 그 국민의 쌓인 시체가 산보다 높고 흘린 피가 바다를 이루어, 날짐승과 맹수와 같은 식으로 통일의 사업을 이룬 것은 과연 무엇에서 연유한 것인가. 하나는 저 국민이 적국을 대하는 증오심을 선동함에서 연유하고, 하나는 저 사회가 전승(戰勝)에 대한 허영심에 취함에서 연유하는 것이니, 세계의 인인(仁人)과 군자(君子)가 마음이 애통하고 머리가 아픈 것이 어찌 자연스럽지 않겠는가.

이것이 전부가 아니다. 저들 국민의 다수는 이와 같이 잔인하고 경박한 행위를 방치하고 도리어 자신들의 공을 과시하고 떠벌리니, 바로 "우리 독일 국민이 하늘의 총애를 입는구나." 하며 또한 세계 각국 국민 다수도 따라서 경탄하여 말하길, "위대하도다, 독일이여. 나라를 이루는 것은 마땅히 이와 같은 후에야 가능하다."라고 하니, 비통하도다.

국민이 국위(國威)와 국광(國光)의 허영에 취하는 것은 마치 비스마르크 공이 브랜디에 취하는 것과 흡사하여,[7] 그들 취한 자는 귀가 달아오르고 눈이 흐릿한 가운데 의기(意氣)가 왕성하고 용기가 곧장 직진하여 쌓인 시체가 산과 같아도 그 참상을 못 보고 피로 바다를 이루어도 그 더러움을 모르고, 다만 그 득의한 잠시의 허영만 스스로 소리 낼뿐이다.

한 유도 선수[柔術家]와 씨름 선수[力士家]가 있어 서로 경쟁하며 각기 기술을 숨기지만 만일 유도 선수에게 씨름 선수가 없으면 적수가 없는 것이다. 적수가 없는데 과연 어떤 이익이 있으며, 과연 어떤 명예가 있을 것인가. 이로 미루어 보면 독일 국민의 자랑하는 것은 오직 적국의 패배에 있으니, 만일 적국이 없으면 과연 어떤 이익과 어떤 명예가 있을 것인가.

국민이 전쟁의 허영에 취하는 것은 그 명예와 공적을 자랑하는 것에 불과하니, 저들의 정치와 경제와 교육 등 제반 문명의 복리에 이르러서는 누가 있어 능히 연구를 하겠는가. 독일의 철학과 문학은 숭배하지 않고 다만 독일의 소위 애국심만 숭배하니 우리는 이에 대하여 결코 찬미하지 않을 것이다.

---

7 마치……흡사하여 : 원문에는 '夫巳氏의 俾斯麥公에게 醉홈과 恰如호야'로 되어 있으나 문맥상 순서를 조정하여 번역하였다.

유럽 세력의 관계 : 아우도루즉구[8] 소론(所論)

지금 유럽 형세에 관하여 상식이 조금이라도 있는 사람은 삼국동맹 (三國同盟)이 안정적으로 영속되기를 기원하지 않을 리 없으니, 과거 25년간의 유럽 평화는 그 동맹으로써 유지한 것이다. 이 동맹이 세력을 만일 잃으면 바로 유럽의 평화가 혼란을 입을 것이니, 대개 정치 동맹 이란 그 행하는 일의 결과보다는 그 재앙을 미연에 방지함에 의거하여 그 가치가 정해지기 시작하는 것이다. 오스트리아와 이탈리아의 관계 가 피상적으로만 이어진 것이 아니니, 양국이 조화하고 제휴하여 오늘 까지 이른 것은 삼국동맹의 힘이다. 그러니 이 동맹이 성립한 이래로 비록 다소간 내용의 변화가 없지는 않았으나 이 동맹국 내부의 싸움이 원인이 된 것이 아니요, 제3국 ─ 동맹 이외의 나라다 ─ 의 관계에 기초한 것이다. 열국의 관계가 그 우정을 지속하는 사이에 동맹국 간의 견인과 옹호의 힘 또한 스스로 강해진 것은 우리가 항상 목격하는 바이다. 지 금 삼국동맹으로 인해 설사 손해가 있다 하더라도 그 손해는 이미 지나 갔고, 금일 이 동맹 안에 침략적 의미는 조금도 존재하지 않는다.

삼국동맹이 금일까지 발달해온 자취를 찾고자 원한다면, 이탈리아 최근의 외교사를 일별하는 일만한 것이 없다. 1882년에 이탈리아에게 는 독일·오스트리아 양국과 더불어 수교를 체결할 필요가 세 가지 있 었으니,

(1) 이탈리아가 프랑스의 튀니지에 대한 정책을 몹시 우려하여 크게 고민하는 바가 있었고

(2) 비스마르크의 가장 큰 근심은 바로 로마 교황이 종교 이외의 정 치상 세력을 회복하고자 하여 새로운 십자군을 일으킬 형세가 있는 것

---

8 아우도루즉구 : 미상이다.

이니 이탈리아 또한 이를 고민하였고

(3) 통일한 후에 이탈리아가 혹여 벨기에, 스페인 같은 지위로 전락할 것을 역시 고민한 바였으니

당시 이탈리아가 내우(內憂)와 외환(外患)이 동시에 엄습해올까 몹시 두려워하던 때에 삼국동맹은 여론이 크게 환영하던 바였다. 이탈리아가 곧 이 동맹 세력을 이용하여 그 발판을 유럽 열강 사이에 확보하여 민심이 일시에 흥기하니, 정신적 이익으로 획득한 바도 적지 아니하였다. 이탈리아의 독립의 기초는 점점 안정되었다. 그러나 프랑스의 복수에 대한 우려가 항상 있었으니

동맹의 성립으로부터 1898년 말까지 프랑스·이탈리아 양국이 일마다 다툼이 나서 신문지상, 외교정책상, 관세상에 전쟁 상태가 늘 이어졌다. 1891년에 이탈리아 수상 루이지(Luigi Federico, 1809-1896) 후작이 의견을 말하길, "프랑스가 만일 독일을 공격하려 하면 이탈리아는 가히 2개 사단 병력을 티롤(Tyrol) 지방에 파견해서 독일·프랑스 국경을 방어할 것이다." 하더니

이후 11년 후에 이탈리아가 갑자기 독일·오스트리아를 향해 조약 내용을 프랑스에 드러낼 것을 요청하니, 대개 이것은 프랑스·이탈리아의 반목 상태가 이때에 일변하여 양자의 밀약이 성립된 것이다. 1902년에 외상(外相) 데루가쓰셰[9] 씨가 공언하길, "삼국동맹이 현 상태와 같으면 모국-독일-이 프랑스를 침략할 계획을 세울 때 이탈리아는 걱정컨대 그 행동을 함께하지 않을 것이다." 하니

이 말을 보아 양자가 밀약한 것을 알 수 있을 것이다.

튀니지 문제는 이미 수년 전 위기 시기가 지났고 프랑스·이탈리아

---

9 데루가쓰셰 : 미상이다.

가 지중해 권리에 평등하고 공명(公明)한 해결을 지금 발표하여, 이탈리아는 점차 프랑스와 이해관계를 함께하는 데 이르렀다. 이에 그 결과가 자연히 그 동맹인 독일·오스트리아 두 나라와 소원해지는 형상을 볼 것이다. 이때 이탈리아는 한 발 더 나아가 영국·러시아 두 나라와도 수교할 것을 도모하니 이것이 실로 최근의 사태인 것이다.

이탈리아가 러시아와 가까워지려는 행동은 바로 역사 및 감정상 자연스러운 계약을 낳으니, 대개 이탈리아와 러시아가 마찬가지로 발칸반도를 오스트리아의 침략으로부터 방어하는 것을 양국의 이익으로 간주하기 때문이다. 그러므로 양국이 밀접한 것은 곧 이 이익에 기초하는 것이다. 예전의 이탈리아 통일에서 오스트리아가 이 기회를 이용하여 오스트리아·이탈리아의 연합을 시도할 때에 피에몬테 -이탈리아 주(州) 이름-가 홀로 수긍하지 않아 러시아의 후원을 믿고 절연히 오스트리아의 강한 세력을 배척하였다. 금일인즉 그 원인은 비록 다르지만 그 결과는 서로 비슷한 것이 있다. 몬테네그로는 세계에서 가장 작은 국가지만 꿋꿋이 굽히지 않아 항상 오스트리아가 발칸 반도 상쟁에 세력을 심는 것을 반대하니, 이는 이탈리아와 서로 응원하고 뭉치는 것을 명확히 앎이요. 게다가 지금 이탈리아 황후는 바로 몬테네그로 국왕의 딸이기도 하다.

삼국동맹의 강약은 당초 오스트리아·이탈리아의 관계 여하에 있었다. 금일도 역시 그러하니, 이 동맹국의 적대감은 끝내 청산되기 어려운 것이다. 다른 날에 반드시 분리하여 원수가 될 것이니, 마셰니야[10] 문제와 혹은 구리-도[11] 문제가 매번 일어나 오스트리아·이탈리아 사이에 질시와 반목의 상황은 갈수록 심화되고 있다.

---

10 마셰니야 : 베네치아(venezia)로 추정된다.
11 구리-도 : 그라도(Grado)로 추정된다.

발칸 반도와 알바니아의 현 상황은 오스트리아·이탈리아 및 오스트리아·러시아의 관계에 의해 유지할 것으로 보인다. 이탈리아는 증오하는 생각을 줄이는 듯하면서도 그러하지 않으니 기회가 한번 생기면 곧 오스트리아를 증오하는 생각이 한번 더해져 도저히 마음이 풀릴 때가 없고 오스트리아 또한 이탈리아를 향하여 압박을 더하려는 의도는 지금도 바뀌지 않고 시간이 흐를수록 가득해, 향후 발칸 반도가 유럽 열강의 동의를 얻어 서로 협정을 맺는 날 오스트리아·이탈리아의 반목은 더욱 심해질 것이다. 이때에 독일어를 사용하는 나라(즉 독일·오스트리아 양국)가 유럽 여론에 반대를 입어 콘스탄티노플에서 문호를 폐쇄하여 정책이 이행되지 않게 되었으니, 오스트리아·이탈리아의 관계는 날로 불화할 시점이다. 그런데 영국은 세르비아와 그 국교를 회복하는 일에 대하여, 지금 이후 가히 어느 지점에 도달할지 그 세력을 헤아리기 어려울 정도로 신장할 것이니, 이와 같이 영국·이탈리아가 밀접해진 결과는 오스트리아·이탈리아로 하여금 조만간 그 사이를 멀어지게 할 것이다.

이탈리아 외교는 발칸과 알바니아 방면에서는 오스트리아와 충돌하고 아프리카 트리폴리에서는 독일과 충돌한다. 형세는 비록 충돌이지만 이 충돌로 인하여 동맹의 기초가 파괴되는 데 미치지는 않고, 그 사이를 융화하고 이를 억제하는 효과가 도리어 있으니

유럽에서 오스트리아·이탈리아 양국이 자유행동을 각기 고집하는 것이 여론의 가장 좋아하지 않는 바인데, 유럽 평화를 위하여 간파할지니, 지금 견원지간(犬猿之間)과 같은 오스트리아·이탈리아로 하여금 전장(戰場)에서 서로 보게 되는 불행을 면케 하고자 한다면 강제적으로라도 그 친교(親交)를 이어나가는 것만 한 일이 없다.

앞서 서술한 것은 오스트리아·이탈리아의 관계일 뿐이다. 독일·이

탈리아의 관계를 보아도 그에 방불해 보이는 게 있으니, 독일이 정치상
과 경제상에 동맹국의 요구를 돌아보지 않고 이익을 독자적으로 농단
하는 사례가 적지 않다. 그러나 독일이 역시 삼국동맹으로 인하여 다소
건 억제를 받으니, 이 점은 오스트리아·이탈리아 두 나라와 다를 바가
없다. 독일이 동맹을 이탈하고 자유행동을 취하는 데 이르면 세력의
균형이 돌연 무너져 유럽 평화로운 천지는 전운에 휩싸이게 될 것이다.

원래 동맹자는 동맹국이 서로 세력을 원조하여 동맹국 간에 발생하
는 분쟁을 멈춰야 한다. 민간인으로서 범게르만주의〔全獨逸主義〕를 창
도하는 자와 이탈리아의 국세(國勢) 팽창론을 분명히 드러내는 자는 자
주 이 의미를 망각하는 것이므로, 정부의 위정자가 결코 등한시하지
않을 것이다. 대개 삼국동맹 세력이 빈약해지는 것은 기뻐할 만한 것이
아니니, 이 동맹이 하루아침에 파탄나면 제방이 터짐과 흡사하여 종래
에는 속에 품은 채 참고 있던 원한이 홍수의 범람과 같이 반드시 유럽을
재앙과 전란 중에 매장할 것이다. 단지 사실상으로만 보면 도리어 전도
(前途)는 요원(遼遠)하다.

근래 삼국동맹의 힘이 점차 쇠약해지고 있는 것은 세상이 아는 바이
다. 그 쇠약케 된 이유는 한편으로는 외부의 다른 신동맹·신협상이
원인으로 작용하는 것이 많기에 이전의 관계를 파괴하는 것은 아니다.
삼국동맹에 대하여 러시아·프랑스 동맹이 지금 그 세력을 점차 확대하
는 경향이 있는 것은 다름이 아니라 영국·프랑스 협상의 힘이 더한
연고이다. 영국·프랑스 협상은 그 의미가 영국·러시아 협상을 포함한
것이므로 독일이 비록 오스트리아·이탈리아 양국을 이끌고 횡행하고
자 하지만 그 세력은 부득불 영국·프랑스의 제어를 받게 되는 것이다.

무릇 외교정책은 사람들의 의지에 기초하여야 강한 힘을 낳기 시작
하니, 민심에 기초한 외교가 평화를 영원히 유지하는 것이다.

교육

서양교육사

제2장 고대 로마의 교육

○ 로마의 국정(國情)

무릇 역사책을 읽는 이가 구미(歐美) 여러 나라의 정세를 알고자 하면 반드시 로마사를 연구해야 하니, 로마인이 예로부터 지중해 부근과 아시아 서부, 아프리카 북부의 문화를 집대성하여 후세에 전함으로써 근세의 문명이 있게 되었기 때문이다. 고대사에서 그 문화는 대개 로마로 모이고 근대사에서 문화의 원천은 로마로부터 흘러나온다. 로마제국이 멸망한 후 천여 년이 흘러 오늘에 이르렀으니 그 동안 언어와 풍속, 습성, 제도, 법률 등의 사정이 이미 심하게 변하였으나, 그 변한 자취도 모두 로마의 번영으로 인한 것이니 로마사가 현재와 관계됨은 이토록 엄청나다. 그러나 교육사에서는 작디작은 그리스에 못 미치니, 로마의 역사가 거의 이천 년에 이르도록 교육 사업의 번창에 대해서는 숭상할 만한 것이 별로 없다. 초기에 한갓 작은 식민지였다가 나아가 세계를 다스리고 문명의 대표가 되어 호걸과 위인의 사적(事蹟)은 자못 풍요로우나 교육학에 골몰한 자는 아주 드무니, 이로써 로마인이 문학과 과학에는 그다지 관심을 기울이지 않고 실용을 중시하는 성향이 있었음을 알 만하다.

지금 교육이라는 것은 한편으로는 분명 실무적인 일이기도 하나 본디 그 철학상의 원리는 인성에 대한 지식과 인류 운명에 대한 이론으로 근본을 삼는 것이다.

로마인이 전쟁에만 골몰하고 일찍이 저 밀접한 관계를 깨닫지 못한 것은 대개 로마가 성립된 초기에 사방이 모두 적국이었기 때문이다.

이를 힘으로 제어하지 못하면 필경 멸망과 쇠락에 이를 것이니 어찌 이탈리아 반도에서 번성할 수 있었겠는가. 처음부터 외적을 막고 타국을 침략할 목적으로 그 국민을 단결시키고 애국심과 의욕을 불러일으켜 세상에 혁혁히 빛나니 이는 로마가 강성하게 된 원인이다. 그리하여 로마인의 정신은 오로지 본국을 방어하고 다른 나라를 침략하는 것에 집중되고 문예, 과학 등 교육상에는 관심을 둘 겨를이 없었다.

로마는 왕정에서부터 공화정 말까지 학교교육이라는 것이 없고 부모가 자식을 약간 가르치는 정도였는데, 그 교육 또한 오직 체육과 덕육으로 군사교육이라거나 종교교육이라 칭할 만한 것이었다. 소위 도덕이란 여러 종류의 원인에 의해 성립하는 것으로, 대체로 부친의 권력이 무한하여 자녀는 이에 순종하여 가정의 규율을 엄수하고 모친은 집안에서 어린아이를 보호하는 교사였으며, 종교의 영향력이 집안에도 미쳐 행동 하나하나를 모두 신이 살피고 감찰한다 여겼다. 로마인은 소년 시절에 반드시 12표법(牌)으로 가르침을 받았으니, 자연적 구속이라는 로마법의 요지는 대체로 신성에 깊이 복종하여 이를 저버리지 못하게 하기 위한 것이었다.

고대에 로마의 교육 형식은 스파르타와 비슷했으나 공화정 말에서 제정시대에 이르기까지 풍조가 일변하여 아테네를 따랐다. 폭정 시대에는 풍속이 사납고 민심이 강퍅하다가 그리스를 정복하고서는 거꾸로 그 영향을 받아 문아(文雅)를 익히고 아름다운 관습을 받아들였으니 로마의 문운(文運)은 실로 그리스에서 발원한 것이다. 그리스를 멸망시킨 후부터 학자들이 연이어 아테네로 유학하여 배운 것을 본국 사람들에게 전하여 비로소 로마인들은 학술을 점점 좋아하고 예술(才藝)을 즐기고 학교를 만들어 각종 교육을 실시하게 되었다.

제정시대의 초보적 교육은 7세가 된 아동에게 실시하였으며 학과는 독서, 습자(習字), 산술이었다. 당시의 일반적 습관상 문자의 독법과 그 질서를 먼저 익히고 그다음에 자형(字形)과 산술을 배웠으며, 12세에 이르면 초등교육을 마치고 고등학교에 들어가 그리스어를 배우고 문법을 익혀 시문, 연설, 역사, 철학 등을 공부하며 고금의 저명한 시문을 암기하였다. 15세가 되면 성인의 옷을 입고 각각 직업을 선택하여 그 직업과 상관되는 학술에만 전문으로 매진하였으니 농업, 병사, 정치, 법률, 연설 등에 대한 학문은 모두 이때부터 선별적으로 시작하였다.

○ **로마의 교육가**

이상 서술한 바와 같이 로마인은 실무[事業]에 능하고 사상은 얕아 대학의 교육가는 찾아볼 수 없다. 그나마 교육사에 이름을 올릴 만한 이는 제정시대의 퀸틸리아누스(Quintilianus) 1인이 있을 뿐이다.

퀸틸리아누스는 저명한 수사학자였다. 기원후 40년 무렵 스페인에서 태어나 초기에는 법률만을 중시하다가 후에는 문학을 중시하여 교사가 되어 이름을 길이 남기게 되었으니, 그가 저술한 『연설법[才辯法]』한 권은 당시 교육서 중에 가장 뛰어난 것일 뿐 아니라 후세 교육의 기준이 되었기에 그 논지는 오늘날의 교육설과 부합하는 데가 많다. 그는 아동이 아주 어릴 때 가르침을 받아들이기 쉬우니 이때 교육을 시작해야 함을 제일 중요한 의제로 세우고, 아동이 외부 사물을 처음 감각하게 되면 그에 대한 인상이 생겨 오래 남는데 이는 마치 처음으로 술병 안에 든 액체의 냄새를 맡은 것과도 같아 쉽게 사라지지 않는다 하였고, 또한 아동의 정신을 어지럽히는 것은 되도록 피해야 한다고 하였으며, 아동으로 하여금 배움에 힘쓰게 하되 방법적으로 놀이에 빗대면 좋다고 하였다. 또한 교사가 최대한 주의를 기울여 아동의 마음과 성격, 기억력과 모방력의 관계를 반드시 살피는 것이 긴요하다고 하였고, 배우는 사람이 작은 성과에 안주하는 위험이 있다고 하였다.[12] 또한 도덕 훈련 방법에 대해 논하길 "'공포'는 사람을 제압하는 것이다. 아동의 품행은 그 천성을 따라야 하는 것이지 질책으로 겁을 주어 교정할 수는 없다. 세상은 이 이치를 몰라 왕왕 아동에게 억압적인 힘을 쓰며 심지어는 회초리를 드는데, 이는 오히려 아동의 분노를 불러일으켜 악을 키우게 된다. 교육의 정석은 권면(勸勉)을 위주로 하고 체벌을 취하지 않는 것에 있다."고 하였다.

제3장 중세 유럽의 정세

○ 로마제국의 멸망

유럽 중세 역사에서 5세기 서로마제국의 멸망으로부터 15세기 동로마제국의 멸망까지 천 년간은 고대문학이 끝나고 근세문학이 흥기(興起)할 관건이 되는 시기였으나, 이때 유럽의 여러 나라는 거개가 무지 몽매 상태에 빠져 있었으므로 역사가들은 이때를 암흑시대라 부르니 그 어두침침함을 이르는 것이다. 로마제국 멸망의 원인을 들어보면 내외적으로 두 가지가 있으니, 망국의 내적 원인은 국민 도덕의 부패이고 외적 원인은 북방민족[北狄人]의 침략이었다. 로마는 이 두 가지 원인을 자각하지 못하고 정치를 개선하여 실수를 만회하려 하지 않음으로써 끝내 멸망에 이르게 되었다.

북방민족이라 함은 게르만[13] 종족을 이르는 것인데 아우구스티누스 황제 때부터 이미 로마의 강적이었다. 그 후 침략이 끊이지 않아 로마인을 괴롭게 했으니 지나(支那)가 흉노족과 몽골족을 두려워한 것과 비

---

12 배우는……하였다 : 해당 부분의 원문은 '爲學之人이小成의危險에安홀지라ᄒ며'이다. 인쇄상 구문의 누락이 있었던 게 아닌가 추측된다.

13 게르만 : 해당 부분의 원문은 '德意志'로 되어 있다. '도이치'를 음차한 것으로 단어 자체로는 '독일'에 해당하나 맥락상 고대의 게르만족을 가리킨다.

숫했다. 대략 4세기 말에서 5세기 초에 게르만 종족인 고트족(Goths), 반달족(Vandals)과 더불어 흉노(匈奴) 등의 야만인이 유럽 북쪽과 아시아 서쪽에서부터 로마로 침입하여 로마제국의 영토를 할거(割據)하니 이에 당시 세계의 수도이자 문명의 중추, 문학의 집결지라 칭해지던 곳이 고트족에게 처참히 훼손되었다. 이때부터 11세기까지 어둠이 극에 달해 문화가 참담해지고 교육이 쇠락하고 기록물이 유실되어 덕망 있는 신사조차도 독서가 불가능했으니 교육 정책인들 어찌 펼칠 수 있었겠는가.

○ 유럽 북부 야만인의 정세

그리스·로마의 고대에 이루어진 개화의 성세(成勢)를 파괴하고 새로 근세문명의 씨앗을 심은 것은 유럽 북부의 야만 민족이므로 중세의 교육사를 서술하려면 이들 야만 종족의 성격을 간략히 살펴 그 원류를 고찰할 필요가 있다.

당시 게르만 지방이라 불리던 곳은 오늘날의 독일, 오스트리아, 벨기에, 네덜란드 지역에 해당한다. 로마에 속한 땅과 비교해보면 기후가 한랭하고 토지가 척박하며 숲과 소택(沼澤) 지대가 많고 논밭이 협소하여 촌락이 드물었으며, 벌판에는 소와 말이 무리를 이루고 숲에는 맹수가 번식하였다. 게르만인은 이러한 환경 속에 살아서 생계를 소박하게 꾸리니, 남자는 사냥과 전쟁에 나서고 부인은 가정을 꾸리고 논밭을 일구었다. 남자는 어려서 아버지와 형제들을 따라 사냥에 나서며 산천을 두루 다니고 병사의 일을 익혔는데 평상시의 놀이에서도 칼싸움을 좋아하여 자연스레 운동을 시작하니, 근골이 강건하고 체력이 뛰어나 백난(百難)을 견딜 수 있었고 로마인은 이들의 사나움을 몹시 두려워하여 감히 저항치 않아 게르만인은 한층 전횡을 일삼았다. 게르만의 풍속에서 남자는 성년[壯年]에 이르면 공회(公會)에 나서는 대례(大禮)를 치

르는데 이때 자유민이 되는 증표[神符]와 병기를 받고 이후로는 항상
이를 휴대하여 몸에 지닌 채 단신으로 전투에 나서거나 장수를 따라
싸움에 임하거나 하였다.

　게르만인이 가장 중시하는 것은 자유의 정신과 독립불기(獨立不羈)
의 지조, 강건한 기개, 용감한 결단력이었다. 그리하여 이들은 친구에
게든 적에게든 최선을 다해 신실하였다. 또한 의기를 중시하고 객(客)
과 널리 교제를 맺는 풍습이 있고 천성이 자비로워 기독교의 박애주의
와 잘 맞았으니, 로마를 멸하고 문명을 전수받으며 기독교를 거듭 개선
하여 근세에 전파하였다. 이 종족은 초기에는 개화의 정도가 아주 낮았
으나, 체력이 로마인보다 앞선 까닭으로 로마인과 교통하게 되어 그
습속을 대폭 바꾸고 모든 것에서 로마를 모범으로 삼아 지력(智力)이
크게 신장함으로써 세계 문명의 최고 수준에 달하여 근세 철학, 과학,
정치, 종교가 모두 이 종족에서 배출되었다.

실업

우리나라의 광산물(鑛産物)

　지금 현재 삼남(三南)의 여러 지역에 일본인이 착수하는 광산을 조사
하면 다음과 같다. 경상도 내에는 울산의 북동쪽 약 15리(里) 길이 되는
석탄광을 발견하였는데, 이는 일본 오카야마현(岡山縣) 사람 오카다 이
치로(岡田一郎) 씨가 조사하여 드러난 것이다. 석탄 재질은 중등(中等)
이나 되고 화력은 75도 이상 80도까지 되고 매탄(埋炭) 구역은 사방
3리 분량인데 그중 12척(尺)의 탄광 구역은 다케우치 쓰나요시(竹內綱
吉)가 오카다 씨와 채굴권을 계약하였다 하고, 성주(星州)의 금광(金鑛)

과 사금(砂金) 채굴은 구마모토현(熊本縣) 사람 아라키 가이치(荒木嘉市) 씨가 경영하는 것이다. 또 그 근처 합천군(陜川郡)에 있는 동광(銅鑛)도 일본조폐국(日本造幣局)에서 사람을 파견 보내 시험하여 결과가 자못 좋은 품질의 성적을 낼 것으로 여겨진다 하고, 경주(慶州)의 금광과 석탄광도 생산품이 자못 양호하다고 하였다. 충청도 황간(黃澗) 정류장의 북쪽 약 5리 되는 월명동(月明洞) 팔음산(八音山)과 그 부근 득수곡(得水谷) 백화산(白華山) 2개소에서 흑연광(黑鉛鑛)을 발견하였는데, 광층(鑛層)은 몇십 척인지 추정하기 어려우나 산 전부가 거의 흑연(黑鉛) 채굴에 적합하다. 그런데 하루에 한 사람이 약 1만 근(斤)은 쉽게 채굴할 수 있기 때문에 나가사키현(長崎縣) 고미야 만지로(小宮萬次郎) 씨가 이를 채굴하여 괴연(塊鉛) 수십만 근을 현재 영·미 양국에 수송하여 시험 판매중이라 한다. 납석광(蠟石鑛)은 한국 내에 적지 않은데 전라도가 가장 풍부하므로 고치베(巨智部) 박사가 실제로 탐색하고 검사하니 전라도 앞 우수영(右水營)과 진도(珍島) 부근에, 여석광(礪石鑛)은 가토(加藤) 모(某)씨와 오이타현(大分縣) 사람 나카노 사쿠타로(仲野作太郎) 씨가 합자(合資)하여 채굴 허가를 얻어 목포 지방에 판매소를 두었다 하는데, 지금까지 한국인은 단지 청색, 황색, 적색의 반석(斑石)만 채취하고 백석(白石)은 채취할 줄 모르더니 이번에 일본사람 가토 씨와 나카노 씨 등은 오로지 백납석(白蠟石)을 채취하고 분쇄하여 일본으로 수송해 매각한다. 그런데 이는 광택제지(光澤製紙)와 석필(石筆) 등의 수용(需用)으로 인해 자못 많은 금액을 얻고 특히 구미에서는 이것이 연와석(煉瓦石) 제조에 적합하여 건축물에 필요하므로 높은 값을 얻을 수 있다. 일본은 아직 연와(煉瓦)의 사용이 적으나 흑연과 납석과 같은 광업은 자못 전도유망한 사업으로서 이를 특별히 거론한다고 모 신보(新報)에서 기재한 바 있다.

　대저 우리나라의 광산물은 실로 전국적으로 산재해 있는 보고(寶庫)
이다. 지금까지 저명한 경우를 시험 삼아 논할지라도, 경주의 수정(水
晶) 같은 경우는-곧 남산옥(南山玉)이다-예로부터 유명하여 그 품질
의 양호함이 형산(荊山)의 박옥(璞玉)과 남전(南田)의 옥에 뒤지지 않으
므로 국내에 진귀한 보물로 이름을 드러낸 것이요, 그다음은 단천(端
川)의 옥석(玉石)이니 청반색(靑斑色)과 황반색(黃斑色) 두 종류 색깔의
제품이 있어 국내 수용품 중에서 가장 고귀한 가치를 지니며, 근세에는
또 동광(銅鑛), 금연(金鉛), 철(鐵) 등의 광산을 발견하여 매우 큰 이익
을 얻었다. 또 삼수(三水)와 갑산(甲山)의 수포석(水泡石)은 그 생산품이
매우 좋아 저명한 것이요, 갑산의 동광은 가장 외국인들이 침 흘리며
탐내는 바이며, 길주(吉州)의 옥석이며 성천(成川)의 백옥(白玉)이 그다
음이요, 또 그밖에 의주(義州)의 청옥석(靑玉石), 수포석, 강계(江界)의
수포석, 선천(宣川)의 자연석(紫硯石), 초산(楚山)·창성(昌城)·용천(龍
天)·철산(鐵山)·위원(渭原)·벽동(碧潼) 군 등에서 수포석이 생산되
고 평양(平壤)의 무연탄광(無烟炭鑛)이 가장 양호하며 안주(安州)의 마
류석(碼硫石)이 품질 좋은 제품이요, 남포(藍浦)의 청연석(靑硯石), 아산
(牙山)·당진(唐津)의 옥석(玉石)·수정(水晶), 여산(礪山)의 여석(礪石),
고산(高山)의 조수정(鳥水晶), 해남(海南)의 화반석(花斑石), 상주(尙
州)·문경(聞慶)의 옥등석(玉燈石), 풍기(豐基)의 수정석(水精石) 등이
모두 생산된다. 기타 동·철·금·사금(砂金)의 종류는 도처에서 산처
럼 나오고 바둑처럼 깔렸고, 특히 강계·초산의 여러 군에는 은광(銀
鑛)이 있고 강원도의 여러 군은 연철(鉛鐵), 수철(水鐵), 자석(磁石), 밀
화(蜜花) 등이 많이 생산되고 제주도에는 대모(玳瑁)와 빈주(蠙珠)가 생
산되니 빈주는 가장 품질이 좋아 큰 것은 두세 치에 이르므로 지나 사람
이 예로부터 '고려주(高麗珠)'라 칭송하여 황제와 귀인(貴人)의 모자 끝

부분을 장식할 때 모두 '고려주'로써 상품(上品)을 삼았다.

수출입 순보(輸出入旬報) (8월 중순)

	수출액	수입액	합계
부산(釜山)	67,778	158,520	226,298
원산(元山)	21,754	80,330	102,084
증남포(甑南浦)	4,554	80,537	85,090[14]
목포(木浦)	4,749	14,402	19,151
군산(群山)	244	11,357	11,601
마산포(馬山浦)	402	13,488	13,890
성진(城津)	2,723	2,372[15]	5,095
인천(仁川)	19,466	661,552	681,018
계(計)	121,669[16]	1,022,558	1,022,558[17]
금(金)	248,634	500	249,134
은(銀)		60,165	60,165

위에서 중요한 수출입 품목은 다음과 같다.

수입부(輸入部)

품명(品名)	8월 중순	7월 상순 이후
철도 레일 및 철도 재료	328,401	421,294

---

14 85,090 : 계산상으로는 85,091이 되어야 한다. 따라서 수출액, 수입액 또는 합계에 오류가 있는 듯하다.

15 2,372 : 원문에는 20,372로 되어 있으나 수출액과 수입액의 합계가 5,095인 것으로 보아 2,372가 되어야 한다. 그렇게 해야 수입액의 합계 1,022,558도 계산이 맞는다.

16 121,669 : 계산상으로는 121,670이 되어야 한다. 증남포의 수출액과 수입액 합계와 함께 고려해볼 때 수출액 4,554이 4,553의 오류로 보인다.

17 1,022,558 : 합산 금액에 오류가 있는 듯하다.

석유	105,161	107,942
전기용품	55,323	55,322
담배	44,394	145,151
철류(鐵類)	34,239	97,681
건축재료	27,474	76,784
백목면(白木棉)	25,402	107,980
석탄 및 코크스(cokes)	24,450	94,450
생금건(生金巾) 당목	21,235	79,479
목재	20,756	149,572
설탕 원료의 음료	20,742	114,387
포도주 주정음료(酒精飮料)	20,401	125,789
밀가루	19,812	63,861
식료품	19,791	111,356
의복 및 잡화〔小間物〕	15,395	93,591
아연판	14,154	75,355
인도(天竺) 목면	13,952	47,075
방적사(紡績糸)	1,517	73,437
약품	10,637	35,913
술 및 사시유(サシユ)[18]	10,033	73,202

수출부(輸出部)

쌀	27,477	82,823
가축류	22,276	91,791
해초	13,359	13,359
콩 및 꼬투리 콩〔莢豆〕	1,791	135,734
소가죽	8,842	44,038
건염비료어(乾鹽肥料魚)	8,544	38,845

---

18 사시유(サシユ) : 미상이다.

국내 각 조계지(租界地)에 체류하는 일본인 호구(戶口) 조사표

6월 말 조사한 우리나라 안 각국 거류지(居留地)에 체류하는 일본인
의 호구는 다음과 같다.

지명	호수	비교 전월 증가	인구	비교 전월 증가
경성(京城)	3,908	276	14,978	739
인천(仁川)	3,087	-37	13,128	-76
군산(群山)	754	63	3,048	52
목포(木浦)	577	15	2,835	135
마산(馬山)	753	83	2,805	176
부산(釜山)	5,269	182	20,171	532
원산(元山)	1,063	81	4,989	116
성진(城津)	166	41	697	149
평양(平壤)	1,715	111	6,838	915
증남(甑南)	744	1	3,050	159
합계	18,036	815[19]	72,539	2,893[20]

이 외에도 전국 내 조계지 밖에 거주하는 일본인의 호구 수는 일단
조사표에 의거하여 순서대로 기재하겠다.

상공업의 총론

제1장 상공(商工)의 효력 : 투기(投機)의 이해(利害)를 덧붙임

본지에서 논술한 실업계(實業界)에 항상 농업에 관한 것이 많았거니
와 공업과 상업은 언급할 겨를이 없었다. 따라서 지금 마땅히 가장 먼저

---

19 815 : 계산상으로는 816이 되어야 한다. 따라서 특정 항목 또는 합계에 오류가 있는
    듯하다.
20 2,893 : 계산상으로는 2,897이 되어야 한다. 따라서 특정 항목 또는 합계에 오류가
    있는 듯하다.

논술해야 할 것은 바로 상업, 공업 두 가지에 대한 경제상의 구별이다.

무릇 한 나라 인민이 문명지역으로 더 나아갈수록 분업의 도(道)가 이로 인해 더욱 성대해진다. 그런 까닭으로 공업의 확장을 통해 경제가 크게 발전하니, 대개 인민이 번식함에 따라 그 힘써 일하는 것 또한 수요로 인해 증가한다. 다만 농업・임업에 공급하는 원료는 그 힘이 본래부터 한계가 있으니 응용할 수 있는 것은 오직 공업뿐이다. 그러므로 인민이 만약 진보한다면 어떤 상황, 어떤 물질이든지 간에 대개 공업과 관계가 있으니 공업은 한 나라 경제의 관건으로서 잠시라도 소홀히 해서는 안 된다. 지금 세계 열국이 그 공업에 대한 정책과 관련하여 직접, 간접을 막론하고 보호의 법을 모두 적용하니, 한편으로는 보조하고 한편으로는 방비하여 이익을 확대하고 손해를 없애게 하는 데 힘쓰는 것이 공업계의 이재술(理財術)이라 말할 수 있다.

상업의 경제에 있어서의 효력 또한 공업에 뒤지지 않는다. 세상 사람들이 모두 말하길, 상업은 재화와 물품을 스스로 생산할 수 없으니 생산에 유해하다고 하여 걸핏하면 번번이 배척하는데 사회주의 학자는 그 말에 동조하여 재물을 늘리는 일과 재물을 분배하는 일은 모두 마땅히 국가가 맡아 책임져야 한다고 여긴다. 대개 국가는 인민의 생산을 위하고 또 그 운송을 위하니 오늘날 상인의 사업을 대개 관리의 사업에 속한다고 하여 쓸모없는 것으로 여기는데 무릇 상인은 재화와 물품을 교역하여 그 소비를 공급하는 자이다. 그 본의가 비록 사회에 대한 의무를 다하고자 하는 것이 아니요 다만 자기 한 몸의 사적 이익을 도모하고자 함은 말할 필요도 없이 본래 알 수 있지만, 그 사적 이익을 도모할 때에 부지불식간에 자연히 국가 경제를 위하여 이익이 끝없이 생기는 경우가 많으니 무엇 때문인가? 첫째는 물산(物産)이 남는 곳으로부터 값이 저렴하고 물건도 좋은 여러 종류를 취하여 물산이 모자란 곳에

운송하면 곧 생산 비용을 경감하게 된다. 그다음은 제조업에 종사하는
사람의 재화와 물품을 차례대로 구매하니 제조업에 종사하는 사람은
반드시 그 재화와 물품을 소비자에게 옮겨 보낼 때를 기다리지 않고
먼저 원금을 회수하여 화물로 바꾸어 만들 것이다. 그러니 또 그 수익
이 바퀴가 구르듯 순환하여 곧 자본의 증식이 적지 않다. 또한 상인이
항상 먼 곳을 주시하고 허실(虛實)을 고찰하여 제조업에 종사하는 사람
이 능히 알지 못하는 이익과 손해를 먼저 알고 제조업에 종사하는 사람
에게 전달하여 나아가고 피할 바를 알게 하니[21] 그대들은 일본에서 근
래에 박하(薄荷)를 심는 사람이 날로 달로 증가함을 한번 보라. 결코
구미(歐美) 시장에 박하의 판매 길을 능히 안 것이 아니요, 오직 요코하
마(橫賓)에 있는 서양 상인의 수요를 살피고 대응한 것이다. 그렇다면
상인들은 생산업을 북돋은 자이고 약을 권한 자가 될 뿐만 아니라 은연
중에 교사의 역할까지 한 셈이니 그 힘이 어찌 경미하다 하겠는가.

　상인이 북돋고 유도하는 은연중에 내지(內地)의 일 없는 농민들로 하
여금 그 식견을 더 증진시켜주므로 상업이 여유분을 운송하고 부족분
을 제공하는 기능만 있을 뿐만이 아니라 또 능히 세계의 생업과 소비를
반드시 평균에 귀결되도록 하니 이는 곧 투기(投機)하는 마음에서 나오
는 것이다.

　'투기'라고 하는 것은 뒷날의 득실을 추측하여 판매에 종사하는 것이
니 진실로 상업에만 있는 것이 아니라 다른 업종에도 있다. 그러나 다
른 업종의 투기 효력 정도는 결코 상업에 비할 바가 아니다. 대개 한
종류의 화물이 있을 경우 그 생산은 정해진 규칙이 있고 정해진 수량이
있어서 인력으로 늘이거나 줄이지 못하고 그 많고 적음을 미리 추산하

21　나아가고……하니 : 원문에는 '使者所趨避ᄒ나니'라고 되어 있으나 문맥의 의미 흐
　　름상 '者'를 '知'로 번역하였다.

지 못하므로, 반드시 투기 상인이 있은 뒤에야 균등하게 된다. 이로써
갑과 을 두 나라 사이에 전후(前後) 위치가 비록 다르긴 하나 반드시
과함과 부족함의 우려가 없을 것이다. 만약 관문을 닫아걸고 스스로를
지켜 고립된 채로 다른 나라와 왕래하지 않을 경우, 풍년에는 곡식을
다 먹을 수 없기 때문에 그때에 상인이 저축을 해두어 낭비하지 않게
하고 흉년에는 상인이 그렇게 될 것을 예측하여 추수하기 전에 곡물을
매수하여 곡물의 가치가 이미 높아지면 소비가 점점 감소하여 큰 곤란
에 이르지 않을 것이니, 이것이 진실로 상업의 일대 이익이다. 지금
현재 국제 상황은 그 결과가 고립국과 실로 같지 않으나 그 효과를 볼
만한 경우도 있다. 대개 상인이 풍년을 예측하면 그 축적한 곡물을 팔
려고 내놓기 때문에 그 값이 그에 따라 감소하고 만약 흉년이 될 것을
알면 그 곡물을 돌연 거둬들이기 때문에 그 값이 더욱 높아질 것이다.
이때에 한 투기 상인이 혹 외국에서 수입하거나 또는 내지(內地)에서
수출하기 때문에 적어도 경계(庚癸)의 소리[22]를 면할 수 있으니 그 상업
의 이익이 투기에 있다.

물산(物産)의 관계

무릇 물품(物品)은 하늘이 내는 것과 사람이 만드는 것의 분별이 있
으니 하늘이 생성해낸 물품은 인력(人力)을 빌리지 않고 자연스레 생성
한 것을 말하고, 사람이 만든 물품은 사람의 재주와 능력으로 하늘이
낸 것을 제조한 것이다. 그런 까닭으로 농작과 목축의 여러 업종은 하

---

22 경계(庚癸)의 소리 : 고대 군중(軍中)의 은어로, 양식이 떨어졌음을 알리는 소리이
    다. 『좌전(左傳)』 애공(哀公) 12년에, 오나라 신숙의(申叔儀)가 노나라 공손유산
    (公孫有山) 씨에게 식량을 요청하자 수산(首山)에 올라가 '경계호(庚癸乎)'라고 외
    치면 주겠다고 한 이야기가 나온다.

늘이 생성하는 조화(調和)와 사람이 만드는 공력(工力)을 모두 지닌 것
이니 동서양의 어느 나라든지 그 나라 안에 있는 하늘이 낸 물품 및
사람이 만든 물품을 모두 들어 그 나라의 물산이라 칭한다. 하늘이 낸
물품은 이 땅에 적합한 것이 저 땅에 적합하지 않기도 하며 저 땅에
있는 것이 이 땅에 전혀 없기도 하나, 이는 물과 흙이 균등하지 않고
기후에 차이가 있어 한대 지역에 무성한 것이 열대 지역에서 성장하지
않고 열대 지역에서 성장하고 발육하는 것이 한대 지역에 적합하지 않
는 이유이니, 귤이 회수(淮水)를 건너면 탱자(枳)가 되는 것과 같다. 그
러하기에 하늘이 낸 물품은 인력으로 어찌할 수 없는 것이거니와 피차
(彼此)의 지역에 물과 흙, 기후가 균일하되 저곳에 생장하는 물품이 이
곳에 있지 않으면 인력으로 옮겨 심어 하늘이 낸 물품의 종류를 증식시
킨다. 또한 사람이 만든 물품을 논하건대, 사람의 재능과 기예로는 공
력(工力)이 동일하지 않아 저 사람이 잘하는 것을 이 사람이 잘하지 못
하고 저곳에 좋은 것을 이곳에 좋게 하지 못하니 이는 천부적인 재예(才
藝)와 공력(工力)으로 말미암아 그런 것이 아니요, 기계와 공부의 차이
로 인한 것인데 결국 만물이 똑같이 가지런한 경지에 이르기는 매우
어렵다. 그러므로 세계 대부분의 사람들은 각각 그 지역에 하늘이 낸
것과 사람이 만드는 것 중 남는 것으로 다른 곳의 부족한 것을 보태어
쓰고, 다른 곳의 남는 것을 취하여 자기의 부족한 것을 보태어 쓰는
까닭으로 모든 국가가 약관(約款)을 정하며 사절(使節)을 파견하여 상
인들과 인민을 보호하고 미개한 나라를 권면하여 상업의 길을 확장한
다. 그 때문에 여러 나라의 빈부와 인민의 쓰임새를 추측해 살피면 이
를 통해 여러 나라 상인들의 갖가지 물품 중 하늘이 낸 것과 사람이
만든 것의 많고 적음을 분별할 수 있다. 놀고먹는 인민이 적은 나라에
하늘이 낸 물품이 비록 적어도 사람이 만든 물품이 도리어 많은 것은

다른 나라에 있는 하늘이 낸 물품을 구매하여 그 재예와 공력으로 사람이 만든 물품의 수액(數額)을 증가시켜 다른 나라에 판매하기 때문에 자기 나라에 물산이 많지 않아도 다른 나라의 물산이 자기에게 본래 있는 것과 마찬가지이다. 놀고먹는 인민이 너무 많은 나라는 자기 지역의 물산이 비록 많아도 그 재주의 공교함과 지혜의 힘이 부족하여 자기 나라에 있는 하늘이 낸 물품으로 다른 나라의 사람이 만든 물품을 구매한다. 그렇기에 영국은 하늘이 낸 물품이 적은 것으로 천하에 유명한데, 사람이 만든 물품이 많기로는 모든 나라 중에서 으뜸이다. 그 까닭은 나라 안에 놀고먹는 인민이 없기 때문이다. 이를 통해 보건대, 국가의 부강함은 인민의 부지런함과 게으름에 달려 있는 것이지 물산의 풍부함과 부족함에서 기인하는 것이 아니다. 지금 현재 서양의 여러 나라가 세계의 재물 지배권을 잡고서 호시탐탐 호기를 멋대로 부리는 것은 이러한 도(道)에 불과하니 아프리카의 흑인과 아메리카의 적인(赤人)과 같다면 하늘이 낸 물품이 산더미같이 쌓이고 흙처럼 천한들 쓸 데가 어디 있겠는가. 오직 우리 동포는 이를 미루어 살펴 현재 안팎에 있는 물산이 어떠한지를 연구하고 주목해야 할 것이다.

담총

부인이 마땅히 읽어야 할 글 제6회 ㉭

○ 소아(小兒)의 동정(動靜) 및 놀이와 관련된 일

소아가 잘 자고 잘 놀고먹는 것이 강건함의 조짐이니, 기질의 강약은 분명 천품에 속한 것이나 또한 태육(胎育)의 여부와 유아기의 보양 정도와도 관계가 있다. 아동이 공중도덕을 중히 여기고 국가를 사랑하게

되는 근본은 실로 가정교육의 결과에 힘입는 것이므로, 모친 슬하의
훈도를 소홀히 여겨서는 안 된다.

1) 잠재우는 일

대개 소아는 뇌근(腦筋)이 발달하지 못하여서 잠자는 시간이 반드시
길다. 생후 3·4일이 되면 젖 먹고 오줌 누는 시간 외에는 늘 잠을 잘
뿐인데 허약한 아이들은 충분히 오래 자지 못하므로, 속담에 아이들이
잠을 잘 자면 잘 자란다는 말이 실상 허언이 아니어서 아이들이 잠잘
때는 마땅히 조용히 해야 한다.

아이가 잠잘 때는 옷과 이불을 가볍게 하여 온도가 몸에 맞도록 하고
또한 얼굴을 덮지 말 것이니, 만일 그렇지 않으면 공기를 막아서 해로
움이 적지 않을 것이다. 또 아이들이 잘 때에 모친이 팔베개를 해주지
말 것이니, 아이들의 체온이 지나치면 젖 먹는 것을 생각하여 편안히
자지 못하기 때문이다. 소아의 젖 생각은 밤이면 항상 두 차례 있게
된다.

2) 운동시키는 일

소아가 태어난 후 봄가을 온난한 때에는 2주마다 날씨 화창한 날을
택하여 아이를 안고 잠깐씩 방 밖으로 운동을 나가도록 해야 한다. 엄
한(嚴寒)과 혹서(酷暑)의 시기라면 30-40일마다 1회씩 행하되 방 안이
라도 무방하다. 건강한 아이들은 걸음마를 시작할 때 임의로 장난하고
운동하게 하여 활발한 기상을 키우되, 아주 주의할 일은 3·4세 된 아
이들은 머리가 굳지 못하고 사지가 단단하지 못하여 위험한 경우가 많
다는 것이다. 또한 큰 소리를 내어 웃고 지껄이면 그대로 두어 위장을
발달케 하고 혈맥을 잘 통하도록 하는 것이 마땅하다.

3) 함양(涵養)하는 일

소아가 태어난 후 두세 달이 되면 온화하고 청명한 날을 택하여 안거

나 업고 밖을 다니면서 자연 경관을 보여주어 성정을 함양해야 한다. 만일 항상 방 안에만 두면 정신이 침침하고 기질이 심약해져서 장성한 후에도 신체가 허약하게 된다. 그러나 아이를 외출시킬 때는 신체 각 부위가 풍한(風寒)을 너무 쐬지 않도록 하고, 또 눈에 일광이 직접 닿지 않도록 해야 한다. 그렇지 않으면 시력이 감퇴하고 심하면 실명하는 지경에 이를 수도 있다.

4) 목욕시키는 일

아이들의 신체가 깨끗하지 못하면 피부가 상하기 쉽고 또 질병에 옮기 쉬우므로 날마다 온수로 목욕을 시켜야 한다. 목욕 시킬 때는 마땅히 잠자고 일어난 후와 잠자기 전으로 하고, 만일 날이 한랭하면 마땅히 해가 있을 때에 하도록 한다. 그 방법은 먼저 부드러운 수건을 온수에 적셔 전신과 머리를 문질러 표면의 먼지를 닦아내고 그다음 얼굴을 씻길 것이니, 결코 같은 수건으로 몸과 머리를 씻겨서는 안 된다. 물속에 있는 시간은 5분이나 10분 정도로 하고, 목욕을 마친 후에는 따뜻한 자리에 편안하게 뉘어 냉기가 닿지 않도록 주의해야 한다.

아이는 머리털을 일찍 깎아주면 뒤에 반드시 큰 문제가 있으니, 태어나고 1년이 지난 후 깎는 것이 마땅하다. 그전에는 두개골이 단단하지 못하여 상하기 쉬운 까닭이다.

소아의 신체는 먼지가 묻기 아주 쉬우므로 잠자리와 거실을 특별히 청결케 하고 또 매양 식후에는 반드시 깨끗한 수건을 온수에 적시어 입과 입안을 씻겨주고 소변이나 대변을 눈 뒤에는 반드시 주의하여 하부(下部)를 깨끗이 씻겨주어야 한다. (미완)

미국인의 조선 시정관(施政觀)

조선의 경성에서 미국인의 손으로 만들어 6월에 발간한『코리아 리뷰(The Korea Review)』[23]에 최근 미국에서 돌아온 동지(同誌) 주필 기자 호머 B. 헐버트(Homer Bezaleel Hulbert)[24]라는 사람이 다음과 같은 의미로 장문의 논설을 게재하여 조선에 대한 일본인의 시정(施政)을 꾸짖었다. 그 요지는 "조선이 표면상으로 일본인 손에 들어감으로부터 이미 10개월이 되어 그 사이에 일본인이 어떤 일을 하였는지 생각해보건대, 일본인은 전장의 용사가 됨에는 원래부터 세상에 이론의 여지가 없지만, 조선 국민을 통제하는 행정적 재능에 대해서는 대단히 의심스러운 바이다. 필경 일본인의 성격이 그렇게 만드는 바이니, 곧 인내보다도 돌진에 뛰어나 가령 국외자(局外者)의 위치에 서서 냉정하고도 빈틈없이 사물을 살펴보는 것보다는 차라리 한 정책을 붙잡고 선하든 악하든 그 즉각적 실행으로 돌진하는 결점이 있다. 그러한 까닭에 그 시정 같은 것도 항상 무단적으로 지나쳐 과거 10개월간의 경과와 같이 역력히 실패를 보았다. 또한 일본의 대한(對韓) 정책이 항상 일본인의 성명(聲明)하는 바와 같았을 것이면 우의(友誼)적 태도와 정의에서 연유하여 수립할 터이나, 사실은 이와 반대다. 양(陽)으로는 종종 번쇄한 법령을 내려 구체적으로 시정이 진전되었다는 체면을 세우고 음(陰)으로는 그 법문(法文)을 위배하여 점차 잠식하는 당당한 걸음을 내딛으니, 마치 일본인의 반도에 대한 목적은 각각 그 사욕을 채우려 하는 것 외에 하등의 목적도 없다고 생각한다. 만약 있다 하여도 분명히 실패의 자취를 보인 것이다. 어떤 사람이 있어 고하되, "일본은 조선에서 어떤 일이든

23 코리아 리뷰(The Korea Review) : 보통 '한국평론'으로 번역된다.
24 헐버트(Homer Bezaleel Hulbert) : 1863-1949. 미국의 언어학자이자 선교사로, 한국에서 활동한 초기 개신교 선교사이다.

지 성취하려 하는 전도사"라 하니, 그렇다면 저 학대하던 침략적 원정가(遠征家)로 역사에 홍건한 혈흔을 남긴 비사로고루데[25], 또는 아쓰지라[26], 칭기스칸도 역시 일개 전도사가 말할 수 있을 것이다. 요사이 또 오사카 신문기자는 경성에 주재한 유력한 한 유럽인을 방문하여, "귀하는 조선인과 아이누(阿伊奴)[27]인이 매우 비슷한 것이라 생각하지 않는가."라는 기이한 질문을 했다고 한다. 즉 미국인이 아메리카 인디언을 대함과 같이 일본인 간에 조선인을 아이누 인종과 마찬가지로 북방으로 몰아내고자 하는 의사가 잠재되어 있음을 볼 수 있다. 특히 일본인에게 공동의 정의를 존중하는 정신이 없음은 다음 사실에 의거해도 분명할 것이다. 바로 한 조선인이 부산에 있는 염전을 보증 삼아 3년 기한으로 일본인에게 부채를 졌는데, 그 기한에 되갚지 못하매 법정에 소(訴)를 당하고 그 결과로 감옥에 갇히고 6일간 절식하였다. 그 후 일주일 안에 지불하지 아니하면 그 보증 물건을 몰수하여도 원망치 않겠다고 서면에 날인이 강행되었고, 그 일주일 후에 마침내 30원 부채에 1만 원의 염전을 강탈당한 것이 겨우 수개월 전의 일이다. 또 내가 돌아온 후에 가택을 남에게 빼앗겨 그 환수할 방편을 탄식하며 구해보고자 오는 조선인이 자주 있었고, 또 일전에도 몇 명의 부인이 와서 경성 부근의 큰 도로변 집은 자잘한 이사비용만 주고 퇴거를 명하는데 그 요금으로는 아무리 하여도 다른 곳에 새 집을 지을 수 없다며 불평을 진술하는 자가 있었다. 이와 같이 정의의 관념이 결핍된 듯한 행위가 있음을 일반 일본인은 아는가, 모르는가. 혹은 알고도 불문함에 부치는지 알기

---

25 비사로고루데 : 잉카 제국을 멸망시킨 프란시스코 피사로 곤잘레스(Francisco Pizarro González, 1476?-1541)로 추정된다.
26 아쓰지라 : 미상이다.
27 아이누(阿伊奴) : 홋카이도와 사할린, 쿠릴 열도 등지에 분포하는 소수 민족이다.

어렵다. 그밖에, 일본인이 선편(船便)마다 연이어 오고가 마치 무인지
경(無人之境)을 다님과 같고 혹은 토지를 매입하고 혹은 강탈하여 자유
롭게 어떤 상업을 개시함에 조약을 완전히 멸시하는 행위가 있으니,
만약 일본이 영구히 저와 같을 것이면 관계된 열강국에서도 어떠한 태
도를 취할 수밖에 없는 지경에 이를 것이다. 이토 후작이라는 사람이
조금 돌아보고 살필 바이다."라고 하였다.

본조(本朝) 명신록(名臣錄)의 요약

박종원(朴元宗)의 자는 백윤(伯胤)이니, 공은 용의(容儀)가 아름다웠
고 책을 읽음에 대의(大義)를 통하였고 활쏘기와 말타기가 남보다 뛰어
났다. 한명회(韓明澮)가 한번 보고 기특하게 여기며 "훗날 반드시 대기
(大器)가 될 것이다." 하였다.

연산군의 정치 혼란에 성희안(成希顔) 공이 확청(廓淸)하려고 하되,
더불어 모의할 사람이 없어 마을 사람 신윤무(辛允武)[28]로 하여금 속마
음을 시험하게 하니 공이 소매를 떨치고 일어나 "이것은 내가 밤낮으로
쌓은 것이니라." 하였다. 성(成) 공이 이에 저물녘에 그 집에 가서 각기
통곡하고 충의(忠義)를 진술하고 마침내 유순정(柳順汀), 박문영(朴永
文), 신윤무, 홍경주(洪景舟) 등과 동지를 각각 불러, 9월 2일에 연산군
이 장단(長湍) 석벽(石壁)에 노는 것을 틈타 성문을 닫아 막아서 지키고
진저(晉邸)[29]를 추대하려 약속하였더니 마침 연산군이 행차를 정지하였
다. 기밀한 일이 이미 탄로됨에 형세 상 그칠 수가 없어 마침내 초하루

---

28 신윤무(辛允武) : ?-1513. 조선 중기의 무신으로, 성희안 등과 중종반정을 주도하
    였다.
29 진저(晉邸) : 진산대군(晉山大君)의 사저(私邸)로, 곧 진산대군을 이른다. 진산대
    군은 중종의 잠저(潛邸) 때 칭호이다.

한밤중에 장사를 훈련원(訓鍊院)에 모아서 먼저 신수영(愼守英), 임사홍
(任士), 신수근(愼守勤) 세 사람을 격살(擊殺)하니 동틀 무렵에 백관이
차례로 귀순하였다. 연산군이 차비문(差備門)에 앉아 승지 등을 불러들
여 "태평한 시절에 다른 변고가 어찌 있겠는가. 아마도 홍청(興淸)[30]의
사내들이 서로 모여 도둑질하는가 보다."라 하고 이우(李堣)에게 명하
여 궐문(闕門) 자물쇠를 가지고 궐문을 순행하며 살피라고 하였는데,
이우가 조정(朝廷)이 이미 좇는 바가 있는 줄 살펴 알고서 마침내 몸을
빼어 나갔다. 이에 환시(宦侍) 및 여러 궁속(宮屬)이 모두 나가고 오직
후궁(後宮)과 창기(娼妓)의 무리가 서로 모여 울부짖어 소리가 밖에까
지 진동하였다. 이때 극문(戟門)에 모여 의논하여 유자광(柳子光) 이계
남(李繼男)으로 궐문을 파수(把守)하여 폐주(廢主)가 달아날 것을 방비
하고 공이 백관을 거느리고 경복궁 문 밖에 찾아가 자순대비(慈順大
妃)[31]에게 명을 청하였는데, 조금 뒤에 문을 열어 들어오게 하거늘 공
등이 근정전(勤政殿) 서쪽 뜰에 줄지어 앉고 유순정, 정미수(鄭眉壽)로
잠저(潛邸)에서 어가(御駕)를 맞이할 때, 주상이 평시서(平市署) 근방 민
가에 의탁하였던지라 유순정 등이 두세 번 등극하기를 권하였는데, 주
상이 융복(戎服)으로 연(輦)을 타고 법물(法物)을 갖추고 나오니 저잣거
리는 쉬 멋대로 하지 않고 부로(父老)는 만세를 부르며 눈물 흘리는 자
도 있었다. 그러나 창산(昌山)[32]은 학술이 없고 청천(菁川)[33]은 성품이

---

30 홍청(興淸) : 연산군 때 각 지방에서 뽑아 올려 궁중에 두었던 기녀 집단의 이름.
31 자순대비(慈順大妃) : 1462-1530. 성종의 계비이자 중종의 생모인 정현왕후(貞顯
　王后)를 이른다.
32 창산(昌山) : 조선 중기의 문신인 성희안(成希顔, 1461-1513)으로, '창산'은 그의
　봉호이다. 박종원과 함께 중종반정을 주도하였다.
33 청천(菁川) : 조선 중기의 문신인 유순정(柳順汀, 1459-1512)으로 '청천'은 그의
　호이다. 김종직(金宗直)의 문인이며, 중종반정을 주도하였다.

너그럽되 나약하고 공은 거칠고 터무니없어서 비록 충의(忠義)가 격동한 바에 공훈은 반드시 이루었으나 정사(政事)의 시행은 마땅함을 잃어서 옛 은혜로 적신(賊臣) 유자광을 용서하여 뒷날의 화를 기초하였고, 보잘것없는 먼 친척에게도 모두 철권(鐵券)을 주고 뇌물의 많고 적음을 보고서 공훈의 높고 낮음을 매겨 연거속구(連車續狗)³⁴의 비난이 지금까지도 책망거리가 된다.

정묘년(1507) 여름에 조정이 유자광을 논척(論斥)하니 유자광이 공을 위협하여 "내가 공과 함께 무인(武人)이라, 문사(文士)가 대개 기뻐하여 따르지 않으니 순망치한이오."라고 하니, 공이 웃으며 "조정이 이를 간 지 오래니, 공이 일찍 물러나지 않은 것이 한이오."라고 답하였다. 유자광이 간담이 서늘해져 돌아갔다.

경오년(1510)에 공이 관직을 고사하고 김수동(金壽童)으로 영의정을 삼게 하니 시론(時論)이 칭찬하였다.

공이 병이 위독함에 주상이 승지를 보내어 하고 싶은 말을 물었는데, 공이 말했다. "주상이 정력을 다해 정치에 힘쓰시니 말할 만한 일이 어디에 있겠습니까. 다만 인재를 아끼시기를 바랍니다."

중종이 반정(反正)하심에 정국(靖國)의 원훈(元勳)을 포상하여 평성부원군(平城府院君)에 봉(封)하고 관직이 영의정에 이르렀더니 졸(卒)할 때에 나이가 마흔넷이었다. 중종의 묘정(廟廷)에 배향(配享)하였다.

유순정(柳順汀)의 자는 지옹(智翁)이니 어릴 적부터 독서를 좋아하였다. 김종직(金宗直)의 문하(門下)에서 수업함에 매우 추장(推奬)을 받았고, 또 원숭이처럼 팔이 길어 활쏘기를 잘하여 백 근(斤)의 활을 당겼다.

---

34 연거속구(連車續狗) : 관직을 남발함을 말한다. 관직 임명이 잦아서 고관이 사용하는 수레가 연이어 나오고 고관의 장식으로 쓰는 담비 꼬리가 부족하여 개꼬리로 이은 것에서 유래하였다.

　신해년(1491)에 북로(北虜)가 변방을 침범하니 도원수(都元帥) 허종
(許琮)이 공을 막료로 삼고 항상 칭찬하기를 "뒷날 세상을 구제하고 백
성을 편안하게 할 이는 반드시 이 사람이다."라고 하였다.

　평성부원군 박원종 공, 창산부원군(昌山府院君) 성희안 공과 더불어
천명과 인심을 환히 알고 의로운 무리를 일으켜 통솔하여 대비(大妃)의
가르침을 받들어 중종을 잠저(潛邸)에서 맞이하여 왕위에 나아가게 하
고 지휘하고 정리하여 아침나절이 끝나기도 전에 나라의 운명이 정해
지니 공이 안으로 묘모(廟謨)를 계획하며 밖으로 병정(兵政)을 다스림
에 사람들이 장성(長城)처럼 바라보고 두려움 없이 믿었다. 거의(擧義)
하는 날에 조정의 고관이 공을 믿어 성명(性命)을 보전한 이가 많되 공
이 스스로 말하지 않으니 사람들이 그 국량에 감복하였다.

　중종반정에 청천부원군(菁川府院君)에 책봉하였고 관직은 영의정에
이르렀으며 졸(卒)하자 중종의 묘정에 배향하였다.

　성희안(成希顔)의 자는 우옹(愚翁)이니 공이 태어나서는 울음이 보통
아이와 달랐고, 놀이를 할 때 스스로 대장이라 일컬으면서 뭇 아이들을
지휘함에 감히 어기는 이 없이 따랐다.

　공은 연산군의 음학(淫虐)이 날로 심해져 종묘사직이 위태로워짐을
보고 개연(慨然)히 발란반정(撥亂反正)의 뜻이 있어 박원종(朴元宗), 유
순정(柳順汀)과 더불어 진성대군(晉城大君)을 추대하여 경복궁(景福宮)
에서 즉위하게 하니 저잣거리는 쉬 멋대로 하지 않고 중외(中外)가 편
안하고 침착해진 것은 공의 힘이었다.

　성종 때 홍문관 정자(弘文舘正字)로서 아버지 상(喪)을 만나 관직을
떠났다가 삼년상이 끝나자 다시 서용(敍用)되어 은명(恩命)에 감사할
제, 주상이 합문(閤門) 밖에 불러와 위로하고 중관(中官)에게 명하여 매
한 마리를 하사하여 "그대는 노모(老母)가 있으니 공직에서 물러남에

가히 교외에서 사냥하여 맛난 음식을 드리라." 하셨고, 또 야대(夜對)에
들어가자 주과(酒果)를 하사하셨는데, 공이 감귤 10여 개를 소매에 넣
고서는 취하여 인사불성이 되어 누었더니 중관이 업어 나갈 때 소매
속 감귤이 땅에 떨어져 흩어지는지라 다음날 주상이 감귤 한 쟁반을
옥당(玉堂)에 내리시고 전교(傳敎)하셨다. "희안이 귤을 소매에 넣은 것
이 아마 어버이에게 드리려 하였던 까닭에 하사하노라." 공이 뼈에 새
겨 죽음을 무릅쓰고 마침내 정국(靖國)의 의거를 이끌어서 힘을 다해
보답하는 바탕을 이루었으니, 성종이 선비를 대우하는 정성과 인재를
알아보는 밝음이 진실로 사람의 충성을 다하게 함이 있거니와, 공은
또한 지우(知遇)를 저버리지 않았다고 할 만하다.

중종반정에 창산부원군(昌山府院君)에 책봉되었고 관직이 영의정에
이르렀고, 졸(卒)함에 중종의 묘정에 배향하였다.

이약동(李約東)은 성종조(成宗朝)의 사람이다. 일찍 제주 목사(濟州牧
使)가 되었더니 돌아올 적에 다만 채찍 하나만 들고 있다가 곧 "이 또한
제주도의 물건이다." 하고 관아의 누정(樓亭)에 걸어두었더니 세월이
오래되어 채찍이 떨어지거늘, 걸렸던 곳에 읍 사람이 그 자취를 그려
사모하는 뜻을 깃들였다. 바다를 건널 때 배가 갑자기 기울고 돌아서
거의 위태로웠는데, 꿈쩍 않고서 "내 행장에는 사적인 물건이 하나도
없으니, 혹시 막중(幕中) 사람이 속여서 더럽혀 신명(神明)으로 나를 깨
우치도록 한 것이 아닌가." 하였다. 애초에 본주(本州)의 장사(將士)들
이 공이 유장(儒將)을 천거하였다 하여 갑옷 하나를 드리려 하되, 공이
알면 반드시 물리칠까 두려워하여 배행(陪行)하는 편비(偏裨) 편에 몰
래 부쳤더니 이때에 이르러 사실을 고하는지라, 공이 명하여 던지게
하니 이에 파도가 안정하고 배가 나아가니, 지금까지도 그 장소에 이름
을 붙여 '투갑연(投甲淵)'이라고 한다.

　윤효손(尹孝孫)의 자는 유경(有慶)이니 세조 조(世祖朝)의 사람이다. 아이 때 아버지가 의정부 녹사(議政府錄事)가 되어 새벽에 박원형(朴元亨) 상공(相公)의 집 앞에 가니 문지기가 "일어나지 않으셨다"고 거절하고 통과시키지 않았다. 해질녘에 주리고 고달파 돌아와서 효손더러 말하기를, "내가 재주가 없어서 여기에 이르렀으니, 너는 학업을 꼭 부지런히 하여 네 아비와 같이 되지 말라." 하였다. 효손이 그 명함 끝에 쓰기를, "상국(相國)은 단잠 잘 때 해는 높이 떠 있으니, 문 앞의 명함에는 털이 생기려 하는구나. 꿈속에서 성스러운 주공(周公)을 만약 뵈었다면, 그 당시에 토악(吐握)³⁵하던 그 노고를 물었으리." 하였다. 다음날 그 아버지가 살피지 못하고 다시 가서 명함을 주니 상공이 그 시를 보고 즉시 불러들여 묻기를 "이 시가 당신이 쓴 것인가." 하니, 녹사가 놀라고 두려워 어쩔 줄을 몰라 하며 그 자획(字畫)을 살펴보니 바로 효손의 필적이라 사실대로 고하였다. 상공이 효손을 부르게 하여 대단히 칭찬을 하고 어린 딸을 그 처로 주고자 하였는데, 부인이 안 된다고 하며 "어찌 녹사의 아이와 혼인시킬 수 있겠습니까." 하였으나, 상공이 따르지 않고 끝내 시집보냈다.

　어유소(魚有沼)는 충주(忠州) 사람이다. 세조 정해년(1467)에 전 회령부사(會寧府使) 이시애(李施愛)가 주(州)에 웅거하여 모반하거늘 귀성군(龜城君) 준(浚)이 도통사(都統使)가 되고 강순(康純)³⁶과 어유소가 대장이 되고 허종(許琮)이 절도사가 되어 홍원(洪原)에서 전투하였고, 또 북청(北青)에서 전투할 때 어유소가 작은 배로 정병(精兵)을 싣고 청의(青

35　토악(吐握) : 인재를 극진하게 대우함을 이른다. 토포악발(吐哺握發)의 줄임말로, 주공(周公)이 손님이 오면 머리를 감다가도 젖은 머리를 잡고 접견하였고, 밥을 먹다가도 음식을 뱉고 접견하였던 일에서 유래하였다.

36　강순(康純) : 1390-1468. 조선 전기의 무신으로, 어유소와 함께 이시애의 난을 평정하였다.

衣)를 입혀 초목(草木)과 빛깔이 같게 하고 해곡현(海曲縣)을 경유하여 적의 배후로 돌아 나와 협공하여 이시애를 생포하고 다시 남이(南怡) 등과 더불어 군사를 돌려 건주(建州)에 다다라 이만주(李滿住)[37] 부자를 베고 큰 나무를 찍어 "아무 해 아무 달에 조선 대장 어유소(魚有沼)가 건주(建州)를 멸하고 돌아간다."라고 적었다.

영안도(永安道)의 야인(野人) 중에 부락을 움직여 몰래 이동하는 자가 있더니, 조정이 다른 분쟁거리가 생길까 걱정하여 어유소를 보내어 위안(慰安)하니 어유소가 일찍이 영안북도 병사(兵使)였을 때 그 마음을 감복시킨 적이 있는지라, 야인이 "영공(令公)이 과연 오셨습니까? 영공이 오셨다면, 이분은 우리 아버지와 같으니, 뵐 수 있겠습니까." 하였다. 어유소가 말을 달려 그 부락에 들어갔는데, 오랑캐가 모두 늘어서서 절하고 열복(悅服)하여 서로 이끌고 돌아갔다.

황수신(黃守身)은 황희(黃喜)의 아들이다. 대여섯 살에 뭇 아이와 더불어 놀 때 한 아이가 우물 속에 잘못 떨어지니 뭇 아이들은 놀라 흩어졌고, 공만 옷을 벗고 건져냈다. 익성공(翼成公)이 듣고 "우리 집에 재상이 또 하나 생겼구나." 하였더니, 뒤에 관직이 영의정에 이르렀다.

정인지(鄭麟趾)의 자는 백휴(伯雎)이니 세종의 명으로 역사서 중의 선악에서 권징(勸懲)할 만한 것과 우리 동방의 흥폐와 존망의 사적(事跡)을 편찬하여 책을 만들어 『치평요람(治平要覽)』이라 이름 붙이고, 또 조종(祖宗)의 조기(肇基)의 자취를 서술하여 「용비어천가(龍飛御天歌)」를 지었다.

---

37 이만주(李滿住) : ?-1467. 여진족 오랑캐 추장이다.

관보초략(官報抄略)

농상공부(農商工部) 분과규정 개정안건[38] (속)

제8조 상무국(商務局)에 다음에 기록한 세 과(課)를 두어 그 사무를 나누어 관장하게 한다. 관상과(管商課), 통상과(通商課), 관선과(管船課).

제9조 관상과에서는 다음에 기록한 사무를 관장한다.

첫째, 상업에 관한 사항.

둘째, 영업을 주로 하는 모든 회사에 관한 사항.

셋째, 박람회에 관한 사항.

넷째, 내국산 및 외국산의 진열품(陳列品)에 관한 사항.

제10조 통상과에서는 다음에 기록한 사무를 관장한다.

첫째, 통상항해(通商航海)에 관한 사항.

둘째, 통상보고(通商報告)에 관한 사항.

셋째, 외국에 나가서 일하는 자에 관한 사항.

제11조 관선과에서는 다음에 기록한 사무를 관장한다.

첫째, 선박해운조사(船舶海員調査) 및 항해표지(航海標識)에 관한 사항.

둘째, 표류물(漂流物) 및 난파선(難破船)에 관한 사항.

셋째, 수운회사(水運會社)와 아울러 기타 수운사업의 감독에 관한 사항.

제12조 광무국(礦務局)에 다음에 기록한 두 과를 두어 그 사무를 나누어 관장하게 한다. 광업과(礦業課), 지질과(地質課).

제13조 광업과에서는 다음에 기록한 사무를 관장한다.

첫째, 광산조사에 관한 사항.

둘째, 광산 허가 여부에 관한 사항.

---

38 농상공부(農商工部) 분과규정 개정안건 : 원문에는 아래 내용이 단락 구분 없이 기술되어 있으나 여기에서는 각 조목별로 단락 구분을 하였다.

셋째, 광산 구역에 관한 사항.

넷째, 광업보호에 관한 사항.

다섯째, 광업기술에 관한 사항.

제14조 지질과에서는 다음에 기록한 사무를 관장한다.

첫째, 지질과 아울러 지층구조의 조사 및 광물의 검증에 관한 사항.

둘째, 토지조사에 관한 사항.

셋째, 토산식물(土産植物)과 토질의 관계 시험에 관한 사항.

넷째, 지형 측량에 관한 사항.

다섯째, 지질도(地質圖)·토성도(土性圖) 및 실측지형도(實測地形圖)의 편제와 아울러 그 설명서 편찬에 관한 사항.

여섯째, 유용물료(有用物料)의 분석 시험에 관한 사항.

제15조 공무국(工務局)에 다음에 기록한 두 과를 설치하여 그 사무를 나누어 관장하게 한다. 공업과(工業課), 평식과(平式課).

제16조 공업과에서는 다음에 기록한 사무를 관장한다.

첫째, 공업에 관한 사항.

둘째, 공장 기술자의 근로 및 공장의 첫 설치에 관한 사항.

제17조 평식과에서는 다음에 기록한 사무를 관장한다.

첫째, 도량형(度量衡) 제조와 행정에 관한 사항.

제18조 철도국(鐵道局)에서는 다음에 기록한 사무를 관장한다.

첫째, 관설철도(官設鐵道)의 부설(敷設) 보존 및 운수에 관한 사항.

둘째, 사설철도(私設鐵道)의 허가 여부 및 관리에 관한 사항.

셋째, 전기철도 및 마차(馬車) 철도와 가스〔瓦斯〕철도에 관한 사항.

넷째, 관설철도의 세입 세출 예산 결산과 수용(需用) 물품 구매 관리 및 출납에 관한 사항.

(부칙) 제19조 본 규정은 반포일로부터 시행한다.

광무(光武) 10년 2월 12일 농상공부 분과규정은 폐지한다. ―이상 8일―

사광(砂礦) 채취법(採取法) 시행 세칙.

제1조 광업법 시행 세칙 제2조에서 제7조 규정은 사광 채취업에 준용함.

제2조 광업법 시행 세칙 제8조 규정은 사광 채취업에 준용함. 단, 광상(礦床) 설명서·이유서 또는 표본의 제출을 요구하지 않음.

제3조 전조(前條)의 청원서(請願書)는 등기우편으로 제출함이 가능함.

제4조 광업법 시행 세칙 제11조에서 13조 규정은 사광 채취업에 준용함.

제5조 제2조의 청원자는 다음에 기록한 수수료(手數料)를 납부함이 마땅함.

첫째, 채취 청원은 매 한 건당 50환.

둘째, 채취 청원지(請願地)의 증정(證正) 청원. 증구(增區) 또는 증감(增減) 청원은 매 한 건당 30환, 감구(減區) 청원은 매 한 건당 10환.

셋째, 채취 허가구(許可區)의 정정(訂正)·합병(合倂)·분할(分割) 청원. 증구 또는 증감구(增減區) 청원은 매 한 건당 30환, 합병 또는 분할 청원은 매 한 건당 20환, 감구 청원은 매 한 건당 10환. 전항(前項) 제1호 청원에 대하여 하천 바닥은 매 100정(町), 기타는 매 10만 평(坪)당 한 건의 수수료를 납부함이 마땅함. 단, 100정 미만 또는 10만 평 미만은 100정 또는 10만 평으로 함. 제1항 제2호와 제3호의 증구 및 증감구 청원에 대해서는 그 증가조(增加條)에 대하여 앞 2항의 수수료를 납부함이 마땅함.

제6조 광업법 시행 세칙 제17조에서 제19조 규정은 사광 채취업에 준용함. 단, 수수료 금액은 전조(前條) 제1항 제1호·제3호, 제2항 및

제3항 규정에 따른 청원 수수료 금액과 같음.

제7조 다음에 기록한 경우는 청원서·청구서 또는 통고서(通告書)를 수리하지 않음.

첫째, 제2조 및 광업법 시행 세칙 제22조의 규정을 준용한 제9조 규정에 위배하여 청원서에 도면(圖面) 또는 승낙서(承諾書) 및 대용(代用)의 문서를 첨부하지 않은 때.

둘째, 제3조 규정에 위배하여 등기우편으로 제출하지 않은 때.

셋째, 광업 시행 세칙 제13조를 준용하는 제4조 규정에 위배하여 결의서(決議書) 또는 대용의 문서를 첨부하지 않은 때.

넷째, 수수료를 납부하지 않은 때.

제8조 다음에 기록한 경우에 있어서는 청원서·청구서 또는 통고서를 물리침.

첫째, 실지조사(實地調査)를 할 때 그 청원인이 그 청원에 관계한 구역을 명시하지 못하거나 조사 사항에 대하여 그에 해당하는 설명을 못할 때.

둘째, 청원인이 가리켜 보인 구역이 청원서에 첨부한 도면과 현저히 차이가 날 때.

셋째, 광업법 시행 세칙 제6조 규정을 준용하는 제1조 규정에 따른 명령 기한 내에 수정 및 보충을 하지 않은 때.

넷째, 광업법 시행 세칙 제18조 제2항 규정을 준용하는 제6조 규정에 따른 명령 기일에 회동(會同)하지 않은 때.

다섯째, 광업법 시행 세칙 제19조 규정을 준용하는 제6조 기한 내에 등록수수료를 납부하지 않은 때.

제9조 광업법 시행 세칙 제22조에서 제25조와 제29조에서 제33조 규정은 그 수수료 금액에 관하여 다음에 기록한 것을 제외하고는 사광

채취업에 준용함.

첫째, 채취권 매매·양여(讓與)의 청원 50환.

둘째, 채치권 매매·양여의 등록 청구 50환.

셋째, 채취권 상속 통고(通告) 50환.

넷째, 저당권 설정 청원 50환.

다섯째, 저당권 설정 등록 청구 50환.

여섯째, 저당권자의 채취권 승계 청원 50환.

일곱째, 측량 또는 조사 청구 20환.

여덟째, 판정(判定) 청구 30환.

아홉째, 채취 허가장 재교부 청구 10환.

열째, 채취 허가 구도(區圖) 등본(謄本) 교부 청구 20환.

제10조 광업법 시행 세칙 제18조 제25조 제29조 제1항 및 제31조 규정에 준하여 마땅히 해야 할 행위를 하지 않은 채취권자는 5환 이상 50환 이하의 벌금에 처함. 전항(前項) 처분은 농상공부대신(農商工部大臣)이 행함.

(부칙) 제11조 본령(本令)은 사광 채취법 시행으로부터 시행함. 광무 10년 7월 12일, 농상공부대신 육군부장(陸軍副將) 훈일등(勳一等) 권중현(權重顯) (완)

내지잡보

○ 주재 군사령부 조례

일본에서 칙령으로 우리나라 주재 군사령부 조례를 아래와 같이 공포하였다.

제1조. 한국주재 군사령관은 육군대장 혹은 부장(副將)으로 임명하여 천황이 직례(直隷)하고 한국주재 육군 각 부의 업무를 통솔하여 한국의 방위(防衛)를 담당한다.

제2조. 군사령관은 군정(軍政) 및 인사에 관해서는 육군대신, 작전 및 동병(動兵)에 관해서는 참모총장, 교육에 관해서는 교육총감의 조처를 받는다.

제3조. 군사령관은 한국의 안녕과 질서 유지를 위해 통감의 명령이 있을 때에 병력을 사용할 수 있다. 단 시급한 경우에는 우선적으로 이를 처리한 후 통감에게 보고하도록 한다.

제4조. 군사령관은 부하군대 및 관아를 수시로 검열하여 매년 군대 교육기의 끝에 군사(軍事)의 정황 및 이에 대한 의견을 폐하께 아뢰고 또한 육군대신, 참모총장, 교육총독에게 보고한다.

제5조. 한국주재 군사령부는 다음의 각 부로 이루어진다. 군참모, 군부관(軍副官)-군참모부 및 군부관부를 합하여 막료(幕僚)로 한다-, 군법관부, 군경리부, 군군의부(軍軍醫部), 군수의부(軍獸醫部).

제6조. 군참모장은 군사령관을 보좌하고 기무(機務)에 간여하며 명령의 보급 및 실시를 감독한다.

제7조. 군참모장은 막료의 사무를 감독하고 사무의 정리를 책임진다.

제8조. 막료의 각 장교 및 상당관(相當官)은 군참모장의 지휘를 따라 각자 분담의 사무를 맡는다.

본령은 8월 15일부터 시행한다.

○ **어전(御前) 회의안**

지난달 15일 오전 9시에 참정 이하 각 대신들이 이토 통감 관저에서 회동하여 정치상 무슨 긴요한 건을 제의한 후 오후 4시에 즉시 입궐하여 어전 회의를 열고 각부대신이 각부 소관 사무와 관계된 사안을 폐하께 아뢰었다. 내부대신은 관찰사와 군수의 공천 채용에 관한 건, 농상공부대신은 농림학교나 원예모범장이나 광업사무소 같은 곳의 외국인 초빙과 관계된 관제(官制)에 관한 건, 학부대신은 학교 확장에 관한 건, 탁지대신(度支大臣)은 재정 임시 지출에 관한 건, 법무대신은 법률에 관한 건, 군부대신은 군대의 제도를 확장하는 건을 제의하여 아뢰었다.

○ 사령부 성명

일본 군사령부에서 군용 상 요새처(要塞處)로 진해만, 영흥만을 정하고는 개정할 군율을 시행하라고 훈령하고 정부에 성명하였다 하는데, 이후로 중대한 문제는 정부에 상의도 하고 통지도 하여 상호 조율하며 처리한다고 한다.

○ 아직 사용하지 않은 돈

정부가 차관 1천만 원에 대하여 제1차 이자를 이미 갚았으나, 여러 사업은 계획이 있을 따름이며 실시되거나 착수되지는 않은 까닭에 그 빌린 돈은 아직 쓰지 않은 채라고 한다.

○ 대관(大官)이 논박 당하다

『형법대전』 '국권훼손율(國權壞損律)'에 외국인과 모의하여 관직 얻기를 꾀하면 교수형에 처한다고 하였다. 그런데 지금 각부대신이 다른 직책을 얻으려 하거나 본직 자리가 위태로우면 예사로 통감을 찾아 본부 고문(顧問)에게 애걸하여 복귀하고, 또 정부 회석에서 국장 과장을 전임(轉任)할 경우에도 대신이라는 이들이 으레 "이 사람은 통감의 지인이고 고문이 부탁한 사람"이라 칭하며 구실을 내세워 대신부터 이렇게 귀전을 뜻으니, 국권훼손율을 실시하면 현 정부 대신들은 나란히 교수형을 당하는 게 마땅하다고 모 중등관리가 논박하여 모 대신의 얼굴이 흙색이 되었다고 한다.

○ 생환을 원치 않다

이번에 전라도 의병 봉기로 일본사령부에 붙잡힌 찬정(贊政) 최익현 씨는 징역 3년, 임병찬(林炳瓚)은 징역 2년, 고석진(高石鎭), 최제학(崔濟學)은 두 차례 주고받은 편지가 행구(行具) 중에 있어 징역 4개월에 처하고 김기술(金箕述), 문달환(文達煥), 양재해(梁在海), 조우식(趙愚植) 등은 태형 100대에 석방되었는데, 매를 맞고 석방된 이들은 장홍(藏洪)[39]과 함께 죽기를 절실히 바랄 뿐 홍호(洪皓)[40]와 같은 생환을 원치 않는다면서 따르던 노선생과 같이 갇히겠다고 다투며 한사코 나가려 하지 않았다. 일본 병사가 이미 중형을 치렀다며 즉시 끌어내어 문밖으로 내쫓으니 이들은 의분이 끓어올라 매질을 당한 고통도 잊고 오열을 하며 그대로 있었다 한다.

○ 군항 대여

이토 통감이 진해만과 영홍만을 일본 군항으로 활용하겠다는 청구 사항에 대하여 정부에서 폐하께 아뢰고 진해·영홍 두 만을 대한국군항(大韓國軍港)으로 명명하여 세계에 반포한 후 한국의 군비(軍備) 확장 전에는 일본 군항으로 대여하기로 약정하였다는데, 언제쯤에나 돌려받을 수 있을지.

○ 잡지 『동양(東洋)』 발간

일본 도쿄 호세이(法政)대학에서 발행하는 『동양(東洋)』이라는 잡지는 일찍이 일본에서 볼 수 없었던 것으로 잡지 전체가 순한문으로 이루어져 있으니 그 목적은 오직 청나라 학생으로 하여금 강독케 하려는

---

39 장홍(藏洪)과 함께 죽기를 : 장홍(藏洪)은 후한 시대의 장수이다. 원소(袁紹)에게 포위되었을 때 성안의 주민들에게 탈출을 권했으나 주민들이 장홍을 따라 죽음을 각오하고 탈출하지 않은 일을 가리킨다.

40 홍호(洪皓) : 1088-1155. 남송시대 사람이다. 금나라에 사신으로 갔다가 15년간 억류된 뒤에야 생환하였다.

것 같다. 법학박사, 이학박사 등의 기고문이 태반이나 과학적 문자로
기재되어 있어 학생이 공부할 때 마땅히 귀중히 여길 만하겠다.

해외잡보

○ 페르시아 입헌 정체(政體)

런던 전보에 따르면, 페르시아 황제께서 민간에서 의원을 선출하고
대의원을 소집하기로 결정하셨고 또한 의원의 자유토론을 보증하시어
수도 테헤란에서 인민이 이를 환영하여 시가 도처에 꽃등을 켰고 그
나라의 정치망명자들은 영국공사관에서 나올 수 있게 되었다 한다.

○ 영-독 두 황제의 환담 : 지난달 16일

베를린 전보에 따르면, 독일 황제가 영국 황제와 구론베루히[41]에서
회견하셨다. 서로 정식의 교제례(交際禮)를 가진 후 마주 앉아 1시간에
달하는 밀담이 이루어졌고 그 후 은근한 대화가 이어져 정치상 사건에
대한 담화가 있었는데, 전하는 바에 따르면 별도의 협정 등의 약속은
없었으나 양 황제는 어떤 이익 문제가 일어날 경우에 서로 좋은 해결책
을 찾자는 약속을 하였다 한다.

○ 입헌자강책(立憲自强策)의 상소

베이징 전보에 따르면, 구미(歐米) 주재 청나라 공사가 외무부에 타
전하여 만수절(萬壽節) 축사를 보내면서 이와 함께 입헌자강책이 현재
의 급선무임에 대해서도 상소하였다고 한다.

○ 하와이의 해일 : 동(同) 전보

하와이에 큰 파도가 몰려와 그 섬의 공해(公海) 영역에 위험이 적지

---

41 구론베루히 : 크론베르크(Kronberg)로 추정된다.

않고 해안에 있는 원주민의 가옥은 다수 휩쓸려갔으며 식민지는 바닷
물에 잠겼다고 한다.

○ **일·러 통상 담판 : 19일**

상트페테르부르크 전보에 따르면, 모토노(本野) 일본 공사는 일·러
통상조약 체결 담판에서 헤이룽강(黑龍江), 쑹화강(松花江) 및 넌강(嫩
江)-쑹화강 상류-을 국제 통상을 위해 개방할 것을 요구하였다 한다.

○ **러시아 신문의 반대 : 동 전보**

『노보에 브레미야』지는 지난 17일 사설에서 모토노 공사의 요구에
관한 의견을 발표하였는데, 러시아가 만약 이를 개방하면 일본인은 저
렴한 선임과 실업 상의 탁월한 수완으로 이 강들에서 러시아 선박을
일소하고 일본 화물이 북만주 헤이룽강 및 연해주(沿海洲) 일대의 시장
에 침입할 것이어서 결코 개방해서는 안 된다고 하였다 한다.

○ **바르샤바(Warsaw)의 학살**

런던 전보에 따르면, 러시아 바르샤바의 혁명당원은 순사 및 순찰
보병을 학살하려고 부대를 조직하여 폭발탄 및 단총(短銃)으로 45명을
살상하였고 군대는 이에 응하여 일제히 사격하여 145명을 사살한 후
총검을 소지하고 시가를 소탕하였으며, 롯쓰[42]에서도 마찬가지의 소요
가 일어났다 한다.

○ **남미 대지진 상세 상황 : 20일**

샌프란시스코 전보에 따르면, 남미의 격렬한 지진은 첫날밤에만도
82회 이상 된 것이 명백하고 현재도 진동이 멈추지 않았는데, 무너진
집에 깔리거나 땅의 갈라진 틈에 빠져 생명을 잃은 시민의 수가 수천에
달하고 '천국의 계곡'이란 뜻의 발파라이소(Valparaiso) 시는 지금 참담

---

42 롯쓰 : 우쯔(Łódź)로 추정된다.

히 황폐한 벌판으로 변하였으니 그 참상은 글로써 표현할 수 없을 정도이고 또한 이 도시가 입은 손실은 2억 5천만 불이라 한다.

칠레의 수도 산티아고도 역시 대참사를 당해 붕괴된 가옥 밑에서 찾아낸 시체의 수가 100구에 달하고 이 시의 손해는 600여 가구에 미쳤으며 후안 페르난데스(Juan Fernández) 섬은 태평양의 파도에 잠겨 아무것도 보이지 않는다 하니, 남미의 격렬한 지진으로 인하여 지반이 함몰된 것으로 추정된다 한다.

○ 입헌 대회의 : 21일

베이징 전보에 따르면, 군기대신(軍機大臣)과 더불어 외국을 다녀온 고정대신(考政大臣)이 어제 정치관(政治舘)에서 입헌에 관한 대회의를 열었는데, 헌정(憲政)은 베이징을 중심으로 하여 점차 지방에 확대하기로 큰 결정을 하였으나 위안스카이 즈리 총독(直隷總督)의 입경을 기다려 확정하기로 하였다 한다.

사조(詞藻)

해동회고시(海東懷古詩) 漢

영재(泠齋) 유득공(柳得恭) 혜풍(惠風)

고구려(高句麗) -주해(註解)는 전호에 보인다.-

계립산 앞은 전쟁 먼지로 자욱하고,	鷄立山前漲戰塵
붉은 깃발은 의연히 심원[43]의 봄을 그리워하네	丹旋依戀沁園春
일평생 강개했던 바보 온달이여.	平生慷慨愚溫達

---

43 심원 : '심원(沁園)'은 동한(東漢) 명제(明帝) 때 심수공주(沁水公主)가 소유했던 정원을 말하는데, 이후 공주의 정원을 의미한다.

본래 초췌하고 우스꽝스런 사람이었지.　　　自是龍鍾可笑人

　'계립산(鷄立山)'은『여지승람』에 "문경현(聞慶縣) 북쪽 20리에 있는데 속칭 마골산(麻骨山)이라고 하니 방언(方言)으로 서로 비슷하기 때문이다."라고 하였다.

　'우온달(愚溫達)'은『삼국사기(三國史記)』에 "온달(溫達)의 용모가 초췌하고 우스꽝스러웠는데 집이 가난해 음식을 구걸하여 모친을 봉양하였고 찢어지고 떨어진 옷과 신발로 저잣거리를 왕래하니 당시 사람들이 그를 지목하여 '바보 온달'이라고 하였다. 당시에 평원왕(平原王)의 어린 딸이 잘 울어 왕이 농담 삼아 말하기를, '너는 늘 울어 내 귀를 시끄럽게 하니 자라서 사대부의 아내가 되지 못하고, 마땅히 바보 온달에게 시집가야 되겠다.'라고 하더니, 딸이 나이 16세가 되자 왕이 상부(上部) 고 씨(高氏)에게 시집보내려 했는데 공주가 말하기를, '대왕께서는 평상시에 말씀하시길, 반드시 온달의 아내가 될 것이라고 하셨는데 무슨 까닭으로 이전의 말을 바꾸십니까?'라고 하자, 왕이 화를 내어 말하기를, '마땅히 네가 가고 싶은 대로 가라.'라고 하였다. 이에 공주는 보물 팔찌 수십 개를 팔꿈치에 차고 궁을 나와 온달 집으로 갔다. 후주(後周) 무제(武帝)가 요동(遼東)을 정벌할 때 왕이 이산(肆山) 들판에서 역습하여 싸웠는데 온달이 선봉장이 되어 격렬하게 싸우니 논공(論功)에서 제일이 되었다. 왕이 가상히 여기고 감탄하여 말하기를, '나의 사위이다.'라 하고 예를 갖추어 그를 맞이하고 작위를 하사하여 대형(大兄)으로 삼았다. 영양왕(嬰陽王)이 즉위하자 온달이 신라 정벌을 요청하니 왕이 허락하였다. 온달이 길을 떠날 때 맹서하기를, '계립산(鷄立山)과 죽령(竹嶺) 서쪽을 우리 영토로 귀속시키지 않으면 돌아오지 않겠다.'라 하고 드디어 신라인과 전투하다가 날아오는 화살에 맞아 전사하였다. 장사지내려 하였으나 운구가 움직이지 않았는데 공주가 관(棺)을 어루만지며 말하기를, '삶과 죽음이 결정되었으니 아! 돌아가소서.'라 하고 드디어 관을 들어 땅에 묻었다."라고 하였다.

요해로 돌아가는 몇 편의 깃발 붉은데,	遼海歸旌數片紅
세찬 살수는 벌레 같은 군사를 쓸어갔네.	湯湯薩水捲沙蟲
을지문덕은 진정 뛰어난 인물이었으니,	乙支文德眞才士
그가 제창한 오언시는 우리 동방의 으뜸이네.	倡五言詩冠大東

'살수(薩水)'는 『여지승람』에 "청천강(清川江)은 일명 '살수(薩水)'이니 근원은 묘향산(妙香山)에서 나와 안주성(安州城) 북쪽을 지나고 또 서쪽으로 30리를 흘러 박천강(博川江)과 합류해 바다로 들어간다."라 하였다.

'을지문덕(乙支文德)'은 『삼국사기(三國史記)』에 "을지문덕은 침착하고 용맹하며 지혜가 있었다. 수(隋)나라 개황(開皇) 연간에 수양제(隋煬帝)가 고구려를 정벌할 때 좌익위대장군(左翊衛大將軍) 우문술(宇文述)은 부여도(扶餘道)로 나오고 우익위대장군(右翊衛大將軍) 우중문(于仲文)은 낙랑도(樂浪道)로 나와 9군(軍)과 함께 압록강에 이르렀다. 문덕(文德)은 수나라 군사에게 굶주린 기색이 있음을 보고 그들을 피로하게 하고자 매번 싸울 때마다 번번이 패주하니 수나라 군대가 하루 만에 일곱 번을 이겨 동쪽으로 살수(薩水)를 건너 평양성(平壤城) 30리 지점까지 가서 산을 끼고 군영을 쳤다. 문덕이 사자를 보내어 거짓으로 우문술에게 항복하니 우문술 등이 방어진을 만들고 돌아갔다. 문덕이 이에 군대를 출동시켜 사방으로 공격하여 살수에 이르니 수나라 군대가 절반쯤 건너고 있었다. 문덕이 그 후군(後軍)을 쳐서 우둔위장군(右屯衛將軍) 신세웅(辛世雄)을 죽이니 군사들이 모두 궤멸되어 달아났는데 하루 밤낮 사이에 압록강에 이르렀다. 9군이 처음 요동을 건너올 때는 30만 5천 명이었으나 다시 요동성에 이르렀을 때는 단지 2천 7백 명이 겨우 살아 돌아왔다.”라 하였다.

'창오언시(倡五言詩)'는 『수서(隋書)』에 “요동 지역에 우중문이 군대를 인솔하여 낙랑도로 향했다가 압록강에 이르렀다. 고려의 장수 을지문덕이 거짓으로 항복하니 중문이 그를 체포하려 하였는데 상서우승(尚書右丞) 유사룡(劉士龍)이 굳이 만류하여 마침내 문덕을 풀어주었다. 그러나 이윽고 풀어준 것을 후회하여 사람을 보내 문덕을 속여 말하기를, '의논할 것이 있으니 다시 오라.'라 하였다. 문덕이 그 말을 듣지 않고 마침내 압록강을 건너갔다. 중문이 기병을 선발해 강을 건너가서 싸울 때마다 적진(敵陣)을 격파하거늘 문덕이 중문에게 시를 보내어 말하였다.

신기한 책략은 하늘의 이치를 통했고, 神策究天文
교묘한 계책은 땅의 이치를 다했네. 妙筭窮地理
전쟁 승리의 공이 이미 높으니, 戰勝功旣高
만족을 알아 그만 돌아가길 바라노라. 知足願云止

이 시는 우리나라 오언시의 시조이다.

운계(雲溪)에서 수창하다[雲溪酬唱]

소당거사(韶堂居士) 허용(許墉)[44]

여기저기 떠돌다가 진안에 이른 뒤로 自從漂泊到眞安
아득히 떨어져 함께 만나기 어렵네. 相望悠悠會合難

---

44 허용(許墉) : 1860-1933. 조선 말, 일제강점기 때의 학자이다.

고국에 돌아왔건만 몸은 나그네 같고,	縱返故園身似客
그대를 만나지 못해 마음이 편치 않네.	不逢之子意難寬
산하는 눈을 드니 연기와 먼지로 어둡고,	山河舉目烟塵暗
술로 회포 논하니 눈 내리는 달밤은 차갑네.	樽酒論懷雪月寒
묻노니, 한나라 조정의 양태부[45]는	借問漢廷梁太傅
밝은 시대에 어찌 눈물 줄줄 흘렸는가?	明時何事涕汎瀾

비평: 강개하고 비장하다. 지난 일을 추억하니 암담함을 어찌 견딜 수 있겠는가. 나 역시 운계를 떠난 뒤로 그대와 상황이 서로 같도다.

또 화운하다[又和之]

남숭산인(南嵩山人)

그대와 떨어져 있어도 다행히 모두 평안하니,	共君離濶幸俱安
세속 번뇌 벗어나기 어렵다 앵앵거리지 마소.	休說營營度脫難
세상이 이와 같으니 탄식하지 않을 수 있으리오.	世界如斯堪太息
먹을 밥 마실 물은 없어도 마음 달랠 수 있다오.	簞瓢雖空自能寬
적적한 고옥에 깊은 밤 등잔불은 오래 타고,	寥寥古屋深燈久
우수수 낙엽 지는 성긴 숲에 달빛이 차갑네.	摵摵疎林晚月寒
듣자하니 도연에는 감상할 경치가 많으니,	見說陶淵多勝賞
가뿐히 노 저어 봄 물길 거슬러 올라가리.	且將輕棹溯春瀾

－'공(空)' 자는 거성(去聲)이다－

비평: '도연(陶淵)'은 진보(眞寶) 땅에 있는데, 소당거사가 이사 온 곳이다. 풍진 세상에서 아등바등하는 이는 못내 부끄럽구나. 명승지에

---

45 양태부 : 한(漢)나라 문제(文帝) 때의 사상가이자 문장가인 가의(賈誼)를 말한다. 그는 조정에서 자신의 주장을 적극 펼치다가 반대파에 의해 축출되어 장사왕(長沙王)의 태부(太傅)가 되었고 뒤에 양왕(梁王)의 태부가 되었다.

갈 약속을 저버렸으니.

소설

비스마르크의 청화(淸話) (속)

비스마르크는 민첩하고 굴하지 않는 사나이다. 그 입으로 지시를 내
릴 때 그가 다마스가[46]에서 제작된 녹색의 얇은 윗도리를 몸에 두르고
심사숙고하는 바가 있는 듯 그 손을 여러 차례 품속에 넣고 실내에서
왔다 갔다 하고, 혹 때로는 질풍과 같은 태도로 부르짖어 서기에게 쓰
게 하고, 혹 때로는 그 펜을 던져 그들로 포복절도케 하니, 그 형상이
지금까지 나의 가슴속에 새겨져 잊히지 않는다.

혹시 사무가 바쁠 때에 그 부인이 갑자기 문을 열고 들어와 속옷 한
벌을 주고 그 속옷이 몸에 잘 맞는지 여부를 물으면, 그는 매우 바쁜
것은 관계치 않고 웃으면서 그 알맞음을 상찬하였다.

비스마르크는 그 직무상의 사건을 처리함이 엄격하고 진중하여 하루
아침에 확정한 규칙을 끝까지 어기지 않았다. 당시 외교관으로 일하던
비스마르크의 교제관(交際官) 시보(試補) 등에게 때때로 주야 없이 매우
바쁜 사무가 있으면, 비스마르크는 한밤중에 오락장에서든지 혹 밤 회
합에서든지 돌아와 그 모자와 붉은 장식술[總]을 자리에 던지고 교제관
등에게 명하여 사무를 보게 하고 날이 밝도록 조금도 쉬지 아니하였다.
이때에 비스마르크는 반드시 다소간의 질문을 제기하고 이들 하급관리
가 대답하게 하여 그 지식을 증진하는 것을 자기 의무로 삼았다. 때로

---

46 다마스가 : 미상이다.

비스마르크는 하급관리들을 향하여 "자네들이 설령 만국사(萬國史) 한 두 면도 읽는 것을 잊고 젊은 외교관이 되었더라도 정치상 긴요한 강목인 고타(Gotha)의 옛말을 모르면 안 될 것이네."라고 말하였다.

또한 하급관리들이 사무상에 과오가 생기면, 비스마르크는 가차 없이 질책한 후에 그 사람에게 이렇게 말하였다. "신사 진영에 속한 자는 자신이 한 일은 선량하고 정의로운 것이라 믿는 것이 바로 인지상정이네. 지금 내가 자네들을 향하여 질책하고 매도하는 것에 자네들 마음속에는 반드시 불쾌함이 있을 것이니, 내가 알고도 도리어 더 감행하는 것 또한 직무상일 뿐 어쩔 수 없는 것이네. 청컨대 이를 양해하시게."

1855년 가을에 하츠펠트(Hatzfeldt) 백작이 비스마르크를 위해 위로 연회를 열었다. 프랑스 외교관 로탄(Rothan)은 이후에 친구에게 편지를 보내어, "이 자리에서 비스마르크가 우리 군대를 크게 상찬하고 또 나폴레옹 3세가 위대한 통치자라 하였으며, 나아가 우리 황후를 높여 말하길 '황후는 실로 내가 프랑스 수도에서 회견한 부인 중에 가장 경애할 만한 부인'이라고 말하였네."라고 하였다.

같은 무렵 영국의 여자 황제 빅토리아 폐하가 방문한 답례를 위해 프랑스 수도 파리에 행차하였으니, 이때 비스마르크 역시 같은 곳에 있어 바르세유 왕궁에서 여황을 처음 알현하였다. 당시의 그는 친러시아 진영의 제1인자로 소문이 높았다. 여황의 일기 중에도 역시 그가 러시아를 좋아하는 제1인자라고 기록되어 있었다. 여황이 묻되, "파리의 미관이 어떠한가?"라고 하자, 비스마르크가 곧 답하되 "그렇습니다. 신의 생각으로는 파리를 상트페테르부르크에 비하면 파리가 한층 더 아름다운 경관을 가졌습니다."라고 하니, 매사에 러시아를 끌어들인 사례가 이와 같았다.

비스마르크는 1859년부터 62년까지 공사(公使)가 되어 러시아 수도에 체류하며 이 국가의 사정을 깊이 연구하였다.

러시아의 한 신문기자가 비스마르크의 행위를 기록하여 말하길,

"이 외교가의 행동을 보건대 그가 전임자와 같이 허식과 완고의 성향은 조금도 없고 그 친절하고 합리적인 행위와 언동은 우리나라 귀족정치에 적합한 것이다. 종래 게르만 정치가는 시샘과 의심의 눈으로 우리나라의 사정을 관찰하는 것이 보통이었는데, 이 외교가-즉 비스마르크-는 이러한 폐단이 없을 뿐 아니라, 격식의 어떠한 지는 더는 묻지도 않고 오직 간소함과 은근함에만 뜻을 세워 공사(公私)의 일을 취급한다. 업무상 그를 만나는 우리나라[47]-러시아-사람이 볼 때에도 평이하고 쾌활하다고 칭송하여 그가 선량하고 확실한 사람이라 하는 데 이르렀다. 그가 이와 같은 방책을 사용하여 우리나라 상하의 인물들로 하여금 게르만인 또한 다른 이들 같이 선량한 사람이라 쉽게 결탁할 수 있다고 믿게 하였고, 또한 러시아인이 항상 자부하던 귀족정치가 게르만 정치보다 낫고 다른 모든 나라보다도 낫다고 여기는 데 이르러 우리로 하여금 게르만인이 우리 성(城) 중에 있는 아군 중 하나라는 것을 믿게 하였다."라고 하였다.

러시아 수도에 체류한 지 3년 만에 비스마르크는 다시 프랑스 공사(公使)가 되어 파리에 주재하였는데, 그 기간은 불과 3개월이었다. 그러므로 많은 일화를 남기지는 않았지만 나폴레옹 3세와 그 측근들의 성향에 대해 충분한 연구를 하고 귀국하였다.

비스마르크는 항상 부인 같은 남자들이 비평하는 것을 싫어하여, 베네데티(Benedetti)와 그라몽(Gramont) 같은 나폴레옹 문하의 외교가 같은 사람을 부르길 '목줄 없이 춤추는 개'라 하였는데, 이를 설명하여

---

47   우리나라 : 원문에는 '彼의邦'으로 되어 있으나 문맥을 감안하여 이와 같이 번역하였다.

말하길, "그들은 주인의 명령을 기다리지 않고 뒷발로 딛고 서서 고풍스런 기예를 부린다. 그들이 한번 짖으면 나는 파리로부터 지시가 있어 조용히 하라는 질책을 받는 것을 듣게 되고, 또 그들이 꼬리를 흔들며 좋아하는 모습을 보일 때에는 도리어 물어뜯으라며 엉덩이를 세게 걷어차이는 모습을 본다."라고 하였다. 이는 모두 스스로 일정한 견해를 갖추지 못해서 사사건건 타인의 간섭으로 방해받을 수밖에 없는 것을 말한 것이다.

하루는 비스마르크가 보이스트(Beust)와 제바흐(Seebach) 두 사람과 함께 식사를 하고 식후에 저녁 경치를 감상하려고 마빌(Mabille) 마을 쪽으로 향했다. 이때 비스마르크는 보이스트의 팔을 잡고 함께 걷고 있었는데, 갑자기 보이스트의 등을 두드리며, "좋은 신사분. 내가 만약 재상이 되면 당신을 공중으로 뛰어올라 날게 하겠소."라고 말했다.

세계기문(世界奇聞)

○ 비스마르크 공과 사냥친구

누군가 말했다. 독일의 대 재상 비스마르크 공이 한 벗과 같이 짐승 사냥에 나갔다가 논 옆의 길을 통과할 때 그 벗이 다리를 잘못 디뎌 진흙이 깊은 소택(沼澤) 중에 빠졌다. 그 벗이 낭패하여 진흙탕 밖으로 올라가려고 몸부림을 칠수록[48] 더욱 깊이 빠져 목까지 진흙탕 속에 묻혀 빠지는지라. 이 경우를 당하여 공의 벗은 비명을 질러 공에게 구해 달라고 하기를 그치지 않되 비스마르크 공은 차갑게 낯빛을 변하지 않고 말하기를, "벗이여. 나는 불행히 그대를 구하지 못할 것이다. 경을

---

48 몸부림을 칠수록 : 원문에는 "身을藻搔홈이"라고 되어 있으나 정확한 뜻을 알기 어려우므로 문맥을 짐작하여 번역하였다.

구하고자 하면 나도 또한 진흙 못에 빠져 함께 죽지 않을 수가 없으니, 내가 그대의 민절(悶絶)함을 참고 보느니 차라리 한 번 사격하여 경의 고통을 줄여줌이 낫다." 하고 그 총을 가지고 그 벗의 머리에 겨누어 "이것은 하늘이 사람을 사랑한다는 뜻으로 그대의 생명을 끊음이니, 조용히 하라." 명하였는데, 가련한 그 벗은 전율하며 어쩔 줄을 몰라 필사의 힘으로 깊은 진흙 속에서 뛰어나와 겨우 땅 위에 이르게 되었다. 공이 빙그레 그 벗에게 이르기를 "벗이여. 내가 잘못된 것이 아니라 하늘은 스스로 돕는 자를 돕나니, 그대가 스스로 돕지 않았으면 나 또한 따라죽는 사람이 되었을 뿐이다." 하였다.

○ **천당과 지옥**

미국의 어떤 교회에서 설교하기를 끝낸 뒤에 언제나처럼 목사가 서서 천국에 가고자 하는 이는 일어서라고 명하였다. 이때 교회당에 가득한 사람이 다 일어서되 오직 한 사람의 청년이 조용히 앉아 움직이지 않거늘, 교회당 가득한 사람의 시선은 이 한 사람에 집중되었다. 다음으로 목사가 또 지옥에 가고자 하는 사람은 일어서라고 명함에 어떤 사람도 일어나지 않았고 이 청년도 또한 조용히 앉아 움직이지 않거늘, 목사가 걸음을 옮겨 그 청년 곁에 이르러 "무슨 까닭으로 어떤 경우에도 일어서지 않는가." 물으니, 그 청년이 "나는 이 세상에 생활할 수 있으면 만족하고, 천당이든 지옥이든 가는 일은 바라지 않습니다."라고 답하였다.

○ **일사일언(一事一言)**

이토 히로부미 후작이 한국 통감으로서 하는 행동은 부임 초에야 매우 적절하더니 날이 지남에 따라 겉으로 드러나는 점으로 인물을 규정해 쓰려는 주의(主義)가 점점 나온다고 야마가타(山縣)⁴⁹ 일파는 서서히

---

49 야마가타(山縣) : 1838-1922. 야마가타 아리토모(山縣有朋)로, 메이지-다이쇼 시대의 군인이며 번벌(藩閥) 정치가이다.

험한 말을 한다. 가령 조선 같이 인문(人文)이 미개한 나라에 일본 일류의 우메(梅) 박사를 법률고문으로 초대함으로 시작하여 그리 필요도 없음에도 종종 인재를 관할 아래에 포열(布列)하는 등의 일이 마치 교토 미인을 에조(蝦夷)[50] 아이누(阿伊奴) 사람에게 시집보내는 것 같은 행동이니, 아마 지난번의 대 관병식(大觀兵式)이 그 절정일 것이라고 냉소하였다. 이 말을 들은 이토 일파에서는 조선은 무지몽매하나 형식적이고 사대적이어서 대박사(大博士), 대학사(大學士)라 하는 서신(書信)이 없으면 도무지 존경하여 감복하지 아니하기 때문만이 아니라, 열국(列國)에 내가 상당히 정중하게 한국의 성장을 돕는다는 사실을 보여주는 수단이기 때문이다. 필요에만 응한다면 사립법학교(私立法學校)의 생도라도 만족할 터이나 이보다 더 깊은 생각을 말미암아 하는 일이라고 변명하였다니, 이토와 야마가타 두 파벌의 충돌이 일마다 대하여 일어남은 이것을 보아도 알 수 있겠다고 한다.

○ 두려워할 만한 협회

아닌 게 아니라 러시아에만 종종 두려운 협회도 있다. 러시아 발간 우라루신문[51] 보도에 따르면 러시아에는 적사협회(赤死協會)라 하는 것이 있어 그 사무소 같은 것을 쇼-오쓰가 호(湖)[52]의 지하 깊은 곳에 건설하였다더니, 근래 모 시민(市民)의 종적을 수색하는 중에 모르는 사이에 그 사무소가 발견되었는데, 그 소굴에는 창도 없고 화로도 없는 방이 하나 있어 모두 붉은색의 재료로 꾸미고 바닥에도 역시 붉은 색의 직물(織物)을 펼쳐놓고 다만 한쪽 벽에만 흑막(黑幕)을 드리웠을 뿐이며 방 가운데에는 요 같은 것 두 개가 펼쳐져 있는지라. 먼저 사무원이

---

50 에조(蝦夷) : 홋카이도(北海道)의 옛 이름이다.
51 우라루신문 : 우랄(Ural) 신문으로 추정된다.
52 쇼-오쓰가 호(湖) : 미상이다.

당일 피살자를 인도하여 이 방에 들어가 하나의 요 위에 눕히고 잠깐 뒤 붉은 색 옷을 입은 한 소녀가 그 흑막을 들어 올리고 찬찬히 들어와 이제 또 하나의 요를 가져다 그 피살자 위에 덮고 그 위에 올라앉아 숨이 끊어지기까지 그 자리에서 움직이지 않는다 한다. 무슨 까닭으로 이처럼 참혹한 살인 방법을 행하느냐 하면, 그 까닭은 종종 미신이 있어 어떤 이는 극락계에 가려고 하므로 고의로 이처럼 죽임을 당하고, 또 어떤 이는 대죄를 범한 보복으로 이와 같은 참혹한 꼴을 만난다고 한다.

○ 새로운 수술

미국 캘리포니아주의 마구가루도니-라[53]라고 하는 사람이 어느 날 밤에 자동차를 타고 시중(市中)을 순회할 때 말라죽은 나무에 차가 부딪쳐 차의 철봉에 왼쪽 가슴 두세 곳을 부상당하고 모래 가운데 차가 전복되어 눌려 정신을 잃고 넘어졌다. 외과의사에게 보이니 심장 속에 모래가 들어갔다 하므로 그 의사가 펄펄 고동이 한참 빨리 뛰는 심장을 꺼내 모래를 씻어내고 원래 있던 곳에 다시 넣은 뒤에 보통의 봉합술 등을 시행하였더니 다행히 생명이 다시 이어져 지금도 여전히 생존하고 있다고 하니 의술(醫術)의 진보도 두려워할 만한 것이다.

○ **황제는 황후보다 신장(身長)이 작다**

유럽제국의 황실을 모두 보니 황제는 대체로 황후보다 신장이 작다. 가령 영국의 에드워드 황제는 알렉산드리아 황후보다 신장은 세 치가 작고, 러시아 황제도 황후보다 머리 하나쯤 작고, 독일 빌헬름[54] 황제는 몸 크기도 중간치요 신장도 중간치이나 황후가 재미없이 신장이 크므

---

53 마구가루도니-라 : 미상이다.

54 빌헬름(Wilhelm I) : 1797-1888. 프로이센의 국왕이자 독일제국의 초대 황제 (1871-1888)이다.

로 사진을 함께 찍거나 할 때 작아 보이는 것이 싫은 황제는 자기가 서고 황후가 앉지 않으면 결코 함께 사진을 찍음을 허락하지 않으신다 하고, 포르투갈 황제는 뚱뚱하게 잘 살이 찌나 신장은 역시 황후에게 조금 지고, 새로 결혼한 스페인 황제도 황후 쪽이 조금 크고, 영국의 황태자비는 황태자보다 4인치쯤 신장이 크다고 한다.

○ 신문 값을 갚지 않는 사람

　뉴욕에 저명한 한 신사가 있으니 돈 쓰기를 매우 인색하게 하여 신문 값 같은 것도 몇 년이 지나도록 항상 지불하지 않았다. 이에 어느 신문사에서는 꾀 하나를 내어 그 지면에 아무개 신사가 죽은 일을 싣고 아울러 아무개 신사는 다른 여러 일은 남의 모범이 될 만한 인물이지만 단지 신문 값을 지불하지 않는 기벽(奇癖)이 있는 것은 애석해 할 만한 일이라고 부기(附記)하였더니, 아무개 신사가 이 기사를 읽게 되어 분한 마음이 불같이 일어 빨리 뛰어서 신문사에 곧장 도달하여 신문사 사원을 청하여 보고 그것이 대단히 도리에 어긋남을 따져서 꾸짖으니 사원이 털끝만큼도 군색하여 움츠러드는 기색이 없었고 차갑게 답하기를, "그것은 매우 가여운 일입니다. 그러나 몇 번 독촉하여도 하등의 회답이 없으므로 공들 같이 체면을 중시하는 신사는 죽지 아니하면 이와 같은 일이 없을 터라고 추측하여 이것을 실었습니다. 이것은 만사의 민활(敏活)함을 귀중히 여기는 신문사로서는 진실로 부득이한 일이었고, 또 이 기사는 귀하가 서거한 경우를 예상하여 실은 것인 까닭에 사실에 비추어 잘못된 점이 확실하기 전까지는 취소할 이유를 모르겠습니다." 하니, 아무개 신사가 부끄러워하여 말할 바를 알지 못하고 곧장 서둘러 신문 값을 내고 사죄하고 갔다고 한다. 우리나라에서도 신문 값을 지불하지 않는 기벽이 있는 신사가 또한 적지 않은지라. 신문사가 또한 이러한 필법을 따라해 보면 어떨까.

광고

『보통일본어전(普通日本語典)』

전1책 국판 140쪽. 정가 50전.

이 책은 관립일본어학교 교관 최재익 씨가 한국인이 저술한 외국어 교재가 없음을 안타까워하여 수년간 외국어를 가르친 일에 종사하였던 경험을 살려 뜻 있는 이들의 편이를 위해 엮은 것이니 초학자라도 명료히 이해할 수 있는 기초서적인바 일본어학에 주의하시는 분이라면 책상에 한 권을 반드시 구비해야 할 만한 것임. 오는 9월에 발간할 예정이오니 어서 구독하시어 뒤늦게 한탄하는 일이 없으시길 바람.

예약 구매하시는 분께는 특별히 판매가를 할인하오니 9월 15일 전에 본사로 와서 문의하시길.[55]

– 경성(京城) 서서(西署) 소서문(小西門) 안 발행소 일한도서인쇄주식회사 (전화 323번)

광고

이번에 저희 회사에서 각종 염색분을 새로 수입해온바 널리 판매하기 위하여 특별 염가로 내놓으니 수량을 따지지 말고 사두시길 바람.

1. 본사에서 발매하는 각종 염료는 염색 후 결코 변색이나 탈색이 없고 염색하기 매우 쉬움.

---

55 예약……문의하시길 : 이 부분이 6호 원문에 "豫約으로願買ᄒ시ᄂᆫ君子의게ᄂᆫ價金을特別히廉ᄒ需事議니야터게ᄒ오來應九月十五日內本社로來臨問ᄒᆯ이"로 되어 있는데 밑줄 친 부분의 글자 순서에 오류가 있으므로 조양보 1호 〈광고〉의 내용에 의거하여 번역을 수정하였다.

2. 본사의 염료는 중량이 많고 가격이 아주 저렴한바, 다른 나라 염
  료는 도저히 이를 따라올 수 없음.
 -경성 남대문 안 4정목 후지타 합명회사(藤田合名會社) 알림 (전화
230번)

역자소개

손성준孫成俊

성균관대학교 동아시아학술원 HK연구교수. 동아시아 비교문학을 전공하였고, 현재 근대 동아시아의 번역문학, 번역과 창작의 상관관계 등을 연구하고 있다. 주요 논저로『투르게네프, 동아시아를 횡단하다』(공저),『번역과 횡단-한국 번역문학의 형성과 주체』(공저),「근대 동아시아의 애국 담론과『애국정신담』」,「번역문학의 재생(再生)과 반검열(反檢閲)의 앤솔로지」등이 있다.

신지연申智姸

부산대 점필재연구소 전임연구원. 한국근현대문학을 전공했다. 주요 저서로『글쓰기라는 거울-근대적 글쓰기의 형성과 재현성』『증상으로서의 내재율』, 편서로『북한의 시학 연구-시』가 있다.

이남면李南面

부산대 점필재연구소 전임연구원. 한국한문학 전공. 조선 중기 한시를 주로 연구해왔고, 최근에는 조선 전후기로 연구 영역을 넓혀가고 있다. 주요 논저로「17세기 중국회화의 유입과 그 제화시」,「조선 중기 배율 창작에 대하여」,「조현명 시에 나타난 '탕평' 관련 의식 연구」,『국역 치평요람 54』(공역) 등이 있다.

이태희李泰熙

부산대 점필재연구소 전임연구원. 한국한문학 전공. 조선시대 유기(遊記)를 연구해왔고, 근래에는 근대 기행문까지 관심범위를 넓히고 있다. 주요 논저로「조선시대 사군(四郡) 산수유기 연구」,「조선시대 사군 관련 산문 기록에 나타난 도교 문화적 공간인식의 양상과 의미」,「조선 후기 동강 유역 경관의 재발견과 영월 심상지리의 확장」,『한국 고전번역자료 편역집 1·2』(공역) 등이 있다.

대한제국기번역총서

완역 조양보 1

2019년 2월 28일 초판 1쇄 펴냄

역　자 손성준·신지연·이남면·이태희
발행인 김흥국
발행처 보고사

책임편집 이경민
표지디자인 손정자

등록 1990년 12월 13일 제6-0429호
주소 경기도 파주시 회동길 337-15 보고사 2층
전화 031-955-9797(대표)
　　　02-922-5120~1(편집), 02-922-2246(영업)
팩스 02-922-6990
메일 kanapub3@naver.com / bogosabooks@naver.com
http://www.bogosabooks.co.kr

ISBN 979-11-5516-898-1
　　　979-11-5516-897-4 94810 (세트)
ⓒ 손성준·신지연·이남면·이태희, 2019

정가 35,000원
사전 동의 없는 무단 전재 및 복제를 금합니다.
잘못 만들어진 책은 바꾸어 드립니다.

이 저서는 2017년 대한민국 교육부와 한국학중앙연구원(한국학진흥사업단)의
한국학분야 토대연구지원사업의 지원을 받아 수행된 연구임(AKS-2017-KFR-1230013)